平凡的世界

普及本

路遥 著

北 京 出 版 集 团
北京十月文艺出版社

第一部

第一章

一九七五年二三月间，一个平平常常的日子，细蒙蒙的雨丝夹着一星半点的雪花，正纷纷淋淋地向大地飘洒着。时令已快到惊蛰，雪当然再不会存留，往往还没等落地，就已经消失得无踪无影了。黄土高原严寒而漫长的冬天看来就要过去，但那真正温暖的春天还远远地没有到来。

在这样雨雪交加的日子里，如果没有什么紧要事，人们宁愿一整天足不出户。因此，县城的大街小巷倒也比平时少了许多嘈杂。街巷背阴的地方，冬天残留的积雪和冰溜子正在雨点的敲击下蚀化，石板街上到处都漫流着肮脏的污水。风依然是寒冷的。空荡荡的街道上，有时会偶尔走过来一个乡下人，破毡帽护着脑门，胳膊上挽一筐子土豆或萝卜，有气无力地呼唤着买主。唉，城市在这样的日子里完全丧失了生气，变得没有一点可爱之处了。

只有在半山腰县立高中的大院坝里，此刻却自有一番热闹景象。午饭铃声刚刚响过，从一排排高低错落的石窑洞里，就跑出来了一群一伙的男男女女。他们把碗筷敲得震天价响，踏泥带水、叫叫嚷嚷地跑过院坝，向南面总务处那一排窑洞的墙根下蜂拥而去。偌大一个院子，霎时就被这纷乱的人群踩踏成了一片烂泥滩。与此同时，那些家在本城的走读生们，也正三三两两涌出东面学校的大门。他们撑着雨伞，一路说说笑笑，通过一段早年间用横石片插起的长长的下坡路，不多时便纷纷消失在城市的大街小巷中。

在校园内的南墙根下，现在已经按班级排起了十几路纵队。各班的值日生正在忙碌地给众人分饭菜。每个人的饭菜都是昨天登记好并付了饭票的，因此程序并不复杂，现在值日生只是按饭表付给每人预订的一份。菜分甲、乙、丙三等。甲菜以土豆、白菜、粉条为主，里面有些叫人嘴馋的大肉片，每份三毛钱；乙菜其他内容和甲菜一样，只是没有肉，每份一毛五分钱；丙菜可就差远了，清水煮白萝卜——似乎只是为了掩饰这过分的清淡，才在里面象征性地漂了几点辣子油花。不过，这菜价钱倒也便宜，每份五分钱。

各班的甲菜只是在小脸盆里盛一点，看来吃得起肉菜的学生没有几个。丙菜也用小脸盆盛一点，说明吃这种下等伙食的人也没有多少。只有乙菜各班都用烧瓷大脚盆盛着，海海漫漫的，显然大部分人都吃这种既不奢侈也不寒酸的菜。主食也分三等：白面馍、玉米面馍、高粱面馍；白、黄、黑，颜色就表明了一种差别；学生们戏称欧洲、亚洲、非洲。

从排队的这一片黑压压的人群看来，他们大部分都来自农村，脸上和身上或多或少都留有体力劳动的痕迹。除过个把人的衣装和他们的农民家长一样土气外，这些已被自己的父辈看做是"先生"的人，穿戴都还算体面。贫困山区的农民尽管眼下大都少吃缺穿，但孩子既然到大地方去念书，家长们就是咬着牙关省吃节用，也要给他们做几件见人衣裳。当然，这队伍里看来也有个把光景好的农家子弟，那穿戴已经和城里干部们的子弟没什么差别，而且胳膊腕上往往还撑一块明晃晃的手表。有些这样的"洋人"就站在大众之间，如同鹤立鸡群，毫不掩饰自己的优越感。他们排在非凡的甲菜盆后面，虽然人数寥寥无几，但却特别惹眼。

在整个荒凉而贫瘠的黄土高原，一个县的县立高中，就算是本县的最高学府吧，也无论如何不可能给学生们盖一座餐厅。天好天坏，大家都是露天就餐。好在这些青年都来自山乡圪崂，谁没在野山野地里吃过饭呢？因此大家也并不在乎这种事。通常天气好的时候，大家都各自和要好的同学蹲成一圈，说着笑着就把饭吃完了。

今天可不行。所有打了饭菜的人，都用草帽或胳膊肘护着碗，趔趔趔趄穿过烂泥塘般的院坝，跑回自己的宿舍去了。不大一会工夫，饭场上就稀稀落落的没有几个人了。大部分班级的值日生也都先后走了。

现在，只有高一（1）班的值日生一个人留在空无人迹的饭场上。这是一位矮矮胖胖的女生。她面前的三个菜盆里已经没有了菜，馍筐里也只剩了四个焦黑的高粱面馍。看来这几个黑家伙不是值日生本人的，因为她自己手里拿着一个白面馍和一个玉米面馍，碗里也像是乙菜。她端着自己的饭菜，满脸不高兴地立在房檐下，显然是等待最后一个姗姗来迟者——这必定是一个穷小子，他不仅吃这最差的主食，而且连五分钱的丙菜也买不起一份啊！

雨中的雪花陡然间增多了，远远近近愈加变得模模糊糊。城市寂静无声。隐约地听见很远的地方传来一声公鸡的啼鸣，给这灰蒙蒙的天地间平添了一丝睡梦般的阴郁。

就在这时候，在空旷的院坝的北头，走过来一个瘦高个的青年人。他胳膊窝里夹着一只碗，缩着脖子在泥地里蹒跚而行。小伙子脸色黄瘦，而且两颊有点塌陷，显得鼻子像希腊人一样又高又直。脸上看来才刚刚褪掉少年的稚气——显然由于营养不良，还没有焕发出他这个年龄所特有的那种青春光彩。

他蹽开两条瘦长的腿，扑踏扑踏地踩着泥水走着。这也许就是那几个黑面馍的主人？看他那一身可怜的穿戴想必也只能吃这种伙食。瞧吧，他那身衣服尽管式样裁剪得勉强还算是学生装，但分明是自家织出的那种老土粗布，而且黑颜料染得很不均匀，给人一种肮肮脏脏的感觉。脚上的一双旧黄胶鞋已经没有了鞋带，凑合着系两根白线绳；一只鞋帮上甚至还缀补着一块蓝布补丁。裤子显然是前两年缝的，人长布缩，现在已经短窄得吊在了半腿把上；幸亏袜腰高，否则就要露肉了。（可是除过他自己，谁又能知道，他那两只线袜子早已经没有了后跟，只是由于鞋的遮掩，才使人觉得那袜子是完好无缺的。）

他径直向饭场走过来了。现在可以断定，他就是来拿这几个黑面馍的。值日生在他未到馍筐之前，就早已经迫不及待地端着自己的饭碗离开了。

他来到馍筐前，先怔了一下，然后便弯腰拾了两个高粱面馍。筐里还剩两个，不知他为什么没有拿。

　　他直起身子来，眼睛不由得朝三只空荡荡的菜盆里瞥了一眼。他瞧见乙菜盆的底子上还有一点残汤剩水。房上的檐水滴答下来，盆底上的菜汤四处飞溅。他扭头瞧了瞧：雨雪迷蒙的大院坝里空无一人。他很快蹲下来，慌得如同偷窃一般，用勺子把盆底上混合着雨水的剩菜汤往自己的碗里舀。铁勺刮盆底的嘶啦声像炸弹的爆炸声一样令人惊心。血涌上了他黄瘦的脸。一滴很大的檐水落在盆底，溅了他一脸菜汤。他闭住眼，紧接着，就见两颗泪珠慢慢地从脸颊上滑落了下来——唉，我们姑且就认为这是他眼中溅进了辣子汤吧！

　　他站起来，用手抹了一把脸，端着半碗剩菜汤，来到西南拐角处的开水房前，在水房后墙上伸出来的管子上给菜汤里掺了一些开水，然后把高粱面馍掰碎泡进去，就蹲在房檐下狼吞虎咽地吃起来。

　　他突然停止了咀嚼，然后看着一位女生来到馍筐前，把剩下的那两个黑面馍拿走了。是的，她也来了。他望着她离去的穿破衣裳的背影，怔了好一会。

　　这几乎成了一个惯例：自从开学以来，每次吃饭的时候，班上总是他两个最后来，默默地各自拿走自己的两个黑高粱面馍。这并不是约定的，他们实际上还并不熟悉，甚至连一句话也没说过。他们都是刚刚从各公社中学毕业后，被推荐来县城上高中的。开学没有多少天，班上大部分同学相互之间除过和同村同校来的同学熟悉外，生人之间还没有什么交往。

　　他蹲在房檐下，一边往嘴里扒拉饭，一边在心里猜测：她之所以也常常最后来取饭，原因大概和他一样。是的，正是因为贫穷，因为吃不起好饭，因为年轻而敏感的自尊心，才使他们躲避公众的目光来悄然地取走自己那两个不体面的黑家伙，以免遭受许多无言的耻笑！

　　但他对她的一切毫无所知。因为班上一天点一次名，他现在只知道她的名字叫郝红梅。

　　她大概也只知道他的名字叫孙少平吧？

第二章

　　孙少平上这学实在是太艰难了。像他这样十七八岁的后生，正是能吃能喝的年龄。可是他每顿饭只能啃两个高粱面馍。以前他听父亲说过，旧社会地主喂牲口都不用高粱——这是一种最没营养的粮食。可是就这高粱面他现在也并不充足。按他的饭量，他一顿至少需要四五个这样的黑家伙。现在这一点吃食只是不至于把人饿死罢了。如果整天坐在教室里还勉强能撑得住，可这年头"开门办学"，学生们除过一群一伙东跑西颠学工学农外，在学校里也是半天学习，半天劳动。至于说到学习，其实根本就没有课本，都是地区发的油印教材，课堂上主要是念报纸上的社论。开学这些天来，还没正经地上过什么课，全班天天在教室里学习讨论无产阶级专政理论。当然发言的大部分是城里的学生，乡里来的除过个别胆大的外，还没人敢说话。

　　每天的劳动可是雷打不动的，从下午两点一直要干到吃晚饭。这一段时间是孙少平最难熬的。每当他从校门外的坡底下挑一担垃圾土，往学校后面山地里送的时候，只感到两眼冒花，天旋地转，思维完全不存在了，只是吃力而机械地蠕动着两条打战的腿一步步在山路上爬蜒。

　　但是对孙少平来说，这些也许都还能忍受。他现在感到最痛苦的是由于贫困而给自尊心所带来的伤害。他已经十七岁了，胸腔里跳动着一颗敏感而羞怯的心。他渴望穿一身体面的衣裳站在女同学的面前；他愿自己每天排在买饭的队伍里，也能和别人一样领一份乙菜，并且每顿饭能搭配一个白馍或者黄馍。这不仅是为了嘴馋，而是为了活得尊严。他并不奢望有城里学生那样优越的条件，只是希望能像大部分乡里来的学生一样就心满意足了。

可是这绝对不可能。家里能让他这样一个大后生不挣工分白吃饭，让他到县城来上高中，就实在不容易了。大哥当年为了让他和妹妹上学，十三岁高小毕业，连初中也没考，就回家务了农。至于大姐，从小到大连一天书也没有念过。他现在除过深深地感激这些至亲至爱的人们，怎么再能对他们有任何额外的要求呢？

少平知道，家里的光景现在已经临近崩溃。老祖母年近八十，半瘫在炕上；父母亲也一大把岁数，老胳膊老腿的，挣不了几个工分；妹妹升入了公社初中，吃穿用度都增加了；姐姐又寻了个不务正业的丈夫，一个人拉扯着两个幼小的孩子，吃了上顿没下顿，还要他们家经常接济一点救命的粮食——他父母心疼两个小外孙，还常常把他们接到家里来喂养。

家里实际上只有大哥一个全劳力——可他也才二十三岁啊！大哥从十三岁起就担起了家庭生活的重担；没有他，他们这家人不知还会破落到什么样的境地呢！

按说，这么几口人，父亲和哥哥两个人劳动，生活是应该能够维持的。但这多少年来，庄稼人苦没少受，可年年下来常常两手空空。队里穷，家还能不穷吗？再说，父母亲一辈子老实无能，老根子就已经穷到了骨头里。年年缺空，一年更比一年穷，而且看来再没有任何好转的指望了……

在这样的情况下，他能上到高中，还有什么可说的呢？话说回来，就是家里有点好吃的、好穿的，也要首先考虑年迈的祖母和年幼的妹妹，更何况还有姐姐的两个嗷嗷待哺的小生命！

他在眼前的环境中是自卑的。虽然他在班上个子最高，但他感觉他比别人都低了一头。

而贫困又使他过分地自尊。他常常感到别人在嘲笑他的寒酸，因此对一切家境好的同学内心中有一种变态的对立情绪。就说现在吧，他对那个派头十足的班长顾养民，已经产生了一种强烈的反感情绪。每当看见他站在讲台上，穿戴得时髦笔挺，一边优雅地点名，一边扬起手腕看表的神态时，一种无名的怒火就在胸膛里燃烧起来，压也压不住。点名的时候，点到谁，谁就答个到。有一次点到他的时候，他故意没有吭声。班长瞪了他一眼，又喊了一声他的名字，他还是没有吭声。如果在初中，这种情况说不定立即就会引起一场暴力性的冲突。大概是因为大家刚升入高中，相互不摸情况，班长对于他这种侮辱性的轻蔑，采取了克制的态度，接着去点别人的名了。

点完名散场后，他和他们村的金波一同走出教室。这家伙喜眉笑脸地对他悄悄伸出一个大拇指，说："好！"

"我担心这小子要和我打架。"孙少平事后倒有点后悔他刚才的行为了。

"他小子敢！"金波瞪起一双大花眼睛，拳头在空中晃了晃。

金波和他同龄，个子却比他矮一个头。他皮肤白皙，眉目清秀，长得像个女孩子。但这人心却生硬，做什么事手脚非常麻利。平静时像个姑娘，动作时如同一只老虎。

金波他父亲是地区运输公司的汽车司机，家庭情况比孙少平要好一些，生活方面在班里算是属于较高层次的。少平和这位"富翁"的关系倒特别要好。他和他从小一块耍大，玩性很投合。以后又一直在一起上学。在村里，金波的父亲在门外工作，他家里少不了有些力气活，也常是少平他父亲或哥哥去帮忙。另外，金波的妹妹也和他妹妹一块上学，两个孩子好得形影不离。至于金波对他的帮助，那就更不用说了。他们在公社上初中时，离村十来里路，为了省粮省钱，都是在家里吃饭——晚上回去，第二天早上到校，顺便带着一顿中午饭。每天来回二十里路，与他一块上学的金波和大队书记田福堂的儿子润生都有自行车，只有他是两条腿走路。金波就和他共骑一辆车子。两年下来，润生的车子还是新的，金波的车子已经破烂不堪了。他父亲只好又给他买了一辆新的。现在到了县城，离家六七十里路，每星期六回家，他更是离不开金波的自行车了。另外，到这里来以后，金波还好几次给他塞过白面票。不过，他推让着没有要——因为这年头谁的白面票也不宽裕；再说，几个白面馍除顶不了什么事，还会惯坏他的胃口的……

唉，尽管上这学是如此艰难，但孙少平内心深处还是有一种说不出的高兴滋味。他现在已经从山乡圪崂里来到了一个大世界。对于一个贫困农民的儿子来说，这本身就是一件了不起的事啊！每天，只要学校没什么事，孙少平就一个人出去在城里的各种地方转：大街小巷，城里城外，角角落落，反正没去过的地方都去。除过几个令人敬畏的机关——如县革委会、县武装部和县公安局外，他差不多在许多机关的院子里都转过了——大多是假装上厕所而哄过门房老头进去的。由于人生地不熟，他也不感到这身破衣服在公众场所中的寒酸，自由自在地在这个城市的四面八方逛荡。他在这期间获得了无数新奇的印象，甚至觉得弥漫在城市上空的炭烟味闻起来都是别具一格的。当然，许许多多新的所见所识他都还不能全部理解，但所有的一切无疑都在他的精神上产生了影响。透过城市生活的镜面，他似乎更清楚地看见了他已经生活过十几年的村庄——在那个他所熟悉的古老的世界里，原来许多有意义的东西，现在看起来似乎有点平淡无奇了。而那里许多本来重要的事物过去他却并没有留心，现在倒突然如此鲜活地来到了他的心间。

除过这种漫无目的的转悠，他现在还养成了一种看课外书的习惯。这习惯还是在上初中的最后一年开始的。有一次他去润生家，发现他们家的箱盖上有一本他妈夹鞋样的厚书，名字叫《钢铁是怎样炼成的》。起先他没在意——一本炼钢的书有什么意思呢？他随便翻了翻，又觉得不对劲。明明是一本炼钢的书，可里面却不说炼钢炼铁，说的全是一个叫保尔·柯察金的苏联人的长长短短。他突然对这本奇怪的书产生了强烈的好奇心。他想看看这本书倒究是怎么回事。润生说这书是他姐的——润生他姐在县城教书，很少回家来；这书是润生他妈从城里拿回来夹鞋样的。

润生妈同意后，他就拿着这本书匆匆地回到家里，立刻看起来。

他一下子就被这书迷住了。记得第二天是星期天，本来往常他都要出山给家里砍一捆柴；可是这天他哪里也没去，一个人躲在村子打麦场的麦秸垛后面，贪婪地赶天黑前看完了这本书。保尔·柯察金，这个普通外国人的故事，强烈地震撼了他幼小的心灵。

天黑严以后，他还没有回家。他一个人呆呆地坐在打麦场边上，望着满天的星星，听着小河朗朗的流水声，陷入了一种说不清楚的思绪之中。这思绪是散乱而飘浮的，又是幽深而莫测的。他突然感觉到，在他们这群山包围的双水村外面，有一个辽阔的大世界。而更重要的是，他现在朦胧地意识到，不管什么样的人，或者说不管人在什么样的境况下，都可以活得多么好啊！在那一瞬间，生活的诗情充满了他十六岁的胸膛。他的眼前不时浮现出保尔瘦削的脸颊和生机勃勃的身姿。他那双眼睛并没有失明，永远蓝莹莹地在遥远的地方兄弟般地望着他。当然，他也永远不能忘记可爱的富人的女儿冬妮娅。她真好。她曾经那样地热爱穷人的儿子保尔。少平直到最后也并不恨冬妮娅。他为冬妮娅和保尔的最后分手而热泪盈眶。他想：如果他也遇到一个冬妮娅该多么好啊！

这一天，他忘了吃饭，也没有听见家人呼叫他的声音。他忘记了周围的一切。一直等到回到家里，听见父亲的抱怨声和看见哥哥责备的目光，在锅台上端起一碗冰凉的高粱米稀饭的时候，他才回到了他生活的冷酷现实中……

从此以后，他就迷恋上了小说，尤其爱读苏联书。在来高中之前，他已经看过了《卓娅和舒拉的故事》。

现在，他在学校和县文化馆的图书室里千方百计搜寻书籍。眼下出的书他都不爱看，因为他已经读过几本苏联小说，这些中国的新书相比而言，对他来说已经没什么意思了。他只搜寻外国书和"文化大革命"前出的中国书。

渐渐地，他每天都沉醉在读书中。没事的时候，他就躺在自己的一堆破烂被褥里没完没了地看。就是到学校外面转悠的时候，胳膊窝里也夹着一本——转悠够了，就找个僻静地方看。后来，竟然发展到在班上开会或者政治学习的时候，他也偷偷把书藏在桌子下面看。

不久，他这种不关心无产阶级政治，光看"反动书"的行为就被人给班主任揭发了。告密者就是离他座位不远的跛女子侯玉英。

那天班上学习《人民日报》社论"领导干部带头学好"的文章，班主任主持，班长顾养民念报纸。孙少平一句也没听，低着头悄悄在桌子下面看小说。他根本没有发现跛女子给班主任老师示意他的不轨行为。直等到老师走到他面前，把书从他手里一把夺过去后，他才猛地惊呆了。全班顿时哄堂大笑。顾养民不念报了，他看来似乎是一副局外人的样子，但孙少平觉得班长分明抱着一种幸灾乐祸的态度，看老师怎样处置他呀。

班主任把没收的书放在讲桌上，先没说什么，让顾养民接着往下念。

学习完了以后，老师把他叫到宿舍，意外地把书又还给了他，并且说："《红岩》是一本好书，但以后你不要在课堂上看了。去吧……"

孙少平怀着感激的心情退出了老师的房子。他从老师的眼睛里没有看出一丝的谴责，反而满含着一种亲切和热情。这一件小小的事，使他对书更加珍爱了。是的，他除过一天几个黑高粱面馍以外，再有什么呢？只有这些书，才使他觉得活着还是十分有意义的，他的精神也才能得到一些安慰，并且唤起对自己未来生活的某种美好的向往——没有这一点，他就无法熬过眼前这艰难而痛苦的每一个日子。

而在他眼下的生活中，实际上还有一件令他无法言明的、给他内心带来一丝温暖和愉快的小小的事情。这件事实际上我们已经知道了，这就是：每天吃饭的时候，在众人散尽而他一个人去取自己那两个黑馍——每当这样的时候，他总能看见另外一个人做同样一件事。

当然，在起先的时候，他和那个叫郝红梅的女生都是毫不相干地各自拿了自己的馍就离开了。

不知是哪一天，她走过来的时候，看了他一眼。他也看了她一眼。尽管谁也没说话，但实际上说了。人们在生活中常常有一种没有语言的语言。从此以后，这种眼睛的"交谈"就越来越多了。

孙少平发现，郝红梅实际上是班里最漂亮的女生。只是因为她穿戴破烂，再加上一脸菜色，才使得所有的人都没有发现这一点。这种年龄的男青年，又刚刚有了一点文化，往往爱给一些"洋女生"献殷勤。尤其是刚从农村来的男生，在他们的眼里，城里干部的女儿都好像是下凡的仙女。当然，这般年龄的男女青年还说不上正经八百地谈恋爱，但他们无疑已经肤浅地懂得了这种事，并且正因为刚懂得，因此比那些有过经历的人具有更大的激情。

　　孙少平目前还没有到这样的地步。他只是感到，在他如此潦倒的生活中，有一个姑娘用这样亲切而善意的目光在关注他，使他感到无限温暖。她那可怜的、清瘦的脸颊，她那细长的脖项，她那刚能遮住羞丑的破烂衣衫，都在他的内心荡漾起一种春水般的波澜。

　　他们用眼睛这样"交谈"了一些日子后，终于有一天，她取完那两个黑面馍，迟疑地走到他跟前，小声问他："那天，老师没收了你的那本书，叫什么名字？"

　　"《红岩》。我在县文化馆借的。"他拿黑面馍的手微微抖着，回答她。她离他这么近，他再也不敢看她了。他很不自在地把头低下，看着自己手里的那两个黑东西。

　　"那里面有个江姐……"她本来不紧张，但看他这样不自在，声音也有点不自然了。

　　他赶忙说："是。后来牺牲了……很悲壮！"他加添了一个自认为很出色的词，头仍然低着。

　　"还有一个双枪老太婆。"她又说。

　　"你也看过这书？"他现在才敢抬起眼皮看了她一眼。

　　"我没看过。以前听我爸说过里面的故事。"

　　"你爸？你爸看过？"

　　"嗯。"

　　"你爸在？……"少平显然有点惊讶这位穿戴破烂的女生，她父亲竟然看过《红岩》，因此弄不明白她父亲是干什么的了。

　　"我爸是农民，成分不好，是地主，不，我爷爷是地主，所以……"

"那你爸上过学？"

"我爸没上过。我爷上过。我爸的字是我爷教的。我爷早死了……我没看过《红岩》小说，但我会唱《红岩》歌剧里的歌。我的名字就是我爸从这歌词里面取的。那歌剧有一句歌词是：红岩上，红梅开……"

她这样轻声慢语地说着，他呆呆地听着。

她突然红着脸说："你的书还了没有？"

他说："还没。"

"能不能借我看一下？"

"能！"他爽快地回答。

于是，第二天他就把书交到了她的手里。

在这以后，只要孙少平看过的书，就借给郝红梅看。无论是他给她借书，还是她给他还书，两个人不约而同地都是悄悄进行的。他们都知道，一个男生和一个女生这样过分亲密的交往，如果让班里的同学们发现了，会引起什么样的反响——那他们也就别想安宁地过日子了！

第三章

惊蛰过后很长一段日子，尽管节令也已经又越过了春分，但连绵的黄土高原依然是冬天的面貌。山野里草木枯黑，一片荒凉。只是夜晚的时间倒明显地缩短了。

一直到了四月初，清明节的前一天，突然刮起了一场铺天盖地的大黄风。风刮得天昏地暗，甚至大白天都要在房子里点亮灯。根据往常的经验，这场黄风是天气变暖的先兆。是的，从节令来看，也应该有些春天的迹象了。

清明那一天，黄风停了。但天空仍然弥漫着尘埃，灰蒙蒙一片笼罩着天地。以后紧接着的几天，气候突然转暖了。人们惊异地发现，街头和河岸边的柳树不知不觉地抽出了绿丝；桃杏树的枝头也已经缀满了粉红的花蕾。如果留心细看，那向阳山坡的枯草间，已经冒出了一些青草的嫩芽。同时，还有些别的树木的枝条也开始泛出鲜亮的活色，鼓起了青春的苞蕾，像刚开始发育的姑娘一样令人悦目。

孙少平的日子过得和往常差不多：吃黑高粱面馍；看借来的课外书；在城里的各个地方转悠。他继续把看完的书又借给郝红梅看。他们两个人现在的交往，倒比开始时自然多了，并且对对方的一些情况也有所了解。

时间长了一些，班上同学之间也开始变得熟悉起来。他和乡里来的一些较贫困的学生初步建立起了某种友谊关系。由于他读书多，许多人很爱听他讲书中的故事。这一点使孙少平非常高兴，觉得自己并不是什么都低人一等。加上气候变暖，校园里已经桃红柳绿，他的心情开朗了许多。而且他的单衣薄裳现在穿起来倒也正合适，不冷不热。除过肚子照样填不饱外，其他方面应该说相当令人满意了。

这天下午劳动，全班学生在学校后面的一条拐沟里挖他们班种的地。不到一个小时，孙少平就感到饿得头晕眼花。他有气无力地抡着镢头，尽量使自己不落在别人的后面。

好不容易熬到快要收工的时候，他们村的润生突然来到他跟前，说："少平，我姐中午来找我，说让我把你带上，下午到我二爸家去一下。她说有个事要给你说。我姐还说让你下午别在学校灶上吃，到我二爸家去吃饭……"

润生说完这话，就又回到他挖地的地方去了。

孙少平一下子被这意外的邀请弄得不知所措。

润生的姐姐叫他有什么事呢？而且还叫他到她二爸家去！

这使他感到惶恐不安——润生他二爸是县革委会的副主任，在县上可是一个大人物。有时他二爸路过回村子，坐的都是吉普车呢。记得当时他常常想走近去看看停在公路边的小车，都吓得不敢去，何况现在要叫他去他们家吃饭呢！

不过，他对润生的姐姐润叶倒怀有一种亲切的感情。尽管润叶她爸是他们村的支部书记，她二爸又是县上的领导，门第当然要高得多，但润叶姐不管对村里的什么人都特别好。而最主要的是，润叶姐小时候和他大哥一块耍大，又一起念书念到小学。后来润叶姐到县城上了中学，而哥哥因为家穷回村当了农民。但润叶姐对哥哥还像以前一样好。后来润叶姐在县上的城关小学教了书，成了公家人，每次回村来，还总要到他们家来串门，和哥哥拉家常话。她每次来他们家都不空手，总要给他祖母带一些城里买的吃食。最叫全村人惊讶的是，她每次回村来，还提着点心去看望她户族里一个傻瓜叔叔田二。田二自己傻不说，还有个傻儿子，父子俩经常在窑里屙尿，臭气熏天，村里人一般谁也不去他家踏个脚踪；而润叶姐却常提着点心去看他们，这不得不叫全村人夸赞她的德行了。

相比之下，润叶她爸倒没有她在村里威信高。由于少平的父亲和哥哥性子都很耿直，少不了常和书记顶顶碰碰，因此他们两家的关系并不怎么好。但润叶姐却始终和他们家保持着一种亲密关系。也许因为这一点，平时书记才没有过分地和他们一家人过不去。少平在内心一直对润叶姐充满了尊敬和感激。

按说，润叶姐要求他的事，他都应该按她说的做。但现在叫他到她二爸家去吃饭，他倒的确有点惶恐和为难了。他想到他穿这么一身破烂衣服，要跑到尊贵的县领导家里去做客，由不得一阵阵心跳耳热。

一直到收工回了宿舍，学校马上要开饭的时候，孙少平还是拿不定主意。他想他如果不去，就太对不起润叶姐了，况且润叶姐还有话要对他说呢；他不去，说不定还会误了润叶姐的什么事。如果去，他又感到有点惧怕。他长这么大，还没到这么大的领导家里去过，更不要说还要在人家家里吃饭。另外，他感到他的这身衣服也太丢人了。

他突然想到了一个折中的办法：他先不去润叶她二爸家吃饭。等他在学校吃完饭后，过一段时间，他直接到城关小学去找润叶。这样既见了润叶姐，又可以不去她二爸家。至于城关小学，他知道就在中学下面不远的地方，他前一段瞎转悠的时候，还到这小学的操场上去过。

他这样决定以后，又想到润生说不定马上就要叫他来了，因此不能待在宿舍里，得找个地方去躲一躲。

他很快出了宿舍，来到院子里。

到哪里去呢？现在还没开饭——就是开了饭，他也要等别人吃完以后才去。这期间还有一段时间，反正总得找个去处。

他于是出了南边总务处旁边的一个小门，来到学校围墙外面。他沿着墙根向西面的一个小沟汊走去。

孙少平在这小山沟里消磨了一阵时间，并且还折了一枝发绿的柳枝，做了一只哨子，衔在嘴里吹着——他身上显然还有些孩子气。

他约莫别人已经打完饭后，才又从那个小门进了校园，来到饭场上。他走到馍筐前，看见里面只留了两个黑面馍——这说明郝红梅已经把自己的两个拿走了。

他取了这两个黑馍，向宿舍走去。他想，等他吃完这两个馍，再喝一点开水，就去小学找润叶姐；也许那时润叶姐还没从她二爸家返回学校，但这不要紧，他可以在她门外等一等。

孙少平这样想着，拿着两个黑馍走到了他宿舍的门口。

他在门口一下子愣住了：他看见润叶姐正坐在他宿舍的炕边沿上，望着他发笑——显然在等他回来。

少平一下子连话也说不出来了。倒是润叶姐走前来，仍然笑着说："我让润生叫你到我二爸家去，你怎不来呢？"

"我……"他不知说什么才对。

润叶姐敏捷地一把从他手里夺过那两个黑馍，问："哪个是你的碗？"

他指了指自己的碗。

她把馍放在他碗里，说："走，跟我吃饭去！"

"我……"

润叶已经过来，扯着他的袖口拉他了。

现在没办法拒绝了，少平只好跟着润叶姐起身了。他一路相跟着和润叶姐进了县革委会的大门。进了大门后，他两只眼睛紧张地扫视着这个神圣的地方。县革委会一层层窑洞沿着一个小斜坡一行行排上去，最上面蹲着一座大礼堂，给人一种非常壮观的景象。在晚上，要是所有的窑洞都亮起灯火，简直就像一座宏伟的大厦。

现在，少平看见最上面一排窑洞的砖墙边上，润生探出半截身子正看着他们往上走。润生抽着纸烟，不老练地弹着烟灰。田福堂的这个宝贝儿子刚一进城，就把干部子弟的派势都学会了。

少平跟润叶进了她二爸家的院子，润生走过来对他说："我到宿舍找了你两回，你到哪里去了？"

少平有点不好意思，说："我……去给学校还镢头去了。"他一边撒谎，一边瞥了一眼这家著名人物的院子：一共四孔窑洞，一个不大的独院；墙那边看来还住着另外几家领导，格局和这院子一模一样。院子东边有个小房，旁边垒一堆炭块，显然是厨房。院子西边有个小花坛，一位穿灰毛线衣的人正拿把铁锨翻土。他以为这就是润叶她二爸。仔细一看，是位头发花白的老干部，他并没见过。

他心慌意乱地跟润叶进了边上的一孔窑洞。润生说他要去看电影，和他打了个照面就走了。

润叶让他坐在一个方桌前，接着就出去为他张罗饭去了。

现在他一个人坐在这陌生的地方，心还在咚咚地跳着。两只手似乎没个搁处，只好规规矩矩放在自己的腿膝盖上。还好，这屋子里没人。他环顾四周，发现这窑洞里不盘炕，放着一些箱子、柜子和其他杂物。窑洞不小，留出很大一块空间。这张方桌的四周摆着一圈椅子、凳子，显然是专门吃饭的地方。

正在这时，他听见外面有个女的和润叶说话。听见润叶叫这人二妈，少平便知道这是田主任的爱人——听说她在县医院当大夫，动手术非常能行，老百姓到县医院治病，都抢着找徐大夫。

听见徐大夫声音很大地喊着说："爸，你怎不穿棉衣？小心感冒！"又听见一个老人瓮声瓮气地回答说："我不冷……"少平估计这就是他刚才在院子花坛边看见的那个翻土的老头——原来这是田主任的老丈人。

不一会，润叶便端着一个大红油漆盘子进来了。

他赶忙站起来。润叶把盘子放在方桌上，然后把一大碗猪肉烩粉条放在他面前，接着又把一盘雪白的馒头也放在了桌子上。她亲切地用手碰了碰他的胳膊，说："快坐下吃！我们已经吃过了，你吃你的，我出去刷一下碗筷。不要怕，好好吃，我知道你在学校吃不好……"她拿着木盘出去了。

孙少平的喉眼骨剧烈地耸动起来。肉菜和白馍的香味使他有些眩晕。

他坐下来，拿起筷子，先长长地吐了一口气。他什么也不想了，闷着头大口大口地吃起来。感谢润叶姐把他一个人留在这里，否则他吃这顿好饭会有多别扭！

他把一大碗猪肉粉条刨了个净光，而且还吞咽了五个馒头。他本来还可以吃两个馒头，但克制住了——这已经吃得不像话了！

他放下碗筷，感到肚子隐隐地有些不舒服。他吃得太多太快了；他那消化高粱面馍的胃口，经不住这种意外的宠爱。

他从凳子上立起身来，在脚地上走了两步。这时，润叶姐进来了，她后边还跟进来一个姑娘，对他笑了笑。

润叶姐对他说："这是晓霞，我二爸的女子。你不认识？她也是才上高中的。"

"你和润生是一个班的吧？"田晓霞大方地问他。

"嗯……"少平一下子感到脸像炭火一般发烫。他首先意识到的是他的一身烂脏衣服。他站在这个又洋又俊、穿戴漂亮的女同学面前，觉得自己就像一个叫花子到她家门上讨吃来了。

润叶收拾他的碗筷，晓霞热情地给他泡茶。

晓霞把茶杯放在他面前，说："咱们是一个村的老乡！你以后没事就到我们家来玩。我长了十七岁，还没回过咱村呢！什么时间我跟你和润生一起回一次咱们双水村……我是高一（2）班的，听润生说过咱村还来了两个同学，都分在高一（1）班了，也没去认识你们。你看，我这个老乡真是太不像话了！"

晓霞用一口标准的普通话连笑带说。她的性格很开朗，一看就知道人家是见过大世面的人！少平同时发现，田晓霞外面的衫子竟然像男生一样披着，这使他感到无比惊讶。

他立在脚地上，仍然紧张得火烧火燎。等润叶把他的碗筷送到厨房重新返回来的时候，他赶快对她说："姐，没什么事我就走呀……"

润叶大概也看出了他的窘迫，笑着说："我还没跟你说话呢！"

少平这才想起，润叶姐不光是叫他来吃饭的，她还有事要给他说哩！

润叶姐看来很理解他的难处，马上又说："那好，我去送送你，咱们路上再说。"

"喝点水再走吧！"晓霞把水杯往他面前挪了挪。

"我不渴！"他像农民一样笨拙地说。

晓霞露出两排白牙齿笑了，说："那我这杯水算是给你白倒了！"

少平立刻意识到这是一句略带揶揄意味的玩笑话。这种玩笑话实际上是一种亲切的表示。不过，这却使他更拘束了，竟然满脸通红，无言对答。

晓霞看他这样难为情，赶忙笑着给他点了点头，就出去了。

他于是就和润叶姐相跟着起身回学校去。

走了一段路以后，润叶突然问他："你这个星期六回不回家去？"

"回。"他回答说。

"你回去以后，给你哥说，让他最近抽个空，到我这里来一下……"她说话的时候，也不看他，头低着，用脚把一颗碎石块踢得老远。

少平一时想不开她叫他哥来做什么。既然润叶姐不明说，他也不好问。他只是随便说："家里一烂包，怕他抽不开身……"

"不管怎样，无论如何叫他最近来一次！一定把这话给他捎到！叫他到城里后，直接到小学来找我！"她态度坚决地对他说。

少平知道，他哥看来非来不行了，就认真地对润叶姐说："我一定把你的话捎给他！"

"这就好……"她亲切地看了他一眼。

天开始模模糊糊地黑起来了。城市的四面八方，灯火已经闪闪烁烁。风温和地抚摸着人的脸颊。隐隐地可以嗅到一种泥土和青草芽的新鲜味道。多么好呀，春夜！

现在，润叶姐把他送到了学校的大门口。她站定，说："你快回去……"说完这话后，便从自己的衣袋里摸出个什么东西，一把塞进他的衣袋，旋即就转过身走了。走了几步她才又回过头说："那点粮票你去换点细粮吧……"

少平还没有反应过来这是怎么一回事，润叶姐就已经消失在坡下的拐弯处了。

他呆呆地立在黑暗中，把手伸进自己的衣袋，紧紧地捏住了那个小纸包。他鼻子一酸，眼睛顿时被泪水模糊了……

第四章

星期五，孙少平请了半天假，来到城关粮站，拿润叶姐给他的五十斤粮票，按粗细粮比例，买了二十斤白面和三十斤玉米面。这年头，五十斤粮票可不是一个小数字啊！

润叶姐塞给他的那个小纸包里，还有三十元钱，买完这些粮，还剩了十元，他准备拿这钱给祖母买点止痛片和眼药水，然后再给自己换一点学校大灶上的菜票。

他把这些粮食从粮站上背到学校，换了三十斤"亚洲"票和五斤"欧洲"票。另外的十五斤白面他舍不得吃，准备明天带回家去，让老祖母和两个小外甥吃。三十斤玉米面他已经够满足了。在以后一段日子里，他可以间隔地在自己的黑"非洲"中夹带一个金黄色的"亚洲"。至于那五斤"欧洲"票，他是留着等哥哥来一起吃的。哥哥来城里，总不能顿顿饭都在润叶姐那里吃；要是亲爱的哥哥来学校吃饭，他不能让他也在中学的饭场上让别人冷眼相看……

第二天中午，他先到街上给祖母买好了药，然后就把那一小袋面粉提到金波的宿舍里。两个人相帮着把它绑在后车座的旁边，就准备一起相跟着回家了。

每到这个时候，学校就乱成一团。乡里的学生纷纷收拾起空瘪的干粮袋，离城近的步行，离城远的骑自行车，纷纷涌出了校门口。他们要回家去度过一个舒服的夜晚。在家里，光景好些的人家，大人们总要给回家的孩子做两顿好吃的，然后再打闹一口袋像样的干粮，以便下一个星期孩子在大灶饭外有个补充。这期间，偌大的学校里就像退了潮的海滩那般宁静。到了星期天下午，乡里的学生又都纷纷返回来，这个世界才又恢复了它那闹哄哄的局面……

少平和金波骑着车子出了县城，便沿着向西的一条公路，一个带着一个，往家里赶去。两个人共同骑过好几年车子，他们一路上换着蹬，轻松而愉快。

到了罐子村的时候，少平猛一下停住了车。他突然看见他妹妹兰香站在公路边，像是在等人——说不定就是在等他哩！

他和金波跳下车子，兰香已经跑到跟前来了。少平吃惊地看见妹妹脸蛋上挂着两颗泪珠，赶忙问："出什么事了？"

"姐夫……"兰香刚一开口，就哭得说不下去了。

少平扭头对金波说："你骑车先回去。那点面先搁在你家里，罢了我来取……"

金波是个聪敏小子，他明白少平姐夫家大概出了事，他也许不便帮什么忙，就骑着车子走了。上车子后，他又扭过头说："需要我，你言传一声……"

金波走后，为了使妹妹平静一点，少平用手在她头上亲切地摸了摸，说："别哭了，你快给我说，出什么事了？"

兰香揩了一把眼泪说："姐夫叫公社拉到工地上劳教去了……"

"我还以为他死啦！在什么地方？"少平问妹妹。

"就在咱村里。"

"为什么劳教？"

"出去贩卖了点老鼠药，人家说他走资本主义道路……"

孙少平一下子感到又急又难受。他知道这件事会把他们家在全公社扬臭。这年头，老百姓尽管少吃缺穿，但非常看重政治名誉。谁家的一个人给糟践上这么一次，家里另外的人跟集上会都有人指着后脑勺说长道短。更不要说，以后公家在农村需要个人，家庭成员有政治问题，那就只能靠边站了。另外，他姐夫平时就溜溜达达不好好劳动，家里光景一烂包，全凭姐姐一个人拉扯两个孩子。要是劳教，丢人不算，还不给工分，一年下来又不知要出多少粮钱——现在他们家多年的粮钱都堆在一起也还不了账。

"王八蛋！"孙少平气愤地骂了一句他姐夫。

"就苦了个姐姐……"兰香难受地说。她今年十三岁，身体已经扯开了条，尽管穿一身旧衣服，但乌黑的短头发剪得整整齐齐，白白的脸盘加上尖俏的下巴，一副非常可爱的模样。由于家境贫困，她从小就很懂事，刚刚四五岁就常提个小篮篮出去拔猪草、捡柴火。这孩子脑子反应很快，在数学方面很有些天资，小时候父亲和哥哥在家里算账，她在旁边一口就说出来了，常常把两个大人惊得目瞪口呆……

现在，这兄妹俩站在罐子村的公路边上，把他们的姐夫王满银恨得咬牙切齿。

少平对妹妹说："走，咱现在回村子去！"

兰香说："姐姐让我在这里照门哩……"

"你怎敢晚上一个人住在这？再说，这家里有什么金子银子要照哩？那几个破盆子烂碗，白给贼娃子都不要！走，咱上去把门一锁，回家去。"

"行！"兰香也早在这里待不住了，想回村去看看事情究竟如何凶险。

这兄妹俩把罐子村姐姐家的门一锁，就相跟着一路小跑往回走。

离村子一里路的地方，他俩紧张地站在公路上，不敢走了。公社农田基建会战工地就在他们村头，已经听见高音喇叭的吼叫声了。远处，在东拉河对面的半山坡上，插着许多红旗，人群像蚂蚁一样乱纷纷的。两个孩子马上想到，那个不是东西的姐夫就在那里劳教。说不定爸爸也在那里——因为他是基建队的。当然，二爸肯定也在那里，他是大队支部委员，又是队里的基建队长。说不定二爸还能帮点什么忙吧？他总算是队里的一个领导人。不过，二爸是个穷先进，不可能给这种"资本主义"说情。再说，这是全公社会战，就是他愿意帮忙，恐怕也顶不了多少事。

这两个孩子顿时被眼前这宏伟的场面吓住了，站在这里不知如何是好。要是他们一直沿公路走回去，对面村里的人肯定都会看见的。真丢人啊！本村的人说不定还要给陌生的外村民工指点他俩，说：瞧，这就是王满银的小舅子和小姨子！

"咱干脆绕着从山背后回家去？"兰香想出个聪明办法，对她二哥说。

少平想了一下，同意了妹妹的建议。于是两个人就蹚过东拉河，从山背后的一条庄稼小路上转着往回走。

他们来到工地上面的土畔时，忍不住都把腰猫下，从土棱边探出头，往下边的工地上看。对这两个孩子来说，这下面不是在劳动，而是在进行一场战争。

下面人群乱纷纷的，红旗招展，喇叭吼叫，黄尘飞扬，一片热闹非凡的景象。

一九七五年，由于国家政治生活的不正常，社会许多方面都处在一种非常动荡和混乱的状态中。在农村，阶级斗争的弦绷得更紧了。县、社、队三级，一切工作都用革命大批判来开路。有的县竟然集中四五百脱产干部，到一个生产队去批判一个大队书记的"资本主义倾向"。在公社一级，出现了一种武装的"民兵小分队"，这个组织的工作就是专门搞阶级斗争。这些各村集中起来的"二杆子"后生，在公社武装专干的带领下，在集市上没收农民的猪肉、粮食和一切当时禁卖的东西。他们把农村扩大了几尺自留地或犯了点其他"资本主义"禁忌的老百姓，以及小偷、赌徒和所谓的"村盖子""母老虎"，都统统集中在公社的农田基建会战工地上，强制这些人接受"劳教"。

孙少平的姐夫王满银，是今天上午被公社的民兵小分队从罐子村带到这工地的。前几天他逛了一回县城，从一个河南手艺人那里买了些老鼠药。他返回时就在石圪节的集市上倒卖了其中的十几包，每包赚了五分钱，总共得利不足一元。不知这事怎么就让公社的民兵小分队知道了。姐姐兰花现在最着急的是，她大弟弟少安不在家。家里出了这么大的事，如果少安在，众人心里还有个依托。

第五章

家里和村里一整天发生的事，门外的孙少安都一无所知。他此刻正跪在米家镇兽医站这个简易牲口棚里，手忙脚乱地给生产队的病牛灌汤药。

给这么一个不通灵性的庞然大物吃药，一个人简直对付不了。下午头一顿药，有兽医站的人帮忙，一个人捉牛头，一个人灌药，没有眼下这么费劲。这而今夜半更深，兽医站的人别说早已经下了班，现在恐怕都睡得死沉沉的了。

他跪在这肮脏的牲口棚里，一条胳膊紧搂着牛脖子，一只手拿一个铁皮长卷筒，在破脸盆里舀一卷筒药汤，然后扳起卧着的牛头，用铁皮卷筒头撬开紧闭的牛牙关，把药强灌下去。有时灌呛了，牛给他喷一身。他顾不了这些，尽量不让牛把药糟蹋掉，浑身的劲都使在抱牛脖子的那条胳膊上，两个腿膝盖在牛棚的粪地上拧出了两个深坑，紧张得浑身大汗淋漓。

他们队这头最好的牛，简直就是全队人的命根子。它口青力大，走势雄健，干活是全村两个队最拔尖的。二队队长金俊武，前年曾提出用他们队两头牛再搭一条好毛驴换他这头牛，他都没换。平时耕地，只要他在场，就不让其他社员使役，常自己亲自执这犋犁。他怕别人不爱惜，让牛劳累过度。他还经常给饲养员田万江老汉安顿，给这头牛加草加料，偏吃偏喝。

不料今年刚开春动农，这头牛就病了。牛两天没好好吃草料，他也两天没好好吃饭。这牛一病，他也似乎病了。今早上，他赶紧亲自吆着牛，来到米家镇的兽医站。好在兽医站一检查，没什么大毛病，只是牛肚子里上了点火，兽医说灌几服药就会好的。当时开好药后，就给灌了一服。兽医站的人说，最好晚上十二点钟再灌一次。本来他想当天就返回双水村，但考虑牛有病，来回路上折腾一天，恐怕牲灵受不了，就决定在米家镇过一夜。

现在，他把最后一卷筒药汤灌进了牛嘴巴，亲热地拍拍牛脑袋，然后就疲乏地站起来，把空脸盆和卷筒放在窗台上。他看见牛的眼睛出现了一种活泼的亮色，心里就踏实了许多。

他出了牛棚，看见兽医站里一片黑灯瞎火。哪个窑洞里传出来一阵鼾声，打雷般响亮。这已经是深夜了。

他迈着两条长腿，穿过院子，出了兽医站的土豁子大门，来到公路上。前面不远几步，就是米家镇的那条小街道。现在那里也已经没有了人迹，只有几盏昏黄的路灯，照耀着空荡荡的街道。

他现在到什么地方去度过这一夜呢？他白天抽不出身，也没到旅社去登记个床位。这是公事，他可以掏钱住一宿旅社。但现在旅社恐怕也住不上了。米家镇就一个小旅社，这里过往人多，通常天不黑就住满了人。

他从公路上盲目地向镇子里走去。唉，如果在石圪节，他还有些熟人，甚至还认得一两个公社干部，他哪里都可以凑合一夜的。可这米家镇已经到了外县，人生地不熟，他到什么地方去住这一夜呢？要是夏天也好，他可以在兽医站的院子里随便找个地方一躺就行了。这现在虽然已经开春，棉衣还没有离身呢，一早一晚怪冷的；米家镇又在大川道里，风特别硬。

他一路毫无主意地向街道那里走，并不知道他到了街上又能怎样。

他猛然想起：俊山叔的女儿金芳，不就出嫁在这米家镇上了吗？听说她女婿就在这镇上木匠铺里，家离街道也不太远。能不能去她家歇息一晚上呢？

他在朦胧的月光下摇了摇头，很快打消了这个念头。这已经夜半更深，人家早睡熟了，怎好意思敲门打窗惊动人家呢！

　　现在，他已经来到了街道上。这街道虽然也破破烂烂，但比石圪节多了许多铺子门面，看起来像个城镇的街道。少安惆怅地站在一根电杆下面，不知如何是好。昏黄的街灯照出他高大的身躯，脸型、身材和他弟少平非常相似，只不过因为劳动的缘故，显得更要壮实一些。高鼻梁直直的，也像希腊人一样。脸上分明的线条和两片稍稍向下弯曲的嘴唇，显出青年男子的刚骨气。从眼神中可以看出，这已经是一个有了一些生活阅历的人。尽管他只有二十三岁，但和这样的青年打交道，哪怕你有一大把年纪而且老于世故，也要认真对付的。

　　孙少安站在路灯下，从上衣口袋里摸出一张小纸条，又从烟布袋里捏了一撮烟叶，熟练地卷了一根烟棒。他抽烟，但不用烟锅抽。他觉得烟锅太小，抽两口就完了，太麻烦，就经常用纸卷着抽旱烟。纸烟他抽不起，除过要办大事，平时很少买。今天出门办事，他现在口袋里还有半包"金丝猴"香烟，但他舍不得抽。一年四季卷着抽烟，也要费许多纸的。报纸太厚，他就常拿少平和兰香写过的旧作业本卷着抽。

　　少安卷起一支烟后，发现他没有火。走时太忙，打火机丢在了家里的炕上；到了米家镇，忙得又忘了买一盒火柴。

　　他此刻多么想抽一支烟啊！他好像隐隐约约听见远处传来一阵"叮叮咣咣"的声音。他仔细听了一下，听出来这是打铁的声音。在什么地方呢？好像在街头的那一边。好，打铁的地方有火，去那里点个火抽支烟吧！

　　他蹽开两条长腿，手指头里夹着那支卷好的烟棒，就向传来锤声的那边走了过去。

　　他一直走完这条不长的街道，并且出了街那头，才在一个小土坡下面找见了那个铁匠铺。

　　铁匠铺的一扇门闭着，另一扇门开了一条缝，看见里面红光闪耀，大锤小锤响得如同炒爆豆一般。

　　少安犹豫了一下，就推开了这扇虚掩的门。他看见打铁的是一老一少。老的显然是师傅，一只手里的铁钳夹一块烧红的铁放在砧子上，另一只手拿把小铁锤在红铁上敲打。师傅打在什么地方，那个抡大锤的徒弟就往那里砸去。叮叮咣咣，火花四溅。两个人腰里都围一块到处是窟窿眼的帆布围裙。

少安进来的时候，这两个人正趁热打铁，谁也没顾上看他。直等到那块铁褪了红色，被老汉重新夹进炉里的时候，这两个人才惊奇地打量起他来。

少安赶忙说："老师傅，借个火点一下烟。"

"行！"铁匠师傅用铁钳夹了一块红炭火给他伸过来。少安赶忙凑上去点着了那支烟棒。他听口音，知道铁匠是河南人。黄土高原几乎所有的铁匠都是河南人。河南人是中国的吉卜赛人，全国任何地方都可以看见这些不择生活条件的劳动者。试想，如果出国就像出省一样容易的话，那么全世界也会到处遍布河南人的足迹。他们和吉卜赛人不一样。吉卜赛人只爱漂泊，不爱劳动。但河南人除过个别不务正业者之外，不论走到哪里，都用自己的劳动技能来换取报酬。

孙少安点着烟后，因为离炉火站得近，他才感到浑身一阵发冷。他于是圪蹴在炉边，伸出两只手想烤一烤火。

"这么晚了，你还不睡啊？你是哪儿的？"河南老师傅一边拉风箱，一边问他。

少安对他说："我是双水村的，给队里的牛看病，天晚了，还没寻下个住处……"

那位年轻徒弟说："旅社恐怕人都住满了。"

"就是的……"少安脑子里继续盘算他到哪里去过夜。

"我看你今晚找不下地方了……这镇上有没有熟人？"老师傅问他。

"没。"少安对他说。

"噢……"师傅用铁钳拨弄着炭火里的铁块，说，"你要是实在没去处，不嫌俺这地方，可以凑合一下，不过没铺没盖。可这地方还暖和……"河南人由于自己经常到处漂流浪游，因此对任何出门人都有一种同情心，他们乐意帮助有困难的过路人。

少安一下子高兴得站起来，说："行！老师傅，这就给你老添麻烦了……"

的确，他很感激这个河南老师傅。没铺盖算什么，他能在这火边圪蹴到天明就行了，总比一晚上蹲在野场地挨冷受冻强。

少安问师傅："这么晚你们还干活？"

徒弟回答他说："这件活说好明早上人家来取，不加班不行。"

少安看炉灶里的铁烧红了，就从口袋里掏出两根"金丝猴"纸烟，走过去对那个年轻徒弟说："师傅，你先歇着抽支烟，让我来替你添几下锤！"

那徒弟看他这样实心，就很乐意地接过纸烟，把手中的铁锤让给少安。

少安又把另一根纸烟，恭敬地夹在执钳操锤的老师傅的耳朵上——老师傅现在不仅没空抽，甚至腾不出手来接烟卷。

等老师傅把烧红的铁块放在铁砧子上后，少安就抡起锤和老汉一人一下打起来。他因为常出去为队里修理损坏的农具，曾在石圪节也是一家河南人的铁铺里抡过这家伙，因此不外行。再说，这是力气活，又没什么太高的技术要求。

等他抡完一轮锤后，这铁匠师徒俩都夸他在行。少安笑了笑说："出一阵力身上就暖和了。"

少安又抡了两回锤，看这把镢头快成形了，就把铁锤又交给那个年轻徒弟。

老镢头全部打成后，这师徒两个把墙角一个放工具的土台子收拾开，给土台子上铺了一块破帆布，对少安说："就凑合着躺一夜吧。"说完他们就到里面的一个小窑里睡觉去了。

少安在地上搬了一个废铁砧子，把自己的罩衣脱了垫在这砧子上，就算是个枕头。他拉灭了灯，在一片黑暗中疲乏地躺下来，很快就睡着了……

第二天早晨，孙少安在饭铺里吃喝了一点，就到兽医站把他的牛吆上，起身回双水村了。

一路上，他由着牛的性子走，并不催促它，因此慢慢腾腾，三十里路走了将近一个上午。

在接近城里人吃午饭的时候，少安吆着牛才走到双水村北边的村头上。

他看见前面的公路上，田二正在路边的水沟里弯腰寻找什么破烂。等他走到田二身边时，老汉怔了一会，大概才认出这是一个"熟人"。

少安对他说："二叔，快回去吃饭！"

田二神秘对他微笑着，嘴里嘟囔说："世事要变了……"说完就又低头在水沟的碎柴烂草中翻搅起来。

少安吆着牛从他身边走过，心里随意感叹地想：如果我活成他这个样子，早就上吊死了！随即他又笑了，想：问题是活成他这个样子，往往连死都不懂了……

田二父子俩是他队里的社员。他同情这两个不省人事的人。每当路上看见顽皮的村童欺负他们时，他总要把孩子们撵跑。田二的憨小子他干脆打发到大队的基建队上——那里劳动的人比较集中，好照看他。

现在，少安吆着牛已经进了村。

他正准备把牛吆到田家圪崂的饲养室里，看见二队队长金俊武担一担粪，从东拉河的列石上走过来，并对他招呼说："少安，你等一下……"

二队队长金俊武四十来岁，腰圆膀粗，长一对炯炯有光的铜铃大眼。这人悍性很强，脑子里弯弯又多，是金家族里的一条好汉。他父亲就是旧社会双水村著名的文人金先生——老先生一九五二年就去世了。不过，金家兄弟三人身上没一点文气。金俊武在三兄弟中排行第二。老大金俊文已五十来岁，性子也不弱，只不过一般不出头露面。这人手巧，杀猪、泥窑、垒锅灶，匠工活里都能来两下，他生养的两个儿子金富和金强，像土匪一样蛮横。俊武的弟弟金俊斌，倒和两个哥哥不一样，老实得已经快成了傻瓜。但这个大家庭里的所有成员，因为有精明强悍的金俊武，谁在村里也不受气。金俊武虽然人长得粗壮，但做事从不靠蛮力，主要用智力周旋。他对长辈很有礼貌，做事在大面子上很宽阔，私人交往中不计较一些小亏小损，而且像少安一样，从不欺负村里的弱者，因此在金、田两族一般人中都有些威望。在村里的强人中间，包括田福堂在内，俊武都有点不服气，但他比较尊重和佩服比自己小好多岁的少安。这后生和他一样，精明得谁也哄不了，而且一身男子气，小小年纪就能独当一面，把一队搞得比他二队还好。他尽管和少安关系不错，但两个人心里也常在撬劲：看谁把自己的生产队搞得好。一年下来，他往往都败在少安的手下……

少安听俊武让他等一下，就扯住牛缰绳站在公路边，等俊武从河道里上来。

金俊武把粪担子放在路边，抹下头上的毛巾擦了把汗水，问："听说你到米家镇去了？牛不要紧吧？如果这牛不中用了的话，咱们还是换一换！哪怕我使用两天就死了，也不后悔！"金俊武笑着对少安开玩笑。

"就是一头死牛，我也不换你那三个活宝……怎？有什么事要给我说？"少安问金俊武。

"你不知道？"俊武看着他问。

"什么事？"少安确实什么也不知道。

"罐子村你姐夫让公社拉到咱们村，正在你家后面的工地上劳教着哩。昨天晚上，还拉在学校院子里批判了一通！"

"为什么事？"少安脑子里"嗡"一声。

"听说是贩了几包老鼠药……"

俊武不好意思看少安的脸。他担起粪担说："你快回家去看看！听说你姐引着两个娃娃也到你家里来了……"

少安脸上显出不在乎的样子，对俊武说："你忙你的去。我把牛送到饲养室再说。这是个屁事！多不了白受几天苦，还能定成个反革命？"

金俊武点点头，担着粪走了。

少安匆匆地把牛吆到饲养室，给饲养员田万江把药交代下，就折转身向家里赶去。

孙少安不愿意在金俊武面前表示任何慌乱，叫这个强人笑话他。但他现在内心中充满了焦躁和不安。对于像他们这样各方面都很脆弱的家庭来说，一件小事就可能导致灾难性的混乱，甚至使一切陷于瘫痪。而眼前发生的又并不是一件小事。姐夫不仅使一家人蒙受耻辱，而且罐子村他家的生活越烂包，他这里的家庭也就要烂包得更快些——因为他和父亲绝对不可能丢开姐姐和两个孩子不管。他更知道，家里出了这样的大事，一家人都指靠他来解决。他不仅要解决事情本身，还同时要安稳一家人的情绪……

他现在一路往家里走，脑子里已经开始飞快地判断各种情况。是的，这是公社出面搞的事；如果是本村，他就会立即去在各种人际关系中穿插，先找俊山叔，再找金俊武，然后找二爸，最后找田福堂……当然，还有许多人。而且他还不会都直接出面，各种交错制约的力量，就可能使问题得到解决。在双水村这个天地里，他还是有些能耐的。可姐夫是罐子村的，而这事又是公社搞的，和双水村没一点关系。他现有的能力看来无法解决这事。

怎么办？他上自家院子的土坡时，脑子里还像乱麻一般没有头绪。只有一点已经清透了：要解决这事，非要通过石圪节公社不可。但公社里除过文书刘根民是他小学同学，能说上话外，其他领导尽管都认得他，但没有什么更多的交情……

到了院子的时候，他把所有这些思绪暂时斩断。因为他首先要应付家里人的情绪。

他在家门口站了一下，让自己平静下来，然后尽量轻松一些地推开了门。

他妈，他姐，他妹，他奶，老少四个女人一见他回家来，都又惊又喜，高兴得咧开嘴笑着，一个个泪流满面，就好像久盼的大救星突然从天而降。

少安站在脚地上，为这场面感动得忍不住鼻子一酸。是呀，这些至亲至爱的人们，都把他看做是全家人的靠山。家里出了任何不幸事，他们都把希望寄托在他的身上。他怎么能辜负亲人们的期望呢？

刹那间，一种强悍的男性豪气在这个二十三岁青年的身上汹涌地鼓涨起来！

他平静地问母亲："我爸出山去了？"

他妈"嗯"了一声，接着便撩起围裙揩干脸上的泪痕，母亲意识到她不能再哭了，以免加重儿子的精神负担。

他又问脚地上的妹妹："你二哥回来了没？"

兰香说："回来了，刚出去到金波家寻个东西……"

这时候，他姐兰花头一下伏在大弟的肩上，又出声哭起来了。少安安慰她说："姐姐，你不要急躁，事情总有我哩！你看你眼睛都肿了。千万不敢伤身子，你还要拉扯猫蛋和狗蛋……那两个娃娃哩？"

兰花不哭了，说："少平引到外面去了……"

这阵儿，少安他奶坐在后炕头上，张开没牙的嘴只顾笑着。

少安从一个毛巾缝成的小布袋里，掏出一包从米家镇买来的蛋糕，拿出来放在奶奶的被子旁。他从里面捡了一块软点的，递到奶奶手里，说："奶奶，你吃这！软的，能咬动哩！"

老祖母接过这块蛋糕，指着旁边其余的，说："叫猫蛋、狗蛋吃去……"

少安看家里人的情绪缓和下来以后，就一个人从窑里出来，转到了院畔上。到现在，他对姐夫的事，心里还是没有一点主意。

唉，他一个普普通通的庄稼人，能有多少本事呢！如果说，什么地方有些庄稼活把人难住了，他孙少安根本不会把这种事放在眼里；他自己有信心把别人干不了的活干得出奇地好。可这种事不一样啊！

他急躁地在院畔上走来走去。

他看见，院子东头那棵碗口粗的杏树，已经绽开了一树白粉粉的花朵。这树是他们家搬到这里时栽下的，算一算和兰香的年龄差不多了。往年，收麦的时候，总能在这棵树上摘一两筐金黄的甜杏子。除过一家人大饱一顿口福外，好心的母亲还要给村里一些人家的娃娃分一点。但这两年不行了，他的两个馋嘴小外甥早早就侵害完了。少安十分疼爱两个活泼的外甥，因为姐夫无能，他对这两个孩子担当着责任。他想，就是为了这两个孩子，他也要把姐夫的事有个平和的解决……

他看见他弟少平一只手抱着狗蛋，另一只手提个口袋，从土坡里上来了。年龄大的猫蛋跟在他后面走着。

少平也看见了他，兴奋地加快脚步赶过来了。

少安问少平："你手里提些什么？"

"十几斤白面。"少平说。

"白面？哪来的？"少安惊奇地问。十几斤白面，对他们家来说，可不是一个小数字啊！

"润叶姐给的……"少平说。

"润叶？"

"嗯。"少平接着就把润叶叫他去她二爸家的前前后后都给哥哥说了。最后，少平对他哥一再强调说："她叫你这几天一定去一下！"

"她没说是什么事吗？"少安问。

"没说，就叫你一定去一下……"少平说完，就引着两个孩子回家去了。

孙少安愣了半天。他忧伤地走到院子东头那棵杏树前，手轻轻抠着树皮，抬起头望着满树雪白的杏花，陷入到往事中去了……

第六章

在少安很小的时候，他们家还住在田家圪崂他二爸现在住的地方。他们家离润叶家很近。那时候，田福堂的家境虽说比他们家强得多，但还没有发达起来。福堂叔和他爸在旧社会都给富人家揽过工，因此解放初两家人的关系还相当亲密。母亲那时候常带着他和姐姐兰花到田大婶家串门。润叶比他小一岁，两个人正能玩在一起。渐渐地，他们就相好得谁也离不开谁了。少安早上一起来，就哭着要到润叶家去。润叶晚上又哭着要到他们家来睡，田大婶就只好把她送过来；两个孩子常常在被窝里打闹半天也不安息。要是谁家吃一顿好饭，大人也总要给另一家的娃娃端上一碗，或者就干脆叫到自己家里来吃。他两个不论谁过生日，他妈或田大婶总要给他们把一圈白线用红颜料染好，挂在他们的脖子上——这是"锁线"，保佑孩子无灾无病，长命百岁……

后来，他们长大了一点，家里和院子里已经没什么意思，就开始溜出家门，到广阔天地里玩去了。春天，当桃杏花盛开，柳树抽出绿丝的时候，他们还穿着破烂的开裆棉裤，到阳土坡上刨刚发芽的"蛮蛮草"根，这草根嚼在嘴里又麻又辣——这是在一个漫长的冬天之后，尝到的第一口春天的鲜物。夏天，一入三伏，他们和村里的其他娃娃就脱得一丝不挂，男娃娃，女娃娃，成天泡在东拉河里，耍水，互相打闹着给光身子上糊泥巴。一个夏天过去，都晒得黑不溜秋。秋天，是黄土高原的黄金季节。他们一群孩子就在野外寻找一切可以吃的东西，常常把肚皮撑得回家连饭也不好好吃，在这个季节反而都消瘦下来。冬天，刀子一般严厉的寒风把他们从野外赶回来，只好一整天闷在家里玩。只是在天气暖和的日子里，他才和润叶一块从东拉河的冰上走过去，在金家湾那边的村子里，寻找各种各样的破瓷器片。金家湾过去有钱人家多，打碎的瓷器往往又细又好看，上面还釉着许多美妙的花纹。冬天茂密的柴草衰败下来，这些玩意儿很容易搜寻到。他们把这些宝贝捡回来，分别放在他们家院子供奉土神爷的墙窑里。唉，在这穷困的农村，孩子们有什么玩具呢？那个年纪里，这些东西就是他和润叶拥有的最宝贵的财产了……

一年年过去，他们家越来越穷了。可福堂叔的光景一年比一年强。润叶穿起了漂亮的花衣裳，可他的衣服却一年比一年穿得破烂。但他们仍然像以前一样，在一块亲密地厮混着玩耍。

在他六岁那年，有一天，父亲给他起一把小镢头，又给他盘了一根小绳，说："少安，你也大了，应该出去干点活了。跟爸砍柴去吧！"

"不！我不去！我要和润叶一块玩！"他抗议说。

"润叶是女娃娃，你是男娃娃。男娃娃就要到山里学干活。男娃娃怎么能老待在家里呢？再说，咱这穷家薄业，就爸爸一个人拉扯着你们，没个帮手不行啊！"

他沉默不语了。他知道父亲说得对。他早朦胧地感到这一天要来的，现在终于到来了。

就这样，他那虽然贫穷但充满无限欢乐的日月过去了。他从此便开始了一个农村孩子的第一堂主课——劳动。

他先是跟着父亲，随后便和村里同龄的男孩子一块相跟着出山砍柴。每天一回，每回一小捆。他甚至学着像大人一样，用草绳把柴双套腰一捆，又齐整又好看。母亲舍不得烧他砍回来的柴，就把这些可爱的小柴捆另外垛在院子里。时间长了，竟然垛起了规模不小的一垛。来他们家串门的村里人，都指着这一垛柴，对他父母夸赞说："哈呀，这娃娃将来是个好受苦人！"城里人夸孩子夸学习，乡里人夸孩子夸劳动。他父母亲为此而很骄傲，他也在自己幼小的心灵里，第一次感受到了劳动给人带来的荣耀。

但是，每天砍柴回来，他饿得要命，家里又顿顿是稀饭，没一点像样的干粮。他喝上几碗稀汤，就愁眉苦脸地从窑里出来了。他知道他即使又哭又闹，家里也没有办法。再说，每顿饭母亲都已经在稀汤里给他捞一碗稠的了。

每当他来到院子里的时候，就看见润叶在他家的土墙外面招手叫他。

他撒腿跑过去，润叶就把从自己家里偷出来的玉米面馍，给他手里塞一个。他贪婪地啃着，感激地望着这个和他一起耍大的伙伴。她穿一身干干净净的花衣裳，头发也再不是乱蓬蓬的了，梳起了两根黑亮亮的羊角辫。

在他八岁那年，正是一九六〇年最困难的时期。他们家本来就已经吃了上顿没下顿，他二爸又从山西跑回来，麻缠父亲给他娶媳妇。父亲借下一河滩账债娶过了二妈，并且连住的地方也让给二爸家了。他们家只好从田家圪崂搬出来，在金家湾金俊海家借了一孔窑洞。

这时候，润叶在村里上了学。她并且跑到金家湾来，让他也去上学。少安这时才明白，他如果继续去砍柴，就要一辈子在山里劳动了。

于是，他便开始和父母亲闹着要去读书。润叶在旁边哭着给他帮腔。父母亲怎么都乖哄不下他，后来只好同意了。父亲对他说："我不是不愿供你上学。我以前在那样的年头，都供你二爸到山西去念书。可是，供来供去，还不是回来了？咱祖坟里没埋进去当先生的福气！再说，咱家光景已经过不下去，你不念书，还总能给爸爸帮点忙……不过，既然你上了学，那就要好好学习哩……"

他于是就怀着欢乐而又沉重的心情，进了双水村小学。他和润叶一个班，并且坐一张课桌。

在双水村四年的日子里，他年年都在班上考第一名，但也是全校穿戴最破烂的一个。有时候，家里饭不够吃，他就饿着肚子来到学校。润叶几乎每天都要从自己家里给他拿干粮吃。农村的孩子调皮捣蛋，看他两个相好，就胡说润叶是他的"媳妇"。润叶气得直哭鼻子。她以后从家里拿来吃的，也不敢明给他，等同学们下课出了教室，才偷偷塞在他的课桌里。他也是偷偷拿着这干粮，跑到金家祖坟那里去吃……

记得十一岁那年，他和润叶已经在村里的小学上到了四年级。有一次，同学们在校园里玩"找朋友"的游戏。

他不敢到人圈里去，因为他屁股后面的补丁又绽开了，肉都露在了外面。他看别人玩，自己脊背紧贴着教室墙，连动也不敢动。有一个男孩子大概早发现他裤子破了，这时就串通几个人一扑上来，把他拉在了人圈里。所有的男娃娃都指着他的屁股蛋"噢"一声喊叫起来，并且起哄唱起了那首农村的儿歌：烂裤裤，没媳妇，尻子里吊个水鸪鸪……女娃娃们都已经到了懂得害羞的年龄，红着脸四散跑了。

他又难受又委屈。下午放学后，也没回家去。他一个人转到金家祖坟后面的一个土圪坳里，睡在地上哭了一鼻子。土圪坳上面就是高高的神仙山。他想起了老人们常说的那个下凡的仙女，也想起了那个痛哭而死的男人——那男人的眼泪就流成了脚下的哭咽河。哭咽河，哭咽河，男人的眼泪流成的河……

他突然听见润叶轻轻地喊他。他慌忙坐起来，臊得满脸通红。润叶站在他旁边，说："我回家里拿了针线，让我给你把补丁缝一缝……"

"你不会做针线！"他不愿让润叶缝那块补丁——因为那是个丢人地方。

"我学会做针线了，让我试一下！"润叶说着便蹲在他身边，硬掀转他的身子，便笨拙地给他缝起来了。

那时润叶才十岁，说不上会做针线，只是胡串了几针，让原来的补丁能遮住羞丑。她的针不时扎在他的屁股蛋上，疼得他直叫唤。她在后面笑个不停。勉强缝完后，她让他站起来走一走。

他刚站起来走了几步，就听见后面"嘶"的一声——又破了！

润叶捂住嘴，笑得前俯后仰，说："没顶事！让我再缝！"他赶忙说："算了！我回去叫我妈缝……"

小学生活随着童年的逝去而结束了。一九六四年，他和润叶双双考上了石圪节高小。他在全公社的考生中，名列第一。全村人都说他是个念书的好材料。他父亲也很高兴，就让他去了。石圪节离双水村近，可以每天和同村的学生相跟着回家吃饭，花费并不大。那两年，他就像后来的少平和现在的兰香一样，每天下午回家，第二天早上天不明就起身，带一顿干粮，和其他娃娃摸黑赶到石圪节。润叶家里光景好，已经上了学校的大灶，除过星期六，大部分都在学校住宿，不天天受罪跑路了。他们仍然是一个班，还是同桌。他学习好，常给润叶帮助。如果考试的时候，润叶不会，他还偷偷给她看自己的答卷。要是哪个男同学敢欺负润叶，他就不怕别人瞎说他和润叶的长长短短，站出来护着润叶。

但是当他上完两年高小，却再不能去县城上中学了。那时石圪节还没有中学，要上初中就得到县城去。到那里去上学，对一个农民家庭来说，可不是一件容易事。再不能跑回家吃饭了，要月月交硬正粮食，还要买菜票，更不要说其他花费也大多了。而同时，弟弟少平也在村里上了学。他父亲再也供不起他了。他已经十三岁，不用父亲说，自己也知道不能去城里读书了。他对父亲说："爸爸，我回来劳动呀。我已经上到了高小，这也不容易了，多少算有了点文化。就是以后在村里劳动，也不睁眼瞎受罪了。我回来，咱们两个人劳动，一定要把少平和兰香的书供成。只要他两个有本事，能考到哪里，咱们就把他们供到哪里。哪怕他们出国留洋，咱们也挣命供他们吧！他们念成了，和我念成一样。不过，爸爸，我只是想进一回初中的考场；我要给村里村外的人证明，我不上中学，不是因为我考不上！"

他父亲在他面前抱住头痛哭流涕。他第一次看见刚强的父亲在他面前流泪。他自己也哭了。是的，他将要和学校的大门永远地告别了。他多么不情愿啊！他理解父亲的痛苦——爸爸也不愿意断送他的前程……

就这样，他参加了全县升初中的统一考试。在全县几千名考生中，他名列第三被录取了。他的学生生涯随着这张录取通知书的到来，也就完全终结了！尽管润叶跑到他家来，又像他上小学时一样，哭着让他到城里去报名。但这回用不着父母亲给她解释，他自己就像一个成熟的大人那样，给润叶说明他为什么不能再上学了……

当润叶坐着金俊海的汽车离开村子的时候，他一个人偷偷地躲在公路上面的土圪崂里，泪流满面地看着她出了村。别了，我童年的朋友！我们将各走各的路了，我会永远记着我们过去的一切……

他从此便心平气静地开始了自己的农民生涯，并且决心要在双水村做一个出众的庄稼人。

后来，由于他的精明强悍和可怕的吃苦精神，在十八岁那年，一队的社员就一致推选他当了队长。这多年里，他把全部的心思都放在队里和家里的事上。

在这期间，润叶回村来的时候少了。但不论是她上中学的那些年，还是后来当了教师，只要她回村来，都要给他祖母拿着吃的，到他家里来看望他们。往日友谊的暖流依然在他们心间涓涓流淌。每次见面，他俩总要在一块说许多话。她给他说城里的各种事，他给她说乡里的各种事。不管他说什么，她总是非常有兴趣地听他说……不过，一切也都仅此而已了。记得小时候，不光娃娃们，就是有些村里的大人，也开过他们的玩笑，说她是他的"媳妇"。可是，当他真正懂事的时候，就知道这的确是个玩笑。村里人以后也不再开这样的玩笑——甚至忘记他们还曾开过这样的玩笑。总之，谁也不会再记起他们小时候的事了。是的，生活就是这样。在我们都是小孩子的时候，一个人和一个人可能有家庭条件的区别，但孩子们本身的差别并不明显。可一旦长大了，每个人的生活道路会有多大的差别呀，有的甚至是天壤之别！

……少安听他弟少平说润叶让他来一趟城里时，一个人愣在这杏树下，怎么也想不到这究竟是为什么。他和她后来并没有什么交往，而他们两家的交往就更少了。她会有什么事需要他到城里去找她呢？

他想：如果是一件无关紧要的事，他可没什么闲工夫去逛一趟县城！家里现在危机四伏，他到现在还对这个局面一筹莫展，他怎么能丢下这么重大的事，而为一件小事胡跑乱窜呢？不，他不会去。尽管这可能伤了润叶的自尊心，但以后见面时，他会给她解释清楚的。润叶向来通情达理，她会原谅他的。

他离开这棵杏树，思想马上又回到他姐夫的事上来。他即兴决定：立刻去找一下金俊武。这老兄脑子里弯弯多，他很想听听俊武有什么高见。他本来想找他二爸进一步问清情况，但二爸现正在会战工地上，又算是个领导人，他不便出现在那里——等晚上再说吧！

他已经出了院子，从土坡下来了。

他突然停住脚步，脑子里刹那间划过一道明晃晃的闪电：啊呀！我为什么不到县城找润叶呢？润叶她爸和公社徐主任是好关系，他自己出面给田福堂说他姐夫的事，田福堂会只推不接；要是润叶出面给她爸做工作，她爸说不定会把徐治功说转的。

对了！只要他给润叶提出来，润叶就肯定会帮忙的。也许田福堂会耍个滑头，搪塞一下了事。但话说回来，现在除过这个关系还有点希望外，其他任何办法都是白跑腿！金俊武在这种事上能有什么灵法妙计呢？难道他自己就比金俊武笨吗？不行啊！一个普通老百姓怎么能解决得了这么大的问题……

好，他现在不准备徒劳地瞎忙了。他想他得尽快把队里和家里的事安排一下，这两天就走一趟县城。本来，就是润叶不捎话给他，碰到这种事，他也应该想到去找她帮忙——何况现在正好她叫他去，为什么不去呢！

他在自家院子的土坡下，旋即折转身，又返回家来了。他感到身上变得松宽起来。

他进了院子，见少平正给猫蛋和狗蛋摘杏花玩，就问弟弟："润叶是不是叫我这几天到城里去找她？"

少平看他哥这样颠三倒四又问他这事，就说："我不是给你说了嘛！润叶姐就是让你这几天到城里去找她……你究竟是去不去？要是你不去，我好给润叶姐回个话！"

少安一边往家里走，一边对弟弟说："我去……"

在县城小学教书的田润叶最近有些心烦。她二妈——县革委会副主任田福军的爱人徐爱云，总是想办法让李向前跟润叶接触。李向前的父亲李登云也是县革委会副主任。二妈和她父亲徐国强老人，出于为田福军仕途考虑，想要促成这段联姻。但是这反而让润叶明确了自己喜欢的人是孙少安。所以听润生说少平也在上高中，就有了上次的见面。

第七章

孙少安好不容易把家里和队里的事安排停当，才抽开身到城里来了。

前两天，他赶着把家里自留地的南瓜和西葫芦都种上了。为了赶时间，他还把他妈和他姐也叫到地里帮忙。父亲在基建会战工地，又被强制给他姐夫赔罪，请不脱假。他不能错过播种季节。南瓜、西葫芦，这是全家人一年最重要的一部分粮食。他还在自留地利用阴雨天修起的那几畦水浇地里，种了点夏土豆，又种了两畦西红柿和黄瓜。这些菜一般家里不吃，是为了将来卖两个零用钱的。

至于队里的事，那就更多了。冬小麦已经返青，需要除草和施肥，尿素和硫酸铵比较简单，撒在地里就行了，但碳酸铵要用土埋住，否则肥效发挥不了作用。需要好好把这些事安顿给副队长田福高，不敢让社员应应付付了事。另外，还要赶紧开始种黑豆和小日月玉米……

直到他坐在过路回家的金波父亲的汽车上往县城去的时候，还觉得有许多事没有安排妥当……

现在，他已经到润叶的宿舍里了。

这是他头一次到城里单位来找她。尽管是老熟人，总还觉得有些拘束。

润叶已经给他打好了一盆洗脸水，水盆里泡了一条雪白的毛巾。

他犹豫地笑笑，说："我不洗了……"

"快洗！坐了半天车，洗洗脸清朗！"润叶命令他说。

"这么白的毛巾，我一次就给你洗黑了。"他只好走到脸盆前。

"你看你！这有个什么哩！黑了我再洗嘛！干脆，让我再提些水，你把头也洗一下！"

"不了，不了。"少安一边洗脸，赶忙拒绝让他洗头。他的头在这点脸盆里能洗干净吗？

少安洗完脸后，润叶立刻说："走，咱们到街上食堂吃饭去！"

"我已经吃过了。"

"你大概早上吃过了！"

少安不好意思地笑了。她太熟悉他了，什么事也别想瞒她。

他们一块相跟着往街上走。少安现在才发现润叶身上有些变化，似乎一下子老成多了。他半天才留意到润叶已经不梳辫子，变成了剪发头。这倒使他感到对她有点陌生。是的，随着光阴荏苒，每个人都在变化。这又一次使他强烈地感到，他们的童年早已经流逝，两个人都成大人了。不知为什么，他猛然间又记起了那时候她给他补破裤子的情形，便忍不住"嘿嘿"地笑出了声。

"少安哥，你笑什么哩？"走在旁边的润叶问他。她白净的脸蛋上泛出兴奋的红晕，腼腆地微笑着。

"没什么……"他的脸也热烘烘的。

少安和润叶走在一起，就像他有时引着兰香在山里劳动一样，心中充满了亲切的兄妹感情。真的，他看待润叶就像看待自己的亲妹妹一样。人活着，这种亲人之间的感情是多么重要，即使人的一生充满了坎坷和艰辛，只要有这种感情存在，也会感到一种温暖的慰藉。假如没有这种感情，我们活在这世界上会有多么悲哀啊……

他跟着润叶进了县城最大的国营食堂。午饭时间已经过了，食堂里现在没有什么人。

少安赶忙扑到售票处去买饭，结果被润叶一把扯住了。她把他硬拉在一张饭桌前，让他坐下，说："你到我这里就是客人！怎么能让你买饭呢！"

少安有点窘。在这样的场合，他不买饭觉得有损自己男子汉的自尊。他现在身上带着钱，除过家里的十元外，他还借了队里的二十元公款。他走时并没有准备在润叶这里吃饭。他对要去买饭的润叶说："我听少平说，外国人男女一块上街吃饭，都是男人掏钱买……"

润叶笑了，一边转身去买饭，一边又扭过头对他说："咱们中国男女平等！"

她买回来一堆饭菜，摆了一大桌子。

少安说："买得太多了，别说咱们两个人，就是四五个人也吃不完。"

"我已吃过了，这都是你一个人的！"润叶坐在他旁边说。

"啊？"少安惊讶地看着她，说，"这……"

"不要紧，吃不完剩下算了。你快吃！现在已过了中午，你肯定饿了。"

他刚开始吃饭，润叶又站起来，说："噢，我忘了给你买点酒！"

他赶忙说："我不会喝酒！你快坐下，也吃一点。"

润叶坐在他旁边，没有动筷子，只是亲切地看着他吃。

他低头吃着饭，但感觉润叶一直在盯着看他，使他有点不好意思。他抬起头来，看见润叶把自己的头扭过去一点，脸红得像充了血似的。她似乎意识到了自己的脸色，赶忙给他解释说："今天我二妈她爸过生日，我喝了几杯葡萄酒，上脸了……"

少安相信她的话，没在意地又低头吃他的饭。

尽管他吃了不少，但最后桌子上还是剩了一堆。如果是他一个人，他就会把这剩下的所有东西，都装进他那个毛巾布袋，或者带到中学送给少平，或者带回家让家里其他人吃——这都是些好东西啊！

但今天不能。这是润叶买的饭。就是他自己掏钱买的，只要润叶在，他也会像大方的城里人一样丢下不要了。他总算还念过几天书，不会俗气到可笑的程度。

吃完饭后，他和润叶来到街上。本来他想很快给润叶谈他姐夫的事，但他又想，还是应该先等润叶给他说了她的事以后，他再说自己的事也不迟。

走到要回小学的那条巷口时，润叶突然说："少安哥，你刚吃完饭，咱们到城外面去走一走。"

少安不好拒绝她，但又觉得有些别扭。两个男女一块相跟着溜达，叫众人看着不美气。可又一想，这城周围又没人认识他，走一走就走一走，怕什么！他和润叶是一个村的老乡，又是老同学，这又有什么不可以的哩！

于是，他们就相跟着一块出了那座清朝年间修建的古老破败的东城门，又下了一个小土坡，来到了绕城而过的县河滩里。

初春解冻的原西河变得宽阔起来，浩浩荡荡的水流一片浑黄。在河对面见不到阳光的悬崖底下，还残留着一些蒙着灰尘的肮脏的冰溜子。但在那悬崖上面的小山湾里，桃花已经开得红艳艳的了。河岸边，鹅黄嫩绿的青草芽子从一片片去年的枯草中冒了出来，带给人一种盎然的生机。道路旁绿雾蒙蒙的柳行间，不时闪过燕子剪刀似的身姿。不知从什么地方的山野里，传来一阵女孩子的信天游歌声，飘飘荡荡，忽隐忽现——

> 正月里冻冰呀立春消，
> 二月里鱼儿水上漂，
> 水呀上漂来想起我的哥！
> 想起我的哥哥，
> 想起我的哥哥，
> 想起我的哥哥呀你等一等我……

少安和润叶相跟着，沿着原西河畔的一条小路，往河上游的方向走着。他们沉浸在明媚的春光中，心情无限地美妙。这倒使他们一时没有说什么话。

"你走慢一点嘛！我都撵不上你了！"润叶终于扬起脸对少安笑着说。

少安只好把自己的两条长腿放慢一点，说："我山里洼里跑惯了，走得太慢急得不行。"

"呀，你快看！"润叶指着前面的一个草坡，大声喊叫起来。

少安停住脚步，向她手指的地方望去。他什么也没看见。他奇怪地问："什么？"

"马兰花！看，蓝格莹莹的！"

少安还以为是什么了不起的事哩。原来是几朵马兰花。这些野花野草他天天在山里看得多了，没什么稀罕的。

润叶已经跑过去，坐在那几丛马兰花的旁边，等他过来。

他走到她身旁。她说："咱们在这儿坐一会。"

他只好坐下来，把两条胳膊帮在胸前，望着草坡下浑黄的原西河平静地流向远方。

润叶摘了一朵马兰花，在手里摆弄了半天，才吞吞吐吐说："少安哥，我有个急人事，想对你说一说，让你看怎么办……"

少安扭过头，不知道她遇到了什么困难，就急切地等待她说出来。他知道这就是润叶捎话叫他来的那件事。

润叶脸红得像发高烧似的，犹豫了一会，才说："……我二妈家给我瞅了个人家。"

"什么……人家？"少安一时反应不过来她说的是什么。

"就是……县上一个领导的儿子……"润叶说着，也不看他，只是红着脸低头摆弄那朵马兰花。

"噢……"少安这下才明白了。他脑子里首先闪过这样一个概念：她要结婚了。

润叶要结婚了？他在心里又吃惊地自问。

是的，她要结婚了。他回答自己说。

他心里顿时涌上一股说不出的味道。他把自己出汗的手轻轻地放在有补丁的腿膝盖上，两只手甚至下意识地带着一种怜悯抚摸着自己的腿膝盖。

你这是怎了？唉……

他马上意识到他有些不正常。他并且对自己这种情绪很懊恼。他现在应该像大哥一样帮助润叶拿主意才对。她专门叫他到城里来，也正是她信任他，才对他说这事哩！

他很快使自己平静和严肃起来，对她说："这是好事。人家家庭条件好……那个人做什么工作哩？"

"可我不愿意！"润叶抬起头来，带着一种惊讶和失望的表情望了他一眼。

"不愿意？"少安也不知道如何是好了。不愿意就算了，这又有什么难的哩？

"这事主意要你拿哩……"他只好这样说。

"我是问你，你看怎么办？"她抬起头，固执地问他。

少安简直不明白这是怎么了。他掏出一条纸片，从口袋里捏了一撮烟叶，迅速卷起一支烟棒，点着抽了几口，说："那你不愿意，不就算了？"

"人家纠缠我，我……"润叶难受地又低下了头。

"纠缠？"少安不能明白，既然女的不同意，男的还纠缠什么哩？城里人的脸怎这么厚？

"你是个死人……"润叶低着头嘟囔说。

少安感到很内疚。润叶需要他帮助解决她面临的困难，但他在关键的时候却无能为力。唉，这叫他怎么办呢？要么让他去把纠缠她的那小子捶一顿？可人家是县领导的儿子，再说，他凭什么去捶人家呢？哼！如果将来兰香长大了，有人敢这样，他就敢去捶他个半死！

他看见润叶一直难受地低着头，急忙不知怎样安慰她，就急躁地说："唉，要是小时候，谁敢欺负你，我就早把拳头伸出去了！你不记得，那年咱们在石圪节上高小，有个男同学专意给你身上扔篮球，我把那小子打得鼻子口里直淌血……再说，那时候，你要是看哪个土崖上有朵山丹丹花，或者一钵红酸枣，要我上去给你摘，那我都能让你满意……可现在，可这事……"

润叶听他说着，突然用手捂住自己的脸哭了。

少安慌得不知如何是好，把半支没抽完的烟卷扔掉，又赶快卷另一支。

过了一会，润叶用手绢把脸上的泪痕抹去，不再哭了。刚才少安的话又使她深切地记起她和他过去那难以忘却的一切……

唉，她因为少女难以克服的羞怯，眼下一时不知怎样才能把她的心里话给少安哥说清楚。她原来看小说里的人谈恋爱，女的给男的什么话都敢说，而且说得那么自然。可是，当她自己面对心爱的人，一切话却又难以启齿。她对少安的麻木不仁感到又急又气。多聪明的人，现在怎笨成这个样子？可话说回来，这又怎能怨他呢！她说的是别人追她，又没给他说明她对他的心意。

她看来不能继续用这种少安听不明白的话和他交谈了。但她又不能一下子鼓起勇气和他明说。

她只好随便问："你家里最近都好吧？"

这下可把少安解脱了！他赶忙说："好着哩，就是……"他突然想，现在正可以给她说说姐夫的事了，就接着说："只是我姐夫出了点事……"

"什么事？"她认真地扬起脸问他。

"贩了几包老鼠药，让公社拉在咱们村的会战工地劳教，还让我爸跟着赔罪。一家人现在大哭小叫，愁得我没有办法……"

"这真是胡闹！现在这社会太不像话了，把老百姓不当人看待……干脆，我让我二爸给咱们公社的白叔叔和徐叔叔写封信，明天我和你一起回石圪节找他们去！"

润叶有点激动了。少安哥的事就是她的事。再说，有这事也好！这样她还可以和少安哥多待一会时间，并且有借口和他一块坐汽车回石圪节去呢！

这也正是少安的愿望。不过他原来并没有想麻烦润叶亲自去石圪节，他只要她二爸出一下面就行了。

他对润叶说："你不要回去了。只要你二爸有句话，我回去找白主任和徐主任。"

"反正我明天没课。只要明晚上赶回来就行了。一整天到石圪节打一个来回完全可以……要么咱现在就找我二爸去！"

润叶听少安说完他姐夫的事，就知道他现在心里很烦乱，不应该再对他说"那件事"了——反正总会有时间说呢！

少安见她对自己的事这样热心，心里很受感动。他马上感到身上轻快了许多，便一闪身从草地上站起来。他现在才发现，那几丛马兰花真的好看极了，蓝莹莹的，像几簇燃烧着的蓝色的火苗。他走过去把这美丽的花朵摘了一把，塞到润叶手里，说："回去插在水瓶里，还能开几天……"

润叶眼睛里旋转着泪花。她接过少安给她的花朵，就和他一起相跟着找她二爸去了。

少安和润叶没有回她二爸家去，直接到他的办公室去找他。润叶说她二爸没有下班，现在肯定没有回到家里。

润叶说得对，她二爸正在办公室。他们推门进去的时候，他热情地从办公桌后面转出来，和少安握手。田福军认得少安。他每次回村来见了少安，还总要问他生产队的一些情况——他也知道他在一队当队长。

田主任给少安倒了一杯茶水，又给他递上一根纸烟，并且亲自把打火机打着，伸到他面前。

少安慌得手都有些抖，好不容易才在田福军的打火机上点着了那支烟。

"好后生啊！玉厚生养了几个好娃娃！"他扭过头问润叶，"上次来咱家的是少安的弟弟吧？"

"就是的，"润叶回答说，"名字叫少平。"

"噢，少平、少安，平平安安！这玉厚还会起名字哩！"

三个人都笑了。

"可他家现在一点也不平安！"润叶对她二爸说。

"怎啦？"田福军眯缝起眼睛问。

少安就把他姐夫的事给田主任说了一遍。

田福军坐在椅子上，半天没说话。他点了一支烟吸了几口，嘴里自言自语说："上上下下都胡闹开了……"

"石圪节公社有多少人被劳教了？"他问少安。

"大概有十几个人。具体我也不太清楚，听说每个村子差不多都有人。"

"哎呀！这简直是……"这位领导人都没词了。

润叶插嘴说："二爸，你能不能给白叔叔和徐叔叔写个信，让他们把少安的姐夫放了？"

田福军想了一下，就在桌子上拉过来一张纸，写了一封信，站起来交给少安，说："你回去交给白明川。你认识他不？"

"我认识。"少安说。

田福军又问了双水村的一些情况，少安都一一给他回答了。

"现在农村人连肚子都填不饱，少安，你看这问题怎样解决好？"田福军突然问他。

少安就照他自己的想法说："上面其他事都可以管，但最好在种庄稼的事上不要管老百姓。让农民自己种，这问题就好办。农民就是一辈子专种庄稼的嘛！但好像他们现在不会种地了，上上下下都指拨他们，规定这，规定那，这也不对，那也不对，农民的手脚被捆得死死的。其他事我还不敢想，但眼下对农民种地不要指手画脚，就会好些的……"

"啊呀，这娃娃的脑子不简单哩！……好，罢了有时间，咱好好拉拉话！你要是到城里来就找我，好不好？我一会还要开个会，今天没时间了……"

在回学校的路上，润叶佩服地对少安说："我二爸可看重你说的话哩！你真能行！"

"少安哥，你干脆把我二爸的信给我，我明天和你一块回石圪节去。我和白明川和徐治功叔叔都很熟悉，到时候让我把信交给他们！"

少安看她执意要和他一块回石圪节，也就把田福军的信交给了她——她出面当然要比他的威力大得多。

晚上，润叶把他安顿到学校她的宿舍里休息，她回她二妈家去睡。当她把被褥细心地给少安铺好后，少安却有点踌躇地说："我怕把你的铺盖弄脏了……"

"哎呀！你看你！"润叶红着脸对他说。她多么高兴少安哥在她宿舍里睡一晚上，好给她以后的日子加添新的回忆，也使她能时刻感觉到他留下的亲切的气息……

第二天早晨吃完饭，少安就和润叶坐着公共汽车回石圪节去了。车票还是润叶买的；他抢着要买，结果被润叶掀在了一边。

汽车上，他俩紧挨着坐在一起，各有各的兴奋，使得这一个多钟头的旅行，几乎没觉得就过去了。

两个人在石圪节镇子对面的公路上下了车。

少安说："要是你去公社，我就不去了，你爸也在公社开会，我去不好……我这就回家呀！你晚上回双水村去不？"

润叶说："我可想回去哩！但我明天还有课，今天必须返回城里，因此回不成村里了。等你姐夫的事办完，我让明川叔挡个顺车，直接回县城去呀。你放心！你姐夫的事我肯定能办好！"

润叶说完后，匆忙地在自己的衣袋里掏出一封信，一把塞到少安的手里。

少安赶忙说："你二爸的信你怎又给我哩？你不给白主任和徐……"他的话还没说完，润叶就笑着一转身跑了。

少安赶快低头看润叶交到他手里的那封信，才发现这不是田福军给公社领导写的那封！

他莫名其妙地把信从信封里抽出来，看见一张纸上只写着两句话——

少安哥：

    我愿意一辈子和你好。咱们慢慢再说这事。

润叶

孙少安站在公路上，一下子惊呆了。

他扭过头来，看见润叶已经穿过东拉河对面的石圪节街道，消失在了供销门市部的后面。街道后边的土山上空，一行南来的大雁正排成"人"字形，嗷嗷地欢叫着飞向了北方……

田润叶把田福军的短信交给白明川，让他们把王满银放了，然后就回城去了。

第八章

　　孙少平好不容易在县城的高中熬过了半个学期。这第二个学期刚开学不久，他的情况依然没有什么变化。在大部分的日子里，他还是要啃黑高粱面馍，并且仍然连一个丙菜也吃不起。在上学期刚上学的那些日子，他对自己是否能上完两年的高中已经没有了多少信心。他曾想过：读半年高中回农村当个小队会计什么的，也可以凑合了，何必硬撑着上学受这份罪呢？

　　但这学期开学后，他又来了。他还是不忍心中途退学。另外，还有一个小小的不可告人的原因，使他不情愿离开这学校——这就是因为那个我们在前面已经提起过的郝红梅。

　　孙少平和郝红梅在过去的半年里已经相当熟悉，两个人交交往往，也不拘束了。他们不光互相借着看书，也瞅空子拉拉话。在这个微妙的年龄里，不仅孙少平和郝红梅，就是和他们同龄的其他男女青年，也都已经越过了那个"不接触"的阶段，希望自己能引起异性的注意，并且想交一个"相好"。他们这种状态也许和真正的谈恋爱还有一段距离。当然，对于这个年龄的青年来说，这种过早的男女之间的交往并不可取，它无疑将影响学习和身体。

　　但这年代的高中极不正规，学习成了一种可有可无的东西，整天闹闹哄哄地搞各种社会活动。学生没有什么学习上的压力——反正混两年高中毕业了，都得各回各家。在眼前这样的社会里，又是十七八岁，他们谁有火眼金睛望穿未来的时代？别说他们了，就是一些饱经沧桑的老革命，这时候也未必具有清醒的认识，许多人不也是一天一天混日子吗？

孙少平虽然少吃缺穿，站不到人前面去，但有一个相好的女同学在一块交交往往，倒也给他的生活带来一些活力。

他渐渐在班上变得活跃起来：在宿舍给同学们讲故事；学习讨论时，他也敢大胆发言，而且口齿伶俐，说得头头是道。如果肚子不太饿的话，他还爱到篮球场和乒乓球台上露两手。在上学期全校乒乓球比赛中，他竟然夺得了冠军，学校给他奖了一套"毛选"和一张奖状，高兴得他几天都平静不下来。

由于他的这些表现，慢慢在班里也成了人物。在上学期中选班干部的时候，他被选成了"劳动干事"。他对这个"职务"开始时很气恼，觉得对他有点轻蔑。后来又想，现在开门办学，劳动干事管的事还不少哩，也就乐意负起了这个责任。

"劳动干事"听起来不好听，但"权力"的确大着哩！班上每天半天劳动，这半天里孙少平就是全班最出"风头"的一个。他给大家布置任务，给每个人分工，并且从学校领来劳动工具，给大家分发。他每次都把最好的一件工具留给郝红梅。起先大家谁也没发现劳动干事耍"私情"。但有一天这个秘密被跛女子侯玉英发现了。

那天上山修梯田，发完铁锨后，侯玉英嘴着个嘴，把发在她手中的铁锨一下子扔在孙少平面前，说："我不要这个秃头子！"

少平看她在大家面前伤自己的脸，就不客气地说："铁锨都是这个样子，你嫌不好，就把你家里的拿来用！"

"谁说都是这个样子？你看见谁好，就把好铁锨给谁！"

"我把好铁锨给谁了？"

"给你婆姨了！"侯玉英喊叫说。

全班学生"轰"一声笑了，有些同学很快扭过头去看郝红梅。郝红梅把铁锨一丢，捂着脸哭了。她随即转过身跑回了自己的宿舍，干脆不劳动去了。

侯玉英一跛一跛地走到人群里，大获全胜地扬着头，风言风语说：

"贼不打自招！"

这侮辱和伤害太严重了。孙少平只感到脑子里嗡嗡直响。他一把掼下自己手中的工具，怒气冲冲地向侯玉英扑过去，但被他们村的金波和润生拉住了。班里许多调皮学生，什么也不顾忌，只是"嗷嗷"地喊叫着起哄。直到班主任老师来，才平息了这场纠纷……

从此以后，他和郝红梅的"关系"就在班上成了公开的秘密，这使他们再也不敢频繁地接触了。两个人都感到害臊，甚至在公开的场所互相都不理睬。而且由于他们处于一个不太成熟的年龄，相互之间还在心里隐隐地感到对方给自己造成了困难处境，竟然都有一些怨怨恨恨的情绪。

跛女子达到了目的，感觉自己在班上快成个英雄人物了，平时说话的声音都提高了八度，"哈哈哈"的笑声叫人感到那是故意让孙少平和郝红梅之流听的。

那时间，孙少平重新陷入到灰心和失望之中。如果他原来没有和红梅有这种"关系"，他也许只有肠胃的危机。现在，他精神上也出现了危机——这比吃不饱饭更可怕！他每次去拿自己那两个黑干粮的时候，再也看不见她可爱的身影了。那双忧郁而好看的眼睛，现在即使面对面走过来，也不再那样叫人心悸地看他一眼了。在那以后的几个月里，他只是一天天地熬着日子，等待放假……

直到上学期临放假的前一个星期，孙少平才想起，几月前郝红梅借过他的一本《创业史》，还没给他还哩。这本书是他借县文化馆的，现在马上就要放假，如果她不还回来，他就没办法给文化馆还了。可他又不愿找她去要书。他心里对她产生了一种说不出的恼火。她现在可以不理他，但她连借走他的书也不还他了吗？

最后一个星期六，郝红梅还是没给他还书。他也仍然鼓不起勇气问她要。他只好回家去了。他借了金波的自行车，把自己那点破烂铺盖先送回去——下一个星期二就放假，他可以在金波的被窝里一块混几夜，省得放假时背铺盖。

回家后，他在星期天上午给家里砍了一捆柴，结果把那双本来就破烂的黄胶鞋彻底"报销"了，他只好穿了他哥少安的一双同样破烂的鞋。至于那双扔在家里的没有后跟的袜子，父亲说，等秋天分到一点羊毛，再把后跟补上；袜腰是新的，还不能丢，凑合着穿个两三冬还是可以的——要知道，一双新袜子得两块多钱啊！

星期天下午，他从家里带着六个高粱面和土豆丝混合蒸的干粮——没有挂包，只用一块破旧的笼布包着，夹在自行车后面，赶暮黑时分回到了学校。

学校正处于放假前的混乱中，人来人往，搬搬运运，闹闹哄哄，一切都没有了章法。

他在校门口碰见了金波。金波说他正要出去给家里买点东西，就接过他手中的自行车到街上去了。

他提着破旧笼布包着的那六个黑干粮，向自己的宿舍走去。

他突然发现郝红梅在前面走。她大概没有看见他在后面。他真想喊一声她，问问那本书的事。

他这时看见前面走着的郝红梅，弯下腰把一个什么东西放在了路边的一个土台子上，仍然头也不回地走了，身影即刻就消失在女生宿舍的拐弯处。

孙少平感到有点惊奇。在走过她刚才弯腰的地方，他眼睛猛地一亮：这不正是他那本《创业史》吗？好，你还记着这件事！唉，你为什么不直接交给我，何必用这种办法……

他拿起那本书，却在暮黑中感觉一些什么东西从书页中掉到了地上。他一惊，赶忙低头到地上去摸。他拾起了一块软软的东西，凑到眼前一看：天啊，原来是块白面饼！

他什么也没顾上想，赶忙摸着在地上把散落的饼都拾起来。饼上沾了土，他用嘴分别吹干净。

他拿着这几块白面饼，站在黑暗的学校院子里，眼里含满了泪水。不，他不只是拾起了几块饼，而是又重新找回了他那已经失去了好些日子的友谊和温暖！

……就是因为这些原因，孙少平才重新又对这学校充满了热爱。

于是，这学期报名日子一到，他就一天也没误赶忙来了学校，甚至都有些迫不及待哩……

第九章

开学已经两个多星期，孙少平还没有机会和郝红梅单独说话。

他看见红梅换了一件半旧的红格子布衫，好像变了另外一个人似的。大概由于一个假期在家里，这个季节吃的东西又比较多一些，她原来很瘦削的脸颊现在看起来丰满了许多。已经度过了半年的城市生活，她也懂得把自己农村式的"家娃"头，像城市姑娘一样扎起了两个短辫；加上自做的、手工精细的方口鞋和一条看起来是新买的天蓝色裤子，简直让人都认不出来这就是郝红梅了。其实她无非就是把原来的一身补丁衣服换成了没有补丁的衣服。这个小小的变化，就使一个本来不显眼的人，一下子很引人注目了。同时也应该承认，郝红梅本来就具备那种漂亮姑娘的脸型和身段。如果有一身比现在更漂亮的衣服，就很难看出这姑娘是来自农村了。

孙少平看见她，心中就会荡起一股热辣辣的激流，有时甚至感到呼吸都有了困难。

当然，他自己的衣服还是老模样。一身家织的老粗布，尽管金波妈给他裁剪成制服式样，但仍然不能掩饰它本质上的土气；加上暑假给家里砍柴，被活柴活草染得肮里肮脏，开学前快把家里蒸馍的半碗碱面用光了，还是没有洗净。他看着这身叫他伤心的衣服，真想一把脱了扔掉。可自己很快又苦笑了：扔掉只得光身子跑！唉，最使他脸红的是，他这么大了，连个裤衩都做不起。晚上睡觉，人家都脱了长衣服穿着裤衩，他把外衣一脱就赤条条一丝不挂了……

但不论怎么说，他现在有一个甜蜜的安慰：就他这副穷酸样，班里也许是最俊的女子还和他相好哩！让侯玉英见鬼去吧！她就是想和他好，他也不愿意呢！这倒不是嫌她的腿——假如红梅的腿是跛的，他也会和她相好的！

　　可是眼看半个多月过去了，少平还是没能和红梅拉几句话。这倒不是说连一点机会也没。其实他们单独碰见过好多次，但不知她为什么又像上学期那样躲开了——而且常常看来是有意回避他！

　　少平对此摸不着头脑。想来想去，他连一点原因也找不出来。

　　不过，他现在还没忙着像上学期一样陷入苦恼之中。他猜想：也许红梅家里有什么事，她心里烦乱，才不愿意和他说话。

　　但看来她又没什么烦乱！相反，她却比上学期活跃多了。现在甚至每天下午吃完饭，在男女混杂的篮球场上，都能看见她说说笑笑和同学们一块玩呢！

　　于是，有一天下午，少平看见红梅又在篮球场上的时候，他自己也就趔摸着进了场。这并不是比赛，两边篮板下都有许多男女同学，站成一个半圆，谁捉住球，谁投篮。不管谁，投了一次篮紧接着又拿到球的时候，就传给另外一个人——他们都是高中生了，已经懂得规矩和礼貌。

　　少平看见红梅投了一次篮后，球又一次回到她手里。看她准备给别人传时，少平就在她后边说："给我一个！"

　　红梅不会没有听见他说话，但她没有理他，甚至连头也没有回，把球传给了另外一边的班长顾养民。

　　本来少平已经伸出了手，但却又不得不尴尬地把手缩回来。刹那间，他感到浑身的血都向脸上涌来，眼睛也好像蒙上了一层灰雾，远远近近什么也看不清楚了。

　　他正要转身走开，金波给他把球传过来。他勉强把球逮住，又胳膊软绵绵地把球还给金波，一个人转身出了学校操场。

　　他出了操场，又毫无目的地出了校门，昏昏然然来到街道上，最后又糊里糊涂转到了县城外边的河滩上……

他立在黄昏中的河边，目光呆滞地望着似乎不再流动的水，感觉到脑子里一片空白。包括痛苦在内的一切，暂时都是模糊的——就像他莫名其妙地来到这河边一样。

在慢慢恢复了思考能力的时候，他先在心里说：我这才知道红梅为什么不理我了！她显然已经和顾养民好了……

红梅和顾养民是什么时间里好的？在上个学期结束的时候，她还给他的《创业史》里夹了几块白面饼，使他激动得热泪盈眶……假期里，红梅回了农村，而顾养民的家在城里，不可能在这期间……那么，就在这下半年开学的几个星期里，她就和他相好了吗？孙少平只能这样判断……

他的判断是对的。郝红梅正是在这几个星期里，和顾养民好起来了。

这个家庭成分不好的女孩子，从小在担惊受怕中长大。她小的时候，她爷还活着，戴个地主帽子，一家人在村里抬不起头。她刚上小学的第二年，"文化大革命"开始了，村里的贫下中农造反队，打着红旗，扛着镢头，一夜之间，就把她家的房屋院落刨成了一堆废墟。贫下中农企图挖出老地主埋在地下的金银财宝和"变天账"，结果除刨出一个当年安土神时埋下的空瓦罐外，什么也没有搜寻到。但他们已经没家了，只能在旁边一个原来喂牲口的草棚里栖身。她爷在当年就死了。但她爷的地主帽子并没有埋进他的坟墓，而作为主要的遗产留给了父亲和她。她父亲是地主的儿子，她是地主的孙女。在现在的概念中，这和地主本人并没多大的差别。

就是背着这样沉重的政治包袱，她在社会的白眼和歧视中，好不容易熬到了县高中。由于她在这样的境况中长大，小时候就学得很乖巧，在村里尊大尊小，叔叔婶婶不离口，因此在贫下中农推荐本村的孩子上初中和高中时，村里人都没有卡她。至于她家的光景，当然已经破落得一塌糊涂。唯一能说明过去发达的迹象，就是一张折了一条腿的破太师椅。现在一家几口人，只能靠父亲一个人的工分来养活。遇个灾荒年，国家发下来的救济款和救济粮，不用说他们家也沾不上一点边；全家人只好饥一顿饿一顿凑合着过日子。一家人多少年来都把希望寄托在她身上，盼她能给这个败落的家庭带来一丝光明；因此不管家里穷到什么程度，父母亲也咬着牙坚持供她上学……

郝红梅很早就认识到了她不幸的人生和对一家人负有的使命。严酷的生活使她过早地成熟起来。她表面上看来很平板，但很有心计。

郝红梅由于自己坎坷的生活经历，实际上已经懂得了许多成年人的事——包括爱情和婚姻。但她和孙少平开始的交往中，还没有这方面的意思。她自己早有盘算：她家成分不好，光景不好，她自己要寻个好人家，找个有钱男人，将来好改变自己家庭的命运。父母亲把全家未来的希望都寄托在她身上，但她自己明白，一个女孩子，成分又不好，上学只能到高中就到头了，毕了业还得回乡劳动——至于将来推荐上大学，她家的成分是绝对不可能的。因此，她只有寻个好婆家、好对象，才有可能改变她和全家人的状况——这也许是唯一可行的道路。如此说来，她自己现在穷成这个样子，怎么可能把命运交给一个和她同样穷的男人呢？

因此，她和孙少平的接近，基本上是一种怜悯——怜悯别人，也让别人怜悯自己。

但她并不完全小视孙少平。这个贫困的男生，身上似乎有一种很不一般的东西——倒究是什么她也说不清楚。另外，他虽不算很漂亮，但长相很有特点，个码高大，鼻梁直直的，脸上有一股男性的顽强，眼睛阴郁而深沉。如果这人是干部子弟，或者说就是农民子弟，但家里光景好，门外又有工作的亲戚——比如像田润生那样的家庭，说不定她也会动心的。但这些方面孙少平什么也没有。她侧面听说少平一家人都在农村受苦，穷得只有一孔土窑洞……

但毕竟他们命运相似，使她对这个男生内心充满了亲切的感情。在这个她得不到友爱的世界里，孙少平对她来说就是宝贵的。只是那次侯玉英用污蔑性的语言，当众攻击她是孙少平的"婆姨"时，她才感到又急又气又恼恨。她到这县城的高中是另有所图的——说不定在这两年中，她能高攀一个条件好的男人。侯玉英这样一闹，舆论就把她和孙少平拴在了一起。这使她多么被动啊！她恨侯玉英，也对少平有点怨气——谁让你那么多情，每次劳动都给我发一把好工具哩！

因此，她便渐渐开始和孙少平疏远了。她要让众人看见，她郝红梅并不是孙少平的"婆姨"……

这样一晃就是几个月。临近放假的几天，她才突然发现，在她那个破旧的箱底下，还放着她借孙少平的一本《创业史》。她立刻感到一种深深的内疚。她几个月没理少平，还把他的书压了这么长时间没有还。她知道这书少平也是借文化馆的，现在马上要放假，他肯定很着急地要给人家还。唉，这个孙少平！你为什么不开口问我要呢？可她又一想，这要怪她自己，她应该主动给人家还嘛！

在临近放假的最后一个星期天，她匆忙地跑到男生宿舍给少平还书。少平没在。金波告诉她，孙少平回家去了。她只好折身回了自己的宿舍。

回到宿舍后，她收拾东西时发现自己的干粮袋里还有几块白面饼。夏收开始后，她星期天回去常出山捡麦穗，母亲就用这麦子磨了点面给她烙了几张饼。她吃了几块，剩下的这些舍不得吃，一直放着。她突然产生了一个愿望：把这几块饼连同书一块送给孙少平，以弥补她没有及时还书的过失。

于是，她把这几块白面饼夹在那本《创业史》里，在黄昏时转到校园里等孙少平回来。她看见孙少平进了学校以后，又实在没勇气当面把这书和饼交给他，就采取了只有他们这个年龄才会有的那样一种浪漫方法……

这一学期开学后，她的一切也并没有什么改变。只是到了夏天，她还有一身没补丁的衣服可以穿，因此不像冬天那样看起来过分寒酸。正因为有这么一身衣服，她也才有心思把自己的头发整理了一下，自我感觉浑身利索了不少。以前由于自惭形秽，她常不愿到公共场所去露面。现在，这身服装使自己鼓起了一点勇气，每当下午同学们玩篮球的时候，她也敢去了。不过，她还不愿进场，只是站在场边上看别的男女同学们玩。

那天下午，她像往常一样，又站在篮球场边上看别人打球，他们班的班长顾养民突然给她抛过来一个球，并且很亲切地说："你来玩吧！为什么老站在外面看呢？"

她笨拙地接住顾养民抛来的球，满脸通红，把球又扔给场内别的女同学。这些女同学就都来拉她，她只好胆怯而兴奋地走上了篮球场。

从这以后，她几乎每天下午都去操场打篮球。没过多少时间，她就成了女生中"式子"最硬的一个。

在这期间，班长顾养民对她渐渐热情起来了。玩球中间，常常在有意和无意之间，对她微微一笑，并且得到球后，往往都抛给了她。在班上一些集体活动中，他也有意把她和他分在一块，瞅空子和她说这说那……

郝红梅的精神突然被一缕强烈的阳光照亮了。她梦寐以求的就是像顾养民这样的人。顾养民的父亲是他们黄原地区师范专科的副校长，母亲是地区建筑公司的工程师，他祖父又是这个县远近闻名的老中医大夫。养民从小跟祖父长大，一直在原西县上学。他学习好，又是班长，年岁虽然比她才大一岁，但就像一个教师一样有风度。现在，这个全班女生常羡慕地谈论的人，竟然对她如此青睐，真叫她有点受宠若惊！

和出众的顾养民一比较，孙少平一下子变得黯然失色了。她于是想方设法和顾养民接近，和他攀谈，和他一块打篮球，让他喜欢她。相反，她对孙少平产生了一种厌烦的情绪，千方百计躲避和他说话、交往。

郝红梅看得出来，这学期开学后，孙少平一直想找机会和她说话，但她都有意回避了。叫人生气的是，今天下午她正兴致勃勃地和养民他们打篮球，这个不识高低的人，竟然让她给他传球！她故意不给他，而把球给了顾养民。她要以此让他明白：她现在已经和班长好上了……

第十章

孙少平站在黄昏中的河岸边，思绪像乱麻一般纷扰。他明白，从今往后，郝红梅再不可能和他相好了。他精神上最重要的一根支柱已经被抽掉，使他感到一种说不出来的痛苦。他面对着远方模糊的山峦，真想狂喊一声——他并不知道自己此刻眼里含满了泪水……

在他背后，县城已经一片灯火灿烂了。家家户户现在也许都围坐在一起，开始吃晚饭。此刻，谁能知道，在城外，在昏暗的河边上，站着一个痛苦而绝望的乡下来的青年，他喉咙里堵塞着哽咽，情绪像狂乱的哈姆雷特一样……

原谅他吧！想想我们在十七八岁的时候，也许都有过类似他这样的经历。这是人生的一个火山活跃期，熔岩奔突，炽流横溢，在每一个感情的缝隙中，随时都可能咝咝地冒烟和喷火！

少平站在河边，尽管已经误了吃饭时间，但他一点也不感觉到饿。他突然幻想：未来的某一天，他已经成了一个人物，或者是教授，或者是作家，要么是工程师，穿着体面的制服和黑皮鞋，戴着眼镜，从外面的一个大地方回到了这座城市，人们都在尊敬亲热地和他打招呼，他在人群里看见了顾养民和郝红梅……

幻觉消失了，他看见一个黑糊糊的人影正向这边走来——他认出这是他的好朋友金波。

金波现在来到了他跟前。他把手里的四个两面烧饼递到他面前，说："看你没回来，你的下午饭我吃了。这是我在街上给你买的……"

少平没有言传，接过金波手中的烧饼，坐在一块石头上吃起来。

金波也沉默不语地坐在他旁边。过了一会，他才咬牙切齿地说："我想把顾养民捶一顿！"

金波显然看出顾养民已经夺走了他好朋友的女朋友，这使他胸膛里充满了义愤的怒火，想为少平打抱不平。

"打了他，说不定学校会把咱们开除了……"少平说。

"你不要动手。由我出面！"

少平想了一下，说："不敢这样。万一咱们出个事，能把家里的大人急死！"

"咱们现在就是大人了！自己做事自己可以承担。你不要管，我知道这事该怎么办哩！"

"你可千万不敢动手。咱们没什么理由打顾养民。要是平白无故打了，到时咱们没个说上的……"

"我给他制造个挨打理由！"

"不敢闯这乱子！"少平虽然和金波同岁，此刻心中又火烧火燎，但还是比他的朋友冷静一些。

金波也没再说话。等他把那四个两面饼吃完，他们就相跟着回学校去了。

孙少平没有想到，他的朋友没有听从他的劝告，在私下里开始积极筹划准备打顾养民了。

金波平时爱讲个哥们义气，班里许多调皮学生都听他的。他串联了一把子男生，商量怎样才能把顾养民打一顿而又叫学校抓不住把柄。为了不牵连孙少平，他把自己的行动都给他保密——将来打人时他也绝对不会让少平在场。

孙少平在第二天才知道金波串联一些人把顾养民打了一顿。他又急又慌，找到金波，埋怨他不该这样。

金波让他别管，说他把事干得滴水不漏。

"让顾养民告去吧！他小子挨了打，官司也打不赢！他一张嘴，我们七八张嘴，他说不过我们。"他对少平说。

但孙少平觉得事情并不那么简单。顾养民不会受这暗气，肯定要向学校反映。如果真相一旦查明，学校可能要把金波开除的。但他又不能过分指责金波，因为金波这行为完全是为他的呀！

　　孙少平一个人想：如果顾养民告到学校，学校开始查这事的时候，他就站出来说是他让金波打顾养民的。绝不能让学校处理金波！金波是为他的，他一定要为金波承担罪责！

　　在好几天里，孙少平已经顾不上想其他事了，紧张地等待着学校来调查这事。

　　但过了好多天，一切仍然风平浪静。金波曾给他说过，顾养民自己说不告他们，少平当时不相信这话。但现在看来顾养民真的没有去告！班长现在看来也和以前没有什么不同，表现出什么事也没有发生的样子，并且对金波和打过他的同学态度也很正常：既不特意好，也不让人看出怀恨在心。只是在挨打的第二天，他给老师请假，说他感冒了，要上一趟医院。据金波说，顾养民上医院的那一天，郝红梅竟然偷偷到医院看他去了……

　　金波他们把顾养民打了一顿，反而使郝红梅更挨近了顾养民。也许他们两个分析过养民挨打的原因——金波心再残，也不会平白无故打人，唯一的可能就是因为郝红梅。她先后与少平和养民的关系变化大家都能看得出来。孙少平不出面，让他的朋友来替他报复——除此之外，再还有什么解释呢？

　　孙少平看得出来，郝红梅现在甚至都恨上了他，见了面连看都不看他一眼。顾养民心里不知怎样，面子上还和他保持着一般交往的关系。当然，不论是在他面前，还是在众人面前，他现在已经不回避他和郝红梅的相好关系。至于郝红梅，倒似乎专意让别人知道她和顾养民好。她现在上街，就借顾养民的自行车。回来的时候，故意在人多处给顾养民还车子，并且羞羞答答看养民一眼，说："谢谢……"

　　谢谢。对于孙少平来说，他也要对生活的教训说一声谢谢。这一件事的前后经历，也许实际上对他并没有坏处。他是失去了一些情感上的温柔，但也获得了许多心灵上的收获。

他现在平心静气地想，顾养民是一个好人——他挨了打，但没有报复打他的人。顾养民不会怯火这些人！这些人再残，也残不过学校的王法。只要他告，这些人都不会轻松，而且为首的金波说不定会让学校开除的。他对这件事采取了息事宁人的态度，反而在精神上把他和金波他们镇住了。

他又进一步想，郝红梅抛开他而和顾养民相好，也完全是正常的啊！他自己在哪方面都无法和顾养民比较。男女相好，这是两相情愿的事，而怎能像乡俗话说的"剃头担子一头热"呢？

青春激流打起的第一个浪头在内心渐渐平复了。孙少平甚至感到了一种解脱的喜悦。他似乎觉得自己的精神比原来还要充实一些。他现在认识到，他是一个普普通通的人，应该按照普通人的条件正正常常地生活，而不要做太多的非分之想。当然，普通并不等于庸俗。他也许一辈子就是个普通人，但他要做一个不平庸的人。在许许多多平平常常的事情中，应该表现出不平常的看法和做法来。比如，像顾养民这家伙，挨了别人的打，但不报复打他的人——尽管按常情来说，谁挨了打也不会平平静静，但人家的做法就和一般人不一样。这件事就值得他好好思量思量。这期间，少平获得了一个非常重要的认识：在最平常的事情中都可以显示出一个人人格的伟大来！

这是第一次关于人生的自我教育。这也许会在他以后的生活中发生深远的影响……

过了几天，在少平的生活中突然出现一件他想不到的事。学校根据县宣传部和文化局的指示，要组织一个校一级的文艺宣传队，巡回到各公社宣传演出。他们班的金波、顾养民、郝红梅和他，都选拔上了。他被确定参加一幕小戏的演出，还另出一个节目讲故事——《智取威虎山》中打虎上山的一段。顾养民也参加小戏演出，同时还任宣传队副队长。郝红梅是舞蹈队的。金波在乐队吹笛子，并且还有一个独唱节目——他的男高音很出色。

少平参加演出的这幕小戏叫《夺鞭》，是学校语文组的老师们集体创作的。剧本内容是：贫下中农出身的兄妹俩，高中毕业回乡后，为了从富农子弟手中夺回队里赶大车的权，和这个"阶级异己分子"以及一个丧失阶级立场的生产队长，展开了激烈的斗争；最后兄妹俩得到公社书记的支持，终于胜利了……

学校教音乐课的女教师是这个宣传队的队长兼总导演。她竟然让孙少平当这出戏的男主角张红苗。他又胆怯又高兴地接受了这个任务。他还没想到，从他们年级另一个班抽来的田晓霞演他的妹妹。那个富农子弟由高年级的一个男生扮演。顾养民扮演公社书记。

经过一段排演，他们这支文艺宣传队就下公社了。孙少平非常高兴参加这个宣传队，这使他第一次有了出头露面的机会。另外，宣传队下了公社，吃的都是白馍大肉；演戏的时候，他还有机会穿上体面的戏装，感觉自己像换了一个人似的有风度——他感觉别人也都用异样的眼光来看他了。

孙少平作为主角和几个全县出众的干部子弟一块登台演戏，使他经历着他有生以来最激动人心的日子。戏完后，他和田晓霞还各自有一个讲故事的节目，而这两个故事又是最受观众欢迎的。当然，他的朋友金波的独唱也常博得热烈的掌声。在这期间，文艺宣传队所有人的关系都非常亲密。他们正处于爱红火热闹的年龄，加上伙食又好，每个人都兴致勃勃的。他、养民、红梅和金波四个人之间，也自然地把以前的不愉快都搁在了一边。少平和金波都盼着文艺宣传队能赶快巡回到石圪节公社去——那里他们有许多熟人和没有来上高中的同学。在本公社露一下脸，那可多有意义啊！到时他们家里的人也会来看他们演出的……

可是在中途，文艺宣传队突然接到县宣传部电话，说地区要搞全区革命故事调讲，县上决定让孙少平和田晓霞去参加，让他们俩赶快回县城来准备节目。

这消息对孙少平来说，就像一颗炸弹在面前爆炸了：天啊，他要到黄原去？这将是他有生以来的第一次远行，并且也是第一次去逛大地方……

宣传队的所有人都很羡慕他和田晓霞。他激动无比这自不消说。

晓霞尽管为这事高兴，但她从小就在黄原城里长大，不像他这样觉得好像要出国似的连晚上都失眠了。老师把戏里的角色进行了新的调整：金波顶他演张红苗，红梅从舞蹈队抽出来顶晓霞，演张红苗的妹妹……

孙少平给老师请了假，说他要先回一次家。因为他立刻想到，不能背一口袋高粱面去黄原城——要有粮票才行。另外，他的这身衣服怎么能到大地方去亮相呢？讲故事不是演戏，人家不给做服装……一想到这一切，他的情绪就像一堆红火泼了一盆子凉水，寒透心了。如果这样出去丢人，还不如不去！但他又知道家庭的情况，这么大的破费能把大人急死……

当他无限愁肠地回到双水村的时候，他并不知道，他要去黄原讲故事的消息早已传回来，在村里都家喻户晓了。他也根本不知道，双水村的人已经议论了他几天，似乎他已经成了个人物。是呀，村里像他这样大的人，倒有几个去过黄原城嘛！

使少平又惊讶又高兴的是，在他没回来之前，他哥已经把自留地的夏洋芋刨得卖了两麻袋，给他扯好了一身蓝咔叽布，放在金大婶家，等他回来量身子裁缝哩！父亲也把家里少得可怜的一点麦子，拿出二升，在石圪节粮站给他换好了十斤粮票……

他看到这些他原来还担心的问题，爸爸和哥哥都给他解决了，并且一家人都高兴得满脸光彩，这使他忍不住鼻子发酸。他在家里住了两天，母亲给他单另做得吃了两顿好饭，还一再嘱咐他出去多操心，说那是大地方，不是石圪节……

他穿着一身崭新的蓝咔叽布制服，把十斤粮票和哥哥专意卖了几担西红柿而给他的十元钱，用领针别在内衣口袋里，就怀着对亲人无限感激的心情，回到了县上。

他和晓霞在县上的文化馆集中排练了三天，文化馆长就带着他们去了黄原地区。

当他从黄原汽车站出来的时候，立刻被城市的景象弄得眼花缭乱，连东西南北也分不清了。晓霞熟悉这城市，就给他指点着说这说那。他兴奋得头脑都有些混乱不堪。

他们在黄原地区革委会第二招待所待了七天。他们县的讲完了以后，晓霞便带着他到这城市的几个著名地方转了转。同时，他在故事会上还认识了几个地区文化馆的老师，其中有个叫贾冰的诗人，还是原西县人。贾老师热情邀请本县来的三个人在他家里吃了饭，还声震屋瓦地给他们朗诵了他写的诗。

这次故事调讲，他和晓霞都得了二等奖，把他们县的文化馆长高兴得眉开眼笑！

孙少平大开了一回眼界，然后带着无数新的印象以及一张奖状和一套"毛选"，回到了县城。到星期六的时候，他又带着从黄原城里买来的一点稀罕东西，回了一趟双水村。在地区期间，每天的伙食补助就够他吃了，因此他就把哥哥给他的十元钱，除过王满银，给全家人都买了点礼物：奶奶的一包蛋糕，母亲和姐姐一人一双袜子，父亲和哥哥一人一块白毛巾，妹妹的一块红方格头巾，猫蛋和狗蛋的半斤水果糖……

第十一章

在这几个月里，田润叶陷入了极大的苦恼之中。她在别人说合的婚姻和自主的爱情之间苦苦地挣扎。李向前一家三口和她二妈组成的说合队伍轮番向她进攻，而她自己爱着的孙少安又对她退避三舍。她整天急得六神无主，不知如何是好。像她这样一个寄人门下的二十二岁的姑娘，目前的处境可想而知。她没有什么资本和勇气斩钉截铁地抗拒县上两户赫赫有名的人家——而其中的一家又是她的亲戚和恩人，更何况他们也是诚心为她好。

这一切可以先抛开不说。假使孙少安真的可以娶她，她是完全可以不顾这一切的。但是，使她痛苦的是，亲爱的少安哥对她爱情的呼唤没有应声作答……

自从那次她在石圪节的公路上把装在信封的那张纸条塞给少安以后，不久她就在一个星期六回到了双水村。她想尽快见到少安，和他把事情谈清楚。

那天她在家里吃完午饭，就对她父母亲说，她要出去到村里的一些人家串串门，然后就兴致勃勃地来到少安家。

可是，她到少安家后，才听少安妈说，他中午不回家吃饭——现在正是锄庄稼的大忙季节，为了省时间，这一段庄稼人中午不回来，都是把饭送到地里吃。

她勉强掩饰住自己的失望，和少安妈亲热地拉了一阵话，然后把她给少安奶带的一包点心放下，只好悻悻地告辞了。不过，她在临走的时候，一再给少安他妈叮咛，等少安晚上回来时告诉他，让他明天中午一定回家来吃饭，她有事要给他说。千万不敢耽误！因为她明天下午就要回学校去了。

少安他妈满口应承下来。

本来润叶打算当天晚上再来，但黑天半夜出门，家里人会不放心的。再说，晚上少安一家人都回来了，他们没办法说话。当然，她还不敢晚上把少安约到野场地里去——万一叫村里人看见，风言风语传播开来，对两个家庭都不好。还是中午好！少安家没什么人，他们可以在他家的院子里情愿说啥呢！

第二天中午，她赶忙兴致勃勃地又去了少安家。在上他们家那个小土坡时，她心儿狂跳，气喘吁吁，甚至站住等平静了一些才进了院子。

叫她丧气的是，少安还没有回来！

她寻思：少安是队长，要安排生产，可能会晚回来一点，她应该耐心等一等。

少安妈也很急，对她说："昨晚上我给少安说过好几遍哩，说你让他无论如何今中午回来一趟，有要紧事……"

"那他当时答应了没？"她急切地问。

"他'嗯'了一声……"

唉！这"嗯"了一声，是答应回来哩，还是说只表示他知道了这件事，而回不回来还不能肯定呢？

润叶坐在大婶家的前炕边上，一边候少安，一边胡思乱想。

直等到庄稼人吃了午饭的时光，少安还是没有回来！

润叶已经在炕边上坐不住了，溜下来在少安家的脚地上走来走去，佯装看墙上镜框里的几张照片，但耳朵高度灵敏地捕捉着门外的响动。

少安妈也急得过一会就到院子里张望一回，嘴里唠叨着一些埋怨儿子的话。真是的！让这个体面人家的女娃娃跑了两回不算，还又等了这么长时间了……

少安妈看午饭时分过了好长时间，儿子还不回来，就只好对焦急的润叶说:"看来他不回来了,谁知道这死小子让什么事耽搁住了!你有什么事,能不能给我说一下,让我给他转话?"

润叶的脸红了。她说:"大婶,他没回来就算了。也没什么大事。等我再回村里时给他说……"

她只好又离开少安家,怏怏不快地回到自己家里——她得起身回县城了。

下午,父母亲把她送上过路的公共车。当汽车经过少安家院子下边的时候,她的眼泪忍不住在眼睛里旋转起来。她感到一种说不出的委屈。她怀揣一颗热腾腾的心,扑回村子来,准备交给她心爱的人,结果却连他的面也没有见上。她想不通少安哥为什么中午不回来见见她?他应该知道她回来找他是为了什么!

他为什么不理她呢?

当回到学校,慢慢静下来细盘算的时候,她又猜想:是不是那天中午少安的确山里有事不能回来?这完全有可能!他是队长,管的事多,说不定有什么事就缠住身了……

她马上想:让我再给少平捎个话,让他到城里来一下。虽说现在农活忙,耽搁一两天又不误不了多少事。再说,他应该知道,这是一件什么样的事啊!

她于是又跑到县高中,给少平安顿,让他星期六回去的时候,叫他哥到城里来一下,说她还有个要紧事要给他哥说……

星期天下午,她焦急地等待着少平回来。她想,这次要是少安哥来,她就不会像上次那样害羞了,她什么话也敢对他说!

少平回来了,给她带来的是冰凉的消息:他说他忙,来不了。

她呆了。她一个人关住门,在宿舍里偷偷哭了一晚上……

第二天上午,她没有课。她也没吃早饭,就一个人红肿着眼睛来到学校后面的小山湾里。以前她消闲的时候,常爱到这个安静的地方来溜达。

她现在坐在一片草丛中发愣。今天她不愿意待在宿舍。万一有个老师来找她,看她这副样子还不知道发生了什么事——她又不能给别人解释。另外，怕学校又有什么工作要她去做。她心乱成这个样子，能做什么呢？在这一刻里，她已经厌烦了尘世中的一切！

盛夏灿烂的阳光照耀着万物繁荣的大地，但田润叶感到自己心里空荡荡的。

坐了一会，她觉得很疲倦，没有睡过的眼睛也火辣辣地涩疼，随即便像一个懒散的庄稼汉一般躺倒在草丛里——不一会便什么也不知道了……

直到她听见有人说话，才惊醒过来。

她慌乱地坐起来，看见她面前竟然立着她二妈和向前妈。她赶忙一闪身站起来了。

显然，两位长辈看见她在这野地里如此不雅观地睡觉，感到无比诧异。而她对她们的不期而来也有点莫名其妙。

还没等她问她们来这地方有什么事，向前他妈就立刻凑前来，瞅着她的眼睛说："呀！这娃娃的眼睛怎肿成这个样子了？"

她立刻不好意思地说："昨晚上……看了一夜书……"

她二妈对自己的领导说："这娃娃就是爱看书！"她又扭过头问侄女："你不在宿舍睡，跑到这儿……"

润叶赶忙说："宿舍常有人来找，我想在这儿坐一会，想不到就……"

两位长辈都笑了——空气随即也轻松了下来。

她二妈说："快走吧！你刘阿姨让你到她家里去吃饭，她没来过你们学校，我陪她来找你，结果宿舍没人，旁边一位女老师说看见你到这里来了……"

"快走！尝尝阿姨的手艺怎样！你没到过我们家，怕你认生，我让你二妈也陪你去！"向前妈用领导人那种不容置疑的口气对她说。

田润叶太为难了！她为什么要去一个外人家吃一顿毫无理由的饭呢？但这样两个人找到这地方来请她，她怎么又能一口拒绝了呢？她要是拒绝了，叫这两个有身份的长辈怎么样下台？她还再在她二妈家的门上待不待了？

啊啊！人活一生，风雨雷电和寒霜黑雪，有时候会在同一个时辰向你的头上倾倒下来！

可怜的润叶没有办法，心里反对着这件事，可两条腿已经跟着她们起身了。

归根结底，她不敢伤这两个人的脸。她要是给她们难堪，带来的后果她现在都无法全部想象得来。

她一路像一只羊羔般跟着她们走，心里想：我去他们家吃一顿饭，难道就成他们家的人了吗？再说，刘阿姨和她二妈，李叔叔和她二爸，都是老同事，谁家的人到另外一家去吃个饭，这都是一件很普通的事⋯⋯她走着，心中竭力找一些正常的理由来冲淡这次明显不正常的赴会⋯⋯

田润叶没有想到，她在李向前家吃完这顿饭后，他们学校和城里的一些人就不知怎样知道了这件事，开始传播她和李向前已经订婚了，而且添油加醋，说不久她就要和县上李主任的儿子结婚呀。

更让她生气的是，李向前似乎是为了证实这种说法，竟然到学校的宿舍找她来了。他坐在她宿舍里，给她说长道短，并且建议她暑假坐他的车到省城和北京开开眼界。她不能把李主任的儿子用棍子打出去——她不具备这种泼辣性格！她只好一个人找借口躲出去，让这位汽车司机自己待在她的房子里！

当她约莫李向前讨个没趣走了以后，才又回自己的宿舍去。她看见，李向前是走了，但她的房子却被打扫得干干净净！炉坑里的灰渣掏得一点不剩；倒垃圾土的铁簸箕都被水冲洗得明光发亮⋯⋯天啊，世界上还有这样的人！

她回到二妈家时，又会时不时碰上向前他妈，关心地问她有什么困难，需要什么帮助就尽管给他们说⋯⋯

她二妈已经又找她谈过几次，说向前给他父母亲表示，他就看上个她；如果她不能和他结婚，就去自杀呀！说向前父母亲急得一再让她给她做工作，让她做向前的媳妇⋯⋯

说心里话，对向前一家人的这些做法，她反感透顶，也倒并不怀恨在心。润叶是个明白人，她也知道，这一家人也是出于真心。如果是其他什么事，她就是做出牺牲，也可以迁就他们。但这是要她把自己整个地交给一个她并不愿意交给的人啊！

生活，生活！为什么给她出这样的难题？如果没有个李向前，她现在会仍然像过去一样，安安稳稳而又忙忙碌碌地操心着工作，内心平静得像一泓湖水——这是她最乐意的。可是，为什么要给这湖面投进来一块石头，搅乱她平静的内心世界？而更为不幸的是，由于李向前这块生硬的石头的撞击，又使她对另一个人释放出真正炽热的爱情冲动——可是，当她也给别人的心里投进去一块石头的时候，却又没溅起任何一点水花……

从去年冬天到现在，润叶已经经受了半年多火一般的煎熬。她多么想给尊敬的二爸说说她的苦恼，但她又多么不愿意给他带去纷扰。她隐隐地感到，她二爸在工作中也不太顺心，经常有他自己的许多烦恼。她怎么能让他再为她而分心呢？

至于父亲，虽说是个大队书记，但实际上也是个农民，怎么可能理解她的心呢？在这种事上，她不可能在他那里得到帮助，而母亲又是大字不识一个的农村妇女……

润叶想来想去，觉得主意还得她自己拿。当然，她一个女孩子家，对自己能有多少力量并没有多少信心。但她想她要尽可能去把握她的命运。

李向前对她的压力越来越大了。不知在什么时候，这人已经殷勤地把她们外冬天烧的煤块，重新垛得整整齐齐，像精心设计的一座小小的建筑物。而且还把原来粗糙的劈柴块，加工得像精致的工艺品一样，在煤块旁边又给她建造起另一座更"艺术"的建筑物！

全校的老师都在夸"她的女婿"，指画着他在她门口留下的"杰作"，惊叹地议论着。

她实在无法忍受了！

她突然决定很快再回一次双水村。这次她无论如何要见到少安——哪怕他再躲着不回家，她也要破开脸皮到山里找到他。

第十二章

孙少安内心的苦恼并不比田润叶少。

当他在石圪节的公路上看完她那张一目了然的纸条后，先是惊呆了。

尽管他和她从小可以说是青梅竹马，但他长这么大，从来没敢想过让润叶做他的媳妇。不管从哪方面看，这都是绝对不可能的。因为不可能，也就不可能去想。

可是，突然福从天降，一张白纸条如同一道耀眼的电光在他眼前闪现，照得他一下子头晕目眩了！

当他反应过来这是怎么一回事的时候，曾站在公路上幸福地哭起来。那时他感到一股巨大的暖流在他的胸膛里汹涌澎湃，感到天旋地转，整个世界都眉开眼笑，成了另外一个样子。记得当时他不知道自己是怎样从石圪节走回双水村的，一直到进了他家院子的时候，手里还僵硬地握着她那封信……

温暖而幸福的激流很快就退潮了。他立刻就回到了自己所处的实际生活中来。一切简单而又明白：这是不可能的！

是的，不可能。一个满身汗臭的泥腿把子，怎么可能和一个公家的女教师一块生活呢？尽管现在说限制什么资产阶级法权，提倡新生事物，也听宣传说有女大学生嫁了农民的，可这终究是极少数现象。他孙少安没福气也没勇气创造这个"新生事物"。再说，他家这光景，让润叶过门来怎么办？旁的先不说，连个住的地方也没有……唉，土窑洞他倒有力气打一孔，主要是这家穷得已经像一个破筛子，到处是窟窿眼……就是家能过得去又怎样呢？女的在城里当干部，男的在农村劳动，这哪里听说过？如果男的在门外工作，女的在农村，这还正常——这现象倒并不少见，比如金俊海在黄原开汽车，他老婆和孩子就一直在村子里住着……

另外，想到润叶的家庭，他更寒心了。田福堂是双水村的主宰，多年来积攒下一份厚实家业，吃穿已经和脱产干部没什么两样。她二爸又是县上的大干部，前后村庄有几家能比得上？难道贫困农民孙玉厚的小子，就能和这样的家庭联亲？这简直是笑话！

但他一想到润叶本人，心里就由不得感到酸楚。她并不是一个梦境中虚幻的姑娘。她和他一块长大，相互熟悉和亲切得像兄妹一样。他要是真的能和她一块生活一辈子，那他对自己的一生会多么满足啊！他想他如果当时家境好一些，和她一块去城里上完中学，参加了工作，他说不定真能和她结合在一起……

但他能抱怨命运吗？能后悔自己回来当了农民吗？不，他不抱怨，不后悔，也不为此而悲伤。他要帮助父亲养活一家人，而且要对少平和兰香的前途负起责任来。从那时到现在，尽管过得艰难，但这个家庭还维持着——这就是他的骄傲！当然，他还并不满足这些。一旦有了转机，他孙少安还会把这个家营务得更好；他在这方面雄心勃勃，希望将来能和田福堂、金俊山那样的光景争个高低！至于他个人的婚姻，他这两年并不是没有考虑——他终究已经二十三岁了，像他这个年龄的农民大都已结了婚，没结婚的也基本都有了对象。他想他要找一个能吃苦的农村姑娘，和他一起创立家业。但并不是眼下就解决——这不是说他现在不想娶媳妇，而是现在还娶不起。他想等少平高中毕业，不论弟弟能找个临时性工作，或者回来劳动，他就多了一个帮手，到那时再考虑自己的婚姻也不迟。最使他熬煎的是，他打闹不起上千元的财礼钱。这两年也有人给他说媳妇，可没人给他说不要钱的媳妇。

现在倒好！有个拿着工资的媳妇要跟他，他可又不敢娶了……

孙少安思来想去，真想找个没人的地方，一个人抱住头痛哭一场！

他多么幸福，亲爱的润叶竟然给他写了这样一封信。可他又多么不幸，他不能答应和这个爱他的也是他爱的人一块生活！

但是，他连哭鼻子的工夫也没有。家里、队里和村里的事交织在一起，乱得像"三国"一样。

他天不明就得爬起来，先要把家里的两个大水瓮担满——父亲年纪大了，已经做不成这类重活。担完水后，他又帮母亲给妹妹做饭——兰香要赶着到石圪节上第一节课。等妹妹吃完饭，金秀来叫她的时候，他还要把这两个孩子往罐子村那边送一段路。天不明，两个孩子害怕，金秀家也没个男人在家，这护卫工作只能由他承担。

送完兰香和金秀，他就赶紧折身回来，到一队饲养室院子安排全队的生产。实际上，在他到饲养室之前，就要把当天四五十个劳力的各种活路都考虑好，然后在很短的时间里就得布置完——不能推迟出山时间！秋天的收成和几十户人家下一年的生计，就在这每一天的分分秒秒中！

队里几乎所有的社员，都常抱怨他把他们抠得太紧，简直到了残酷的程度——山里休息往往连烟瘾都过不了就又被他赶起来干活。有人甚至背后叫他"孙阎王"。但他不管这些。他想，如果不这样下苦，秋后一分粮食，你们就要骂我是"龟孙子"了。他自己先不偷懒，都是抢重头子活干。至于庄稼行里的技术，更是样样拔尖，连一些自认为老行家的人也佩服得五体投地。他在队里的权威是自然形成的。

如果中午不在山里吃饭，他回家吃完饭，碗一撂，就到自留地去了。他要利用中午别人睡觉的时间来营务自己的庄稼。这一点自留地，他宝贵得不知种什么好，从庄稼到蔬菜，互相套作，边边畔畔，见缝插针。种什么都是精心谋划的——有些要补充口粮，有些要换成零用钱……他一年不知要在这块土地上洒多少汗水。不管他怎样劳累，一旦进了这个小小的天地，浑身的劲就来了。有时简直不是在劳动，而是在倾注一种热情。是的，这里的每一种收获，都将全部属于自己。只要能切实地收获，劳动者就会在土地上产生一种艺术创作般的激情……

孙少安疯狂而贪婪地干一天活，一到晚上，如果大队不开什么会，他就倒在自己那个小土洞里睡得像死过去一般……

但一段时间来，这样劳累一天以后，他急忙睡不着了。润叶在他的眼前扰来扰去，使他无法入眠。他不时在黑暗中发出一声叹息，或者拳头在土炕上狠狠捣一下。

一切都不知如何是好。他原来想，只要他不给她回话，她就会知道他不同意——不，不是不同意，是不敢同意，她就不会再提这事了。可没想到她三一回五一回托少平捎话，让他再到城里去。他的确没工夫去城里。但主要的是，这是一件不可能的事，何必再花工夫跑那么多路去谈论呢？而且他不愿意当润叶的面说出那个"不"字来，以免让他目睹她伤心而使自己也心碎！他想他不去城里，润叶大概就会明白他的意思，不再提这事了。

可他万万没有想到，她却又跑回村子里来找他！

那天中午，他尽管内心充满矛盾和痛苦，但硬是忍着没回去。他当时想，他可能有点残忍，但一切将会因此而结束。等他们在这个问题上彻底解脱了，有机会他会慢慢给她说明一切的。

他越来越清楚，他要是答应了润叶，实际上等于把她害了。像她这样的家庭和个人条件，完全应该找个在城里工作的人。她现在年轻，一时头脑热了，要和他好。但真正要和他这样一个农民开始生活，那苦恼将会是无尽的。她会苦恼，他也会苦恼。而那时的苦恼就要比现在的苦恼不知要苦恼多少倍！

不要这样，亲爱的人！让我们还是像过去那样友爱。我会永远在心间保持对你的温暖的感情，并且像爱妹妹、爱姐姐、爱母亲一样热爱你。原谅我吧……

那天，他像"受戒"一样熬过了这一个中午。中午一过，他和大家又一块开始锄地。锄了一会地后，他突然感觉到自己是多么愚蠢和不近人情！是啊，简直是一个真正的土包子老百姓！他为什么用这样一种可笑的方式来折磨那个可爱的人呢？他难道就不能回去，哪怕三言两语给她说明他的意思不就行了？亲爱的人给他捎话让他到城里来，他可以用"忙"来推托，现在她为了他，亲自跑回来，找到他门上，他却像一个贼娃子一样躲在这山里，不见人家……他立刻对锄地的人说："你们先锄，我回去有个事！"于是揢起锄头就大撒腿往回跑……

等他跑回家里，母亲告诉他，润叶已经坐汽车回县城去了！

他已经听不见母亲对他的抱怨声，一个人出了门，来到通往县城的公路上，心急如焚地走了一段路，嘴里喃喃地说："对不起你，润叶，我对不起你……"

从这以后，他想他不仅拒绝了润叶对他的爱情，也割断了他和她过去的友情。他太伤她的心了，她也许再也不会理他了！

他于是就闷着头干活，一天也没多少话。不论是队里还是家里，他把该说的说完，便没有一句多余话了。山里有人和他开个玩笑，他也会表现出一种厌烦的情绪，弄得人家很尴尬。大家都觉得他成了个"怪"人，谁也猜不透这位年轻的队长究竟碰到了什么事……

这天中午他吃完饭，就一声不吭地挑了一担水桶，又去了自留地浇那几畦蔬菜。自入伏以来，天一直没下雨——其实伏前的几个月里也没下过一次保墒雨。

少安家的自留地在去米家镇方向的公路上面，出村子走不远就到了。自留地有一点川台地，其余都是坡洼地。那几畦蔬菜和红薯、南瓜都在川台地上。坡洼地上种的都是庄稼。

少安来到自留地下面的东拉河里，拦起一点水，马勺刚能舀起。他舀了一担泥糊水，往公路上面的地里担。

从河道上了公路，再从公路上到地里，几乎得爬蜒半架山。家里没什么硬正吃的，只喝了几碗稀饭，每往上担一回水，他几乎都是在拼命挣扎。天太热了，他干脆把那件粗布褂子脱了撂在河边，光着上身担。

担了几回水，他实在累得不行了，就用搭在肩膀上揩汗的毛巾，在河里洗了洗脸和上身，然后穿起那件破褂子，来到河边一棵柳树下，卷着抽旱烟。

他刚把卷起的旱烟点着吸了一口，就听见身后面似乎有脚步声。他扭头一看：啊？是润叶！我的天！她怎么会在这个时候出现在这里？

少安又惊又喜又慌又怕——他一闪身站起来，看着走到他面前的润叶，嘴张了几张，不知该说什么。

他终于呐讷地说："你怎……"

"今天是星期天。我昨天下午就回来了……"润叶红着脸问他，"你浇地哩？"

"嗯……"少安用湿毛巾揩了一下脸上的热汗珠子，"庄稼快晒干了……"

"那光靠人担水浇地怎么行哩？"她在旁边一块圆石头上坐下来。

少安也只好局促地坐在他原来坐的地方，两个人离得不远不近。他回答润叶说："光浇几畦菜……"

两个人立刻就进入到一种紧张状态中。他们还都不由得向村子那里张望，看有没有人看他们。好在现在是中午，劳累的庄稼人都睡了。没有其他什么声音，只有河道里叫蚂蚱单调的合唱和村庄那里传来的一两声懒洋洋的公鸡啼鸣……

这时候，对面很远的山梁上，飘来了一个庄稼汉悠扬的信天游。少安和润叶一听声音，就知道是他们村的红火人田万有在唱。万有大叔正从远山的一条小路上向村里走去。少安和润叶不由相视一笑，然后便敛声屏气听着万有叔又酸又甜的信天游——

> 说下个日子呀你不来，
> 垴畔上跑烂我的十眼鞋。
> 墙头上骑马呀还嫌低，
> 面对面坐下还想你。
> 山丹丹花儿背洼洼开，
> 有什么心事慢慢价来……

这歌好像正是给他们两个人唱的，这使他们的脸如同火一样烫热。

"少安哥……你……"润叶不好意思地望着他。

"唉……"少安只是长叹一口气，低下了头。

"噢——润叶！噢——润叶……"

村头的公路上，猛然传来田福堂拖长了音调的呼唤声。

两个人都一惊，扭头看见田福堂正站在村头的公路边上。他显然看见了他们，但知趣地没有走过来，只是又叫着说："润叶，快回去吃饭嘛，你妈都等你好一阵了……"

润叶气得牙咬住嘴唇，没给父亲应声。

少安慌忙站起来，把两只桶提到河边，舀起一担水，给润叶也没招呼一声，就低着头担上了土坡。

润叶也只好站起来，心烦意乱地顺着河边向村子里走去。

田福堂看女儿回来了，也就折转身子在前面先走了。

唉，他们等于什么也没说，就被田福堂的一声喊叫给冲散了……

润叶气恼地回到家里，两只很秀溜的新鞋在河滩里糊满了泥巴，一副叫人看了怪不好意思的狼狈相。

福堂并没有提起刚才的任何一点事，但心虚的女儿立刻给父亲解释说："我想出去在村子里转转，在前面公路上碰见少安担水，我和他拉了几句话……地早得真厉害，庄稼眼看要晒死了！"

"今儿个这几斤羊肉是我在罐子村买的，刚杀的新羊肉……润叶，快吃！"田福堂帮助老婆把一盘羊肉饺子端上炕来，招呼让女儿吃，好像他根本没听见女儿说什么。他只是在女儿不留意的时候，用复杂的眼光瞥了一眼她刚脱在脚地上的那两只令人难堪的泥鞋……

少安跟女儿的关系，让田福堂非常恼怒。他一面到城里去向弟媳徐爱云打听情况，结果知道了李向前正在追求润叶。他当然很得意，只是有些担心对方门第高。一面，他又到公社揭露了少安所在的一队不久前分自留地时存在没有彻底落实面积的事。在当时这可是一件大事，立刻被当成了"走资派"的典型。好在白明川有意保护，几个参与的队长才仅仅被广播通报，在小范围内开了批判会。

第十三章

自从春天进入县高中以来，孙少平已经在这里度过很长一段日子了。在这段时间里，他经历了贫困、饥饿和孤独的折磨，经历了初恋的煎熬和失恋后的更大煎熬——当这幕小小的青春悲剧结束以后，他内心中感情的河流反而趋向于平静，而思想和理智的成分却增多了。

这并不是说他已经成熟了。不，从一切方面说，他仍然是一个没有成长起来的青年。

从学校组织文艺宣传队下乡演出，到他和田晓霞去黄原地区参加了革命故事调讲会以后，尽管他的物质生活仍然没什么改变，但他的精神世界却开始丰富起来。另外，他现在已经有一身像样的蓝咔叽布制服，站在集体的行列中看起来和别人也没什么差别，而且由于他个码高大，反倒显得漂亮和潇洒。他用省下的一点零钱，买了一副最廉价的牙具，把一口整齐的牙齿刷得雪白。梳子和镜子他买不起，也不好意思买，就常背转人，对着教室的玻璃窗户，用手指头把头发梳理得大约像那么一回事。如果他再有一双像样的运动鞋，那就会更神气一些。

他现在已经克服了刚进学校时的那种拘谨，无论和熟人还是和生人交往，都基本上不存在什么心理障碍了。加上他演过戏，又去黄原讲过故事，见了世面，这半年不光担任劳动干事，还被选成班上管宣传的团支部委员，因而显得比一般同学都要活跃一些。班上的同学都开始对他尊重起来，尤其是一些女同学，也开始用一种异样的眼光来看他了——就好像他是刚出现的一个新人。

但是郝红梅对他的态度仍然是平淡的。这段时间以来，她和顾养民已经真正地好起来了。有人看见她已经去过一回养民家，并且说她现在用的那个大红皮笔记本就是顾养民送给她的。孙少平现在对此很平静，心理上不再产生任何异常的反应。生活已经在他面前展现出更宽阔的内容。他的眼光开始向四面八方进射。

他已经不像刚入学那样，老是等别人打完饭才去取那两个黑馍；他渐渐抛弃了这种虚荣或者说自卑，大大方方站在队列中取他的饭。班里有几个家里光景好的同学，甚至成了喜欢他的朋友，有时候他们还背着他给他订一份乙菜呢。孙少平已经隐约地认识到，一个人要活得有意思，不仅是吃好的和穿好的，还应该具备许许多多他现在也不能全部说清楚的东西。当然，一想起家庭的贫困和自己生活的寒酸，他心里仍然发慌。但这一切和刚开始时已经完全不同了。

在这一段时间里，也许他最重要的收获就是和田晓霞的结识。通过和晓霞在一块演戏和讲故事，他被这个女孩子的个性和对事情非同一般的认识强烈地吸引了。这种心理决然不同于他和郝红梅的那种状态。他当初对红梅是一种感情要求，而现在对晓霞则是一种从内心产生的佩服。她读的书很多，看问题往往和社会上一般的看法不一样，甚至完全相反。有时她竟然还不同意报纸上的说法，这使孙少平常常大吃一惊。

他很想和田晓霞拉话——主要是听她说话。他心里想，晓霞要是个男同学就好了，他可以随便和她海阔天空地交谈。他觉得每次和她交谈，都能使自己的头脑多开一扇窗户。

可是田晓霞倒很大方，有时候主动来找他东拉西扯地说半天。由于他们在一块演过戏，讲过故事，论起来又是同村人，别的同学对他们的交往也没什么不良看法。

每当下午课外活动的时候，他正和同学们打篮球或者玩别的什么，总能看见田晓霞披着件衫子，两只手揣在裤口袋里，像个男孩子似的踱到操场上的报栏前，脸凑上去专心地看报纸。她几乎每天下午都要在那个报栏前待半天，看了前面再看后面，直要看完才离开。

这时候，孙少平也往往找借口离开运动场，趑趄着来到报栏前，和她一块看报、拉话。晓霞告诉他，她父亲说过，一个中学生就要开始养成每天看报的习惯，这样才能开阔眼界；一个有文化的人不知道国家和世界目前发生了些什么事，这是很可悲的……

这些话给少平留下了极深刻的印象。从此以后，每天下午，不管晓霞来不来，他也常主动来这报栏前看报纸了。而这个良好的习惯，以后不论在什么样的环境里，他都一直坚持了下来。

有一次他和晓霞一块看报纸的时候，晓霞指着一篇文章的署名说："这家伙又胡说八道了！"

少平一看，她手指的名字叫"初澜"。他大吃一惊。晓霞怎敢说这个人胡说八道呢？这个人常发表"重要文章"，班主任还组织大家学习呢！

"你怎敢这样说呢？"少平惊恐地问她。

晓霞笑了笑说："我知道你不会去告我。这些人就是胡说八道！咱们国家现在叫这些人弄得一团糟！"

"你怎知道呢？"少平问她。

"你难道看不见吗？现在农民连饭也吃不上，你是农村来的，你又不是不知道。再说，你看咱们学校整天不上课，一天就是搞运动，而这些人还喊叫个没完，说形势大好……形势年年大好，阶级敌人和资本主义倒好像越来越多了，整天就是搞这运动那运动，穷折腾个没完！反正咱们国家现在快叫这些人折腾完了……"

"这是你的看法还是你爸给你说的？"少平又问她。

"我爸也常发牢骚哩！不过，咱们自己又不是不长脑子？你常不想这些事？"

"我……想得不多。"少平如实地说。

"我发现你这个人气质不错！农村来的许多学生气质太差劲，比如那个比我大三天的润生我哥，一点头脑都没有！"

气质？什么是气质？少平第一次听见有这么个词。

他问她："什么叫气质？"

"气质嘛……"晓霞脸红了，显然她也说不清楚，就说，"反正我也不会确切解释，但我知道是什么意思。你的气质就是不错！"她又强调说。

孙少平虽然不明白这个词的意思，反正知道这是个好词，大概就是说性格或者个性比较好——当然不是老好人的好——可能恰恰和老好人相反的一种好？

"你还应该看《参考消息》！"晓霞又对他说。

"我听说有这种报纸，但又听说是内部的，看不上。"

"我爸订一份，罢了我一星期给你拿一次。另外，我看你爱读书，但不要光看小说，还要看一点其他书，比如政治经济学和哲学。这些书咱们可能一时看不懂，但现在接触一下有好处。我爸常让我看这些书，给我推荐了一本艾思奇的《辩证唯物主义和历史唯物主义》，说这本书通俗。我已经看完了，罢了我借给你看……"

就这样，孙少平被田晓霞引到了另外一个天地。他贪婪地读她带来的一切读物。尤其是《参考消息》，每张他几乎都舍不得看完。他的灵魂开始在一个大世界中游荡——尽管带有很大的盲目性。这期间，他还读了晓霞带来的《各国概况》和杰克·伦敦的一个短篇集子以及长篇《马丁·伊登》。据晓霞说，杰克·伦敦的短篇小说《热爱生命》列宁很喜欢，伟大导师在临终的前几天，还让他的夫人克鲁普斯卡娅给他朗读这篇小说。少平把这篇小说看了好几遍，晚上做梦都梦见他和一只想吃他的老狼抱在一块厮打……

所有这些都给孙少平精神上带来了从未有过的满足。他现在可以用比较广阔一些的目光来看待自己和周围的事物，因而对生活增加了一些自信和审视的能力，并且开始用各种角度从不同的侧面来观察某种情况和某种现象了。当然，从表面上看，他目前和以前没有什么不同，但他实际在很大程度上已不再是原来的他了。他本质上仍然是农民的儿子，但他竭力想挣脱和超越他出身的阶层。

但是，现实生活依然是那么具体，所有这些并不能改变他眼前的一切状况……

这天上午，全校师生在中学的大操场上听忆苦思甜报告。为了加强这个忆苦会的效果，这天早晨全校师生都吃"忆苦饭"，大家都是一人两个掺和了糠的黑面馍和一碗白开水。这顿饭消灭了学生之间的贫富差别，大家都成了孙少平和郝红梅。

忆苦的正是郝红梅村里的一位老贫农，他穿一身破旧衣服，但头上却拢一条雪白的新毛巾。这老汉显然已经做过许多这样的报告，熟练得像放录音似的往下说。说到该下泪的时候，就掩面痛哭，场上也有人随之抽泣起来。在这个没有台词的静场中，就见主席台左侧一位专门选拔来呼口号的大嗓门同学，看着手中的纸单子，带领大家振臂高呼：不忘阶级苦！牢记血泪仇！毛主席的无产阶级革命路线胜利万岁！

同学们都跟着他高呼口号，声音震得崖洼洼响。口号呼毕之后，接着那位老汉又忆起苦来，并且还几次提起一个姓郝的地主如何压迫他。少平看见郝红梅的头一直低着——这老汉大概说的是她爷。

孙少平正和大家坐在一起听这老汉声泪俱下地忆苦，他旁边的金波用胳膊肘戳了一下他，低声说："你爸来了！在会场后面……"

孙少平头"轰"地响了一声，慌得站起来就往后走。走了几步他才想起要给老师请个假，又折转身走到班主任那里。

少平给班主任老师打了招呼后，就一个人猫着腰从这个严肃的场所中走出来。他已经看见父亲头拐来拐去在人群后面向前边张望，显然是在寻找他。他心怦怦地跳着，不知家里又发生了什么灾祸。父亲没什么大事，从不到县城来，现在他竟然跑到学校来找他，肯定家里又发生什么事了。是的，他看见他一脸的愁相，手里拿着个烟锅，也不吸，只是焦急地望着前面！

直等少平走到父亲面前时，老人才看见他。

他先紧张地开口问父亲："出了什么事？"

"没什么……我来寻你商量个事。少安出门去了，我想叫你请假回去帮助我劳动一段时间。"

少平这才松了口气。因为是集体场所，他也没再问什么，先把老人引回了他的宿舍。

到宿舍以后，少平给父亲倒了一杯开水，才又问："我哥到哪儿去了？"

他父亲一边喝水，一边絮絮叨叨给他说了少安到山西看媳妇的事。

"你哥一走，门里门外就我一个人，应付不来。再说，少安在门外一天，就少一天的工分，你回去顶他出山劳动，就把这空子补起来了。爸爸本来不想耽误你的学习，但盘算来盘算去，你哥要是娶媳妇，咱们少不了要借账债，因此，多一个工分是一个工分……"

少平立刻对父亲说："我明天就和你一块回。这学校也是天天劳动，又不好好上课，在这里白受苦，还不如回去拿两个工分。只要请假不超过半年，将来毕业证还是可以混一张的。"

"你哥一回家，你就马上再回学校来念书！"他父亲对他说。

过了一会，少平突然又问："我哥怎跑到山西去看媳妇哩？"

玉厚老汉接着又对儿子说了贺凤英提亲的前前后后。

少平听完后，半天没有言传。不知为什么，他突然想起了润叶姐。凭他的敏感和润叶姐几次通过他捎话让他哥来城里，而她又不对他说让他哥来做什么，他就隐约地意识到润叶姐和少安哥之间有了"那种瓜葛"。他已经多少体验了一点男女之间的事情，因此在这方面已经有了一些敏感。从内心上说，他多么希望哥哥能娶润叶姐这样的媳妇。如果润叶姐成了他的嫂嫂，那不仅是少安哥的幸福和骄傲，也是他的幸福和骄傲。但他也很快想到，这是绝对不可能的。他哥是农民，而润叶姐是公派教师。至于两家的家庭条件，那更是连比都不能比了。他当然知道，润叶姐和少安哥小时候一块长大，两个人十分相好——可相好归相好，结婚那就是另一回事了！

但他又感到，润叶姐对少安哥感情很深，而且看来最近很痛苦。她知道不知道少安哥已到山西去相亲？假如她真的爱少安哥，而少安哥也没给她说就去找另外的女人，那她会多痛苦啊！他要不要去给润叶姐说说这事呢？不是专门去说，而是找个借口去她那里，先说别的，然后无意中再带起这事……

他很快又想：不能！他对润叶姐和少安哥的事一点也不知情，怎么能冒冒失失去给她说这些事呢！

过了不多一会，忆苦思甜报告会结束了，操场上传来一片嘈杂的人声。

快吃饭时，少平正要拿以前润叶姐给他的粮票换成的几张白面票，去给父亲买饭，金波却从街上买回来一堆烧饼和二斤切碎的猪头肉。再没有比金波更可爱的人了！他会忠诚而精明地为朋友着想，总是在最关键的时候，给你最周到的帮助。当金波听说他要请一段假回村子的时候，立刻把家里他住的窑洞门上的钥匙交给他，同时指着吊在那把大钥匙上的小钥匙说："这是我窑里箱子上的钥匙，箱子里有纸烟，熬了的话，拿出来抽去，烟能解乏！"

少平笑了笑说："你先不敢给我惯那毛病！"

孙玉厚老汉也笑了，说："你们还小，先不敢学这。烟这东西一沾上就撂不下了！"

第二天早晨，金波去县贸易经理部找了他父亲认识的一个司机，少平就和父亲坐顺车回了双水村……

因为干旱，在少平在家期间，双水村的大队干部们对上游的水库发动了一次抢水行动。后果非常严重：大水冲决了土坝，金俊山的弟弟金俊斌被冲走淹死了。白明川为这件事非常生气，公社把这件事在广播上通报批评。村里则为金俊斌举行了热闹的追悼会和葬礼，追认金俊斌为烈士，遗孀王彩娥享受烈属待遇。

第十四章

　　玉厚盘算着给少安找一个媳妇，去找孙玉亭商量。少安当然是个好后生，但就家里的光景来说，财礼才是最大的麻烦。没想到贺凤英说到自己有个远门侄女，和少安很般配，而且不要财礼。孙玉厚动心了。少安想到了润叶。但他从来没有考虑过他俩的可能性。当他最后一次审视过他们的关系，结论同开始一样。少安决定去贺凤英的老家山西柳林见见那个姑娘。

　　双水村的人谁也没有想到，孙少安这家伙出门一个月，竟然带着一个大眼睛的山西姑娘回来了！人们后来才知道，这姑娘是贺凤英一个村的，而且还是妇女主任远房的本家人。于是，大家立刻又为少安惋惜起来：这么好个后生，哪里找不下个媳妇，为什么娶贺凤英的本家人呢？如果这姑娘像贺凤英一样，那孙少安这辈子就别想过好日子了，他二爸孙玉亭就是他的"榜样"！

　　但人们的惋惜马上又变成了一片赞叹之声。据找借口去过少安家的人说，这姑娘和贺凤英完全是两码事！脸虽然不太白，但人样子十分耐看。黑眉花眼，一口白牙，身体发育得丰丰满满，正是庄稼人所梦想的那种女人。更叫人赞叹的是，她到少安家的那个破墙烂院里，没有显出一丝的嫌弃，而且第二天就帮助孙玉厚的老婆做上家务活了，还满嘴奶奶、妈妈、爸爸叫个不停，把孙玉厚一家人都高兴乱了！除过这些以外，最主要的是，还听说她娘家连一个财礼钱都不要！啊呀，不要财礼钱？世界上还有这样的事？孙少安这小子狗尿到脑上了，交了好运气!

当孙少安有点羞涩地出现在村子里的时候,庄稼人就纷纷围住他,和他开玩笑,向他查问他带回来的这位山西姑娘的长长短短。有些他的同龄人粗鲁地问他:"一搭里睡了没?"而开玩笑不论辈数的田万有还火上加油,咧开嘴在人群里酸溜溜地唱道——

> 你要拉我的手,
> 我要亲你的口;
> 拉手手,亲口口,
> 咱们到圪崂里走!

众人乐得哄堂大笑,孙少安只好摆脱村民们这些出于好意的恶作剧,红着脸就走。是的,他现在还顾不上热闹,而许许多多随之而来的难肠事正困扰着他,需要他在很短的时间内马上解决;快乐和苦恼在他心中像两条纠缠在一起的绳索,乱翻翻地找不见各自的头绪。

孙少安这次外出,本来不抱什么希望。只是在各种原因促使之下,他才不得不出这次远门。他当时心里也有些烦闷,想借此出去散一散心。

贺耀宗有两个女儿。大女儿秀英招了本村的一个男人,就住在娘家门上,既是女婿,又算儿子。小女儿秀莲今年二十二岁,在村里上过几年学后,就一直在家劳动。

孙少安自己也绝没有想到,他一见秀莲的面,就看上了这姑娘。这正是他过去想象过的那种媳妇。她身体好,人样不错,看来也还懂事;因为从小没娘,磨炼得门里门外的活都能干。尤其是她那丰满的身体很可少安的心。秀莲对他也是一见倾心,马上和他相好得都不愿意他走。贺耀宗和他的大女儿秀英、女婿常有林也满心喜欢他,这亲事竟然三锤两棒就定了音。少安对秀莲和贺耀宗一家人详细地说明了他家的贫困状况。但贺秀莲对他表示,别说他现在总算还有个家,就是他讨吃要饭,她也愿意跟他去。贺耀宗家里的人看秀莲本人这样坚决，也都不把这当个问题了——反正只要秀莲满意就行；既然她不嫌穷，他们还有什么说的呢？贺耀宗甚至说："不怕！穷又扎不下根！将来我们帮扶你们过光景！"

这一切使少安对秀莲和她的一家人很感激，同时也对这个大眼睛的姑娘从感情上开始喜爱了。

亲事定下来以后，少安本来就想及早返回双水村。但一见钟情的秀莲却舍不得他走，一天天地硬挽留着他。他尽管惦记着自己烂烂包包的家庭，可又拗不过这姑娘的一片缠绵之情，只好硬着头皮依了她的愿望。他劳动惯了，闲待不住，就跟秀莲到她家的自留地去劳动——他营务庄稼的本领立刻就使贺家湾的人赞叹不已，大家都说秀莲找了个好女婿。

眼看在秀莲家住了快一个月，少安心里焦急不安。他对秀莲和她一家人说，他再不敢耽搁了，无论如何得赶快回家去！

秀莲看再留不住他，就向他提出：她也跟他回去！她说她去少安家住几天，然后再返回山西家里。等过春节时，她就和她爸一起来双水村，和少安结婚。秀莲一家人都支持她这意见。

少安看没办法拒绝秀莲的热心，就只好同意带她回双水村。本来，少安不想这次就把贺秀莲引回家。他知道自己家里没任何条件接待秀莲。旁的不说，她去连个住处也没有。他家的人都寻地方住哩，让秀莲回去住在哪儿呢？他二妈家也是一孔窑洞，而且烂脏得人脚都踏不进去。他原来想回去安排好了再接秀莲回来——尽管如何安排他心中一点数也没有。

他和秀莲从柳林坐汽车一路回来的时候，熬煎得像滚油浇心一样。他不时把心里的各种熬煎对秀莲说个不停。他先不说以后的困难，只说眼前他们回家后就会让秀莲受委屈的。秀莲坐在他旁边，像工作人一样大方地依偎着他，真诚地说："没住处，你先把我安排在你们生产队的饲养室里。"少安只好咧嘴苦笑了……

回到家里以后，全家人高兴自不必说。使少安满意的是，秀莲果真不嫌他的家穷，而且对家里老老少少都非常亲热，甜嘴甜舌地称呼老人。她还偷偷对他说："你家里的人都好！光景比我想的也好！你原来说的那样子，我想得要比这烂包得多！"

最使他高兴的是，他弟少平马上就把秀莲的住处安排在金波家金秀和兰香住的地方了。金大婶喜得把一床从未沾身的新铺盖拿出来，让秀莲盖。少平安排完秀莲的住宿，还对他说："干脆你过去住在金波那个窑洞里，让我回来住在你的小窑里。"少安对热心的弟弟不好意思地笑了笑，说："还没结婚，我撵过去住在那里，村里人会笑话的。还是你住在那里。秀莲路生，晚上你把她带过去，早上再引回咱们家吃饭……"

孙少安回来以后的当天晚上，就听家里人叙说了村里前不久的偷水事件和金俊斌的死亡。他很快想到，他得去看看金俊武，要对二队队长表示他的慰问。另外，他还得去见见书记田福堂，向他解释一下自己晚归的原因。接着，他就要开始为春节结婚的事奔波了。困难太多了！虽说秀莲家不要财礼，可总得要给秀莲扯几身衣裳，也要给人家的老人表示点意思——起码得给贺耀宗缝一床铺盖或一件羊皮大氅。他自己也不能穿着身上的旧衣裳当新女婿，最少得做一身新外衣。同时，按乡俗过喜事也总得把亲戚和村里的三朋四友请来吃一顿饭……还有呢！他们的铺盖哩？就是有了铺盖，他和秀莲将来又住在什么地方呢？总不能住在他现在的那个小土洞里吧？

这一切把人肠子都愁断了！

但是，愁也没用。慢慢想办法吧！他就是这么个家，别说这么大的事，就是一件小事情，也得他翻过来倒过去地折腾个没完！

回家的第二天上午，他先出去找了副队长田福高，问了他走后这一段队里的生产情况，又向福高安排了下一段的活计。他说他还要忙几天，让福高继续把队里的事照料上。

吃过午饭以后，他就去金家湾那边找金俊武，以表示他对他的不幸的慰问和同情。

少安吸着自卷的旱烟卷，过了东拉河的列石，上了庙坪，穿过那片叫人嘴馋的枣树林。

当他过了哭咽河的小桥，走到学校下面的时候，见他二爸正手里握着一卷子报纸和材料，从学校的小土坡上走下来。他二爸先开口给他打招呼说："哎呀，我忙得还没顾上去你们家，听凤英说秀莲也跟你回来了。好嘛！"

少安只好停住脚步，等他二爸走下来。

他二爸说了一段报纸上的毛主席指示，突然又有点忧伤地说："……唉！我们也应该请秀莲和你到我们家吃一顿饭，这是老乡俗……可你知道我家里的那个烂坛场！夏天分的一点麦子都叫你二妈在石圪节粮站换成了粮票，说公社通知让她下一批去参观大寨……"

少安听他说这话，心里倒对这个他厌烦的长辈产生了怜悯之情。他以为二爸只热心革命，把人情世故都忘了。想不到他还记着这个乡规。

少安也知道他二爸说的是实情。他对二爸说："我知道你的难处。按乡俗，你不请秀莲吃饭，村里人会笑话的……这样吧，我把我家的白面拿一升，给你送过去。白天怕村里人看见不好，我今晚上给你送过去……"

这位恓惶的"革命家"只好默认了侄儿的馈赠。

孙少安离开他二爸，就径直来到了金俊武家里。

二队队长拉住一队队长的手，泪水在那双精明的铜铃般的大眼里涌出来了。

少安安慰他说："俊武哥，你不要再难过了。我刚回来就知道了这事。我今儿个是专门来为你说几句宽心话的。人常说，一碗水倒在地上，再也舀不起来了。"他还用高小里学过的成语补充说："天有不测风云，人有旦夕祸福……"

俊武拉着他的手，让他坐在椅子上。俊武的婆姨给少安倒了一杯开水，亲切地放在他面前。两口子都为村里这个受人尊重的人专门来看望他们而深受感动。

少安喝了一口水说："我不知道你们当时是怎样商量这事的？本来不应该这样做！应该直接找公社白主任讨论东拉河水合理分配的问题，让公社出面解决。另外，就是公社不管，田福堂或金俊山也可以直接去找上游几个村的负责人协商。只要态度诚恳，我不信这两个村的领导人就不通情理。结果这样一搞，水空人亡，还要给人家做检讨……"

金俊武抹掉脸上的泪水说："你当时要在村里就好了！我原来以为自己是个精明人，想不到吃了自己精明的亏。我在大事上不如你！"

金俊武老婆插嘴说："你在小事上也不如人家少安！"

少安笑着说："我也是事后诸葛亮！说不定我当时要在村里，比谁都可能冒失哩！说不定把下山村的坝都给豁了！"

金俊武两口子都被他的话逗笑了……

少安在金俊武家拉了一阵话，就和他们告别了。

当他返回到田家圪崂这面的公路上时，正好碰上了田福堂。他就顺便挡住书记，给他解释了他从山西晚回来的事由。

田福堂经过不久前的那场挫折，又瘦了许多，额头上还留着火罐拔下的黑印。他笑着说："这是好事嘛！还要你给我解释哩？你办这么大的事，别说一个月，两个月三个月也值得！"

田福堂心里十分高兴少安找了个媳妇回来。这样，他就再不要担心他女儿和少安的关系了。他关切地问少安："准备什么时候办事？"

少安说："想春节就办。可你知道我那个家，事办得再简单，也很难凑合起来……"

田福堂立刻说："不要怕！要粮食，你就在大队储备粮里拿；要什么粮食你就盘什么粮食，要多少你就盘上多少！"

少安对书记的这个应诺倒很高兴——这总算给他解决了一个大困难。他说："这就好了，我正为这事犯愁着哩！我也不敢多借，借下还得还嘛！我借一点够过事情就行了……"

少安和田福堂临分手时，书记还一再关切地说："你有什么困难就言传！我帮助你解决！"

现在，少安一个人又匆匆往家里赶去。一路上，他心想：我回去先瞒着家里的其他人，和母亲商量一下，把家里的白面拿出一升来，晚上给二爸家拿过去，好让他们撑一下门面。他想到他明天早上还得和秀莲一块去吃这白面时，便又忍不住笑了。

第十五章

当少安把秀莲带回家门时，孙玉厚高兴得不知如何是好。啊呀，他的儿子有媳妇了！他没想到事情会这么顺利，而且少安带回来的这女娃娃，又体面又精明，真是打上灯笼都找不见的好人才。更使老汉高兴的是，女方果真像他弟媳妇贺凤英说的，连一个财礼钱也不要！

这几天，尽管这一切都真实地摆在他面前，但他老觉得这好像是做梦：天下哪有这么好的事出现在他孙玉厚的面前呢？

可这一切又的的确确是事实。而且人家女娃娃主动提出，春节就要和他的少安结婚哩！

提起结婚的事，这才使高兴得晕晕乎乎的孙玉厚脑子凉了下来。他马上想到，结婚就得花钱！可他手上没几个钱，又到哪里去转借呢？尽管人家女方不要财礼，但他不能连几身衣服都不给人家娃娃缝。两个新人的衣服被褥和零七碎八下来，三五十块钱根本不顶事。再说，他也不能悄无声息地给少安娶媳妇。这是他为自己亲爱的儿子办喜事呀！当年他为自己的弟弟办事，在那么困难的年月里，都咬着牙办得有声有响，体体面面；现在他为自己的孩子办事，那就是拼着老命，也不能让世人笑话！虽说现在不让雇吹手，但他要备酒饭，待亲朋！把事办得红红火火，热热闹闹！没钱？借！

可是，办喜事少说也得借二百元。这样一笔数目不小的钱，他向谁去借呢？

晚上睡觉的时候，他和少安妈几乎一夜没合眼。老两口高兴一阵，又忧愁一阵，商量借钱和待客的事。他们觉得，放在春节好——把喜事也办了，一家人把年也过了。

两个人先详细地计算了粮和钱的费用。这两样主要的东西，都得开口问别人借。家里的口粮大部分是粗粮，拿不到席面上。当然，猪肉不要买了，把自己家里那口猪杀掉——实际上不是不买肉，而是今年卖不成肉了。

粮食他们先没顾上考虑向谁家借。两个人先说借钱的事。他们约莫全村大概有几户人家能有这笔钱。书记田福堂不好开口。大队会计田海民也能拿得出来，但海民媳妇银花连公公田万有都不肯给借钱，怎么可能给他们借呢？金俊武说不定有一点钱，可他拖家带口的，不好为难金家湾的这个强人。

老两口算来算去，最后还是一致认为：只能向金俊海家借这笔钱。但这也够让他们难肠了。当然，只要他们开口，估计这家人不会拒绝的。他们太麻烦人家了！早年间，玉亭成家后，他们没地方住，白白在人家门上住了好几年。以后虽说他们把家搬到了这里，但少平和兰香晚上没地方住，还不是在人家那里借宿！再说，平时金秀对兰香，金波对少平，经常拿吃拿喝的，金波他妈也对这两个孩子没少操过心——两个念书娃娃的制服少安妈不会做，还不是金波他妈在他们家的缝纫机上给做吗？人家对他们这样好，他们又给人家回报不上什么。除过分粮分土豆和一些重劳动活他们能帮上忙外，其余就只是他们沾人家的光了。现在，他们又要开口向人家借这么多的钱，而且不能肯定什么时候还人家……真难开口啊！

但没有办法。为了使儿子的婚事体面一些，他们只有这一条路可走。孙玉厚当晚决定，他第二天就去金俊海家借钱——他们唯一担心的是，俊海不在家，借这么大一笔钱，金波他妈敢不敢承担……

钱的事拉完后，鸡已经叫了两遍，但为儿子婚事操心的两位老人，还是睡不着。

现在，孙玉厚坐在金俊海家的椅子上，一边抽旱烟，一边忍不住打着哈欠，等着俊海两口子回家来。他想了半天，准备拐弯抹角地开口向俊海借钱，但又觉得没必要。还是直截了当说吧！弯拐来拐去，最后还不是向人家借钱吗？

孙玉厚坐在这里，心里忍不住感慨万端：十五年前，他为弟弟的婚事，就是这样难肠地到别人门上去借钱。十五年后的今天，他又为儿子的婚事来向别人借钱了。庄稼人的生活啊，什么时候才能有个改变呢？

不一刻，金俊海夫妇把汽车上的东西搬回家来，搁在旁边窑里，就赶忙过他这边了。俊海很快给他递上一根纸烟。

玉厚推让着说："我还是抽旱烟。纸烟抽不惯，一抽就咳嗽。"

"我刚听秀她妈说，少安从山西找了个媳妇？"司机金俊海把工作服脱下，放在炕边上，挽起袖子一边洗手，一边先提起了少安的亲事。

正好！玉厚赶紧说："就是的！是他二妈娘家门上的。好女娃娃。"

"准备什么时候结婚呀？"俊海用毛巾把手擦干，坐在他旁边，把金波妈端上来的茶水往他面前挪了挪，说，"玉厚哥，你喝水！"

"我不渴……女方提出春节就过门哩。"

"那你还得简单过个事哩！我在路上和秀她妈还说起少安结婚的事。估计要办事，你们现在手头比较紧张。你看需要不需要钱？需要的话，你就开口，我家里能拿出来哩！"

孙玉厚一下子对俊海夫妻俩能这么入微地体谅人的困难，感动得眼圈都红了。他说："我正是为这事来的，想不到你也正回来了。还没等我开口，你们就先说这话……唉，我麻烦你们太多了，歪好开不了这口……"

金波他妈在旁边说："这有个什么哩！你们一家人一年为我们出多少力气呢！俊海在门外，没有你们一家人帮扶，山里分下一把柴草我都拿不回来……"

"玉厚哥，你就不要难为情！你看得多少钱？三百元够不够？"金俊海问他。

"用不了那么多！"孙玉厚说，"约莫二百来块就差不多了……"

俊海马上对爱人说："你去给玉厚哥拿二百块钱来。"

金波他妈很快就到另一孔窑里拿钱去了。

孙玉厚连忙说:"先不忙!赶春节前有这钱就行了!"

金俊海说:"你先拿上。衣服被褥这些东西要提前准备哩……粮食怎样?这我实在没办法帮助你,我的口粮是定量的,家里人在生产队吃粮,又没工分,就那点人口粮,我一年也要在外面买粮给他们补贴哩……"

"这我知道哩。粮不要你操心。我再另外想办法。"

金波他妈把钱拿过来,递到孙玉厚手上,说:"你再点一点。"

"这还用点!"孙玉厚把这卷钱装进自己的衣袋里。

孙玉厚一身轻松回到了家里。少安他妈已经开始做午饭。秀莲坐在炕上,正给老奶奶梳头发。要是平时,这位老人家一般都是闭着眼似睡非睡,或者把少平给她买的止痛片从瓶子里倒出来,反复地一遍又一遍地数,直到发现一片也没少,才又装进瓶子里——她舍不得吃这药。这两天老人家忘了数药片,瞌睡也没有了,一天到晚都高兴地睁着红眼,傻笑着看她的孙媳妇在她面前走来走去,并且时不时高兴得揩一把老泪。秀莲有时就体贴地坐在她身边,给她背上搔痒痒,或者把她的几绺稀疏的白发理顺,在脑后挽成核桃大一个小发髻。老太太不时用她的瘦手,满怀深情地在秀莲身上抚摸着。

少平出山劳动去了,兰香在石圪节学校,现在家里就这三辈三个女人。

玉厚问老伴:"少安哩?"

少安妈正擀面,说:"在坡底下的旱烟地里。"

少安怕秀莲人生地不熟,待着寂寞,这几天也没出山去。他现在正在坡下他们家那块旱烟地里,把根部黄了的烟叶摘下来,准备晒干揉碎,过一段时间提到石圪节卖几个钱。

孙玉厚走到烟地里,兴奋地、迫不及待地把他借到钱的事对儿子说了。

少安听了父亲的话,有点生气,说:"你怎么借那么多钱呢?那么多钱以后怎么给人家还?最多一百块钱就够了。你把另外那一百块钱再还给人家！"

"二百块也不宽裕。"孙玉厚说，"这是我和你妈商量过的。你要理会我们的心情。你是老大，我和你妈头一回娶儿媳妇，我们老两口心里高兴。就是把老骨头卖了，也要把你的事办体面一些。要不，我和你妈心里过不去呀。你不知道，为你的事，昨晚上我们一眼也没合……再说，你十三岁上回来帮扶我们支撑这个穷家薄业，受了不少苦情，我和你妈都心疼你。现在你要结婚，这是你一辈子的一件大事；我们不把你的事办称心一些，就是睡在黄土里也合不住眼啊……"

孙玉厚说着，就圪蹴在旱烟地里，低倾着白发斑斑的头颅，抹开了眼泪。

父亲一席话，使少安忍不住热泪盈眶。父母之心啊！天下什么样的爱能比得上父母之爱的伟大呢？此时此刻，他再不能责备父母为他的婚事借这些钱了！

父亲提起让少安带着秀莲去县城扯衣服，使少安马上想到了县城教书的润叶。他心里忍不住隐隐作疼。他难受地想到，润叶现在还不知道他已经找了媳妇。如果她知道了，不知她会怎样看待这件事？也许她会恨他的……

他对父亲说："县城太远，扯衣服还是到米家镇去。米家镇的布料不比县城差。"

孙玉厚说："那也好。"

秀莲到少安家，转眼间七八天就过去了，但她还是不愿意走。少安背转他家里的人，偷偷对她说："你走时给家里人说，你住四五天就回来了，因此你也不要耽搁太久，要不你爸和你姐他们要操心的。"

她只是不好意思地抠着手指头，红着脸说："我……舍不得离开你……"

少安亲热地对她说："你先回去，春节前我就寻你来！"

"再让我住上几天……"她央求说。

又过了中秋节，孙少安就张罗着和贺秀莲一块去米家镇给她扯结婚衣裳。

这天吃完早饭，少安借了金俊武的自行车，带着秀莲起身了。到了米家镇的商店，少安在布柜前对秀莲说："你看上什么料子，咱就扯什么！"

秀莲说："先给你扯一身！我家里有时新衣服，给我便宜些扯一身就行了。其实我不需要，但不扯一身怕你家里的老人心里过不去……"她立刻扭过头指着少安对女售货员说："你看他穿什么颜色合适？要好一点的布料！"

女售货员一看他们的样子就是来给女方扯结婚衣服的——她们每天都要接待好几对这样的乡下顾客。但女售货员听了这两个人的对话，倒有些奇怪。一般在这种时刻，对于女方来说，已经到了最后的关头，通常都要突然变卦，逼男方在原来说好的件数和布料上再加一码；不加码就赌气不扯衣服——也就意味着不去领结婚证！常常逼得一些小伙子跑出去满街寻熟人借钱；有的人凑不够钱，甚至急得蹲在门市部的墙角下哭鼻子哩……可这位农村姑娘只要男方给她扯一身，还不要好布料，并且首先要给男方扯好衣服哩。太稀罕了！这大概只有戏里面才有这样的"先进"人物吧？

但售货员还是因此而感动地对贺秀莲说："这是新到的涤纶料子，质量很好，他穿正合适。你要是给自己扯一身，"她手指着另一种布料，"那么这种正时新，价钱也便宜……"

没等少安说什么，秀莲就对热心的女售货员说："那就按你说的给我们扯吧！"

售货员给他们扯好布料后，少安非要给秀莲再扯两身不行，但秀莲死活不让。两个人为此争执不下，甚至都拉扯开了。柜台上的售货员们和一些顾客都稀罕地看他们从未见过的这种事情。

少安发现众人观看他和秀莲拉扯，而秀莲又坚决不让再给她扯衣服，只好红着脸和她出了商店。

在米家镇的青石板街上，秀莲深情地对他说："两个人只要合心，又不在几件衣服上！我知道你们家光景不好，这钱肯定是你借人家的。

何必这样呢？借下钱，咱们结婚后还要给人家还……"

少安被秀莲的话说得眼圈都发热了。如果这是个没人的地方，他真想把她抱住亲一下！

在米家镇扯了衣服后，秀莲还是迟迟不动身回山西老家。少安也有点舍不得她离开了，也就没有再催促她起身。直到寒露过了十来天，贺耀宗从山西心焦地写信问秀莲怎还不回来？是不是病了？秀莲这才决定动身回家去。

少安于是就又借了金俊武的自行车，把秀莲带到石圪节公社。他去找他在公社当文书的同学刘根民，让他帮助挡一辆去山西的顺车。刘根民又找来街上食堂里的胖炉头，把秀莲送上了汽车……

送走秀莲以后，少安一个人捉着自行车把，有点惆怅地站在石圪节的公路上。他看见一行大雁正嗷嗷叫着从对面的土山上空向南飞去。冬天快要来临了。他心里猛然记起：春天的时候，他手里拿着润叶给他的纸条，也正是站在这地方，望着大雁从南方飞来——现在大雁又向南方飞走了。

第十六章

临近春节的前十几天，孙玉厚一家人就开始为少安的婚事忙碌起来了。

本来说好，少安这几天就要去山西接秀莲来。但前天突然接到秀莲的一封信，让少安不要接她来了。她说少安忙，来回路上要耽搁不少时间，她自己准备和父亲一块相跟着在年前赶到双水村……

真是个懂事娃娃！孙玉厚为这个还没过门的儿媳妇这么体贴他儿子，心里大受感动。他于是马上和老婆商量，得赶快准备过事情！

现在最大的问题是，少安和秀莲结婚以后，住在什么地方呢？

他家里只有一孔窑洞，挤着一家三辈人。至于少安现在住的那个小土窑，根本不能算个窑，只能算个放柴草的地方。怎么能让一对新人住在这样一个小土洞里呢？

那就只能又向别人借窑洞住了。这就是说，他，孙玉厚，又要像十五年前玉亭结婚时一样，得要去寄人篱下了。

村里大部分人家，没有几户住宿宽裕的。有个把人家倒有闲窑，可他们和这些人家交情不深，没办法开口。就是人家勉强让你住下，也别扭啊！

当然，闲窑最多的是地主成分的金光亮弟兄几家。但他弟玉亭"文革"开始那年，带着贫下中农造反队在人家家里刨元宝和"变天账"，把弟兄几家的院子挖了个稀巴烂，现在有什么脸再开口问人家借窑洞住呢？

正在孙玉厚愁得束手无策的时候，少安已经把这问题解决了。

少安先是给副队长田福高诉说了他的难处。他本没指望福高能解决这困难。不料福高却让他别发愁，说这事有他哩！

田福高当下把一队的一些主要劳力找来，和他们商量说，队长结婚没地方住，能不能把一队饲养室旁边那孔放籽种的窑洞，借给他住一两年？福高说籽种先可以倒腾到饲养员田万江住的窑洞。

大家一听是这事，都说：这有个啥哩！就让少安住去吧，三年五年都可以！饲养员田万江老汉还开玩笑说："这下我也有个伴了。要不一个人住下，狼吃了都没人晓得！"田福高咧开大嘴对这个远门老哥说："狼来了先吃牲灵呀，你那把干骨头，狼都怕把牙扳坏哩！"满窑的人都被逗得大笑了……会后，田福高马上就把大家的意见告诉了少安。

当少安把借下窑洞的事告诉父亲时，孙玉厚眉头子中间那颗疙瘩一下子展开了。他马上对儿子说："是这的话，秀莲也快来了，赶快得把这窑洞泥刷一下，再买些麻纸糊一下窗子。另外，你也把头发剃一下……"

几天以后，孙玉厚家的垴畔上，就传来了刺耳的猪叫声。村里的杀猪把势金俊文把袖子挽起，牙咬着一把锋利的尖刀，正准备为孙玉厚过喜事而宰他家的那口肥猪。玉厚和少平一人捉着两条猪腿，把猪压在垴畔的石床上。兰香端着个脸盆，准备接猪血。

此刻，少安他姐兰花正忙着在院子里滚碾做油糕的软糜子。她为了大弟的婚事，已经提前回到娘家门上，帮助母亲准备待客的吃食。猫蛋和狗蛋吊着鼻涕在院子里疯跑，也没人顾上照料——他们的外婆现正在金波家，和秀她妈一块为新人裁缝衣服，做被褥。按说，嫡亲孙玉亭两口子应该来帮忙，但妇女主任贺凤英到大寨参观去了，孙玉亭既要忙革命，还要忙家务，三个孩子大哭小叫，乱得他抽不出身来。再说，他来除过吃饭抽烟，也帮不上什么忙。

在一队饲养室那里，田福高前两天就叫了几个人，和少安一起把那个原来放籽种的窑洞，重新泥了一遍。因为这窑多年不住人，有些潮湿，少安就拿过来一捆干柴，白天晚上烧个不停。

现在，少安正扒在窗户上裱糊窗子，金波站在炕上给他递糨糊和麻纸。金波的妹妹金秀，已经用家里拿来的报纸，沿炕周围贴了一圈。这兄妹俩还把父亲从黄原带回来的一本《人民画报》拿来，把墙上贴得花花绿绿。对于他们来说，少安哥也是他们的哥；他们一家人像自己家里办喜事一样，都忙着掺和到这里面来了。

快到中午时分，少安就把窗户裱糊完毕。金秀也把窑洞的两面土墙打扮得满壁生辉。一切都看起来像个新房了。

少安拉金波兄妹俩到他家去吃饭——因为今天杀猪，按规矩要招待杀猪匠一顿，全家今天中午吃猪下水小米干饭。但两个懂事娃娃死活不去，硬从少安手里挣脱开来，跑回自己家里了。

孙少安只好把灶里的火加旺，然后锁住门回家去吃饭。

吃完午饭后，他随即带了几十块钱，就又起身去石圪节街上买些待客的烟酒。事真多！

他背着个线褡裢，也没借别人的自行车，一个人一边抽着旱烟卷，一边不慌不忙在公路上步行往石圪节走。

这季节，寒冬的山野显得荒凉而又寂寞。山上或沟道，赤裸裸地再也没什么遮掩。黄土地冻得像石板一样坚硬。远处的山坡上，偶尔有一垄高粱秆，被风吹得零零乱乱铺在地上——这大概是那些没有劳力的干部家属的。山野和河边上的树木全部掉光了叶子，在寒风中孤零零地站立着。植物的种子深埋在土地下，做着悠长的冬日的梦。地面上，一群群乌鸦飞来飞去，寻觅遗漏的颗粒，"呱呱"的叫声充满了凄凉……

东拉河已经被坚冰封盖得严严实实，冰面蒙了一层灰蒙蒙的尘土。河两岸的草坡上，到处都留下顽皮孩子们烧荒的痕迹——一片斑黄，一片枯黑。天气虽然晴晴朗朗，但并不暖和。太阳似乎离地球越来越远，再也不能给人间一丝的温暖了。

孙少安背着线褡裢，筒着双手，在公路上慢慢走着。为了躲避迎面吹来的寒风，他尽量低倾着头，使得高大的身躯罗得像一张弓。风吹着尖锐的口哨从后沟道里跑出来，不时把路面的尘土扬到他身上和脸上；路边排水沟里枯黄的树叶和庄稼叶子，随风朝米家镇方向涌涌而去……

孙少安来到石圪节供销社，买了十来瓶廉价的瓶装酒和五条纸烟，又买了一些做肉的大茴和花椒。

置办完这些东西以后，他想到应该去一趟公社，给他的同学刘根民打个招呼，让他到时去参加他的婚礼。根民和他、润叶，都是一块在石圪节上高小的，后来根民又到县城上完中学，被录用成了国家干部，一直在石圪节公社当文书。他俩在学校时关系比较密切，这几年虽然根民成了干部，但对他也不摆架子，两个人还像学校时那样要好。

可少安又想：他和秀莲还要来公社领结婚证，根民是文书，登记结婚还要经他手，到时候再邀请也不迟。

于是他就打消了去公社的念头，扛着那个沉甸甸的褡裢，准备回家了。

当他从石圪节清冷的土街上走过来，到了街上的理发店门前时，突然停住了脚步。他心想：我要不要进去理个发呢？

他在这理发店门前犹豫了半天。他从来也没花钱理过发。平时头发长了，总是让大队会计田海民理一下。海民自己有一套理发家具，一般不给别人理。但只要他开口，海民都从不拒绝，有时还主动招呼给他理呢，只是海民技术不行，常把一颗头弄得沟沟渠渠的。现在他要当新女婿，应该把头发理体面一些。可是一估算，理个发还得花二毛五分钱！

他犹豫了一会，决定破费进一次理发店，开一回洋荤！

这个理发店，是石圪节食堂胖炉头胡得福的弟弟胡得禄开的。说是个理发店，实际上只有胡得禄一个人；只不过小房子里有一把转椅，墙上挂一面很大的旧镜子，理发家具也都像原西城里的理发馆一样。胡得禄比他哥瘦一些，但恐怕除过他哥，石圪节街上再没有人比他胖了。物以稀为贵，人也以殊为贵。因为石圪节全公社就这么一个专业理发师，因此他和他哥一样，也是全公社人人皆知的人物。

孙少安花了二毛五分钱，让胖理发师胡得禄给他理了发。理毕后，他在墙上那面破旧的大镜子前端详了一下自己的容颜，觉得胡师傅的手艺就是比田海民高，一下子把他打扮得俊蛋蛋的——这二毛五分钱没白花！

孙少安扛起褡裢，赶忙起身回家。刚理完发，走到外面头皮都冷得有点发麻。不过，他心里热腾腾的。是呀，他马上就要当新女婿了！一个人一生能有几次这样的高兴事啊……

孙少安走过石圪节的小桥时，一颗热腾腾的心突然冰凉了下来。触景生情，他立刻又记起春天，在这小桥上面的公路上，他手里捏着润叶给他的"恋爱信"，两眼泪蒙蒙地站在那里的情景。此刻，润叶那含着羞涩的、红扑扑的笑脸又浮现在他面前，耳边似乎又传来她那熟悉的、令人温暖的笑声和说话声……噢，这一切将永远地过去了！他将马上要和秀莲在一块过日子，组建起一个地道的农民家庭来。

少安垂着头离开这小桥，迈着沉重的脚步向家里走去。不知为什么，他感到自己眼窝里热辣辣的。他也没什么可惋惜的，因为命运就该如此。但他此刻仍然想跑到一个没人的地方，痛痛快快哭一场！

孙少安不知道自己是怎样走回家的……

他背着那个褡裢推开家门，惊讶地看见：他的秀莲已经坐在他家的炕边上了！

秀莲见他回来，马上红着脸笑吟吟地从炕边上溜下来，走到他面前，大方地帮助他把褡裢从肩胛上卸下来。他丈人贺耀宗和他父亲，正亲热地挤在下炕根一块抽旱烟。后锅台上，母亲、姐姐和妹妹正笼罩在一片蒸汽中，忙着给客人做饭。

一股热流刹那间涌上了少安的胸腔。他激动地问秀莲和老丈人："你们刚到？路上顺利不顺利？"

贺耀宗说："顺利着哩！我和秀莲在柳林打问了一辆去黄原的顺车，一直就开到你们家的坡底下！"

秀莲不时用眼睛瞄一下他刚理过的头发，满含着羞涩和喜爱。因为两家的老人都在，她不好表示她的感情，但不时用她那双会说话的眼睛对他表示：我多么想你啊！同时还用这双眼睛询问他：你想我了吗？

在快要临近春节的一天，孙少安和贺秀莲就在自己家里举行了一个简朴的婚礼。

婚礼尽管简朴，但也少不了应有的纷乱。亲戚们在前一天下午就先后都来赶事情了。少安的几个姨姨、姨夫、舅舅、妗子，再加上各自带的娃娃，都拥在他家的一孔土窑洞里，脚地上挤得都不能通行了。

这天午饭前，少平已经挨门逐户把村里的队干部以及和他们相好人家的主事人都请来了。窑里太挤，这些本村的客人，就都在少安家的院子里一堆一伙拉闲话，等待坐席。少平和金波每人手里拿一盒纸烟，满院子转着给众人散。院子里撑一辆新自行车——这是公社文书刘根民的。他刚从石圪节赶来，也是这个婚礼上唯一的国家干部。

这顿饭一直从中午吃到晚上。

当少安和秀莲终于回到一队饲养室的新房后，村里的一些年轻人又混闹了半晚上，这个婚礼才算全部结束了……

第二天临近中午，少安和秀莲正准备回家吃饭，书记田福堂突然来到饲养室他们的新房。他拿来两块杭州出的锦花缎被面，说是润叶今天上午捎回来的，让他把这礼物转送给新婚的少安夫妇。

田福堂把润叶的礼物放下，就告辞走了。

秀莲马上奇怪地问丈夫："润叶是个什么人，怎给咱送这么重的礼物？"

少安尽量轻淡地说："她是刚来的田大叔的女儿，她和我小时候同过学……"

"肯定和你相好过！要不送这么贵的东西？"秀莲敏感地追问。

少安承认说："是相好过……"

秀莲突然不言语了，背过身把头低下抠起了手指头。

少安一看她这样，就很快转到她面前，开玩笑说："你们山西人真爱吃醋！"

秀莲反而冲动地扑在他怀里，哭了，说："你再不能和她相好了！"

少安手在她头上拍了拍，说："人家是个干部，在县城工作着哩！"秀莲一听送被面的润叶是个干部，马上揩去脸上的泪水，不好意思地笑了。这她就放心了——一个女干部怎么可能爱她的农民丈夫呢！

第十七章

　　原西河对岸的山湾里，桃花又一次红艳艳地盛开了。河两岸的缓坡上，刚出地皮的青草芽子和枯草夹杂在一起，黄黄绿绿，显出了一派盎然的生机。柳丝如同少女的秀发，在春风中摇曳。燕子还不见踪影，它们此时大概还在北返的路上，过一两天就能飞回来。原西河早已解除了坚冰的禁锢，欢腾地唱着歌流向远方……

　　可是，田润叶坐在原西河边的草坡上，心里依然是一个寒冷的冬天。

　　和去年这个时候相比，她瘦得都变了模样。尽管还是原来的衣服，现在却显得异常地宽大起来；原来鹅蛋形的脸庞凹陷下去，脸蛋上那两片可爱的绯红颜色也褪了。眼睛失去了往日的光彩，像暗淡下去的火焰。蓬松的剪发头又梳成了两条小辫，无精打采地耷拉在肩头。

　　现在，她手里捏着一朵刚摘下的马兰花，眼睛失神地望着哗哗东流的原西河水。问君能有几多愁？恰似一江春水向东流！那位失落江山的废君写下的这不朽的词句，正能形容田润叶此刻的心情。

　　完了！她和自己心爱的人一块生活的梦想彻底破灭了。他已经结婚，和一位山西姑娘一块过光景了。

　　此刻，田润叶的内心正如同汹涌的波涛一般翻腾着。少安的突然结婚，向前对她的没命追求，她二妈徐爱云和向前妈刘志英的轮番围困，现在又加了一个老将徐国强出马……如果少安没有结婚，不论有多少人进攻，她感情的阵地仍然会固若金汤。想不到，她在前方的战壕里拼命抵挡，但她为之而战的后方却自己烧成了一片火海……

由于腹背受"敌"，她现在对于这命运之战已经丧失了信心。我们已经说过，她是一个普通人，小学教师，农民田福堂的女儿，目前正寄居在亲戚的门下。她在"文化大革命"的混乱中受完高中教育——其实并没认真上过多少课。除过政治学习材料，她也没看过几本书。尽管她生活在我们的世纪，但思想仍然局限在狭小的世界里。她不知道安娜，更不知道娜拉。

但这并不是说，她就要答应和李向前结婚了。不，这不可能。她现在正处于感情葬礼后的"忌日"。一个臂挽黑纱的人怎么可能去进花烛洞房呢？

田润叶坐在这河岸上，望着春日里东去的流水。她想起去年的现在，是她和少安两个人坐在这地方。她当时心儿是怎样嘣嘣地欢跳啊！可是一年以后的今天，她一个人坐在这里，胸膛里像装着一块冻冰。抬头望，桃花依然红，柳丝照旧绿；低头看，青草又发芽，水流还向东。可是，景似去年景，心如冰火再不同！

她耳边依稀又听见了那缠绵的信天游从远山飘来——

> 正月里冻冰呀立春消，
> 二月里鱼儿水上漂，
> 水呀上漂来想起我的哥！
> 想起我的哥哥，
> 想起我的哥哥，
> 想起我的哥哥呀你等一等我……

两行泪水再一次从她的眼睛里涌出来了。此时没有人唱这歌，但是她听见了。哥哥，亲爱的少安哥！你为什么不等一等我……

她最后一次和少安分手后，尽管少安在她的追求面前畏怯地向后退缩，但她自己并没有死心。她理解少安的难处。尽管她的文化程度不高，但总还在县城待了几年，相对而言，她并不认为爱情就要门当户对。门当户对不如两个人有情有意。可少安哥和她不一样，他一直在农村，家里光景也不好，因此看来没勇气答应和她一块生活。她想，也许过一段时间，他就会想通的。她知道他心里也是爱她的。再说两个人一块长大，青梅竹马，两小无猜，她坚信他最终一定会响应她爱情的呼唤的。因此在村里的偷水事件发生后，她借回去看望生病的父亲，想再和少安哥好好拉谈一次——上次本来是个好机会，但让她父亲无端地冲散了！

当她又一次兴致勃勃地回到村里后，才知道少安哥出了远门，到山西给他们队换小麦良种去了。她不知少安哥什么时间才能回来，没时间等他，于是就又失望地返回县城。她想，以后机会有的是，等少安哥从山西回来再说！

回到县城不久后，她弟润生从家里回来对她说，少安竟然把一个山西姑娘带到了双水村，并说他和这姑娘春节就要结婚呀！

当头一棒，顿时打得田润叶头晕目眩，天旋地转。天啊！她做梦也没有想到，少安到山西不是换良种，而是看媳妇去了！

在一刹那间，她真想抛开一切，奋不顾身地返回双水村，去找少安，让他把那姑娘打发走！哪怕寻死上吊闹腾一番也要让少安和她结婚！

但她毕竟还没有完全丧失理智。她很快知道不能这样。不能！就是一个字也不识的农村妇女，也不会这样做，更何况她还是个教师！

她一下子绝望了，甚至想找几包老鼠药一口吞下去，了却此生。

但这也不能！她不是一个人活在这世界上，她还有许许多多的亲人。她活着，自己一个人痛苦；她要是死了，会给众多的亲人都带来痛苦……

从那天以后，她就睡不着觉，也吃不下去饭，就像一个得了绝症的病人。十几天以后，她都不敢对着镜子看自己了。而在医院工作的二妈和向前妈，一股劲催她到医院检查看得了什么病。她的病是心病，原西县医院检查不出来！

眼看要到农历八月十五了。往年，她都像村里其他在门外的人一样，必定在农历十三日前回到双水村，以便参加十四日那个传统的"打枣节"。可是，今年不能回去了。那可爱的村庄，那红火的"打枣节"，现在对她来说，再不能引起一丝热望了。就是梦中出现的这一切，也蒙上了一层灰土。再说，听说那个山西姑娘仍然还待在少安家里。啊啊！狠心的少安！幸运的山西姑娘！你们现在一定情意绵绵，要去参加热闹的"打枣节"去了。山西姑娘！你将在全村人面前露脸，让大家看你，羡慕你！你一定会幸福得两眼闪闪发光，脸像朝霞一般闪耀着光彩……

润叶想着这一切，泪如泉涌。她最近以来，已很少再回二妈家，通常都一个人待在学校她自己的宿舍里。除过上课和非参加不行的集体活动，其余时间她一概闭门不出，关在这个小房子里，一个人流泪、叹息、自言自语——有些话对少安说，有些话对那个山西姑娘说，有些话是对她自己说的。她的精神已濒临崩溃的边缘！

她就这样一天天从秋天熬到冬天，又从冬天熬到春天……

马上就是清明节了，外面的世界已经到了阳光灿烂、桃红柳绿的好时光。她在自己阴暗的房子里，突然记起了去年这个时候，她和少安一同在原西河畔的情景。她于是忍不住想再到那个地方走一走。这是一次怀旧而伤感的出游，也是对那已被埋葬的爱情梦想的祭奠。

于是，她就一个人悄然地离开学校，来到了这个地方……

现在，她手里拿着那朵鲜艳的马兰花，已经在这里坐好长时间了。手里这朵花正是从去年那丛马兰草中摘下来的。那时候，她手里也拿着这样一朵花，正害羞地望着坐在旁边抽烟的少安哥。她现在忍不住又扭过脸，看了一眼去年少安坐过的地方——那里现在只有空荡荡一片枯草！

润叶在原西河畔一直坐了一上午，腿都有点发麻了，才站起来慢慢往回走。走了一段路以后，她又回过头来，怀着无限的感情，向河岸上的那个草坡投去最后的一瞥。别了，我的青草坡，我的马兰花，我洒过欢乐和伤心泪水的地方。我将永远不会忘记这一切！即使有一天我要远走他乡，但愿我还能在梦中再回到这里来……

第十八章

孙少平在高中的最后一个学期开始了。

从一九七五年春天起，他在原西中学已经不知不觉度过了一年半的时光。

一年半是漫长的。他在这期间忍饥、忍辱、忍冻，心中留下数不清的痛苦记忆。

他又感到一年半是短暂的。他在这里也有过欢乐和愉快，懂得了不少事，结交了朋友，获得了友情，开阔了眼界，抛弃了许多纯属"乡巴佬"式的狭隘与偏见……一切都好像才刚刚开始，可马上就要结束了。

但不论怎样，他还是为终于快熬到了高中毕业而高兴。这一切多么不容易啊!

他更为高兴的是，他已经跨过了十八岁的年龄。这就是说，他已经成了大人。即使高中毕业回去劳动，也能扛起一头子了。从心理方面说，他现在也已经有了强烈的独立意识。在以前，他总觉得自己是个娃娃，得依靠大人。现在，即便是没有大人，他也感觉能在这个世界上生活下去。他的另外一个成熟的标志，就是对大人的行为开始具备批判的眼光。以前，父亲和大哥说的话和做的事，他都认为是对的。可现在就不见得了。不过，目前这种批判性的意见只在心里而不会表现在嘴上，更不会表现在行动上。

总之，也可以这样说，他现在已经初步有了他自己的生活观——

尽管这一切的确是刚刚才开始。

他现在最为遗憾的是，他在这一年半中请假的时间太多了。学校尽管经常搞政治运动和出山劳动，但总还上一点文化课。他耽误的课太多，以致都无法弥补了。本来眼下的一张高中文凭就不包含多少学识，他的这张文凭更不值几个钱，仅仅能说明个学历罢了。这倒不是说，他在这一年半里一无所学。不，他阅读过不少课外书。

现在，他没有事的时候，就仍然看课外书。晓霞还像以前一样，从她家里拿许多书来让他看。他们每天也在学校操场的报栏前不期而遇。星期六的时候，晓霞还把她爸订的《参考消息》给他拿来，他星期天就哪里也不去，兴致勃勃地看这些外国通讯社的电讯稿，脑子里在许多国家游荡老半天。

这一天下午，田晓霞突然匆匆忙忙到宿舍来找他，让他跟她到外面走一趟。

少平有点莫名其妙。晓霞有什么话不能在这里说，非要到外面去不可呢？

因为宿舍有同学，他不好说什么，就只好跟出来了。

出了门以后，少平赶紧问她："什么事？是不是我家里又出事了？"他生怕自己家里又有什么灾难——他那个家常常猛不防就出意外！

晓霞一边走，一边对他说："不是你家里的事。"

"那是你们家出了什么事？"少平又撵着问她。

晓霞说："不是你家，也不是我家，是国家……"

国家？国家又出什么事了？今年国家真是灾难重重！元月周总理逝世，四月五日发生了"天安门事件"，撤销了邓小平的职务。紧接着，七月六日朱德委员长逝世，前几天又发生了震动全球的唐山大地震……多灾多难的中国啊，你叫人多么忧心和焦虑！

他匆匆跟着晓霞走，先不便再问她什么了。看来晓霞一句两句说不清楚，而显然在稠人广众面前也不好说。

他和晓霞出了学校总务处后面的那个小门，一直沿校墙根向一个小山沟里走去。

直到看不见人的地方，晓霞才停下来，从衣袋里掏出一个笔记本，递到他手里。

他不知是何事，慌忙紧张地打开那个神秘的绿皮笔记本——扉页上一行醒目的钢笔字立即跳入眼帘：《天安门广场诗抄》！

啊啊！原来是这！

孙少平先没顾上和晓霞说什么，激动地开始看这些诗。他看着看着，都忍不住读出声来了——

> 欲悲闻鬼叫，
> 我哭豺狼笑。
> 洒泪祭雄杰，
> 扬眉剑出鞘！

孙少平用飞快的速度把这个笔记本上的诗先翻着看了一遍，然后问晓霞："你从哪儿搞来的？"

晓霞说："我哥暑假里带回来的。先前他只让他爸爸看了，没给我看。后来我发现了他的笔记本，硬缠着哥哥把这些诗都抄下了。哥哥千安顿万嘱咐，不让我给别人看，说现在公安局正追查这些传抄的诗哩。我想，给你看一下不要紧……"

少平马上兴奋地说："能不能让我也抄一份呢？"

晓霞想了一下，说："你可以抄，但一定要小心，千万不敢叫人看见了！"

"没问题！"少平向她保证说。

两个人于是凑在一起，把笔记本又翻着看了一遍。这些诗如同烈火一般，把两颗年轻的心烤得热烘烘的。两个十八岁的年轻人都沉浸在严肃的思考之中。国家的不幸，社会的动荡，使大人成熟，孩子成长——一九七六年，中国人都好像年长了几岁！

从这天以后，每当夜深人静时，孙少平就偷偷爬起来，出了宿舍，走到教室里，埋头抄写这些诗歌。抄到激动之处，他心潮澎湃，热血沸腾，就走到院子里平静一会……

一个星期以后，孙少平他们全班一起出动，到原西城外的一条山沟里，锄他们班种的高粱地——这是立秋之前锄最后一遍草。

那天，临近中午的时候，从西南面的山后突然铺过来一片乌云。不多时，这黑云彩就漫过头顶，遮住太阳，布满了整个天空。刹那间，电闪雷鸣，狂风大作——一场大暴雨眼看就要倾倒下来！

山洼上劳动的男同学纷纷去找躲雨的地方。沟道里锄地的女同学也都扛着锄，爬到山洼上来了。只有跛女子侯玉英不听其他女同学的劝阻，一个人扛把锄，一跛一跛走到一个石崖下面。其他女同学说怕沟里起洪水，那地方危险，劝她不要去。但跛女子让这些人别管她的事，她说雷雨就那么一阵阵，怎还能起洪水呢！

大暴雨说来就来了！随着狂风吹过，雨帘就从山后漫过来，顷刻就把天地间变成白茫茫一片。可怕的闪电不时在空中曲折地划过，雷声和狂风暴雨搅在一起，震耳欲聋。不多一会，就听见沟沟渠渠里传来了滔滔的流水声。

不到半个钟头，大沟道里就起水了。混浊的泥浪翻滚着跟头，吼叫着从后沟道里冲了出来！

在一片混乱的暴风雨中，沟道里突然传来了侯玉英尖锐的哭喊声！

少平缩在一个小山窑里，透过雨帘，看见洪水已快要涨到侯玉英避雨的那个石崖下了。跛女子正哭喊着，两手揪着旁边土台子上的几棵丛草，企图爬上去逃命。但由于腿不干练，加上泥地溜滑，三番五次爬上去又跌了下来！

孙少平知道，也许用不了多少时间，洪水就会淹没到那个石崖下，把跛女子一浪卷走！

他立刻从自己那个干燥的小土窑里冲出去，冒着瓢泼似的暴雨，踏崖溜洼地往沟底跑去。

孙少平不知摔了多少跤，才到了怒吼的洪水边。身上浸透了泥水，头发和脸也被泥糊得五麻六道。

他来到洪水边，一筹莫展了。侯玉英隔在河对面，他不得过去。

120

他尽管在洪水中游过泳，但那是在原西河里——那水宽阔，也平稳，到河对面上岸选择余地大。可这是道小沟，水急浪险，要游过去太困难了！

这时候，洪水已经漫上了侯玉英正挣命的那个石崖边上。跛女子的手死揪住土台子上面的丛草，两只脚已经挨着洪水边了。她现在只是绝望地呼喊着："救命啊！救命啊！"

少平在暴风雨中大声向对岸喊："你先坚持一下，我过来了！"

他喊了一声后，就扑入了洪水之中——一个浪头很快把他整个吞没了……

还好，他又钻出了水面！他眼睛什么也看不见，只凭本能向对岸拼命游去。

谢天谢地，他终于上岸了！他用手摸了一把脸上的泥水，就撒开腿朝那个土台子上面跑去。

他来到土台子上面，看见洪水已经淹没了侯玉英的下半身，如果不是她两手死死揪着丛草，恐怕早让水卷走了！

少平飞快伸出手，把她从土台子下面拉上来。

侯玉英一扑踏趴在土台子上，放开声号了！这哭声是庆幸她的得救，也是对救命的人表示她的感激之情！

当孙少平游过河对岸的时候，全班男女同学都纷纷从山洼上跑下来了。他们站在暴雨中的洪水边上，隔着翻滚咆哮的浊浪，心怦怦地跳着，扬着手，喊叫着，像看一幕惊险的戏剧，眼看着少平把侯玉英拉上了对面那个土台子。他们之中没有人敢从这洪水中游过去。现在，所有淋得像落汤鸡似的同学们都在沟道这面欢呼起来！女同学们都哭了；男同学也有流下眼泪的。这个时候，大家才强烈地意识到，人生活在一个集体里，就应该像兄弟姐妹一样啊……

跛女子侯玉英做梦也没想到，在她遇到生命危险时，竟然是她曾放肆地伤害过的孙少平，冒着自己的生命危险抢救了她。

跛女子为此感动得不得了！羞愧得不得了！

几天以后，惊魂刚定下来，她就单独来找孙少平，又一鼻子哭开住不了气，嘴里一股劲说着感激他的话。

她哭完后对少平说："我这下才知道你是个好人！郝红梅不是个东西！她和你相好着就不相好了，又跑去骚情顾养民！"

少平马上对她说："你不要说红梅和养民的长长短短！我不愿听你说这话。咱们都是大人了，不要多管旁人的闲事！"

侯玉英也就不说郝红梅和顾养民了，然后便硬拉着少平到她家去吃饭。跛女子说这不光是她的心意，也是家里大人的心意——她父母亲非要让她带少平到她家里去吃一顿饭不行。

少平好说歪说没有去。他不愿意因为这么一件事，就让人家把他看成是救命恩人。在他看来，侯玉英和他自己都好好的没什么事，这就行了，何必没完没了地还提这事呢！

可是，第二天上午，侯玉英的父亲又亲自来学校请他了。

孙少平怎说都推辞不了，只好去了侯玉英家。

侯玉英的父亲侯生才是县百货公司第二门市部主任。侯主任两口子专门为女儿的"救命恩人"摆了一桌子饭，像请个显要人物一样，还上了烧酒。两口子争着给他夹菜倒酒，捎带着嘴里感激话说个不停。少平不会喝酒，拘谨地在这个干部家里吃完了这顿饭。

第十九章

趁着田福军到省里传达粉碎"四人帮"的文件，徐国强跟田润叶有一次谈话。他把润叶是否与向前结婚，跟田福军的仕途联系起来，动之以情，晓之以理。加上孙少安已经结婚，在两面夹攻之下，润叶屈服了。徐爱云赶紧通知了双方父母，催促他们赶紧给子女成婚。

田润叶经过一段波澜起伏的爱情周折，最后还是没有逃脱她不情愿的结局。她想亲近的人远离了她；而她竭力想远离的人终于没有能摆脱——她今天就要和李向前举行婚礼了。

此刻，田润叶没有心思从根本上检讨她的不幸，她只是悲叹自己的命运不好。

她现在坐在自己窑洞的椅子上，已经穿罩起一身簇新的结婚服装：桃红棉袄外面罩一件蓝底白花的外衣，一条浅咖啡裤子，一双新棉皮鞋。她二妈一直陪伴着她——现在徐爱云正给她脖颈上系一条米色纱巾。润叶目光呆滞地坐在椅子上，像一具木偶，任凭徐爱云装扮。

从答应和李向前结婚的那一刻起，她就万分后悔。她感到她的一生被自己的一句话断送了。她一次又一次鼓足勇气，想立即找家里的大人，重新否定她答应了的事。但是临到头来，她又泄气了。她看见，有多少人已经开始忙着为她筹办婚礼。她父亲也赶来了，和李登云一家共同操办，并且相互称起了"亲家"。生米已经做成了熟饭。她要是再反悔这亲事，将会引起她无法想象的后果。再说，她反悔了，自己又怎办呢？

没有办法，只好睁着眼睛往火坑里跳。婚期已一天天迫近。她惧怕这一天，但这一天还是无情地来临了。

下午五点多钟，婚礼马上要在县招待所的大餐厅举行。徐爱云于是把早已放在柜子上的那朵红纸花给侄女佩戴在胸前。男女两家的一些女客，就和爱云一起引着新娘出了县革委会田福军家的院子。

在县革委会的大门外，一辆挽结着红绸带的黄吉普车正等待新娘的到来。本来县革委会离县招待所只有几百米远，但为了排场，李登云动用了全县所有三辆吉普车中的两辆——当时吉普车就是县上最高级的车，准备专车把新娘新郎接到招待所。

现在，李向前穿一身崭新的银灰色的制服，皮鞋擦得能照见人影子，胸前戴着一朵大红花，正喜气洋洋坐在吉普车的后座上。这位司机今天不用开车，自在地坐在小车里面，胖胖的脸上带着幸福的微笑。

这时，在县招待所的大餐厅里，已经是一片热闹非凡的景象了。几十张大圆桌铺上了干净雪白的台布，每张圆桌上都摆满了瓜子、核桃、红枣、苹果、梨、纸烟和茶水。早到的客人已经十人一桌，围成一圈，吃水果，嗑瓜子，抽纸烟，喝茶水，拉闲话。说话声和笑声嗡嗡地响成一片。这些县社干部们，今天不见明天见，相互之间都是熟人，凑到一起就有许多话可说。

这期间，仍然有新到的客人从餐厅门口走了进来。李登云两口子衣冠楚楚，分别立在大门两边，脸上堆着笑容，和进来的客人热情握手，表示欢迎光临他们儿子的婚礼。招待所的院子里停了许多汽车——这是向前的司机朋友们前来参加婚礼；他们有的是本县的，有的是从外地赶来的。不时还有一辆大型拖拉机震耳欲聋般吼叫着开了进来，从驾驶楼里跳下来一些公社的负责人——他们的专车就是这大型拖拉机。

在餐厅后面的厨房里，十几个炊事员正忙着准备婚礼上的酒菜和饭菜。全县几个著名的厨师都被请来了，其中有石圪节食堂的胖炉头胡得福——胡师傅有几个拿手菜名扬全县，尤其是红烧肘子。

田福堂此时正一个人拘谨地坐在主宾席上。主宾席安排新郎新娘的双亲和县上的领导坐。领导按惯例总是最后出场，因此都还没到；

登云两口子又在门口迎宾客；田福堂只好一个人干坐在这里。润叶妈也没来，说她"狗肉上不了筵席"，让丈夫一人来参加就行了。本来徐国强也安排在这桌上，但老汉为红火，捧到老干部席上去了。

田福堂现在一个人坐在这地方真不自在。他气管不好，也不能吸烟；而这种场所又不能拿根纸烟凑到鼻子上闻——这太不雅观了。他只好两只手互相搓着，有点自卑地罗着腰，看着一桌桌说说笑笑的县社干部们。在这样的场所，双水村这个有魄力的领导人，马上变成了一个没有见识的乡巴佬。

不过，福堂此刻内心里也充满了说不出的骄傲和荣耀。是呀，看这场面！真是气派！他感叹地想：他，一个农民，能这么荣耀地和县上的领导攀亲，真是做梦也想不到。他更为自己的女儿高兴——出嫁到这样的人家，那真是她娃娃的福分！

田福堂明显地感到自己的腰杆子更硬了。他弟弟是县上的副主任，现在，他又有了个副主任亲家！

田福堂正一个人在主宾席上又自卑又荣耀地坐着，他儿子润生忽然走过来，在他耳朵边悄悄说："爸，咱村的少平叫你到外面来一下。"

"怎？"田福堂瞪起眼问儿子。

"少安给我姐送了一块毛毯，托少平捎来了，少平说要交给你。"

"那让他进来一块吃饭嘛！"田福堂说。

"他说他是步行从村里走来的，累得不想参加了。"

田福堂听说是这样，就跟儿子往出走。走了几步，他又转身在桌子上抓了一把瓜子，拿了几颗苹果，才来到院子里。

少平把那块毛毯交给田福堂，说："这是我哥和我嫂送给润叶姐的结婚礼物，他们让我亲手交给你……"

"那你进去坐席嘛！"田福堂接过毛毯说。

"不了，我走累了。"少平推托说。

田福堂就把那把瓜子和几颗苹果，硬塞在少平的衣袋里，少平就告辞走了。

田福堂抱着少安夫妇送来的礼物，绕厨房后面回到了餐厅。他此刻也不由得想起了润叶和少安的关系。他原来多么担心这两个娃娃给他弄出丢脸事来。现在好了，两个人都成了家，他再也不必为这件事忧虑了。

宾客们送的礼物，都早已摆到餐厅前面的几张大桌子上，红红绿绿，花花哨哨，在几张桌子上摆的边边沿沿都是。田福堂拣了个很不起眼的地方，放下了那块毛毯，然后又在主宾席上正襟危坐了。

田润叶低着头，和李向前并排坐在主宾席前面的两把椅子上。她感到头晕目眩，甚至不知道自己身在何地。命运啊，多么无情！这不是婚礼，而是她青春的葬礼⋯⋯

她低倾着头，两只眼睛微微闭合着。她在这一片嗡嗡的嘈杂声中，仿佛又听见了那亲切而熟悉的声音从远方传来⋯⋯

此刻，她那叶想象的白帆又驶回了遥远的童年，在记忆中的每一个温暖的港湾里停泊了一下。她想起在双水村解冻的阳土坡上，她和少安用肮脏的小手一块刨"蛮蛮草"吃；想起夏日里的东拉河，水流一片碧澄，她和少安浑身不挂一条线，嬉闹着互相往光身子上糊泥巴；秋天的神仙山，崖畔上缀满一串串红艳艳的酸枣，少安哥赤脚爬上去，给她摘了那么多；冬天虽然寒冷而荒凉，但他们心里热乎乎的，手拉着手走过东拉河的冰面，穿过庙坪落光了叶子的枣树林，跨过哭咽河上的小桥，在金家湾的草丛里寻找那些破碎的瓷片。是的，破碎。一切都破碎了⋯⋯

"让路！油啊⋯⋯"

"六的六呀，五魁首⋯⋯"

"喝！"

"吃！好好吃！"

"夹菜！"

"咦呀，哈哈哈⋯⋯"

⋯⋯⋯⋯⋯

在这一片洪水般喧嚣的声音之上，她似乎又听见了那令人心碎的信天游——

正月里冻冰呀立春消，
二月里鱼儿水上漂，
水呀上漂来想起我的哥！
想起我的哥哥，
想起我的哥哥，
想起我的哥哥呀你等一等我……

第二十章

孙少安和贺秀莲结婚已经近十个月了，但小两口仍然还像在蜜月里一般热火。

少安对他的婚姻很满意。他越来越依恋这个大眼睛的山西姑娘了。每当他从山里劳累一天回来，晚上在一队饲养室的小窑里接受秀莲亲热的抚爱时，他尝到了说不尽的温暖和甜蜜。

结婚不久，秀莲就不顾一家人的劝拒，开始出山劳动。她先是在生产队跟他一块种庄稼。秋后庄稼收割完毕，全村男女劳力都上了农田基建工地，他们就又一块相跟着去打坝修梯田。秀莲劳动和他一样，很快博得了全村人的赞赏。她能吃苦，干什么活都不耍滑头。一般来说，新媳妇在一年之中都是全村人关注的对象。渐渐地，大家都和秀莲熟悉了，工地上常开他们两个的玩笑。

晚上劳动回来，在家里吃完饭，小两口就相跟着回到田家圪崂饲养室的那个小窑里。秀莲马上放火暖炕，给他烧洗脸洗脚水。庄稼人一般睡觉谁还洗脸洗脚呢？但秀莲硬是把这"毛病"给他惯下了；现在不洗个脸，不烫个脚，钻到被窝里都睡不着觉。把他的！

每天晚上，在他还没脱衣服前，秀莲就把一切都收拾好，自己先钻进了被窝——她要先用自己的体温把被子暖热，才让少安睡进来。秀莲是个感情热烈的人，每晚上都非让少安和她在一个被窝里睡不行。少安起先不习惯，后来不这样他倒反而不行了。

因为一大家人在一个锅里吃饭，他们这面就没什么东西，因此也不开灶。那点少得可怜的口粮，还敢在两个锅灶上吃吗？只是寒露以后，他妈让他们拿过来一些老南瓜。这样，秀莲在烧炕的时候，就煮一些南瓜汤，两个人在睡觉前热热乎乎喝一碗。

入冬以后，夜长了，晚上他们也就不像往常那样早睡。秀莲在灯下给他缀补那些破烂衣服，做鞋袜。他蹲在前炕头上化玉米粒或捻毛线。外面寒风呼呼吼叫，但窑里暖烘烘的，有一种无法形容的安宁和舒服。两个人做活中间，由不得相视一笑，传达着内心无限的情感。她有时会停下手中的活，发呆地傻看他半天。当他卷起一支旱烟的时候，她就又凑过来，像个孩子似的，给他擦火柴点烟。两个人这时候就干不成活了，依偎在一起，静静地坐在热炕头上，好像互相倾听对方的心跳声。

这两个年轻人太黏了！只是不知为什么，秀莲还没有怀娃。这不要紧，他们两个已经悄悄去石圪节医院检查了一回，医生说两个人都没病，肯定会生养的，让他们不要着急。不着急！晚生一两年也好，两个人还能利利落落过一段日子呢！

但是，使少安感到不安的是，秀莲对他好得也许有点太过分了。每次吃饭的时候，她都给少安碗里捞稠的。家大口多，七老八小，一锅饭里汤多粮少，能有多少稠的呢？要是他碗里稠了，那家里其他人碗中就稀了。这太不像话！父母亲年纪那么大，妹妹年龄小，一天到石圪节上学还要往返跑路，而老祖母又半瘫在炕上，他怎么能在锅里捞稠的吃呢？

他曾含蓄地提醒妻子，以后再不能这样。他们年轻，吃饭应该先敬老后让小！

但秀莲蛮有理由，说他一天出力最重，应该吃稠一些。他看一时不能说服秀莲，以后就不让她给他盛饭，吃饭时自己盛。他知道，秀莲的这些举动，父母亲和妹妹都看在眼里了，但他们又都装着没看见。这不是说，他们对秀莲这种行为没看法。少安为此而感到很痛苦。他心疼家里的老人和妹妹，可他又不能过分指责秀莲——她也是心疼他啊！

的确是这样。

对于秀莲来说，宁愿她自己饿肚子，也不愿让少安吃不饱。

在没结婚之前，她来这家时，根本没认真注意这家的实际情况。反正她爱少安，觉得一切都无所谓。结婚以后，她才知道，这家正如少安说的，已经穷到了骨头上。一年分不了几颗粮食，还供养两个上学的。顿顿饭基本都是黑豆高粱稀汤。过一两天，才蒸一锅高粱面馍——这就算改善生活。能在喝稀饭的时候吃两个黑面馍，简直就是奢侈。

这样的吃食，别说是在山里挣命劳动一天的庄稼人，就是一天什么活也不干，都受不了。

但一切又无法改变。她从小到大，还没受过这样的罪。正是因为她和丈夫火热的爱情生活，她才忍受着如此的饥饿和贫穷。她仍然一如既往地觉得，只要跟了少安这样的男人，就是讨吃要饭也心满意足。是的，他那男子汉的体魄，他在村里庄稼人中间的威望和婆姨女子对她羡慕和妒忌的目光，都使秀莲内心充满了幸福和骄傲。

唉，饿就饿吧！只要她和亲爱的人在一起，饿肚子心里也是畅快的！

本来，她娘家光景不错，也可以从山西拿点粮食来。可这么一大家人在一块过光景，那点粮食添进去连个影子也寻不见。

秀莲心里也这样想过：要是她和少安两个人单另过光景，那他们就会成为村里的上等家户。他们两个劳力，再加上她娘家的补贴，日子会过得红红火火！

可她心里也清楚，要是他们分了家，那家里其他人当下就活不下去了。光老公公一个人怎么可能养活那七老八小一大群人呢？

秀莲知道少安会坚决不同意分家的，因此也就不敢提念这方面的一个字。真的，她非常清楚，少安宁愿和她离婚，也不会抛下家里这么一大群人的。

唉，看来只好就这个样子了！

但是，就在眼下这状况中，她也总想千方百计照顾她的丈夫。于是，她就借盛饭之机，每顿都从盆底上给少安碗里捞一些稠的。她心想：

我男人撑扶着这个家，他的活苦也最重，难道不能让他稠些吃一碗吗？

可是，少安又坚决不让她这样做。现在，他连饭也不让她盛了，开始自己动手给自己盛。每次盛的时候，她见他都用勺子在盆里搅半天，搅匀了，才把饭往碗里盛。每当看见这情况，她常背转家里人，忍不住眼泪都掉在了饭碗里……

孙少安完全能体谅亲爱的人儿对自己的一片好心！

但他决不能允许妻子为他搞"特殊化"。他宁愿不吃饭，也不愿意他吃稠的让家里人喝汤——他怎能咽下去呢？

好了，他的秀莲是开通的，她一定能理解他的心情。为了不使她情不自禁地再犯这错误，以后他就干脆自己给自己盛饭了……

少安是在田福堂动身去县城的时候，才知道润叶要结婚了。据传回来的消息看，那个男人就是去年原西河畔润叶提起的县上领导的儿子。

他听到这事后，心里忍不住一阵隐隐地难受。这是很正常的。他爱过这个人，而这个人不仅爱他，还公开向他表示了自己的爱情；只是他没敢接受这爱，跑到山西去给自己找回来了秀莲。

但是，在难受之时，他对这消息又不感到意外。这事也是很正常的。他已经结婚了，润叶也总要结婚。事情本来就会是这样的。对于孙少安来说，润叶在他内心掀起的暴风骤雨已经在贺秀莲温暖的抚慰下平息了，现在只留下一些细微的痕迹。他祝福亲爱的润叶也能寻找到自己的抚慰。归根结底，他们只能这样。人只能按照自己的条件寻找终身伴侣。就好像种庄稼一样，只能把豆角种在玉米一块，而不能和小麦种在一起。

听说润叶马上要举行婚礼，少安着急起来——他给人家送什么礼物呢？他和秀莲结婚的时候，润叶给他们送了两块缎被面，少说也值五六十元。而他们现在除过这两块被面，就再没什么值钱东西了。总不能把这两块被面再送回去吧？

晚上睡觉前，他只好忧愁地对秀莲提起了这件事。

"就是那个和你相好过的女子？"妻子自己红着脸问他。

"就是的。我们小时候一块耍大的……人家给咱送了那么重的礼，咱给人家送什么呢？"少安熬煎地问秀莲。

秀莲想了一下，说："人家有义，咱不能无情！我看是这样，我爸走时给我丢下五十块钱，我原来准备给你缝一件大氅，钱一直在箱子里搁着。你干脆都拿去，给人家买件像样的东西！"

少安感激地把妻子拉在自己怀里，在她脸上亲了亲。

于是，他就拿着秀莲给他的五十块钱，跑到米家镇用四十六块钱，买了一块黄原出的羊毛毯。剩下的四块钱，他给秀莲买了一条围巾。星期天少平回学校时，他就把毛毯让少平捎给田福堂，让他转交给润叶夫妇……

而这年年底，秀莲就发现自己怀孕了。

第二十一章

一九七七年元月中旬，孙少平要在原西县高中毕业了。

在最后的几天里，所有的毕业班都处在一片混乱之中。

同学们互赠礼物，整理自己的东西；单个照相，集体合影；要好的朋友也纷纷聚在一起照一张留念照。县照相馆干脆专门抽出几个人到中学来为同学们服务。

许多手头宽裕的学生，都一群一伙到街上的国营食堂去聚餐——那里的桌子板凳这几天都让这些年轻人占据了。

这样的时刻，同学们心里都有一种说不出的复杂感情。进校时盼着毕业的一天；可临近这一天的时候，又都有些依依不舍。更主要的是，所有的人都认识到，他们的少年时代也就随之而结束了。现在大学不直接在应届高中生中选拔，这就意味着大家从此不得不走向社会，开始过另一种生活：城里的同学除过个别情况特殊者，都要到附近的农村去插队；乡里的学生得各回各家，开始自己的农民生涯。别了，无忧无虑的少年时代……

少平和同学们的心情一样。他对终于能离开这学校而高兴，同时又有一种说不出的惆怅。是的，再过几天，他就要回双水村了。从这点上来说，他内心里隐隐地充满了烦恼。

说心里话，他虽然不怕吃苦，但很不情愿回自己的村子去劳动。他从小在那里长大，一切都非常熟悉。他现在觉得，越是自己熟悉的地方，反倒越没意思。他渴望到一个陌生的世界去！他读过不少书，脑子保持着许多想象中的环境。他甚至想：唉，我在这世界上要是无亲无故、孤单一人就好了！那我就可以无牵无挂，哪怕漫无目的地到遥远的地方去流浪哩……

当然，这只是一种少年的可笑幻想罢了。他超越不了严峻的现实，也不可能把一种纯粹的堂吉诃德式的浪漫想法付诸行动——他其实又是一个冷静而不浮躁的人。

孙少平热爱自己家里的每一个亲人。但是，他现在也开始对这个家庭充满了烦恼的情绪。一家人整天为一口吃食和基本的生存条件而战，可是连如此可悲而渺小的愿望，也从来没有满足过！在这里谈不到诗情画意，也不允许有想象的翅膀——一个人连肚子也填不饱，怎么可能去想别的事呢！

他从此以后，就要开始这样生活：他每天要看的是家里人的泪水、疾病、饥饿和愁眉苦脸。他将没有住处，在家里喝两碗稀汤饭后，继续到金家湾那边找地方睡。当然，第二天还要早起，因为要返回田家圪崂这面的一队来劳动。毫无疑问，他将再没有读书的时间——白天劳动一天，晚上一倒下就会呼呼入睡。再说，到什么地方去找书呢？报纸可以到村里的小学去看，但《参考消息》再也看不成了。他将不可避免地又一次和外面广大的世界隔绝。如果他当初不知道这世界如此之大也罢了，反正双水村和石圪节就是他的世界。但现在他通过书本，已经"走"了那么多地方，他的思想怎么再会仅仅局限于原来的那个小天地呢？

但不论他怎样想，现实终究是现实。几天以后，铺盖一卷，他就得动身回家。当然，眼下他还要正常地在学校度过这最后的几天……

他们班的集体相已经在学校大门口照过了。他又和一些要好的同学分别也照了几张。毕业证和档案里需要的单人相片，他半月前就在县照相馆照过，并且加洗了几十张，已经按规矩给班里的同学每人送了一张。其他的礼物他也送过了：男同学一人一个小笔记本；女同学一人一块手帕。他同时也收下了几十张照片、一堆笔记本和十几块手帕。

毕业的花费少说也得二三十元钱。他在暑假的时候，为了攒够这笔钱，和妹妹兰香挖了二十多天药材，才勉强够应付现在这局面。

在离校的两天前，所有的公事和私事基本都完结了。他把自己的一点零七八碎收罗在一起，就一个人出了校门。他想在离别之时，再到县城转一转。

他不是去逛商店，也没有什么具体事可办。他是到自己曾熟悉的那些地方去走一圈。这些"熟地方"有的在城里，但大部分在城外。有些地方是他经常去寻觅吃食的山野；有些地方是他读过书的土圪坳；也有他曾饿着肚子睡过觉的小草窝。当然，他也没忘了来到原西河畔，在他因最初的失恋而落过泪的地方，再一次伤感地追忆当初的情景……

当他立在原西河边的时候，他也想起了他的好朋友金波。金波已经当兵去了青海——他来信说在师部的文工团吹长笛；还说他们住在藏民区，附近有一个军马场……他很羡慕金波，什么时候能像他一样去远方闯荡一回呢？他想，下一次征兵的时候，他能不能也去当兵？

临近吃下午饭的时候，少平已把"该走的地方"都走过了，于是就返身回学校。

冬日西沉的残阳余晖在原西河对面的山尖上留了不多的一点。原西河两岸的河边结了很宽的冰，已经快在河中央连为一体了。寒风从河道里吹过来，彻骨般刺冷。

少平很快地进了破败的城门洞，走到街面上。

街上冷冷清清，已经没有了多少行人。城市上空烟雾笼罩，远远近近灰蒙蒙一片。县广播站高杆上的信号灯，已经闪烁起耀眼的红光。从不远的体育场那里，传来人的喊叫声和尖锐的哨音……所有这一切，现在对少平来说，都有一种亲切感。他在这里生活了两年，渐渐地对这座城市有了感情——可是，他现在就要向这一切告别了。再见吧，原西。记得我初来之时，对你充满了怎样的畏怯和恐惧。现在当我要离开你的时候，不知为什么，又对你充满了如此的不舍之情！是的，你曾打开窗户，让我向外面的世界张望。你还用生硬的手拍打掉我从乡里带来的一身黄土，把你充满炭烟味的标志印烙在我的身上。老实说，你也没能拍打净我身上的黄土；但我身上也的确烙下了你的印记。

可以这样说，我还没有能变成一个纯粹的城里人，但也不完全是一个乡巴佬了。再见吧，亲爱的原西……

孙少平怀着愉快而又伤感的情绪，用脚步，用心灵，一个下午回溯了自己两年的历程。

当他回到学校以后，见田晓霞正在他宿舍里。她显然是在等他。

"你到哪儿去了？"她问他。

"我出去走了走。"他说。

"现在咱们走吧！"她穿着一件带帽子的"棉猴"大衣，已经出了门。

他只好跟出来，问："到哪儿去？"

"我请你吃饭！"她说。

孙少平不愿到她家里去，就说："我在大灶上报饭了……"

"啊呀，都快毕业了，你还舍不得丢你那两个黑面馍？"她开玩笑说。

少平没吭声。其实他今天下午报的是白馍——他把几张"欧洲"票一直攒到了这几天。

少平原来以为晓霞让他到她家去吃饭，但她却把他引到了街上的国营食堂。

她把饭菜买齐后，对他说："咱们就要分别了，我应该请你吃一顿饭。家里人多，这里咱们清静一点，还可以拉话。"

少平第一次单独和一个女同学一块下馆子，因此他有点不好意思。好在晓霞是个大方姑娘，他们也熟悉，才使他心里不特别慌。他说："我也应该请你一次。礼尚往来！"

"别，"晓霞说，"等我回咱们双水村的时候，你在你家里请我吃一顿饭，也许更有意思！"

"你会到双水村来吗？"少平问她。

"肯定会的！我还从没回去看大爹大妈呢！再说，就是没他们，我也会去看你的！你要是到县城来，也一定要来找我！行不行？"

"行……"

少平一边吃饭，一边心里非常激动地想：他竟然这么大方地和一个女的坐在一起吃饭，拉话，这简直不可思议！

话说回来，也只有和晓霞在一起的时候，他这个年龄的和女同学交往的羞怯心理，才不至于成为一种严重的障碍。他们常常像两个大人一样探讨一些"大问题"，这使他们的关系限定在友谊和严肃的范围内。

"毕业后你准备怎办呀？"晓霞一边给他碗里扒拉菜，一边问他。

"一切都明摆着，劳动种地……这些我都不怕。主要是读书困难了。没时间不说，借书也不方便。晓霞，你要是找到好书，看完后一定给我留着；我到城里时，就来拿。看完后我就会想办法还你的。"

"这当然没问题。就是《参考消息》，我也可以一个星期给你集中寄一次，你看完保存好就行了。其他报纸听你说咱村的学校里都有？不管怎样，千万不能放弃读书！我生怕我过几年再见到你的时候，你已经完全变成了另外一个人。满嘴说的都是吃；肩膀上搭个褡裢，在石圪节街上瞅着买个便宜猪娃；为几根柴火或者一颗鸡蛋，和邻居打得头破血流。牙也不刷，书都扯着糊了粮食囤……"

孙少平仰起头，笑得都快喷饭了。这个晓霞啊！

笑毕，他说："我不会变成你描绘的那种形象。"他立刻严肃起来，"你不知道，我心里很痛苦。不知为什么，我现在特别想到一个更艰苦的地方去。越远越好。哪怕是在北极的冰天雪地里；或者像杰克·伦敦小说中描写的严酷的阿拉斯加……"

"我很赞赏你的这种想法！"晓霞用热情而鼓励的目光望着充满激情的少平。

"我不是为了扬名天下或挖金子发财。不知为什么，我心里和身上攒着一种劲，希望自己扛着很重的东西，在一个不为人所知的地方，不断头地走啊走……或者什么地方失火了，没人敢去救，让我冲进去，哪怕当下烧死都可以……晓霞，你说这些想法怪不怪？我也说不清楚这是为什么！但我心里就是这样想的。我回到家里，当然也为少吃没穿熬煎。但我想，就是有吃有穿了，我还会熬煎的。说实话，几年前，我没这么些怪想法。但现在我就是这样想的。我不知道这是为什么，也不知道这情绪对不对……"

"坚决正确！"晓霞把两个不能连在一起的词连在一起，笑着对他说。这是他两个创造的一种幽默用词法，时不时从双方的嘴里冒出来，其中的滋味只有他两个才能品尝到。

这顿饭他们吃得时间很长，谈的话也很多。他们相约：他们还要见面；她要回双水村来；他也还要到县城来找她。他们只是没好意思说互相可以通信。

回到学校后，晓霞把她托父亲在省城买的那个多兜黄挂包，作为毕业礼物送给了少平。少平给她送了一个漂亮的大黑皮笔记本……

第二十二章

乡谚：强扭的瓜不甜。

李向前结婚以后，才真正体验到了以上这句俗话的滋味。

自从婚礼仪式一结束，他的不幸就开始了。结婚虽然已经几个月，但他还是等于一个光棍。实际上，这样一种夫妻生活，还不如他打光棍。光棍没有女人的温暖，但也不要受女人的折磨。

从洞房花烛之夜起到现在，他用尽了甜言蜜语，甚至下跪乞求央告，润叶死活不和他同床。每天晚上，她不脱衣服，在墙角的一张小床上独自睡觉，而把他一个人丢在那张漂亮的双人床上。两个人就像陌生的路人住在同一个旅馆里。李向前夜夜倒在床上流泪、叹息；他真想大声狂叫，又想用拳头把所有的东西砸个稀巴烂……

刚结婚的时候，向前以为这是润叶怕羞——大概所有刚结婚的姑娘都是这样。于是他就原谅了润叶的反抗，并且还在内心责备自己操之过急。因此，他晚上强迫自己安分守己地睡在大床上。他想，也许过一段时间，他就会得到妻子的温存——他耐下心等待着这一天的到来……

虽然父母亲都是领导干部，但李向前没有一点从政的素质。他喜欢自由自在地干一种体力活。他在小时候就迷上了开汽车，觉得这工作可以走南闯北，也没人成天跟在身边指手画脚。他想走就走，想停就停，两只手把着方向盘，可以随心所欲把一个庞然大物摆弄得像一只绵羊一般乖顺。司机工作虽然餐风饮露，很辛苦，但人心情畅快呀！

高中毕业后，他父亲想让他在县革委会机关当干部，但他坚决不干，而给县供销社的一位老司机当了助手。在这方面，他表现得心灵手巧，又能吃下苦，因此不到一年工夫，就考取了驾驶执照，独立开车了。就像实现了一个美梦一般，李向前完全沉醉在了自己的职业中。对待汽车，他一点也不马虎，哪怕为了洗干净一个螺丝帽，他可以把饭丢下不吃。汽车在他的眼里是有生命的。就像爱马的人看见自己的坐骑一样，他每次向自己的汽车走去的时候，心里就有一种抑制不住的激动和亢奋，甚至要温柔地把这个钢铁家伙抚摸一下。

当然，在其他方面，他也是一个平平凡凡的普通人。他不爱看书，也不关心多少正经八百的社会大事。他喜欢听轶闻趣事，和同行东拉西扯地谝一些不上串的话。有时候看起来见识很广，但实际上说的都是些没名堂的事。除过汽车行道，对吃、穿、用的东西他也很在行；炒一手好菜，知道什么衣服正流行，并且极其关注新出现的日用产品。有些玩意儿他已经用了多时，可原西县的人还没听说过，比如电动刮胡子刀等等。

但这个身体略嫌发胖的青年，心肠倒并不坏。他不像他这个行道的有些青年，动不动打架生事，或者时不时在公路上演出一些恶作剧来。李向前本质上是个本分人。他只是在吃、穿、住和开汽车这几个范围内兢兢业业而又精精明明地奔波操劳，其他范围的事他没什么兴趣。

但是，这一切方面所用的心思加起来再乘以二，也抵不上他对田润叶所用的心思。这没有办法，一个男人一旦迷上了一个女人，就觉得这女人是他的生命、他的太阳。除过这个女人，世界上所有的女人都暗淡失色了。为了得到这女人的爱，他可以付出令人难以想象的牺牲。甚至得到的不是爱，而是鄙视和侮辱，心里也很难为此而悔恨自己。正如两句信天游唱的——

　　　　我爱我的干妹妹，
　　　　狼吃了我也不后悔……

经过漫长时间的不屈不挠的追求，李向前终于如愿以偿地和润叶结了婚。就像当年他终于开上了汽车一样，他觉得这又是把一个美梦变成了现实。

他是多么爱她啊！她身上的一切在他看来都是完美无缺的，简直可以说是个天仙。

但这位"天仙"虽然已经和他同宿一房，可好像仍然还在天上。现实又无情地变成了一个美梦——他不能把自己所爱的人搂进自己的怀抱！

当他耐下心安分守己地睡在床上好多天以后，他的妻子还没有"克服羞怯"，仍然独个儿睡在墙角的小床上不理他。

李向前苦恼得实在没办法了。

他突然想：干脆让我离家一段时间，让润叶一个人待着。在她这段独处的时间里，也许就会开始想念他，盼他回来。当他再返回家时，不要他去找她，她自己说不定就会迫不及待地扑入他的怀抱。

这个带有浪漫色彩的想法，使李向前很兴奋。就像要实行一个精心的计划一样，他打点了一点行装，找了个借口，就一个人去了北京。他父母直到现在，也并不太清楚自己儿子的不幸，只是觉得儿子新婚不久，就一个人去外地出差，多少有些不合情理。他们曾劝说他把润叶也一块带上去玩；但向前说他妻子身体不舒服，就不一块去了……

李向前到了北京以后，找了个旅馆住下。他也没开车，又没什么具体事，几乎完全是要白白地熬过一段时光。他就像自己给自己判了个有期徒刑，在这里屈指计算着刑满释放的那一天到来。日子过得多么平静，什么事情都没有。可他的心如火焚，如油煎，真的就像一个囚犯坐牢一般难熬。白天，他拿着一张月票，从一辆公共汽车上跳下来，又上了另一辆公共汽车。首都所有的名胜古迹都去了两次以上。

那一晚上，他躺在旅馆的床上，像通常一样，翻过身掉过身睡不着。他又回到了自己的家……

现在，他似乎看见润叶已经拆掉了墙角的那张小床，把自己的被褥抱到了双人床上，和他的被褥摞在一起。两只枕头也亲密地紧挨在一起了。润叶腰里束起了一件叫人心疼的小小的印花布围裙，正在拿一把笤帚把双人床单扫得干干净净。炉子的火正旺，房间里暖烘烘的；炉上的铁壶冒着水蒸气，发出轻微的咝咝声。她现在坐在炉边的小凳上，正给他洗衣服，两只小巧的手在肥皂水里浸得通红。她突然停止了揉搓衣服，坐在小凳上发起了呆。她一定是想起了他。是的！你看她都不洗衣服了，站起来冲掉了手上的肥皂沫，慢慢地踱到那个小窗前面来。对，小窗正是朝北开的。啊！她是在向遥远的北方眺望呢！看她的嘴唇在微微地翕动——那一定是在喃喃地念叨着他的名字，呼唤他赶快回到她身边来……

李向前热泪盈眶地沉浸在自己的幻觉中。不，他不认为这是幻觉。这一切都是真的！

他于是在第二天怀着无比激动的心情，在西单，在东单，在前门大街，在王府井，跑来跑去买了一整天东西。他主要是给润叶买衣服。他把身上带的钱，除留够路费以外，全部都买了东西，装满了一个大箱和一个小箱。大箱里全是给润叶买的衣服和日用品，小箱里是给他家和润叶家的老人买的礼物。

他提着这两箱东西，就像多年在外的游子要回到亲人的身边，坐完火车，又坐汽车，恨不能长上翅膀，飞回到原西县城。眼泪在眼眶里旋转着，幸福的情感如同电流一般不时在全身通过，使他忍不住想咧开嘴哭上几声。

他在省城下了火车后，就给润叶拍发了一封电报——

我于 × 月 × 日坐汽车到请接前

本来到原西车站后，离家也就不太远了，他自己可以提着箱子回家。但他觉得还是应该给润叶打个电报。否则，她说不定要埋怨他不让她到车站来接他。

当汽车快要到原西城的时候，李向前脸烫得像炭火一般，并且能听见自己"咚咚"的心跳声。农场，机械厂，银行，副食公司，林业站，自行车修理部……前面就是汽车站！他早已把头从车窗里探出来，在车站门口的人群中寻找那张亲爱的脸——到现在还没发现……

直到下了汽车后，李向前还没见润叶的面。他想大概润叶以为汽车不会这么早到，过一会才来。

他于是就把两只皮箱放在地上，等待自己的妻子。本来他可以提起箱子很快就走到家。但他固执地认为，润叶要来接他。他不能让自己的妻子失望！

但是，过了好大一会工夫，车站上的旅客和接人的亲友都走光了，还不见润叶来。

现在，在候车室外面的土场子上，只剩下他一个人孤零零地站着，陪伴他的还是那两只皮箱。

向前又想，可能润叶没接到电报——他现在多么希望是邮电局出了差错！

因为润叶没有来车站，向前只好自己提着两只皮箱，向家里走去——他结婚后住在运输公司的家属院。

一路走着的时候，向前尽管已经受了点打击，但并不沮丧。他反而又责备起了自己：是的，这么几步路，他不该打电报让润叶来接他。说不定润叶有事忙着，或者正在家里给他准备洗脸的热水和饭菜……

他终于走到了自家的门前。心狂跳着，把两只皮箱放在脚下，然后举起微微抖着的右手敲了一下门。

没有动静。他想，润叶大概是和他开玩笑哩！等他自己进了门，她说不定就会从大立柜或门背后突然出现在他面前，用胳膊勾住他的脖子，在他的脸上吻一下……

他从身上摸出钥匙，打开了门。

他呆呆地怔在了门口，头上顿时像被人狠狠打了一棍。

他看见，家里空无一人。一切都还是原来的样子。他的床上，仍然是一个枕头一床被子；墙角的那张床也是老样子。家里冷冷清清，炉子里没一点火星。

他拖着两条沉重的腿，走进了房子，把两只皮箱扔在了脚地上；

他自己也一扑踏坐在两只皮箱中间，抱住头痛哭起来。命运啊，竟如此残酷无情！

一刹那间，狂怒的火焰骤然间在这个绝望的人心中熊熊地燃烧起来。他发疯似的跳起来，两脚就把地上的那只大皮箱踩瘪了。他把那一件件花花绿绿的衣服从箱子里扯出来，两只手拼命地使着劲，把这些衣服都撕成了一些碎布条，扔得满地都是。

做完这件粉碎性的工作，李向前就连鞋也没脱，倒在自己的床上，蒙住头睡了。

他当然不可能睡着，只是在被子里无声地啜泣着。

不知什么时候，他听见妻子回家来了。他仍然在床上蒙头大睡，连动也没动，像具活尸。

在一阵沉静之后，他听见她在收拾地上他撕碎的东西。他的心又一次怦怦地狂跳起来。他多么希望润叶来到他床边，对他说，她对不起他，请他原谅她……

一直到了夜间，他盼望的一切都没有发生。他现在知道，她已经上了她的床，睡觉了。

再也忍受不住了！他一下子从自己的床上跳下来，走到墙角她的床边，一把将她的被子揭过，然后就用两只握方向盘的铁钳般的手，把她上身的衬衣和乳罩撕得粉碎。他脸上先是挨了一记耳光，然后又被狠狠抓了一把，火辣辣地疼。他不管这一切，只是疯狂地抱住她，开始撕她的裤子。两个人在黑暗中拼命地厮打起来——在这万般寂静的黑夜里，李向前要强奸他的妻子了！

经过一阵剧烈的搏斗后，强奸未遂。他和妻子都伤痕累累，两个人几乎都要晕死过去。

向前突然放开妻子，一下子跪在她床前，痛哭流涕地说：“原谅我吧！我对不起你！我错了！我再也不会这样了……”

他说完这些话，就站起来，打开家门，摇摇晃晃地向外面的黑暗中走去……

三天以后，田润叶已经从床上起来了。她拖着疼痛的身子，勉强换了一身衣服，梳了梳自己喜鹊窝一般乱蓬蓬的头发。李向前那晚上出走后，再也没有回来。

三天来，她几乎没吃什么东西；脸色蜡黄，眼窝深陷，就像刚从地狱里回到人间一般。

此刻，夜幕又一次笼罩了大地。窗外，星星在蓝天上眨巴着眼睛，张望着人世间这个不幸的小房屋。

她呆呆地坐在床边。脑子是杂乱的，又是空泛的。

她听见门外"咚"地一声响。什么声音？她怀着恐惧站起来轻轻开了一点门缝。

她看见，李向前像死人一般横在门口。一股强烈的酒味扑鼻而来。

她闭住眼，沉重地叹了一口气，然后就弯下腰，把这个烂醉如泥的人往房子里拖——门外一夜肯定会把这个醉汉冻死的。

本来已经没一点力气了，但她仍然拼命把这死沉沉的躯体，拉到了房中的脚地上。李向前已经醉得不省人事，身上、脸上和头发上都糊满了肮脏的呕吐物，发出一股刺鼻的臭味。

她现在开始连扯带剥，把他的脏外衣扔在了一边。但她无论如何再没有力气把他弄到床上去。她干脆把他大床上的被褥拉到地下铺开，把这个沉重而失去知觉的人硬拖进去。

她给他盖好被子，又看见他脸上也糊满了泥土和脏物，就拿热毛巾给他擦干净。她安顿他睡下后，就拉灭电灯，回到她的小床上睡了⋯⋯

第二天早晨，李向前醒来后，看见他睡在脚地上，身上还盖着被子。老半天，他才回忆起这以前的种种事情。他现在明白，他躺着的这个舒适而暖和的安乐窝，是润叶为他搞的。

他的心"呼"一下热了！

他立刻从地上跳起来，冲动地向妻子扑了过去。

在他还没来得及搂住她的时候，他的脸上就"啪"地又挨了一记耳光。

他像木雕一般呆立在脚地上，看见妻子把收拾好的一个提包拎在手上，连看也没看他一眼，就打开门头也不回地走了⋯⋯

第二十三章

　　春天开学以后，双水村就办起了初中班。高中毕业回村的田润生和孙少平，走马上任，到学校当了教师。

　　现在，孙少平在村里教书已经快一年了。在这一年的时光里，小伙子的个头又蹿高了一截，眼看着撵上了他哥。

　　这期间他在家里吃饭，不管歪好，总能填饱肚子，因此身子骨明显地壮实起来，成了一位引人注目的漂亮后生；加之他身上透露出来的那种有文化的素质，使他各方面都给人一种很不一般的印象。在农村，这样的后生往往成为年轻姑娘们所暗暗爱慕的对象。

　　他家里的光景依旧很不景气。粮食不够吃，钱更是恨不得一分钱掰成两半花。直到眼下，大哥结婚时借下的粮食和钱都没有还完。他哥和他嫂子加上小侄儿虎虎，一家三口仍然在一队的饲养室和一群牛驴为伍。他已经接替大哥，住在自家院子旁边戳开的那个小土洞里。妹妹兰香依然如故，每天晚上过金家湾那边借宿。父亲一年年老了，而祖母更老了，母亲的身体也比前几年差了许多。至于他大姐兰花一家，那光景烂包得仍然连提也不能提……

　　少平感到欣慰的是，他自己终于能进入本村的学校当了教师。眼下对于一个农家子弟来说，这就是一个再好不过的营生。这一年里，他挣的工分和大哥一样多，而且每月那几块钱的补贴，把家里的账债也偿还了一部分。近二十年来，他都是向家里索取。现在，他终于给家里贡献一点什么了。他感到自己真正成了一个大人。

在双水村学校，他带初中班的语文和全校各年级的音乐课。学校负责人、大队副书记金俊山的儿子金成带初中班数学。另外两个教师姚淑芳和田润生带小学各年级的课。润生还兼带全校的体育。

和他一块共事的三位老师各有各的特点。

金成一副小康人家的自满，穿一身质地很好而裁剪俗气的制服，故意把里面的红线衣从脖项里竖出来。一根拴在裤带上的明灿灿的镀金钥匙链子，在屁股蛋上露出弧形的一圈，将另一头伸进裤口袋里；行走起来，那钥匙就在里面叮当作响。他工作很负责任，布置起事情来，第一点，第二点，第三点……头头是道。要是公社来个干部，他总要设法和田福堂争夺管饭权；能招待脱产干部在自己家里吃一顿饭，那简直就像是一种荣誉。不过，这人和他父亲一样，一般说来都是忠厚的，不会借机欺负别人。在不损害自己的情况下，也不眼红别人有能耐。他尊重孙少平，但不能成为知心朋友。

田润生是少平的同班同学，两个人相互都很熟悉。他们尽管从小一起长大、一起上学，但两个人交往并不密切。润生和他父亲不一样。这人性格比较随和，心中也没什么城府，遇事随波逐流，但从不胡作非为。

另一位女教师姚淑芳年龄比他们三个都大，是本校唯一的公派教师。由于她丈夫家成分不好，本人一切方面都很谨慎。她是一个很自爱的人，无论公事还是私事，都做得干干练练，无可挑剔。在双水村人看来，虽然姚老师住在他们村，但她似乎并不属于这个天地，就像外面来的一个女工作人。双水村的年轻庄稼人在山里除过爱谈论风骚的王彩娥外，也常说这个漂亮女教师的酸话。姚淑芳非常看重孙少平。尽管她家和孙家有深刻的隔阂，甚至都互不搭话，但两个有文化的人都自觉地超越了农民狭隘的意识，在高一级的层次上建立了一种亲切的信任关系。在她和少平之间，已经丝毫感觉不来他们是属于两个相互敌对的家庭。少平有时候都不称呼她姚老师，而叫她淑芳姐。

而在这期间，孙少平倒一直和田晓霞保持着密切的联系——尽管他们不是谈情说爱。晓霞不失前约，过一个星期，就给他寄来一沓《参考消息》，并且在信上中外古今海阔天空地谈论一通。她在原西城郊插队，实际上除过参加劳动外，就住在城内的家中。少平去过几次县城，在她那里借了不少书……

现在，少平一直怀着一种激动的心情，等待他的同学回双水村来。晓霞说过，她年底一定要回一次老家——按她当初说的，也许最近几天就要回来了。

每一个年龄的人，都有自己的生活圈子。对于孙少平来说，目前田晓霞就是他生活中最重要的一个人。在某种意义上，这个女孩子是他的思想导师和生活引路人。在一个人的思想还没有强大到自己能完全把握自己的时候，就需要在精神上依托另一个比自己更强的人。也许有一天，学生会变成自己老师的老师——这是常常会有的——但人在壮大过程中的每一个阶段，都需要求得当时比自己的认识更高明的指教。

在田晓霞的影响下，孙少平一直关心和注视着双水村以外广阔的大世界。对于村里的事情，他决不像哥哥那样热心。对于他二爸跑烂鞋地"闹革命"，他在心里更是抱有一种嘲笑的态度，常讥讽他那"心爱的空忙"。他自己身在村子，思想却插上翅膀，在一个更为广大的天地里恣意飞翔……

但是，孙少平并不因此就自视为双水村的超人。不，他归根结底是农民的儿子，深知自己在这个天地里所处的地位。

在双水村的日常生活中，他严格地把自己放在"孙玉厚家的二小子"的位置上。在家里，他敬老、尊大、爱小；在村中，他主要是按照世俗的观点来有分寸地表现自己的修养和才能；人情世故，滴水不漏。在农村，你首先要做一个一般舆论上的"好后生"——当然这是一个很含糊的概念——才能另外表现自己的不凡；否则你就会被公众称为"晃脑小子"！

孙少平在农村长大，深刻认识这黄土地上养育出来的人，尽管穿戴土俗，文化粗浅，但精人能人如同天上的星星一般稠密。在这个世界里，自有另一种复杂，另一种智慧，另一种哲学的深奥，另一种行为的伟大！这里既有不少呆憨鲁莽之徒，也有许多了不起的天才。在这厚实的土壤上，既长出大量平凡的小草，也长出不少栋梁之材……

这样，孙少平的精神思想实际上形成了两个系列：农村的系列和农村以外世界的系列。对于他来说，这是矛盾的，也是统一的。一方面，他摆脱不了农村的影响；另一方面，他又不愿受农村的局限。因而不可避免地表现出既不纯粹是农村的状态，又非纯粹的城市型状态。在他今后一生中，不论是生活在农村，还是生活在城市，他也许将永远会是这样一种混合型的精神气质。

毫无疑问，这样的青年已很不甘心在农村度过自己的一生了。即便是外面的世界充满了风险，也愿意出去闯荡一番——这动机也许根本不是为了金钱或荣誉，而纯粹出于青春的激情……

十月份，当报纸上发表了教育部关于今年大学招生的消息后，少平像所有的青年一样激动无比。"白卷英雄"的时代已经过去了，今年采取统一考试，地市初选，学校录取，省级批准的办法。少平和他高中时的同班同学都去应考了，但一个也没考上。他们初、高中的基础太差，无法和老三届学生们匹敌，全都名落孙山了。这结果很自然，没有什么可难受的。当年不正常的社会生活害了他们这一茬人。在以后几年里，除过一些家在城市学习条件好的人以外，大学的门严厉地向他们关闭了；当老三届们快进完大学的时候，正规条件下的应届毕业生又把他们挤在了一边。

孙少平原来就没有抱多少希望，因此他对高考落榜心情是平静的。他很快又正常地开始进入他现在的生活中去了……

十二月上旬，去年夏天当兵走了的金波，突然复员回来了！

这真叫人大吃一惊——金波当兵才一年半，怎么就复员了呢？而且这家伙事先也不给家里和好朋友来个信，就穿着一身没有领章帽徽的草绿色军装，出现在了双水村。

少平闻讯立刻从学校赶到金波家里。

两个好朋友久别重逢，高兴地握住手，四只眼睛忍不住泪花闪闪。

金波看来情绪很正常，忙着把给他和兰香带的礼物拿出来，又让着叫抽纸烟，少平对好朋友说他还没学会。金波于是自己一支接一支地抽，给他叙说青海的民情风俗。他外表看来没什么大变化，仍然细皮嫩肉的；只不过两颊有点发红——这是青海粗狂的风沙给他留下的唯一印记。他一边说青海的事，一边也向少平询问班里其他同学这一年多的情况。两个人一直拉谈到夜半更深，才像当年那样挤在一块睡了……

金波回来后，一直没有对他解释为什么服役未满就从部队回来了。少平已是一个接近成熟的青年，也不向朋友打问这一点。

不久，谁知从什么地方传到村里一股风言，说金俊海的儿子在青海和一个藏民女子谈恋爱，叫部队打发回来了。村民们大为惊叹：这小子怎么爱上了一个外路货？啊呀，听说那些藏民女子连衣服也不穿，用手抓着吃饭，更不用说操一口谁也听不懂的卷舌头话了！金波这娃娃真是鬼迷了心窍！

少平听到这个浪漫的传闻后，倒没有过分惊讶。他了解自己的朋友。是的，金波是个不凡俗的人，而且情感又非常丰富，这传闻也许有很大程度的真实性。不过，既然朋友不愿提及这事，他也不好问他。也许金波为此事而受了精神上的创伤，内心很痛苦，不应该再去打扰他的心灵。

金波似乎对这一切都若无其事。他也变得成熟多了，看来已经脱尽了少年之气，和村里人交谈时，完全是一副大人的骨架。

只是每天临近黄昏的时候，这位复员军人却常常一个人穿上那件军大衣，神秘地爬上金家湾后面的神仙山，在山野里孤魂一般游荡着，并且反复忘情地唱那支青海民歌——

在那遥远的地方，
有位好姑娘；
人们走过了她的帐房，
都要回头留恋地张望……

从金波的歌声中，少平已经全部体会到了朋友心中的伤感情绪。他知道，金波在唱这歌的时候，一定是满脸泪水涟涟……

在一次交谈中，少平问他："你打算怎办呀？"

金波对他说："我准备到黄原找我父亲，跟他去学开车。我无心在村里待下去。将来开个汽车也好，一个人随随便便，也省得和众人搅在一起心烦……"

金波说了他的打算后，犹豫了一下，又补充说："本来我有些事不该瞒你。但我现在心情不好，不想提这些事。以后我一定会给你原原本本说出来……"

少平完全理解朋友，对他点点头。

三天以后，金波就坐顺车去了黄原。临走前他对少平说，他先去看看能不能上车，然后再赶回来在村里过春节——据说今年春节各个村都要闹秧歌……

金波走后，学校的工作正进入繁忙阶段。因快要进行期终考试，教师得分别给学生们辅导功课。有些学习特别差的同学，还要单另给"吃小灶"。

少平的班上有金光亮的一个孩子。这孩子数学不错，但语文很差，连篇简单的作文也写不好。少平对这娃娃的功课很着急。

这一天下午他改完作文后，发现金三锤的作文满篇都是胡言乱语，便临时决定晚上到金光亮家去给这孩子好好开导一下。

孙家的人要进金光亮家的门，这可是村里的一条大新闻。自从孙玉亭在"文化大革命"初带着造反队，把金家三兄弟的家砸得像破庙一般以来，十来年里这家人就和孙家断绝了交往，甚至面对面碰上也不打个招呼。现在，孙玉亭的侄儿竟然要到金光亮家给他的儿子去辅导作文，对于双水村的公众来说，就像基辛格第一次来中国那样富有爆炸性。

当少平把自己的意思给姚淑芳说了以后，淑芳非常高兴少平去她大哥家。姚老师是个有文化知识的人，觉得十年前两家人结下的疙瘩还不解开，这太不正常了。因为一直碍着他哥和他弟两家人，她多年来也没勇气破这个"家规"。现在，年轻的孙老师表现了如此豁达的精神，这使淑芳很受感动。

这天晚上，她事先没有征求他哥的意见，就把少平带到了光亮新搬迁的家里。

金光亮两口子见孙玉亭的侄儿进了自家门，猛一下反应不过来这是怎么一回事，竟然呆住了。

金三锤倒立刻亲热而尊敬地拉过来一个凳子，说："孙老师，你快坐！"

淑芳马上对大哥和嫂子说："三锤作文太差，少平很关心他，专门到咱家给他辅导来了！"

金光亮夫妇听弟媳妇这么一说，才明白了过来。夫妻俩立刻忙乱起来。尽管他们对孙家的人有一种别扭情绪，但还是热情欢迎"敌方"来的这位友好使者。光亮先用大碗给孙老师泡了一碗茶水，他老婆忙着到锅上给孙老师炒南瓜子去了。

淑芳和三锤引着少平来到他们家的中窑。少平便开始给三锤讲解如何写记叙文。金光亮看少平如此认真地点化他的儿子，便在旁边虔诚地拨弄着照明的煤油灯。他不时惊讶地张开嘴巴，打量着孙玉厚家的这个二小子；除过内心为这小伙子的大度行为大受震动以外，同时还不断揣摸思量：孙家的这小子为什么要这样？是他自己做主来他们家，还是受大人的唆使来给他们设什么圈套？

不用说，当这件事在村子里传开以后，人们在惊讶之余，很是议论了一阵子。当然，对此最为恼火的是孙玉亭。他几次找到侄儿，埋怨他竟然丧失阶级立场，跑到金光亮家帮助地主的孙子学文化去了！

孙少平对二爸说："我的事你不要管！"

玉亭对侄儿的态度大吃一惊。他这才发现，侄儿已经再不是个毛头小子了！他同时还隐约地意识到，他不论是作为长辈或者领导人的权威，已经受到了下一代的严重挑战。他觉得，他还是他，但世事似乎已经发生了某些令他不解的变化……

在阳历年前的一天，田晓霞像她说过的那样，如期回到了双水村。

她到了大爹家的当天，就让润生把少平叫去了。田福堂两口子都为弟弟的这位千金到来而高兴。他们忙碌地为侄女备办乡下的稀罕吃食。而田晓霞却在另外一孔窑洞里，和少平天南海北谈了个热火。润生才学平庸，插不上多少话，只是似懂非懂地在一边认真听他俩说。

在晓霞和田福堂一家人的热情挽留下，少平在润生家里吃了一顿午饭。吃完饭后，他和润生又带着晓霞到山上转了一下午。城里长大的田晓霞，对山野里的一切都感到新鲜和激动。因为跟着个呆板的润生，他们也没放开乐。要是把润生换成金波，那他们一定会忘情地疯一疯的。

第二天，少平给家里人打招呼说，他要请晓霞到他们家来吃饭。

小儿子第一次带客人回家吃饭，玉厚老两口又高兴又熬煎。他们高兴儿子长大了，已经在社会上有了交情，并且引来做客的是尊贵的田福军的女儿！但发愁的是，他们穷得没什么好东西招待儿子的客人。

少平对两个老人说："就吃饺子！让我到石圪节给咱割几斤羊肉！我身上还有几块钱哩！"

于是，等少平买回羊肉后，这家人就忙碌地开始准备了。这正是个星期日，兰香也在家。妹妹细心地把这孔破窑洞收拾得干干净净，准备迎接二哥的客人。少安夫妇因为忙孩子的事，在饲养室那边抽不出身过来帮忙。不过，他们都为弟弟能将县上领导人的女儿引回家吃饭，心里都有说不出的高兴。

一切齐备以后，少平立刻到田福堂家去叫晓霞。晓霞就愉快地和少平肩并肩相跟着到他家来了。在两个人经过村中的时候，许多人都站在院边上惊讶地观看和议论着。人们似乎意识到，他们村不知不觉地又出了一个人物！

在少平带着晓霞走了以后，田福堂心里也犯了嘀咕。他怎么也不明白，孙玉厚的两个儿子，身上是不是都有魔法？他女儿曾经那么迷恋过孙少安；现在，他的侄女怎么又和少平搞得如此热火？

唉，这个世事啊！这些年轻人啊……

迫于生活的困窘，孙少安后来甚至尝试着与自己的队员签订了一份生产承包合同，但是遭到县革委会主任冯世宽的严厉制止。这也许是整个黄土高原第一次自发性改革尝试，就这样匆匆夭折了。

一九七八年初，临近春节的时候，原西县革委会主任冯世宽，因为领导原西县在农业学大寨运动中做出显著成绩，被提拔到了黄原地区，担任地区革委会副主任。

与此同时，县革委会副主任田福军也被调回了地区，另行分配工作。本来，地区革委会主任苗凯准备把这位他很不满意的人，调到地区防疫站去任副主任，但地区分管组织工作的副主任呼正文提出不同意见。呼副主任指出，把一位很有能力的同志这样使用显然是不适当的，会引起各方面的反应。其他几位地区常委也都支持老呼的看法。苗凯只好不再坚持把田福军打发到防疫站。但他暂时也不准备安排田福军的工作，指示组织部门把他调回地区浮存一段时间再考虑任用。

这样，三把手李登云同志就擢升为原西县的一把手了。这个任用在原西县的干部们中间引起一片哗然。在县上的两个主要领导调出后，石圪节公社主任白明川和柳岔公社主任周文龙，被增补提升为原西县革委会的副主任。

田福军完全明白他自己目前的处境。他难受的倒并不是职务高低，而是将在一段时间里，他没有什么事可干——他是一个闲不住的人啊！他知道苗凯同志对他不感兴趣，什么时候给他安排工作，还很难说。

那么，他就这样无所事事地闲待下去吗？

这时候，他想起了他的老上级石钟同志。老石"文革"前是省农工部部长，现任省革委会副主任。他和老石相识多年，他是很了解他的。

田福军于是很快给老石写了一封信，含蓄地告诉了他目前的情况。他在信中向老石提出，看省上有没有什么临时性的工作，他可以在自己浮存的这段时间里帮忙去做。石钟同志马上回信说，他和有关同志碰了一下头，决定暂借调他去省委组织部搞"清查"工作，并说已经通知了黄原地区。

这样，田福军就不打算先搬家了。过不久，他就准备去省委组织部报到。等他的正式工作单位最后确定下来，再考虑家属问题。

第二部

第一章

麦子种完，犁铧一挂，就到了白露；这时节，锄头也就要束之高阁了。

农历八月，是庄稼人一年中最美好的时光。不冷不热，也不饥饿；走到山野里，手脚时不时就碰到了果实上。秋收已经拉开了序幕：打红枣，割小麻，摘豇豆，下南瓜……

庄稼人孙少安的心情和这季节一样好。

真是连他自己也难以相信，几年前他梦想过的一种生活，现在开始变成了现实。一群人穷混在一起的日子终于结束了，庄稼人的光景从此有了新的奔头。

谁说这责任制不好？看看吧，他们分开才一两个月，人们就把麦田种成了什么样子啊！秋庄稼一眨眼就增添了多少成色！庄稼人不是在地里种庄稼，而像是抚育自己的娃娃。最使大伙畅快的是，农活忙完，人就自由了，想干啥就能干啥；而不必像生产队那样，一年四季把手脚捆在土地上，一天一天磨洋工，混几个不值钱的工分。庄稼人也愿意活得自由啊！谁愿意一年到头牛马般劳动而一无所获呢？人们在土地上付出血汗和艰辛，那是应该收获欢乐和幸福，而不是收获忧愁和苦痛的……

少安感到，他父亲的脸上也显出了他过去很少看见的活色。一年多前，当他像现在一样把队分开的时候，父亲曾多么担心他栽跟头呀！好，现在老人放心了，因为上面有人支持让这样搞哩！

在他们这个责任组里，父亲实际上成了领导人。二爸一开始不愿"走资本主义道路"，牛着不出山，他没办法，父亲就到田家圪崂吼着骂了一通，二爸也就无可奈何被吼起身了。对于二爸来说，大队的常年基建队已经解散，他要是不在责任组劳动，就没处去干活了——归根结底，他是农民，还拉扯着三个娃娃，不劳动一家人吃啥呀？

　　少安家里眼下还没有什么大变化。母亲头发已经半白，但也没什么大病，照旧像过去一样门里门外操劳；弟弟少平还在村里教书，今年二十一岁，完全成了大人，只是比过去说话更少，放学后就闷着头干活；小妹妹兰香去年考入了原西县高中——让全家骄傲的是，她考高中考了全县第三名。兰香一直在县高中住校，两个星期才回家一次。

　　孙少安自己的家庭仍然是幸福的。他和秀莲从结婚到现在，一直保持着热烈的爱恋。据说有了孩子，两口子的感情就要减少一些，而分散给了孩子。但是虎子降生以后，他两个的感情似乎倒更深了。是啊，仔细地品味，人生是多么美妙，又是多么神秘——这样一个活蹦乱跳的小东西，竟是两个人共同创造的！他和她，通过这个娃娃，更意识到他们是完全融合在一起了。当他们共同疼爱孩子的时候，相互看一眼对方，心间就会淌过那永不枯竭的、温暖的感情的热流。

　　有孩子以后，秀莲就更不讲究自己的穿戴，经常是一身带补丁的衣服。少安记得他很小的时候，那时还年轻的母亲就是穿着这样一身缀补丁的衣裳。像土地一样朴素和深厚的母亲啊！想起来就让人温暖，让人鼻根发酸。少安很喜欢妻子这身打扮，他希望自己的儿子也能记住这样一个母亲的形象……

　　生育以后，秀莲反而更结实了，门里门外的活拿得起，放得下，从不叫苦喊累。只是晚上睡在一个被窝里，有时她在他耳边念叨说他们不能像其他年轻夫妇一样，干干练练过几天日子。少安明白妻子的心思。在农村，年轻人成家后，几乎没有和老人一块过日子的。但他还是老主意：决不分家。秀莲知道不能改变他，但还是忍不住要转弯抹角地嘟囔。另外，她在枕头边说得最多的话，就是她还想给他生个女儿。实际上，这也是他的心愿。但现在计划生育政策很严，他们不敢放肆。生完虎子后，没用公家催促，他就带妻子到石圪节医院戴了节育环……

责任组实行以后，所有组的麦田比往年生产队种得又好又快，而且秋田也比往年多锄了一遍。金家湾和田家圪崂毗邻的地块，庄稼看起来明显地有了高低之差。东拉河西岸的劳动热情空前地高涨。孙少安尽管还是名义上的生产队长，但实际上田家圪崂现在有了十几个队长，甚至每一个农民都成了队长。早晨，再也不用孙少安派活和催促了，许多人现在出山都走到了他的前头！

麦子种毕，又停了锄务，而大规模的秋收还没有开始——田家圪崂的庄稼人多少年来破天荒第一次消闲了。好，人们开始有时间赶集上会，做点小生意；手巧的庄稼人，鼓弄起了家庭副业。

眼下，少安还没有这份闲心。责任组的农活是没什么可做了，他就又一头扑在了自留地里。他起圪崂帮畔，想多整出一块平地来，明年好扩大蔬菜种植。

这天早晨，天还不明，他像往常一样准备爬起来上自留地，但秀莲抱着不让他起床。她撒娇说："多睡一会吧！你常天不明就把我一个人撂在被窝里！现在又没要紧活路，你再睡一会……"说着便用两条结实的光胳膊紧紧箍住了他的腰。

少安没法，只好依了她。

于是，两口子第一次把觉睡到了大天明。

起床以后，情绪正好的秀莲又对丈夫说："干脆！你今天也别出山了，到石圪节赶集去！一年四季没明没黑在地里操磨，你也歇息上一天，到集上去散散心。"

少安被妻子说动了心，就决定今天到石圪节赶集去。是呀，他已经好多时没到石圪节去了。对他们来说，走石圪节就等于是逛城市，或者说等于城市的人去逛公园。

秀莲给他换了见人衣裳，又烧了半锅热水，让他把满头的土垢洗干净，然后亲自拿那把破木梳给他把头发梳理了一下。少安一边照镜子，一边耍笑说："你把我打扮成个新女婿了！"

秀莲说："等咱们有了自己的新窑，就再结婚一次！"

秀莲的话使少安的心情沉重起来。是的，什么时候，他们才有自己的新窑洞呢？从他们结婚到现在，就一直住在饲养室的破窑洞里。但他又想，只要政策就这样宽下去，他有信心在这几年里给自己营造个新家。

两口子相跟着回到家里吃过早饭，少安就准备起身到石圪节去赶集。在他们回家之前，父亲已经吃过饭出山去了——老人劳动心劲越来越大。

少安临起身前，他妈对他说："你赶一回集，身上也不带几个钱，干脆把咱刚摘下的老南瓜带几个卖了，你好花销……"

少安想也是，大人倒没什么，但回来总得给虎子买点什么。

于是，他就在羊毛口袋里装了几个南瓜，扛在肩上去了石圪节。

石圪节的集市和往常大不相同了——庄稼人挤得脑袋插脑袋。大部分人都带着点什么，来这里换两个活钱。街道显然太小了，连东拉河的河道两边和附近的山坡上，都拥满了人。到处都是吆喝叫卖声。土街上空飘浮着庄稼人蹿起的黄尘。

不时有一个穿花格衬衫、戴蛤蟆镜的青年在人群中招摇而过，手里提的黑匣子像弹棉花似的响个不停，引得老百姓张大嘴巴看新奇。

孙少安挤到南街头食堂旁边的菜市场上，几个老南瓜不多时就卖了。

他把毛口袋卷起夹在胳膊窝里，准备去给虎子买几毛钱的水果糖，给秀莲买一块揩汗的手帕，再拣绵软一点的吃食，给老祖母买一点。他的老南瓜卖了三块五毛八分钱，足够置办这些东西。如果还有剩余的话，他还准备给父亲买一块包头的羊肚子毛巾——他头上的那块已经肮脏得像从炭灰里捡出来似的。

孙少安正从南街的人群里往北街挤的时候，突然感觉有人似乎拉扯他的衣服。他心一惊，以为是小偷——听说操这行当的人现在多起来了。

他赶忙回过头，才发现是他的同学刘根民。

根民手里提着个黑人造革皮包，笑嘻嘻地对他说："我从背影上就认出是你！"

少安问他："你到哪里去呀？"

"我刚下乡回来。走，跟我到公社去。我正准备捎话叫你来呢！现在走，我有事要给你说！"

少安只好和根民一块挤过人群，跟他往公社走。一路上，他估摸不来根民要给他说什么事。既然根民先不说，就说明街上不能谈论，他也就不能问。是不是他又犯了错误？犯了什么错误？他想来想去，他没做过什么出格事。至于责任组，现在这是上面也同意搞的，更何况又不是他孙少安一个人搞——不会是这事！

他很快排除了他再一次面临批判的可能性，于是精神便松宽下来。

根民一走，一边给他递上一根纸烟。

少安一般不抽纸烟，仍然卷旱烟抽，但老同学的这根纸烟他接住了。

根民现在已成了石圪节公社副主任。一身干净的深蓝制服，头发稍稍背梳起来，看起来已经蛮像个公社领导了。这人性格随和，但脑子利索，在石圪节上高小时就是班上的生活干事，做什么事都很认真。少安很感激他的同学，在他成了干部而自己成了农民的时候，他一直像过去一样把他当朋友对待。

引着少安进了他的办公窑。根民给少安倒好茶，在脸盆里弄了点凉水，一边擦脸，一边抱怨说："现在农村正搞责任制，实际上工作更多更麻缠了。可徐主任说现在没什么工作，整天蹲在凉崖根下下象棋。公社有的干部也看他的样，圪蹴在机关不下乡，把我们几个快忙死了……"

因为根民说公社的事，少安不敢评价，只是一边喝水，一边冲刘根民会意地笑。

根民擦完脸，说："现在说咱的事。是这，县高中准备扩建教室，我一个表兄是高中管总务的，也负责基建。他们在城边的拐峁村买下些砖，要往中学工地上拉。他问我有没有亲戚愿干这活。我想了一下，我在农村的亲戚没人愿去。这是个受罪活！我突然想起了你，不知你愿不愿去？我前几天就想让你来一下，但没碰上双水村的人，捎不出去话……"

少安听根民说完，先怔住了。随后他问："工钱怎样？"

"拉多少赚多少！一块砖赚一分钱运费。如果架子车拉，一回估摸拉四百块吧，一天拉十来回，能赚一笔大钱呢！"

少安叹了一口气，说："人一天能拉多少呢？这得要牲畜拉才行！架子车好搞，现在有包产到户的队，当年搞农田基建队的架子车有折价卖给个人的，大概不到一百元就能买辆好的。问题是要买头好牲畜可就不容易了！要是骡子的话，没一千来块钱是买不到手的……这事恐怕我做不成，你还是另打问别人去……"

根民立刻说："我考虑了你揽这活的困难，主要是牲畜问题。这样行不行？你干脆在公社信用社贷点款，个人再转借上一点钱，买个骡子！这活干完了，牲畜也使用不坏，到时保准卖个原价，这样你不是就把钱赚了吗？你这家伙是个有心计的人，怎么连这个账都算不开！"

孙少安皱着眉头一口接一口吸烟卷。他开始被刘根民的"论证"吸引了。他问根民："信用社能给我贷一千块钱吗？"

"不行啊！公社已做了决定，即使是特殊情况，一次最多也只能贷七百元，还要公社副主任以上的领导批准哩。一般人一次只能贷一二百块。当然我会按特殊情况对待你。这也不算走后门，我是在规定范围内办事。另外的几百元就得你自己想办法。几百块钱我私人也拿不出来，要不我就借给你了……"

少安一个人想了半天，然后对老同学说："让我再思谋几天，回去和家里人商量一下，罢了给你回话！"

根民说："那也好。不过，时间不要太长，中学那面催得很紧……"

当孙少安出了公社院子的时候，街上的集市已经快要散了。他只糊里糊涂给儿子买了几毛钱的水果糖，就折转身往回走。一路上，他不断考虑猛然出现的这个新的生活契机，心在咚咚地跳着。直到快要进双水村的时候，他才发现他把装南瓜的羊毛口袋丢在根民的办公窑里了……

第二章

孙少安回家后，天还没有黑。家里人已经吃完了晚饭——给他留下的饭在锅里热着。父亲碗一放就到院子的旱烟地忙去了。秀莲正给虎子洗脸——她等他吃完饭，就准备一块相跟着回田家圪崂的饲养室。

少安把衣袋里的水果糖给儿子掏在炕上，然后抱歉地对家里的其他大人笑笑，说："我有些事，回来得忙，没顾上给你们买个什么……"

大人们都没言传，甚至也没认真听他说这话——他们压根儿就不会想赶一回集还要给大人买个什么。

少安接着匆忙地扒拉了两碗饭，对妻子说："你先回去，我和爸爸有个事要商量一下，过会就回来了。"

秀莲把虎子亲了亲，就起身走了。虎子一直是跟爷爷奶奶在这面睡的。

少安嘴一抹，走到院子里，对忙活的父亲说："爸，我有个事想和你拉谈一下……"

孙玉厚老汉拍打着一双沾泥带土的手，从旱烟地里转出来，和儿子面对面蹲在院子的空场地上。少安卷好一支旱烟卷，等父亲把烟锅装起后，一根火柴点着了两个人的烟。

接着，他就把公社刘根民给他说的事，一五一十给父亲转述了一遍。

孙玉厚听儿子说完，眼瞪了半天，然后不由自主地用手指头在地上画开了道道——这是进行计算活动。他画的不是数字，而是一些像古星象图似的点点杠杠；除过他，谁也看不懂其中的奥妙。平时简单的账玉厚老汉都用心算；一遇较复杂的数字，他就用手指头在地上画开了这种"星象图"。

孙玉厚在地上画了一会，抬起苍头，说："除过各种沓杂，一天能赚不少钱。"

这笔账孙少安早算过了，他说："就是的。"

"可是牲口买不起啊！"孙玉厚看着儿子说，"这活苦重，驴不行，得用个骡子；可这得千大几才能买来！咱们借百儿八十手都抖哩，这么多钱怎敢借？要是公家都贷了款还好说。可人家只给七百块，剩下的就要向私人借。私人谁有那么多钱？就是别人有，咱能借来吗？总不能再向金俊海家开口吧？你结婚时借下的钱，要不是少平教书有两个补贴，恐怕现在都还不了人家……话又说回来，就是公家的贷款，也要限时间还，而且要扛利息……"

"不管怎样，只要能买了牲畜，干一两个月活，这些账债开过，还能赚不少钱呢！"少安看出父亲借债借怕了，把他刚算过的那笔有利的账忘记了。

孙玉厚这才又反应过来，这次借债和少安结婚借债不一样——这是借本赚利呢！

不过，他还是忧心忡忡地对儿子说："这可是一笔大钱！我借钱借怕了，谁知道这事里有没有凶险？另外，几百块钱你向谁借？"

少安再不言语了。

他能向谁借这几百块钱呢？

他长叹了一口气，把烟屁股一丢，双臂抱住膝盖，深深地埋下了头。他只听见父亲在他旁边"吧吧"地使劲吸烟。在一片沉寂中，远处东拉河的河道里，传来一声牛的哞叫。

天色暗下来了。

过了一会，少安抬起头，对父亲说："那我明天给根民捎个话，让他另找别人揽这活去。"

父亲无可奈何地说："那就叫人家去干吧。没有金刚钻，揽不了这

164

瓷器活……"

孙少安回到饲养室那边的家里后，秀莲已经躺在被窝里，但还没有入睡，灯一直点着。

少安一边脱衣服，一边对她说："你怎睡下还点灯熬油呢？"

"我一个人怕……"妻子说。

和秀莲躺在一块的时候，少安仍然为丢了有生以来最大一笔收入而忍不住叹息起来。

秀莲警觉地瞪起一对大花眼睛，问丈夫："你怎么啦？"

少安于是又把拉砖的事给妻子说了一遍。

秀莲听他说完，在被窝里抬起半个光身子，高兴地说："如果能赚这么大一笔钱，那咱们不光能打土窑，就是硬箍几孔石窑洞也够了！"

她一下又想到她的"主题"上了。

少安亲昵地把妻子扳倒在被窝里，说："你看你！小心凉了……这都是空说哩！什么地方去借那几百块钱买牲畜？"

兴奋的秀莲又一次爬起来，两只手托在丈夫结实的胸脯上，说："这事你别熬煎！咱们给山西我爸写个信，让他想办法给咱转借这钱！我知道哩，我姐夫手头有点积攒哩！"

少安听秀莲这么一说，也一闪身从被窝里坐起来，说："这门路倒能试一下！"

夫妻两个于是光身子坐在被窝里，商量开了从秀莲娘家那里借钱的事。

"干脆！咱现在就给家里写信，明天就邮出去！"性急的秀莲说着，便身上一条线不挂跳下炕，从对面的土台子上找出少安上学时的那支烂杆钢笔，又把兰香作业本后面写剩的几张白纸撕下来。她回到炕上，把煤油灯往被窝旁边挪了挪。

这样，两个小学毕业生就趴在被窝里，把纸压在枕头上给山西的贺耀宗写起了信。秀莲知道怎样才能打动她爸的心，因此由她口授内容，少安执笔书写。夫妻俩折腾了好一阵才把信写完。

这下两个人都睡不着了，乘兴致干完了恩爱之事，又搂着拉了半晚上话。两个人兴奋地回忆了他们过去的相识，谈了他们眼下的生活，设计了他们未来的光景……

第二天吃早饭时，少安把他给丈人写信借钱的事告诉了父亲。

孙玉厚说："你丈人家也不是银行！能拿出那么多钱来吗？如果他能给你借这笔钱，那你按你的想法去做，爸爸不管你。"

"如果我包工外出，马上就是秋收大忙，你得受累。另外，还不知组里其他几家人愿不愿意让我走……"

"他们怎不愿意？你给组里交包工钱，年底众人还能分一点现金。一眼看见，今年下来吃的问题不大，但钱和以往一样缺，众人巴不得有个来钱处呢！至于秋收，这和过去生产队不一样，都经心着哩！用不了几天，大头就过去了。咱家里我一个劳力满能行。只要你能买得起牲畜，你走你的！再说，你又不是常年包工，那活一两个月不就干完了吗？"

少安说："按现时包工行情，一个月交队五十元，我多交上十元……"

父亲的态度使少安把另外一些担心消除了。他现在只是等着山西那里的回信。

但是，他的秀莲对家里给他们借钱是不是过于自信？丈人家有没有这笔钱？就是有这笔钱，会不会给他们借？常有林是上门女婿，就是丈人有心帮扶他们，"挑担"会不会从中作梗？自秀莲和他结婚后，他们还一直没回过山西，那里的情况他们现在两眼摸黑……

几天以后，山西的回信终于来了。

这封信把少安和秀莲高兴得眉开眼笑！信是常有林给他们写的。姐夫在信中告诉他们，家里接到信后，都十分乐意帮扶他们这笔钱。常有林并告诉他们，他已经打问过，山西这面的大牲畜价钱要比他们这面便宜，因此他建议少安把贷到的款拿上，到山西来一趟，由他帮他们买一头好骡子……

少安接到信后，和家里人商量了一下，立刻去石圪节找到了刘根民。根民当下帮助他在公社信用社贷了七百元款，并把少安将要来拉砖的事打电话告诉了县高中他的表哥。少安装起贷款，拿了上次丢在根民办公窑的羊毛口袋，先跑到下山村用七十块钱买了一辆架子车，赶天黑才返回到双水村。

第二天，他就坐公共汽车去了山西老丈人家。

到山西后，常有林从家里拿出四百元钱，引着少安到柳林镇用九百九十元钱买了一头三岁口的铁青骡子……

从山西返回来的时候，少安就不用坐公共汽车了。他在骡子背上搭了一条线口袋，骑着这头牲畜往回走。这头骡子体魄雄壮，口青力大，毛色光亮如绸缎，一路上到处被人夸赞。快过黄河时，有人就出价一千一百元要买它。但再大价少安现在也不会卖。

第二天下午，少安骑着骡子来到了黄河大桥。

以前几次走山西往返都是坐汽车，经过大桥时，不能好好瞧瞧黄河，很急人。现在他迫不及待地从骡子背上跳下来，把牲口拴在一块石头上，就怀着一股难言的激动，走到大桥中间，伏在桥栏杆上。

他立刻感到一阵眩晕和心悸……

眼前是一片麦芒似的黄色。毛翻翻的浪头像无数拥挤在一起奔跑的野兽吼叫着从远方的峡谷中涌来，一直涌向他的胸前。两岸峭壁如同刀削般直立。岩石黑青似铁。两边铁似的河岸后面，又是漫无边际的黄土山。这阵儿，西坠的落日又红又大又圆，把黄土山黄河水都涂上一片橘红。远处翻滚的浪头间，突然一隐一现出现了一个跳跃的黑点，并朦胧地听见了一片撕心裂肺的喊叫声。渐渐看清了，那是一只吃水很深的船。船飞箭一般从中水线上放下来，眨眼工夫就到了桥洞前。这是一只装石炭的小木船，好像随时都会倒扣进这沸腾的黄汤之中。船工们都光着身子，拼命地扳着，拼命地喊着，穿过了桥洞……

少安立刻掉过身，看见那船刹那间就到了下游——下游水面开阔，船行走得似乎慢了下来。

这时候，他看见另一只上行的船正在河边像甲虫似的慢慢向大桥这里移动。牵着船的那根绳索像绷紧的弓弦似的伸向河岸的峭壁，扣在一串光身子纤夫的肩膀里。这些人几乎是在半崖的羊肠小道上手脚并用爬着走，呻吟般的"嗯哟"声像来自大地的深处……在这令人痛苦的呻吟中，那只下行的船已经漂到了一片平静的水面上；接着便传来了艄公那无拘无束的歌声——

你晓得，
天下黄河几十几道湾？
几十几道湾上几十几条船？
几十几条船上几十几根杆？
几十几个艄公来把船来扳？

船工们的应和声如同闷雷一般——

我晓得，
天下黄河九十九道湾，
九十九道湾上九十九条船，
九十九条船上九十九根杆，
九十九个艄公来把船来扳！

船和歌声都渐渐远去了……

孙少安立在大桥边上，两只手紧紧抠着桥栏杆，十个指头似乎都要钳进水泥柱中。他感到胸腔里火烧火燎，口也有点干渴。他的心中腾跃起一股难以抑制的激情，似乎那奔涌不息的河水已经流进了他的血管！

他离开桥边，走过去解开牲口的缰绳，一翻身骑上去，风一般迅疾地穿过大桥，向黄河西岸奔去……

第三章

九月下旬，在一个秋雨蒙蒙的日子里，孙少安带着自己的畜力车，来到了原西县城。

一年一度的秋雨季节开始了。在农村，庄稼人现在都一头倒在热炕上，拉着沉重的鼾声，没明没黑，除过吃饭就是睡觉，似乎要把一年里积攒下来的疲乏，都在这几天舒散出去。多么好啊！蒙眬的睡梦中闻着小米南瓜饭的香甜味，听着自己的老婆在锅灶上把盆盆罐罐碰得叮当响……

但是，孙少安享不成这福了。他现在浑身攒着劲，准备要在县城大动一番干戈。这是他的一次命运之战。

找到根民的表兄后，他才得知，由于等不到根民的回话，他表兄前不久已把这活包给了别人。听说他要来，根民的表兄费了好大劲才又把原来包活的人辞退了。

孙少安倒抽了一口冷气。

"那你在什么地方吃住呢？"根民的表兄问他。

"只要能干上活，这些都好凑合。人好办，主要是牲畜。"少安说。

根民的表兄想了一下，说："拐峁大队的书记我熟悉，我们就是买他们的砖。我给你写个条子，你去找他，让他在拐峁给你寻个闲窑。不过，这得出租钱。我们这是学校，没空地方。再说，你住在城里，早上拉空车去装砖，多跑一趟冤枉路……吃饭哩？"

"如果有住的地方，我准备自己做着吃。"少安说。

"那好，你现在就到拐峁去，先找个住的地方再说！"

于是，少安就拿着根民表兄写的一张纸条，来到拐峁村找到了这里的书记。

书记为难地对他说："我们村里没一眼闲窑啊！"

"我歪好不嫌！只要有个能遮风挡雨的地方就行了。"少安恳求说。

拐峁的书记想了想，说："后村头有孔烂窑，没门没窗，和个山水洞一样，是村里一家人十几年前废弃不要的。你如果不嫌，自己去看看……"

书记用手指了指那孔烂窑所在的地方。

孙少安二话没说，就又带着他的骡子和架子车，一个人来到拐峁村后边那个偏僻的小山垴里。

这地方离村子有一里多路，周围全是荒野。

当少安找到那孔烂窑时，不免愣住了。这的确像个山水洞：不大的一个废窑，旁边塌下一批土，堵住了半个窑口，窑口前蒿草长了一人多高……

一切都破败不堪！

"这还不如个狗窝……"他自言自语说。

不过，少安很快决定就在这地方安身了。其他地方没住处，城里旅社住不起，有这么个遮风挡雨的洞洞也蛮不错了——这又不花一个钱！唉，揽工小子还指望住个啥好地方哩？再说，住在这地方也有好处，四野里都是荒地，容易给牲口割草……

细蒙蒙的雨一直不住气地飘洒着，山野里寂静得很！少安戴着破草帽在雨中愣了一阵，就穿过齐腰深的蒿草，钻进了这孔破窑洞。

外面看起来破烂不堪，里面还是个窑洞的样子，而且很干燥。刚从湿淋淋的雨中走进来，这破窑里有一种暖烘烘的气息。少安忍不住高兴起来。

他钻出破窑洞，立刻把铁青骡子从车上卸下来，先把它拉进了窑洞。牲口是他的命根子，不敢再让雨淋了，万一这牲口有个三长两短，他孙少安就得去上吊！

接着，他从窑洞口开始，两只手在蒿草丛中拨开了一条通向外面的路。堵在窑口的那堆塌下来的土，并不妨碍人畜进出，他也就不准备再清理了。

把架子车推进窑洞后，他把一个装过化肥的口袋铺在后窑掌的地上，倒下一堆黑豆先让骡子吃。他开始在窑洞出口的土墙一侧，为自己弄了个床铺；骡子在里他在外，晚上可以给牲口充当个"哨兵"。

他接着又在窑洞口塌下来的土堆上简单地戳了个锅灶——他原来就准备到城里后自己做着吃，行前准备了一点粮食和灶具。怎样省钱怎样来！反正一个人好凑合，只要能填饱肚子就行了。

弄好了炉灶，拿饮马的桶在坡下的小河里提来了水，孙少安就准备在这里做饭了。问题是还没有柴火。下了几天连阴雨，到哪儿去捡点干柴呢？

他想到河岸沿下说不定有夏季发洪水时落下的河柴。于是又冒雨跑出去了一趟，果真搂揽回来一口袋。

一切都"齐备"了。他在锅里下了些豆片和小米，便点燃了灶火。

袅袅的炊烟从这个荒芜的山野里升起来，飘散在蒙蒙的细雨中。炉灶里，干河柴烧得噼啪响。小铁锅的水像蚊子似的开始吟唱。后窑掌里，铁青骡子嚼了黑豆，饮了半桶水，满足地打着响亮的喷鼻……把他的！这倒真像个"家"了！

锅开以后，少安戴着那顶破草帽，通过蒿草中那条刚开辟的路，转到"院子"边上。

他用破草帽挡着雨，用纸条卷了一支旱烟棒叼在嘴上，一边吸，一边满意地打量着自己的"新居"，嘴角浮上了一丝笑意。他想，明天早晨，他就可以开始干活。原打算今天晚上去县高中找一下妹妹兰香，但现在没人给他照看这个不设防的"家"，等明天再说吧！反正他给县高中拉砖，每天都要跑那里……

孙少安这样想事的时候，看见一个人撑着顶黑布伞，从左边的土坡上向他这里走来——是找他的？是的，这个穿戴不像农民也不像干部的人，径直走到他面前，问："是你住在这里了？"

少安说："是的。是拐峁大队的书记让我住在这里的。"

"这是不是书记的窑洞？"那人带着嘲讽的笑容问。

"书记说不是他的，是他们村一家人十几年前废弃不要的……"

"谁说人家不要了？你住人家的地方，应该给窑主打个招呼嘛！"那人的脸色阴沉下来。

"噢……"少安明白了，此人正是窑主。他说："那现在怎办？你看我已经住下了……要不，我给你出租钱。"

"你看着办吧！"

从窑主的态度看，多少得给他一些租钱——这家伙看来也正是为此而来的。

"你看一月多少钱？"少安问。

"当然，要是住个好地方，你一月总得掏二三十块吧？我这地方不怎样，你就少给点算了！"那人宽宏地说。

"你提个数目。"

"那就一月五块吧！"

"五块就五块。"少安只好应承了。

"我叫侯生贵，在城里合作商店卖货，家就在拐峁村里……"

那人说完，就折转身走了。

少安望着这个远去的人，心里不免涌上一股不愉快的情绪。他想，城里市民皮这么厚！要是在乡下，这么个破地方，谁好意思向人家要租钱呢！

"王八蛋！"他忍不住骂了一句。

少安在雨中立了一会，就回到他租来的这个破窑洞里，开始吃晚饭——这里没灯，天一黑，饭都吃不到嘴里了……

第二天一大早，孙少安就从拐峁往中学的基建工地上拉砖。开始干起了活，这就使他心里踏实了许多。

当天拉完砖后，他把骡子拴在学校门口的一棵树上，去找他的妹妹兰香。

兰香和金秀忙着给他在学生灶上买了饭。吃完饭后，妹妹又跟他一起来到拐峁他住的地方。

妹妹已是个十七岁的大姑娘了。她看见他住在这么个破地方，难过得泪花在眼里直转。她帮他把这个烂窑洞收拾了一番，并提出让他到学校灶上吃饭。他劝解妹妹说，大灶上吃饭不方便，这里做着吃还能省些钱和粮。

"那我每天下午上完课后，就来给你做饭，咱们一块吃！"兰香说。

少安说："就怕耽误你学习哩。"

"不耽误！我来做饭，你也省点事！"

少安于是同意了妹妹的意见。

就这样，每天下午，当孙少安拉完砖回到这个荒野里的破窑洞时，兰香就把饭做好了。兄妹俩蹲在这个敞口子土窑里，有滋有味地吃他们的晚饭。晚饭通常都是高粱黑豆稀饭和腌酸白菜。

这天晚上他回到那孔破窑洞时，情绪特别好。妹妹正在忙活，他闻见饭锅里飘出来的味道都比往日香！

嗯？这味道的确和往常不一样！并不是由于他兴奋而使鼻子产生了错觉！

他忍不住问妹妹："你做什么饭呢？"

"我割了一斤肉，买了几斤白菜，还在中学大灶上买了几个白面馍。"兰香说。

"你哪来的钱？"

"我上个月的助学金省下三块半……"

"为什么破费呢？"

"你忘了？今天是你的生日！"

少安鼻子猛地冲上了一股辛辣的味道。他蹲在地上，半天没有说话。他无言地望着亲爱的妹妹和她那一身破旧的衣衫，泪水在眼眶里直打转。

兰香给他盛了一大碗白菜炖肉，又拿了两个白面馍。

他一时喉咙堵塞得难以下咽。他对妹妹说："不要花你的助学金。助学金你都换了菜票。罢了大哥在市场上给咱买点菜……"

每天天还不明的时候，少安就紧张地爬起来，套起架子车，赶紧到砖场去装砖。运第一回砖的时候，原西县城还在睡梦之中。

他在车辕上挽一根套绳，扣在肩胛里，和牲畜一起拉着车，走过寂静而清冷的街道。平路上，他一般不太出力，让骡子拉着走。一旦上坡的时候，他就使出浑身的劲拼命拉车，尽量减轻牲口的负担。从十字街到中学有一道大陡坡，他常常挣着命拉车，两只手都快要趴到地上了；牲口和他都大汗淋漓，气喘得像两只风箱。这时候，他眼前就不由得浮现出黄河岸边那些手脚并用、匍匐在石壁小道上的纤夫……

天天如此。

孙少安和他的铁青骡子把时间拉出了九月。

每一天下来，他临睡前都要在那孔破窑洞的左墙上用指甲画一道杠杠，然后在右墙上记下一天的收入、支出和净赚的钱数。随着左墙上杠杠的增多，右墙上的钱数也在增多；这一笔不断增加的钱，使孙少安每天睡觉前都要高兴得发半天呆……

第四章

时间大踏步地迈进了一九八〇年。阳历二月下旬到三月初，庄稼人出牛动农之前，生产责任制的浪潮大规模地席卷了整个黄土高原。面对这种形势，社会上尽管仍然有"国将不国"的叹息声，但没有人再能阻挡这个大趋势了。

双水村责任制推行过程中出现了抢分集体财产的混乱情况，公社副主任刘根民只能到双水村蹲点。几乎经过近半个月的忙乱，刘根民回公社的时候，双水村的责任制才终于全部搞完。双水村的生活从此发生了翻天覆地的变化。孙玉厚家的情况更是大有改观。少安通过拉砖赚了一笔钱，秀莲想箍一眼新窑洞，但少安最终决定拿这钱做资金，开办一个砖窑。

在村里和家里的生活发生翻天覆地变化的时候，孙少平却陷入了极大的苦恼之中。

村中的初中班垮了，三年的教师生涯结束了，他不得不回家当了农民。

他倒不仅仅是为此而苦恼。迄今为止，他还不敢想象改变自己的农民身份。当农民就当农民，这没有什么好说的。无数像他这样的青年，不都是用双手劳动来生活吗？

但他不能排除自己的苦恼。这些苦恼首先发自一个青年自立意识的巨大觉醒。

他一个人在山里劳动歇息的时候，头枕手掌仰面躺在黄土地上，长久地望着高远的蓝天和悠悠飘飞的白云，眼里便会莫名地盈满了泪水。山野寂静无声，甚至能听见自己鬓角的血管在咚咚地跳动。这样的时候，他记忆的风帆会反复驶进往日的岁月。石圪节中学、原西县高中……尽管那时饥肠辘辘，有无数的愁苦，但现在想起来，那倒是他一生中度过的最美妙的时光。他也不时地想起高中时班上的同学们：金波、顾养民、郝红梅、田晓霞、侯玉英……眼下，这些人都各走了各的路。

每当想起田晓霞，他总感到一种惆怅和苦涩。自她进入大学后，他就再也没给她写信，主动断绝了联系。有什么必要再联系呢？归根结底，他们走的是两条道路，而且是永远不会交叉的两条路。晓霞给他的最后一封信寄自黄原师专。他没有给她回信，也就没有再收到她的信。他们的关系随之结束了。对于他来说，这也是自己一个人生阶段的结束……

他一个人独处这天老地荒的山野，一种强烈的愿望就不断从内心升起：他不能甘心在双水村静悄悄地生活一辈子！他老是感觉远方有一种东西在向他召唤。他在不间断地做着远行的梦。

外面等待他的生活是什么样子？他难以想象。当然，有一点是肯定的——一切都将无比艰难；他赤手空拳，无异于一丛飘蓬。

唉！有时他又动摇了：还是顺从命运的安排吧！生活在家里，虽说精神不痛快，但一日三餐总不要自己操心；再说，有个头疼脑热，也有亲人的关怀和照料。倘若流落在他乡异地，生活中的一切都将失去保障，得靠自己一个人去对付冷酷而严峻的现实了……

可是，到外面去闯荡世界的想法，还是一直不能从他心灵中勾销。随着他在双水村的苦闷不断加深，他的这种愿望却越来越强烈了。他内心为此而炽热地燃烧，有时激动得像打摆子似的颤抖。他意识到，要走就得赶快走！要不，他就可能丧失时机和勇气，那个梦想就将永远成为梦想。现在正当年轻气盛，他为什么不去实现他的梦想呢？哪怕他闯荡一回，碰得头破血流再回到双水村来，他也可以对自己的人生聊以自慰了；如果再过几年，迫不得已成了家，那他的手脚就会永远被束缚在这个"高加索山"上！

经过不断的内心斗争，孙少平已经下决心离开双水村，到外面去闯荡世界。有人会觉得，这后生似乎过于轻率和荒唐：农村的生活已经开始变得这样有希望，他们家的事业也正在发端之际，而且看来前景辉煌，他为什么要去不属于自己的世界自寻生路？那个陌生的天地会给他带来多少好处？这恐怕只有天知道！

少平已经暗暗把自己外出的目的地选在黄原城。原西县对他来说，已经不算"大地方"。而更大的地方他还不敢去涉足。黄原是合适的。对他来说，那地方已经是一个大世界；再说，离家也不远，坐汽车当天就能返回。

到黄原去干什么？他将在那里怎样生活？

别无选择。他只能像大部分流落异地的农民一样去揽工——在包工头承包的各种建筑工地上去做小工，扛石头、提泥包、钻炮眼……

不管怎样，他是非走不可了。

孙少平把他外出谋生的一切方面都想好以后，决定先和父亲谈这件事。

这天吃过午饭，父子俩到山上一块坡地种玉米。

马上就要立夏，正是玉米和蔓豆大播种的时候——家家户户都在忙这两大科庄稼的耕种。如今不像往年，四山里几乎看不见什么人在劳动。其实，哪个庄稼人也要比往年干得凶！只不过现在一家一户分散在各处，谁也照不见谁的面。

少平家大部分玉米和豆子都已经种完，现在只留下一些零碎土地，也用不着动用牲畜。

父亲在前面拿镢头掏土坑，少平手里端个升子点籽种。两个人都赤脚片，一前一后，来来回回，也顾不得说话。父亲挖坑就像母亲纳鞋底，行行道道，疏密有致，远看如同工艺美术家精心设计的图案。少平耐着性子，尽量把籽种不偏不露点在土坑中间，再补上一个不轻不重的脚印。

终于休息了。父亲蹲在地上抽烟，少平就凑到他跟前，也学着他哥的样，卷了支旱烟棒。他用父亲的打火机点着烟抽了几口，然后才鼓起勇气，和父亲谈起了他走黄原的打算。

孙玉厚老汉惊得目瞪口呆。

他"吱吱"地用劲吸着烟锅，思谋了好一阵，才说："你还小哩！出那么远的门，人生地不熟，我和你妈怎能放心？你怎猛然想起要出门哩？"

少平一时难以给父亲说清楚自己的心思。

"我待在家里不痛快，想出去跑一跑……"

父亲低倾下头，手指头抠着脚指头，说："我能想来哩。你从学校回来劳了动，心里难过。没办法啊！世事就是这样。爸爸看见你一天灰土满面的，心里也难过……不过，而今政策宽了，劳动虽说辛苦一些，但吃饭不要再受熬煎。你刚开始出山，爸爸晓得你不习惯。过上一两年，也就习惯了。外面的世界不是咱们的，你出去，还不是要受苦？再说，有个什么事，也没人帮扶你……"

"爸爸，这你不要操心。我二十几的人了，自个儿能管得了自个儿。你就让我出上几天门！你年轻时不是也吆牲灵跑过山西吗？我不到外面闯荡一回，一辈子心平不下来。你就让我走吧！咱们家现在有你和我哥，这点土地你们能耕务过来。我出去，也不是去瞎逛！我也长两只手，兴许还能给家里赚几个活钱。爸爸，你放心……"

孙少平几乎要哭了。

父亲看出儿子为他的行动经过了长时间的准备，显然很难再说服他放弃这种冒险念头。他只好犹豫地说："那这事你要和你哥商量哩！唉，我老了，世事要看你们闹。不过，爸爸生怕你们有个闪失……"

少平严肃而感动地对父亲点了点头。

玉米地半后晌就种完了——种完就回家，不必像生产队，只要不磨到天黑，就收不了工。

父子俩回家后，离吃晚饭还有很长一段时间。于是他们又收拾了一下，赶到后村头烧砖窑那里给少安两口子帮忙。

孙少安夫妇正忙得不可开交。第三窑砖正烧到紧要关头，少安既要加炭漏灰，还要刁空抢着打下一窑的土坯。还不到热天，他就光穿了件小布褂，脸熏得如同戏里的包公。秀莲头上拢着的毛巾也像烟囱里拉出来的——她正拿铁锨和泥。

少平和父亲一到，四个人上手，活路很快就松宽了。父亲接替少安烧火，让他集中打土坯；少平和泥，让嫂子去溜土。这是一个多么和谐而富有生气的劳动集体！瞧，已出的两窑青砖，约莫一万多块，齐齐整整码在土场边上，像两堵蓝色的长墙。双水村的人面对孙家的这派兴旺景象，谁不眼红？啊呀，不得了！孙少安这小子竟然办起了"工厂"！

天黑以后，少安让家里人回去吃饭。他自己的饭照例由秀莲吃完后送到土场上来——他要照看炉火，不能离开。

等父亲嫂子先后走了以后，少平却磨蹭着没有急忙回家。他一边帮哥哥添炭，一边吞吞吐吐对哥哥说出了他的心事。

少安惊讶得都有点反应不过来了。他生气地对弟弟说："你胡想啥哩！家里现在这么忙，人手缺得要命，你怎么能跑到外面逛去呢？"

这个"逛"字刺伤了少平的心。他也有点生硬地对哥哥说："我不是去逛！我是要出去干点事！"

"干什么事？无非是去揽工！你又不是匠人，当个小工，一天挣一两块钱，连自己的嘴都糊不住！你何必要去受这罪呢？你在家里，咱们父子三人，加上你嫂，一边种地，一边经营咱的烧砖窑，这不好好的嘛！"

"我已经二十几的人了，我自己也可以干点什么事！"

少安一时不能理解弟弟是什么意思，难道你现在没事可干吗？

但少安猛然感到，弟弟已经成大人了！他已经不能再像过去一样在他面前以老大自居了！是呀，弟弟大了……本来他应该为此而高兴，可是此刻心里却有一丝说不出的伤感。他早已看出来，弟弟是一个和他想法不太一样的人……

现在，少安已经明白，尽管他不情愿弟弟出走，但看来已经很难劝阻他了。

兄弟俩圪蹴在土场边上沉默了一会，一人嘴里噙着根旱烟棒，使劲地抽着。天已经黑严，远处村子里亮起了模糊的灯光。在金家湾那边，不知谁家婆姨正拖长声音呼叫孩子回家睡觉。东拉河水声朗朗，吟唱着那支永不疲倦的歌……

孙少安已不再和弟弟争辩。他伤感地对少平说："那你看着办吧，你已经成了大人，我……"他感到语塞，竟不知说什么了。

这时候，孙少平的心情也沉重起来。他对哥哥说："我走了，你和爸爸的负担就更重了……"

少安轻轻叹了一口气，说："既然你一心要出去，也就不要牵挂家里。你自己一个人在外面，无依无靠，倒要好好操心哩！家里的事你放心，有我哩……"

黑暗中，两团泪水涌满了少平的双眼……

几天以后，少平就决定走黄原了。

母亲流着泪为他把那点破被褥拆洗了一遍。少安从手头挤出五十元钱，硬往弟弟手里塞——少平只接了十五元；他知道家里现在需要钱，他不愿拿这么多；再说，既然他要出门，就得靠自己的双手去谋生了！

临走的前一天晚上，他打捆好了自己的行李。一条开洞的黑羊毛毡；被褥是早年间姐姐出嫁后留下的，已经缀了许多补丁——三根断麻绳续在一起，便扎住了这出门的全部行囊。

晚上，他和衣躺在土炕上，一直半睡半醒。明天他就要走了，走向一个前途未卜的世界。他现在才感到了一片令人心悸的渺茫，由不得手心里捏出两把汗水……

睡梦中，他感觉有人轻轻地摩挲他的头发。他知道这是父亲的手。他一直等汹涌的泪水通过鼻泪管流进肚子里，才睁开眼睛。

父亲立在炕边，手里拿着当年他上学时用过的那个烂黄提包，说："我出去叫田海民把坏了的拉链修好了。海民说，以后用的时候，拿肥皂擦一擦……"

他克制着哽咽，对父亲说："嗯……"

第五章

黄原城是一座古老的城市。据清嘉庆七年版《黄原府记》称，其历史可追溯至周（古为白狄族所居住）。周以后，历代曾分别在这里设郡、州、府，既是屯兵御敌之重镇，又是黄土高原一个重要的物资集散地。现在作为地区首府，管辖着黄原市和周围十五个县，其版图等于一个阿尔巴尼亚。

该城坐落在一个大川道里，四周被连绵的群山包围。黄原河由北向南穿城而过，于几百里外注入黄河。市区在黄原河上建有二桥，连接东西两岸。市中心的桥建于五十年代，称为老桥；桥面相当狭窄，勉强可以对行两辆汽车。上游还有一座新桥，是前两年才修起的；桥面虽然宽阔，但已在城市外围，车辆和行人不像老桥这样拥挤。

城南另有一条小河向北流来，在老桥附近和黄原河交汇。小河叫小南河。在小南河与黄原河汇流处外侧，有一座小山包，长满了密密的树木草丛；而在半山腰一方平土台上，瞩目地立有一座九级古塔，山因此得名古塔山。站在古塔山上，黄原城便一览无余了。

黄原城以老桥为中心，形成了几个主要的区域。大桥以东统称东关，因为汽车站在这里——这是通往外界的主要"口岸"——各种杂七杂八的市场摊点和针对外地人的服务性行业也就特别多。东关大桥头也是传统的出卖劳动力的市场，平时经常像集市一般拥满了北方各地漫流下来的匠人和小工，等待包工头们来"招工"。城市的主要部分在黄原河西岸。东关的街道通过老桥延伸过来，一直到西面的麻雀山下，和那条南北主街道交叉成丁字形。西岸的这条南北大街才是黄原城的主动脉血管。

当孙少平背着自己的那点破烂行李，从拥挤的汽车站走到街道上的时候，他便置身于这座群山包围的城市了。他恍惚地立在汽车站外面，愕然地看着这个令人眼花缭乱的世界。他虽然上高中时曾因参加故事调讲会到这里来过一次，但此刻呈现在眼前的一切对他来说，仍然是陌生的。

一刹那间，他被庞大的城市震慑住了，甚至忘记了自己的存在。

这就是我要开始生活的地方吗？他在心里对自己发出了疑问。你，身上带着十几块钱，背着一点烂被褥，赤手空拳来到这里，你怎样才能生活下去呢？

这一切他自己全然不知道。

他此刻唯一意识到的是，他已经来到了一个"新大陆"。至于到这里怎么办，他一时的确还难以想象。

孙少平发了一会愣怔，便迈着沉重的脚步，往前走去。

到东关大桥头的时候，他看见街道两边的人行道上，挤满了许多衣衫不整或穿戴破烂的人。他们身边都放着一卷像他一样可怜的行李；有的行李上还别着锤、钎、刨、錾、方尺、曲尺、墨斗和破篮球改成的工具包。这些人有的心慌意乱地走来走去，有的麻木不仁地坐着，有的听天由命地干脆枕着行李睡在人行道上。少平马上知道，这就是他的世界。他将像这些人一样，要在这里等待人来买他的力气。他便自然地加入了这个杂乱的阵营，找了一块空地方把行李搁下。周围没有人注意他参加到他们的队伍中来。和这些同行比起来，他除过皮肤还不算粗糙外，穿戴和行李没有什么异样的。不过，他发现，他和他周围的所有人，也并不被街上行走的其他人所注意。由汽车、自行车和行人组成的那条长河，虽然就在他们身边流动，但实际上却是另外一个天地。街上走动的干部和市民们，没什么人认真地看一眼这些流落街头的外乡人。少平原来还担心碰见晓霞或金波，现在他才知道这种担心是多余的——这不像原西县和石圪节，熟人低头不见抬头见。

再说，他们也不会想到他来黄原。

他不熟练地卷起一根旱烟棒，靠着自己的铺盖卷抽起来。此时已经是下午，黄原河被西斜的太阳照耀得一片金光灿烂。河西大片的楼房已经沉浸在麻雀山的阴影中。刚从寂静的山庄来到这里，城市千奇百怪的噪音听起来像洪水一般喧嚣。尽管满眼都是人群，但他感觉自己像置身于一片荒无人烟的旷野里。一种孤单和恐慌使他忍不住把眼睛闭起来。现实的景象消失了。他通过心灵的视觉，却看见了炊烟袅袅的双水村，看见夕阳染红的东拉河边，饮饱水的黄牛抬起头来，静静地凝视着远方的山峦……

"唔……"他像呻吟般地发出一声叹息。

严酷的现实立刻便横在这个漂泊青年的面前。他既没有闯世的经验，又没有谋生的技能，仅仅凭着一股勇气就来到了这个城市。

他靠在砖墙边自己的烂铺盖卷上，久久地闭着眼睛。他内心痛苦而烦乱，感觉自己在这里无法掌握自己的命运。

那么，再返回双水村吗？这很容易，明天早晨买一张汽车票，大半天就回去了——回到他那另一种苦恼之中……可是，他怎么能回去呢？

"不！"他喊叫说，并且睁开了眼睛。他看见周围有几个人在看他，脸上都显出诧异的神色——大概以为他精神不正常吧？

孙少平尽量使自己的精神振作起来。他想，他本来就不是准备到这里享福的。他必须在这个城市里活下去。一切过去的生活都已经成为历史，而新的生活现在就从这大桥头开始了。他思量，过去战争年代，像他这样的青年，多少人每天都面临着死亡呢！而现在是和平年月，他充其量吃些苦罢了，总不会有死的威胁。想想看，比起死亡来说，此刻你安然立在这桥头，并且还准备劳动和生活，难道这不是一种幸福吗？你知道，幸福不仅仅是吃饱穿暖，而是勇敢地去战胜困难……

这种自我安慰的想法，使孙少平的心平静了一些。他开始谋算自己眼下该怎么办。

他没想到聚在东关"找工作"的人这么多。他看见，每当一个穿油污涤卡衫的包工头，嘴里噙着黑棒烟来到大桥头的时候，很快就被一群揽工汉包围了。包工头就像买牲畜一样打量着周围的一圈人，并且还在人身上捏捏揣揣，看身体歪好，然后才挑选几个人带走。带走的人就像参加了工作一样高兴；而没被挑上的人，只好灰心地又回到自己的铺盖卷旁边，等待着下一个"救世主"来。

当又一位嘴噙黑棒烟的家伙来到大桥头的时候，少平也毫不犹豫地跟随众人，挤到了他的跟前，怀着激动的心情等待选拔。

这人迅速扫视了一下周围，说："要三个匠人！"

"要不要小工？"有人问。

"不要！"

那些匠人们便带着高人一等的优越感，把赤手空拳的小工撂在一边，纷纷问包工头："一个工多少钱？"

"老行情！四块！"

所有的匠人都争着要去，但包工头只挑了其中三个身体最好的带上走了。

孙少平只好沮丧地退回到砖墙边上。

麻雀山后面最后一缕太阳的光芒消失了。天色渐渐暗下来。

街上和桥上的路灯都亮了——黑夜即将来临。大桥头的人群稀疏起来。

孙少平仍然焦急地立在砖墙边上。看来这工不好上！至少今天是没有任何希望了！

那么，他晚上到什么地方去住呢？

本来他可以去找金波。但他不愿找他。他不愿意这么一副样子去找他的朋友。当然，他可以去住旅社——他身上带着哥哥给的十五块钱。旅社很容易找，东关街巷的白灰墙上，到处画着去各种旅社的路线箭头，纷乱地指向东面梧桐山下层层叠叠的房屋深处。

但他舍不得花钱。

现在，他又重新踯躅在东关的街道上。夜幕下的城市看起来比昼间更为壮丽，辉煌的灯火勾勒出五光十色的景象，令人炫目。大街上，年轻的男女们拉着手，愉快地说笑着，纷纷向电影院走去。旁边一座灯火通明的家属楼上，不知哪个窗口飘出了录音机播放的音乐。

孙少平扛着自己的被褥，手里拎着那个破黄提包，回避着刺目的路灯光，顺着黑暗的墙根，又返回到了大桥头。这大桥无形中已经成了他的"家"。现在，揽活的人大部分都离开了这里，街头的人行道被小摊贩们占据了。

他走到桥中央，伏在水泥桥栏杆上，望着满河流泻的灯火，心绪像一团乱麻。他现在集中精力考虑他到什么地方去度过这个夜晚。

他突然想起，离家时父亲曾告诉过他，黄原城有他舅一个叔叔的儿子，住在北关的阳沟大队，有什么事可以去找他。尽管这亲戚关系很远，但总算还能扯上一点，比找纯粹的生人要强。要不要去找这位远亲舅舅呢？

但少平想，他人生路不熟，得边走边打听，赶天明都不一定能找见这家亲戚。

他简直走投无路了。现在才是阴历四月初，天气仍然不暖和，尤其是夜间，还相当冷。要不，他可以到周围的山野里去度过这一夜。街头上更不能过夜，万一让警察带走，会急忙说不下个明白的。而这城里的熟人他又不愿意去找啊。突然想起上回来黄原讲故事时认识的那位半生不熟的诗人朋友贾冰，于是辗转找到他家。

在诗人贾冰家中住了一夜，第二天一大早，孙少平迎着清冷的晨风，在静悄悄的街道上匆忙地走着。城市的一切在他眼里都是模糊的，他决定到阳沟去找那位没见过面的亲戚。赶到北关的时候，天已经大亮了。

他从一个扫街道老头那里打问清楚了去阳沟的路。于是在黄原宾馆旁边折转身，拐进了一条小沟。沟道相当狭窄，两面坡上像蜂窝似的挤满了房屋和窑洞。从这些房屋和窑洞好坏差异来看，少平估计这里是干部、工人和农民的混杂居住区。

他在沟道中没有铺沥青的土路上一边走，一边发愁地想：在这么密集庞杂的居住区寻找一家农民，看来太困难了。迎面不时有骑自行车和步行的人走过来，但他没有开口。这些都是上班的干部或工人，他们不可能知道有个叫马顺的庄稼人。

他看见路边水井旁有个正用辘轳绞水的老头，尽管穿戴也还可以，但可能是个农民——城边上的农民穿戴当然不像山区农民一样破烂。

他便试着走过去向这老头查问他的亲戚马顺。

一下问对了！老头向他指了指阳面土坡上的一个院子，说："就住在那里，我们原来是一个生产队的。"

少平的心咚咚地跳着，兴奋地爬上了那个小土坡。

马顺两口子看来刚起床，尿盆都还没倒，两个孩子仍然在炕上睡觉。

当少平向他的亲戚说明他是谁的时候，没见过面的远门舅舅和妗子算是勉强承认了他这个外甥。

马顺看来有四十岁左右，一张粗糙的大脸上，转动着一双灵活的小眼睛。他不冷不热打量了他一眼，问："你就这么赤手空拳跑出来了？"

"我的行李在另外一个地方寄放着，我想……"

少平还没把话说完，他妗子就对他舅恶狠狠地喊叫说："还不快去担水！"

少平听声音知道她是向他发难。他于是立刻说："舅舅，让我去担！"说话中间，他眼睛已经在这窑里搜寻水桶在什么地方。

水桶在后窑掌里！他没对这两个不欢迎他的亲戚说任何话，就过去提了桶担往门外走。马顺两口子大概还没反应过来，他就已经到了院子里。

他舅撵出来说："井子你怕不知道……"

"知道！"他头也不回地说。

孙少平一口气给他的亲戚担了四回水——那口大水瓮都快溢了。

这种强行替别人服务的"气势"使亲戚不好意思再发作。马顺两口子的脸色缓和下来，似乎说：这小子看来还精着哩！

他舅对他说："你力气倒不小。是这，我一下子想起来了，我们大队书记家正箍窑，我引你去一下，看他们要不要人。你会做什么匠工活？"

"什么也不会，只能当小工。"少平如实说。

"噢……我记得前两年老家谁来说过，你不是在你们村教书吗？小工活都是背石头块子，你能撑架住？"

"你不要给人家说我教过书……"

"那好吧，咱现在就走。"

马顺接着就把少平引到他们大队书记的家里。

书记正和一个干部模样的人坐在小炕桌旁边喝啤酒。桌子上摆了几碟肉菜。

少平跟他舅进去的时候，书记没顾上招呼他们，只管继续对那个干部巴结地笑着说："……这地盘子全凭你刘书记了！要不，我这院地方八辈子也弄不起来……喝！"书记提起啤酒瓶子和那人的瓶子"咣"地碰了一下，两个人就嘴对着瓶口子，每人灌下去大半截。

把啤酒瓶放下后，书记才扭头问："马顺，你有什么事？"

他舅说："我引来个小工，不知你这里要不要人了？"

"小工早满了！"书记一边说，一边又掂起啤酒瓶子对在嘴巴上。

不过，他在喝啤酒的一刹那间用眼睛的余光打量了一眼少平。

估计书记看这个"小工"身体还不错，就对那位干部说："你先喝着，我和他们到外面去说说！"

三个人来到院子里，书记问马顺："工钱怎么说？"

"老行情都是两块钱……"他舅对书记说。

书记嘴一歪，倒吸了一口气。

"一块五！"少平立刻插嘴。

书记"扑"一声把吸进嘴里的气吐出来，然后便痛快地对少平说："那你今天就上工！"

他舅在旁边愣住了，不知外甥为什么把自己卖了这么低的价钱。

对于少平来说，就是一天挣一块钱也干。

他先问最迫切的问题："能不能住宿？"

"能！就是敞口子窑，没窗户。"主家说。

"这不要紧！"

上工的事谈妥后来到大街上，他觉得脚步异常地轻松起来。这时他才注意到街道两旁的景致。商店的门都开了，到处是熙熙攘攘的人群。大橱窗里花花绿绿，五光十色。姑娘们率先脱去了冬装，换上鲜艳的毛衣线衣，手里拎着时髦的小皮革包，挺着高高的胸脯在街市上穿行。人行道上的汉槐洋槐缀满了一嘟噜一嘟噜雪白的花朵，芬芳的香味飘满全城。

孙少平浑身像剥去了一层沉重而坚硬的甲壳，胳膊腿充满了柔韧的弹性。他感到春风吹拂在脸上，就像一只温柔的手在亲切地抚摸着他。他内心洋溢着欢乐——他终于有"工作"了！

他来到了北关阳沟大队书记家。书记的老婆是个精明麻利人，看来最少能主半个家事。她引着少平，把他送到匠工们住的敞口子窑里，并且又把站场监工的亲戚叫来，把他交代给了这位工头。

这敞口子窑铺了一地麦秸；麦秸上一摆溜丢着十七八个铺盖卷，地方几乎占满了。少平只好把自己的那点行李放在窑口最边上的地方。

吃过中午饭，少平就上了工。

他当然干最重的活——从沟道里的打石场往半山坡箍窑的地方背石头。

背着一百多斤的大石块，从那道陡坡爬上去，人简直连腰也直不起来，劳动强度如同使苦役的牛马一般。

少平尽管没有受过这样的苦，但他咬着牙不使自己比别人落后。他知道，对于一个揽工人来说，上工的头三天是最重要的。如果开头几天不行，主家就会把你立即辞退——东关大桥头有的是小工！

每当背着石块爬坡的时候，他的意识就处于半麻痹状态。沉重的石头几乎要把他挤压到土地里去。汗水像小溪一样在脸上纵横漫流，而他却腾不出手去揩一把；眼睛被汗水腌得火辣辣地疼，一路上只能半睁半闭。两条打战的腿如同筛糠，随时都有倒下的危险。这时候，世界上什么东西都不存在了，思维只集中在一点上：向前走，把石头背到箍窑的地方——那里对他来说，每一次都几乎是一个不可企及的伟大目标！

三天下来，他的脊背就被压烂了。他无法目睹自己脊背上的惨状，只感到像带刺的葛针条刷过一般。两只手随即也肿胀起来，肉皮被石头磨得像一层透明的纸，连毛细血管都能看得见。这样的手放在新石碴儿上，就像放在刀刃上！

第三天晚上他睡下的时候，整个身体像火烧着一般灼疼。他在睡梦中渴望一种冰凉的东西扑灭他身上的火焰。他梦见下雨了，雨点滴答在烫热的脸庞上……一阵惊喜使他从睡梦中醒了过来。真奇怪！他感觉自己脸上真有几滴湿淋淋的东西。下雨了？可他睡在窑里，雨怎么可能滴在脸上呢？

他睁大眼，发现他旁边的一个石匠正光着屁股往被窝里钻。他感到一阵发呕，赶忙用被子揩了揩脸——他知道，这是那个撒完尿的石匠从他身上跨过时，把剩下的几滴尿淋在了他的脸上。他蒙住头，很快又睡得什么也不知道了……

三天以后，孙少平尽管身体疼痛难忍，但他庆幸的是，他没有被主家打发——他闯过了第一关！

以后紧接着的日子，一切都没有什么变化。他继续咬着牙，经受着牛马般的考验。这样的时候，他甚至没有考虑他为什么要忍受如此的苦痛。是为那一块五毛钱吗？可以说是，也可以说不是。他认为这就是他的生活……

晚上，他脊背疼得不能再搁到褥子上了，只好趴着睡。在别人睡着的时候，他就用手把后面的衣服撩起来，让凉风抚慰他溃烂的皮肉。

这天晚上，当他就这样趴着睡觉的时候，突然感觉有人在轻轻摇晃他的头。

他一惊，睁开眼，看见他旁边蹲着一位妇女。

他在睡眼蒙眬中认出这是书记的老婆。他赶紧把背后的衫子撩下去，遮住了自己的脊背。

"你原来是干什么的？"书记的老婆轻声问他。

"我……一直在家里劳动。"少平吞吞吐吐地说。

书记的老婆摇摇头，说："不是！你就照实说。"

少平知道他瞒哄不住这位夜访的女主人了，只好把头扭向一边，说："我原来在村里教书……"

书记的老婆半天没言传。后来听见她叹了一口气，就离开了。

少平再也不能入睡。他透过洞开的敞口窑，望着天上那轮明月，忍不住眼里涌上了两团泪水。一片深沉的寂静中，很远的地方传来拖拉机的"突突"声……他心想：也许明天他就会被主家打发走——那他到什么地方再能找下活干呢？

第二天，出乎少平意料的是，他不仅没有被打发走，而且还换了个"好工种"——由原来背石头调去钻炮眼。

新的活当然要比背石头轻松得多。通常这种美差都是由站场工头的亲戚或朋友干的。不用说，和他一块背石头的小工都大为震惊：为什么突然把你小子"提拔"了？

少平心里明白，这是女主人对他动了恻隐之心。唉，为了这位好心的妇女，他真想到什么地方去哭一鼻子。对他来说，换个轻活干当然很好，但更重要的是，他在这样严酷的环境中，竟然也感觉到了人心的温暖。

半月以后，孙少平已经开始渐渐适应了他的新生活。脊背上溃烂的皮肉结成了干痂，变成了一种深度的疼痛，而不像开始时那般尖锐。手上的肉皮磨薄后又开始厚起来，和石头接触也没有了那种刀割般的疼痛感。

黄土高原第一场连绵的春雨来临了。雨天不能出工，做活的工匠们就抓紧时间，开始白天黑夜倒在没门没窗的敞口子窑里睡觉；沉重的鼾声如雷一般此起彼伏。雨天不出工，当然没有工钱，但主家按行规给工匠继续管饭。

下雨的第二天，少平睡足觉后，很想去街上走一走。他计算过，他已经赚下二十多块钱。他想从主家那里预支十块，加上他原来带的十几块钱，到街上为自己买一身外衣——他的衣服烂得快不能见人了。

他从女主人那里拿了钱以后，又从一个工匠那里借了一顶破草帽，就一个人冒着蒙蒙春雨来到街上。

雨中的大街行人稀稀疏疏，小汽车溅着水疾驶而过；远处，涨水的黄原河发出深沉的呜咽。

少平从阳沟泥泞的路上走出来后，先忍不住趴在黄原宾馆的大铁门上，向里面张望了一会——那里面是他所不了解的另一种生活……

离开这座富丽的建筑物，不知为什么，他猛一下想起了田晓霞。

是的，他们又在同一个城市里了——不远处就是著名的黄原师专。但他决不会再去找她。人家已经成了大学生，他现在是个揽工小子，怎么能去找她呢！随着社会地位差距越来越大，过去的那一切似乎迅速地变得遥远了。他想，要是眼下碰见晓霞，双方也一定会有一种陌生感……朋友，看来我们是永远地分别了！

少平走到市内最大的一个百货商店，为自己细心地挑选了一身深蓝涤卡衣服。他怀着喜悦的心情，把这身玻璃纸包着的服装夹在胳膊窝里，然后又顺着街道闲逛了一会，就返身向阳沟那里走去；买衣服后，他身上就没几个钱了，在街上瞎逛荡还不如回去再睡一觉！

当他从街上回到那个敞口子窑后，满窑的工匠仍然睡得像死人一般。

他从被子旁把黄提包打开，将新买来的衣服放进去。这时候，他才发现了提包里装着的《牛虻》（这是上次住在诗人贾冰家中贾冰送他的）——半月来，他已经忘记了这本书，甚至也忘了他自己是个识字人呢！好，雨天不出工，他现在正好能看这本书了。

他内心立刻感到一种颤栗般的激动！

他很快倒在自己的一堆烂被子里，匆忙地打开了那本书，竟忍不住念出了声："亚瑟坐在比萨神学院的图书馆里，正在翻查一大堆讲道的文稿……"

第六章

短短一个多月时间里，孙少安的烧砖窑就出了四窑砖。每窑七千块，四七两万八千块砖。除过运费、煤费和毛收入百分之十的税纳过以后，每块砖净得利二分五厘。算一算，一家伙就赚下七百来块钱！

目光远大的孙少安，政策一变，眼疾手快，立马见机行事，抢先开始发家致富了；黑烟大冒的烧砖窑多么让人眼红啊！

少安已经渐渐上升为双水村第一号瞩目人物。田福堂、金俊山等过去的"明星"在人们眼里多少有点逊色了。

现在，孙玉厚家尽管还是过去那院烂地方，但上门的人却显然增多了。村里有些开口借十来八块紧用钱的庄稼人，孙少安都慷慨地满足了他们的愿望。对于孙家来说，这不仅仅是给别人借钱，而是在修改他们自己的历史。是啊，几辈子都是他们向人家借钱，现在他们第一次给别人借钱了！

但是，外人并不知晓，孙少安的事业在大繁荣的后面，充满了重重的困难。可以毫不夸张地说，每一分钱几乎都是用血汗换来的。要维持一个烧砖窑，起码得三四个好劳力。他们一家人既要种庄稼，又要侍候这个庞然大物，已经把力气出到了极限。少平在家的时候，三个男劳力加上秀莲，还能勉强两头应付。少平一走，父亲一个人忙山里的活已经力不从心，因此少安夫妇办这个烧砖窑也到了纳命的光景。挖土、担水、和泥、打坯、装窑、烧火、出砖……每一样都是重苦活。两口子天不明忙到黑灯瞎火，常常累得饭也吃不下去；晚上睡在被窝里，连亲热一会的精力都没有——辛苦得梦中都在呻吟……

眼下，时令已经到了夏至，麦子面临大收割，山上所有的秋田都需要锄草，同时还得种回茬荞麦。这些活孙玉厚老汉一个人是再也忙不过来了！

烧砖窑只好停工。

对于赚钱赚得心正发热的少安夫妇来说，停止烧砖是一件很痛苦的事。可是没有办法！少安要帮父亲去干山里的活。

秀莲开始动气了。

自结婚以来，秀莲从不和少安吵架。即使有些事她心里不痛快，一般都忍让着少安，丈夫说怎办就怎办。那些年，亲爱的男人受死受活支撑着这个又大又穷的家，她心疼他，决不给他增添烦恼。可是现在，随着家庭生活的好转，又加上他们的事业开始红火起来，秀莲渐渐对家庭事务有了一种参与意识。是呀，她给这个家庭生育了后代，她用自己的劳动为这个家庭创造了财富，她为什么不应该是这个家庭的一名主人？

她首先对少平的出走大为不满。她对丈夫说："我们要把这一家人背到什么年代呀？少平屁股一拍走了黄原，逛花花世界去了，家里这么多活，把咱两个都快累死了！别人看不见咱的死活，咱为什么给别人挣命呢？当初少平年龄小，咱受死受活没话说。现在二十大几的后生，丢下老小不管，图自己出去畅快！我们凭什么还要给这些人挣命？"

秀莲这样数落的时候，少安一句话也不说。当然，他心里对少平出走黄原也不满意——但他怎能和自己的老婆一块攻击自己的弟弟？

秀莲见丈夫不言语，便有点得寸进尺了。她进一步发挥说："咱们虽说赚了一点钱，可这是一笔糊涂账！这钱是咱两个苦熬来的，但家里人人有份！这家是个无底洞，把咱们两个的骨头填进去，也填不了个底子！"

"山里的活不是爸爸做着哩嘛！"少安反驳说。

"如果把家分开，咱就是烧砖也能捎带种了自己的地！就是顾不上种地，把地荒了又怎样？咱拿钱买粮吃！三口人一年能吃多少？"

其实，这话才是秀莲要表达的最本质的意思。小两口单家独户过日子，这是秀莲几年来一直梦想的。过去她虽然这样想，但一眼看见不可能。当时她明白，要是她和少安另过日子，丢下那一群老小，光景连一天也维持不下去。可现在这新政策一实行，起码吃饭再不用发愁，这使她分家的念头强烈地复发了。她想：对于老人来说，最主要的不是一口吃食吗？而他们自己还年轻，活着不仅为了填饱肚子，还想过两天排排场场轻轻快快的日子啊！

"我已经受够了！"她泪流满面地对丈夫说，"再这样不明不白搅混在一起，我连一点心劲也没了！"

"家不能分！"少安生硬地说。

"你不分，你和他们一块过！我和虎娃单另过光景！"秀莲顶嘴说。

孙少安大吃一惊。他没想到，他的妻子一下变得这么厉害，竟然敢和他顶嘴！

他已经习惯于妻子对他百依百顺，现在看见秀莲竟然这样对他不尊重，一时恼怒万分！大男子的自尊心驱使他冲动地跳起来，扑到妻子面前，举起了他的老拳头。

"你打吧！你打吧！"秀莲一动也不动，哭着对丈夫说。

少安猛一下看见妻子那张流泪的脸被劳动操劳得又黑又粗糙，便忍不住鼻子一酸，浑身像抽了筋似的软了下来；他不由展开捏紧的拳头，竟然用手掌为妻子揩了揩脸上的泪水。

秀莲一下子扑在他怀里，哭着用头使劲地蹭着他的胸口，久久地抱着他不放开。

少安用手抚摸着妻子沾满灰土的黑头发，闭住双眼只是个叹气……

他心疼秀莲。自从她跟了他以后，实在没享过几天福。穿缀补丁的衣服，喝稀汤饭，没明没黑地在山里劳动……她给他温暖，给他深切的关怀和爱抚，并且给他生养下一个活泼可爱的儿子。几年来，她一直心甘情愿和他一块撑扶这个穷家而毫无怨言。对于现时代一个年

194

轻的农村媳妇来说，这一切已经难能可贵了。瞧瞧前后村庄，结婚几年还和老人一块过日子的媳妇有多少？除过他们，没有一家不是和老人分开过的。

孙少安陷入到深深的矛盾中去了。这矛盾在很大程度上是由新的生活带来的。过去的年月，一家人连饭也吃不上，他的秀莲根本不会提念分家的事啊！

但是，不管从理智还是从感情方面讲，他无法接受分家的事实。他从一开始担负的就是全家人的责任，现在让他放弃这种责任是不可能的。这不仅是一个生活哲学问题，更主要的是，他和一家老小的骨肉感情无法割舍。他们这个家也许和任何一个家庭不同。他们真正是风雨同舟从最困苦的岁月里一起熬过来的。

他怀抱着妻子，抚摸着她的头发，声音尽量温柔地劝她："秀莲，你是个明白人，你不要叫我作难。我求求你，你心里不管怎样想都可以，但千万不要在脸上带出来。爸爸妈妈一辈子很苦，我不愿意叫他们难过……"

他捧起妻子泪迹斑斑的脸，吻了又吻。

丈夫的态度虽然使秀莲的情绪缓和下来，但她的意志并没有被温柔的爱抚所瓦解。她现在先不提分家的事了，转而又提出把手头的几百块钱拿出来，给他们建设一院新地方！

少安说："新地方迟早总要建的，可现在咱们的烧砖窑才刚开始出砖嘛！等明年多赚下一点钱，咱一定箍几孔像样的新窑！"

"少安，你听我说！明年谁知道又是个什么社会！趁咱现在手头有了一点钱，这地方是无论如何要建的。这可不是我专意要糊涂，少安！这点钱不咬着牙做点事，三抛撒两破费就不见影了。你还是听我一次话，咱们箍窑吧；钱要是不够，再从我娘家借一点……你就答应我吧！咱在牛驴窝里已经钻了几年，总不能老是没自己的一个家……"

妻子的这番话倒使少安的心动了。他感到秀莲的话也有一定的道理。只不过，他原来打算要建就建个像样的家，而现在靠手头这点钱能弄出个啥名堂来？

他于是劝秀莲先耐一下心，让他思量思量花费再说……

孙少安思量过来又思量过去，建三孔纯粹的砖窑或石窑，眼下这点钱根本不够用。这把他手头的钱花干也不够。再说，下一步怎开办事业呀？再去问人家借钱吗？他已经借怕了……

后来，少安突然想，干脆打三孔土窑洞，然后在土窑洞上接砖口，这样也阔气着哩！土窑打好了，不比硬箍石窑和砖窑差。另外接个砖口，再戴个"砖帽"，既漂亮，也省钱省砖。

对，这是个好办法！

他和秀莲一商量，秀莲也蛮高兴的。

孙少安下了很大的决心，才向父亲吐露了他的心事。他怕父亲对他有看法——刚赚下几个钱，就忙着为他们小两口建新窑！

但是开通的老人反而为这事很高兴。他对儿子说："爸爸也有这个想法哩！现在趁手头有几个钱，赶快给你们营造个地方！爸爸为这事已经不知熬煎了多少年，心里老是揣着一颗疙瘩，觉得对不起你们。本来，这是老人的责任！爸爸没本事，给你们建不起个家来。现在你们自己刨挖着赚了两个钱修建地方，爸爸还有不支持你们的？要弄就尽快弄！"

少安被父亲的一番话说得激动不已。为自己建个新家，何尝不是他多年的梦想啊！可过去那仅仅是梦想罢了。想不到现在，这就要成为真的了？应该感谢这新的生活……

他充满激情地对父亲说："先不忙，等我帮你把庄稼锄过再说！"

秋田锄过以后，少安这才开始动手修建他的新地方。一切都开始忙乱起来；但由于这是为自己谋幸福，少安和秀莲都有说不出的兴奋！

他们把新居的地址选在离烧砖窑不远的山崖根下。这里不仅土脉坚硬，据米家镇已故米阴阳当年称，这地方风水也好得不能再好：前面有玉带两条——公路和东拉河；面山五个土台子一字排开，形似五朵莲花……以前没人在此建宅，主要是这地方已到村外。现在他们乐意占这块风水宝地：一是清静，二是离他们的烧砖窑近。

第七章

从小满前后出门到现在，孙少平已经在黄原度过近两个月的时光。过几天就是大暑，天气开始热起来了。

两个月的时光，他就好像换了一副模样。原来的嫩皮细肉变得又黑又粗糙；浓密的黑发像毡片一样散乱地贴在额头。由于活苦重，饭量骤然间增大，身体看起来明显地壮了许多。两只手被石头和铁棍磨得生硬；右手背有点伤，贴着一块又黑又脏的胶布。目光似乎失去了往日的光亮，像不起波浪的水潭一般沉静；上唇上的那一撇髭须似乎也更明显了。从那松散的腿胯可以看出，他已经成为地道的揽工汉子，和别的工匠混在一起，完全看不出差别。

两个月来，少平一直在阳沟大队曹书记家做活。书记两口子知道他原来是个教师后，对他比一般工匠都要尊重一些，还让他们领工的亲戚不要给他安排最重的活。这使孙少平对他做活的这家人产生了某种爱戴之情。一般说来，主家对自己雇用的工匠不会有什么温情——我掏钱，你干活，这没有什么可说的，而且要想办法让干活的人把力气都出尽！

既然主家对自己这么好，少平就不愿意白白领受人家这份情意。他反而主动去干最重的活，甚至还表现出一种主人公的态度来。除过分内的事，他还帮助这家人干另外一些活。比如有时捎着担一两回水，扫扫院子，给书记家两个上学的娃娃补习功课。他一直称呼曹书记两口子叔叔婶婶。所有这一切，换来了这家人对他更多的关照。有时候，在大灶上吃完饭后，书记的老婆总要设法把他留在家里，单另给他吃一点好饭食。

这家人一线五孔大石窑眼看就要箍起来了。

合拢口的这一天，除过雇用的工匠，阳沟队的一些村民也来给书记帮忙。少平他舅马顺也来了。

少平看见，他舅带着巴结书记的热情，争抢着背最重的合口石；由于太卖劲，不小心把手上的一块皮擦破了，赶忙抓了一把黄土按在手上。

上中窑的合口石时，少平发现他舅扛上来的一块出面子料石糊了一丝血迹。按老乡俗，一般人家对新宅合拢口的石头是很讲究的，决不能沾染什么不吉利的东西，尤其忌血。少平虽然不迷信，但出于对书记一家人的好感，觉得把一块沾血的石头放在一个最"敏感"的地方，心理上总是不美气的。

可这血迹是他舅糊上去的，而且众人谁也没有看见！

他要不要提醒一下正在旁边指手画脚的主人呢？如果说出这事来，他舅肯定会不高兴；而不说出来，他良心上对主人又有点过不去。

这时候，一个大工匠已经把那块石头抱起来，准备安放到位置上。少平不由自主地对书记说："这石头上有点血迹……"

曹书记的脸色一下子变得很难看——他显然知道这块石头是谁背上来的。他立刻喊叫下面的人提上来一桶水，亲自把那块石头洗干净。因为这事有一种不可言传的神秘和忌讳，众人都停下手中活，静默地目睹了这个小插曲。

少平看见，立在一边的马顺满脸通红，而且把他狠狠瞪了一眼。

他知道，他把他舅惹下了。他心里并不为此而懊悔。

合罢拢口不久，工程已经基本结束了。所有雇用的大工小工，被主家款待了一顿丰盛的午餐后，就开始结算工钱。

工匠们都挤在主家现在住的窑洞里。曹书记一边看记工本，一边拨拉算盘子；他老婆怀抱一个红油漆小木匣，坐在他旁边。书记算好一个人的工钱，她就从小红木箱里把钱拿出来，手指头蘸着唾沫，点上三遍，然后交给这个匠人。拿到工钱的匠人就和主家互打一声招呼，立刻出门去收拾自己的铺盖，自顾自走了；他们赶紧要跑到东关大桥头，看能不能当天再找个新的活干。没有什么太多的客套，更没有主雇之间的告别仪式；主家为箍窑，匠人为赚钱，既然主家的活完了，匠人的工钱也拿了，他们之间立刻成了互不相识的路人。

主家把少平的工钱留在了最后结算——这时候，所有的工匠都打发得一个不剩了。

少平已经在心里算好了自己的钱。除过雨工，他干了整整五十天。一天一元五角，总计七十五元钱。他中间预支十元，现在还可以拿到六十五元。

当书记的老婆把工钱递到他手里，他点了点后，发现竟然给了他九十元。

他立刻抽出二十五元，说："给得多出来了。"

曹书记把他的手按住，说："没有多。我是一天按两块钱给你付的。"

"你就拿上！"书记的老婆接上话茬，"我们喜欢你这娃娃！给你开一块半钱，我们就亏你了！"

"不。"一种男子汉气概使孙少平不愿接受这馈赠。他说："我说话要算话。当初我自己提出一天拿一块半工钱，因此这钱我不能拿。"他挣脱书记的手，把二十五元钱放在炕席片上，然后从自己手中的六十五元钱里，又拿出五元，说："我头一回出门在外，就遇到了你们这样的好主家，这五块钱算是我给你们的帮工！"

曹书记两口子一下呆在了那里。他们有点惊讶地看着他，脸上的表情似乎说：哈呀，你倒究是个什么人？这么个年纪，怎就懂得这么高的礼义？

两口子半天才反应过来，紧接着把那二十五元工钱和他让出来的五元钱拿起来，争抢着给他手里塞。

但孙少平说什么也没有接。

少平带着六十元工钱，带着一种心灵上的满足，像其他工匠一样，即刻就去收拾自己的铺盖。书记两口子撵到那个敞口子烂窑里，硬要挽留他再做几天活——少平知道，这家人实际上已经不需要工匠了；他们留他"干活"，无非是想借此多给他开一些工钱。但他再不会在此逗留。他觉得现在这样离开这家人最好了！

当天下午，孙少平就告别了曹书记一家人。

少平背着一卷烂被褥，手里提着那个破黄帆布提包，出了阳沟，来到了大街上。落日再一次染红了梧桐山和古塔山。东方远远的天空飞起几朵红霞，边上镶着金色的亮光。

初伏已经来临，城市的傍晚一片燥热。街道两边枝叶繁茂的梧桐树下，市民们光着膀子坐在小凳上，悠闲地摇着蒲扇。姑娘们大都穿起了裙子，五颜六色，花花绿绿，给这个色调暗淡的城市平添了许多斑斓景象。

少平背着自己的行李穿行于人群之中。不过，在这个花花绿绿的世界里，他此刻不再像初来时那般不自在。少平现在才感到，这样的城市是一个各色人等混杂的天地，而每一个层次的人又有自己的天地。最大的好处是，大街上谁也不认识谁，谁也不关心谁。他衣衫行装虽然破烂不堪，但只要不露羞丑，照样可以在这个世界里自由行走，别人连笑话你的兴趣都没有。

少平几乎没有认真考虑，两条腿就自动引导他穿过黄原河上的老桥，来到东关，加入了桥头上那个揽工汉的"王国"。

现在是夏天，虽然天将黄昏，但大部分等待"招工"的工匠们仍然没有散去；人行道和自由市场的空地上，到处都是操北方各县口音的乡下人。有的人痛快地脱下汗迹斑斑的布褂，光身子坐在雪亮的路灯下聚精会神地捉虱子。四处卖茶饭的小摊贩，拖长音调吆喝着招徕顾客。空气里弥漫着呛人的烟气黄尘；苍蝇成群结队地飞来飞去。

少平把铺盖卷仍然搁在砖墙边上，用两只烂手卷起一支旱烟棒，圪蹴在墙边抽起来。他现在看起来完全成了个老练的出门人，再也没有初来乍到时的那种紧张和慌乱。当然，更踏实的是，他身上装着赚来的六十元工钱，十天八天不必为生计而担心。再说，天气也暖和起来，不要太为住宿发愁。夏天啊，这是揽工汉的黄金季节！

他这样平静地一直坐到满城灯火辉煌。这时候，他心里猛一下想起了他的朋友金波。他现在很想去见见他——自从金波到黄原后，他们还一直没有见过面。是呀，他们再不是小孩子，已经各自开始到社会上谋生；尽管内心仍然像过去一样情深义重，但顾不得在一块相处了。少平知道，金波就在东关邮政局跟他父亲学开车——金俊海已经从地区运输公司调出来开了邮车。两月前初到黄原时，他不愿意去找金波，以免让朋友看见他一副流落样子而难为情。那时他仍然没有克服掉中学生那种自尊自爱的心理。两个月来，石头和钢铁已经把那层羞涩的面纱撕得粉碎！

但少平为了不使他这身破烂行装"惊吓"了他的朋友，还是决定在见金波之前，先收拾和"化装"一番。

他想了一下，便即刻带上行李，从大桥头走到长途汽车站的候车室。

他接着又进了候车室的男厕所。

孙少平在厕所里把他那身新买的涤卡衣服换在身上，而把原来身上的烂衣服又塞进破提包。

他从厕所出来，花了二毛钱，把自己那卷破被褥连同烂提包，一起在车站的寄存处寄存了——可以存放到明天早晨八点钟。

现在，他像换了一个人似的，一身轻快地出了候车室。他借着一家商店被路灯光照亮的玻璃窗，用五个手指头把自己乱蓬蓬的头发匆匆梳理了一下。他满意地冲着玻璃中那个模糊的他笑了笑：看这身打扮，你像一个在黄原城里混得蛮不错的家伙哩！

于是，他蹬开两条修长而壮实的腿，迫不及待地向东关邮政局那里走去。

第八章

立秋前后，孙少安的新窑全部箍成了。

在双水村最南头的那个土坪上，出现了一院颇有气派的地方：一线三孔大窑洞，一色的青砖砌口，并且还在窑檐上面戴了"砖帽"。

孙少安是双水村有史以来第一个用砖接窑口的。在农村，砖瓦历来是一种富贵的象征；古时候盖庙宇才用那么一点。就是赫赫有名的已故老地主金光亮他爸，旧社会箍窑接口用的也是石头，而只敢用砖砌了个院门洞——这已经够非凡了。可现在，孙少安却拿青砖给自己整修起灰蓬蓬一院地方，这怎能不叫双水村的人感慨？谁都知道，不久前，这孙家还穷得没棱没沿啊！

一院好地方，再加上旁边烟气大冒的烧砖窑，双水村往日荒芜的南头陡然间出现了一个新的格局。这景观给了全村人一个启示：趁现在世事活泛了，赶快闹腾吧！说不定过一段日子，谁都可以给自己弄一院新地的！有些性强的村民，已经在心里暗暗用上了劲，准备有一天也要改换自己的门庭。

新窑完工没有多少天，喜形于色的秀莲就迫不及待催促丈夫把家从饲养室搬过来了。虽然还没什么家当，但对这年轻的夫妇来说，就好像从地狱一下子升到了天堂。

搬家以后，创业心迫切的孙少安，等山里农活一忙毕，就不失时机地又开始点火烧砖。俗话说，人有三年旺，神鬼不敢挡。孙少安自己也觉得他现在信心十足；他要干什么事，就干成了。而过去，就是能干成的事，也常常干不成！

在劳力缺乏的时候，少安突然想起了田二的小子憨牛。责任制后，憨牛没人管了。老憨汉一死，小憨汉尽管有一身好力气，但自己料理不了生活，几乎顿顿饭都生吃。少安想，让憨牛到他的烧砖窑来做活，他给管饭，并且一天给开一点工钱；这样既解决了憨牛的问题，也解决了他的问题。至于憨牛那点地，他相帮着捎带着就做了。

少安无法和田牛"商量"这件事，他索性就把这个憨后生领到砖窑来干活了——就像领回来一只无主的狗。村里人对此也没什么非议，舆论一般还认为这是积德行为。

这样一来，少安的劳力危机就缓和了许多。憨牛力大无比，还专爱干重活，担水、和泥，从早到晚像牲畜一样，除过干活，连句话也不说。只是他饭量大了一点，一个人几乎吃两个人的；但算算账，用这个劳力只有好处没有坏处。

在这样顺心的时候，孙少安也隐隐地有一些另外的不安。他总觉得，他和秀莲独占这一院新地方不太合适，应该把父母亲也搬过来。

但他又知道，秀莲不情愿这样。他的妻子搬到新地方以后，分家的意识表现得越来越强烈。现在，她自己有时候甚至不回父母那里去吃饭；而利用一点简单的炊具在新居这面做着吃。这使少安十分难堪。更不像话的是，秀莲对待老人的态度也不像前几年那样乖顺；回到家里，常常闷着头不言不语。很明显，在老人和秀莲之间，已经出现了一种危险的裂痕；作为儿子又作为丈夫的他，手足无措地被推到了这个令人尴尬的夹缝中间。

生活啊……叫人怎么说呢？

尽管秀莲不会欢迎父母迁入新居，但少安意识到他不能对这件事装聋作哑——他要主动请求父母也搬到新窑来住。老人钻了一辈子黑窑洞，现在修起新地方不让他们过来，实在说不过去呀！

种麦之前，少安在山里单独和父亲劳动时，便直截了当表示了他的心愿。

父亲半天没有说话。

他抽完一锅烟以后，才思思虑虑地说："你的心意爸爸理解。爸爸也正准备和你拉谈拉谈……

"我们不能搬过去住。我和你妈已经商量过了，从今往后，你和秀莲应该单独过日子。"

"你说分家？不！"少安叫道。

"你听爸爸说。如今分开家，我和你妈除不难过，心里还乐意哩！看见你整修起一院新地方，我们高兴得一夜合不住眼啊！你爷爷和我，苦熬了一辈子又一辈子，谁也没能在双水村站到过人前面。现在，咱站到人前面了。说句心里话，爸爸这辈子不再图享福，只图出一口顺气；现在，爸爸就是睡到黄土里心也平了。这多少年，你和秀莲为了顾救一家人，受了不少连累。现在家里光景好了，你们也不要再为我们牵肠挂肚。我和你妈都情愿让你们痛痛快快过两天年轻人的日子，要不，我们心里也过不去啊！"

"你不要说了，爸爸！"少安皱着眉头，"我不能甩下你们不管。这家不能分！你也不要担心秀莲会怎样，总有我哩！"

"你千万不要怪罪秀莲！秀莲实在是个好娃娃！人家从山西过来，不嫌咱家穷，几年来和一大家人搅在一起，门里门外操劳，一点怨言也没有，这样的媳妇而今哪里能找得见？人家娃娃没拨弹，已经仁至义尽了！是咱们对不起人家，把人家连累得没过一天畅快日子。你要是因为分家的事对秀莲不好，我和你妈就不答应你！

"至于分开家，你也不要为我们操心。剩下也没几口人了，我的胳膊腿还硬朗，光景满能过哩！再说，少平也大了，万一我不行，还有他哩！现在他年轻，想出去闯一闯世界，那就叫他去闯一闯，反正这点地我一个人能种得过来。再说，咱们就是分了家，我这边光景烂包了，你还能看着不管吗？"

少安听得出来，父亲说的都是一片诚心话。这反倒使他忍不住哭了起来。他哭得极其伤心，一腔汹涌的感情无法表述，只是哽咽着反复说："不能分……不能分……"

孙玉厚看少安哭得这样伤心，便像在儿子小时候一样，用他的老茧手在他乱蓬蓬的头发上抚摸了一下，说："你这娃娃！咱们现在应该高兴，哭什么哩！不要哭了！分家的事，我和你妈商量过了，一定要分开！咱高高兴兴往开分！分开咱还是一家人嘛！"

生活的好转，看来使孙玉厚又一次显示出了他年轻时的气魄。在这件事上，不管儿子怎样坚持，也毫不能动摇他的决心。

说实在话，和少安分家，的确不仅仅是因为秀莲的态度，也是出自他自己内心的要求。在这一点上，少安他妈和他的心思是一样的。

是啊，对于他们老两口来说，一生操劳不都是为了儿女能过上好日子吗？以前世事不饶人，使他除不能为儿女谋福，还要拖累孩子们。现在既然光景日月能过了，为什么还不让娃娃过两天轻快日子呢？可怜的少安十三岁到如今，生活压得他一直像个老头一样直不起腰来，现在不能再连累他了！不分家，秀莲不痛快，儿子的处境也难。他们老两口怎忍心看着小两口闹别扭呢？不论从哪个方面说，这家是应该分了，也到分的时候了！

和儿子谈毕这次话以后，孙玉厚老汉就在心里谋算，怎样尽快把这件事完结了；在他看来，这也是一生中的一件大事，和儿女们的婚嫁事同样重要。

自从土地分开以后，孙玉厚老汉虽说是五十大几的人了，但精神倒好像年轻了许多。从去年责任组开始到现在一家一户种庄稼，仅仅一年时间，一家人就不再愁吃不饱了。对于农民来说，不愁吃饭，这简直是一件不可思议的事——这是他们毕生为之奋斗的主要目标啊！一旦有饭吃，他们最基本的要求和最主要的问题就解决了。囤里有粮，心中不慌。孙玉厚老汉眉头中间那颗疙瘩舒展开了。

其实，一家一户种庄稼，比集体劳动活更重；但为自己的光景受熬苦，心里是畅快的。农民啊，他们一生的诗情都在这土地上！每一次充满希望的耕耘和播种，每一次沉甸甸的收割和获取，都给人带来多么大的满足！

正是新的生活变化才使玉厚老汉的心情发生了变化。因此，当儿媳妇表露出分家的念头时，孙玉厚老汉早想到要把他们小两口从这一大家人中解脱出来。是的，亲爱的儿子对这个家庭的奉献已经足够了。家分开以后，让娃娃放开马跑上几天！他看得出来，少安有本事在双水村出人头地；只要儿子立在众人面前，他孙玉厚脸上也光彩！话说回来，要是不分家，少安仍然被一大家人拖累着，他有翅膀也飞不起来！

当然，分家以后，他的负担就更重了。但算一算，剩下五口人，他能维持。花销主要是上学的兰香。目前他也不指望少平撑扶这个家——只要自己能劳动，就让他小子自顾自闯世事去吧！他想，即使他过几年不中用了，自己的两个儿子也不会丢下他不管——他的儿子他知道。现在趁他还能在山里刨挖，就尽量给娃娃们腾出几年时间，让他们各自凭本事去踢腾上一番……

对孙玉厚老两口来说，分家已经成了定局。

但是在孙少安那里，问题并没有完全解决。

自从和父亲谈罢那次话以后，少安一直陷入到一种痛苦的感情纠缠之中。他一时怎么也不能想象，他要脱离开这个大家庭。多少年来，他已经习惯于自己在家庭中扮演保护人的角色；一旦没有他，其他人怎么办？

他难受得心动弹哩！

当然，他不是不知道，要是分开家，他和秀莲能把光景日月过得热火朝天。可他父亲那里不会有什么起色——他只相信一点，全家人倒不至于再饿肚子。

唉，从农村的社会来看，儿子成家后和父母分家，这是一件很自然的事；可从自己的感情方面说，这实在又是难以接受的啊！

孙少安太痛苦了。这些天来，他几乎不愿意和别人说什么话。晚上吃完饭，他也不愿立刻回到那院新地方去安息。

他常常在黑暗中沿着东拉河畔，一边吸着自卷的旱烟卷，一边胡乱地向罐子村的方向溜达很长时间。朦胧的月光中，他望着自己的烧砖窑和那一院气势非凡的新地方，内心不再像过去那样充满激动。他不由得将自己的思绪回溯到遥远的过去……是的，最艰难的岁月也许过去了，而那贫困中一家人的相亲相爱是不是也要过去了呢？

一切都很明确——这个家不管是分还是不分，再不会像往常一样和谐了。生活带来了繁荣，同时也把原有的秩序打破了……

在少安深陷痛苦而不能自拔的时候，秀莲却一下子变得轻快起来——显然，母亲已将分家的意思告诉了她。

少安无法忍受妻子的这种快乐情绪。他气愤的是，秀莲的态度好像是要摆脱一种累赘似的畅快——这畅快本身就是对老人的不尊！

这天晚上，秀莲像庆贺似的，在新家给他炒了一大碗鸡蛋，烙了几张油饼；她不让他回父母那里吃饭，硬要他在这里吃——似乎专意让他先尝尝分开家的滋味！

少安顿时怒不可遏——秀莲太不理解他的心情了！他立刻把妻子臭骂了一通，真想把那些吃食扔到院子里去！

骂完妻子后，他把门使劲一掼，回父母那里吃饭去了，而把痛哭流涕的秀莲一个人丢在新窑里。

少安回家吃饭时，母亲疑惑地问他："秀莲怎没过来？"

少安端起饭碗，一句话也没说。

"是不是闹架了？"父亲沉下脸问。

少安往嘴里扒拉着饭，仍然没吭声。

玉厚老汉给老伴使了个眼色。少安妈立刻解下腰里的围裙，急急忙忙出了门——她要赶到新地方去看个究竟。

不一会，少安他妈就回来了，生气地责备儿子："你太不像话了！"

"怎啦？"玉厚老汉已经认定是儿子欺负了秀莲，火气十足地问老伴。

"秀莲说少安今儿个出了一天砖，怕他熬坏了身子，给他在那面单另做了点吃的，死小子不吃就算了，还把人家骂了一顿……"

少安妈说着，便收拾起一点饭，又出门给秀莲送去了。

孙玉厚对低头吃饭的儿子吼着骂道："鬼子孙！人家好心待你，你为什么要骂人家？"

孙玉厚索性丢下碗不吃饭了。他手颤抖着挖了一锅旱烟，勾着头蹲在脚地上，像遭受了一次沉重的打击，脸痛苦地抽搐着。

少安仍然一句话也没说，狼吞虎咽地吃完饭后，就悄无声息地出了门。他也没回新居去，径直走到烧砖窑的土场子上，闷着头打起了砖坯。

月亮从东拉河对面的山上探出了头，静静地凝视着大地。时令已快要到白露，冷飕飕的风从川道里吹过来，把黄了的庄稼叶子摇得飒飒价响。暮色中，从远处的山梁上传来一阵飘忽的信天游——这是贪心劳动的田五，还在山里磨蹭着不回来……

孙少安拼命地往木模子里摔着泥巴，然后用一个小片一刮，就端起来把砖坯扣在撒了干土的场子上。他头上冒着汗气，索性把长衫子也脱掉甩在一边，光膀子干起来了——似乎要用这挣命般的劳动把他心中的烦闷舒散出去……

在少安不声不响走了以后，孙玉厚老汉还倒勾着头蹲在脚地上抽旱烟。他明白，少安和秀莲实际上还是为分家的事闹别扭。

老汉左思右想，觉得这件事不能再拖了。

他当机立断，决定马上就分家。不管儿子愿意不愿意，这家得尽快分——这事既然已经提出来，就不能再迁就着在一块过日子了！现在分开还为时不晚；再拖下去，说不定一家人还要结冤仇哩！

玉厚老汉随即又想：这事应该让少平也回来一下；二小子已经成了大人，这实际上等于是他和他哥分家，他不回来不合情理！

于是，孙玉厚老汉"吧吧"两下把烟灰在鞋帮子上磕掉，开门去找他弟孙玉亭；他要让玉亭给少平写封信，然后托开邮车的金俊海顺路捎到黄原，让少平赶快回家来！

第九章

黄原揽工的孙少平,已经又换到了另一个地方干活。

这次他是在城里一个单位的建筑工地上当小工——这单位要修建几十孔"驳壳窑洞",因此几个月内他不会"失业"。

他仍然背石头。

他本以为,他的脊背经过几个月的考验,不再怕重压;而没想到又一次溃烂了——旧伤虽然结痂,但不是痊愈,因此经不住重创,再一次被弄得皮破肉绽!

这是私人承包的国营单位建筑,工程大,人员多,包工头为赚大钱,恨不得拿工匠当牛马使用;天不明就上工,天黑得看不见才收工。因为工期长,所有的大工小工都是经过激烈竞争才上了这工程的。没有人敢偷懒。谁要稍不合工头的心意,立刻就被打发了。在这样的工程上要站住脚,每一个工匠都得证明自己是最强壮最能干的。

少平尽管脊背的皮肉已经稀巴烂,但他忍受着疼痛,拼命支撑这超强度的劳动。每一回给箍窑的大工背石头,他狠心地比别的小工都背得重。这使他赢得了站场工头的好感。不久,总包工头宣布给他和另外两个小工每天增加二毛工钱。

晚上收工以后,年纪大的匠人碗一撂就倒头睡了,年轻的小工们还有精力跑到街上去看一场电影。

少平既不急忙睡,也不去街上;他通常都是拿本书在院子的路灯下看一会。他求熟人在黄原图书馆办了个临时借书证,这使他能像以前那样重新又和书生活在一起。只不过现在除过熬苦不说，也没有多少闲时间，一天只能看一二十页。一本书常常得一个星期才能看完。

但无论如何，这使他无比艰辛的生活有了一个安慰。书把他从沉重的生活中拉出来，使他的精神不致被劳动压得麻木不仁。通过不断地读书，少平认识到，只有一个人对世界了解得更广大，对人生看得更深刻，那么，他才有可能对自己所处的艰难和困苦有更高意义的理解，甚至也会心平气静地对待欢乐和幸福。

孙少平现在迷上了一些传记文学。他已经读完了《马克思传》《斯大林传》《居里夫人传》和世界上一些作家的传记。他读这些书，并不是指望自己也成为伟人。但他从这些书中体会到，连伟人的一生都充满了那么大的艰辛，一个平凡人吃点苦又算得了什么呢？他一生不可能做出什么惊人业绩，但他要学习伟人们对待生活的态度——这就是他读这些书的最大收获……

随着日月的流逝，街头的树叶在秋风中枯黄了。黄原城周围的山野，也在不知不觉中被大片的黄色所覆盖。古塔山上，有些树叶被秋霜染成深红，如同燃烧起一堆堆大火。天格外高远而深邃，云彩像新棉一般洁白。黄原河不仅涨宽，而且变得清澈如镜，映照出两岸的山色秋光。城市的市场上，瓜果菜蔬骤然间丰裕起来。姑娘们已经穿起了薄毛线衣，街道上再一次呈现出五颜六色的景象。

黄原城地处几条大川道的交叉口，因此风比较大；早晨或晚间，已经充满了浸肤的凉意。孙少平身上的单衣裳开始招架不住了。

这一天下午，少平请了半天假。他先到图书馆还了书，又借出一本新的；然后便溜达着到市中心的商店为自己买了一身绒衣。

买完绒衣后，时间还早，他想到东关邮政局去找金波拉拉话——上次见面后，他还一直没时间去找过他的朋友。

当少平走到黄原河老桥的西头时，突然被一个人拉住了。回头一看，原来是他第一次做活的主家曹书记。

"哈呀，我老远就认出是你！"曹书记胳膊窝里夹着一把新买的切菜刀，一把拉住他说。

"我婶子好着哩？"少平问候。

"好着哩！常念叨你！你怎走了再也不到家里来？你而今在什么地方哩？"

"在地区物资局的工地上做活。"

"来，咱到旁边拉拉话！"曹书记扯着少平的衣袖，把他拉到桥头边上的一个栏杆旁。

"我正打问着找你，想和你商量一件事……"曹书记说着，给少平抽出一根纸烟。

"什么事？"少平点着烟，疑惑地问。

"你成家了没？"书记问他。

这更让人摸不着头脑了。

"没……"少平说。

"订婚了没？"

"啊？……没。"

"如果你单身一人，愿不愿意来我们阳沟落户？"

少平一下怔住了。他想不到书记说的是这么一回事！

"我和你婶子都看你是个好娃娃，我们都想让你到我们这里来落户……"

少平立刻动心了——能在黄原城边落户口，这的确不是一件容易事！他毫不犹豫地说："我愿意！……就怕你们队的人不接受。"

"我同意了，其他人为难一些，但不会反对！"曹书记权威地说，"只是土地怕一时不好给你分，城边上地缺。不过，先把户口安下再说！长远你不要怕！你先可以像现在一样在城里揽活做……当然，只能落你一个人的户口，家里其他人恐怕不行。"

少平想，只要他先能落下户口，以后慢慢再说。山不转水转。他把根扎牢了，到时其他事说不定都可以解决……

他对书记说："叔叔，能行！就按你说的来！我乐意到阳沟落户。有你和婶子，我一切方面都放心着哩！"

"那好，你要是不忙，现在就跟我去一趟阳沟，我给你想办法开准迁证。"曹书记看来非常热心给他帮这个忙。

少平想了想，觉得这事太突然，他需要再细细考虑一下，于是就对曹书记说："我现在要到东关去办点事，过两天我一定去你们家！"

"那也好！我回去把事都弄妥当，你什么时间来都可以拿手续！"

曹书记和他很热情地握了手，就告辞走了。

少平立在原地方半天没挪动脚步。他怎么也反应不过来这件突然冒出的事。曹书记怎对他这个揽工小子关怀到这种程度呢？

其实，曹书记有曹书记的打算。

阳沟的这个精能人只生了两个女儿。他的大女儿菊英已经十八岁，但念不进去书，一直在初中留上一级再留一级；看来只能勉强初中毕业，高中的门是进不去了。少平在他家做活的时候，他老两口一下子就看中了这娃娃。少平离开后，他们商量，想叫这后生将来和他们的菊英成亲，做个上门女婿。他们没生养儿子，有个女婿在身边，老了就有人照顾了。因此，多少天来，曹书记跑着在各处的工地上打问他未来的"女婿"，却想不到今天无意中在街上碰见了孙少平……

少平对这一切当然毫无所知。他现在立在黄原河桥头，只是对曹书记的一片好心充满了感激。他真想不到他生活中出现了这样的转机。他想，这大概就是人们所说的"命运"吧？

他在邮政局找到金波，还没来得及说他的高兴事，金波就给他拿出了一封家信，说："我父亲前几天就捎来了，我到处打问找不见你。你快拆开看看！是不是家里有什么紧事……"

少平认出信封上是二爸的字体。他的手忍不住微微发着抖，拆开了那封信——他们家的信大概不会给他带来什么好消息。信很简单——

少平儿：

　　自从你离家以后，一直没有音讯，全家人都很想念你。家里有些事，需要你很快回来一下。请你收到信马上反（返）回来。

　　家里一切都好，不要挂念。

父亲

虽然信上没有具体说家里出了什么事，但少平心里还是有些忐忑不安。

"没什么事吧？"金波观察着他的脸色。

"没什么……家里让我回去一下。"

"那你什么时间走，你可以搭我父亲的邮车。"

"我得收拾两天。"

金波和上次一样，先不再说什么，赶紧出去做饭。他知道少平最需要的首先是好好吃一顿饭。

两个人吃完大半脸盆揪白面片后，少平就把曹书记要他落户到阳沟的事，给金波细说了一遍。

金波不假思索地说："啊呀，这是好事！在城边上当个庄稼人，也比一辈子待在双水村强！旁的不说，看个电影也方便！这样，你实际上就生活在城市里了。"

金波这么一说，少平再一次兴奋起来。

两个好朋友高兴的是，他们又要生活在同一个地方，有个什么事，互相也可以照应。谁知世事今后还会怎样变化！黄原是个大地方，只要他们有能耐，尽可以在这个天地里扬胳膊伸腿！

这样，孙少平就下了决心，准备将自己的户口迁到黄原来了。

他想，过几年他闹好了，还可以把父母的户口也迁过来。世界这么大，哪里也可以活人！另外，从发展的眼光看，城边上当个农民，闹腾家业的出路也多。好，他应该当机立断，马上行动，千万不敢失去这个一生难逢的好机会！

告别金波后的当天晚上，少平就找了工头，说他家里有事，要结算工钱，不准备再上这工了。

工头看来非常遗憾失去了一个好小工。结算完工钱后，工头破例把他带到厨房，让做饭的亲戚给少平切了一碗肥猪肉片子，算是对他曾经卖命干活表示一点犒劳。一碗猪肉下肚，少平嘴一抹，就去了阳沟。

曹书记一家人热情地接待了他。这次见面，双方已经不是当初那种主仆关系，而像是亲朋好友一般。曹书记立刻出去为他办准迁证。书记的老婆就及时抓住机会，让少平给女儿菊英补习中学语文课。在少平开始为菊英补习功课的时候，菊英她妈推说到邻居家取东西，溜出去半天没有回来。

十八岁的菊英完全是城市姑娘的打扮。白净的脸蛋，弯弯的眉毛，一对清澈活泼的眼睛，很崇拜地听少平头头是道地讲解课文。她看起来很聪敏，但学习实在迟笨；少平说半天，她都理解不了。她只是惊讶地看着他，带着一脸的疑问：你这么能行，为什么要揽工呢？当然，这女孩子也并不知道，这个她难以理解的乡下后生，已经被父母"内定"为她的女婿……

在曹书记家愉快地逗留了几个小时，少平就怀揣着那张准迁证，回到了他做工的地方。

第二天，他从头到脚换上了新衣服，然后到街上去给家里人买东西。他身上现在破天荒揣二百多元钱，像个财主似的在商店里阔视。他给全家每个人都买了一件衣服，又买了许多吃食。那个烂黄提包显然不能再提回去，于是又买了一个很大的新帆布提包。他要在一切方面向家里和村里人显示，他在门外干得不错！

买完东西后，身上还有一百多元钱。走在黄原街上，他心里充实而自豪。

一切办理好以后，他到理发馆去理了个发。

现在，他完全换成了另外一个人。身上的伤痕被簇新的衣服包裹了起来；脸干干净净，头发整整齐齐，俨然是一副工作人的派头！

晚上，他把所有的东西都带上，来到了金波住的地方——在这里过一夜，明天早晨就搭邮车回双水村。

第二天天还不明，他就爬起来，把那卷行李和装烂衣服的破提包都交代给金波——这说明他还要回到这个城市来。然后他就提着那个鼓囊囊的新提包先一步出了门，走到城外的公路边上等金俊海的邮车。邮车按规定不准捎坐人，因此不敢在城里上车。

不一会，他就坐在邮车驾驶楼助手的位置上，离开了夜色还没有褪尽的黄原城。

在回家的路上，少平心中思绪万千。从春天离家以后，一晃就半年了。半年来，他感到比以往他度过的所有日月都要漫长。酸甜苦辣，一切都无法用语言表述。不论怎样，他没有退缩，也没有倒下。现在，他并不是两手空空回来了——这也不只是说他赚了几个钱，买了点东西；不，他半年的收获决不仅仅是这些！

现在他才感到，他离家的时间也的确不短了。这期间，他也没给家里人写信。谁知家里成了什么样子？父亲写信让他"马上返回"——出了什么紧急事呢？如果是好事，他会在信上写明的；看来家里一定是有什么不幸了，父亲怕他着急，才用了这么含糊的口气给他写信。

但是，他的心脏也开始健强了一些，心想，就是天塌下来，也按塌下来处理，熬煎也没有用！

汽车过了分水岭，少平的心忍不住"怦怦"地跳起来。公路两边熟悉的山山峁峁都亲切地出现在视野之内。他看见，东拉河两岸的沟道和山头，庄稼再不像往年一样大片大片都是同一种类。现在，各种作物一块块互相连接而又各自独成一家。每一块地都淋漓尽致地表现出了主人的个性。个把地块庄稼长得不好，你就知道它的主人肯定不是个勤快人。

村庄里，有的秋庄稼已经上了禾场。金黄的颗粒被赤膊的庄稼人一锨锨扬向蔚蓝的天空；碎雨似的五谷落下来，撒在嬉闹的孩子们的身上。山野的小路上，农妇们颤动着肥大的乳房，挑着送饭罐悠悠闪闪地走着。沟道里，牛、羊、驴、马，成群结队的很少；往往三三两两，被一些大孩子放牧着——少平知道，这些孩子都是刚刚退学的。各个村庄里，看来没有什么人闲待着。新的生活和劳动是平静的，但少平又很清楚，对于每个家庭来说，那一天中的节奏充满了忙乱和紧张……

亲爱的双水村就在眼前了。少平透过车窗，远远地看见他家的窑顶上飘曳着一柱灰白的柴烟；一股说不出的温暖和甜蜜刹那间涌上他的心头，使他忍不住鼻子一酸，几乎要哭了。

哦，家乡，永远叫人依恋和动情的家乡啊！

第十章

孙少平回家以后才知道，父亲是因为分家的事才写信让他回来的。

比起他想象的其他灾祸，这件事看来并不特别严重。少平看出，大哥心里很难过。少平理解他的心情。

他去烧砖窑转的时候，大哥把他引到下面的沟道里，想和他单独说说话。

弟兄俩坐在东拉河边，一时都不知该从何说起。

少平给少安抽出一根纸烟。少安说他抽不惯，仍然用纸片给自己卷了一支旱烟棒。

"大哥，分家的事，你也不要过多地想什么。爸爸的考虑是对的，你和我嫂现在应该单另过光景了……"

少平先开口劝慰少安。

少安沉默了好长时间，才说："那你们怎么办？一大家人，老的老，小的小……"

"有我和爸爸两个人哩！家里实际上没几口人了！我和爸爸两个完全可以维持！"少平说。

少安又沉思了一会，然后抬起头看着弟弟，说："那这样行不行？分开家后，你到烧砖窑来，咱两个一块经营，红利二一添作五，一人一半！"

"那还等于没分家！"少平笑了笑，"既然单另过光景，咱们就不要一块黏了。虽然是兄弟，但要分就分得汤清水利，这样往后就少些不必要的麻烦。分开家过光景，你的家就不是你一个人，还有我嫂子哩！"

少安惊讶地盯着弟弟的脸看了半天。他想不到少平已经变得这么大人气——这未免有点生硬。他说："弟兄之间怎能分得这么清哩？"

"分清了好。俗话说，好朋友清算账。弟兄们一辈子要处理好关系，我认为首先是朋友，然后是弟兄才有可能，否则，说不定互相把关系弄得比两旁世人都要糟糕哩！"

这"理论"少安无法接受。但他认识到，少平已不再是过去的少平。他奇怪：弟弟在什么时候学会了高谈阔论？

不过，少安感到多少日子来由于分家而给他造成的巨大精神压力，似乎减轻了一些。少平的这种态度刺激了他，使他不由自主地想：既然你后生口大气粗，已经这么能行了，那咱们倒也不妨试试看！

他问弟弟："那你准备怎么办？"

"我准备把户口迁到黄原城边的农村去。"

"什么？"少安吃惊得几乎要跳起来，"说了半天，你还是要屁股一拍远走高飞呀！怪不得你把分家说得这么自在！你走了老人怎么办？如果是这样，家就不能分！"

"哥，你先别躁。我迁到黄原，又不是自顾自图轻快去呀！我出去难道就会白白待着？我不会劳动？我赚下的钱不会养活老人？再说，我在那里闹好了，说不定将来把父母亲也能搬迁过去哩！"

"这真是说笑话哩！老人年纪那么大了，还跟你上天去呀！"少安已经生气地挖苦起了少平。

少平知道，少安无法理解他。他沉默了一会，说："哥哥，不管怎样，咱还是按爸爸的意思来，先把家分开再说。你不要太为我们担心。我出去要是不行了，我就会很快回双水村的。往出办户口不容易，要是往回迁户口，双水村不会拒绝接受我吧？你叫我出去先闯一闯，头碰破了，那是我活该。你不是也在闯吗？你为什么不一心种庄稼，而开办个烧砖窑呢？还不是谋个大出展吗？我为什么就不能有我的一点打算呢！"

少安倒被弟弟的这番话说得无言对答。

他问少平："那你和爸爸商量了没？"

"还没哩。罢了我和他商量。你放心！如果爸爸不同意我出去，我就留在双水村种庄稼呀！"

兄弟俩实际上无法再把话谈下去了。

少安长叹了一口气，站起来。

少平也站起来。兄弟俩就这样沉默寡言地离开了东拉河畔，相跟着从草坡的小路上转上来，一块走到烧砖窑的土场上。少安抓起木模子打砖坯，少平把鞋袜扔在一边，裤管挽在半腿把上，赤脚片跳进泥里，抢着铁锨帮哥哥干起活来……

两天以后，在孙玉厚的主持下，这个多年的大家庭就一分为二了。分家其实很简单，只是宣布今后他们将在经济上实行"独立核算"。原来的家产少安什么也没要，只是和秀莲到新修建起的地方另起炉灶过日月罢了。实际上，这个家永远不会像少平说的那样"汤清水利"。首先虎子就分不开。小家伙名义上分过去了，但他不会离开爷爷和奶奶；孙玉厚老两口也离不开这个宝贝孙子。

分家以后，少平立刻就和父亲谈他自己的出路。

孙玉厚老汉豁达地对儿子说："你走你的！这两年爸爸还康健，能种了这点庄稼。只要你能在外面闯出个世事来，爸爸不拉你的后腿！你出门爸爸放心着哩，不会闯出大乱子来……"

"只要我能在黄原扎下根，将来就把你们都迁过去！"

少平非常感激父亲如此慷慨放他出门。

玉厚老汉苦笑了一下，说："先不要想那么远的事。再说，我和你妈一辈子就是这双水村的人了，不会把老骨头撂到外地去的。你只管闹你的世事去！你到了外面，可要你自操心哩！爸爸盼你这辈子不要像爸爸一样，活得蜷胳膊屈腿的……"

少平心里陡然间生出一种悲壮的情绪来。他想，为了父母亲对他的热爱和希望，他也要好好活一辈子人！

在村里办好迁移手续后，他准备到罐子村和原西县高中分别看望姐姐和妹妹，然后就直接返回黄原。

离开双水村的那天，父母亲和大哥大嫂一直把他送到村头。母亲哭出了声，惹得全家人都眼圈红了。是的，这次出门不比往常——这意味着他不再属于双水村，而将成为一个陌生地方的公民了！

少平顺路先到罐子村看望姐姐。兰花一见他，什么也没说，先哭了一鼻子。王满银几乎一年没回家来，姐姐一个人又种地，又带两个孩子，操磨得像个老太婆一样。

酸楚和愤怒使少平的心情久久不能平静。

他在姐姐家留了几天，帮她把一些主要的秋庄稼割倒在地里——不久爸爸和哥哥会来帮助背运和碾打的。

临走时，他给姐姐放下二十块钱，让她去量盐买油。

少平怀着极其痛苦的心情，从罐子村搭上了去原西县的长途公共汽车。

从原西县汽车站出来，走在那条熟悉的石板街上，闻着空气中亲切的炭烟味，一种怀旧的情绪立刻弥漫在他的心头。

少平一边从街道上往过走，一边泪眼蒙眬地寻找着过去涉足过的角角落落。

一直到十字路口附近，他才使自己镇定下来。

他看见，现在的原西城似乎比往日要纷乱一些。十字街北侧已经立起一座三层楼房；县文化馆下面正在修建一个显然规模相当可观的影剧院，水泥板和砖瓦木料堆满了半道街。原西河上在修建大桥，河中央矗立起几座巨大的桥墩；拉建筑材料的汽车繁忙地奔过街道，城市上空笼罩着黄漠漠的灰尘。街道上，出现了许多私人货摊和卖吃喝的小贩，虽然没遇集，人群相当拥挤和嘈杂。

少平突然听见旁边有人喊他的名字。

他回过头一看，原来是跛女子侯玉英！

侯玉英怀里抱着个孩子，一瘸一拐从一个白布帐遮盖的货摊上转出来，走到了他面前。

"我一眼就认出了你！"侯玉英兴奋地笑着，对少平说。她比过去胖了许多，脸蛋像个圆面包似的。

"这是……"少平指着她怀中的娃娃。

"我的！四个月了！云云，给叔叔笑一笑！"侯玉英用手指头在孩子的下巴上按了按，那孩子就咧开小嘴笑了。

"你爱人干啥着哩？"他问。

侯玉英扭过头朝那个白布帐下指了指。

少平看见，一位头发留得很长的青年，正在殷勤地为顾客拿东西，找钱。

和侯玉英这次意外的邂逅，使孙少平感慨万端。唉，时过境迁，他们这一茬人已经开始各自寻找自己的归宿。同学之中，有的已经结婚，并且有了儿女，安安稳稳过起了光景日月。少年！少年！那是永远地逝去了……

可是，你现在还不准备这样安排自己的生活。至于你的未来是个什么样子，你现在还难以断定……

少平在中学见到妹妹后，很快就换了另一种心情。他高兴地看见，妹妹已经长成了大姑娘，身材高挑而挺拔，乌黑的头发剪得齐齐整整。少平心里骄傲地想，妹妹就是到黄原城，也是最漂亮的姑娘！

他给兰香带来了在黄原买的那身时新衣裳和两条天蓝色拉毛围巾——其中一条是送给金秀的。

兰香和金秀在学校大灶上给他买了白馍和两份甲菜。兄妹三个在她们的宿舍吃了下午饭。吃饭时，金秀不断询问她哥和她爸的情况。

第二天，兰香撵到汽车站去送他。等车的时候，她忍不住哭了。

少平劝慰妹妹说："别哭！我知道你为分家的事伤心。你不要怕，有二哥哩！你好好念书，有什么困难，就给我写信，寄到你金波哥那里，我保准能收到。你千万不敢影响学习，你快要考大学了！二哥这辈子恐怕再不能进大学门，但我特别希望你能考上大学。咱家里就看你争这口气了！"

兰香把脸上的泪水揩净，一边听少平说，一边给他点头。

中午，少平上了公共汽车，直奔黄原城。

在黄原汽车站下车后，他身上只剩下五毛钱；他除过留够一张车票的费用，把所有的钱都分给了爸爸、姐姐和妹妹。

现在，他等于赤手空拳返回到这个严厉的城市。现在正是城里下晚班的时候，自行车如同洪水一般从他面前流过。

他又一次惆怅地立在候车室外面，思谋自己该怎么办。

他应该马上找到活干，否则五毛钱只能勉强在小摊上吃一顿饭。

当然，今晚上他也可以到金波或者阳沟曹书记那里凑合一下。但明天呢？后天呢？

不行！先得有个立脚之地，有饭吃，能赚点钱，然后才可以考虑其他事。

这样想的时候，他的两条腿已经开始自觉地向东关大桥头移动了。

当他混入大桥头的"劳力市场"时，太阳就快要坠入麻雀山的背后。一些失去信心的揽工汉已经开始退出这个地方。

少平焦灼地立在砖墙边，绝望之中带着一丝侥幸，等待看有没有包工头来"招工"。

他的愿望随着黄昏的降临而渐渐破灭了。

他突然想：他能不能再到他原来干活的工地上去碰碰运气呢？他知道那工程还没完。只是一般说来，他中间辞工的空缺，很快就会有人补上的。

尽管毫无把握，少平还是过了黄原河大桥，向物资局的工地走去。

他拿着剩下的五毛钱所买的那盒用作交际的纸烟，在工地上转了几圈，才找到了工头。

由于他现在穿了一身新衣服，工头几乎认不出他来了。他把那盒纸烟大方地塞到工头的衣袋里，说："我是孙少平。我又来了。现在我没活干，能不能再上你的工？"

工头看来记起了这个干活不要命的小工。他想了想，说："本来人手满了，但一个人嘛……你来吧！"

少平高兴得几乎要跳起来。他先到工地的灶上扒了两碗干米饭；然后就一路小跑着，到东关金波那里去取他的那卷破烂行李。

第十一章

连绵不断的秋雨刷刷地下着，城市一直笼罩在阴冷的水雾之中。从节令上看，这大概是黄土高原本年度的最后一次雨水；过不久，天空就要飘飞起雪花。

这雨已经下了一天一夜，还没有停歇的迹象。南风赶着灰黑的云彩，潮水般向北方漫过去。雨时疏时密，但一直没有断头。老天爷总是不尽如人意，伏天要雨的时候，偏偏一滴雨也不落；现在不需要雨，雨倒下个没完了！

大街小巷淙淙地流淌着污水；房屋上的灰尘和人行道上的泥垢被雨水洗得干干净净。黄原河再一次变成了浑浊的泥汤。城外的山野峡谷之中，飘游着一团团蓝色的雾霭。

秋雨造成了一种令人愁闷的气氛。街上行人寥寥无几；卖东西的乡下人披着破麻袋片，躲缩在屋檐下心灰意懒地等待买主。十字街的警察钻进岗楼里打盹去了，让汽车在街上自由行驶。从省城到黄原每周三次的班机还没有停飞，轰鸣着低掠过城市上空，降落在东川水迹斑斑的跑道上。什么地方沉重的钢铁撞击声，在寂静的雨声中听起来格外刺耳。

少平干活的那个工地照例停止了施工——场地完全泡在了一片烂泥汤中。工匠们也照例倒在窑里开始没明没黑地睡觉。疲劳过度的人哪！一个个睡得伸胳膊蹬腿，不仅鼾声中捎带着舒服的呻吟，还把牙齿咬得嘎嘣嘣价响……

少平躺在自己的铺盖卷上，却没有一点睡意。他头枕着自己的两只手，眼睛直勾勾地望着窑顶，一边听外面单调乏味的雨声，一边脑子里杂乱地想许多事。

前几天，他抽空去了一趟曹书记家，把户口落在了阳沟。

他在那里仅仅落下个空头户口而已。视土如金的阳沟不会给他土地，他实际上仍然是一棵无根草。现在他完全把自己的命运交到了曹书记的手上。他指望过一两年后，老曹最起码能给他争取一块安家的地盘。至于土地，他不敢奢望。

这样说来，他一生也许只能在黄原城里打短工了。这是一条十分不可靠的谋生之路。要是将来成了家，用这种方式能养活得了老婆孩子吗？

但是，以后的一切对他来说，似乎还很遥远。无论如何，他已经成了一名黄原人，这本身就具有非凡的意义。他想象，他那些前辈祖宗中，大概还没有人离开过故土。现在，他有魄力跑出来寻找生活的"新大陆"，此举即使包含巨大的风险，也是值得的。

直到这个时候，孙少平还不知道曹书记两口子为他落户口的真实用意。我们可以猜想，如果他知道他们是要他做上门女婿，那他会非常乐意接受这个现实的。把爱情放在一边不说，他眼下起码就不会有这么多熬煎了，反正到时一切生活方面的问题都会迎刃而解的。

但他同样不知道，曹书记两口子目前还不想把事情挑明。一来他们要进一步"考察"一下他；二来菊英还在上学，年龄也小。对曹书记来说，这是他的一步"远棋"——还得走一段再说！

现在，少平躺在这个汗气熏人的破窑洞里，在鼾声雨声的交响曲中，谋算着自己下一步的生计。他想，他一定不敢误工，要千方百计找到活干。他要赚钱给家里的老人，还要供妹妹上学——现在分了家，他就是一家之主，肩负着重大的责任！他已经在工地上留心学习匠工的技能，想尽快改变当小工的处境。如果他成了匠工，他一天的工钱就能提高一倍；这样，除过顾救家庭，自己也能积攒一点。两三年后，要是能在阳沟找个地盘，他就可以先箍两孔窑洞——那时才意味着他真正在黄原扎下了根。

这一切也许并不是梦想。他年轻力壮，只要心里攒上劲，这个目标是可以实现的。当然，这还是一个最基本的打算哩！他甚至想某一天，他也会成为一名包工头，嘴里叼着黑棒卷烟，到东关大桥头去挑选工匠……嘿嘿，他就是成了包工头，为什么一定要嘴里叼根黑棒卷烟呢？不，他不会像现在这些工头一样，神气活现地把自己搞得像电影里的保长一般；他要和他雇用的工匠建立一种平等的朋友关系，尤其是要对那些上过学而出来谋生的青年给予特别的关照……

吃过午饭以后，天突然出现了一会短暂的明亮，雨也下得小了一些。工匠们碗一撂，回来又倒下睡了。

少平感到很烦闷，不愿意再躺在自己的铺盖卷上做那些浪漫的遐想。趁雨下得不大，他想到街上转转，看能不能看场电影，好消磨一段时光。

天气已经很冷了，他把那身深红色的绒衣穿在身上，外面仍然套着那身做活的破衣裳，就赤手空拳出了门，来到大街上。他也没伞，就在屋檐下躲躲闪闪地走着；好在雨不大，星星点点的，不会把衣服淋个透湿。现在穿绒衣似乎太早，走一段路以后，身上便感到热烘烘的。他感到有点不自在——外衣的两个肩膀破烂不堪，里面的红绒衣暴露出来，特别扎眼。从这身新旧悬殊、不伦不类的衣服上，一眼就看出他是个地道的乡巴佬。

但少平放心的是，这里没有多少熟人。街上谁有兴趣注意他这身有碍观瞻的穿戴呢？

他便尽量把那种别扭抛开，自由自在地在黄原街上逛荡。雨中的街道难得清静；稀稀落落的行人，脸都被雨伞遮挡着。所有的商店都照常开门营业，但没有多少人光顾。

少平不知不觉溜达到了南关。这里离地委不远的地方，有一座本城最大的影剧院，他很想去碰碰运气，看现在放不放电影。

他远远地看见，影剧院前面的街道上，拥挤着许多人。估计有电影！但不知是否能赶上场？

他加快脚步走到影剧院门口，迅速瞥了一眼大红油漆木牌，见上面写着《王子复仇记》。

他高兴极了！这是根据莎士比亚的《哈姆雷特》改编的电影，据上次金波说，为哈姆雷特配音的是孙道临，相当激动人心。

少平一看时间，知道还能赶上这一场，便慌忙挤到了售票处。他失望极了——这一场票已售完。

他于是垂头丧气退回到拥挤的人群里，看能不能钓个"鱼"。

他正在人群中瞎挤，突然愣住了。他看见田晓霞穿件米色风雨衣，两手斜插在衣袋里，正在几步远的地方微笑着看他。

他僵立在原地，脸顿时像火一般烫热。

她走过来，仍然微笑着，伸出手，说："我以为这是在做梦。"

"是……我也这样认为……"他握了握她的手。

一阵难言的沉默。

"你现在是去看电影呢，还是到我家里去呢？"她掏出一张电影票递到他面前。

"不，你去看吧……我……"他的脸仍然像火烧一般。

"我已经看过一次了……不过，如果你愿意的话，我建议你也别去看了，咱们到我家里去吧！"晓霞似乎故意表现出一种矜持的态度，但显然很难掩饰她的激动。

少平看见，晓霞已经完全是一副大学生的派头了，个码似乎也比高中时高了许多。一头黑发散乱地披在肩头，上面沾着碎银屑似的水珠。合身的风雨衣用一根带子束着腰；脚上是一双棕色旅游鞋。

但是，站在这个人的面前，不知为什么，少平并不为自己的一身破衣服而感到害臊。相反，他觉得穿这身衣服见她正"合适"。

"何去何从？"她笑着把手中的票晃了晃。

"我当然放弃了'复仇'！"少平脸上的爆热渐渐消退了。

晓霞"嘿嘿"一笑。她很快把那张票向旁边"钓鱼"的人处理掉，便引着少平向地委走去。

"你为什么不给我回信？"晓霞一边走，一边问他。

少平无言以对。

他听见"嘭"一声，心一惊。扭头一看，晓霞手中撑开了一把湖蓝色的自动伞。

她向他挨近了一些，把雨伞遮在两个人的头上。他顿时感到自己沉浸在一片迷蒙的湖蓝色的梦幻之中……

近两年了，他没有见晓霞的面。他原来想，一年前他没有答理她最后的那封信，他们的联系也就随之永远地断绝了。她将会变成自己记忆里的一个人，而在现实中他们再不可能见面。是呀，人家是大学生，他是一个乡巴佬，相差如同天上人间……可是，现在却猛然和她相遇在了这秋雨绵绵的黄原街头……

"你怎不回答我的问话呢？"她在雨伞下转过脸，瞅着他。

"一切都很明白……"他说。

"是因为我上了大学，你仍然是个农民吧？看来，你还是世俗的！"晓霞不客气地说。

少平心里不同意老同学对他的评价。其实，他在灵魂深处并没有低看自己。她显然不了解他这两年的变化。他之所以不愿和她再联系，的确是因为两个人在生活中的处境差异太大。但这并不是说，他认为他所走的道路就比上大学低贱。是的，他是在社会的最底层挣扎，为了几个钱而受尽折磨；但他已不仅仅将此看做是谋生活命——职业的高贵与低贱，不能说明一个人生活的价值。恰恰相反，他现在倒很"热爱"自己的苦难。通过这一段血火般的洗礼，他相信，自己历经千辛万苦而酿造出的生活之蜜，肯定比轻而易举拿来的更有滋味——他自嘲地把自己的这种认识叫做"关于苦难的学说"……

晓霞把他引进了地委大门。此时，晓霞的爸爸田福军已经回到黄原地区担任行署专员。家也已经搬过来了。看门房的老头在玻璃后面满脸堆笑向晓霞点了点头，他们就径直穿过一个大院，又通过一道小门，来到一个安静的小院落。

晓霞对他说："这是常委院。"她又指了指旁边一座四层楼，"那是地委家属楼，我们在一单元二楼左手……这样吧，咱们不回家了，在我爸的办公室里好拉话。我爸昨天去了原东县，还没回来……"

常委院是一排做工精细的大石窑洞，三面围墙，有个小门通向家属楼。院里有几座小花坛，其间的花朵大都已凋谢，竟奇迹般留了一朵红艳艳的玫瑰。墙边的几棵梧桐树下，积了厚厚一层黄叶。

晓霞收了雨伞，从身上掏出钥匙，打开了中间一孔窑洞的门。她揭起门帘，把少平让进去。窑洞面积很大，两孔套在一起；刚进门的这孔显然是办公室，从墙中间的一个小过洞里穿过去，便是书房兼卧室了。

她引着他进了里间。

他拘谨地坐在沙发里，环视着这个非凡的地方。晓霞忙着为他倒茶、削苹果。

少平在对面墙上的穿衣镜里，看见自己穿着一身烂衣服，头发乱得像一团沙蓬，坐在这舒适的全包沙发里，实在有点滑稽。如果不是晓霞在，进来个生人看见他这副模样，会以为是个图谋不轨的歹徒呢！

晓霞把一个削好的苹果递到他手里，然后也坐在旁边的沙发里，开始询问他这两年的情况。

少平这才一边吃苹果，一边打开了话匣子，如实地向晓霞叙说他的经历和目前的状况。在少平说话的时候，晓霞瞪着一双美丽而惊讶的眼睛，聚精会神地听着。少平说完后，晓霞像木雕一般呆坐在沙发里，不再发问，也不再说话。

少平也沉默了一会。然后他信任地对她说："你不要对任何熟人或咱们的同学说起我的情况。我知道你能理解我，我才对你说了实情。我不愿意我目前的真实情况让别人知道。要是传回原西，我父母一定会着急的。我希望在老人的想象中，我在黄原的一切都是美好的。咱们同学之中，除过金波，谁也不知道我现在的情况；我也不愿意让他们知道。这不是因为虚荣，而是不愿遭受虚荣者的嘲笑；我想默默地、宁静地走自己的路……

"你得向我保证这一点！"少平强调说。

晓霞像是从梦中惊醒，随口说："这你放心！"她站起来，"先不说了，让我去买饭！咱们就不要回我家里吃了，我知道你在我家里吃饭不自在。我到大灶上去买……"

晓霞从柜子里拿出碗筷，又在桌子抽屉里抓了一把饭票，就很快出去了。

一刻钟以后，她端回一瓷盆炒菜；菜上面摞了一堆馒头。她拿出个小碗，给自己拨了一点菜，又拿了一个馒头，说："剩下都是你的！"

少平估量了一下，说："我大概可以消灭，不过，你不要笑话！"他说着就端起了盆子，不客气地大吃起来。

晓霞笑了。她坐在他旁边，把自己碗里的肉又挑回到他的瓷盆里。不知为什么，她这举动使他想起了润叶姐——那种黄土高原姑娘们所具有的温暖的亲切感……

天色暗下来了。晓霞拉亮电灯，把自己的碗放在一边，站着看了他近一分钟，突然问："我能给你什么帮助呢？"

少平抬起头，说："你如果认为什么书好，再像以前一样，及时推荐让我看。"

"其他呢？"

"不需要了。"

"那我怎样把书交给你？"

少平想了一下，说："我半个月来找你一次，行吗？"

"当然行！"

"什么时候来比较合适？"

晓霞也想了一下，说："白天你都要干活，那么，就星期六晚上吧。就在这里。我爸一般星期六晚上都不在办公室……"

少平接着就告辞了。晓霞也不挽留，起身把他一直送到地委机关的大门口。

分手时,她对他说:"我知道,你不愿意告诉我你在什么地方。但是,你一定要来找我啊……"

"我会找你的！"他主动和她握了手，就转身向街道上走去。

第十二章

田晓霞静静地立在黄原地委门口，一直目送着孙少平的背影消失在北大街的尽头。

暮色已经临近，满城亮起了耀眼的灯火。不远处的电影院刚刚散场，清冷的街道顿时出现了一阵喧闹。嘈杂的人群散乱地流向东西南北，街巷中自行车的铃声响个不停。

片刻工夫，大街上重新安静了。雨已停歇，满天破碎的云彩像溃退的队伍似的在暗夜中向南逃遁。四面的群山只能模糊地分辨出一些轮廓。

田晓霞心绪极其纷乱，一时无心回家去。

她索性离开地委大门口，来到了街道上。她在人行道梧桐树下的暗影里，慢慢地溜达着，情不自禁向北走去。说来奇怪，她怀着某种侥幸，希望孙少平还能在这条路上转回来。她现在才觉得，她和少平两年后第一次相遇，几乎没有交谈多少。他倒说了一些，她几乎没说什么。唉，实际上，她刚看见少平时，感到又陌生又震惊，简直顾不上说什么！

是的，孙少平已经变了，变得让她几乎都认不出来。这不是说他的模样变了——模样的确也变了，但主要的变化并不是他的外表。上师专以后，本来她已经习惯于同周围的那些男男女女相处。她认为自己也告别了过去的生活，开始了人生的一个新阶段。尽管她仍然保持着自己的个性，但基本上和新的环境融为一体。过去的一切，包括中学时期的朋友，渐渐地开始淡忘；而将自己的生活迅速地投入到另外一个天地。国家在多少年禁锢以后，许多似乎天经地义的观念一个个被推倒；新的思潮像洪水一般涌来，令人目不暇给。她整天兴奋地沉醉于和同学们交换各种信息，辩论各种问题；回家以后，又和父母亲唇枪舌剑一番。她周围的青年，一个个都是以天下为己任的雄辩家；古今中外，旁征博引，思想一个比一个解放，幻想一个比一个高远，对社会流弊的抨击一个比一个猛烈。他们学习刻苦钻研，吃穿日新月异，玩起来又痛快淋漓……

可是，她猛然间发现了另外一种类型的同龄人。

孙少平和过去有什么不同？从外表看，他脸色严峻，粗胳膊壮腿，已经是一副十足的男子汉架势。他仍然像中学时那样忧郁，衣服也和那时一样破烂。但是，和过去不同的是，他已经开始独立地生活，独立地思考，并且选择了一条艰难的奋斗之路。说实话，尽管她以前对这个人另眼相看，认为他身上有许多不一般的东西，但上大学后，她似乎认定，孙少平最终不会逃脱大多数农村学生的命运：建家立业，生儿育女，在广阔天地自得其乐。现在农村政策宽了，像少平这样的人，在农民中间肯定是出类拔萃的人物，说不定会发家致富，成为村民们羡慕不已的"冒尖户"。记得高中毕业时，她还对他说过，希望他千万不能变成个世俗的农民，满嘴说的都是吃，肩膀上搭着个褡裢，在石圪节街上瞅着买个便宜猪娃……为此，在少平回村的那两年里，她不断给他寄书和《参考消息》，并竭力提示他不要丧失远大理想……后来，她才渐渐认识到，实际生活是冷酷的；因为种种原因，这些不能进入大学门，又进入不了公家门的农村青年，即使性格非凡，天赋很高，到头来仍然会被环境所征服。当然，不是说农村就一定干不出什么名堂，主要是精神境界很可能被小农意识的汪洋大海所淹没……

尽管田晓霞如此推断了孙少平未来的命运，但出于中学时期深厚的友谊，上大学后，她还不准备断绝和少平的联系。只是她一年前写信给他以后，他再没有给她回信，她这才在遗憾之中似乎也感到了某种解脱。她一生不会忘记这个少年时期的朋友；但她知道，她也许在今后的岁月中甚至不会再和他相遇，充其量只是在记忆中留下深刻印象的往日的朋友……

可是，她今天无意中在黄原街头碰见了他。

莎士比亚是她崇拜和敬仰的作家，根据《哈姆雷特》改编的电影《王子复仇记》在黄原放映第一场，她就去看了。看了一遍还不过瘾，碰巧今天有一张票，她就准备再看第二场……结果，便在人丛中发现了蓬头垢面、衣衫褴褛的孙少平。从把他引到父亲的办公室到刚才送走他，几个小时中，她都震惊得有些恍惚，如同电影中哈姆雷特看见了父亲的鬼魂……

现在，她一个人漫游在夜晚的黄原街头，细细思索着孙少平这个人和他的道路。她从他的谈吐中，知道这已经是一个对生活有了独特理解的人。

是的，他在我们的时代属于这样的青年：有文化，但没有幸运地进入大学或参加工作，因此似乎没有充分的条件直接参与到目前社会发展的主潮之中。而另一方面，他们又不甘心把自己局限在狭小的生活天地里。因此，他们往往带着一种悲壮的激情，在一条最为艰难的道路上进行人生的搏斗。他们顾不得高谈阔论或愤世嫉俗地忧患人类的命运。他们首先得改变自己的生存条件，同时也不放弃最主要的精神追求；他们既不鄙视普通人的世俗生活，但又竭力使自己对生活的认识达到更深的层次……

在田晓霞的眼里，孙少平一下子变成了一个她十分钦佩的人物。过去，都是她"教导"他；现在，他倒给她带来了许多对生活新鲜的看法和理解。尽管生活逼迫他走了这样一条艰苦的道路，但这却是很不平凡的。她马上为在自己的生活中有这样一个朋友而感到骄傲。她想她要全力帮助他。毫无疑问，生活不会使她也走和他相同的道路——她不可能脱离她的世界。但她完全理解孙少平的所作所为。她兴奋的是，孙少平为她的生活环境树立了一个"对应物"，或者说给她的世界形成了一个奇特的"坐标"。

田晓霞不知不觉已经溜达到了麻雀山下的丁字路口。现在她不再幻想少平还会掉过头来找她——这已经是夜晚了。

她于是自己掉过头，又慢慢往回溜达。

街道上已经没什么人了，路灯在水迹斑斑的街面上投下长长的光影。对面山上，立锥似的九级古塔在朦胧中直指乱云翻飞的夜空。没有星星，没有月亮；清冷的风吹过远山的树林，掀起一阵喧哗。黄原河雄浑的涛声和小南河朗朗的流水声，听起来像二重奏……

她竟然也忍不住唱起苏联电影《格兰特船长和他的孩子们》中的插曲。她没有看过这电影，但喜欢唱这首歌。

田晓霞怀着兴奋的心情，随着自己的歌声，脚步竟渐渐变成了进行式。她穿过空荡荡的街道往家里走去。她觉得她和少平的交往将会带有一种神秘的色彩，可能像浪漫小说中描写的故事一样——想到这点使她更加激动！

她回到家后，六间房子有一间亮着灯光，说明只有外祖父一个人在家。父亲下乡没有回来，母亲在医院值夜班。润叶姐在团地委办公室住，通常都不回家来。

她听见外爷在房子里说话。她以为来了客人，但仔细一听，原来是他在数落那只老黑猫——说它最近挑肥拣瘦，只想吃肉不啃骨头；老黑猫只用"喵呜"来回答他的指责。

晓霞在走道里舌头一吐，忍不住笑了。家里人都忙，经常顾不上和外爷拉拉话，他就整天和那只猫唠唠叨叨说个没完。

她不准备打断他们的"交谈"，就悄悄溜进了自己的房子。

她拉亮灯，一个人坐在那张小桌子前，什么也不想做，只想静静地呆一会。

她的房间陈设很简单。一张小床，一张小桌子，一只小皮箱。房间是洁净的，但比一般女孩子的房间要乱一些。书和一些零七八碎放得极没有条理；墙壁上光秃秃的，也不挂个塑料娃娃或其他什么小玩意儿。只是小桌子正中的墙上，钉着一小幅列宾的油画《伏尔加纤夫》——大概是从什么杂志上剪下来的。

田晓霞静静地坐了一会，便从抽屉里拿出一个红皮笔记本，开始记日记。她一直坚持写日记——不过她的日记连父母亲都不让看。她今天主要记叙了她见孙少平的情况和感受。

记完日记后,她突然心血来潮地想,下次见少平,要把墙上这幅《伏尔加纤夫》送给他;她觉得这幅小画让少平保存是很合适的。

洗漱以后,她就上了床。

她很久睡不着,思绪极其活跃——也不是全想孙少平的事。她为睡不着而急躁,而越急躁越睡不着。她第一次尝到失眠是什么滋味。她急得拿被子把头蒙起来。真急人!明早上是中国古代文学课,由著名唐宋文学专家顾尔纯副教授讲杜甫的诗。顾教授就是中学时少平班上顾养民的父亲。教授虽然担当师专副校长职务,但一直代课。他讲唐宋文学很受同学们欢迎;除过学问精深,还有诗人的激情——讲到激动之处,常常声泪俱下……她不知道她什么时候睡着了……

一个星期以后,田晓霞就激动地等待另一个星期六的到来。

她现在除过像以往一样在学校正常地对待一切,当然又多了一层说不出的心思。她眼前不时晃动着孙少平的影子。她急切地想见到他。她已经在学校图书馆为他借好了不少书,其中有狄更斯的《艰难时世》、夏绿蒂·勃朗特的《简·爱》、阿·托尔斯泰的《苦难的历程》、列夫·托尔斯泰的《复活》和巴尔扎克的《欧也妮·葛朗台》,另外,她还从父亲的书架上"偷"出来内部发行的艾特玛托夫的《白轮船》——她自己非常喜欢的一本书。

后来,她又狡猾地想:要是把这么多书一次给了他,那他就不需要两个星期来找她一次了!

她决定一次只给他带两本。

星期四下午没课。中午她在学校集体宿舍的架子床上躺了一会,就起身回家。

出学校大门不久,她发现黄原河对岸的一个小湾里,似乎有许多匠人在打石头。其实,这些石匠早就在那里,只是她以前从不留心罢了——不只是她,城里的所有市民谁留心这些和自己毫不相干的事呢?最近,她却开始对所有的基建工地和采石场都敏感地注视起来;她总想着，少平会不会就在这里或那里的工地上干活？

现在，她又不由驻足猜测：他是不是就在对面那个采石场里背石头？

一种抑制不住的欲望，竟使她迅速折转身，穿过黄原河新桥，想去对岸那个采石场看个究竟。在快到采石场的时候，她不知在哪根神经的指挥下，竟然不知不觉像个工匠似的把两只手抄到背后。

她忍不住为自己而笑了。

现在，她已经立在河湾上面的公路边上，瞧着下面打石头的人们。她看见，虽说天气还不暖和，但这些人就只穿件小布裤，赤裸着肩膀干活。有的人坐着拿锤錾凿一些方石块；另外一些人正把打好的石块从河湾里往公路上背。公路边上，几辆拖拉机装满石头便吼叫着开走了。晓霞知道，背石头的人都是小工，活也最苦；他们从河湾往公路上爬那道陡坡时，身子都被背上的石头压成一张弯弓，头几乎挨到了地上，嘴里发出类似重病人那般的呻吟……她记起了《伏尔加纤夫》……那艰辛，那沉重，几乎和眼前这景象一模一样……

她仔细辨认了一下背石头的小工，没有发现少平——是呀，怎么可能碰这么巧呢！

"喂，妹子，爱上了就下来！"

河湾里有个打石头的家伙朝她粗鲁地喊。所有的工匠都停止了干活，朝她哈哈大笑起来。

晓霞赶紧扭头就走。她脸通红，但没有过分生气。她知道这些寂寞的揽工汉随时都想拿女人开心。她是一个思想开阔的知识青年，不认为这对她是什么了不起的伤害，反而觉得这种"遭遇"倒也有趣！

星期六这一天，田晓霞有点心神不安。她觉得自己很可笑，就像一个等待幽会的恋人一样。其实，她自己清楚，她现在和孙少平并不是这种关系。她只是为和他这种非同一般的交往而感到激动。她更多的是想和他探讨各种各样的问题，或者说探讨他们这个年龄的人常挂在嘴上的"生活意义"。田晓霞想，如果她在大学的同学们知道她和一个揽工汉探讨这些问题，不仅不会理解她，甚至会嘲笑她。但这也正是她激动之所在。是的，她和他尽管社会地位和生活处境不同，但在人格上是平等的——这种关系只有在共同探讨的基础上才能形成。或许他们各自都有需要对方改造的地方；改造别人也就是对自己本身的改造。

田晓霞怀着欢快的心情，晚饭前就来到她父亲的办公室。父亲下乡还没回来。她已给母亲和外爷打了招呼，说她不在家里吃晚饭了。

六点钟左右，她到机关灶上买好饭，端回办公室，然后就专心等待孙少平的到来。

半个钟头以后，孙少平如期地来了。田晓霞惊讶地看见，他穿了一身笔挺的新衣服，脸干干净净，头发整整齐齐；如果不是两只手上贴着肮脏的胶布，不要说外人，就连她都会怀疑他是不是个揽工汉呢！

少平看出了晓霞的惊讶，开玩笑说："我穿了一身不合乎自己身份的衣服，但这纯粹是因为礼貌的原因！"

晓霞喜欢这句幽默话。她指了指桌子上的饭菜，说："咱们先吃饭吧！"

"我已经吃过了，但同样出于礼貌，我再吃一顿。好在我的肠胃经受过磨炼，不惧怕这种虐待！"

晓霞笑着去盛饭，说："看来你已经学会耍贫嘴了！"

两个人愉快地坐下来，开始吃晚饭。

第十三章

孙少平已经适应了这个底层社会的生活。尽管他有香皂和牙具，也不往出拿；不洗脸，不洗脚，更不要说刷牙了。吃饭和别人一样，端着老碗往地上一蹲，有声有响地往嘴里扒拉。说话是粗鲁的。走路拱着腰，手背抄起或筒在袖口里；两条腿故意弄成罗圈形。吐痰像子弹出膛一般；大便完和其他工匠一样拿土圪塔当手纸。

虽然少平看起来成了一个地道的、外出谋生的庄稼人，但有一点他却没能做到，就是在晚上睡觉时常常失眠——这是文化人典型的毛病。好在别人一躺下就拉起了呼噜，谁知道他在黑暗中大睁着眼睛呢？如果大伙知道有一个人晚上睡不着觉，就像对一个不吃肥肉的人一样会感到不可思议。

是的，劳筋损骨熬苦一天以后，孙少平也常常难以入眠，而且在静静的夜晚，一躺进黑暗中，他的思绪反而更活跃了。有时候他也想一些具体的事；但大多数情况下思想是漫无边际的，像没有河床的洪水在泛滥，又像五光十色的光环交叉重叠在一起——这些散乱的思绪一直要带进他的梦中。

转眼间一个月过去了。

清明之前，天气转暖，大地差不多完全解冻。黄原河岸边的柳枝，已经萌生起招惹人的绿意。周围山野里向阳的坡洼上，青草的嫩芽顶破潮润的地皮，准备出头露面了。

在工艺厂的工地上，干活的人已经穿不住棉衣，一上工便脱下摞在了一边。现在，宿舍楼起了第一层；楼板安好后，开始砌第二层的屋墙。少平的工作是把浇过水的湿砖用手一块块往二层上扔——这需要多么大的臂力和耐力啊！这无疑是小工行里最苦的活；可是他应该干这活，因为他拿的是这一行的"高工资"。

工程大忙以后，需要的人也多了。包工头陆续从东关大桥头又招回一些工匠，同时也打发了几个干活不行的人。

人手一多，一老一小两个做饭的就应付不过来。他们光做饭还可以，但那个老汉还兼管采买，大筐的土豆和白菜，五十斤一袋的面粉，老汉一个人拿不动。包工头突然决定由少平帮助老汉出去采买东西。对于工匠们来说，这是个轻松活，人人巴不得去干。但包工头念少平是一个县的老乡，把这好差事交给了他。

少平就像被"提拔"了一样高兴。他现在每天只在工地上干半天活，另外半天就和做饭的老汉一块到街上去采买东西，一天下来，感觉当然比过去轻松多了。

活路稍微一轻松，他突然渴望能看点什么书——算一算，他又很长时间没见书的面了。正月里返回黄原到现在，他也没去找田晓霞借书，因为他一直装个文盲，借回来书也没办法看。再说，他口袋里空空如也，想专心干活积攒一点钱，好给家里和县城的妹妹寄，根本没心思想其他的事。

就是现在，他也不能暴露他的"文盲"身份。正因为他是个只会卖力气的"文盲"，包工头才信任他，让他去干采购工作。要是包工头知道他是个学生出身的人，又在他这里清闲得看起了书，说不定马上就会把他打发走。他舍不得离开这工程啊！一天赚两块半工钱不说，现在还不要像其他工匠一天顶到头地出死力。

但读书的愿望一下子变得如此强烈，使他简直无法克制。他思谋：能不能找个办法既能读书又不让人发现呢？

只有一个途径较为可靠，那就是他晚上能单独睡在一个地方。

主意终于有了。他准备和包工头说一说，让他同意自己住在刚盖起的那一层楼房里。虽然那楼房还正在施工，新起的一层既没安门窗，更不可能生火，但现在天气已经转暖，可以凑合；就是冷一些也不要紧，只要一个人住着能看书就行了。

包工头并不反对他挪地方住——只要你小子不怕冷，就是愿意住在野场地里也和我球不相干！

孙少平搬到没门窗的楼房后，才想起这里晚上没灯。他就在外出采购东西的时候，捎带着给自己买了一些蜡烛。

条件一具备，他就打算到晓霞那里去借几本书回来。

过罢清明节，少平在一个星期六的傍晚，破例拿出牙具和香皂，偷偷到小南河里洗刷了一番，又换上自己的那身"礼服"，就蛮有精神地去地委找田晓霞。

在地委田福军的办公室和晓霞相会后，晓霞又高兴又抱怨地问他为什么这么长时间不来找她。

少平吞吞吐吐解释了半天。

一段时间没见晓霞，少平吃惊地发现她的个码似乎蹿高了一大截——他一时粗心，没有留意她换了一双高跟鞋。

两个人像往常那样，一块吃了晓霞从大灶上买回来的饭菜，接着热烈地谈论了许多话题。

临走时，晓霞给他借了一本艾特玛托夫的《白轮船》。她告诉他，这是她很喜欢的一本书，是前几年内部发行的；父亲买回来后，她看完就偷偷地占为己有了。

少平打开书，见书前有"任犊"写的一篇批判性序言。晓霞说，那"畜生"全是胡说八道，不值得理睬。

少平很快和晓霞告辞了——既然这本书他的"导师"如此推崇，他就迫不及待地想读它。

回到"新居"以后，他点亮蜡烛，就躺在墙角麦秸草上的那一堆破被褥里，马上开始读这本小说。周围一片寂静，人们都已经沉沉地入睡了。带着凉意的晚风从洞开的窗户中吹进来，摇曳着豆粒般的烛光。

孙少平一开始就被这本书吸引住了。那个被父母抛弃的小男孩的忧伤的童年；那个善良而屡遭厄运的莫蒙爷爷；那个凶残丑恶而又冥顽不化的阿洛斯古尔；以及美丽的长角鹿母和古老而富有传奇色彩的吉尔吉斯人的生活……这一切都使少平的心剧烈地颤动着。当最后那孩子一颗晶莹的心被现实中的丑恶所摧毁，像鱼一样永远地消失在冰冷的河水中之后，泪水已经模糊了他的眼睛；他用哽咽的音调喃喃地念完了作者在最后所说的那些沉痛而感人肺腑的话……

这时，天已经微微地亮出了白色。他吹灭蜡烛，出了这个没安门窗的房子。

他站在院子里一堆乱七八糟的建筑材料上，肿胀的眼睛张望着依然在熟睡中的城市。各种建筑物模糊的轮廓隐匿在一片广漠的寂寥之中。他突然感到了一种荒凉和孤独；他希望天能快些大亮，太阳快快从古塔山后面露出少女般的笑脸；大街上重又挤满了人群……他很想立刻能找到田晓霞，和她说些什么。总之，他澎湃的心潮一时难以平静下来……

本来，这本书他准备在一个星期内看完，想不到一个晚上就看完了。他只能等到星期六才可以去找晓霞——平时她不回家来。

星期六好不容易到了。

这天下午他耐到收工，就匆忙地拿了那本《白轮船》，到地委去找她。

他见到晓霞后，一时倒不想说什么了。他本来急切地想和她谈论看过的书，但他又感到自己很难说清楚。这本书更多的是引起了他情绪上的大波动——一个人是很难把自己的情绪说明白的。真的，这是一种无法用语言表述的感受，因为它太巨大、太复杂了！

田晓霞看出了这本书给孙少平带来的震动；她自己也曾被它强烈地感染过。她高兴的是，少平和她一样理解并喜欢这本书。

吃完下午饭，晓霞突然提议他们一块去爬一次麻雀山。

这正合少平的心意。

于是，两个人一同相跟着出了地委大门，向麻雀山走去。

走在路上的时候，少平才有点拘束起来。和晓霞一块待在房子里说话，他很自然；可是，两个人一块相跟到野外去溜达，他就感到情调有点太温馨——不过,这种温馨是任何一个青年男子都不会反感的!

麻雀山就在地委的后面。他们顺着一道缓坡慢慢向山上走。快到山顶时,晓霞顽皮地离开路径,专意在一些荒地里行走;少平就愉快地迁就她的任性,紧撵着她在没有路的地方向上攀行。

一道土塄坎挡住了去路。少平敏捷地一扑就跳上去了。晓霞立在塄坎下,笑着摇了摇头;然后向他伸出一只手,要让他拉她。少平顿时有点慌乱,脸红得像水萝卜一样。晓霞被他的窘态逗得大笑,手却固执地伸着,非让他拉不行。

少平只好伸出一只颤抖的手,把她拉上了土塄坎。这是他第一次拉一个姑娘的手。他感到自己的那条胳膊僵硬得像条棍子,手掌如同被烧红的铁烫过一般。

到山顶了。两个人在一个地畔上坐下来。

黄原城就在他们眼皮底下。街道上熙熙攘攘的行人像忙碌的蚁群。他们的背后,太阳正在沉落。对面的九级古塔在夕阳中闪耀着光辉,看起来似乎像发射架上的一枚巨型火箭,格外雄伟。初春蓝色的黄原河将城市分割成两半后,弯弯曲曲地流向远方的群山深谷之中……

两个人先顾不上说话,惊奇而兴奋地观赏夕阳晚照中的大自然景象。

城市渐渐沉浸在阴暗中,景物开始模糊起来。黄原河上新老两座大桥首先亮起了灯火;紧接着,全城的灯火一批跟着一批亮了。

这时候,晓霞才转过脸,问少平看过《白轮船》后,有什么感想。

少平断断续续、结结巴巴说了一些,好像也没能把自己的感受充分表达出来。

说实话吧,这会儿他思想不能集中起来!是呀,黄昏中,在一个荒山野地里,单独和一个姑娘待在一块,使他浑身的血液由不得沸沸扬扬……

内心的骚动让他坐立不安,他索性仰面躺在一片枯草上,两只手垫在脑后,茫然地望着暮色中的天空。天空已经亮出几颗星星。晓霞也就不再出声,静静地坐在离他不远的地方,两只手抱着膝头,凝望着远方的山峦。这是一个美妙的时光。小树林中,归窠的鸟雀扇动着扑棱棱的羽翅。没有风，空气中流布着微微的温暖。春天的黄昏呀，使人产生无尽的遐思和深远的联想，也常常叫人感到一种无以名状的忧伤！

　　躺在地上的孙少平，不知为什么突然眼里涌满了泪水。他深深地向夜空中吐出一声叹息，嘴里竟然喃喃地念起了《白轮船》中吉尔吉斯人的那首古歌——

　　　　有没有比你更宽阔的河流，爱耐塞，
　　　　有没有比你更亲切的土地，爱耐塞。
　　　　有没有比你更深重的苦难，爱耐塞，
　　　　有没有比你更自由的意志，爱耐塞。

　　晓霞仍然保持着她那雕像似的凝望远山的姿势，接着他轻轻地念道——

　　　　没有比你更宽阔的河流，爱耐塞，
　　　　没有比你更亲切的土地，爱耐塞。
　　　　没有比你更深重的苦难，爱耐塞，
　　　　没有比你更自由的意志，爱耐塞。

　　少平猛一下从地上坐起来。一种强烈的冲动，使他真想伸开双臂，把田晓霞紧紧地抱住！

　　山下的大街上传来一声刺耳的汽车喇叭的鸣叫。孙少平叹了一口气，抬起软绵绵的胳膊，用手掌揩掉额头上的一层冷汗，对田晓霞说："咱们回去吧……"

　　晓霞没说话，对他点点头。两个人就沉默地起身下山。山下，繁密灿烂的灯火，组成了一个无比辉煌的世界。

　　孙少平在南关的大街上和田晓霞分了手，胳膊窝里夹着一本新借来的《简·爱》，就回他那个门户洞开的住处去了。

第十四章

　　这是五月里一个温暖的傍晚，田晓霞从宿舍里走出来，一个人在校园的路径上慢慢溜达着。路两边笔直的白杨树已经缀满了嫩绿的叶片。晚风和树叶在谈心，发出一些人所不能理解的细微声响……

　　这姑娘仍不失往日那种风度，薄毛衣外面像男孩一样披件夹克衫，两条胳膊帮在鼓囊囊的胸前，似乎陷入到一种深邃的沉思之中，但脸上还带着通常那种无意识的、骄傲的微笑。这是一个美好的夜晚，远远近近，灯光点点，绿意朦胧，空气中弥漫着槐花甜丝丝的芬芳。

　　对这位二十三岁的大学生来说，日子过得既快活又不尽如人意。她没什么大苦恼，但内心常常感到骚动不安。一天里也充满了小小的成功与欢乐，充满了烦恼与忧伤，充满了愤懑与不平，也充满了友爱和思念。唉，时光就是在这样飞逝着——转眼又是冬去春来了！

　　田晓霞忍不住立在路边，面对着梧桐山那面升起的一轮明月发了会呆。她望着幽深的蓝天，吮吸着深春的气息，心里火辣辣的。

　　她突然发现自己未免有点"小布尔乔亚"了，便由不得哈哈一笑，稍微加快点脚步，向前面走去。

　　在刚踏入黄原师专的时候，有一件事就在田晓霞的内心深处搅动起来：师专毕业后，她去干什么？

　　这是一个很现实的问题。这所学校是师范性质的,培养学生的目标,就是毕业后在黄原几个地区去当中学教师。这是她很不愿意从事的职业。一生当个教书匠,这对她来说是难以想象的。尽管她在理性上承认这是一个崇高的职业，但绝对不合她的心意。她天性中有一种闯荡和冒险精神，希望自己的一生充满火热的情调，哪怕去西藏或新疆去当一名地质队员呢！

但要摆脱当教师的命运，又绝非易事。这学校的历届毕业生，很少有过例外。首先必须去当教师，然后才可能从教师队伍中转向另外的工作——这也是少数有能耐的人才可以做到的。当然，她父亲现已接替前任，成了黄原地委书记，可以走点"后门"，把她分配到行政单位。但她对行政工作比当教师更反感。再说，她父亲也不一定会给她走这个后门。

她有时很为这件事苦恼，甚至都有点精神不振和自制力松懈，以致影响了学习和进取心。

但她也能较快地从这种状态中解脱出来。每当她面临精神危机的时候，紧跟着便会对自己进行一番严厉的内心反省。她意识到，虽然随着年龄和知识的增长，她成熟了许多，但也不可避免地沾染上某些属于市民的意识。虽然她一直是鄙薄这些东西的，可又难免"如入鲍鱼之肆，久而不闻其臭"。也许人为了生存，有时也不得不这样。但这些东西像是腐蚀剂，必然带来眼界狭窄、自制力减弱、奋斗精神衰退等弊病。田晓霞毕竟是田晓霞！即使有时候主观上觉得倒退是可以的，但客观上却是无法忍受的。她必须永远是一个生活的强者！

经过内心的反复折腾后，晓霞迫使自己不要过分为这事而伤脑筋。车到山前必有路——到时再说吧，反正现在苦恼也无济于事。当然，她不是把这件事完全抛在了脑后，只是先作"淡化"处理。

但最近以来，另一件事又在她心里七上八下地搅动——这是由于孙少平的出现而引起的。

她在上高中时，就和孙少平的关系非同一般。不过那时他们的交往的确很单纯。她和这个同村而不熟悉的乡下学生初次相识，他身上的许多东西就引起了她的重视或者说另眼相看。后来，他们之间的关系就加深了。但她和他在黄原相见之前，这种关系仅仅在同学之外另多了一种友谊的成分。在他们的年龄，这种关系是正常的，只是稍稍有些不平常罢了。

自从她在南关电影院门口碰见到黄原谋生的孙少平以来，在近一年的时间里，她对这个人的心情产生了某些微妙的变化。她现在总是在想着他。她常有点心神不安地等待星期六的到来，期望在父亲的办公室里，和他一块吃顿饭，天上地下谈论一番。她发现，班上现在还没有一个男生能代替少平和她在广阔的范围内交流思想。

仅仅是为了交流思想，她才如此渴望和他在一块吗？不，这个人在很大程度上已经牵动了她内心中那根感情的弦索。

是爱情？但她又觉得一切还没那么明确。她笼统地认为，对她来说，爱情大概还是一件相当遥远的事。她在学习上的进取心和对未来事业的抱负，在很大程度上占据了她的心，使她对个人问题的考虑缺乏一种强烈追求的意识。

可是，她又为什么一想起他，心头就会泛起一层温热的波澜？她又为什么常常渴望和他待在一块？甚至多时不见面一种想念之情就会油然而生？

是爱情？也许这就是爱情！只不过她自己还没有明确承认罢了。

不管怎样，田晓霞觉得，她的生活中已经不能没有孙少平这个人了。这个人和他对生活所采取的态度，使她非常钦佩。现在，这样的男人可是不多啰！当然，社会上，大学里，不乏许多优秀青年；但像少平这样在极端艰难条件下的人生奋斗，时下并不是一种普遍现象。真的，他太艰难了，有时候真令人目不忍睹——可他的不凡正表现在这一方面！

现在，女同学们整天都在谈论高仓健和男子汉。什么是男子汉？困难打不倒的人才是真正的男子汉！男子汉不是装出来的——整天绷着脸，皱着眉头，留个大鬓角，穿件黑皮夹克衫，就是男子汉吗？有些男同学就是这么一副样子，但看了就让人发笑。男子汉主要应该是一种内在的品质，而不是靠"化装"和表演就能显示的。

她喜欢孙少平的正是他不伪装自己，并不因生活的窘迫就感到自己活得没有意义。她看得出来，少平甚至对苦难有一种骄傲感——只有更深邃地理解了生活的人才会在精神上如此强大。

这样说来，她是不是就要真的把自己的一颗心，交给这个来自穷乡僻壤的揽工汉了？

这样想的时候，我们的"小伙子"田晓霞也会臊得满脸飞霞。噢，不！最好先不要匆忙地说这种事。一种真正美好的感情，像酒一样，在坛子里藏得越长，味道也许更醇美。另外，从谈恋爱的意义上衡量，她和少平目前还有一种难以说清的距离感……

先就保持这种关系吧！这已经使她的内心够乱了，她还要集中精力把大学上完呢！

但不论怎样，她和少平每个星期六的相见，总使她的心情久久难以平静下来。前天晚上，他们又一块谈了那么多！并且再一次登上麻雀山，在月光下坐了好长时间。她知道，他现在又到地区柴油机厂给人家修建家属楼。他每星期在她手里拿走一本书，下个星期再换一本；他说他一个人住在正修建的楼房里，为的是晚上能安安静静看书。

她无法想象，他在没门没窗也没有电灯的房间里怎样读这些书的！有几次她按捺不住自己的冲动，想晚上去找他，看他究竟住在一个什么样的地方。

但她又打消了这念头。她要顾及他的自尊心——他不会愿意让她目睹他的处境……

第十五章

　　小满前后，双水村周围的山野里，又渐渐呈现出一派盎然生机。阳光暖洋洋地照耀着大地。东拉河两岸的缓坡上，鲜绿的草芽已经遮住了冬日里顽童们烧荒留下的大片黑色斑痕。农村实行以户为单位的生产责任制后，水利和灌溉设施破坏得很严重，因此东拉河水倒比往年旺了许多；河道的某些狭窄处，水流居然起波打浪，发出隆隆的声响。在田家圪崂通往庙坪的河滩里，泛滥的春水淹没了过去的列石，人们不得不搬来一些大块的石头，组成一列新的活动"桥"。

　　所有的乔木、灌木和大部分野草，都有了叶片。就连对春天的爱抚不很敏感的枣树，也开始生出了嫩芽；庙坪重新泛起了一片朦胧的绿意。豌豆已经缀满了粉红的小花。小麦在拔节，有些向阳的山湾里，甚至都努出了小小的穗头。

　　这时候，农事也开始繁忙起来。大部分秋田作物都开始播种了。村周围的山野里，到处都传来庄稼人"噢啊……"的回牛声。光景好的人家，能买得起充足的化肥，这时节给小麦追一次尿素那是再好不过了。

　　孙少安一直在原西县城奔波，他实在是忙不过来呀！制砖机一开始转动，他自己也跟着旋转起来。各种生产环节，七八个雇用的工人，还要亲自跑着搞经销，简直乱成了一团。一个高小文化程度的农民小子，突然办起了这么大的事业，那种繁忙和紧张都难以用笔墨来描述。尽管他用每月一百五十元工资雇来的河南师傅主管砖厂的生产流程，但他是这砖厂的主人；他不得不将大量的精力投入到生产现场——搞好搞坏最后都是他自己的，和河南师傅屁不相干！另外，他还得经常往信用社、税务所、运输公司以及买方等部门穿梭奔跑。

他不在家的时候，他老婆就成了砖厂的主管人。可怜的秀莲除过给七八个人做饭外，还得给买方点砖数，开发票当会计——这一切都够难为她了。

小两口再也不可能夜夜消闲地钻在一个被筒里搂着睡觉——他们常常好几天都见不上一面。虎子几乎一直跟爷爷奶奶住；他们顾不上照管自己的宝贝蛋。

当然，他们如此挣命，是因为生活突然充满了巨大的希望。有了希望，人就会产生激情，并可以义无反顾地为之而付出代价；在这样的过程中，才能真正体会到人生的意义。什么是人生？人生就是永不休止的奋斗！只有选定了目标并在奋斗中感到自己的努力没有虚掷，这样的生活才是充实的，精神也会永远年轻！

眼下，农民孙少安尽管不会这样表达他的思想，但所有这一切他都实实在在感受到了。在农村这个天地里，他原来就不是平庸之辈；只不过在往日那漫长的年月里，他想做的事情不能做，不想做的事情却又非做不可。

好，现在政策一变活，他终于能放开马跑了！

两个多月来，少安和秀莲尽管累得半死不活，但小两口心里从来也没有像现在这样畅快过。两个小学文化程度的人，已经在他们新家的小土炕上，扳着手指头反复计算过今年下来的光景。如果不出什么差错，他们将在年终还完贷款后，还有两三千元的收入——更主要的是，制砖机和砖厂所有的财产都将成为他们自己的啰！

随着全社会的改革与开放，国家迅速地转入了大规模的建设时期。从农村到大大小小的城市，各类建筑如雨后春笋一般破土而出。有些属于计划之内，有些是盲目上马。整个中国似乎变成了一个大建筑工地。在这样的形势下，各种建筑材料都成了热门货。木材在涨价，钢材在涨价，而砖瓦一直供不应求！尤其是宝贵的钢材，就像困难时期的营养品一样，受到了严格的控制。越是控制，越是紧缺，漏洞也就越多；各种后门洞开，许多环节上都有不法之徒大发横财——报纸上不时报道有贪财的官员锒铛入狱！

孙少安开办砖厂，的确赶上了当口——他不愁他的砖没有销路。

但是，要把每一块砖变成人民币，还得要费一番周折喽！如果按当时通行的价格，那倒很省心——起先他就是这样把砖卖掉的。可是有一次，他碰见"夸富"会上和他住同屋的"冒尖户"胡永合，把他这种便当的买卖大大嘲笑了一番。

胡永合告诉他，现在的买卖人没他这号瓷脑！他教导孙少安说：脑筋放活些！你把买方的人请到食堂里吃上一顿，每块砖就能多卖一二厘钱！

孙少安大为惊讶。他先把这位"传教士"请到原西县国营食堂吃了一顿。这顿饭使两个买卖人成了朋友。三杯酒下肚，生意油子胡永合又给他传授了不少窍道。

打这以后，孙少安就"灵性"多了。按胡永合的教导试了一回，果真灵验——原来一块砖最多卖三分八厘钱，这次卖了三分九厘。一块砖多卖一厘钱，那就是一笔不小的款项；请一两个人吃顿饭能花几个钱！

当然，作为一个本分农民，起先这样做的时候，他心里总有点七上八下，很不踏实。后来他才知道，你不这样做也不行！有些公家人不仅不在乎这种请客送礼，而且还主动暗示或直截了当要你"出血"。这是一种"互惠"生意，既然公家人不怕，一个农民为什么有便宜不占呢？

一个可悲的事实是，许多土头土脑的农民，很大程度上是因为公职部门的不正之风和某些干部的枉法行为，才使他们成为"熟练的"生意人。他们提着黑人造革皮包，带着好烟名酒，从乡下来到城里，看起来动作迟笨，一脸忠厚，但精明地不会放过任何一个可以打开的"缺口"。

但和胡永合这样的生意人相比，孙少安在这方面仍然没有开什么大窍。他只会请人家在食堂里吃一顿饭——这是一个得了好处的乡下人通常感谢别人的方式。

说起来，孙少安的身上也还有一些明显的变化。比如说他现在的衣着装束，就今非昔比了。如今他只要外出办事，就会换上那套"礼服"：贴身一套红线衣，外面是一身廉价混纺毛料制服；足登"力士"牌球鞋，头上戴一顶深蓝的卡单帽，手里像其他生意人一样提着黑人造革皮包（也可斜着大背在身上）。当然，这身打扮在城里人看来仍然是个土包子，但在农村，就算很"洋"了。秀莲坚持要让他这样改头换面。少安自己也感觉到，到城里办事，一身老百姓衣服实在蹬打不开。穿着这身新衣服，开始时还怪有点别扭，以后慢慢也就习惯了……

现在，孙少安就是这么一副装束，坐在原西县国营食堂的小餐厅里。

他正在这里请客吃饭——当然是为了销售他的砖。

客人是原西县百货公司的正副经理和这个单位管基建的干部。副经理我们已经熟悉了——跛女子侯玉英的父亲侯生才。正是因为少平当年曾经在洪水中救过侯生才的女儿，这笔生意使孙少安多赚了不少钱。百货公司要新盖一座三层楼的门市部，需要大量的砖。有许多砖厂在竞争这个大买主。当主管基建的副经理侯生才知道少安就是少平的哥哥后，毫不犹豫把好处先给了他，并且每块砖出价四分——这比当时通行的价格高出二厘。侯生才的"理由"是，少安的砖好。当然，少安的砖确实也好，压力系数都在一百号以上（七十五号以上就是国家标准）。

为了感激慷慨的侯经理，少安就在县国营食堂的小餐厅里搞了这桌饭。从原西水平来说，这桌饭菜已经属最高层次了。桌上有山珍海味，还上了各种酒。少安殷勤地为那三个人夹菜劝酒，尽量使自己的风度像那么一回事；生活已迫使一个封闭的乡下人向外部世界开放。

吃菜喝酒的时候，孙少安无限感慨地想起，当年就是在这地方，他和润叶曾经一块吃过一顿饭。那顿饭是润叶请他的。那时，他是何等的窘迫与恓惶啊！谁能想到，今天他能在这同一个地方，铺张地请别人吃宴席呢？

他由不得想起了润叶——这几年里，他很少再想起这个曾经爱过他的人。对于一个在实际生活中陷入千头万绪矛盾中的农民来说，没有那么多闲暇勾起自己的浪漫情思。不过，一旦想起这个人，他就会想起自己整整一段生活历史；不仅是当年他和润叶的关系，还有他自己和一家人曾经度过的那无比艰难的岁月……

他在饭桌上的情绪突然低落下来。此刻，他痛苦地想到，他们家其他人的情况眼下仍不景气。分家以后，父亲的负担加重了，那么大年纪，还得像小伙子一般出山劳动。弟弟一个人流落门外，谁知成了一种什么样子。姐姐家的状况更是一如既往，就连上高中的妹妹，也是很艰难的。

孙少安的额头冒出了一层冷汗。他内心里刹那间升起一股羞愧之情：分家之后，他只顾他自己的事，对家里其他人几乎没尽什么责任。他太混账了！一天忙着为自己赚钱，连弟弟和妹妹都没顾上去关照一下——他们严格地说还没有长大呢！

孙少安勉强赔着笑脸吃完了这顿饭，把三位客人送出了国营食堂。

他决定立刻到中学去找妹妹——他要给她留下五十元钱。

是呀，亲爱的妹妹马上就要高中毕业，她已经长成大姑娘，尤其在穿着方面应该像个样子了。本来，他想自己到商店给兰香去买几件衣服，又怕不合身，就决定到中学去把钱送给妹妹，让她自己去挑拣着买一身好衣裳。

孙少安提着那个黑人造革皮包，急匆匆地往中学赶去。在此之前，他已经打问好去石圪节的一辆顺车，给兰香把钱送下，就得赶紧搭车回去——他已经出门几天，心里惦记着家里那一摊场。秀莲一个人顾不来啊！

兰香正在上自习。他把她从教室里叫到外面的大操场上。

他先简单地询问了一下妹妹的情况。

兰香说她什么都好着哩。

他于是就掏出那五十块钱来给妹妹。

可兰香却不接这钱。她不知为什么眼里突然涌上泪水，说："我有钱哩……"

"你哪来的钱！"少安见妹妹不接钱，有点生气。

"我二哥每月给我寄十块……"

孙少安一下子呆了。

呀，他没想到弟弟一直给妹妹寄钱！

他的喉咙顿时像堵塞了一团什么东西。

他有些声软地说："你二哥的是你二哥的，这是大哥的。你拿上给你买一身时新衣裳，你看你这身衣裳都旧了……"

兰香抠着手指头，突然扬起脸用泪蒙蒙的眼睛望着大哥，说："哥，我知道你的心哩。现在分了家，你们那面有我大嫂哩。我不愿叫你作难。你不要给我钱。我不愿意大嫂和你闹架。我手头宽裕着哩……"

少安的眼窝发热了。

他接着又硬把钱往妹妹手里塞。兰香却掉转身，手抹了一把眼泪，跑回教室里去了……

孙少安手里捏着五十块钱，呆呆地立在空荡荡的中学操场上，一颗伤痛的心像是泡在了苦涩的碱水里。

……他不知道自己是怎样走出原西县中学的。他也不知道自己是怎样从原西县回到石圪节公社的……

孙少安在石圪节下车后，便神情恍惚地向双水村走去。

一路上，那无声的哽咽不时涌上他的喉咙。他的胸口像压了一块石头。多么痛苦啊！他记起，那年因为扩大自留地在公社批判完后，他就是怀着这样痛苦的心情，从这条路上往村子里走。那时的痛苦一切都是因为贫困而引起的。可现在，他怀里揣着一卷子人民币，却又一次陷入到深深的痛苦之中！

生活啊，这是为什么？贫穷让人痛苦，可有了钱还为什么让人这么痛苦？

过了罐子村，在快要进双水村的时候，孙少安实在忍不住了。他突然从公路上转入一块庄稼地，找了一个四处看不见人的土圪塄，一下子扑倒在土地上，抱住头痛哭起来！

山野悄无声息地倾听他的哭泣。

落日将要沉入西边的万山丛中；圆圆的山包顶上，均匀地涂抹了一层温暖的橘红。有一群灰白的野鸽从蔚蓝色的天空掠过，翅膀扇起一片嗡嗡的声响。不远处的东拉河边，传来黄牛的一声低沉的哞叫……

好久，孙少安才从地上爬起来。他拍打掉衣服上的灰土，又抹下头上的布帽擦去了脸上的泪痕，然后无精打采地卷起一支旱烟棒，蹲在地上静静地抽起来。他脸色灰暗，看上去像刚刚生了一场大病。

一直到太阳完全落山以后，他才从地上拾起那个黑人造革皮包，拖着两条无力的腿，慢慢向村中走去。

拐过一个山峁后，他猛地立在了公路边上。

他看见了他的砖厂！那里，制砖机在隆隆地响着，六七个烧砖窑的炉口闪耀着红光；滚滚的浓烟像巨龙一般升起，笼罩了一大片天空。

一股汹涌的激流刹那间漫上了孙少安的心头。他疲惫的身体顿时像被人狠狠抽打了一鞭，立刻振作起来了。

是的！不论怎样，他还得在这条新闯出的道路上顽强地走下去；一切都才刚刚开始,他的心不能乱！这么大的事业，如果集中不起精力，搞倒塌了，那后果不堪设想！

决不能松劲！他还应该像往常一样，精神抖擞地跳上这辆生活的马车，坐在驾辕的位置上，绷紧全身的肌肉和神经，吆喝着，呐喊着，继续走向前去……

孙少安迅速地卷起了一支旱烟棒。

他鼻子口里喷着烟雾，扯开脚步匆匆地向他的砖厂走去；他远远地看见，头上拢着白羊肚子毛巾的妻子，已经立在一堵蓝色的砖墙旁等待他了。

第十六章

我们最初知道兰香的时候，她还是个十三岁的孩子。现在，站在我们面前的，已经是一位窈窕的大姑娘了。

她今年整整十九岁。

我们真惊叹这贫穷的山乡圪崂里养育出如此出众的女孩子。瞧，那一身旧衣衫包裹着的身材是多么挺拔而苗条！洁白的脸庞像上了釉的白瓷，闪着珍珠般的光泽；黑油油的剪发优美地弯曲在腮边，使那俏丽的下巴显得愈加叫人心疼。长长的睫毛护着一双清澈动人的眼睛……当她静静地坐在教室里的时候，我们会不由想起不朽的罗丹那尊著名的雕塑《沉思》。

贫困的家庭出身和艰难的生活磨炼，使孙兰香并不特别留心自己的漂亮。

这个在窘迫和煎熬中长大的姑娘，很早就开始直面艰辛的人生。她的意识中时常充满了忧虑，焦灼地凝视着自身以外的生活。奶奶、父母亲、两个哥哥和姐姐一家人，他们都无时无刻不在她的关注之中。唉，她无力去帮助所有这些亲人，但她为亲人们的一切不幸而揪心地痛苦呀！

兰香强烈地意识到，她读到高中是多么不容易！现在她明白了，她一生不能再回到农村去；她一定要考上大学。那年在石圪节的时候，她还曾打算连初中都不上完就回家去。现在想起来都有点后怕。是的，她怎么没学下个什么名堂就回去呢？这样她就对不起含辛茹苦的一家人；她只有考入大学，才不辜负亲人们的一片苦心！

从进入高中那天起，考大学就成了兰香追求的目标。自一九七七年恢复高考制以来，原西县高中每年都有几十名学生进入大学门，这无疑极大地刺激了像她这样有抱负的青年。

正因为这样，学习对她来说是至高无上的。近三年来，她不仅在班上，而且在整个年级保持前三名的位置。在九门功课中，数学、外语、物理、化学和生物，考试几乎常常是满分。但她并不满足。她知道，高考是全国性的竞争，光在自己学校考高分并不能保证全国统考也能考出好成绩。

马上就要高考了。再有几个月，她就要面临这个决定自己一生命运的关口。不管她考上考不上，她都将会变成另外一个意义上的孙兰香。当然，这次命运的大决战不仅对她是至关重要的，对所有的同学都一样。

班上抱有希望的只是一部分人，另一部分人已经不抱什么指望——他们知道自己没有多少脑水。后一部分人包括许多城里学生。上高中时，他们仗着自己的优越，功课抓得不紧；现在事到临头却大势已去，只好开始动员父母亲为自己寻找出路。

毕业班一片紧张与慌乱。

兰香也在内心隐隐地感到一种恐惧。她知道，要是高考榜上无名，对她来说，那后果就不堪设想。她清楚地知道，那时会有什么样的命运在等待着她。她将在一两年内出嫁。而像她这样的家庭，又能嫁个什么人呢？和一个农村后生结婚，过好了，自己能维持自己；过不好，还得连累老人和两个哥哥——姐姐的不幸就在她眼前明摆着……晚上睡觉时，她常梦见自己没有考上大学；醒来之后，手里捏着两把冷汗。

她只能一心钻到功课中去；除此之外，其他任何事都引不起她的兴趣。她的学习干事职务，也是老师做了许多次工作才勉强接受了的——她怕当"官"影响她的学习。

班上的女同学们，都到了一个鲜花般的年龄，个个开始精心打扮自己。洗发精、面霜、头油，甚至口红或其他一些很有名堂的化妆品，都出现在各自的小木箱中。有些没指望考上大学的女生，已经开始谈恋爱了。对于这个年龄的女孩子，她们的爱美之心不仅无可指责，而且是我们生活中最为动人的现象；我们的世界正因为有花朵般的姑娘，才永远如此美好！

但孙兰香除一块香皂和一只贝壳装着的廉价擦脸油外，什么也没有。一方面她生性不爱涂脂抹粉；另一方面，她也没钱买这些东西。别说这些花费了，直到现在，她还没有过一件像样的衣服。好在她那天生丽质大大弥补了穿戴的寒酸，因而仍然在女同学中鹤立鸡群，使得姑娘们妒忌不已。

自从进入高中后，她只能勉强维持自己的一般生活。当然她还不像两个哥哥上学时那样艰难；她起码能吃饱饭，并且也还能吃得起一份乙菜。

在这期间，曾给她带来过重大打击的，莫过于大哥和他们的分家了。从她记事起，一家人的依靠就是大哥。一旦没有大哥，他们家的日子怎么过？多么忧愁啊！她曾为这事偷偷哭过好多回。

后来，是她二哥使她从惊恐中平静下来。她在实际生活中感到，只要有二哥，她也就不必过分担心。她越来越看出，二哥是一个不平常的人。他和大哥一样能吃苦受罪，而且懂的事也多；跟上他，就觉得什么也不怕了。她甚至还这样想过：将来能寻二哥这样一个男人就好了！

二哥一直对她特别关怀，每月都从黄原给她寄钱来，并且还常写信开导她，鼓励她。她最爱读二哥的信，还在笔记本上抄了他的许多话。她也常给他写信，甚至还敢在信上和他讨论一些"大"问题哩。她的信是寄给金波哥转他的。

二哥不久前在信中写给她的一段话，使她的心情久久不能平静。

那信是这样写的——

　　……亲爱的妹妹，关于你，说心里话，是出乎我意料的。因为我原来对你不抱什么大的希望。我想你一生能有个温暖的家庭，生儿育女，有吃有穿，不要像姐姐那样恓惶和屈辱就行了。现在我越来越看出，实际上你的天资比我和大哥都高。你一定能考上大学的！而且我从你的来信中，看出你已经对人生在较高的层次上有了觉悟。这使我非常激动！我感到，人的一生总应有个觉悟时期（当然也有人终生不悟）。但这个觉悟时期的早晚，对我们的一生将起决定性的作用。实际上就是说我们应该做什么人，选择什么样的人生道路。

我们出身于贫困的农民家庭——永远不要鄙薄我们的出身，它给我们带来的好处将一生受用不尽；但我们一定又要从我们出身的局限中解脱出来，从意识上彻底背叛农民的狭隘性，追求更高的生活意义。

要知道，对于我们这样出身农民家庭的人来说，要做到这一点是多么不容易啊！

首先要自强自立，勇敢地面对我们不熟悉的世界。不要怕苦难！如果能深刻理解苦难，苦难就会给人带来崇高感。亲爱的妹妹，我多么希望你的一生充满欢乐。可是，如果生活需要你忍受痛苦，你一定要咬紧牙关坚持下去。有位了不起的人说过：痛苦难道是白忍受的吗？它应该使我们伟大！另外，我不知在什么地方看过一则消息，对我们很有启发：有位美国总统的女儿为了不让父亲供养她上学，自己便利用课余时间到饭馆里为人家洗碟子赚钱……妹妹，二哥这样说，不是逼着让你也去自己谋生！相信我每月的十块钱一定准时寄给你！真想和你在一块好好谈谈……有时间就来信，并希望能把字写大些，不妨出出格嘛……

这封信引起了她强烈的震动。她在心里慢慢揣摸二哥的这些话。她内心非常激动，似乎多少年一直堵在眼前的一片朦胧的云雾，突然被阳光撕开并被大风吹散，使她看见了生活无比广阔的地平线。真的，她现在对二哥产生了一种崇拜的感情——就像她小时候崇拜大哥一样！

可是实际上，她对大哥的尊敬一点也没少。她现在只是认识到，大哥和二哥不一样。

她明白，大哥因为文化程度低，从小又压上了生活的重担，只能和大多数农民一样为最实际的生活问题而操劳——她深知大哥受过什么样的苦啊！一想起大哥，她眼圈就发热……

现在，大哥终于办起了砖厂，不要再像过去那样穷困。为此，她心里也为大哥而感到骄傲。她希望大哥发达起来——正是因为大哥的光景翻了起来，村里人现在才不再小看他们一家人。同时，也正是家庭出现了这种新背景，才使她自己心里踏实了许多，觉得在同学们面前不很自卑了……

但兰香又清楚地知道，大哥和他们不再是严格意义上的一家人。一旦分开家，大的方面只能是各顾各的光景。

光大哥好说，可还有大嫂哩。大嫂虽说也是个十分好的人，但分家后，当然要维护自家的利益——这是正常的。就是互相帮助个什么，也得明确这是两家人之间的互相帮助，而不能再是一笔糊涂账。

当然，实际上也不可能一切都斤斤计较。虎子不照样还在他们这边家吗？而大哥和嫂子也常给他们做这帮那。只不过较大数字的开销，那就得大约有个计算了，否则，大嫂当然会不高兴！

正因为如此，不久前她才没有接大哥给她的五十块钱。

兰香知道，大哥当时的确是一片真心。但她又知道，这钱是大哥瞒着大嫂给她的。以后万一被大嫂知道了，说不定要和大哥吵架；她怎么能因为五十块钱而使大哥和嫂子闹不和呢？

大哥走后，当时她又反复想了这件事，觉得没有接大哥的钱是完全正确的。

唉，这不是说她不需要这五十块钱！二哥每月的十块钱，她只能勉强维持自己的伙食，另外的花费就十分困难了——光高考的复习材料就得许多钱；幸亏开学时，二哥还给她留了二十几块钱，交过八块五毛报名费后，手头丢下十几块，抠掐着应付那些必不可少的开支。至于生活中的其他奢望她一点也不敢有。半年来，她连一场电影也没有看过，一方面是因为高考临近，她要抓紧时间复习功课，更主要的是她舍不得花那一毛钱！

眼下，兰香唯一的愿望是买一件短袖衫。天马上就要大热了，她连一件短袖衫也没有。两件换着穿的长袖衫，天一热，只能把袖子卷到半胳膊上，像上了箍似的难受。

可是，一件稍好点的短袖衫少说也得十几块钱，她手头只有几块钱，而且除万不得已决不敢花出去！

但不论怎样，她既不能拿大哥的钱，也不准备另外向二哥开口要。凑合着穿长袖衫吧！她决不能再给家里人添麻烦了……

大哥走后的第三天，他们班的一位女同学患急性盲肠炎，在县医院动了手术。班上的同学们都先后到医院去看望了。她也准备去看望。而到县医院看望生病的同学得带点礼物——这钱是无论如何要花的。

她正准备去街上买点食品，金秀却带着一挎包东西来约她一起去看这位同学。兰香明白，亲爱的金秀知道她手头缺钱，就先买好东西拉她去医院——礼物算是她们两个人一块给这位同学送的。

和兰香同岁的金秀也长成了一位漂亮的大姑娘。金秀是另外一种漂亮。她比兰香个头低，但身材匀称而丰满，两只水汪汪的大眼睛流露出温柔而多情的波光。她的学习虽然在班上不是拔尖的，但门门功课都很扎实。金秀和兰香一直保持着十分亲密的关系，像一对亲姐妹。金秀已经确定要报考省医学院，而兰香对自己报考的学校和专业心中还没数……

一个人行走在寂静无声的街道上，她常常会仰起头来，眨巴着那双美丽的眼睛，迷惑地瞭望着暗蓝而幽深的天空，瞭望着那一轮皓月和满天繁密的星斗，陷入到了深远的沉思之中。哦，人生，宇宙，一切都是多么神秘和深奥！她突然想起不知在什么地方看过的几句诗：走千山，涉万水，登不上你的殿堂……

这个天赋很高的姑娘，常常在这样的时候，会产生某种突发的奇想。

某一天她一边往学校走，一边猛然想：我将来一定要乘宇宙飞船到太空去！不知中国有没有与此有关的大学？她要去问一问老师——如果有，她就一定去报考！

第十七章

一大早，太阳还没有从东拉河对面的山背后升起的时候，睡梦中的双水村人就听见后沟道里传来一阵机器轰隆隆的响声。

这是少安的砖厂又开始了一天的繁忙。

双水村许多有苦恼的人并不知晓，他们羡慕的能人孙少安，如今也有他自己的苦恼。正像俗话所说：一家不知一家难哪！

前几天从县城返回村子后，尽管少安一如既往紧张地投入到砖厂的忙乱之中，但心情一直感到很沉重。妹妹那双泪蒙蒙的眼睛不时浮现在他眼前。他在砖厂一边干活，一边难受地咽着唾沫。他明白妹妹为什么不要他的钱。懂事的兰香心疼他、体谅他，怕秀莲和他闹架。唉，几年前他怎么也不会想到出现这样的情况。光景好转了，可家庭却四分五裂！

但话说回来，他又怎能全部埋怨他的秀莲呢？

自进这个家门来，她也没少吃过苦哇！现在，她又熬死累活帮扶他支撑这个大摊场，家里和砖厂两头忙，手上经常裂着血口子……虽然她坚持分了家，但按乡俗说，对待老人也无可挑剔。平时，这面家里做点好吃喝，她总想着给那面的三个老人端过去一些。天冷的时候，母亲眼睛不好了，她就熬夜把老人们的棉衣棉裤都拆洗得干干净净。就是他给老人量盐买油，她也从不说什么。只是他要把一笔大点数目的钱拿出来给家里的人，她就有些不高兴了——钱是她管着的，分分厘厘的花费都瞒不了她……

少安思来想去，觉得分家以后，是他自己对家里的人没尽到责任。办法总应该是有的；但他忙于自己的事，没有对亲人们的处境精心关照过。

怎么办呢？偷着给他们一点零碎钱，也起不了大作用，反而还得和老婆磨牙拌嘴……

少安在他的砖厂一边起劲地干活，一边焦虑地思谋着。

后来，他突然想：最好还是说服少平回来和他一块办砖厂！是呀，他掏大钱雇用两旁世人哩，为什么让弟弟流落在外边赚人家的下眼钱？少平受死受活，一月又能赚多少？如果弟弟回来和他一块办这砖厂，他们两个合伙操持，赚得红利一分为二，两家就都能有个大翻身。要是这样，秀莲也就无话可说。他相信他能说服妻子。这是一个最根本的解决办法，而这样他们实际上又成了一家人！

孙少安想到这里的时候，停止了干活，赶忙卷起了一支旱烟棒。他开始深入考虑怎样实施这个计划。他越想越兴奋。弟弟文化程度高，说不定很快就能独立操持制砖机，不用再掏大工钱雇这位河南师傅了。弟兄俩一个照料砖厂，一个出去办"外交"，说不定还能把事干得更大哩！

孙少安鼻子口里喷着烟雾，在制砖机旁吸了一支旱烟棒后，就决定明天亲自去黄原找少平。

他想他还是有些把握把弟弟叫回来的。他知道少平在外面也赚不了多少钱。当初他不愿意和他一块办砖厂，想到外面去闯荡一番——年轻人嘛，这也是可以理解的。他当年要不是家境无法维持，说不定也要出去闯荡一回哩。少平闯不出去，自然就会回头的。至于他迁出的户口，那好办，迁回来就是了；双水村不会把老根扎在家乡的人拒之门外的。

晚上睡觉的时候，他就把走黄原的事对秀莲说了。当然他没说是去找少平。他对妻子撒谎说，有个熟人告诉他，黄原一个下马单位有台便宜处理的旧电机，他想去看看，行不行一两天就回来了。他现在不能对妻子说明他的打算。等少平回来了，他再和她商量这件事——反正到时生米做成熟饭，她同意不同意都无济于事了。

本来少安想先和父亲商量一下，但觉得也没必要。只要少平愿意回来和他一块干，父亲肯定不反对，还会很高兴的。他先要说服的只是少平。

第二天早晨，他换上了秀莲为他洗干净的"外交"制服，便在家门口下面的公路上，举起庄稼人僵硬的胳膊，挥手挡住了去黄原的班车。

他有点兴奋地踏进车厢，在车窗玻璃前向送行的妻子和儿子招招手，就被汽车拉着向远方的城市奔驰而去了……

下午两点钟左右，孙少安到了黄原。

当他斜背着那个落满灰土的黑人造革皮包从汽车站走出来的时候，立刻被城市的景象弄得眼花缭乱，头晕目眩。他连东南西北也搞不清楚了。他抬头望了望城市上空的太阳，觉得和双水村的太阳位置都是相反的——太阳朝东边往下落了？

我的天！这就是黄原？这么大的城？一条街恐怕比双水村到罐子村都远吧？

他现在得打问东关邮政所在什么地方。他走时就准备先找金俊海父子。少平是揽工的，谁知他在什么地方。找到俊海父子，就能找见少平——家里写信，也都是寄到这里让他们转交的。

孙少安走到一个扫街道的老头跟前，先掏出一根纸烟往老头手里递。老头一惊。少安忙笑着问："老人家，东关邮政所在什么地方？"他说着，又掏出打火机给老头点烟。

老清洁工大受感动——他大概没碰见过这么客气的问路人。

老头举起手里的扫把，热心地给他指点了半天——其实就在前面不远的地方。

少安对这老头道了谢，就急忙向前面走去。他心里踏实了下来。

他刚踏进邮政所的大门，就被照门房的老头大声喝住了。当少安说出他要找的人时，门房老头告诉他，金俊海父子都出车去了，一两天内不会回来。

把他的！这该怎么办呢？

孙少安立在大门口，头上急得冒出了一层汗珠子。他人生地不熟，到哪里去打问弟弟的下落？

他惶惶不安地转到街道上，立在一个小杂货门市前，盘算他该怎么办。

他想起了润叶。除过金波父子，这城里他认识的人就是润叶和她二爸了。田福军是地委书记，说不定门上有站岗的警察，他进不去。润叶听说在团地委工作，门上可能没警察，但他又鼓不起勇气去找她啊……

根据树木和电线杆投在地上的影子，少安知道时间已经不早了。不论长短，他得先有个落脚的地方。对，赶快去找旅社！要是晚上没地方住，他就得在这街上蹲一夜了。

他看见东关房墙上有许多箭头，指着一些旅社的去处。他凭在原西县城的经验，知道这些旅社都是私人开的。他不敢去住"黑店"，因为他身上装几百块钱呢！万一叫小偷摸走了，那还了得！听说城里贼娃子很多——城里人钱多，贼娃子当然都往城里跑；他们村的金富听说就在黄原做这"生意"。

他决定去住国营旅社。他对公家单位有一种传统的信任感，觉得那里面要安全一些。他要时刻留心自己身上的钱。因为第一回出远门，他实在估摸不来花费，就多带了一些钱。另外，他不知弟弟已经恓惶成个啥了，准备随时帮助他解决困难。

孙少安背着黑人造革皮包，穿过东关拥挤的人群，过了黄原河老桥，便向对岸的大街道上走去。他一路留心着看门牌上的字，寻找住宿的旅社。他肯定公家的旅社都在大街上。

接连问了几家旅社，都已经客满了。孙少安这才有点紧张起来。啊呀，大地方的确不是土包子来的，有钱连个住处也找不到！

孙少安惊惶失措地从黄原街上走过来，一直都快到北关了，还没找到个住的地方。

他无意中瞥见了"黄原宾馆"的牌子。他知道这是个高级地方，不知道老百姓能不能住？

因为再没有其他办法，少安就冒出个颇有气魄的念头：干脆到"黄原宾馆"去碰碰运气！

他于是鼓足勇气，心"咚咚"地跳弹着，走进了这个富丽堂皇的"宫殿"。

孙少安运气不错！"黄原宾馆"最近会议不多，接待零散客人。

"我住旅社……"他胆怯地走到登记室的柜台前，结结巴巴对里面一位"办公"的姑娘说。

"旅社"二字显然使搞登记的姑娘好奇地抬起头来，瞟了他一眼。

那姑娘问："几个人？"

"就我一个。"少安赔着笑脸说。

姑娘一边开票，一边说："证件。"

"证件？"少安吃惊地问。

那姑娘抬起头来，停止了开票，说："你是哪儿的？什么单位？"

"我是个农民，来这里找我弟弟，因此没证……件。"他老老实实说。

这姑娘看出他不是撒谎，又问："那你带着介绍信吗？"

把他的！走时都忘记在田海民那里开个介绍信了。

他只好又照实说："我走得忙，忘记在队里开介绍信了。"

"按规定，没介绍信我们不能让你住。"那姑娘把笔搁在了一边。

"啊呀，好同志哩！我这是初出远门，人生地不熟，一条街走过来也没找下个住处，你就行行好，让我住一晚上……"少安可怜巴巴地央求这位搞登记的姑娘。

那姑娘看他这么恳切，犹豫了一下，就把票开了，说："那你明天得另找地方去住。交十八元钱。"

我的天！住一晚上就得十八块？

如果原来知道贵得这么惊人，那他宁愿在街上蹲一夜也不来这里！

但现在他不好再退缩了。人家"破例"让你住，你再不识抬举，那就不像话了。

去他的！男子汉大丈夫，不能说熊话，十八块就十八块！

少安于是很有气魄地解开外衣，从贴身衬衣的口袋上取下别着的领针，掏出两张硬铮铮的"大团结"，递给了开票的姑娘。

办完手续后，他根据发票上的房号，上了中楼第三层。

服务员把票据和他本人反复打量了半天，才把他引到了房间里。

少安进得房间来，惊讶得愣住了。哈呀，这么阔的房子啊？地上铺着栽绒毯，一张双人软床，雪白的被褥都有点晃眼；桌子上还搁台电视机……

嘿，花这十八块钱也划得来！

他把黑人造革皮包搁在墙角的地毯上，新奇地又把这房间细细察看了一番。当他推开过道里一个小门时，发现还有一间小房——嘿，这是澡堂子嘛！还带厕所着哩！

他立刻激动地走进去，把搪瓷澡盆的水龙头拧了一下。突然，不知从什么地方喷出一股水，浇了他一头，也吓了他一跳。

他慢慢才弄明白，一个带喷头的软金属管一头连着水龙头，一头架在半墙上。哈呀，这澡堂子既能躺到盆子里去洗，又能淋浴，先进透顶了！

孙少安拿干毛巾把湿头发擦了擦，就从"澡堂子"里退了出来。

他现在才又发愁地想，他到什么地方去找他弟弟。无论如何，今晚上就应该找到少平。否则，明天人家就不让在这里住了，他还得为自己的住处熬煎。再说，这地方房费太贵，人家让住也不敢再住，只敢凑合这一晚上。

他走到窗户前，两只手托在窗台上，焦虑地望着外面。天临近暮黑了，远远近近亮起了星星点点的灯火。

他猛然记起了田福军的女儿晓霞。他听少平说过，她在黄原师专上学，他们之间也有来往。她或许能知道少平在什么地方吧？

对，找这个田晓霞去！

孙少安立刻掉转身，把墙角的黑人造革皮包提过去，压在被子底下，然后就匆匆地出了房门。

他在街道上打问了黄原师专的去处，就一直向北关那里走去——他忘记了他到现在还没有吃晚饭呢……

第十八章

孙少安暮黑时分进了黄原师专，见人就打问一个叫田晓霞的学生住在什么地方。他既说不出来她是哪个系的，也不知道她是几年级的。

但田晓霞在黄原师专是个"名人"——除过她本人很惹人注目外，又是地委书记的女儿，因此不多时少安就打问到了她的住处。

他在女生宿舍找到了她。

那年晓霞回双水村时，他只见过她一次。但现在见了面，他一眼就认出来了田福堂的侄女——这姑娘脸上某些地方很像润叶。

晓霞一听是少平的哥哥，很快热情地招呼他坐在自己的床上，接着就给他冲好了一杯加糖的茶水。宿舍里其他同学见来了客人，便先后礼貌地离开了。

"你知道少平做活的地方离这儿远不远？"少安拘谨地抿了一口茶水，问。

"远着哩！在南关外的柴油机厂，少说也有五里路。"晓霞对他说。

使少安高兴的是，晓霞真的知道少平在什么地方。他现在心里才真正踏实了。"我这就起身寻他去呀。"少安性急地站起来。

"那怎么行呢？这么远的路，你得走老半天！"

"五里路算个啥，我一会就走到了。"

"你会不会骑自行车？"晓霞问。

"会哩。"

"那好！我有自行车，咱们骑车子去找他。你能带了人吗？"

266

“就怕城里我带不了……”

晓霞笑了，说："现在街上没多少人。万一你带不了，我带你！"

"那怎能哩！我试着带你！"

少安没想到，地委书记的女儿对人这么热情。

晓霞很快在肩头挎起了自己的黄帆布书包，推起自行车和他一同相跟着出了门。

孙少安本来骑自行车还可以，但这是在黄原城里，又带着地委书记的女儿，心里不免有些紧张。他两条胳膊僵硬地握着车把，小心翼翼地按晓霞的指点往南关骑去。

到柴油机厂的大门口时，他浑身的内衣都被汗水湿透了——这多半是由于紧张而造成的。

进了柴油机厂乱七八糟的大院，晓霞也难住了。上次顾养民请少平吃饭，她曾来这里找过少平一回；但她是在工地的脚手架上找到他的。现在已经收工，谁知他住在什么地方呢？

少安马上对她说："你先在这儿等一等，我去查问一下！"

孙少安好不容易才找到揽工人住的一孔破窑洞。这些人告诉他，少平一个人住在正盖着的第二层楼房里。

少安旋即返回来，对晓霞说："他在前面的楼上住……你回去吧，实在麻烦你了！"

"我跟你一块去找他！我正想看看他住在什么地方哩！"晓霞说着便把车子推在一边，锁了起来。

少安只好和她一块到那座楼里去找少平。

从外面矗起的脚手架看，这是一座五层楼，现在正盖第四层。

少安和晓霞磕磕绊绊从一堆一摞的建筑材料中穿过，进了那座楼的门洞。

整个楼内像炸弹炸过一般凌乱。到处是固定和拆卸下的木模和钢模。楼道的水泥还没有干，勉强能下脚。里面没有电灯，两个人只能借助外面投进来的模糊灯光，摸索着爬上了二楼。

二楼的楼道也和下面一样乱。所有的房间只有四堵墙的框架，没门没窗，没水没电。

两个人在楼道里愣住了：这地方怎么可能住人呢？是不是那些工匠在捉弄他们？

正在纳闷之时，两个人几乎同时发现楼道尽头的一间"房子"里，似乎透出一线光亮。

他们很快摸索着走了过去。

他们来到门口，不由自主地呆住了。

孙少平正背对着他们，趴在麦秸秆上的一堆破烂被褥里，在一粒豆大的烛光下聚精会神地看书。那件肮脏的红线衣一直卷到肩头，暴露出了令人触目惊心的脊背——青紫黑癍，伤痕累累！

大概完全凭第六感觉，孙少平猛地回过头来。他在惊讶之中，下意识地两把将线衣扯下来，遮住了自己的脊背。

他跳起来，喊了一声"哥"，就赶忙迎到门口。"你怎到这儿来了？是不是家里出了什么事？"没等他哥回答，他又不自在地扭头对晓霞笑了笑，似乎为了解脱一种尴尬，说："欢迎来寒舍做客。可惜我无法招待你。你看，连个坐的地方也没有！"

晓霞看来还没有从一种震惊中清醒。她面对此情此景，竟不知说什么是好。她原来就猜想少平的日子过得艰难，但她无法想象居然能到这样的地步！

少安的眼圈已经红了。他声音有些哽咽地说："没想到你……"

少平看出了这两个人各自的心思。他知道，他们都在为他的处境而难过。

他自己心里也有点难过。他难过的倒不是自己的处境，而是自己的处境被这两个人看见了。他已经过惯了这种日子，觉得也没有什么；但这两个人显然为他的窘况而难过——还有什么能比得上亲近的人悲悯你而更使你自己难过呢？

他只好掩饰着这种心境，说："我都好着哩！本来下面有住处，我为了找个安静地方看书，才搬到这里来住的……咱家里没什么事吧？"他再一次问哥哥。

"没什么事……"少安说着，又向麦草中弟弟的那堆烂被褥瞥了一眼。这使他想起了歇息在破庙中的叫花子。

"你住下了没？"少平问少安。

"住下了，在黄原宾馆。"

"黄原宾馆？"少平冲晓霞一笑，"我哥成了'冒尖'户，耍上阔了！"

"走，你跟我到宾馆去，咱们好好拉拉话！"少安说。

"那当然啦！"少平过去拿自己的挎包。

晓霞对这兄弟俩说："你们把我的自行车骑上！"

"那你呢？"少平问她。

"我就不回学校去了。这儿离地委很近，我回家去住一晚上。"

于是，少平带路，三个人一块从这个乱糟糟的楼里摸索着走出来。

三个人在柴油机厂大门口分了手：晓霞步行回了地委；少平用她的自行车带着哥哥去了北关。

到半路上的时候，少安看见一个卖吃喝的夜市，就让少平停住车。

两个人走过去，少安一下子买了八碗荞面饸饹，兄弟俩一人四碗，不一会便吃得一干二净。店主就像遇见了梁山好汉，赔着笑脸送他们出来。

现在他们进了黄原宾馆少安包下的房间。弟兄俩都是第一次住这么高级的地方，不免又感叹地议论了一番。

两个人商量着先洗澡——一晚上掏十八块房费，不洗个澡简直对不起这钱！

他们一边洗澡，一边先拉谈家里和村里的各种事。主要是少平询问，少安给叙述。对于他们来说，亲爱的双水村一切都永远那么令人感兴趣，有说不完的话题。

通过少安的描述，少平才知道，在他离开的短短时间里，村子里又有了许多新变化。哥哥说到村里某个人或某件事，少平完全如同身临其境一般。他们在一片蒸汽笼罩之中边说边笑，心情格外愉快。当然，他们更兴奋的是，想不到生活使他们在这样一个地方相会！

少安从澡盆里出来后，那一盆水竟变得像墨汁一般黑，上面还漂浮着一层污垢，如同发洪水时的河柴沫子。少平拿蛇一般柔软的金属管喷头给哥哥冲洗净身子，又把盆中的黑汤换成了清水，自己随即泡了进去。就在他身子入热水的一刹那间，像被刀子捅了似的喊叫了一声。那是水刺激了他脊背上的创伤。

少安心一沉。那种愉快的情绪顿时消失了，他记起了他此次来黄原的使命——等弟弟洗完澡再说吧！

少平洗完澡后，弟兄俩像抽了筋似的，软绵绵地分别坐在了沙发上。

少安心想：现在应该谈那件事了。

他想了一下，便直截了当地说："我这次来是寻你回家的。"

少平脸色陡然变了，惊骇地问："是不是家里出事了？你为什么不早说呢？"

"家里确实没事。"少安说。

"那为什么你亲自跑来找我？"少平有点纳闷。

"回去咱们一块办砖厂！"

噢，原来是这！

少平卷起一支烟，寻思着说："我的户口已经迁到了黄原。再说……"

"户口好办！迁回去不就行了？"

少安说着，也卷了一支旱烟棒。

"我已经习惯外面的这种生活……"少平说。

"这外面有个什么好处？受死受活，你能赚几个钱？回去咱们合伙办砖厂，用不了几年，要什么有什么！"

"钱当然很重要，这我不是不知道；我一天何尝不为钱而受熬苦！可是，又觉得，人活这一辈子，还应该有些另外的什么才对……"

"另外的什么？"

"我也一时说不清楚……"

"唉，都是因为书念得太多了！"

"也许是……"

"我不愿意看着你在外面过这种流浪汉日子……"

"不知为什么，我又情愿这样……"

一阵长时间的沉默。弟兄俩鼻子口里喷云吐雾，各想各的心事，也想对方的心事。生活使他们相聚在一块，但他们又说不到一块。两个人现在挨得这么近，想法却又相距十万八千里……

"那这样说，我这趟黄原算是白跑了？"少安问。

"哥，你的一片好心我全能解开解开哩！可是我求你，让我闯荡一段时间再说……"

"那又会有个什么结果？"

"说不定能找到个什么出路……"

"出路？"少安不由淡然一笑，"咱们农民的后代，出路只能在咱们的土地上。公家那碗饭咱们不好吃！"

"我倒不是梦想入公家门。"

"那又是为什么？"

"唉，我还是给你说不清楚呀！"

少安长叹了一口气。

过了一会，他又问少平："你月月给兰香寄钱吗？"

"不多。一月寄十块。"

"可我给她钱，她却不要。这叫我心里难过……"

"你不要难过，哥。兰香现在有我哩。咱们分了家，不要叫我嫂子不高兴……"

"兰香这么说！你也这么说！"

"你要理解我们的心情哩！"

"我……"

孙少安突然用一只手捂住两只眼睛，当着弟弟的面哭了。

少平慌忙起来给他冲了一杯茶水，端到他面前，劝慰说："哥，不要哭。男子汉，哭什么哩！咱们一家人现在不都好好的？"

少安抹去脸上的泪水，说："可我就是难过！日子过不下去难过，日子过好了还难过！你想想，我为一家人操心了十几年，现在却把老人和你们撇在一边管不上……"

"不要这样说！无论是父母，还是我和兰香，都会永远感激你的！你已经尽到了你的责任。分家前，在东拉河边，我就对你说过这些话。哥，你对我们问心无愧。真正有愧的是我们。现在应该是我们为你着想的时候了。爸爸妈妈也是这个意思。我们都希望你能过几天畅快日子！至于我和兰香，我们都大了，不应该再连累你。我们怎能常让哥哥关照呢？哥，你更不要担心我！咱们是一根蔓上的瓜，尽管各走各的路，但心是连在一起的。不过，还是我过去的想法，咱们为什么一定要一辈子在一个锅里搅稠稀呢？"

"那说来说去，你是不准备回去了？"

"我真的不想回去。我不想就此罢休……"

"唉……"

孙少安看来很难再说服孙少平了。

兄弟俩于是又沉默起来。

后来，他们只好转了话题，开始讨论许多家庭的实际问题。

一直快到天明的时候，两个人的情绪才又激昂起来。虽然少安没能说服弟弟回家和他一块办砖厂，但他们兄弟俩兴奋地谈论了这两年家庭发生的变化，互相还鼓了好多劲，这使他十分高兴。通过实际观察，少安感觉弟弟的确成了大人，看来完全可以独立在外面闯荡——他现在对这点倒可以放心了。归根结底，孙少安还不是那种纯粹的老农民意识；他多少还有点文化，本质上又不属那种安于现状的人，因此他也朦胧地思索，弟弟的这种生活态度或许也有他的道理？

天大明以后，弟兄俩又到自由市场上一人吃了四碗荞面饸饹。

既然话已说到这种程度，少安就不准备再在黄原停留了。他决定一会就坐班车回家去——家里有多少事在等着他做啊……

临走前，他硬给少平留下一百元钱。他让弟弟给原西城的妹妹寄上五十元，让她买身换季的夏衣；另外的五十元，让少平把他的被褥换一下。

"一定把被褥换了！你尽管揽工，可终究是出门人啊！"他嘱咐弟弟说。

少平怀着无限温暖的感情，把哥哥给他的钱装在贴胸的衣袋里。

他一直把哥哥送上了开往米家镇的长途公共汽车。

当汽车走远了的时候，他眼里忍不住涌上了两团热乎乎的泪水……

孙少平送走哥哥后，怅怅然回到黄原宾馆的停车场，骑上田晓霞的自行车，去了师专——他要把自行车还给晓霞。

晓霞碰巧不在宿舍。他要赶回去上工，顾不得再去找她，就把车子安咐给她同宿舍的人。

少平怀着一种踏实的心情，一路步行着从北关回到了南关的柴油机厂。他准备把挎包送回他住的地方，然后就去上工——起码还能赚半天工钱！

当他进了自己那个门窗洞开的房间后，吃惊地站住了。

他看见，麦秸草上的铺盖焕然一新。一块新褥子压在他的旧褥子上，上面蒙了一块淡雅的花格子床单；那块原来的破被子上摞着一床绿底白花的新被子……一切都像童话一般不可思议！

孙少平刹那间便明白了这是怎么一回事。他一下子忘情地扑倒在地铺上，把脸深深地埋进被子里，流着泪久久地吸吮着那股芬芳的香味……

很长时间，他才从被子上爬起来；同时在枕头边发现了一张二指宽的小纸条。纸条上写着：

不要见怪，不要见外。田。

孙少平用手指头轻轻抹去了脸上的泪珠，迅速换上那身脏衣服，便像孩子一般蹦跳着下了楼，大踏步向工地走去……

第十九章

在我们亲爱的大地上，有多少朴素的花朵默默地开放在荒山野地里。

这花朵没有人注目。也许唯有自身才怜爱自身的芬芳。

可是，在我们普通人的生活中，在这平凡的世界里，也有多少绚丽的生命之花在悄然地开放而并不为我们所知啊！

不久前，田福堂的儿子田润生开着他姐夫的汽车，在外县一个庙会上偶然碰见了原西上高中时和他同班的女同学郝红梅。原来，红梅早已和顾养民分手，嫁给了外县的一位农村小学教员。可惜孩子刚满月时，男人就在打土窑时被压死了。在目睹了丧夫携子的红梅在异乡的山村悲惨而不幸的生活后，这个身体瘦弱、不善言语的青年，便像个真正的男子汉一样，担负起帮助这位落难女同学的责任。我们知道，尽管他很快就遇到了世俗舆论的压力，但仍然毫不在乎地开着车来到这偏僻山庄，给生活于困境中的孤儿寡母送这送那，关怀备至……

从那时到现在，田润生到郝红梅这里的奔波一直没有中断。

毫无疑问，开始的时候，润生这样慷慨地帮助红梅，纯粹出于一种同情心。从善良和对别人的同情心来说，田润生简直不像田福堂的儿子。

田润生这样跑了一段时间以后，他自己惊讶地发现：他的心情似乎发生了某种微妙的变化。

是啊，他强烈地意识到，他而今到红梅这里来，不再仅仅是要给她送一些维持生活的用品，而是渴望能见到她，坐在她的热炕头上，看着她亲切地侍候自己吃两碗香喷喷的细面条。尽管他长这么大，从没缺过吃喝，可他也从没吃过这么有滋味的面条。是的，那面条是很有滋味。但是，仅仅是有滋味的面条才使他如此留恋这地方吗？

不。他在这孔贫寒的窑洞里，那么多地体验了从来没有体验过的温暖。是的，温暖。心灵的温暖。他每次坐到这个土炕上，一路奔波所带来的紧张和劳累立刻就会消失得一干二净。耳朵里再也听不见呼呼的风声和马达的轰鸣；疲倦的眼睛视线可以放心地重叠在一起，甚至可以闭目养神。僵直的胳膊腿松弛了下来；浑身的骨头也可以一块一块散乱地堆垒着——那种舒坦和轻松，就像躺在澡盆的热水里一般……唉，一旦他坐在这个热炕头上，他就不想再离开这里了！

他清楚这一切意味着什么。

是的，不必隐讳，他在心里开始爱上了他的同学——这个苦命的寡妇！

我们知道，从田润生的家境来说，虽然不可能找个端公家饭碗的城里姑娘，但要在农村找个对象，那的确不必发愁，甚至可以有挑有拣。远处不说，东拉河一道沟的村庄，谁家不愿把女儿嫁给赫赫有名的田福堂的儿子呢？

可是，人的感情，尤其男女之间的感情，是世界上最难解释的一种现象。

现在，在田润生的眼里，只有这个寡妇才是他最可心的女人。

在高中上学的几年里，润生尽管和她是同班，但相互间的交往倒很一般。他是一个晚熟的青年，那时还对男女之间的事并不敏感。至于郝红梅，他只知道她家成分是地主，但光景很穷，本人常面黄肌瘦，穿身破衣服，连个丙菜也吃不起。后来他隐约地听别人说，他们村的少平和这个女同学有点"关系"……

以后他又听说，他们班的班长顾养民爱上了红梅。这倒使他大吃一惊。他想不到家庭和本人都很出众的班长竟然看上了这个成分不好、家境又困苦的女生。那时他才稍微留意了一下这个郝红梅。他似乎也发现，她是班里女生中最漂亮的……毕业以后，同学们都各奔东西，他也就不再记得这些事了……

至于他自己，是这两年才多少懂得了一点所谓"爱情"——在很大程度上是由于姐姐和姐夫之间的不幸婚姻，迫使他也考虑起了他自己的事。是的，男大当婚，他也将要面临这件人生大事了。姐姐和姐夫的教训是深刻的，他决不能像他们一样。

润生在姑娘面前生性腼腆和胆怯，加之目睹了姐夫的不幸与痛苦，使他对女性产生了某种恐惧心理。他在有女人的地方立刻感到一种不自在，因此经常回避和女的接触。这同时造成了一种逆反心理：越是躲避女人，就越觉得女人的神秘；越是感到神秘，内心就越强烈地渴望得到女人的温暖和体贴。这种水深火热般的矛盾心理，在悄悄地、严酷地折磨着这个二十三岁的青年。这种状况时间一长，竟使他在女性面前渐渐自卑起来，觉得他一生也许再没能力去征服和占有一个女人的感情了……

但自见到红梅以后，他这种心理障碍却神奇地消失了。这在很大程度上是因为红梅自己一开始就在他面前表现出了一种难以掩饰的自卑感，反倒大大地刺激了他的男子气概。他喜悦地感到，他在红梅面前才是个真正的男人。男人通常都有一种保护女人的天性，并以此感到满足——他现在尝到的正是这种滋味！

田润生左思右想，觉得只有和红梅生活在一起，他这辈子才能真正感受到男女之间的温暖和幸福。

他想过，正因为她结过婚，她也许就更知道怎样关怀男人；而正因为他没结过婚，她也不可避免在他面前有点难言的自卑，因此会对他的感情要求热烈响应，他就不必像姐夫那样饱受心理和生理上的折磨了。他是一个有文化的人，他不会因为她结过婚并且带着前夫的孩子，就用世俗的眼光低看她一等。不，他多么爱她！她现在看起来要比高中时更漂亮。虽然穿一身农村妇女的衣服，但掩饰不住她那丰满而苗条的身材和没有丧失掉的文化教养。最使他心旌摇动的是，她是一个各方面都成熟了的女性——和这样的女人在一起，立刻就能满足他那饥渴的男性欲望!

决心已经坚定不移了。他要很快向红梅表露他的心迹。当然,他知道在这件事上,最大的阻力将是他的父母亲。但他先不管他们。等他和红梅把事情说妥了,再去攻克家庭这座堡垒吧!

这一天下午,他怀着无比激动的心情又来到了红梅家。这次,他给她扛来五十斤重的一袋白面,也给她带来了一颗热腾腾的心。

像往常一样,红梅立刻把那块叫人心疼的碎花布围裙束在腰里,手忙脚乱地开始为他和面。

他脱了鞋,像主人似的自在地上了炕,安然盘腿坐在炕头上,抱起红梅的孩子,用手指头轻轻点着娃娃的下巴,那孩子就咧开小嘴不住地对他笑。他也在笑。一颗心在胸腔里不安地跳动着。

不一会,孩子睡着了。他小心翼翼地把这小家伙的头搁在枕头上,然后拉了条小被盖住,就又从炕上下来,转到炕火圪坽帮助红梅烧火。

火烤得他额头上汗水淋漓——但多半是因为他内心过分紧张。红梅就在锅台旁边和面。她离他这么近!

他一边烧火,一边拼命地咽口水。他一路上已经反复想好了他要对她说的话——可现在却感到如此难开口啊!

他把一块干柴塞到灶膛后,嘴唇哆嗦了半天,才讷讷着说:"红……梅,我想对你……说句话……"

红梅停止了和面,默默地看着他,显然是等他说那句"话"。

润生没敢抬头看她,用很大的力气鼓着劲说:"咱两个……能不能一块过日子?"

红梅呆呆地立在锅台旁,低倾下了头。

半天,她才小声说:"我这个样子,怎能配得上你……"

润生索性不烧火了,从灶火圪坽里站起来,激动地说:"我已经下了决心,一定要和你一块过!"

红梅仍然低着头,两条腿微微地抖着,说:"你不要凭一时冲动。以后你会后悔的……"

"不!我想了好多时了!我……我现在只要你的一句话,跟不跟我？你相信我！我决不会亏待你和娃娃……"

"你们家的老人不会同意的……"

"我要说服他们！只要你同意，我就有信心说服我父母亲！你同意不同意呀？"

"我……"红梅哭了。

润生勇敢地走过去，伸出两条瘦胳膊，紧紧地抱住了她。红梅垂着两只面手，脸依恋地伏在他胸前，哭得更伤心了。润生的眼里也含满了泪水。他紧紧地抱着她，自己却怵软得像一团棉花。

"你不要为难，润生。你要回去把老人说通，咱们两个再说这事。不管时间长短，我都等你！"红梅在他怀里哭着说。

"这事你别担心！我要说的是，我这汽车也开不长久，说不定马上得回去劳动；要是这样，你一辈子还得跟上我受苦……"

"劳动怕什么呢！咱们就一辈子安安稳稳在农村过光景。只要你对我好，跟上你就是去要饭，我也情愿。只不过你对我的娃娃也要好……"

"这还要你说哩！娃娃就是我的娃娃！咱们结婚了，我就是这娃娃的父亲！"

这天夜晚，润生就在红梅家里留宿了。

第二天，他像获得了新生一般容光焕发。他感激地告别了他亲爱的人，立即返回原西去找父亲商谈他的终身大事……

田福堂眼下已不在双水村。徐治功调回县里当了水电局长后，正好一个下属单位要修建十几孔窑洞，他就把这工程让以前的老相识田福堂承包了。双水村这位"无产阶级革命家"，终于采取了机会主义态度，开始走上了"资本主义道路"，到县城当起了包工头。

润生在县城找到他的时候，他正忙着招兵买马，铺排工程。田福堂虽然以前没做过这事，但他是个天生的领导人，很快就成了出色的包工头。他把一切都安排得井井有条。现在，田福堂不仅不再徒劳地和社会的大潮流对抗，反而觉得时势的变化也并不可怕。只要人有本事，能踢能咬，现在这世事胳膊腿更能伸展得开！

这位过去指挥农业学大寨的帅才，现在正指挥着一群他雇来的工匠，忙得不可开交；虽然咳嗽气喘，照样指手画脚，一点也不失当年的气魄和风度！

田福堂万万没有想到，新的打击又一次降临到了他的头上。

当他听儿子说要和一个带孩子的寡妇结婚时，就像头上被敲了一闷棍，一刹那间几乎要晕过去了。

天啊！他上辈子作了什么孽，逢应上这么两个气老人儿女呢？女儿的婚事已经够他痛苦了，现在儿子又来活活地把他往死折磨！

"你他妈的是不是跟上鬼了！什么人家咱挑不下，你为什么要找个寡妇呢？田家祖宗几代，什么时候出过你这号败家子？你羞先人哩！早些把心死了！只要我活着，你就甭想把这丧门星娶回来！"

田福堂先劈头盖脑把儿子臭骂了一通！

润生从小就惧怕他父亲，一下子被他虎啸般的吼叫震慑住了。不过，他声音很低但态度坚定地辩解说："我们这是爱情……"

"狗屁！"田福堂吼叫了一声，便剧烈地咳嗽起来。

润生眼里泪花子直打转。他没想到父亲用如此粗俗的态度对待自己神圣的感情。一刹那间，他在心里对他产生了某种仇恨。

当天下午，痛苦万分的润生和气急败坏的田福堂一起回到了双水村。互相不能说服对方的父子俩，都把胜利的希望寄托在润生他妈身上。田福堂指望他老婆能劝解儿子放弃这宗荒唐的亲事——润生向来听他妈的话。而润生又盼望母亲能理解他，站在他一边劝解父亲，帮助他成全自己的婚姻。

可他妈一听这事，先一鼻子哭得连话也说不成了。她实际上比父亲还要坚决地反对这亲事。她痛不欲生地絮叨说："润叶的婚姻是那么个样子，你现在又要找个二婚女人，带着前家的娃娃……"

"还是地主成分！"田福堂加添说，"咱里亲外戚中连个中农成分也没，你却要把地主的后代引到家里来。田家的门风叫你糟蹋完了！"

绝望的田润生丢下哭啼的母亲和咆哮的父亲，一个人跟跟跄跄从家里走出来。他感到东拉河对面的庙坪山和神仙山，都在疯狂地旋转起来；虽然天晴日丽，但他眼前一片黑暗！

他不知不觉竟走到了孙玉亭家里。他知道玉亭叔和父亲的关系比较好，就想让他给父亲做点工作。这真是病急乱求医！

孙玉亭正圪蹴在院子的磨盘上看报纸。当他听完润生的陈述之后，把报纸卷起别在胸前仅有的那两颗纽扣中间，拖拉起两只烂鞋，就和润生一块到他家里来了。

玉亭总算念过几天书，又在太原钢厂当了几年工人，经见过世面，因此对这事倒能理解。他赶到田福堂家里，像位敢对"圣上"谏言的忠臣一样，对书记夫妇说："福堂哥，嫂子，你们要尊重润生这感情哩。既然润生和那寡妇有了爱情，你们就要理解娃娃哩！二婚女人又怎？当然，农村对这事有说法，可那是封建主义！"孙玉亭说得倒振振有词。

"你懂个屁！谁叫你来骚这杨柳情？"田福堂气愤地对他的助手出言不恭地喝骂道。他讨厌玉亭到他家里来火上加油。

孙玉亭立刻被田福堂骂得张口结舌，泛不上话来了。他再一次意识到，田福堂已经不再把他孙玉亭当一回事。

玉亭一看他说话等于放屁，啥事也不顶，就知趣地拖拉着鞋离开了田福堂家……

田福堂一家三口人同时陷入到了深深的痛苦之中。

田润生在几天内就好像变成了另外一个人。他目光呆滞，神情恍惚，本来就很瘦弱的身体又瘦了几圈；袖筒和裤管里伸出来的胳膊腿，竟像麻秆般纤细。他再也不跟他姐夫去开汽车了，整天神神魔魔爬上双水村周围的山梁，默默地淌眼泪。他思念远方的红梅；他痛恨自己的软弱；他和他自己在激烈地斗争着……

第二十章

田润叶是今天早晨上班后，才听说李向前因车祸而被锯断了双腿。

地区一个局长家里发生了这样的事，很快就会传遍地委和行署机关。不过，局外人传播这类事，就好像传播一条普通的新闻，不会引起什么反响。

但田润叶听到这消息后却不可能无动于衷。不论怎样，这个遇到灾祸的人在名义上是她的丈夫。

她不能再像往日那样平静地坐在团地委的办公室里，处理案头上的公务。她心慌意乱，坐立不安。与此同时，她还关切她的弟弟润生是否也蒙难了。

后来她才确切地弄清楚，失事的只是向前一个人，润生没有跟这趟车。她还听说，向前是因为喝醉酒而把车开翻的……

润叶一下子记起：上次润生来说过，向前是因为她而苦恼，常常一个人喝闷酒。她知道，这个人过去滴酒不沾，也不吸烟。

一种说不出口的内疚开始隐隐地刺激她那颗冰凉的心。是呀，这个人正是因为她才酗酒，结果招致了惨祸，把两条腿都失掉了。从良心上说，这罪过起因在她的身上。

事情到了这个地步，润叶才不由设身处地从向前那方面来考虑问题。是的，仔细一想，他很不幸。虽然他和她结婚几年，但一直等于打光棍。她想起了结婚后他从北京回来那晚上的打斗。她当时只知道自己很不幸，但没有去想他的可怜。

唉，他实际上也真的是个可怜人。而这个可怜人又那么一个死心眼不变，宁愿受罪，也不和她离婚。她知道他父母一直给他施加压力，让他和她一刀两断，但他就是不。她也知道，尽管她对他冷若冰霜，但他仍然去孝敬她的父母，关怀她的弟弟；在外人看来，他已经有点下贱了，他却并不为此而改变自己的一片痴迷之心……

　　可是，润叶，你又曾怎样对待这个人呢？

　　几年来，她一直沉湎于自己的痛苦之中，而从来没有去想那个人的痛苦。想起他，只有一腔怨恨。她把自己的全部不幸都归罪于他。平心而论，当年这婚事无论出自何种压力，最终是她亲口答应下来的。如果她当时一口拒绝，他死心以后，这几年也能找到自己的幸福。正是因为她的一念之差，既让她自己痛苦，也使他备受折磨，最后造成了如此悲惨的结果。

　　她完全能想来，一个人失去双腿意味着什么——从此之后，他的一生就被毁了；而细细思量，毁掉这个人的也许正是她！

　　润叶立在自己的办公桌前，低倾着头躁动不安地抠着手指头，脊背上不时渗出一层冷汗。她能清楚地看见，躺在医院里的李向前，脸上带着怎样绝望和痛苦的表情……

　　“我现在应该去照顾他。”一种油然而生的恻隐之心使她忍不住自言自语地说。

　　这样想的时候，她自己的心头先猛地打起了一个热浪。人性、人情和人的善良，一起在她的身上复苏。她并不知道，此刻她眼里含满了泪水。一股无限酸楚的滋味涌上了她的喉头。她说不清楚为谁而难过。为李向前？为她自己？还是为别的什么人？

　　这是人生的心酸。在我们短促而又漫长的一生中，我们在苦苦地寻找人生的幸福。可幸福往往又与我们失之交臂。当我们为此而耗尽宝贵的青春年华，皱纹也悄悄地爬上了眼角的时候，我们或许才能稍稍懂得生活实际上意味着什么……

　　田润叶自己也弄不明白，为什么多年来那个肢体完整的人一直被她排斥在很远的地方，而现在她又为什么自愿走近这个失去双腿的人？

人生就是如此不可解说！

总之，田润叶突然间对李向前产生了一种怜爱的情感。她甚至想到她就是他的妻子；在这样的时候，她要负起一个妻子的责任来！

真叫人不可思议，一刹那间，我们的润叶也像换了另外一个人。我们再也看不见她初恋时被少女的激情烧红的脸庞和闪闪发光的眼睛；而失恋后留在她脸上的苍白和目光中的忧郁也消失了。现在站在我们面前的是一个含而不露的成熟的妇女。此刻，我们真不知道该为她惋惜还是该为她欣慰。总之，风暴过去之后，大海是那么平静、辽远、深沉。哦，这大海……

润叶迅速拎起一个提兜，走出房间，"啪"一声关住门，穿过楼道，进了团地委书记武惠良的办公室。

"向前的腿被压坏了，我要请几天假到医院里去。"她对书记说。

武惠良坐在椅子里，惊讶地怔住了。他知道润叶和丈夫的关系多年来一直名存实亡，现在听她说这话，急忙反应不过来发生了什么事——这比听到向前腿锯掉都要叫人震惊。

惠良愣了一下，接着便"腾"地从办公桌后面站起来。他突然明白发生了什么事。他又激动又感动地说："你放心走你的！工作你先不要管，需要多少天你就尽管去！要是忙不过来，你打个招呼，我和丽丽给你去帮忙……"

润叶沉默地点点头，就从武惠良的办公室出来，急匆匆地走到大街上。

她很快在就近的一个副食商店买了一提兜食品，搭坐公共汽车来到北关的地区医院。

在进李向前的病房前，她先在楼道里站了一会，力图让自己的情绪平静下来。啊啊，没想到这一切发生得这么快！她现在竟然来看望自己的丈夫了。丈夫？是的，丈夫。她今天才算是承认了这个关系。她的情绪非但平静不下来，反而更加慌乱。她甚至靠在走道的墙壁上，不知怎样才能走进那个房间去。她知道，接下来的几步，将再一次改变她的命运——她又处于自己人生的重大关头！

"是否需要重新审视你的行为？"她问自己。

"不。"她回答自己。

她于是怀着难以言状的心情，走进了这个病房。

第一眼瞥见的是那两条断腿。

她没有过分惊恐她所看到的惨状——一切都在预料之中。

紧接着，她才把目光移到了他的脸上。他紧闭着眼睛。她想，要么是睡着了，要么还昏迷着。

他脸上弥漫着痛苦。痛苦中的那张脸有一种她不熟悉的男性的坚毅。头发仍然背梳着，额头显得宽阔而光亮。使她惊讶的是，她从没感到李向前会有这么一张引人注目的脸！

吊针的玻璃管内，糖盐水静无声息地滴答着。此刻这里没有护士，一切都静静的。她听见自己的心像鼓一般"咚咚"地跳着。

她走过，悄悄地坐在病床边的小凳上。

突然，她发现他眼角里滑出了两颗泪珠！

他醒着！

她犹豫了一下，便掏出自己的手帕，把那两颗泪珠轻轻揩掉。于是，他睁开了眼睛……

你奇怪吗？不要奇怪。这是我。我是来照看你的。我将要守在你的床边，侍候你，让你安心养伤。你不要闭住眼睛！你看着我！我希望你能很快明白，我是回到你身边来了，而且不会再离开……

当李向前睁开眼睛，看见为他揩泪的不是护士而竟然是润叶的时候，那神态猛然间变得像受了委屈的孩子重新得到妈妈的抚爱，闭住自己的眼睛只管让泪水像溪流似的涌淌。这一刻里，他似乎忘记了一切，包括他失去了的双腿。他只感到自己像躺在一片轻柔的云彩里，悠悠地飘浮着。

噢，亲爱的人！你终于听见了我心灵的不息的呼唤……

润叶一边用手帕为他揩泪水，一边轻声安慰他说："不要难过。灾难既然发生了，就按发生了来。等伤好了，过几个月就给你安假肢……"

这些平常的安慰话在向前听来，就像天使的声音。

他紧闭双眼，静默无语。但他内心却像狂潮一般翻腾。他直到现在还难以相信，坐在他床边的就是使他备受折磨、梦寐以求的那个人！

可这的确是她。

你感到幸福吗？他在内心中问自己。

不！这幸福又有什么用！他的一切都毁掉了，还有什么幸福可言！说不定她也是来尽最后的人情义务，就像和一个临终的人来诀别⋯⋯

不过，我亲爱的人，仅此一点，我也就心满意足了。你来了，这很好。我多年来为你而付出的沉重代价，你多少已给了我一个补偿。在我要离开这个世界的时候，最后那个句号总算比较圆⋯⋯

他想起了高中课本上学过的《阿Q正传》。可怜的阿Q在死之前怎样费尽心机也没把那个圆圈画圆。他比阿Q强的是，他的"圆圈"总算让自己满意了。

"你一定要把思想放开朗。不要怕，我会尽心照顾你。一直照顾⋯⋯不久前，行署家属楼上给咱们分了两间一套的房子。等你出了院，我就把你接回去⋯⋯"润叶仍然在他耳朵边轻轻地说着。

这是她说的话吗？

是她说的！

他睁开眼睛，满含着泪水不相信地看了她一眼。

"你现在应该相信我⋯⋯"她那双美丽的眼睛真诚地望着他。

他再一次闭住眼睛，幸福地闭住眼睛。一股温热的暖流漫上他的心头，向周身散布开来。他无法理解她为什么在这时候才把那温暖给予了他。但他已经开始相信，一种他苦苦寻觅的东西似乎真的出现在了他的面前⋯⋯

"我已经完了⋯⋯"他用微弱的声音悲观地说。

"没有！只要活着，一切都会重新开始。"她用坚定的声音说。

"不，咱们现在可以离婚了⋯⋯请你原谅我。我是因为⋯⋯爱你才⋯⋯这几年把你也害苦了⋯⋯可是，你不知道，我为了你⋯⋯"向前说不下去了，闭住眼抽着两片嘴唇，不出声地哭泣起来。

澎湃的激流开始猛烈地叩击田润叶的心扉。她不由自主地俯下身子，把自己的额头在他泪水纵横的脸颊上贴了贴。她用手轻轻摩挲了一下他又黑又密的头发，对他说："我现在全明白了。从今天起，我准备要和你在一块生活。你要相信我……"

背后传来一声轻轻的咳嗽。

润叶赶忙站起来，回头看见护士端着小白瓷盘已经走到了房中间。

在护士为向前换吊针的时候，润叶问她："什么时候可以出院呢？"

"四个星期伤口就基本愈合了。但出院得到两个月以后……"

润叶默默地点了点头。

不一会，李登云夫妇也来了。

他们显然对润叶的到来大吃一惊！

润叶也有些不好意思。她想开口叫一声"爸爸"或"妈妈"，但由于不习惯，怎么也开不了口。她就直接对他们说："以后由我来照看。我已经请过假了。你们年纪大，好好休息，不要经常来。这里有我哩……"

李登云和刘志英立在病床前，简直反应不过来这是怎么一回事。他们做梦也想不到，在儿子大难临头的时候，润叶竟然来照看他了。人啊……

老两口对这个他们一直所厌恶的儿媳妇，竟不知说什么是好。但就在这一瞬间，过去的所有敌意都消失了。他们知道，也许只有这个人，才能使儿子有信心重新生活下去。此刻，他们是多么感激她啊！

刘志英抹了一把眼泪，说："只要你有这心肠，往后我和他爸一定全力帮助你们……"

李登云站在一边，两只眼睛红红的，百感交集说不出一句话来了……

第二天早晨。手术后二十四小时。征得医生的同意，润叶开始给向前喂一点流食。她把自己带来的橘子汁倒在小勺里，跪在床边，小心翼翼地送到丈夫的嘴里。

向前张开嘴巴，把那一勺勺橘子水——不，甜蜜的爱的甘露，连同自己又苦又涩的泪水，一齐吞咽了下去……

生活啊，生活！你有多少苦难，又有多少甘甜！天空不会永远阴暗，当乌云退尽的时候，蓝天上灿烂的阳光就会照亮大地。青草照样会鲜绿无比，花朵仍然会蓬勃开放。我们祝福普天下所有在感情上历经千辛万苦的人们，最后终于能获得幸福！

中午的时候，向前他妈来到病房，说什么也要顶替让润叶回去休息一下。润叶只好依了她的愿望，说她下午再来顶替让婆婆回去休息。

田润叶走出医院来到大街上，感到自己的脚步从来也没有这样轻快过。太阳暖洋洋地照耀着街上的行人；行人的脸上都挂着笑容。街道两边的梧桐树绿叶婆娑。在麻雀山下两条大街交会的丁字路口，大花坛里的鲜花开得耀眼夺目。城市和她的心情一样，充满了宁静与爽朗。

她没有回机关的办公室，径直来到了行署家属楼上——这里有不久前分给她的那套房子。这座新盖起的楼房，只分给结过婚的干部职工，她当然也就有份了。不过，从房子分下到现在，她只来看过一次，也没有收拾过，自己仍然住在机关办公室里。当时，她对这房子没有任何兴趣——这只能唤起她的一片忧伤之情。人家是分给结过婚的人住，可她虽然算是结婚了，但和单身又有什么两样？现在，她突然对这套房子感到很亲切。

她上了三楼，打开房门，然后从对门同事家里借来扫帚和铁簸箕，用一条花手帕勉强罩住头发，便开始收拾起了房间。

她一边仔细地打扫房子，一边在心里划算着在什么地方搁双人床，什么地方搁大立柜……对了，还应该买个电视机。他不能动，有了电视机，可以解个闷。买个十四英寸的，但一定要买彩色的——她这几年积攒的钱足够买台带色的电视……

田润叶这样忙碌地收拾着，精心地划算着，倒像是为自己布置新婚的洞房！

第二十一章

在这个火一般炎热的季节里，即将在黄原师专毕业的田晓霞，心中也像燃烧着一团火焰。她刚从省报实习回来。她做梦也没有想到，在省报实习期间，报社的总编辑非常看重她的才华和工作精神，决定通过省高等教育局，要分配她去省报当记者。按他们学校的性质，毕业的学生当然应该分配到黄土高原各地中学去当教师。但每年也总有一两名特别出众的学生，以特殊原因被分到了另外的单位。看来田晓霞成了他们这届毕业生中的幸运儿——谁不愿去当一名记者呢？更何况还要进大城市去工作和生活！

不用说，立刻就有许多谣言在学校和毕业生中间传播开来，说晓霞是通过她父亲走"后门"才被分到省报的。平心而论，这的确和田福军无关；因为省报决定要她的时候，并不知道她是黄原地委书记的女儿。

田福军夫妇知道这个消息后，也很为他们的女儿高兴。事到如今，福军才猛然觉得，也许他的晓霞最合适的职业就是记者工作！这孩子思维敏捷，知识面也比她哥晓晨宽一些。另外，她性格泼辣，爱跑动，又不怕吃苦——这些都是搞记者工作所需要的。

实际上，当记者对田晓霞来说，也是她梦寐以求的理想职业！

没想到这个理想就这样变成了现实。命运往往就是如此——有的人事事不顺，有的人一顺百顺！

分配基本没什么大问题后，田晓霞愉快得都有点飘飘然了。

也许用不了一个月，她就要离开黄原，到省城的报社去报到啦!

那么，她该怎样打发在黄原的这一段日子呢?

她很快想到了孙少平。

是的，她要尽量多些时间和少平在一块。她实习回来后还没顾上去找他。他当然也不知道她已经分到省报去当记者了。

晓霞想起少平的时候，心中就会涌上一种连她自己也弄不清楚的复杂情绪。毫无疑问，在她已有的生活之中，没有一个男人像少平那样使她在感情上有一种亲近感。尤其是和他在黄原交往以来，每想起他，心中就会泛起一缕温热的情思。她的确还没有考虑好她和这个人未来的关系会怎样发展。但她感到她在生活中已经不能再失掉这个人。是的，从家庭和社会地位来说，他们的距离很大;可是从心灵方面说，没有一个人像他那样和自己接近。在我们的生活之中，还有什么能比得上人与人心灵的融洽更为珍贵呢? 不是家庭、职业、社会地位和其他条件接近的人，相互间心灵就更能接近;而实际上，生活中常有的现象是，两个人尽管其他方面条件殊异，可心灵却往往能接近和相通——她和少平正是这样的。

田晓霞决定立刻去找孙少平。

上次实习走前，少平告诉她，南关柴油机厂的活不久就要完工了。不知他现在是否还在那里? 如果他已经离开了,她又上哪儿去找他呢?

但她又想，有一点是肯定的:他不会离开黄原城。只要他在这个城市里，她就一定要找到他! 她在心里调皮地说:哼，孙少平，你插翅难飞!

其实，孙少平眼下仍然还在南关的柴油机厂干活。不过，用不了多少天，这里也就完工了——他现在正熬煎不久以后他到什么地方再找个活干哩……

当田晓霞找到这里的时候，少平正在工地上拉水泥板。他光着身子，只穿一件短裤，被太阳晒黑的身子流着肮脏的汗泥道。这副样子站在穿着裙子、打扮得花枝招展的晓霞面前，使他感到十分窘迫。他赶忙把那件比身体还脏的汗衫套在身上。

很长一段时间了，他一直没和晓霞见过面。现在她猛然出现在面前，倒使他十分激动。

晓霞按捺不住自己的兴奋，先赶快把她分配到省报当记者的事告诉了他。

记者？对孙少平来说，这是记者田晓霞向他报道的第一条新闻——一条让他震惊的新闻！

他那激动的情绪刹那间消失了，随之而来的几乎是一种无声的哽咽。是的，她要远走高飞了。他再一次认识到，即使她和他近在咫尺，可他们之间相隔的距离却永远是那么遥远！

"你能不能请半天假，咱们一块出去玩一玩？"晓霞很快看出她自己的好消息在朋友那里引起了什么样的反响，于是赶快转了话题。

"行！"孙少平立刻爽快地说。事到如今，他感到他很快就要和晓霞天各一方了，因此也很想再和她在一块待一段时光。他痛切地感到，一种最美好的东西从此将要永远地从他身边流逝。是的，流逝。

"你先在这儿等一下，让我去换换衣服！"他说着就走过去向站场的工头请了假，然后两条腿像抽了筋似的跑回到他住的地方。

他先在楼下水龙头上冲了冲身子，便回到房间换了身干净衣服，用手指头匆忙地梳理了一下蓬乱的头发，就又跑回来了。他没忘记带了二十元钱——他要请晓霞在街上的饭馆吃一顿饭，以庆贺她到省报去当记者……

他们在梧桐树和汉槐洒下的浓密阴凉中，相跟着从南关的大街上走过来。在影剧院附近，满怀激情的孙少平，潇洒地把晓霞带进了黄原最好的一家饭馆。这时候，谁也不会看出来他是个半小时前还满身黑汗的揽工小子。

少平让晓霞坐着，自己跑前跑后，买了四菜一汤，并且提来两瓶青岛啤酒。

晓霞今天像个乖孩子似的坐在凳子上，眼睛一刻也没离开走动着的少平。她感到自己的眼窝有点热。她第一次这样安心地坐在饭馆里，让一个男人花钱为她买酒买菜。她长大后从来没有感到过心情如此轻松，又如此踏实，就像小时候依偎在妈妈的怀里或者伏在爸爸肩背上一样……

酒菜齐备以后，两个人面对面坐在一张小桌前。少平举起啤酒杯，微笑着轻声说："祝贺你。为你干杯！"

晓霞无言地把她的杯子在少平的杯子上轻轻碰了一下，视线就有点模糊了……

两个人不像过去那样，见面后立刻互相打开话匣子。此刻，他们都默默地碰杯、喝酒、吃菜，很少开口说话。

这时候，少平想起了高中毕业时，晓霞在原西饭馆请他吃的那顿饭。现在，是他在这里请她吃饭。转眼之间，他们就又踏入了一个人生的新阶段！晓霞将再一次进入一个更高层次的生活领域——对她来说，这是很正常的，也是他所希望的。不过，这一切仍然使他心头泛起一股说不出的苦涩滋味。他自己的未来会是个什么样子？还顾说未来呢！过几天，他就不知该再到何处去落脚！

正如俗话所说：人比人，活不成。

但无论怎样，他还是高兴今天能用他自己劳动赚来的钱，在这里请晓霞吃一顿饭。哪怕他今生一世黯淡无光，可他在自己生命的历程中，仍然还有值得骄傲和怀恋的东西啊！而不至于像一些可怜的乡下人，老了的时候，坐在冬日里冰凉的土炕上，可以回忆和夸耀的仅仅是自己年轻时的饭量和力气……

吃完饭后，晓霞提议他们去上古塔山。这也正好是孙少平所想的！

于是，两个人出了饭馆，兴致勃勃地过了小南河上的水泥桥，沿着一条荒僻的小土路，攀上了高高的古塔山。

立在古塔旁的边畔上，烈日烤晒下的黄原城便一览无余了。从高处观望，街道、房屋和人的比例都已经缩小，像小人国似的。黄原河与小南河如同一粗一细两条银练，闪着耀眼的光辉在老桥附近缠绕在一起，然后到东关飞机场前面拐过一个大弯，就在远方的山峦峡谷间消失得无踪无影了。尽管烈日炎炎，但看见大街上仍然有不少行人——尤其是东关大桥附近，忙碌的人群如同暴风雨前搬家的蚁群一般纷乱……

少平和晓霞只在塔下立了一会，两个人便不言不语向山后的树林中走去。他们一前一后只管向树林深处走，似乎他们已经约好了一个明确的去处——实际上，是两颗心不约而同把他们导向一个更为静谧的地方。

他们穿过大片低矮的杏树林，来到古塔后面的一个小山湾里。

嘈杂喧闹的市声马上被隔在了另一个世界。四周围静悄悄毫无声息，只听见一两声小鸟的啁啾。

这是一个三面被地堎围起来的小土圪垯，长满了茂密的青草，草间点缀着许多无名小花——红、黄、蓝、紫，一片五彩缤纷。雪白的蝴蝶在花间草丛安心地翩翩飞舞。这地方只长着一棵独立的杜梨树，碗口般粗，浓密的枝叶像伞似的投下很大一片阴凉。

少平和晓霞走过去，先后坐在树荫下。两个青年的心在狂跳着，脸都红腾腾的。他们大概意识到，此时此刻，他们来到这样一个地方意味着什么。

很长一段时间里，他们仍然都没有说话。

太安静了！静得叫人能听见自己的呼吸和心跳声。一阵凉爽的清风吹来，杜梨树的枝叶在他们头上发出沙沙的声响。由于这里地势较高，透过密密的杏树林，可以隐约地瞭见九级古塔塔尖上的金属避雷针，在炽热的阳光下闪烁着炫目的光芒。

晓霞顺手在草丛中摘下一朵粉红的打碗碗花，举在眼前微笑着细细瞅着，似乎那上面有什么景致，有什么十分逗人的情趣。少平两只手局促地抱着膝头，一动不动地望着东川空荡荡的飞机场。

"终于毕业了……"晓霞"终于"开口说，"他正坐在教室里，突然有个女同学在门口叫他出来一下……"

"女同学？叫他？谁？"少平敏感而惊奇地转过头，对晓霞这句没头没脑的话感到莫名其妙。

晓霞仍然微笑着，不看他，只瞅着那朵粉红色的打碗碗花，继续说："是的，是一位女同学叫他出来一下。他出来了。那女同学在教室外面的走道里，对他说：'有句话我一直想跟你说说：十年以后咱俩见一次面吧！'"

"我敢肯定，你要给我说你的事了。那个女的就叫田晓霞吧？"少平脸涨得通红，插嘴说。

晓霞仍然不理他，只管说她的。

"……那女的说完后，男的问她：'为什么要见面？'女的说：'因为我想知道那时候你会变成什么样子。这些年来我一直很喜欢你……'"

"你原来要在今天告诉我这么一件事？"少平忍不住又打断晓霞的话。

"男的问那女的：'为什么你以前一直不说呢？'女的说：'说了又有什么意义？你那么喜欢尼娜！'"晓霞继续说她的。

"我不愿听你们的三角恋爱故事！"少平叫道。

"……那男的怅然若失地问道：'那咱们什么时候，在什么地点见面呢？''十年以后，五月二十九日晚上八点在大剧院那排圆柱正中间的通道里。'"

"不过，黄原剧院那排柱子是方的。十年后大概会变成圆的？"少平的话里含着一种酸味的讽刺。他接着便沉默下来，任凭晓霞去说她的罗曼蒂克故事。

"……'要是那儿的圆柱是单数怎么办？'男的问。'那儿有八根圆柱……'女的说，'如果我的外貌变化很大，你就凭我那时候的照片来辨认我吧。'

"'好吧，那时候我肯定也是个知名人士了，反正我准是乘我的小轿车来……'

"'那才好呢，到那时你就带着我在全城兜风。'

"……就这样，他们分别了。岁月流逝。后来发生了战争……"

"战争？"孙少平看着如痴如醉的田晓霞，惊讶地问。

他越来越被她说糊涂了！

"是的，战争。战争开始了，她从大学辍学进了航校。以后她牺牲了。当年她所爱的那位男同学在军医院住院期间，从无线电广播里听到授予空军少校鲁勉采娃以苏联英雄的称号……"

"噢！你这家伙……你原来说的是一个苏联故事！"孙少平长长地出了一口气。

"可是，这个故事并没有完。"晓霞仍然瞅着手里的打碗碗花，脸上的微笑不知在什么时候就消失了。

"……'生活不断向前，'作者这样写道，'有时我会蓦然想起我们俩的约会。快到约会期限的那几天我觉得有一种强烈的不安的感觉，仿佛过去这些年来我一心一意在为这次会面作准备……'"

"后来呢？"少平轻声问。

"后来，他在当年约定的那一天终于如期来到那个大剧院前。他向卖花姑娘买了一束铃兰，朝大剧院圆柱正中央的通道走去。圆柱确实是八根……他在那里伫立了片刻，然后把那束铃兰送给一个脚穿球鞋、身材纤瘦的灰眼睛姑娘，就驱车回去了……

"作者后来这样抒发了自己的感情：'……刹那间我真想令时光停住，好让我回顾自己，回顾失去的年华，缅怀那个穿一身短小的连衣裙和瘦窄的短衫的小女孩……让我追悔少年时代我心灵的愚钝无知，它轻易地错过了我一生中本来可以获得的欢乐和幸福！'"

"这是一本什么书？在哪里？让我看一看！"少平从草地上跳起来，对田晓霞喊道。

晓霞也站起来，用手绢把眼角的两颗泪珠揩掉，从尼龙布挎包里摸出一本去年出版的《苏联文艺》，说："就在这上面。名字叫《热妮娅·鲁勉采娃》，作者是尤里·纳吉宾。"

少平走过去，先没有接书，立在晓霞面前，浑身微微地抖着。

晓霞抬起头来，用热切而鼓励的目光望着他。

他终于张开揽工汉有力的双臂，把她紧紧地抱住了！

她头埋在他胸前，深情地说："两年以后，就在今天，这同一个时刻，不管我们那时在何地，也不管我们各自干什么，我们一定要赶到这地方来再一次相见……"

"一定。"他说。

第二十二章

接近傍晚的时候,孙少平和田晓霞才从古塔山上走下来。

他们在小南河边约好了下一次见面的时间,就有点依依不舍地分手了。晓霞回了地委自己家;少平看时间还早,想到东关金波那里坐一坐。

现在,孙少平沿着小南河边的马路,怀着激动的心情,向东关大桥那里走去。

少平一身轻快,迈着矫健的脚步走着。暑气消失了,凉爽的晚风从河道里吹过来,撩乱了他一头浓密的黑发。黄原河和小南河流泻着灯火,闪烁着金银般的光辉。

直到现在,少平还难以相信今天发生了这样的事!

他第一次拥抱了一个姑娘,并且亲吻了她。他饱饮了爱的甘露。他的青春出现了云霞般绚丽的光彩。他真切地感受到了什么是幸福。幸福!从此以后,不管他处于什么样的境地,他都可以自豪地说:我没有在这人世间枉活一场!

他时而急匆匆地走着,时而又放慢脚步,让那颗欢蹦乱跳的心稍许平静一些。前面不远处就是大街,那里人声沸腾,一片纷扰。人们!你们知道吗?知道这城市有个揽工汉和地委书记的女儿恋爱吗?你们也许没人会相信有这样的事;这样的事只能出现在童话里。可这是真的!

此刻,我为什么要去找金波?是要告诉他这件事?

是啊,多么想给朋友说一说,好让他来分享我的幸福!分享!这个字眼用得不恰当……扯到哪儿去啦！

是的，我当然会把这事告诉金波的，但不应该是现在。正如他和那位藏族姑娘恋爱一样，秘密最好过一段时间再给朋友倾吐。爱情啊，无论是橄榄还是黄连，得先自己一个人嚼一嚼！

既然不是去给金波说这事，现在就不应该去他那里——此刻最好一个人慢慢地回味刚刚发生过的那一切……

现在，孙少平发现他已经走到东关大桥的人群里了。

他猛地停住脚步，不由向人行道旁边那个低矮的砖墙瞥了一眼。

一股冰凉从后脑勺沿着脊背传遍了全身。他顿时像重感冒退过烧似的清醒而软弱无力。刚刚发生的事一下子就似乎遥远了，而现实却又这么近地出现在眼前！

他的两条腿自动走到那个砖墙下。他初来黄原之时，就是在这地方落下脚，开始等待包工头来买他的力气。以后他又不止一次来到这地方。

他弯下腰，不由用粗糙得像石板一样的手掌，在那砖墙上面摸了摸——这是他经常搁那卷破行李的地方……

一种无限忧伤的情绪即刻便涌上孙少平的心间。

你有什么可高兴的？你难道现在就比以前好些了吗？你只不过和地委书记的女儿亲热了片刻，有什么可以忘乎所以地乐个没完？瞧，你在实际生活中的一切都没有丝毫的改变。你仍然像一丛飘蓬流落在人间，到处奔波着出卖自己的体力，用无尽的汗水赚几个钱来养家糊口。你未来的一切都没有着落——可岁月却日复一日地流逝了……

孙少平立在砖墙边，眼里旋转着两团泪水。街道上的人群和灯火都已经模糊不清。

爱情的温柔使少平感到自己变得脆弱起来。他现在痛心地认识到，就是他和她已经到了这一步，但他们仍然还在两个世界里！而且随着晓霞的远走高飞，这两个世界只能是越来越远！

孙少平强迫自己立刻回到现实中来。他，农民孙玉厚的儿子，一个漂泊的揽工汉，岂敢一味地沉醉在一种罗曼蒂克的情调中？是的，他和地委书记的女儿拥抱了，亲吻了，但这是否意味着他就能和她在一块生活？他们如此悬殊的家庭条件和个人条件，怎么可能仅凭相爱就能结合呢？更重要的是，晓霞的行为是出于爱情还是一种青春的冲动？她马上就是省报的记者，能一直对他保持爱情吗？

可是，他感到她确实是一片真心……

这时候，少平不由想起他哥和润叶姐的关系——不幸的是，命运是否也要他重蹈他哥的覆辙？

不！他决不会像哥哥一样，为了逃避不可能实现的爱情，就匆忙地给自己找个农村姑娘。无论命运会怎样无情，他决不准备屈服；他要去争取自己的未来！当然，这不是说，他以后就一定能和晓霞一块生活——即使没有田晓霞，他也要去走自己的道路！生活包含着更广阔的意义，而不在于我们实际得到了什么，关键是我们的心灵是否充实。对于生活理想，应该像宗教徒对待宗教一样充满虔诚与热情！

孙少平现在完全又回到了他自己生活的这个世界里。一颗心不久前还沉浸在温暖的幸福之中，现在却又被生活中的不幸和苦难所淹没了。在这短短的一天之中，他再一次品尝了生活的酸甜苦辣——也许命运就注定让他不断在泪水和碱水里泡上一次又一次！

两天以后，他的心情已稍许平静下来。这里很快就要结工，他重新发愁他过几天到什么地方去干活——他真没勇气再到东关的劳力市场去等待包工头把他"买"走。

生活的沉重感，有时大大冲淡了他对田晓霞的那种感情渴望。人处在幸福与不幸交织的矛盾之中，反而使内心有一种更为深刻的痛苦。看来近在眼前的幸福而实际上又远得相当渺茫。海市蜃楼。放不得抓不住。一腔难言的滋味。

啊，人哪！有时候还不如生活在纯粹的清苦与孤独之中。

两天来，少平无论是干活，还是晚上躺在那个没门没窗的房子里，都在思索着他和晓霞的关系——连做梦也想的是这件事。他越想越感到悲观；热情如同炉火中拉出来的铁块，慢慢地冷却下来了……

按原先约定的时间，这天下午晚饭后，他应该到地委她父亲的办公室去找她。当然，在那个老地方的这次新的会面，将会不同以往——他们现在已经越过了那条"界线"，完全是另一种关系了。

少平并不因为两天来悲观的思考就打算失约。不，他实际上又在内心激动地、迫不及待地期待着和晓霞见面。

刚和一群赤膊裸体的同伙吃完饭，他就十分匆忙地在楼道的水管上冲洗了身子，返回宿舍从枕头底下抽出那身洗得干干净净、压得平平整整的衣服换在身上。仍然用五个手指头代替梳子，把洗净的头发拨弄蓬松，再梳理整齐。他赤脚片穿起那双新买的凉鞋，就急切地下了楼。

出柴油机厂的门房时，他在那扇破玻璃窗户上看来无意实际有意照了照自己的身姿。他对自己的"印象"还不错。真的，除过脸和两条胳膊被太阳晒得黧黑外，他现在看起来又不像个揽工汉了！

孙少平怀着欢欣而紧张的心情，不知不觉就来到了地委常委办公院。

不知为什么，这次在进入那个窑洞时，他心中充满了恐惧。他看见那窗户亮着灯光。她在。那灯光是如此炽烈，像熊熊燃烧的大火。他不由颤栗了一下。

现在已到了门口。心跳得像擂鼓一般。他困难地咽下去一口唾沫，终于举起了僵硬的右手，像有规矩的城里人一样，用指关节轻轻叩响了门。

叩门声如同爆炸一般在耳边、在心中荡起巨大的回声。

门立即打开了。

同他期望的那样，出现的是那张灿烂的笑脸（他想起夏日里原野上金黄色的向日葵……）。

进门以后，他才发现：润叶姐也在这里！

他的脸立刻像被腾起的蒸汽扑过一般烫热。难道他和晓霞的事润叶姐已经知道了？

他拘谨地开口说："姐……"

"你长这么高了！"润叶亲切地看着他。"快坐下！"她招呼说。

"润叶姐要和你说件事呢！"晓霞一边倒茶，一边对他说。

少平心里不免有点惊讶：润叶姐要给他说什么事呢？

他两天前才从晓霞那里知道，李向前的两条腿被他自己的汽车压坏，润叶姐已经担当起了一个妻子的责任。他当时既为向前而难过，又为润叶姐而感动。润叶姐的行为他并不惊奇，这正是他心目中的润叶姐！

可是，她有什么事要对自己说呢？是要把她和向前的事托他转告少安吗？可他又一想，不会是这件事——这没有必要了……

少平看见，润叶姐已经不像过去的模样。她看上去完全成了少妇，脸上带着一种修女式的平静与和善。

"我向前哥……什么时候能出院呢？"少平只好这样先问润叶姐。

"还得一段时间……我已经好长时间没上班了，想多少做点工作，团委领导就让我在社会上找个人，把地委行署机关的中小学生组织起来，搞个暑期夏令营，免得孩子们在暑假里无事生非。据说这也是地委秘书长的意思。

"要找个有文化，又懂点文艺的人才，我正愁得找不下个人，晓霞就给我推荐了你。我也想起，你正是最合适的人了！听晓霞说你在柴油机厂干活，已经要结束。不知你愿不愿意做这事？可能工资没你干活拿得多，按规定一天一块四毛八……"

原来是这！

少平一口就把这事答应了下来。

去带地委行署的子女搞夏令营，这件事太吸引人了。赚钱多少算不了什么！总比在东关白蹲着强。再说，这是一件多么体面的工作——就是一分钱不赚，他也愿意干个半月二十天的！

少平的情绪一下子高涨起来。他正发愁过几天没活干哩，想不到有这么个好营生在等着他。

润叶姐说妥这事后，就急急忙忙到医院顶替婆婆照看丈夫去了。

于是，少平和晓霞又单独在一块度过了一段美妙的时光。一直到机关要关闭大门的时候，他才怀着甜蜜和愉快的心情，回到了柴油机厂他那个乱糟糟的住处……

第二十三章

几天以后，柴油机厂一完工，少平衣袋里揣着一摞硬铮铮的票子，把自己的破烂被褥用晓霞送他的花床单一包，就来地委"上班"了。

润叶姐已经给他收拾好一个空窑洞，并且还给他抱来一床公用铺盖，因此他不必把那卷见不得人的烂脏被褥在这样一个地方打开。

地委行署各级干部的几十名子弟集中起来后，润叶姐就把他介绍给大家。他穿戴得齐齐整整，谁也看不出来几天前他还是个满身黑汗的揽工小伙子。像以前在中学演戏一样，他在生活中也有一种立刻进入"角色"的才能。他很快把自己的一切方面都复原成了"孙老师"。

孙少平的确很胜任这个夏令营的辅导员。他教过书，演过戏，识简谱，会讲故事，还打一手好乒乓球。另外他又不辞劳苦——比起扛石头，这点劳累算得了什么！

他风度翩翩地给同学们教唱歌，排小戏；带着孩子们在地委对面的二中操场上打篮球，做游戏。他内心感慨万端，时不时想起他光着脊背在烈日下背石头拉水泥板的情景……

几天以后，孩子们把孙老师领他们搞的一切活动，都反映到家长的耳朵里。家长们又反映到地委和团委领导的耳朵里。各方面都对团地委书记武惠良搞这件事很满意。武惠良起先并没有重视这工作；听到这些反映后，他很快让润叶带着来看了一次孙少平，对他大加赞扬，并且感慨地对润叶说："咱们团委正缺乏这样的人才！"

润叶乘机说："那把少平招到咱们团地委来工作！"

武惠良苦笑着摇摇头："政策不允许啊！现在的情况就是如此，吃官饭的人哪怕是废物也得用，真正有用的人才又无法招来。现在农村的铁饭碗打破了，什么时候把城市的铁饭碗也打破就好了！"

少平并不指望入公家的门。他知道这是不可能的。但他要在这短短的时间里，证明他并不比某些自以为高人一头的城市青年更逊色！

带这几十名娇生惯养的家伙对一个干部来说，也许太吃劲。可对少平来说，就像过节假日一般轻松。

"下班"以后，他还有许多闲暇时间和晓霞待在一块。

晚上，要是田福军不在，他们就可以厮守在他的办公室里。傍晚，常常在天凉以后，他们就去登古塔山、麻雀山和梧桐山；要么，就肩并肩顺着黄原河上游或下游漫步。有时候，要是有好点的电影，他们就一块去看。他们都记得，两个人在黄原的第一次相会，正是在电影院门口的人群里——那次放映的是《王子复仇记》……

润叶姐过一两天就来看望他一次，询问他有没有困难。她还给了他一摞地委大灶上的饭票；他不要也不行，润叶姐硬往他口袋里塞。记得他上高中时，好心的润叶姐就给过他钱和粮票。

当然，他现在还不能给润叶姐解释，已经有另一个人在关怀他了！

总之，田家两姐妹使他深切地感受到，一个男人被女人关怀是多么美好。

在这期间，他还抽出时间去找了他的好朋友金波。

前不久，金波在万般无奈的情况下，终于听从了父亲的劝告，已经正式顶班招工了——他现在接替父亲开了邮车。对于金波来说，这是一个"划时代"的事件；这意味着他成了公家人。事到如今，金波看来也很高兴。这心情完全可以理解；到了这种年龄，生活和工作没有着落，叫人又难过又慌乱！

当然，少平比之朋友，也有他自己的高兴事——那就是他和晓霞的关系。但他现在还不愿给朋友说出这件事。在他内心深处，这件事最后的结局仍然是个疑问。也许他们将以悲剧的形式结束一切。

半月以后，少平征得团地委的同意，决定把孩子们带到野外去玩一玩。他把地点选在离黄原几十里路的一个解放军驻地。团地委和地委办公室大力支持，专门调了两辆大轿车运送他们。

孙少平带着孩子们搞了一整天野营活动，还和当地驻军开了联欢会。返回途中，他们又在一个野花盛开的山坡上，让孩子们分散开自由玩了一会。

下午，两辆汽车上插着彩旗，一路歌声开到了地委门口。

所有的家长都跑出来迎接自己兴高采烈的孩子。孩子们纷纷把水壶里的山泉水递到父母亲嘴边，让他们尝一尝"大自然的滋味"。从地委行署的一般干部到部局长们，谁也没有留意给孩子和他们带来欢乐的孙少平——他已经悄悄地回到了他住的那孔窑洞里……

当天晚上，在地委大灶上吃完饭后，少平正准备去找晓霞，旁边窑洞的一位干部过来告诉他，说门房打来电话，外面有个人找他，让他出去一下。

少平忍不住心一缩：谁？是家里的人？出什么事了？谁病了？

他一边匆促地向地委大门口走，一边还在猜测谁来找他。会不会是家里托人来给他捎话，让他回去？除过老人生病，按说这一段不会有什么大事——唯一的大事就是妹妹兰香考大学。不过，考上考不上，现在还没到发榜的时候呢！

快要到大门口时，少平才发现，立在大门外的是阳沟大队的曹书记！他悬在半空中的心踏实了下来。

不过，曹书记这时候来找他，有什么事呢？没紧事他不会到这里来找他！

自他在阳沟安下户口后，由于四处奔波着干活，很少能抽出时间回那里去。虽说他成了阳沟人，但实际上只是个名义；除过户口，他在那里一无所有。当然，他仍然很感激曹书记两口子给他办了这么一件大事。几个月来，他已经拿着礼物去看望过他们好几次……

孙少平一直不知道曹书记两口早已把他当未来的女婿看待了。曹书记两口早就商量好：如果他们的女儿再一次考不上高中，他们就要和少平摊开说这件事。说实话，如果不是要招女婿，他们也不会帮助他把户口落在阳沟大队。

不久前，曹书记的女儿考高中又没考上。看来这孩子的书不能再念下去了。于是，书记和他老婆才把少平的事提到了女儿的面前。不料，菊英学习不中用，找对象的眼头倒蛮高。她说她看不上孙少平！话说回来，这也难怪。菊英虽然是农村户口，但一直在黄原城里长大，怎么可能看上一个乡下来的揽工汉呢？她对父母亲表示，她决不可能和这个叫孙少平的乡巴佬结婚；她要在黄原城找个有工作的对象哩！

曹书记两口子四只眼大瞪。他们绝没想到，他们各方面都平庸的女儿，竟然看不上他们精心挑选的孙少平！

这可怎么办？这不仅使他们的愿望落了空，也把人家娃娃闪在了半路上！如果少平成了他们的上门女婿，那阳沟大队其他人有什么，少平就得有什么；如果没这个关系，少平怕连空头户口也落不长久！

正在曹书记发愁的时候，事情突然有了一个转机。

根据市上下达的文件，今年铜城矿务局要在黄原市招收二十来名农村户口的煤矿工人。他们公社的领导人是他酒肉朋友，跑来问他有没有什么亲戚要去。

曹书记大喜！马上要回一个指标来。

尽管这是入公家门，但城边上的农民没人愿去干这种下苦工作。曹书记早料到了这一点。他于是立刻四处打问着寻找孙少平，看他愿不愿意去……

当少平在地委大门口听曹书记说了这件事后，高兴得几乎要跳起来了！

啊啊，这就是说，他将有正式工作了，只要有个正式工作，哪怕让他下地狱他都去！

不过，曹书记对他说，因为他落的是空头户口，怕市上和地区的劳动部门找麻烦。

"不怕！"少平胸有成竹地说。他马上想到了晓霞——他要让她出面给他帮忙！

送走曹书记后，少平几乎是小跑着找到了田晓霞。

晓霞听说有这事，说她明天就开始活动！

她对他说："我知道你不怕这工作苦。"

"苦算得了什么呢？而今揽工干的活也不比掏炭轻松！"

"是呀，这样你就有了正式工作！"

"对于我这样的人来说，这也许是唯一可以走进公家门的途径。我估计这也不容易，怕人家会在什么关口卡住。你一定要给我想办法。"

"这你放心！这种后门大敞开，也没多少人愿意进去……只要你到了煤矿，过一两年我再央求父亲把你调出来！"

"这样说，你不愿意我一辈子是个煤矿工人？"少平笑着问她。

晓霞不好意思地笑了，说："到时我才能知道我的真实想法。"

"那就是说，我如果一辈子当农民，你更不会把我放在眼里了！"少平的脸色一下子严峻起来。

"你扯到哪儿去啦！"晓霞在他胸脯上捣了一拳。

第二天，田晓霞披件衫子，便风风火火为少平当煤矿工而"活动"开了。少平夏令营的事还没完，一时脱不开身，每天都惴惴不安地等待着晓霞的消息。

田晓霞虽然第一次操办这样的事，但"一招一式"看起来倒像个老手似的。当然，各个"关口"知道她是田福军的女儿后，赶忙都开了"绿灯"。晓霞也不怕。她想，这又不是让少平干什么好工作哩！下井挖煤，有多少干部子弟愿去？她的孙少平连这么个"工作"都不能干了？走后门就走后门！为了给少平办成这事，她甚至故意让"关口"上的人知道她是谁的女儿！

市上主管这次招工的劳动局副局长，神秘地问她，这个孙少平是他们家的什么人？晓霞说是她大爹的儿子——她干脆糊弄着把少平换到了田润生的位置上！

既然是地委书记大哥的儿子，劳动局长岂敢怠慢！一定是田书记本人不好出面，才让女儿来找他办的。办！

给地委书记办事心切，劳动局长都没顾上想想田书记的大哥竟然姓孙。

田晓霞知道，要是父亲知道她背着他搞这些名堂，一定会狠狠收拾她一通！

事情很快就妥当了，孙少平以"一号种子选手"列在了市劳动局副局长的私人笔记本上——这比写在公文上都可靠！

孙少平兴奋不已，都没心思继续搞这个夏令营——好在也快结束了。

晓霞和他一样兴奋。她说铜城市已经到了中部平原的边上，每天有两趟到省城的火车，他们以后见面也容易多了。

两个同时准备远行的人，沉浸在他们未来生活的美好向往中……

填完招工表不多几天，孙少平就被通知正式录取了；九月上旬，他们就要离开黄原到煤矿去报到。

还有近半个月时间——他得准备一下！

他身上还有近二百元钱。他先给家里寄回去一百元。他自己不准备添置什么。只买一套零碎生活用品就行了——到时拿上工资，再从根本上为自己搞点"建设"！

这一天，他在百货门市上买了一把梳子和一支牙膏后，突然在十字街头碰见了过去揽工时结识的"萝卜花"。少平亲热地把"萝卜花"引到地委他住的地方，并且买了二斤猪头肉和十几个油饼子，两个人用揽工汉的方式大吃了一顿。

最后，少平索性把他那卷破烂铺盖也送给了"萝卜花"——可怜的"老萝"就一领老羊皮袄伴随他度夏过冬，连个被褥也没有。当然，晓霞送他的那床被子和那条床单，他不会给人；他要留下来永远温暖自己的身体和抚慰自己的心灵。

送走"萝卜花"后，孙少平就兴奋地跑到东关，向他的好朋友金波报告了他被招工的喜讯。金波立刻炒了三十颗鸡蛋，买回一瓶白酒，两个人一下午喝得面红耳赤，说话时舌头在嘴里直打卷……

他从金波那里出来，正是下午四五点钟，西斜的太阳仍然火热地照耀着喧闹的城市。远远望去，城外四周的群山覆盖着厚重而葱茏的绿色，给人的心情带来一片阴凉。山明水净，岸柳婀娜；白得晃眼的云彩像一团团新棉絮，悠悠地飘浮在湛蓝如水的天空……

第二十四章

八月下旬，孙少平已经做好了去铜城煤矿的所有准备。

在此期间，本来他想回家走一趟，但又放弃了这打算——他怕他离开黄原后，又会有什么突然的变故。幸运之神降临得过分慷慨，他生怕好景在最后一刹那变为海市蜃楼——他的心已被命运折磨怯了。如果他在黄原，事情有个变化，他就可以立刻找田晓霞力挽狂澜！

家里人到现在也许还不会知道他要去铜城当煤矿工人。这也好！当他们突然接到他从煤矿寄回的信时，一定会又惊又喜！当然，他知道，父母亲在惊喜过后，就会为他的安全担心。相信哥哥会安慰老人——上次他来黄原看他，已经对他出门在外放心了。

现在，孙少平最大的心事是，他不知道妹妹兰香能否考上大学。

按她来信说，她自以为考得不错。但这是全国性的竞争！一个山区县城的好学生，说不定连大城市的一般学生都比不过——人家是什么学习条件啊！

孙少平在内心不断祈告幸运之神也能降临到妹妹的头上……

按往年的时间，高考很快就要发榜了。他多么希望在他离开黄原之前，能知道妹妹的消息。无论她考上考不上，他都要为她的未来做出安排——这责任天经地义落在了他身上。再说，他对妹妹的感情极其深厚，他决不能让她像姐姐一样一辈子吃那么多苦！

现在，夏令营的工作早已结束，他不会再去找活干，因此一天很闲。晓霞马上也要动身，忙着收拾东西，和要好的同学告别聚餐，最近也不能时时和他在一起。他只好一个人躺在窑洞里读她送来的书。此刻，他内心骚动不安，就像一个即将进入火线的士兵。

虽然夏令营结束了，润叶姐给武惠良打了招呼，仍然让他住在地委的那孔窑洞里。听说他要到铜城去当矿工，润叶姐也很为他高兴，还给他送来了一条毛巾被，并一再安咐让他到煤矿上注意安全⋯⋯

这一天，他仍然躺在窑洞里心烦意乱地看书。本来他想出去走动一下，但外面热浪扑面，出去就是一身大汗；他舍不得把自己新买的短袖衬衫弄脏。他发现，从南关柴油机厂结束揽工后，他已经习惯了眼下这种较为舒适的生活。唉，人的惰性哪！

不过，他同时也原谅了自己的懒散——他牛马般干了那么长时间活，有权利放纵几天了！

他正在看书，金波突然从门里闯进来。少平看见，他的朋友的脸上带着一种异样的情绪。

金波进得门来，先没说话，伸出胳膊就把他紧紧地抱住了！

"怎么啦？"他紧张地问。

"兰香和金秀都考上大学了！"金波说着，两团泪水就从他那双漂亮的大眼睛里涌了出来。

少平一下子呆住了。当反应过来的时候，他自己又伸开双臂，把金波紧紧地抱住了！

两个好朋友兴奋和激动得在脚地上像小孩一样又笑又闹！

"你什么时候知道的？她们被哪个大学录取了？"少平揩着眼角的泪水问金波。

"兰香考上了北方工业大学天体物理专业。金秀考进了省医学院⋯⋯北方工大是全国重点大学！"金波从衣袋里摸出一封信，"这是她们给咱俩的信！"

少平急切地打开信，飞快浏览了一遍。

"九月一号就开学！那她们这两天就要从家里动身！"少平一边看信，一边说。

"我马上就开车回去接她们。中午一吃完饭就走！明天到包头，后天返回时正好能把她们捎到黄原来！"

金波不敢再耽误时间，报完信后马上就走了……

少平心情难以平静，一个人在窑洞的脚地上转着圈走了好长时间。生活的变化是如此急速，以致使事变中的人们都反应不过来——一切都叫人眼花缭乱！

孙少平强迫自己平静下来，冷静下来；因为潜意识提醒他，还有一些具体事需要办理，而时间已经很紧迫了！

他坐在凳子上，低倾下头，两个手指头叉着闭住的眼窝，让自己的思想集中起来。是的，他应该在这一两天内为妹妹做点准备……当然，父母亲和哥哥嫂子也会为妹妹操办出门的行装，但有些事他们想不到。对，他首先应该为兰香买一只漂亮的人造革皮箱。这是门面。箱子要尽量大一点，能容纳所有的零七八碎。色彩要鲜艳而不俗气……想起来了！百货一门市的那种最好。要拐角处黄红条格相间的那种——不知还有没有？

还要给她买三套夏衣：两件短袖，一件长袖衬衣。省城听说夏天特别热，多买一件短袖。罩衣不买了，热天用不着——等他到煤矿后再给她买也来得及。另外，还有香皂、牙膏、牙刷、手帕、面霜、凉鞋、袜子……

少平一边思考要给妹妹买的东西，一边同时计算所需要的钱。他身上仍然有一百多元。他自己买东西用掉的是夏令营赚的工资；过去的工钱给家里寄过所剩下的，一分钱也没动。本来这钱是他准备初到矿上应急用的——但现在他准备全部给妹妹花销完！

他突然想到，还有几件女孩子最重要的用品要买。本来，这些东西应该由母亲为妹妹准备，可一个农村老太太绝对不可能备办这件事。哥哥嫂子大概也不会想到。他们只知道农村的习惯……

是的，他应该给妹妹买几条内裤、两个乳罩、几条卫生带……

孙少平十分周详地想好了他要给妹妹买的全部东西；然后再一次估算了费用，觉得他身上的钱足够。

本来他马上就准备到街上去置办这些物品。但又一想，应该让晓霞给他参谋一下；女孩子的东西应该由女孩子来买，才能确切知道买什么更好，更合适。

第二天，晓霞听少平说他妹妹考进赫赫有名的北方工业大学后，大吃了一惊。她简直难以相信一个农村姑娘能考进这样的大学，而且学的还是天体物理！

晓霞马上兴奋地陪少平到街上去为兰香买东西。

所有买到的东西他都相当满意。

当少平让晓霞为妹妹买那几件女孩子的必需品时，晓霞忍不住眼里含满了泪水——她被少平能这样周到地体贴人而深受感动……

按金波说好的时间，兰香和金秀今天就要到达黄原。

一吃过早饭，少平就提着为妹妹准备好生活用品的那只花条格人造革箱子，来到东关俊海叔那里，等待他们的到来。

金俊海和少平一样兴奋。这位提前退休以便让儿子顶班的老司机，高兴得连嘴也合不拢。是啊，应该高兴！儿子招了工，女儿上了大学，作为一个普通工人，这辈子也算功成业就了……

上午十点半，金波和妹妹们就如期地到达了！少平高兴的是，他哥少安也跟车下来了！

两家六口人热热闹闹地挤在金俊海的一间小房里，互相激动地说个没完。

少平发现妹妹虽然穿了一身新衣服，但显然比金秀的衣服土气——金秀是时新式样的成衣，妹妹的衣服大概是嫂子给裁缝的。另外，金秀是一只大皮箱，妹妹带的是家里那只唯一的木箱——这还是当年母亲出嫁时带来的嫁妆，年深日久，红油漆都脱离得斑斑驳驳。

他立刻把他买的人造革箱子和其他用品给兰香和大哥看。他同时对哥哥说："把东西腾出来放在这只皮箱里，你把家里的箱子带回去，那箱子太旧了……"

少安没想到弟弟为妹妹置办了这么多东西。他有点惭愧地说："时间紧，我们家里来不及准备；再说，也不晓得城里过日子需要些什么……"

兰香看见二哥为她考虑得这么周全，几乎都要掉眼泪了。但她是个很能克制自己感情的孩子，立在一边只是低头抠手指头。另外，她也不能过分地对二哥表示她的感激——这样会使大哥伤心的。实际上，在她离家之前，大哥也跑前跑后为她的出门操尽了心……

　　这时候，金俊海已经开始忙碌地准备午饭了。

　　少安立刻跑过去制止了他。这位"冒尖户"很有气魄地宣布：为了庆贺，他要出钱在黄原最好的饭馆请两家人一块吃桌酒席！

　　这样，他们就一起相跟着来到了街上。在金波的指点下他们走进了南关的"黄原酒楼"——这正是上次少平请晓霞吃饭的地方。

　　不多时间，两家六口人就在摆满酒菜的圆桌前坐下来了。

　　少安捏着玻璃酒杯，手微微地有些抖，说："太高兴了，真不知该说些什么。几年前，咱们做梦也想不到有这一天……"他的眼睛里闪着泪光，困难地咽了一口唾沫，"是因为世事变了，咱们才有这样的好前程。如今，少平和金波都当了工人，兰香和金秀又考上了大学。真是双喜临门呀！来，为了庆贺这喜事，咱们干一杯吧！"

　　六个人站起来，一齐举起了酒杯。

第三部

第一章

从黄原起程的时候，孙少平和他的同伴就知道，他们是属于铜城矿务局大牙湾煤矿的工人。

至于大牙湾是个什么样的地方，他们一无所知。有一点他们深信不疑：那一定是个好地方。

和他一块出发的这四十来个人，全部是从农村招来的。由农民成分变为工人成分，对这些人来说，可是自己人生历史的大转折。毫无疑问，未来的一切在他们的想象中都是光辉灿烂的。

但是，虽然同为农村出身，别人和孙少平的情况却大为不同。在这些人中，只有孙少平一个人是纯粹的农民子弟。其他人的父亲不是公社领导，就是县市的部长局长。在黄原各地，男人在门外工作而女人在农村劳动的现象比比皆是。中国的政策是子女户籍跟随母亲。因此，有些干部虽然当了县社领导，他们的子女依然是农民成分。即使他们大权在握，但国家有政策法规卡着：如今不准在农村招工招干。这些人只能干着急而没办法。现在好不容易煤矿破例在农村招工，当然就非他们的子弟莫属了。吃煤矿这碗饭并不理想，但好歹是一碗公家饭。而大家都知道，公家的饭碗是铁的。再说，只要端上这饭碗，就非得在煤矿吃一辈子不行？先混几天，罢了调回来另寻出路！有的人自己的子弟刚招工还没有到矿，就开始四处活动着打探关系了——对他们来说，孩子到煤矿那仅仅是去转一圈而已。

孙少平就是和这样一群人一同从黄原起身的。

他也没什么行李。原来的旧被褥在他一时兴奋之中，索性慷慨地送给了可怜的揽工伙伴"萝卜花"。晓霞送他的那床新被褥，他也给了上大学的妹妹，而只留下一条床单以作青春的纪念。就连揽工时买的那只大提包，他也让哥哥带回家里了。

现在，他仍然提着初走黄原时从老家带出来的那只破提包。这提包比原来更加破烂了，断系带上挽结着几颗疙瘩，提包上面的几块补丁还是阳沟曹书记的老婆（险些成为他的丈母娘）给他缝缀的。

他的全部家当都在这只烂黄提包里装着——几件旧衣服，几双破鞋烂袜。当然，晓霞送他的床单也在其中，叠得整整齐齐，用塑料纸裹着；这显然已经不是用品，而是一件纪念品。

他就提着这破包，激动而悄无声息地从喧哗的人堆里爬上了卡车。

少平两只手扒着车帮，环视着这个熟悉而亲切的城市，眼里再一次含满了泪水。别了，黄原！我将永远记着这里的一切；你留在我心间的无论是忧伤还是欢乐，现在或将来对我来说都已是甜蜜；为此，我要永远地怀恋你，感谢你……

南行的汽车在黄土高原蜿蜒的山路上爬梁跨沟，然后顺着涓涓的溪流，沿着滔滔的大河，经过一整天的颠簸，突然降落似的跃下了高原之脊。绿色越走越深……

暮黑时分，汽车终于进入了向往已久的铜城市区。

展现在这些人面前的是一片灿烂的灯火和大城市那种特有的喧嚣。被一整天颠簸弄得东倒西歪躺卧在车厢中的青年，都纷纷站立起来，眼睛里放射着惊喜的光芒，欢呼他们壮丽的生活目的地。

但是他们高兴得太早了。他们真正落脚的地方不是在这里。

当汽车在火车站广场停下后，许多人立刻收拾起了车厢里的东西。但招工的人从驾驶楼里跳出来，对这些兴高采烈的人喊叫说："下来撒泡尿，马上就开车！"

那么，他们要去的地方难道不是这里？

不是。大牙湾煤矿在东面的山沟里，离铜城还有四十华里的路程。

这些兴高采烈的人听说还要坐车走，高涨的情绪便跌落了一些。

本来，在他们的想象中，他们要去的正是这样一个灯火辉煌的地方。

铜城气势非凡的夜景只给他们留下一闪而过的印象。汽车很快拐进了东面一条幽黑深邃的山沟里。他们甚至连梦寐以求的火车都没来得及看见，只听见它的一声惊人的长嚎和车轮在铁轨上铿锵的撞击声，接着就被拉进了这条与他们家乡别无二致的土山沟……

汽车拉着黄土高原这些自命不凡的子弟，在矿部前的一个小土坪上停下来。他们不知道，这就是大牙湾的"天安门广场"。旁边矿部三层楼的楼壁上，挂着一条欢迎新工人到矿的红布标语。同时，高音喇叭里一位女播音员用河南腔的普通话反复播送一篇欢迎词。

辉煌的灯火加上热烈的气氛，显出一个迷人的世界。人们的血液沸腾起来了。原来一直听说煤矿如何如何艰苦，看来并不像传说中的那么差劲！瞧，这不像来到繁华的城市了吗？

好地方哪！

可是，当招工的人把他们领到住宿的地方时，他们热烘烘的头脑才冷了下来。他们寒心地看见，几孔砖砌的破旧的大窑洞，里面一无所有。地上铺着常年积下的尘土；墙壁被烟熏成了黑色，上面还糊着鼻涕之类不堪入目的脏物。

这就是他们住宿的地方？

煤矿生活的严峻性初次展现在了他们的眼前。

在他们还来不及叹息的时候，矿上的劳资调配员便像严厉的军事教官一般，吼叫着让他们到另外一个地方去背床板，扛凳子。是的，既然到了煤矿，就别打算让人伺候，一切要自己动手。背床板扛凳子算个屁！更严厉的生活还在后边哩！

一孔窑洞住十个人。大家刚支好床板，劳资调配员便喊叫去吃饭。

他们默默无语地相跟成一串来到食堂。一人发一只大老碗。一碗烩菜，三个馒头。

"有没有汤？"有人问。

劳资调配员嘴一撇，算是回答：得了吧，到这里还讲究什么汤汤水水！

吃完饭以后，这些情绪复杂的人重新返回宿舍，开始铺床，支架箱子。

现在，气氛有所缓和。大家一边拉话，一边争着抢占较好的床位，整理安放各自的东西。不管条件怎样，总算有了工作嘛！

现在，这些县社领导的子弟们纷纷把包裹铺盖的彩色塑料布打开。每人一大包，被褥都在两套以上。整洁簇新的被褥一一铺好后，这孔黑糊糊的大窑洞五颜六色，倒有点满室生辉的样子。众人的情绪又随之高涨起来。他们分别打开自己的皮箱或包铜角的大木箱，一次次夸耀似的把里面的东西取出又放回……

只有孙少平一个人沉默不语。他把自己唯一的家当——那只破黄提包放在屋后墙角那张没人住的光床板上。直至现在，这伙人谁也没有理睬他。是的，他太寒酸了，一身旧衣服，一只破提包，竟连一床起码的铺盖也没有。在众人鄙视的目光里甚至含着不解的疑问：你这副样子，是凭什么被招工的？

到现在，少平也有点后悔起来：他不该把那床破被褥送了别人。他当时只是想，既然有了工作，一切都会有办法的。没想到他当下就陷入了困境。是呀，天气渐渐冷了，没铺没盖怎行呢？更主要的是，他现在和这样一群人住在一起！如果在黄原揽工，这也倒没什么，大家一样恓惶，他决不会遭受同伙们的讥笑。

眼下他只能如此了——他身上只剩了几块钱。他想，好在有一身绒衣，光床板上和衣凑合一个来月还是可以的。一月下来，只要发了工资，他第一件事就是闹腾一床铺盖。

现在，同屋的其他人有的在洗脸刷牙；洗漱完毕的已经坐在床边削苹果吃；或者互相递让带嘴纸烟和冒着泡沫的啤酒瓶子。

少平在自己的床边上木然地坐了片刻，便走出这间闹哄哄的住所，一个人来到外边。

他立在院子残破的砖墙边，点燃了一支廉价的"飞鹤"牌纸烟，一口接一口地吸着。此刻已经接近午夜，整个矿区仍然没有安静下来。密集而璀璨的灯火洒满了这个山湾，从沟底一直漫上山顶。各种陌生而杂乱的声响从四面八方传来。沟对面，是一列列黝黑而模糊的山的剪影。

不知为什么，一种特别愉快的情绪油然漫上了他的心头。他想，眼下的困难又算得了什么呢？不久前，你还是一个流浪汉，像无根的蓬草在人间漂泊。现在，你已经有了职业，有了住处，有了床板……面包会有的，牛奶会有的，列宁说。嘿嘿，一切都会有的……

他立在院子砖墙边，自己给自己打了一会气，然后便转身回了宿舍。

现在，所有的人都蒙头大睡了。

少平脱下自己的胶鞋，枕着那个破黄提包，在光床板上躺了下来。

这一夜他睡得很不踏实。各种声响纷扰着他。尤其是深夜里火车汽笛的鸣叫，使他感到新奇而激动。此刻，他想起故乡的村庄，碧水涟涟的东拉河，悠悠飘浮的白云。庙坪那里的枣林兴许已经半红，山上的糜谷也应该泛起了黄色，在秋风中飘溢出新鲜的香气。还有万有大叔门前的老槐树，又不知新添了几只喜鹊窝……

接着，他的思绪又淌回了黄原：古塔山，东关大桥头，没有门窗的窑洞，躺在麦草中裸体的揽工汉……

第二天早晨起床后，同屋的人顾不上其他，先纷纷跑出窑洞，想看看大牙湾究竟是个什么模样。

夜晚灯火造成的辉煌景象消失了。太阳照出了一个令人失望的大牙湾。人们脸上那点本来就不多的笑容顿时一扫而光。矿区显出了它粗犷、杂乱和单调的面目。这里没有什么鲜花，没有什么喷泉、林荫道，没有他们所幻想的一切美妙景象。有的只是黑色的煤，灰色的建筑，听到的只是各种机械发出的粗野而嘶哑的声音。房屋染着烟灰，树叶蒙着煤尘，连沟道里的小河水也是黑的……大牙湾的白天和夜晚看起来完全是两回事！

在大部分人都有点灰心的时候，孙少平心里却高兴起来：好，这地方正和我的情况统一着哩！

在孙少平看来，这里的状况比他原来想象的还要好。他没想到矿区会这么庞大和有气势。瞧，建筑物密密麻麻挤满了偌大一个山湾，街道、商店、机关、学校，应有尽有。雄伟的选煤楼，飞转的天轮，山一样的煤堆，还有火车的喧吼。就连地上到处乱扔的废钢烂铁，也是一种富有的表现啊！是的，在娇生惯养的人看来，这里又脏又黑，没有什么诗情画意。但在他看来，这却是一个能创造巨大财富的地方，一个令人振奋的生活大舞台！

孙少平的这种想法是很自然的，因为与此相比较的，是他已经经历过的那些无比艰难的生活场景。

第二天上午，根据煤矿的惯例，要进行身体复查。

十点钟左右，劳资调配员带着他们上了一道小坡，穿过铁道，来到西面半山腰的矿医院。

复查完全按征兵规格进行。先目测，然后看骨缝、硬伤或是否有皮肤病。有两个人立刻在骨科和皮肤科打下来了。皮肤病绝对不行，因为每天大家要在水池里共浴。

少平顺利地通过一道道关口。

但是，不知为什么，他的心情渐渐紧张起来。他太珍视这次招工了，这等于是他一生命运的转折。他生怕在这最后的关头出个什么意外的事。

正如俗话所说：怕处有鬼。本来，他的身体棒极了，没一点毛病，但这无谓的紧张情绪终于导致了可怕的灾难——他在血压上被卡住了！

量血压时，随着女大夫捏皮气囊的响声，他的心脏像是要爆炸一般狂跳不已，结果高压竟然上了一百六十五！

全部检查完毕后，劳资调配员在医院门诊部的楼道里宣布：身体合格的下午自由安排，可以出去买东西，到矿区转一转；身体完全不合格的准备回家；血压高的人明天上午再复查一次，如果还不合格，也准备回家……

回家？

这两个字使少平的头"轰"地响了一声。此刻如果再量血压，谁

318

知道上升到了什么程度！

他两眼发黑，无数纷乱的人头连同这座楼房都一齐在他面前旋转起来。

命运啊，多么会捉弄人！他历尽磨难好不容易来到这里，怎能再回去呢？回到哪里？双水村？黄原？再到东关那个大桥头的人堆里忧愁地等待包工头来招他？

他不知道自己是怎样走回宿舍的。

孙少平躺在光床板上，头枕着那个破提包，目光呆滞地望着黑糊糊的窑顶。窑里空无一人，大家都出去转悠去了。此刻，他也再听不见外面世界的各种嘈杂，只是无比伤心地躺在这里，眼中旋转着两团泪水。他等待着明天——明天，将是决定他命运的最后一次判决。如果血压降不下来，他就得提起这个破提包，离开大牙湾……那么，他又将去哪里？

有一点是明确的：不能回家去——绝对不能。也不能回黄原去！既然他已经出来了，就不能再北返一步。好马不吃回头草！如果他真的被煤矿辞退，他就去铜城谋生：揽工，淘粪，扫大街，都可以……

他猛然想到，他实际上血压并不高，只是因为心情过于紧张才造成了如此后果；他怎能甘心因这样一种偶然因素就被淘汰呢？

"不！"他喊叫说。

他从床上一跃而起。他想，他决不能这样被动地等待命运的宰割。在这最危险的时刻，应该像伟大的贝多芬所说：我要扼住命运的咽喉，它决不会使我完全屈服！

第二章

万般焦灼的孙少平首先想到了那位量血压的女大夫。他想，在明天上午复查之前，他一定要先找找这位决定他命运的女神。

打问好女大夫住宿的地方，时间已经到了下午。晚饭他只从食堂里带回两个馒头，也无心下咽，便匆匆地从宿舍走出来，下了护坡路那几十个台阶，来到矿区中间的马路上。

他先到东面矿部那里的小摊前，从身上仅有的七块钱中拿出五块，买了一网兜苹果，然后才折转身向西面的干部家属楼走去。

直到现在，孙少平还没想好他找到女大夫该怎说。但买礼物这一点他一开始就想到了。这是中国人办事的首要条件。这几斤苹果是太微不足道了——本来，从走后门的行情看，要办这么大的事，送块手表或一辆自行车也算不了什么。只是他身上实在没钱了。不论怎样，提几斤苹果总比赤手空拳强！

现在，又是夜晚了。矿区再一次亮起灿若星河的灯火。沟底里传来一片模糊的人的嘈杂声——大概是晚场电影就要开映了。

女大夫会不会去看电影呢？但愿她没去！不过，即使去了，他也要立在她家门口等她回来。要是今晚上找不到她，一切就为时过晚了——明天早晨八点钟就要复查！

孙少平提着那几斤苹果，急行在夜晚凉飕飕的秋风中。额头上冒着热汗，他不时撩起布衫襟子揩一把。快进家属区的路段两旁，挤满了卖小吃的摊贩，油烟蒸气混合着飘满街头，吆喝声此起彼伏。那些刚上井的单身矿工正围坐在脏兮兮的小桌旁，吃着喝着，挥舞着胳膊在猜拳喝令。

家属区相对来说是宁静的。一幢幢四层楼房排列得错落有致；从那些亮着灯火的窗口传出中央电视台播音员赵忠祥浑厚的声音——新闻联播已近尾声，时间约莫快到七点半了。

他找到了八号楼。他从四单元黑暗的楼道里拾级而上。他神经绷得像拉满的弓弦。由于没吃饭，上楼时两条腿很绵软。

黑暗中，他竟然在二楼的水泥台阶上绊倒了。肋骨间被狠狠撞击了一下，疼得他几乎要喊出声来。他顾不了什么，挣扎着爬起来，用衣服揩了揩苹果上的灰土。

现在，他立在三楼右边的门口了——这就是那位女大夫的家。

他的心脏再一次狂跳起来。

他立在这门口，停留了片刻，等待急促的呼吸趋于平缓。此刻，他口干舌燥，心情万分沉重。人啊，在这个世界上要活下去有多么艰难！

他终于轻轻叩响了门板。

好一阵工夫，门才打开了一条缝，从里面探出来半个脑袋——正是女大夫！

"你找谁？"她板着脸问。

她当然不会认出他是谁。

"我……就找你。"少平拘谨地回答，尽量使自己的声音充满谦卑。

"什么事？"

"我……"他一时不知该怎说。

"有事等明天上班到医院来找！"女大夫说着，就准备关门了。

少平一急，便把手插在门缝里，使这扇即将关闭的门不得不停下来，"我有点事，想和你说一下！"他哀求说。

女大夫有点生气。不过，她只好把他放进屋来。

他跟着她进了边上的一间房子。另一间房子传来一个男人和小女孩的说话声，大概是大夫的丈夫和孩子——他们正在看电视。

"什么事？"女大夫直截了当问。从她脸上的神色看，显然对这种打扰烦透顶了。

孙少平立在地上，手里难堪地提着那几斤苹果，说："就是我的血压问题……"

"血压怎？"

"这几颗苹果给你的娃娃放下……"少平先不再说血压，把那几斤苹果放在了茶几上。

"你这是干什么！有啥事你说！你坐……"女大夫态度仍然生硬，但比刚才稍有缓和。孙少平看出，不是这几颗苹果起了作用，而是因为他那一副可怜相，才使得女大夫不得不勉强请他坐下。

女大夫说着，自己已经坐在了藤椅里。

好，你坐下就好，这说明你准备听我说下去了！

少平没有坐。他在灯光下看见，他刚才跌了那跤，也忘了拍一拍，浑身沾满了灰土。他怎能坐进大夫家干净的沙发里呢？

他就这样立在地上，开口说："我叫孙少平，是刚从黄原新招来的工人。复查身体时，本来我血压不高，但由于心情紧张，高压上了一百六十五。就是你为我量的……"

"噢……"女大夫似乎有所记忆，"当然，你说的这种情况是有的。正因为这样，我们才对血压不合格的人，还要进行第二次复查……"

"那可是最后一次复查了！"少平叫道。

"是最后一次了。"女大夫平静地说。

"如果还不合格呢？"

"那当然要退回原地！"

"不！我不回去！"少平冲动地大声叫起来，眼里已经旋转着泪水。

这时，女大夫的丈夫在门口探进头看了看，生气地白了少平一眼，然后把门"啪"地带住了。

女大夫本人现在只是带着惊讶的神色望着他。她说不出什么来。她显然被他这一声哈姆雷特式的悲怆的喊叫所震慑。

少平自己也知道失礼了，赶忙轻声说："对不起……"他用手掌揩去了额头的汗水，又把手上的汗水揩在胸前的衣襟上。他哀求说："大夫，你一定要帮助我，不要把我打发回去。我知道，我的命运就掌握在你的手里。你将决定我的生活道路，决定我的一生。这是千真万确的！"

"你原来是干什么的？"女大夫突然问。

"揽工……在黄原揽了好长时间工。"

"上过学没有？"

"上过。高中毕业，在农村教过书。"

"当过教师？"

"嗯。"

"那你……"

"大夫，我一时难以说清我的一切。我家几辈子都是农民。我好不容易才来到这里。煤矿虽然苦一些，但我不怕这地方苦。我多么希望能在这里劳动。听说有的人下几回井就跑了。我不会，大夫。你要知道，这是我的最后一次机会。你要相信，我的血压一点都不高，说不定是你的血压计出了毛病……"

"血压计怎会出毛病呢！"女大夫嘴角不由露出一丝笑意。

这一丝笑意对少平来说，就像阴霾的天空突然出现了太阳的光芒！

"你说的我都知道了。你回去。明天复查时，你不要紧张……"

"万一再紧张呢？"

女大夫这次完全被他的话逗笑了。她从藤椅里站起来，在茶几上提起那几斤苹果，一边往他手里递，一边说："你把东西带走。明早复查前一小时，你试着喝点醋……"

孙少平一怔。

他猛地转过身，没有接苹果，急速地走出了房子。他不愿让大夫看见他夺眶而出的泪水。他在心里说：好人，谢谢你！

他绊绊磕磕下了楼道，重新回到马路上。

他解开上衣的纽扣，让秋夜的凉风吹拂他热烘烘的胸脯。现在他脑子里是一片模糊的空白。他只记着一个字：醋！

他立刻来到矿部前，但看见所有店铺的门都关了。

他发愁地立在马路边，不知到何处去买点醋？晚上必须搞到！明早上七点钟就要喝，而那时商店的门还不会开呢！

他抬头望了望山坡上密麻麻的灯火，突然想：他能不能到矿工的家户里去买一两毛钱的醋呢？

这样想的时候，他的两条腿已经迫不及待地向山坡上的灯火处走去了。

在大牙湾煤矿，能住进家属楼的只能是干部和双职工。大部分矿工的老婆和孩子都是"黑户"——连户口也没有，怎有资格住公家的房子呢？

说实话，矿工是太苦了。如果身边没有老婆孩子，那他们的日子简直难以熬过。在潮湿阴冷的地层深处，在黑暗的掌子面上，他们之所以能够日复一日，日日拼命八九个小时，就因为地面上有一个温暖而安乐的家。老婆和孩子，这才是他们真正的太阳，永远温暖地照耀着他们的生活。因此，他们把家属的户口都扔在农村，在矿区周围随便搭个窝棚，或在土崖上戳几孔小窑洞，把老婆孩子接过来，用自己的苦力养活着他们，而同时也使自己能经常沐浴在亲人们的温情和关切之中。

这样，在整个矿区周围的山山坬坬、沟沟渠渠，就建立起一片又一片的"黑户区"。一般都是同乡人挤在一块；口音、生活习俗都相同，有个事可以互帮。因此，就形成了"河南区""山东区"和黄土高原、中部平原等各地的"黑户区"。一般说来，河南人住宿比较讲究，即使几座低矮的茅草房，院落也收拾得干干净净，墙壁都刷成白的——似乎专门和煤作对比色！

不仅大牙湾，铜城所有的煤矿，都布满了这样的"黑户区"。

孙少平现在走进的正是大牙湾的"河南区"。

他穿过铁路，上了一道小山坡，随意走进一个小院子（他想不到以后会和这小院结下那么深的不解之缘！）。

这院落连同三四个小房子，都可以说是"袖珍"型的。房子只有一人多高，如果伸出手臂，就可以随便在房顶上拿放东西——那上面就搁着许多日用杂物。

"你找谁呀？"一个五岁左右的小男孩歪着头在院子里问他。

少平蹲下来，先笑嘻嘻地拉住他的小胖手，问："你叫什么名字呀？"

"我叫明明，王明明！"

听孩子的口音，少平才知道这是一家河南人。

这时，一位三十大几的男人从屋里走出来，惊奇地打量着他，显然弄不明白一个陌生人来他家干什么。这人脸色有点白，是一种缺乏日晒的那种没有血色的白。他背驼得很厉害，镶着两颗"金牙"。从他高大的身材轮廓看，年轻时一定是个很展拓的后生。少平凭直觉判断，他的驼背和那两颗假门牙都是煤矿留给他的纪念。

"你找谁？"他用很地道的河南话疑惑地问少平。

少平从地上站起来，说："王大哥，能不能在你家买一两毛钱的醋？"他之所以这么直截了当，是因为他看出这是一个普通劳动者的家庭，不必转弯抹角。他从孩子嘴里知道他姓王。

"买醋？在我家里买醋？"河南大哥咧着镶假牙的嘴忍不住笑了。

"街上的门市部关了……"少平解释说。

但他实际上还没说清楚。王师傅莫名其妙地看着他。这时，屋里又走出一位妇女。那个叫明明的孩子跑过去拉住她的手，喊叫说："妈妈，这个叔叔要喝醋！"

"他是不是醉了？"这女人小声对男人嘟囔。她看起来比丈夫要年轻七八岁，身体苗条而丰满，口音也是浓重的河南腔。

少平脸涨得通红，不得不结结巴巴向这家人说明了原委。

他说完后，这两口子都仰起头哈哈大笑了。

"走，进屋去坐！"王师傅过来拉住他的胳膊。

河南人最大的秉性就是乐于帮助有难处的人，而且豪爽好客，把上门的陌生人很快就弄成了老相识。

王师傅夫妇先不说醋的事，竟然把他拉到了饭桌旁。女人麻利地拿出一盘花生豆和一碟腌鸡蛋。王师傅已经把白酒倒起两大杯。

"兄弟，先喝一杯！"

少平还没反应过来，河南师傅已经把酒杯举到了他面前。

他满怀感动地举起酒杯，在王师傅的酒杯上碰了碰，抿了一小口。

一时三刻，这夫妻俩就热忱地问了他的许多情况。小明明已经坐在他怀里玩上了。

过了好一会，少平喝完了那杯酒，说他得回去睡个好觉以便明早上过关，就拿起王师傅妻子给他装好的半瓶子醋，和这家好心人告辞了。至于醋钱，还能再启齿吗？

孙少平手里提着醋瓶，一个人静静地沿着铁路往回走。现在，他面对满山遍野的灯火，对这里的一切更加充满了无比亲切的感情。只要有人的地方，世界就不会是冰冷的。他不由再一次思想：我们活在人世间，最为珍视的应该是什么？金钱？权力？荣誉？是的，有这些东西也并不坏。但是，没有什么东西能比得上温暖的人情更为珍贵——你感受到的生活的真正美好，莫过于这一点了。

他回到宿舍，吞咽了那两个冷馒头，便带着复杂的思绪躺在了光床板上。

第二天一大早，一声火车汽笛的吼叫惊醒了他。

他立刻跳下床，匆忙地洗了一把脸，就从床底下取出那瓶山西老陈醋来。他像服毒药一般，闭住眼灌了几大口，酸得浑身像打摆子似的哆嗦了好一阵。他感到，胃里像倒进了一盆炭火，烧灼般地刺疼。

他一只手捂着胸口，满头大汗出了宿舍，弓着腰爬上一道土坡，穿过铁道，向矿医院走去。

他来到医院时，医生们还没有上班。他就蹲在砖墙边上，惴惴不安地等待着那个决定他命运的时刻。

心跳又加快了。为了平静一些，他强迫自己用一种悠闲的心情观察医院周围的环境。这院子是长方形的，有几棵泡桐和杨树。

一个残破的小花坛，里面没有花，只栽着几棵低矮的冬青；冬青也没有修剪，长得披头散发。花坛旁有一棵也许是整个矿区唯一的垂柳，这婀娜身姿和煤矿的环境很不协调。在相距很远的两棵杨树之间，扯着一根尼龙绳，上面晾晒着医院白色的床单和工作服。院子的背后是黄土山。院墙外的坡下是铁路，有一家私人照相馆。从低矮的砖墙上平视出去，东边是气势磅礴的矿区，西边就是干部家属楼——楼顶上立着栉林似的自制电视天线……

八点钟，复查终于开始了。这次比较简单，哪科不行，就只查哪科。

和孙少平一块查血压的一共四个人。他排在最后一位。查验的有两位大夫，一位是男的，另一位就是那个女大夫。

前面的三个很快查完了。其中有一个的血压还没有降下来，哭着走了——这是一位从中部平原农村来的青年。

现在，少平惊恐地坐在小凳上了。女大夫板着脸，没有一丝认识他的表示。她把连接血压计的橡皮带子箍在了他的光胳膊上。

他像忍受疼痛一般咬紧了牙关。

女大夫捏皮气囊的声音听起来像夏日里打雷一般惊心动魄。

雷声停息了。鼓胀的胳膊随着气流的外泄而渐渐松弛下来。

女大夫盯着血压计。

他盯着女大夫的脸。

那脸上似乎闪过一丝微笑。接着，他听见她说："降下来了。低压八十，高压一百二十……"

一刹那间，孙少平竟呆住了。

"你还坐着干啥？你合格了！"女大夫笑着对他点点头，然后拉开抽屉，把昨夜他装苹果的网兜塞在他手里。

他向她投去无限感激的一瞥，声音有点沙哑地问："我到哪里去报到？"

"不用。由我们向劳资科通知。"

他大踏步地走出医院的楼道，来到院子里。此刻，他就像揽工时把脊背上一块沉重的石头扔在了场地，直起腰向深秋的蓝天长长吐出一口气。噢，现在，他才属于大牙湾——或者说大牙湾已经属于他了……

第三章

"……嗯，都是好身体！我还没顾上到你们住的地方去串门，据听说你们都是些洋小子，什么头油啦，镜子啦，床铺打扮得像结婚一样。我看过不了几天，你们那点洋血就会放了！还听说你们文化程度都不低，不是初中，就是高中。不过，识字不识字球都不顶！井下黑得什么也看不见！

"你们在老子手下干活，不准耍奸溜滑，要按规章制度来。把你们的球脑蛋子和胳膊腿都自个招呼好。听说你们都是什么部长局长的儿子，可井下的钢梁铁柱石头炭疙瘩不怕你爸，把你小子做死就做死了。干活时不要急躁，放平和一些。咱们这个矿还能开采一百年，不光足够我和你们挖一辈子，就连你们的儿孙也够挖……

"你们看见了，咱们采煤五区是个有功劳的区队。这不，墙上锦旗都挂满了。其实，还有几块哩，不知哪些龟子孙拿回家叫老婆做了枕头，这都是好绸缎……你们年轻，煤矿不是没前途！就拿我雷汉义来说，球大字不识一个，刚到煤矿时连个组织也不带，可如今又是党员，官还熬了这么大！好好干……前面是谁？你把带把烟给老子也抽一支，甭光你自己抽！"

这是采煤五区副区长。他正在区队学习室的班前会上对分到本区的新工人致欢迎词。

孙少平坐在低矮的长条铁凳上，和一群新老工人挤在一起。学习室烟雾大罩。新工人都瞪大眼惊恐地听雷区长讲话。老工人们谁也不听，正抓紧时间在下井前过烟瘾；他们一边抽烟，一边说笑，屋子里一片嗡嗡声。

雷区长从前面一个老工人手里要过一支带嘴纸烟，点着吸了几口，然后让区队办事员点新工人的名字。点到谁，谁就站起来答个"到"。

点完名后，雷区长继续讲话。

"……世事不一样了，你们的名字也和我们这些隔辈人叫的不一样！什么文军，少平，永生……永生是叫对了！来煤矿都想活，还没叫短命的。有没有结过婚的？站起来！"

有两三个新工人红着脸从人堆里立起来。

"嘿嘿，娃娃们，你们想老婆的日子在后边哩！"

学习室"嗡"一声都笑了。那几个结过婚的新工人赶忙坐在铁凳上，低倾下头。

"不要紧，等挣下两个票票，土崖上戳几个窑窑，就把你们的花骨朵接来吧……我还要说第二点……"

雷区长正要往下说，有几个老工人已经站起来，走过去在区长的光头上不恭地摸了摸，说："对了，不要再放臭屁了！"

雷区长咧开大嘴笑着，从台子上退下来。会议也随之结束了。

这就是煤矿生活最初的一课。

在以后紧接着的日子里，矿上先组织新工人集中学习，由矿上和区队的工程师、技术员，分别讲井下的生产和安全常识。另外，工会还来人全面介绍了这个矿的情况。

十天以后，他们第一次下井参观。

这一天，新工人们都有点莫名的激动。在此之前，他们的工作衣、作衣箱和矿灯都已经分好了。

在浴池换衣服的作衣柜前，大伙说笑着穿上了簇新的蓝色工作服，脖项里围上了雪白的毛巾。每个人的屁股上都吊着电池盒子，矿灯明晃晃地别在钢盔似的矿帽上。就像新演员第一次出台，有的人甚至拿出小圆镜，端详着自己的英武风貌。一切看起来都像电影电视里的矿工一样整洁潇洒。

出现了第一件不妙的事——一律不准带烟火！尽管大家在学习时就知道了这一点，但此刻仍然有点愕然。

这些人穿戴完毕，就在区队领导和安全检查员的带领下，通过连接浴池的一条长长的暗道，蜂拥着来到井口。一个老头又分别在众人身上摸一遍，看是不是有人违章带了烟火。

少平是第三罐下井的。他走进那个黑色的钢铁罐笼，心中充满了无比的新奇感。他将要经历一个全新的世界。对他来说，这是一个历史性的时刻。

随着井口旁一声清脆的电铃声，铁罐笼滑下了井口。阳光消失了……

罐笼在黑暗中坠向地层深处。所有的人都紧紧抓着铁栏杆。谁都不再说话，听见的只是紧张的喘气声和凹凸不平的井壁上哗哗的淌水声。恐惧使得一颗颗年轻的心都提到了嗓门眼上。

一分多钟，罐笼才慢慢地落在了井底。

难以想象的景象立刻展现在他们的眼前：灯火、铁轨、矿车、管道、线路、材料、房屋……各种声响和回音纷乱地混搅在一起……一个令人眼花缭乱、不可思议的世界！

所有来到井下的新工人一个个都静无声息。每个人的心情都是复杂的。他们知道，这就是他们将要长年累月工作的地方。一旦身临其境，他们才知道，一切都不是幻想中的。

真正严峻的还在前面。

他们即刻被带进大巷道，沿着铁轨向没有尽头的远处走去。地上尽是污水泥浆，不时有人马趴摔倒。什么地方传来一股屎尿的臭味。

走出长长的一段路后，巷道里已经没有了灯光。安检员从岩壁上用肩膀接连扛开了两扇沉重的风门，把他们带进了一个拐巷。

一片寂静。一片黑暗。只有各自头上矿灯的一星豆光勉强照出脚下的路。这完全像远离人世间的另一个世界。当阿姆斯特朗第一脚踏上月球的时候，他的感受也许莫过于此。

接连跋涉一百米左右的四道很陡的绞车坡，然后再拐进一个更小的坑道。这时，人已经不能直立了。各种钢梁铁柱横七竖八支撑着煤壁顶棚。不时有沙沙的岩土煤渣从头顶漏下来。整个大地似乎都摇摇欲坠。

这时候，所有行进中的新工人都不由惊恐地互相拉起了手，或者一个牵着一个的衣角。严酷的环境一刹那间便粉碎了那些优越者的清高和孤傲。他们明白，在这里，没有人和人之间的互相帮助，是无法生存的。而煤矿工人伟大的友爱精神也正是这样建立起来的。

现在，他们终于到了掌子面上。

这里刚放完头茬炮，硝烟还没有散尽。煤溜子隆隆地转动着。斧子工正在挂梁，擢煤工紧张地抱着一百多斤的钢梁铁柱，抱着荆笆和搪采棍，几乎挣命般地操作。顶梁上，破碎的矸石哗哗往下掉。钢梁铁柱被大地压得吱吱嚓嚓的声响从四面八方传来……天啊！这是什么地方！这是什么工作！危险，紧张，让人连气也透不过来。光看一看这场面，就使人不寒而栗！

他们一个个狼狈不堪，四肢着地爬过柱林横立的掌子面。许多人丢盔撂甲，矿帽不时碰落在煤堆中，慌乱得半天摸不着……

熬到上井以后，大部分人都绷着脸，情绪颓败地通过暗道，在矿灯房交了灯具，去浴池洗澡、换衣服。那身刚才还干干净净的工作衣，现在却像从垃圾堆里捡出来似的。白净的脸庞都变成了古戏里的包公。

回到宿舍以后，少平看见，那些一直咋咋呼呼的干部子弟们，此刻都变得随和起来。有人开始给他递上了纸烟。两个钟头的井下生活，就击碎了横在贫富者之间的那堵大墙。大部分人直至现在还都脸色苍白。有个可怜的家伙已经趴在缎被子上哭开了。

少平的心情是平静的，因为他一开始就没把一切想得很好。说实话，在他看来，井下的生活也是严酷的。和别人不同的是，他已经有过一些吃苦受罪的经历，因此对这一点在精神上还是能够承受的。是啊，他脊背上被石块压烂的伤疤，现在还隐隐作疼！他更多的是看到这里好的一面：不愁吃，不愁穿，工资大，而且是正式工人！

第二天，新工人都参加了考试。

试题很简单，比如什么叫柱子，瓦斯高了的征兆有哪些，瓦斯对矿井的危害是什么，等等。还有一道发挥题，让自己谈谈如何为煤矿做出贡献。所有这些考题学习时都反复讲过。

　　有些准备离矿不干的人以为等上了好机会，故意胡答一通，心想考试过不了关正好有借口逃出这该死的地方。这样回去也能给父母亲大人和朋友们有个交代，总比偷跑回去强。是呀，父母扯旗放炮走后门把他们送来，家乡年轻的朋友们又热烈祝贺他们正式被招了工，怎好意思偷跑回家呢？好，考试得个零蛋最好！什么叫柱子？柱子就是拐杖！

　　但是，两天后矿部大门前张榜公布，所有的人都被"录取"了，而且成绩竟然都在七十分以上！

　　孙少平却以一百分的满分名列榜首——他也许是唯一认真对待这场考试的。

　　在正式下井之前，全矿招收的新工人中跑了二十多人。少平宿舍里也跑了一个。

　　但大部分人没有跑。到了这个年龄，人就有了自尊心；再艰难，也得强打起精神，准备承受人生最初的考验。

　　下井干活这一天，在区队例行的班前会上，少平意外地和那晚上给了他半瓶醋的王师傅坐在了一条铁凳上。现在他知道师傅叫王世才，是全区出名的斧子工，采煤一班班长。更巧的是，他就分在了一班，而且就给王师傅当徒弟。能作为班长的徒弟，多半是因为他考试考了第一名。这使少平异常高兴——他不仅和王师傅已经熟识，同时知道他是个很好的人。一个新工人初到井下干活，遇个好师傅多么重要啊！

　　可是，跟王师傅的另一个徒弟却是一个粗鲁不堪的家伙。他叫安锁子，是前几年招收的工人，因此在少平面前也是老资格了。

　　在掌子面上，每班都有七八个煤茬。斧子工就是茬长。一般两个揽煤工跟一个斧子工。每当一茬炮放完，就要赶紧挂茬支棚。这是千钧一发的时刻，动作要闪电般快，否则引起冒顶，后果就会不堪设想！这时通常都是班长一声呼喊，人们就从回风巷冲进了掌子面。头上矸石岩土哗哗跌落着，斧子工抱起沉重的钢梁，迅速挂在旧茬上；同时，擂煤工像手术室给主刀大夫递器械的护士，紧张而飞快地把绷顶的荆笆和搪采棍递给师傅，还要腾出手见缝插针刨开煤堆，寻找底板，栽起钢柱，升起柱蕊，扣住梁茬，以便让师傅在最短的时间里把柱子"吧"一斧头锁住……所有这一切都在紧张而无声地进行，气氛的确像抢救垂危病人的手术室——不同的只是他们手中的器械都在一百斤以上！更困难的是，在这密匝匝、乱糟糟的梁柱煤堆下面，危险的、暗藏杀机的煤溜子还在疯狂地转动着。在紧张、快速、沉重的劳动中，人们在低矮的巷道里连腰也直不起来；东躲西避倒腾一百多斤重的钢铁家伙，大都在身体失去平衡的状态下进行；而且稍有不慎，踩在残暴无情的溜子上，瞬息间就会被拉扯成一堆肉泥！

只有将破碎的空棚架好，安全才有了保障。这时候，茬长们一般都蹲下休息了。擂煤工这才操起大铁锹，把炸下来的煤往溜子上擂……一班三茬炮，每茬炮过后，都要进行这样一番拼命。一天的时光就在这样紧张而繁重的劳动中缓慢地流过。一般情况下，八小时很难结束工作，常常得干十来个小时才能上井。

每当一茬炮过后，支架完顶棚，茬长们躺在黑暗中休息的时候，王世才不休息，总是操起铁锹，帮助少平和安锁子擂煤。在井下，王世才很少说话。作为班长，他只是发出一些简短的指令；那声音是低沉的，也是不容违抗的。

安锁子是个又高又粗的壮汉。劲很大，但不很灵巧。作为老资格，虽说也是擂煤工，但完全可以对少平指手画脚，而且不时恶作剧似的捉弄少平。比如，他在什么地方拉了一泡屎，便哄着让少平去那地方找个啥东西，结果让少平抓两把屎。安锁子乐得露出两排白牙大笑。众人也跟着大笑。在井下，让你抓两把屎实在算不了什么事！假如安锁子捉弄的是王世才，他会笑着把两手屎都抹在安锁子的脸上！

少平只能默默地在煤墙上抹掉手上的屎……

不知不觉，一个月过去了。

十一月初，铜城地区落了第一场雪。

这天上午十点钟左右，少平上井后欣喜地看见，外面已经是白茫茫一片。雪花仍然在纷纷扬扬飘飞着，大地上流布着微微的暖意。昨夜十二点下井时，天空还是星疏月朗，一片乌蓝，想不到现在竟成了这样一个晶莹洁白的世界。

他心情愉快地沉浸在这一片美丽之中。今天，还有一件值得高兴的事——他要第一次领工资了。

在浴池洗完澡后，他便直奔旁边二楼的区队办公室。他已经在心里算好了自己的工资。只有他和另外两个农村来的新工人在一月中上了满班。他们是四级工，加上入坑费，月工资能领到一百三十元。好大一笔钱啊！

他进入本区队办公室后，看见房子里已经拥满了人。人不要排队，由自己的私章在办事员的桌子上排队。少平把自己的章子放在桌上的那一条长蛇阵后面，然后看着办事员不断用剪子剪开一捆捆新票子的封条。

前面有两个新工人，一个领了十八元，一个领了二十元。蹲在旁边的雷区长对他们说："你们这月吃球呀？不好好下井，裤衩都要卖得吃了！甭看矿井是个黑口口，很公正！钻得多了钱就多，在地面上瞎逛球毛都没一根！不上工，就是你爸当矿长，也是这两个钱！"

那两个新工人垂着脑袋悄悄退出了人群。

这时，办事员拿起少平的章子在工资表上压了一下，便给他扔过来一摞子钱。

少平连点也没点，揣在怀里就走出了区队办公室，穿过楼道，来到外面。

他来到了邮政所。

他是来寄钱的。除留够本月的伙食和买一床铺盖的钱外，他还剩五十元。他要把这钱寄给父亲。

这是一个庄严的时刻。是的，这是他正式参加工作后第一个月的工资。他能想象来，这张汇款单出现在双水村将意味着什么。他似乎看见，父亲是怎样捏着那张纸片走进了石圪节邮政所墨绿色的大门……

第四章

不知不觉，孙少平在铜城大牙湾煤矿已经下了半年井。

半年来，他逐渐适应了这个新的生存环境。最初的那些兴奋、忧虑和新奇感，都转变为一种常规生活。

他几乎不误一天工，月月都上满班。这在老工人中间也是不多的。而和他一块来的新工人，没有偷跑回家，就算很出色了。我们知道，这批新工人都是一些有身份人家的子弟，他们很难在这样充满危险的苦地方长期待下去。

半年之中，新工人又逃跑了不少。跑了的人当然也被矿上除了名——这意味着他们再一次变为农民身份。有些没走的人，也不好好下井。他们磨蹭着，等待自己的父亲四处寻找关系，以便调出煤矿，另找好工作。不时有人放出风声，说他们的某某亲戚在省上或中央当大官。的确，局里也接到省上某几个领导人写来的"条子"，把十几个要求调动的工人放走了。同时，不断有某些县上和乡上的领导人，用汽车拉着各种土特产，到局里和矿上活动，企图把他们的子弟调回去。这类"礼物"一般只能使孩子换个好点的工种，而不可能彻底调出煤矿。煤矿的某些领导虽然不拒绝"好处"，但总不能把手下的矿工都放走吧？

少平当然没这种靠山。他也不企图再改变自己煤矿工人的身份。他越来越感到满意的是，这工作虽然危险和劳累，但只要下井劳动，不仅工资有保障，而且收入相当可观。

钱对他是极其重要的。他要给父亲寄钱，好让他买化肥和日常的油盐酱醋。他还要给妹妹寄钱，供养她上大学。除过这些，他得为自己也搞点建设，买点他所喜爱的书报杂志。另外，他还有个梦想，就是能为父亲箍两三孔新窑洞。他要把这窑洞箍成双水村最漂亮的！他自己今生也许不会住这窑洞。他只是要给故乡一个证明：证明他孙少平决不是一个没出息的人！他要独立完成这件事，而不准备让哥哥出钱——这将是他个人在双水村立的一块纪念碑！

正因为这样，他才舍不得误一天工；他才在沉重的牛马般的劳动中一直保持着巨大的热情。

瞧，又到发工资的日子了——这是煤矿工人的盛大节日。

孙少平上完八点班，从井下上到地面，洗了一个舒服的热水澡，就到区队办公室领了工资。

他揣着一摞硬铮铮的票子，穿过一楼掘进队办公室黑暗的楼道，出了大门。

五月灿烂的阳光晃得他闭了好一会眼睛。从昨夜到现在，他已经十几个小时没见太阳了。阳光对煤矿工人来说，常有一种亲切的陌生感。

他睁开眼睛，深深地吸了一口气。他真想把那新鲜的空气连同金黄的阳光一起吸进他灌满煤尘的肺腑中！

他看见，远山已经是一片翠绿了。对面的崖畔上，开满了五彩斑斓的野花。这是一个美妙的季节——春天将尽，炎热的盛夏还没有到来。

少平把两根纸烟接在一起，贪婪地吸着，走回了他的宿舍。

宿舍里除过他，现在只留五个人。另外四个人，三个偷跑回家被矿上除了名，一个走后门调回了本县。这样，宿舍宽敞了许多，大家的箱子和杂物都放到了那四张空床上。

宿舍凌乱不堪。没有人叠被子。窗台上乱扔着大伙的牙具、茶杯和没有洗刷的碗筷。窑中间拉一根铁丝，七零八乱搭着一些发出臭味的脏衣服。窗户上好几块玻璃打碎成放射形。肥皂盒和盛着脏水的洗脸盆就搁在脚地当中。床底下塞着鞋袜和一些空酒瓶子。唯一的光彩就是贴在各人床头的那些女电影明星的照片。

少平已经有一床全宿舍最漂亮的铺盖。他还买了一顶蚊帐，几月前就撑了起来——现在没有蚊子，他只是想给自己创造一个独立的天地，以便躺进去不受干扰地看书。另外，他还买了一双新皮鞋。皮鞋是工作人的标志；再说，穿上也确实带劲！

少平回到这个乱七八糟的住处后，看见其他人都在床上躺着。他知道，大家的情绪不好。今天发工资，每个人都没领到几个钱。雷区长话粗，但说得对：黑口口钻得多，钱就多；不钻黑口口，球毛也没一根！

在这样一个时刻，劳动给人带来的充实和不劳动给人带来的空虚，无情地在这孔窑洞里互为映照。

为不刺激同屋的人，少平尽量克制着自己的愉快心情，沉默地，甚至故作卑微地悄悄钻进了自己的蚊帐。

蚊帐把他和另外的人隔成了两个世界。

他刚躺下不久，就听见前边一个说："孙少平，你要不要我的那只箱子？"

少平马上意识到，这家伙已经没钱了，准备卖他的箱子。他正需要一只箱子——这些人显然知道他缺什么。

他撩开蚊帐，问："多少钱？"

"当然，要是在黄原，最少你得出三十五块。这里不说这话，木料便宜，二十块就行。"

少平二话没说，跳下床来，从怀里掏出二十块钱一展手给了他，接着便把这只包铜角的漂亮的大木箱搬到了自己的床头。

搬箱子时，这人索性又问他："我那件蓝涤卡衫你要不要？这是我爸从上海出差买回来的，原来准备结婚时穿……"

少平知道，这小子只领了十一块工资，连本月的伙食都成了问题。这件涤卡衫是他最好的衣服，现在竟顾不了体面，要卖了。

"多少钱？"

"原价二十五块。我也没舍得穿几天，你给十八块吧！"

少平主动又加了两块钱，便把这件时髦衣服放进了那只刚买来的箱子里。

这时，另外一个同样吃不开的人，指了指他胳膊腕上的"蝴蝶"牌手表，问："这块表你要不要？"

少平愣住了。

而同屋的另外几个人，也分别问他买不买他们的某件东西——几乎都是各自最值钱的家当。

所有这些东西都是少平计划要买的。现在这些人用很便宜的价钱出售他需要的东西时，他却有点不忍心了。

但他又看出，这些人又都是真心实意要卖他们的东西，以便解决起码的吃饭问题。从他们脸上的神色觉察，他如果买了他们的东西，反倒是帮助他们渡难关哩！

少平只好怀着复杂的心绪，把这些人要出售的东西全买下了。

一刹那，手表、箱子和各种时髦衣服他都应有尽有了，加上原有的皮鞋和蚊帐，立刻在这孔窑洞里造成了一种堂皇的气势。到此时，其他人也放下了父母的官职所赋予他们的优越架势，甚至带着一种惶愧的自卑，把他看成了本宿舍的"权威"。

只有劳动才可能使人在生活中强大。不论什么人，最终还是要崇尚那些能用双手创造生活的劳动者。对于这些人来说，孙少平给他们上了生平极为重要的一课——如何对待劳动，这是人生最基本的课题。

简直叫人难以相信！半年前初到煤矿，他和这些人的差别是多么大。如今，生活毫不客气地置换了他们的位置。

是的，孙少平用劳动"掠夺"了这些人的财富。他成了征服者。虽然这是和平而正当的征服，但这是一种比战争还要严酷的征服；被征服者丧失的不仅是财产，而且还有精神的被占领。要想求得解放，唯一的出路就在于舍身投入劳动。在以后的日子里，其中的两三个人便开始上班了……

总之，这一天孙少平成了这宿舍的领袖。他咳嗽一声，别人也要注意倾听，似乎里面包含着什么奥妙。

不用说，这一天他的情绪也特别高涨。他索性利用下午的一点时光，想到对面山上转一圈。到现在，他还没抽出身到矿区周围转一转。从今天起，他又倒成晚上十二点班，转悠一圈后，他可以直接去下井。

他昂扬地出了宿舍，下了护坡路那几十个台阶，沿着马路一直向东，走到矿部大楼前的广场上。这个小广场是矿区的中心地带，类似双水村大队部旁边的"闲话中心"。商店、门市和小摊贩大都集中在这一片。最大的职工食堂也在广场上面的平台上。食堂上面的第三级平台，就是整个煤矿生产的心脏。主井、副井、压风房、选煤楼都在那里。从第三级平台以上，就是山坡了，挤满了密密麻麻的"黑户"，房屋窑洞如同蜂巢。从副井旁伸出的运送矸石的绞车道，几乎在陡坡上天梯般矗起，把黑户区一劈两半，并在其间一直伸向山顶——山那边，在黄土梁的一侧，堆起了黑色的矸石山，运输带不断地把这些黑石头传送到这里，日日夜夜哗哗地响个不停……

孙少平来到矿部前的广场上，看见这里永远是那种熙熙攘攘的景象。下班的单身工人端着大老碗，蹲在二级平台食堂外面的水泥棱上，俯视着下面的小广场。另有一些休班的工人无所事事地蹲在这周围，不知在观看什么。长期在井下生活的人，对地面上的一切都充满了兴趣。如果从矿部大楼里走出一位女干部，整个广场便会掀起一阵哗然。在这女性寥若晨星的世界里，她们的出现如同太阳一般辉煌……

少平在广场南侧走下一道陡坡来到沟底。沟底的小土台上便是矿工俱乐部。这里每晚上都有一场电影，常常挤得人山人海。灯光球场就在俱乐部门前。这里是全矿的文化娱乐区。不过，白天这地方倒也清静。

从俱乐部再下一个小土坡，就到了小河边。小河叫黑水河。黑水河名副其实，水流一年四季都是黑的（想必它的源头也会是明镜般清澈）。

对于矿工来说，黑水河仍然是迷人的。它像一位黑皮肤的姑娘吟唱着多情的小曲，人们走到它身旁，就会感到如释重负似的轻松。

小河两岸，是周围农人们的菜地和一些杨柳树。如今，在五月的阳光下，青枝绿叶油光鲜亮。有一棵年老的柳树不知什么时候倒在河上，将另一头搁在了对岸。人们砍去了老树的大枝，树干便成了河上的独木桥。这是一座有生命的桥，它身上抽出许多嫩绿的枝条。

少平过了这桥，便向对面山上爬去。山并不高，但路相当陡峭。这小山是矿区的天然公园，人们在节假日都愿到这里来转悠。

他是第一次上这山。到山顶的平台上时，他才发现这的确是个幽静的地方。远处是一片小树林。平台上长满了绿绒似的青草，其间点缀着许多无名小花。双双对对的蝴蝶在花间草丛翩翩飞舞。

他坐在青草地上，向对面望去，大牙湾矿区的全貌便一览无余了。他震惊而兴奋地看见，他们的矿区原来是如此的气势雄伟！从东往西，五里长的大湾挤满了各种建筑物。山一样的煤堆，大厦一般矗立的选煤楼；火车喷吐着白烟隆隆地驶过三级平台……

他出神地望着他所生活的这个世界，心中不由生出许多感慨来。他知道，外面的人很少了解这个世界的情况。他们更瞧不起生活在这个世界里的人。是啊，人们把他们称作"煤黑子""炭毛"。大部分女人宁愿嫁给一个农民，也不愿嫁给他们。

他突然想起了田晓霞。

他离开黄原前，晓霞就走了省城。他们分别已有半年多了。他到煤矿的第三个月才给她写了一封信——在此之前，他的一切都处在混乱中，没心思顾及其他。从晓霞给他的回信看，她马上就在那里干得顺心如意了。他知道她很快会施展才华，成为省报的重要角色。但他最为关心的是她对他的态度。

从信上看，晓霞对他一如既往充满感情。他甚至能看出那些惊叹号和省略号后边所包含的深情。

以后的几封信同样如此。

因为她经常外出采访，半年来，他们的通信次数不像一般恋人那么多。但那几封信对他来说已经足够了。他在井下黑暗的掌子面上，常常闭住眼默念她信上的那些甜言蜜语。他内心无比骄傲的是，周围的人做梦也想不到，他，一个"煤黑子"，女朋友却是省报的记者！

如果他说出这个事实，恐怕没有人相信。煤矿工人连不识字的女人都难找下，竟然有省报的女记者爱你小子？吹牛皮哩！

有时候连他自己也不相信这是真的，总觉得这是一个梦幻。

其实认真一想，也许这的确是一场梦幻！

是的，梦幻。一个井下干活的煤矿工人要和省城的一位女记者生活在一起？这不是梦幻又是什么！凭着青春的激情，恋爱，通信，说些罗曼蒂克和富有诗意的话，这也许还可以。但未来真正要结婚，要建家，要生孩子，那也许就是另一回事了！

唉，归根结底，他和晓霞最终的关系也许要用悲剧的形式结束。这悲观性的结论实际上一直深埋在他心灵的深处。

可悲的是：悲剧，其开头往往是喜剧。这喜剧在发展，剧中人喜形于色，沉湎于绚丽的梦幻中。可是突然……

孙少平不愿再往下想。他的心情变得阴郁起来。

太阳西沉了。大地和他的情绪融合成一片同样的昏黄。

他看了看腕上刚刚买来的"蝴蝶"牌手表，时针的箭头已指向了八点。

他在苍茫的暮色中走下山来，又到其他地方转悠了好长时间才向矿区走去——不论怎样，十二点钟，他要准时从那个"黑口口"里钻入地下……

第五章

孙少平径直来到与采掘区队办公室相连的浴池，开始了下井的第一道程序——换作衣。

由许多小柜组成的一排排大作衣柜就立在水池旁边。一人占一个小柜，钥匙自带。整个浴池为三层楼，每层的格局大同小异。少平的作衣柜在三楼。

现在，中午十二点入坑的工人，正陆续走上地面。他们在通往井口那条暗道旁的矿灯房交了灯具，就纷纷进了浴池。这些人疲倦得连说话的气力也没有，沉默寡言地把又黑又脏的作衣脱下。有的人立刻跳进黑糊糊的热水池，舒服得"啊啊"地呻唤。有的人先忙着过烟瘾，光屁股倒在作衣柜前，或蹲在浴池的瓷砖棱上。所有的人都是两支烟衔接在一起，到处听得见"咝咝"的吸气、"扑扑"的吹气以及疲劳的叹息声。整个大厅里弥漫着白雾般的水蒸气和臭烘烘的尿臊味。

孙少平把自己身上的干净衣服脱下，塞进衣柜，从里面拉出那身汗味刺鼻的作衣匆匆穿在热身子上。煤矿工人也许不怕井下的熬苦，但都头疼换衣服——天天要这么脱下又穿上！尤其是冬天，被汗水和煤尘染得又黑又脏的作衣，潮湿而冰冷，穿在身上直叫人打哆嗦！

少平作衣的裤子后边，已经被矿灯盒的硫酸腐蚀开一个破洞。好在有衬裤，不至于露肉。有许多人就是露着屁股下井的。井下谁也不在乎这。和他一块干活的安锁子，经常连裤子也不穿，光身子攉煤哩。在煤矿，男人相互间对裸体都看厌烦了。

少平换好作衣，就从浴池的楼上走下来，在一楼矿灯房的小窗口，把灯牌扔进去。接着，便有一只女人的手把他的矿灯递出来。矿灯房四壁堵得像牢房一般严实，只留几个小口口。里面全是女工——一般都是丈夫因公伤之后顶替招工的。煤矿的女人太少了，就是这几个寡妇，也常是矿工们在井下猥狎地百谈不厌的话题。她们被四堵水泥墙保护得严严实实，以免遭受某些鲁莽之徒的攻击。男人们只能每天两次看看她们的手。

少平从那只女人手里接过自己的矿灯，把灯绳往腰里一束，就提着灯盏穿过暗道，向井口走去。暗道本来有灯，但早被人用斧头打掉了。如果再安，不出一天照样会被打掉。疲劳的工人常常冒出许多无名火而无处发泄，不时随手搞点小小的破坏。

穿过暗道的尽头，准备下井的工人从井口一直拥到了那几十个水泥台阶上。人们到这里仍然是沉默寡言，只听见上下罐的信号铃在当啷当啷地响着……

十几分钟后，少平便下到井底。接着，在黑暗的坑道中步行近一个小时（其间要上下爬四五道大坡），才来到他们班的工作面上。

头茬炮还没有放。所有的斧子工和攉煤工都在溜子机尾的一个拐巷里等待。人们在黑暗中坐着，或干脆大叉腿睡在煤堆里。正像农民在山里不嫌土，煤矿工人也不嫌煤，什么地方都可以躺下睡——反正这地方谁也别想把衣服穿干净！

这一段时光实在叫人闲得慌。矿工一下井，就想马上干活。每天的任务都是死的，干完才能上井，那么最好早点就干。但井下的工作程序也是死的，没有放炮，想干也干不成！

在这个时候，人们既然闲得没事，又不能抽烟，总得寻找某种消遣方式。最好的消遣方式当然是谈论女人。首先从矿灯房小窗口那只女人的手谈起，一直谈到和自己的老婆睡觉的各种粗俗不堪的细节。人们在黑暗中猥狎地说笑着，微弱的矿灯光照出一张张露着白牙的嘴巴。

通常这个时候，少平总是把随身带下井的一本书在黑暗中翻到折页的地方，然后借用手中的矿灯光，一声不吭地看起来。最近他看的是《红与黑》。这本书他以前粗粗翻过，印象不深，因此想再看一遍。

前不久，班长王世才突然提议，让少平利用这个时间，给大伙讲讲书中的故事。王世才不识字，但很爱看戏听故事。另外的人对自己的老婆也说腻了，一致支持班长的提议。

"这是本外国书。"少平对班长说。

"外国人也是人！他们的故事咱们正听得少！你说！"

"外国的男人女人一见面就一个啃一个，正美！"安锁子喊叫。

既然班长提议，大伙又都想听，少平就只好给他们讲起了《红与黑》的故事。于连这个名字像中国人的名字，大家能记下；其他人物的名字他都用什么"先生""夫人""小姐"等代替了……

今天，大家躺在黑暗的煤堆里，又准备听他讲于连的故事。

孙少平尽管今晚心情不太好，但他还是在煤溜子的隆隆声中，接着昨天的情节给大伙讲开了。今天该讲于连怎样爬着那个梯子，从窗口钻进了"小姐"的卧室。

当少平绘声绘色讲到于连爬进窗户，抱住那位"小姐"的时候，安锁子突然像发情的公牛那般号叫了一声，便从少平手中夺过那本书，一扬手扔在了煤溜子上。"去他妈的！于连小子 × 美了，老子在这儿干受罪！"

少平还没反应过来，那本《红与黑》就被溜子拉走了。于连、"夫人""小姐"以及整个巴黎的上流社会，都埋进煤堆，滚进了机头那边的溜煤眼……

安锁子的举动引起黑暗中一片快活的哄堂大笑。

少平无可奈何。一本书的毁灭引得大家一笑，那也许就是值得的？无聊而寂寞的人们呀！

疯狂的安锁子做完这件破坏性的工作，像什么事也没有发生，把裤子一脱，光屁股蹲在一边就拉开了屎。

"我操你亲妈！你不能往远一点吗？"王世才骂道。

那边只传来"嘿"一声无耻的笑。

少平知道，安锁子已经三十岁的人了，还没找下老婆，因此一听男欢女爱，就忍不住变态似的发狂。唉，去他妈的！书毁就毁了，他只能另买一本……

这时，掌子面那边接连响起沉重的爆炸声。顷刻间，浓烟就灌满了巷道。有人破着嗓子咳嗽起来。

炮声一停，王世才像只老虎一般跳起来，喊叫大家赶快进工作面！于是，那天天照旧的惊险的场面便又展开了……

接连攉完三茬炮炸下的煤，他们一个个累得像死人一般。众人先后摇摇晃晃通过黑暗的巷道，向井口走去——此刻，地面上又该是阳光灿烂的时候了。

离开掌子面的时候，少平突然感到一阵天旋地转般眩晕。他知道自己病了。其实，昨夜刚开始干活的时候，他就感到两条腿发软，身子轻飘飘的没有一点力量，脊背上时不时掠过一阵似冷似热的激流。这个班他是勉强支撑下来的。既然到了井下，就应该把这一天的工资完整地拿到手！

现在，干活的人都自顾自走了。他浑身像着了火似的，一个人手哆嗦地扶着巷道凹凸不平的岩壁，慢慢从绞车坡走下来。

下了几道坡以后，他好不容易来到风门后边——出了风门，就到大巷里了。但他再也没力气拉开那扇沉重的门。

他颓然地坐在潮湿的地上，嘴里发出轻轻的呻吟。黑暗。无声无息。此刻，他就像身处另外一个无生命的世界，永远再不能返回到人间。

他勉强挣扎着立起来，两条腿打着颤，试图再一次拉开那扇风门。

又失败了。

他简直不知道该怎么办。即使拉开这道风门，还得拉开另外相同的一道，他才能走到大巷里。

看来，他只能等待下一班工人的到来，但这得等很长时间，说不定这期间他会昏迷过去。

他绝望地再一次靠岩壁坐在地上。

他恍惚地看见，那扇风门竟无声地打开了。接着，弯腰走进来一个人。

他只从气息上就嗅见是班长！

"我没见你出来……怎啦？"王世才用手在他头上摸了摸，"你病了……站起走吧！"师傅架着胳膊把他从地上拉起来。

一股热辣辣的激流涌上了孙少平的胸腔。他无声地立起来，依靠着师傅的肩膀，走出了风门……

上井后，少平在师傅的帮助下洗了一个热水澡，感到稍有好转，但还不可能退烧。

"走，到我家里去。你是着了凉，吃点热乎饭，再睡一觉，就屁的事也没了！"王世才换完衣服，硬把他拉起身。

他只好随师傅出了大门，从压风房那边的小坡拐上去，沿着铁路向师傅家走去。一路上，王世才一直架着他的一条胳膊。

到家后，王世才马上叫老婆单另给他做一碗酸辣面条。我们知道，这个家少平已经来过一次。那时他是一个想要点醋的生人。如今，他们已经成师徒关系了。王世才的老婆叫惠英，像所有矿工的老婆一样，对男人的关照体贴入微。她早已把菜炒好，细心地用碗扣在炉边上。她一边招呼少平吃药，一边开始侍候男人喝酒吃饭。

少平的面条做好后，明明抢着要自己端给孙叔叔。惠英只好在后面像老母鸡一样护架着他，生怕把孩子烫了。王世才一边喝酒，一边看着这母子俩不由满足地"嘿嘿"笑着。

当少平从这母子俩手中接过热烫烫一碗面条时，泪花子在眼眶里直打转。他没有想到，在远离故乡的地方，他受到了这种亲人般的关照。

吃完饭，少平就准备回他自己的宿舍去。但这家三口人都不让他走。王世才夫妇拉扯着把他带到旁边的屋子里，给他安顿好床铺。他们在他身上压了三块棉被，还在屋里生起了火……

少平一觉睡醒后，已经到了夜晚。惠英给他端来小米汤和各种小菜。王世才对他说："我一会上班走呀，你晚上就在这里睡，不要回去了。热身子不敢再冒风。想吃什么，就叫你嫂子给你做！"

少平强忍着没有让泪水冲出自己的眼眶。

惠英也笑着说："到这里就不要见外。你王大哥常回来夸你，说你有文化，还能吃下煤矿的苦。以后你常跟你哥回来！大灶上的饭没法吃！你说，嫂子做的饭怎样？"

"好！"少平说。

王世才手在老婆的屁股蛋上拍了一巴掌，说："甭自夸自了！"

"别打我妈！"明明喊叫着，用他的小胖手报复似的在他爸的屁股上也拍了一巴掌，使得三个大人都忍不住大笑起来。

这个幸福的家庭强烈地感染了孙少平。

孙少平在这个温暖的家庭里，一觉又睡到了大天明。

早上他睁开眼睛时，看见师傅一脸倦容立在他床头——他在井下挣了一个晚上的命，现在又回来了。

"看脸色，你大概退烧了。"师傅关切地说。

少平一下子跳下床来，感到浑身无比的轻松。是的，病完全好了。

惠英赶紧收拾饭桌，侍候师徒俩吃饭。

"今天你能喝酒了，好好陪你哥喝两杯！"惠英说着，便在两个大玻璃杯中倒满了白酒。这是煤矿工人喝酒的气度——不用小盅，而用城里人喝茶的大杯。在潮湿阴冷的井下干八九个小时的活，上地面来灌一两杯烧酒那是再好不过了；它使人晕晕乎乎，忘记疲劳，忘记惊心动魄的掌子面……

少平在喝酒的时候才知道，明天是明明的生日——小家伙要满六岁了。他寻思得给孩子买个什么礼物。

他问明明："你最喜欢什么？"

"喜欢狗！"明明说。

对，他记起商店里有一种绒毛做的玩具狗，挺大，挺威风。就给他买这件礼物吧！

吃完饭，王世才没有睡觉，说他要到矸石山上捡点烧饭的煤去。

少平立刻说："我跟你一块去！"

"你不要去，你病才刚好。"惠英说。

"要去就去。"王世才不阻挡他。

于是，师徒俩就一块相跟着出了门，向矸石山走去。少平担着筐子，师傅背抄着手走在后边。

对于大部分养活着黑户人口的矿工来说，尽管他们生活在一个煤的世界，整天都在挖煤，但他们自家烧的煤却不那么容易搞到。他们当然不想出钱买煤，只好利用上井休息的空隙，到矸石山的矸石中间去捡一些碎小的煤块。这同样是一件很苦的事。在矸石山的陡坡上，人连站也站不住，而上面的矸石还在不断哗哗往下飞滚，不小心就会被砸得头破血流！

少平没让师傅动手，他自己一个人到矸石山的陡坡上，没用多少工夫，就捡了两筐子煤。

捡好煤后，他们没有急忙下山。两个人坐在山崖畔上一边抽烟，一边拉话。

王世才很动感情地对他的徒弟说："咱们煤矿工人就是苦。井下拼命干活，一天给国家出好多煤，可自己的老婆孩子连个户口也没。除非我死在井下，要不，你嫂子和明明就要当'黑人'……

"我在井下已经干了十几年，被矸石打掉两颗门牙，身上的伤疤数也数不清。有时我累得的确不想下井了。可是，每当我晚上趴在你嫂子的肚皮上，就想，这么好的女人，还给我生了这么好的儿子，可他们要吃饭呀！所以，第二天起来就又钻到地下了。你如果有了老婆，就明白我说的这些话了……你现在有没有？赶紧找一个！煤矿这么苦的活，没个老婆可是不行啊……"

少平静静地听着，眼睛一直望着远方的山峦。他没有回答师傅的问话，而心里却想着晓霞。此刻，他的心是冰凉的。

晓霞！晓霞！现在我越来越明白，我们是不可能在一块生活了。无疑，我的一生，就要在这里度过。而你将永远是大城市的一员。我决不可能生活在你那个世界里；可是，你又怎能到我这个世界来生活呢？不可能！你不可能像惠英一样，到这样一个地方来侍候一个煤矿工人；你恐怕连到这里看一看的愿望都没有……

他们在这里蹲了一会，少平便担起煤筐，师傅背抄着手跟在他后边，两个人相跟着慢慢走下山来。

第六章

当天晚上，少平又下井了。

仍然像黄原揽工时那样，他感到，精神上的某种危机，只能靠强度的体力劳动来获得解脱。劳动，永远是他医治精神创伤的良药。遗憾的是，他这个月不可能再是全班了。

第二天早晨上井后，王世才邀请跟他挂茬的两个徒弟去他家做客——今天是他儿子六岁生日。

"我顾不上！我要去看电影。听说这电影美！男的女的搂着一块睡觉，女人的奶都在外面露着哩！"安锁子说着，口水都要从嘴角里淌出来了。

"那你可要去！明明等着你呢！"师傅对少平说。

"我肯定去。你先走，我一会就来呀！"

师傅走后，少平赶紧到矿部前的商店里，用八块钱买了那只白绒绒的大玩具狗，又买了一些罐头和一盒蛋糕，就抱起这些东西，沿着铁路向师傅家赶去。

到师傅家后，桌子上已经摆满了酒菜。一家三口人还没动筷子，显然在等他。

明明喊叫着从他手里抢过那只玩具狗，小嘴在狗身上亲吻着。他对少平说："叔叔，你什么时候一定要给我买只真的狗！"

"给你买！"少平说。

王世才夫妇把他推让在小凳上，又给他倒酒，又给他夹菜。师傅兴奋地拿锥子开啤酒瓶，把手都戳破了，仍然笑着给他斟酒，手上的血也不揩——对矿工来说，这点伤算个屁！

吃完饭，少平没一点瞌睡。他于是又一个人带上明明，到山上玩了大半天；给他捉蝴蝶，拔野花，一直到午间才返回来……

孙少平渐渐和师傅一家人建立起极其深厚的感情。他经常去他们家吃饭，也帮助他们干家务活——担水，劈柴，到矸石山上去捡煤。每当进入这个小院，他就像回到了自己家。王世才一家人也把他当自家人看待，有个什么活，就不见外地让他帮助做；有个什么好吃的，也吼喊着非让他吃不行。

少平后来才知道，师傅也是三十岁上才成家的。当地找不下老婆，他只好回到老家河南，在亲戚的帮助下，费了好大劲，才找到了惠英。惠英尽管比师傅小八岁，结婚后一直实心疼爱师傅。她出身农家，里外活都很麻利。虽然识字不多，可人很精明。至于漂亮，那在整个黑户区都是很出名的。

孙少平感到庆幸的是，他来煤矿半年多，就结识了如此好的一家人。也许这是命里有缘，使他不论走到何处，都会遇上对他特别关照的人家。在黄原时，有阳沟曹书记两口子；在这里，又有王世才一家人。是啊，在他艰难的生活历程中，如果没有这些好人，他的日子将会更加难过！

这一天他回宿舍，屋里其他几个人都挤眉弄眼对他说，昨夜他下井后，来个很俊的"娘们"，把他床头和搭在铁丝上的脏衣服都收拾走了。

和他同屋的这些家伙都开始下井劳动，因此现在敢用粗言俗语对他说话。

少平发现，他脱下的脏衣服就是不见了踪影。不过，他立刻明白，同屋人所说的"娘们"，就是惠英嫂。是的，是她拿走给他洗去了。

他心里不由一热。

"这个骚娘们是谁？"有人用脏话问他。

"少放臭屁！她是我们班长的老婆！"少平瞪了一眼那个问话的小子。

"噢……王世才那么个狗熊样，找了这么个俊老婆，比他妈唱戏的都漂亮！"

少平无法阻止这些人用肮脏的粗话评说惠英嫂。说粗话是这个行道的家常便饭。他自己尽管反感，有时嘴里也会不由冒出一句来……

转眼间就到了六月。

不过，井下一年四季都是潮湿阴冷的。即使三伏天，不干活还得披上棉袄。

这天因为发生了冒顶，少平他们直至上午十点钟才把活干完。尽管大家累得半死不活，好在还没造成什么伤亡。

他们几十个人，像苦役犯一般拖着疲惫不堪的身子，来到井口下面，等待上罐。所有人的脸上看不见一丝笑影，也不说任何话，身上都像墨汁泼过，只有从眼白上辨认出这是一群活物。

少平最后一罐上井。

当罐笼在井口停下以后，他一下子惊呆了。

他看见：晓霞正微笑着立在井口！

少平以为是强烈的阳光刺花了眼，使他产生了幻觉。

他赶忙眨巴了几下眼睛，却再一次看清这的确是晓霞啊！她正脑袋转来转去，显然是在寻找他——在这群黑人中找个熟人是不太容易。

他是在不知不觉中被大家拥挤出罐笼的。他这时才发现，连同先前上井的工人，大家都没有离开井口周围，呆立在旁边有点震惊而诧异地观看晓霞。是呀，谁也反应不过来，在这个女人从不涉足的地方，怎么突然会降落这么个仙女呢？晓霞是太引人注目了，尤其在这样一个特殊的环境里。她已经穿起了裙子，两条赤裸而修长的腿从天蓝色裙摆中伸出，像刚出水的藕。一根细细的黑色皮带将雪白的衬衫束在裙中。脸庞在六月的阳光下像鲜花般绚丽。

现在，晓霞认出了他。

她立刻激动地走前来，立在他面前，看来一时不知该说什么是好。

亲爱的人！你不会想到，你此刻看见的是这样一个孙少平吧？他又脏又黑，像刚从地狱里爬出来的鬼魂。

泪水不知什么时间悄悄涌出了他的眼睛，在染满煤尘的脸颊上静静流淌。这热的河流淌过黑色大地，淌过六月金黄的阳光，澎湃激荡地拍打她的胸膛，一直涌向她的心间……

她仍然连一句话也说不出来，胸前的山脉在起伏着。

他用黑手抹了一把脸上的泪水，使得那张脸更肮脏不堪。他说："你先到外面等一等，我洗个澡就来了！"他不能忍受井口那一群粗鲁的伙伴这样来"观赏"她。

晓霞笑着转身就走。她眼中也有泪花在闪烁。

孙少平匆匆忙忙而又糊里糊涂穿过暗道，把灯盒子"啪"地扔进矿灯房，就冲上了三楼的浴池。

他十来分钟就洗完澡，把干净衣服一换，急速地跑出了大楼。

她正在门口等他。

相视一笑。

无言中表达了双方万千心绪。

"我在招待所住……咱们走吧！"她轻轻对他说。

他点点头，两个人就并肩相跟着向半山坡上的矿招待所走去。少平感到，一路上，所有的人都对着他笑。怎么晓霞也对着他笑？笑什么？他都被人笑得走不成路了！

到招待所，进了晓霞住的房子，她第一件事就是从洗漱包里拿出一面小圆镜，笑着递到他手里。

少平对着镜子一照，自己也忍不住笑了。他的脸在忙乱中根本没洗净，两个眼圈周围全是黑的，像熊猫一样可笑！

这期间，晓霞已经给他对好了半脸盆热水，拿出自己雪白的毛巾和一块圆圆的小香皂，让他重新洗一下脸。

他对着那块白毛巾踌躇了一下，便开始再一次洗脸。那块小香皂小得太秀溜，在他的大手里像一只小泥鳅，不知怎么一下子就从脖项滑进了衣领中。

听见晓霞在身后"咯咯"地笑着。他立刻感到那只亲爱的小手从他脊背后面伸进来。

他的整个身子都僵直了。

她从他脊背后面抓出那块小香皂，递给他，笑得前俯后仰。

他两把洗完脸，然后猛地转过身，用一双火辣辣的眼睛盯着她，问："我还漂亮吗？"

晓霞不笑了，嘴里喃喃地说："是的，还和原来一样漂亮……"她说着，欣喜的泪水就涌出了她那双美丽的眼睛。

少平大步向她走去。两个人张开双臂，紧紧地拥抱在一起。

一切都静下来了。只有两颗年轻而火热的心脏在骤烈地搏动着。外面火车汽笛的鸣叫以及各种机器的嘈杂声，都好像来自遥远的天边……

"想我了吗？"她问。

回答她的是拼命的吻。

这也是她所需要的回答。

不知过了多久，他们才手拉着手坐到了床边上。

"我做梦都想不到你会来。"

"为什么想不到呢？我早就准备上这次会面了，只是一直没有到铜城出差的机会。"

"刚到吗？"

"刚刚到。"

"矿上知道你来吗？"

"已经和你们矿宣传部打了招呼。"

"来采访我们矿？"

"采访你！"

"真的……别误你的事。"

"我这次到铜城，主要了解矿务局和铁路部门的矛盾。为车皮的事，他们一直在扯皮！我已经写了个公开报道的稿子，同时还写了个内参。到这里来主要是看你。公私兼顾嘛！"

少平再一次抱住她，拼命在她脸上和头发上亲吻着。所有关于他和她关系的悲观想法，此刻都随着她的到来而烟消云散了。或者说，他已根本不再想他们以后的事，只是拥抱着这个并非梦幻中的亲爱的姑娘，一味地沉浸在无比的幸福之中。

有人敲门。

他们赶忙松开了互相缠绕在一起的臂膀。两个人的脸都通红。

稍稍平静了一下，晓霞便前去打开门。

进来的是大牙湾煤矿的宣传部长。他来叫"田记者"吃饭。

少平并不认识他们矿的这位部长。部长当然更不会认识他。

"这是我的同学。我们还是……亲戚哩！"晓霞有点结巴地给宣传部长编织了她和少平的关系。

"你是哪个区队的？"宣传部长客气地问他。平时，一个像他这样的普通矿工根本不会放在部长的眼里。

"采五的。"少平说。

"那一块去吃饭！"宣传部长殷勤地邀请田记者的"亲戚"。

少平当然不会客气。矿上看重的是省报的记者（矿务局领导已打电话让大牙湾好好接待），但这位记者是他的女朋友！这并不是说他想依仗她的威势跟她去吃这顿官饭，而恰恰是一种男人的尊严感促使他这样做——尽管他是个卑微的挖煤工人！

部长陪着他们来到西边家属区旁边的小食堂。这里是专门招待上级领导和重要来宾吃饭的地方。少平是第一次涉足这种高雅餐厅。

这里确实很讲究。在中国，不论怎穷的地方，总会有一处招待上级领导的尽量讲究的小天地。

这小餐厅的大圆桌上还有一个能转动的小圆盘，像高级宾馆的餐桌一样。饭菜当然也不会像矿工食堂那么简单粗糙。各种炒菜、啤酒、果子露，碟子、杯子、勺子，挤得海海漫漫。每人手边还有叠得整整齐齐的餐巾纸……

由于职业的关系，晓霞在饭桌上说话很有气魄。宣传部长和另外两个陪餐的人，都恭敬地附和她说话。少平沉默地喝啤酒。晓霞在和别人说话时，却用筷子不断给他往小碟里夹菜。在这样的场合，少平心中涌上许多难言的滋味。骄傲？自卑？高兴？屈辱？也许这些心绪都有一点……

吃完饭后，晓霞用三言两语客套话打发走了宣传部长和另外的人，然后立刻就回到了他们两个人的甜蜜情意里。

她要去看他的宿舍。

少平只好把她领进了那孔黑窑洞。好在另外的人都去上班了，不会引起什么"骚乱"。

晓霞来到他的床前，然后撩开蚊帐，就忘情地躺在了他的床铺上。

他立在床边，隔着那层薄纱，看见她翻他枕头旁边的书。

"你……不进来吗？"她在里面轻声问。

少平嗫嚅着说："宿舍里的人很快就回来了。咱们干脆到对面山上去……你什么时候离开大牙湾？"

晓霞赶紧从床上跳下来，在他脸颊上亲了亲，说："明天上午八点的飞机票。明早七点矿上的车送我到铜城机场。"

"唉……那明早上我可送不成你了。我们八点以后才能上井。"

"你们今晚什么时候下井？"

"晚上十二点。"

"我也跟你去下一回井！"

少平慌忙说："你不要下去！那里可不是女人去的地方！"

"听你这样一说，那我倒非要下去不行。"她的老脾气又来了。

少平知道，他不可能再挡住她，只好为难地说："那你先给矿上打个招呼，让他们再派个安检员，咱们一块下。"

"这完全可以。咱们现在就走。我给他们打个招呼，然后咱们到对面山上玩去。"

这样，他们在其他人未回来之前，就离开宿舍，径直向矿部那里走去。

到小广场上后，少平在外面等着，晓霞进楼去给宣传部的人打招呼，说她晚上要跟采五区十二点班的工人一同去下井。

等晓霞走出矿部大楼，他就和她肩并肩相跟着，下了小坡，通过黑水河上的树桥，向对面山上爬去。少平知道，此刻，在他们的背后，在小广场那边，会有许多人在指画着他们，惊奇而不解地议论着……

第七章

孙少平和田晓霞气喘吁吁爬上南山，来到那个青草铺地的平台上。地畔上的小树林像一道绿色的幕帐把他们和对面的矿区隔成了两个世界。

他们坐在草地上后，心仍然在"咚咚"地跳着。这样的经历对他们来说，已经不是第一回。在黄原的时候，他们就不止一次登上过麻雀山和古塔山。正是在古塔山后面的树丛中，她给他讲述了热妮娅·鲁勉采娃的故事。也正是那次，他们在鲜花盛开的草地上，第一次拥抱并亲吻了对方。

如今，在异乡的另一块青草地上，他们又坐在了一起。内心的激动感受一时无法用语言表述。时光流逝，生活变迁，但美好的情感一如既往。

他粗壮的矿工的胳膊搭上了她的肩头。她的手摸索着抓住了他的另一只手。情感的交流不需要过多的语言。沉默是最丰富的表述。

沉默。

血液在热情中燃烧。目光迸射出爱恋的火花。

没有爱情，人的生活就不堪设想。爱情啊！它使荒芜变为繁荣，平庸变为伟大；使死去的复活，活着的闪闪发光。即便爱情是不尽的煎熬，不尽的折磨，像冰霜般严厉，烈火般烤灼，但爱情对心理和身体健康的男女永远是那样的自然；同时又永远让我们感到新奇、神秘和不可思议……

当然，我们和这里拥抱的他们自己都深知，他们毕竟不是伊甸园里上帝平等的子民。

她来自繁华的都市，职业如同鼓号般响亮，身上飘溢着芳香，散发出现代生活优越的气息。

他，千百万普通矿工中的一员，生活里极其平凡的角色，几小时前刚从黑咕隆咚的地下钻出来，身上带着洗刷不净的煤尘和汗臭味。

他们看起来是这样地格格不入。

但是，他们拥抱在一起。

直到现在，孙少平仍然难以相信田晓霞就在他的怀里。说实话，从黄原他们分手后，他就无法想象他们再一次相会将是何种情景。尤其到大牙湾后，井下生活的严酷性更使他感到他和她相距有多么遥远。他爱她，但他和她将不可能在一块生活——这就是问题的全部症结！

可是，现在她来了。

可是，纵使她来了，并且此刻她就在他的怀抱里，而那个使他痛苦的"结症"就随之消失了吗？

没有。

此时，在他内心汹涌澎湃的热浪下面，不时有冰凉的潜流湍湍流过。但是，无论如何，眼下也许不应该和她谈论这种事。这一片刻的温暖对他是多么宝贵；他要全身心地沉浸于其中……

现在，他们一个拉着一个的手，透过树林的空隙，静静地望着对面的矿区。此刻正是两个班交接工作的时候，像火线上的部队在换防。上井的工人走出区队办公大楼，下井的工人正从四面八方的黑户区走向井口。

孙少平手指着对面，从东到西依次给晓霞介绍矿区的情况。

后来，他指着矿医院上面的一个小山湾，声音低沉地说："那里是一块坟地。埋的全是井下因工亡故的矿工。"

晓霞长久地望着那山湾。

她看见，山湾里，坟堆连着坟堆。坟堆前都立着墓碑。有几座新坟，生土在阳光下白得刺眼，上面飘曳着引魂幡残破不全的纸条。

"你……对自己有什么打算呢？"她小声问。

"我准备一辈子就在这里干下去……除此之外，还能怎样？"

"这是理想，还是对命运的认同？"

"我没有考虑那么多。我面对的只是我的现实。无论你怎样想入非非，但你每天得要钻入地下去挖煤。这就是我的现实。一个人的命运不是自己想改变就能改变了的。至于所谓理想，我认为这不是职业好坏的代名词。一个人精神是否充实，或者说活得有无意义，主要取决于他对劳动的态度。当然，这不是说我愿意牛马般受苦。我也感到井下的劳动太沉重了。但要摆脱这种沉重是不可能的。再说，千百万人都这样沉重。你一旦成为这个沉重世界里的一员，你的心绪就不可能只关注你自身……唉，咱们国家的煤炭开采技术是太落后了。如果你不嫌麻烦，我是否可以卖弄一下我所了解到的一些情况？"

"你说！"

"就我所知，我们国家全员工效平均只出零点九吨煤左右，而苏联、英国是两吨多，西德和波兰是三吨多，美国八吨多，澳大利亚是十吨多。同样是开采露天矿，我国全员效率也不到两吨，而国外高达五十吨，甚至一百吨。在西德鲁尔矿区，那里的矿井生产都用电子计算机控制……

"人就是这样，处在什么样的位置上，就对他的工作环境不仅关心，而且是带着一种感情在关心。正如你关心你们的报纸一样，我也关心我们的煤矿。我盼望我们的矿井用先进的工艺和先进的技术装备起来。但是，这一切首先需要有技术水平的人来实现。有了先进设备，可矿工大部分连字也不识，狗屁都不顶……对不起，我说了句矿工的粗话……至于我自己，虽然高中毕业，可咱们那时没学什么，因此，我想有机会去报考局里办的煤炭技术学校。上这个学校对我是切实可行的。我准备在一两年中一边下井干活，一边开始重学数、理、化，以便将来参加考试。这也许不是你说的那种理想，而是一个实际打算……"

孙少平自己也没觉得，他一开口竟说了这么多。这使他自嘲地想：他的说话口才都有点像他们村的田福堂了！

晓霞一直用热切的目光望着他，用那只小手紧紧握着他的大手。

"还有什么'实际打算'？"她笑着问。

"还有……一两年后，我想在双水村箍几孔新窑洞。"

"那有啥必要呢？难道你像那些老干部一样，为了退休后落叶归根吗？"

"不，不是我住。我是为父亲做这件事。也许你不能理解这件事对我有多么重要。我是在那里长大的，贫困和屈辱给我内心留下的创伤太深重了。窑洞的好坏，这是农村中贫富的首要标志，它直接关系一个人的生活尊严。你并不知道，我第一次带你去我们家吃饭的时候，心里有多么自卑和难受——而这主要是因为我那个破烂不堪的家所引起的。在农村箍几孔新窑洞，在你们这样家庭出身的人看来，这并没有什么。但对我来说，这却是实现一个梦想，创造一个历史，建立一座纪念碑！这里面包含着哲学、心理学、人生观，也具有我能体会到的那种激动人心的诗情。当我的巴特农神庙建立起来的时候，我从这遥远的地方也能感受到它的辉煌。瞧吧，我父亲在双水村这个乱纷纷的'共和国'里，将会是怎样一副自豪体面的神态！是的，我二十来年目睹了父亲在村中活得如何屈辱。我七八岁时就为此而伤心得偷偷哭过。爸爸和他的祖宗一样，穷了一辈子而没光彩地站到过人面前。如今他老了，更没能力改变自己的命运。现在，我已经有能力至少让父亲活得体面。我要让他挺着胸脯站到双水村众人的面前！我甚至要让他晚年活得像旧社会的地主一样，穿一件黑缎棉袄，拿一根玛瑙嘴的长烟袋，在双水村的'闲话中心'大声地说着闲话，唾沫星子溅别人一脸！"

孙少平狂放地说着，脸上泪流满面，却仰起头大笑了。

晓霞一把搂住他的脖子，脸深深地埋进他的怀里。亲爱的人！她完全能理解他，并且更深地热爱他了。

"……你还记得我们那个约会吗？"好久，她才扬起脸来，撩了撩额前的头发，转了话题。

"什么约会？"少平愣住了。

"明年，夏天，古塔山，杜梨树下……"

"噢……"

少平立刻记起了一年前那个浪漫的约会。其实，他一直没有忘记——怎么可能忘记呢！不过，在这之前，他不能想象，未来的那次相会对他意味着什么。

但无论意味着什么，他都不会失约。那是他青春的证明——他曾年轻过，爱过，并且那么幸福……

"只要我活着，我就会准时在那地方等你！"他说。

"为什么不是活着！我们不仅活着，而且会活得更幸福……反正像当初约好的，咱们不一块相跟着回黄原，而是同一个时刻猛然同时出现在同一个地方！想起那非凡的一刻，我常激动得浑身发抖哩……"

他们在这里已经坐了好几个小时，但两个人觉得只有短短一瞬间。

之后，少平带着她去后山峁的小树林中转了一阵。他摘了一朵金灿灿的野花，插在她鬓角的头发里。她拿出小圆镜照了照，说："我和你在一块，才感到自己更像个女人。"

"你本来就是女人嘛！"

"可和我一块的男人都说我不像个女人。我知道这是因为我的性格。可是，他们并不知道，当他们自己像个女人的时候，我只能把自己变成他们的大哥！"

孙少平笑了。他很满意晓霞这个表白。

"你愿不愿意到一个矿工家里吃一顿饭？"他问她。

"当然愿意！"她高兴地说。

"咱们干脆一起到我师傅家去吃晚饭。他们是一家很好的人。"

少平接着给晓霞讲了王世才一家人怎样关照他的种种情况。

"那你一定带我去！"晓霞急切地说。

少平十分想让王世才和惠英嫂见见晓霞。真的，男人常常有那么一点虚荣心——想把自己漂亮的女朋友带到某个熟人面前夸耀一下。他当然不敢把她带到安锁子这些人的面前。但应该让师傅两口子和晓霞见见面。同时，他也想让晓霞知道，在这偏僻而艰苦的矿区，有着多么温暖的家庭和美好的人情……

这样，下午五点钟左右，他们就从南山转下来，过了黑水河，通过坑木场，上了火车道旁边的小坡，走进王世才的小院落。

师傅一家三口人高兴而忙乱地接待了他们。他们翻箱倒柜，把所有的好吃好喝都拿出来款待他俩。尽管少平说得含含糊糊，但师傅和惠英马上明白了这个漂亮姑娘是他的什么人。听说她是省报的记者后，他们大为惊讶——不是惊讶晓霞是记者，而是惊讶漂亮的女记者怎么能看上他们这个掏炭的徒弟呢？

直到吃完饭，他们热情地把少平和晓霞送出门口的时候，这种惊讶的神色还挂在他们脸上。他们的惊讶毫不奇怪。即使大牙湾的矿长知道省上有个女记者爱上了他们的挖煤工人，也会惊讶的。这惊讶倒不是出于世俗的偏见，而是这种事向来就很少在他们的生活中发生！

当少平引着晓霞，下了师傅家外面的小土坡，走到铁路上的时候，已经是夜里十点多了。再过一个多小时，他就要带着她下井。他的心情不免有点紧张。晓霞第一次到一个危险地方，他生怕出个差错。好在王世才也知道了晓霞要下井，说他一会亲自领着他们去。

现在，他们在黑暗中踏着铁轨的枕木，肩并肩相跟着向矿部那里走去。远处，灯火组成了一个烂漫的世界。夜晚的矿区看起来无比壮丽。晓霞挽着他的胳膊，依偎着他，激动地望着这个陌生的天地。初夏温暖的夜风轻轻吹拂着这对幸福的青年。在黑户区的某个地方传来轻柔的小提琴声，旋律竟是《如歌的行板》。这里呀！并不是想象中的一片荒凉和粗莽；在这远离都市的黑色世界里，到处漫流着生活的温馨……

晓霞依偎着他，嘴里不由轻声哼起了《格兰特船长和他的孩子们》中的那支插曲。少平雄浑的男中音加入了进来，使那浪花飞溅的溪流变成了波涛起伏的大河。唱吧，多好的夜晚；即便没有月亮，心中也是一片皎洁！

当他们忘情地在铁路上走出一段后，猛然在旁边的山崖下蹿出一条黑影，径直堵在了他们面前。

他们不由紧张地站住了。少平从轮廓上看出，这是他的师兄安锁子！这头变态的公牛要干什么？他是否发了疯？

少平不由捏紧了双拳。

"你们吃过饭了？"黑暗中果真是安锁子在说话，"我听说你的……女人来了。又听说你们到师傅家去吃饭。我划算吃完饭天黑看不见路，就……"

"那你怎不上师傅家来？"少平没有明白安锁子说的是什么意思。

"我……没好意思。"安锁子嗫嚅说，"我是专门拿手电给你们照路的，怕天黑，你们有个闪失……"

天啊，原来是这样！少平真想为他的"雷锋精神"而扇他一记耳光！

"走吧，我在前面给你们照路……"安锁子殷勤地说。

他说着便掉转身，捏亮了手电——他们眼前即刻出现了一道多余的光亮。

少平一时反应不过来他该怎么办。这家伙！竟然干这种令人哭笑不得的事！

不过，他感觉，这令人厌恶的举动似乎还不包含恶意。

他只好和晓霞在安锁子照出的道路上继续往前走。他给晓霞介绍说："这是我们一个班的工人，叫安锁子。"

晓霞并不知道这是怎样一个人，听说这人和她的少平一块干活，赶忙走前一步，要和安锁子握手，安锁子立刻把手电筒从右手倒在左手，慌得手在腿膝盖上擦了擦，像抓炭火一般握了一下晓霞的手。

少平几乎要笑了。唉，这个人……

走到有灯光的马路上时，安锁子连看也没看他们一眼，就说："现在能看见路了……"说完后便像逃跑似的返身走回了黑暗中。

直到现在，孙少平也无法理解安锁子究竟为什么要这样。有些人的某种行为也许永远使别人无法理解——甚至连他本人也理解不了！不过，从内心深处，少平对他这粗鲁的师兄倒也有一丝怜悯的温情……

这时，他们看见，宣传部长正立在矿部门前，笑容可掬地在恭候着他们了。

第八章

短短一天之中的经历，使田晓霞眼花缭乱，应接不暇。感情与思绪一直处在沸点，就像身临激流之中，任随翻滚的浪山波谷抛掷推涌，顾不得留意四周万千气象，只来得及体验一种单纯的快感。

瞧，现在她又怀着无比的新奇与激动，在矿部二层楼的一个单间里换上一身矿工的作衣，准备经历一次井下生活了。

当她换好衣服来到隔壁的时候，少平、宣传部长和安检员，都忍不住笑了。晓霞穿的是男人的作衣，衣服太大，极不合身，显得像孩子一样。她在墙上的镜子前照了照自己的模样，也忍不住笑起来。

这时候，王世才赶到了。

于是，他们一行五人出了矿部大楼，走进井口旁的区队办公室。少平和王世才去换作衣，宣传部长去给晓霞领了一套灯具。

等上下井的工人们都完毕以后，他们最后一罐来到地下。

晓霞立刻震惊地张大了嘴巴。当走到大巷灯光的尽头，踏入无边的黑暗之中后，她由不得紧紧抓住了少平的衣袖。接着便是过风门，爬滑溜的大坡，上绞车道。少平一路拉扯着她，给她说明旁边的设备，介绍井下的各种情况。她只是一直惊讶地张着嘴，一句话也说不出来。

现在，他们爬进了工作面旁边的回风巷。本来，接连通过的那些巷道就已使她震惊不已，而没想到还有这么令人心惊胆战的地方！

她紧紧抓着少平的手，和他一起弯腰爬过横七竖八的梁柱间。这时候，她更加知道她握着的这只手是多么有力、亲切和宝贵。热泪不知什么时候已经和汗水一起在脸上漫流。她也不揩这泪水——黑暗中没有人会看见她在哭。她为她心爱的人哭。她现在才切实明白，他在吃什么样的苦，他所说的沉重倒究是怎么一回事！

他们好不容易到了掌子面煤溜子机尾旁边。

王世才像猴子一般灵巧地穿过那些看起来摇摇欲坠的钢梁铁柱，到机头那边让溜子停下来。震耳欲聋的巨大响声停歇了。他们在这头稍事停留，等待王世才返回。

掌子面一茬炮刚过，顶棚已经支护好了。正在擩煤的工人也暂时停下来。他们知道这是来参观的人。因为班长亲自带路，还跟着矿上的领导和安检员，知道来参观的是个"大人物"。安锁子似乎知道来的是谁，不过，这家伙今天倒没说什么粗话，而且把屁股上开洞的破裤子也穿上了。

溜子停下一会后，王世才又像猴子一样从溜槽上爬过来。"走吧！"他在黑暗中招呼大家说。

少平几乎是半抱着晓霞，艰难地从溜子槽上爬过掌子面，好不容易来到漏煤眼附近的井下材料场。

他们这才又直起了腰。

现在，晓霞的衣衫已经被汗水湿透了，脸黑得叫人认不出来她是女的。

直至现在，她还紧张得没说一句话。是的，她反应不过来这就是井下生活，这就是她亲爱的人长年累月劳动的地方！她眼前只是一片黑色：凝固的黑色，流动的黑色，旋转的黑色……

现在，已经是深夜两点钟了。按原来说好的，少平不再上井送她。那么，他们就要在这儿分手告别——就在此刻！

相见时难别亦难，东风无力百花残。此时此刻，真有一番生离死别的滋味！

黑暗中，她再一次紧紧握住了他的手。她愿自己的手永远留在这只手里而不再放脱。

"我就不上去了。"他说。

"我还要来大牙湾……"她说。

宣传部长和安检员在旁边等着她。

他放开了她的手。他和师傅目送着他们离开材料场。

一直到巷道拐弯处时，她又回过头来，在一片漆黑中徒劳地寻找他的身影。她看见远处有灯光在晃动。她无力地举起自己手中的矿灯，摆动了几下——这是最后的告别……

晓霞不知道自己是怎样上井的。

当她洗完澡回到招待所，躺进干燥而舒适的被窝里，就像刚刚从雷鸣电闪的暴风雨中走回来。脑子里一片空白，只有不尽的黑色在眼前流动着……

第二天一大早，太阳还没有从远方的地平线上露脸，她就坐进大牙湾矿那辆唯一的小轿车离开了这里。矿上前来送行的领导在车窗外挥手道别，但她根本没有在意那几张殷勤的笑脸。眼前流动的仍然是黑色。

她泪眼蒙眬地告别了大牙湾。大牙湾的一切都深藏在她心中。别了，大牙湾。我说过，我还要回到这里来。这里有我梦中都思念的那个人。任何堂皇的地方，怎么能和这里相比？我最喜爱的颜色也将是黑色。黑色是美丽的，它原本是血一般鲜红，蕴涵着无穷的炽热耀眼的光明……

汽车飞驰过绿色的山野。

太阳升起来了，山岭上高压线的铁塔一座连着一座，一直排向遥远的天边，像蓝天上展翅腾飞的雁行。山坳里，那些相距不远的矿区，用黑灰两种色调在黄土地上涂抹出它们巨大的图形。满载的运煤专列隆隆地冲上缓坡，喷出的乳白色蒸气淹没了铁道旁那些小小的村庄。

汽车从盘山路降入沟道。视野立刻窄狭了。紧接着，就是铜城市区林立的楼房和耳熟的嘈杂市声。

晓霞在铜城南郊飞机场大门前下了车，提起她那只漂亮的皮革包，和司机打了声招呼，就走进候机室的大厅。

大厅极其宁静。稀稀落落的旅客迈着四平八稳的步子，在售货柜前悠闲地踱来踱去，挑挑拣拣买东西。有几个人坐在舒适的皮沙发里，静静地望着大厅天花板上的枝形吊灯。扩音器里放出轻柔的音乐，一位新近走红的女歌星正用沙哑的嗓子娇声嗲气唱一首流行歌曲——

> 假日里我们多么愉快，
> 朋友们一起来到郊外，
> 天上飘下毛毛细雨，
> 淋湿了我的头发。
> ……

田晓霞竟不知所措地在光洁如镜的水磨石地板上呆立了片刻。眼前这样的场所本来是她极熟悉的，现在倒有点陌生了。她耳朵里还在轰隆隆地响着溜子的转动声，眼前仍然流动和旋转着一片黑色……

她在候机室的大厅里呆立了片刻，才慢慢地回到了眼前的现实中。这里太宁静了，静得叫人有点心慌。

她看了看腕上的手表，还来得及吃点东西。

她很快走进候机室餐厅。

现在，她双脚踏上了柔软的红地毯。

红地毯不时在她眼里变为黑色。

她恍惚地在柜台上要了一杯热牛奶和一小块蛋糕，然后端到餐桌上静静地吃起来。不一会，透过餐厅的大玻璃窗，就看见省城飞来的客机降落在了停机坪上，机翼在阳光下闪着耀眼的银辉。

半小时后，她坐着这架飞机冲上了碧蓝的天空。

飞机进入水平飞行后，她解开安全带，侧过脸从舷窗望出去，只见下面一片白云在翻腾。在那飞卷奔跃的白色浪潮的远方，她似乎看见他从地平线那边向她走来，黝黑的脸庞，露出两排整齐坚实的白牙齿微笑着，双脚踩踏白云彩大步地向她赶来……

少平！少平！她心里默默地呼叫着他的名字。喉咙一直像被什么堵塞着，胸腔里烫伤似的灼热。

不到一个小时，飞机就在省城西郊的机场降落了。

她用手指悄悄抹去眼角的两颗泪珠，提起皮革包走下舷梯。六月灿烂的太阳美好地照耀着外面的世界。候机楼前面巨大的花坛里，五彩缤纷的鲜花如锦似绣。远处都市无尽的建筑群矗立在绿色的树海之中。

田晓霞突然看见，在停机坪出口处的铁栏杆后面，她的同事高朗正在人群中向她招手。他显然是专门来接她的。

她心头即刻涌上一股说不清的滋味。

高朗是和她一起进省报的。他是西北大学中文系的毕业生。由于去年进省报的大学生就他们两个，而且又同时分在了城市工业组，彼此很快就熟悉了。报社向来是个论资排辈的单位，他们作为"孙子辈"，不免和"老子辈""爷爷辈"们有些撞碰，因此两个同辈人的关系也自然变得亲密起来。高朗知识面宽阔，人也不错，他们很能谈在一块。只是不久前，晓霞敏感地意识到，这家伙对她有点过分地殷勤，似乎要表达什么"意思"了。她向来不是那种狭隘姑娘，不愿因此就伤害一个好人。现在也还没必要告诉他自己有了男朋友。如果他真的要说出什么"求爱"之类的话，那时她才可以直截了当告诉他她和少平的关系。

顺便说说，高朗的父亲是这个省会城市的副市长；他爷爷就是中央那位大名鼎鼎的高老。高步杰老汉现在是中纪委常委。这样说来，高朗实际上也是原西人，和晓霞是同乡。不过，他在北京爷爷膝下长大，上大学时才考到这个城市。但他从来没回过原西县，故乡观念十分淡薄。他可以说是一个"完整"的北京人。

晓霞现在已经和高朗握过了手。他们相跟着出了候机室，来到外面的广场上。

高朗是带着市政府的小车来接她的。他看来情绪很高涨，似乎专意为接她而打扮了一下：皮凉鞋闪闪发光；笔挺的西裤，雪白的短袖衫，脖项里打一条深红色领带。晓霞看他这一身装束忍不住想笑——他几乎像国际旅行社的导游或高级宾馆的侍应生了！

小车飞快地驶出机场内那条足有五华里长的林荫大道，然后加入到大街上洪流一般的汽车和行人之中。

车速慢下来了。透过车窗，都市五光十色的景象在缓缓流动。两边商店的大玻璃橱窗中，假时装模特儿带着永远不变的微笑，在机械地作三百六十度的旋转。大街上行走的人们都已经换上了夏装；浓密的中国槐下，姑娘们五彩斑斓的花裙子飘飘曳曳，像孔雀尾巴一般耀眼夺目。四面八方传来录音机播放的刺耳的流行歌曲和电子音乐。

"我算得很准，知道你今天回来，而且是坐飞机回来！"高朗仰靠在后车座舒适的椅背上，用略带北京土味的普通话说。

"谢谢……最近有什么重要新闻？我可是几天没看报了！"她岔开了话题。

"国内新闻嘛，总就是那些工农业简报！最重要的新闻是，六月十四号世界杯足球赛开幕式上，比利时队以一比零战胜了上届冠军阿根廷队。唉，阿根廷算是倒霉透顶了！就在输球的同一天，他们驻马尔维纳斯群岛的军事长官梅嫩德斯将军打起白旗，向英国军队投降了！"

"是吗？还有什么重要新闻？"

"另外嘛……红色高棉又在磅湛省打死了十几个越军。"

他们都笑了。

汽车驶过繁华的解放大道，在鼓楼旁他们熟悉的"黑天鹅"酒店前停下来。高朗已经在这里请她吃过两次饭——他看来今天又要在这里款待她了。说实话，她现在可没什么兴致在这里吞咽这顿山珍海味。

但她不好拒绝热忱的高朗。她隐隐地感到，她是否应该和他进行一次不很愉快的谈话了？当然不是今天！

她尽量不使高朗看出她的为难，便和他一块走进了酒店二楼的雅座。

又是红地毯。杯盏里是红葡萄酒，盘子里是红鲤鱼，高朗的脸泛出兴奋的红光，柜台上播放轻音乐的收录机闪着红色的讯号……

可是，她眼前却又流动起排山倒海般的黑色。她的心又回到了远方幽黑的井下。黑色。是的，黑色。黑色之中，他和他的同伴们黑脸上淌着黑汗，正把那黑色的煤攉到黑色的溜子上……

但她现在已经优雅地坐在了这里，品尝着佳肴美味……生活！生活！你的滋味可不都是香甜的，有时会让人感到那么辛辣和苦涩！

"你……心事重重？"高朗举起手中的酒杯伸到她面前，一双聪慧的眼睛热辣辣地盯着她。

她莞尔一笑，拿起酒杯和他碰了碰。

"阿根廷失败了……说说，你的心情怎样？"高朗问她。似乎这件事和他们有什么重大关联。其实，这只是新闻记者的职业习性。

"我的心情很复杂。"她不经意地说，"你知道，我喜欢伟大的撒切尔夫人。我佩服她为英国绅士们的脸面，有魄力派出了那支远征舰队，耗费巨额英镑去万里之外保卫一个荒岛。当然，在感情上我为不幸的阿根廷哭泣。它那可怜的篱笆竟然连自家门口的一块菜地都圈不回来……"

"糟糕的是，他们的足球都踢输了！比利时几个后卫像膏药一样贴着马拉多纳，他被踢倒好几次，躺在草坪上爬不起来。"

"倒下的不是马拉多纳，是阿根廷。这几天，那个国家整个地倒在地上痉挛着！"

"能想来！紧接着，便会是议会的混乱，政治家和将军们唾沫星子乱溅互相指责……来，咱们为巴西干杯吧！祝他们夺得本届世界杯赛的冠军！"

田晓霞和她的同行说了许多闲话，好久才吃完了这顿饭。她立刻抢着用自己的钱结了账。

高朗对她的执拗很了解，只能无可奈何地使自己反主为客。

"今晚有一场音乐会，是罗马尼亚国家交响乐团的演出，我已经从市政府搞到了两张票。"他用多情男子那种温柔的语调邀请她。

"我今晚怕去不成了。"她对他抱歉地笑了笑，"我要到北方工大去看一下我的妹妹。"

"你在工大还有个妹妹？这你可从没说起过！"高朗在惊讶中掺杂

着极其失望的情绪。

　　晓霞说的是兰香。在离开大牙湾的时候，她就想到要去看一下少平的妹妹——是的，这也是她的妹妹。

第九章

自从答应了润生的求爱以后，不幸的红梅就一直在等待这个男人的到来。在最初那些日子里，这个本来对生活已经绝望的人，热情慢慢又在心中死灰复燃。

当润生向她表明了心迹，继而返回原西和他父母通报这件事之后，郝红梅就沉浸在新的热望与期待中。她顿时感到，胸腔里那颗冰冷的心重新被热血融化，开始强有力地跳动起来。

紧接着，她不由自主地开始收拾自己的家。

几天之内，红梅就把所有要准备的东西都准备好了。有些事要等润生来后，两个人得商量一下再说。

所有这一切她都在静悄悄地进行。村里人谁也不知道她将再嫁，连前夫家的人也不知道。她先不准备给公婆和前夫的弟弟说这件事。她知道他们挡不住她。他们也不会挡。事情明摆着，他们总不能让她守一辈子寡——这不是旧社会！她有权利重新为自己建立一个完整的家庭！

可是，润生却迟迟地没有到来。

起先，红梅还没有十分焦急。不过郝红梅相信田润生对她的感情是深切的——他们甚至已经在一个被窝里同宿过一夜……

三个月以后，润生还没有来。

郝红梅这才有点焦急起来。

正在她惶惶不安的时候，突然收到了润生的一封信。红梅高兴的是，润生在信中除过像往日那样表示对她热烈的爱恋和思念外，并且还告诉她，说他很快就会回到她的身边。他没在信中提及他父母的态度。红梅猜测，老人大概同意了；要不，润生不会说他马上就来……

但是，整整一个秋天过去了，田润生还没有来。

冬天又过了，仍然不见他的踪影……

日月如水地流逝，转眼间就是一年。现在，郝红梅依旧孤单地带着自己的孩子，像土拨鼠一般悄无声息地生活着。

她苦心等待的那个人终于失去了音讯……

可怜的红梅再一次陷入到绝望之中。心头复燃的火焰重新熄灭，脸颊上泛出的那两片红晕也消失了。生活又回到了往日那一片凄风苦雨之中。

不知哪一天，孩子突然问她："妈妈，人家都是爸爸在地里干活，你为什么不让爸爸干？我的爸爸在哪儿哩？"

孩子的问话像尖刀一般戳在了她的心口。她几乎想放开声哭一鼻子。

她强忍着泪水对儿子说："你爸爸……到外面去了……"

"他什么时候回来？我可想他哩！"亮亮追问她。

她把儿子紧紧搂在怀里，无声地痛哭起来……

在以后的日子里，村里一些男人不时出现在她破败的院落。这些人有老有小，大都是光棍。她的另一种灾难开始了。

这些酸眉醋眼的男人你来我往，坐在她的炕栏上，厚颜无耻地说些不堪入耳的骚情话。尤其是一个叫毛蛋的老光棍，还殷勤地给她担水扫地，强制性地坐在她的灶火圪坳里，帮她拉风箱。天黑时，如果不是她摔盆子摜碗表示出厌恶，毛蛋是不会离开她家的。

郝红梅知道毛蛋们企图在她这里得到什么。

不！他们的企图不会得逞。她需要男人，但不需要这种男人。

她发愁的是，她又对这些人的纠缠无可奈何。她总不能把这些斜眉吊眼的家伙用棍子打出她的家门。她鼓不起这种勇气。在农村，处理这种局面自有许多为难之处。这些人都是同村邻舍，有的还是她死去丈夫的长辈。如果他们还没动手动脚，只说些八竿子打不着的骚情话，她只能在容颜上表示自己的愤怒而别无他法。但这些死皮赖脸的家伙又根本不在乎她的容颜，只管到她这里来"串门子"。

红梅的生活陷入了新的困境。夜晚，她有时还能听见院子里传来令人心惊的脚步声。她不得不在门叉子里别上切菜刀……

炎热的夏天来临之后，郝红梅便格外地繁忙起来。

一大早，她就做好了两顿饭。家里吃一顿，饭罐里提一顿，然后引着孩子一整天都泡在地里。

中午她不回家。母子俩在地里吃完饭，找个阴凉处睡一会，又继续开始干活。儿子也有他自己的"营生"——刨土窑窑。

沉重的劳动使她双手打满了血泡。血泡又被锄把磨成了硬茧。那张原本俏丽的脸庞，被毒火似的阳光烤晒得又红又黑。少女时期的娇艳荡然无存了，看起来就像秋天北方山野里一株朴素的红高粱。毫无疑问，她早就成了真正的劳动妇女。

但是，心灵的凄苦和劳动的折磨，仍然没能改变她身上那种漂亮女人的诱人魅力。现在，她那苗条丰满的身体更给人一种健康的美感。直到如今，她仍然保持着上学时的卫生习惯，牙齿刷得雪白，内衣经常换洗得干干净净；一身灰土之中，散发出芬芳的香皂味。

不用说，在农村庄稼人的眼里，郝红梅是个"洋婆姨"。那些老小光棍们提起她来，就像提起他们永远吃不够的肥猪肉一样，馋得直淌口水。

这一天，红梅在河对面锄她的玉米。

临近中午，她照例和亮亮在地里吃完早晨带来的饭，就躺在凉崖根下睡了。好动的儿子从不睡午觉，他继续到后边那个小土圪垯去完成他的"土建工程"。

红梅躺在地上，用一块花手帕遮住脸，不一会就睡着了。

其实，在野地里睡觉从来都是不踏实的。风声，流水声，小鸟的啁啾声，时刻伴随着恍惚的梦境。她常常半睡半醒，心中总是牵挂着不远处玩耍的孩子。

她耳边似乎隐约传来锄头在地上刨土的声音，而且听起来很近，就像在身边。

锄地？谁锄地？锄她的地？谁给她锄地？

睡梦中的一连串发问，使红梅醒了。

她睁开眼睛，揭去蒙住脸上的手帕。

她的心脏一下子狂跳起来！她看见，老光棍毛蛋只穿件短裤，几乎裸着身子在给她锄地。

他现在已经"锄"到了她身边，眼睛盯着她，咧开嘴只是个笑，手里的锄头接连砍倒了好几棵玉米。

她一下子从地上站起来，一时倒不知道自己该怎么办。

这时，毛蛋一把将锄扔下，突然脱掉自己的裤子，张开双臂扑过来搂住了她。

在她还没有反应过来的时候，饿狼一般的毛蛋就把她按倒在地上，并且开始扒她的裤子。

她惊恐而绝望地喊叫了一声，抓起一把土挣扎着扬在毛蛋的脸上。毛蛋一声不吭，只管扒她的裤子。

在这危急之时，亮亮听见母亲的哭叫跑过来了。孩子没命地哭着，举起手中的小镢头就在毛蛋的光屁股上砍了一家伙！

毛蛋一声惨叫，爬起来提起自己的裤子大撒腿跑过了小河。

亲爱的儿子用暴力把暴力下的母亲解救了出来。

红梅勉强束住了自己的裤带，浑身抖得像筛糠一般。她头发散乱，目光呆滞，满脸灰土，竟连哭泣都忘记了。

她也不管儿子的哭叫，慢慢爬起来，向旁边那棵椿树走去。

她来到树下，解下自己的裤带，在椿树的枝杈上挽结起一个环。她把裤腰别好，就毫不迟疑地把自己的头向那个高悬的环伸去。透过那环，透过椿树的枝叶，她看见了破碎的蓝天、乱针般飞散的阳光，以及一朵被撕烂的白云……

当她把头伸进那个将结束她一生悲惨命运的圈套时，她突然看见了儿子糊着鼻涕泪水的小脸。

孩子扬起肮脏的脸，问："妈妈，你在干什么？"

泪水淹没了她的双眼。她把头从那环中缩回，弯下腰紧紧搂抱住孩子，放开声号啕起来。

午间的山野死一般寂静。轻风吹拂过绿色的玉米林，像千万双小手在挥扬。村中传来一声牛的沉重的哞叫……

三天之中，郝红梅没有出她的家门。

可是，三天之后，我们看见，这不幸的人又出现在了她那块未锄完的玉米地里。小亮亮欢蹦乱跳，继续在打他的小土窑洞。她头上罩块白毛巾，脸上带着惯常的麻木，一声不吭地锄她的地……

在一个满天飞霞的傍晚，有个提着小包的瘦高个青年，从前沟道的架子车路上走来。他蹚过霞光染红的小河，来到了这块玉米地，一直走到了她面前。

这是田润生。

对红梅来说，这个人就像从天而降！

她说不出话，流不出泪，只是惊讶地看着他。世界在一瞬间凝固了。紧接着，天地一齐像飞轮般旋转起来。

亮亮惊恐地依偎在红梅身上——他对任何走近母亲的男人都永远怀着惧怕。孩子问："妈妈，他是谁？"

她嘴唇颤动着，哽咽地说："这是……你的爸爸！"

她抱起儿子，幸福地闭住眼睛，投向他伸开的双臂之中……

第十章

对于大部分矿工来说，劳动，赚钱，睡觉，把自己的小窝尽量弄合适一些，有精力的话，再去看一场电影，这就够满足了。

但孙少平无法长期忍受这种生活。他慢慢开始为自己找点另外的事，以弥补他精神上的空缺。

他首先想到的是学习。前不久，他曾经对晓霞谈起过他的抱负——准备将来报考煤炭技术学校。

晓霞走后不久，他就满怀着对自己未来生活的激情，四处奔波着，终于找全了过去高中时的数、理、化课本和一些参考书。

尽管这是复习过去的功课，但和从头学没什么区别。我们知道，他们上学的时候，基本没有学什么文化，大部分时间都搞了"革命"。整整一代人知识素质的低落，也许是"文化大革命"最为严重的后果。教育的断层造成当今国家中生代人才的断层。其消极痕迹，到处斑驳可见。而迅猛发展的生活进程又对人的知识提出了严厉的要求。被贻误了的一代只能痛苦地在以下二者中选择：要么被生活淘汰；要么走"在职进修"的道路。好在国家也认识到了问题的严重性，到处在开办"电大""业大"和"自修大学"，为这些人创造学习条件。少平上井后，尽量抓紧时间演习功课。这是一件相当沉重吃力的事，甚至比挖煤都要艰难。不过，这种艰难带给人的是心灵的充实。人处在一种默默奋斗的状态，精神就会从琐碎生活中得到升华。

正当孙少平沉醉于各种公式、定理和化学分子的时候，晓霞的一封信却把这一切打断了。

这封信看起来和往常的信没有什么不同。信中除过海阔天空，谈东论西，也同往日一样表达了她对他的炽热感情和无尽的思念。只是在信的后面，她隐约地提到和她一块工作的一个男人似乎在追求她。而最使他震惊的是，她竟然没有"攻击"这个人。她并且坦率地告诉他，这个人的名字叫高朗，也是原西籍人，还是什么中央某个"老"的后人等等……

一刹那间，少平感到就像一块矸石砸在了他的脑袋上，眼里火星乱飞！

他随手把信扔进箱子，一个人脚步趔趄地走出宿舍。

他糊里糊涂穿过矿区，而又不知道他该去哪里，眼前一切都是朦胧迷茫的；矿区各种建筑物像顽皮的儿童胡乱堆垒的积木。高耸的井架倾斜了；不是天轮在旋转，而是整个天空在旋转。

"天啊……"他嘴里喃喃地叫道。

他自己并不清楚，他沿着铁道的枕木，一直走出了矿区，已经来到了东头的山野里。

他呆立在一块收割过小麦的地边上，茫然地望着辽远的山峦和模糊的地平线。他牙齿咬着嘴唇，眼里旋转着泪水，喉咙上堵塞着哽咽。此刻，他又想起了早远年间的那个傍晚，他从原西中学的篮球场上走出来，恍惚地立在原西河边的情景。现在，他再一次为了爱情的伤痛，而难过地立在这里。生活使他重新扮演了往日的角色。生活，生活，这就是生活！

随着一声汽笛的长鸣，一辆自东而西的运煤专列隆隆地驶过旁边的铁道。气势磅礴的火车头喷出一团白雾淹没了他。淹没！一个平凡而普通的人，时时都会感到被生活的狂涛巨浪所淹没……

你会被淹没吗？除非你甘心就此而沉沦！

不，你仍应该挣扎着前行。你对这件事本来就忧心忡忡，并且早已做过悲剧结局的判断。那么，这幕残酷的戏剧早点收场有什么不好？你仍然应该是你！你说呢？他伤感地问自己。

是这样！他悲壮地回答自己。

孙少平没有想到，他一直惴惴不安的事终于发生了，而且来得这么快。既然或迟或早总有这么一天，也许的确越早越好。

可是，他的思路从这方面走入极端以后，又不由回过头来掂量她在信中所说的另外的话。是呀，她还说她在爱他，想念他。

也许这话依然是真诚的。

应该相信她吗？

他立刻冷笑了一声。

这冷笑不是对晓霞，而是对他自己。

你，一个掏炭小子，怎么能和那个叫高朗的记者相匹敌？别再做梦了，你这可笑的家伙！

当然，你……也是可怜的。他有点哽咽地对自己说。

太阳的最后一线光辉在地平线那边完全消失了。满天红霞变为沉沉暮云，如同火焰熄灭后剩下了一堆灰烬。

孙少平在苍茫的暮色中转过身来，怀着痛苦的失落感，沿着铁道旁空荡荡的小土路，向矿区走去。大脑里的生物钟提醒他，不久就该下井了。他一边走，一边抬起肿胀的眼皮，看见前面又亮起了那一片熟悉的灯火。

他过了冷清清的小火车站，不由从旁边拐上山坡，向师傅王世才家走去。现在，也许只有那个亲切的院落，才能给他一些抚慰。

真的，走进师傅家，就像回到了自己家。他立刻被一种温暖的气息所包裹。惠英一边责怪他好长时间不来吃饭，一边麻利地为他斟酒端菜，明明拉着他的手，竟然给他讲起了故事。师傅催促让他趁热吃菜，多喝一点酒。他破例喝了一大玻璃杯白酒，直喝得头晕晕乎乎，两条腿像离开了地面……

晚上，他和师傅相跟着从家里走出来，准时来到井下。多大的痛苦也不能打乱日常生活的节拍——这就是他精神强大的根本所在！

这一个晚班，孙少平几乎发疯似的干活。为了心中的痛苦，为了使这痛苦变为麻木，他借着酒劲，百斤重的钢梁铁柱在手中抢得像孙悟空的如意金箍棒。擩煤的时候，他把上衣也脱光撂在了回风巷中。铁锹雨点般在煤堆中起落。在他旁边不远处，安锁子背对着他，身上一条线不挂，撅着光屁股一边擩煤，一边嘴里还骂着什么——他就是不骂人，也要骂骂煤溜子或铁锹什么的。

孙少平突然在一片纷乱中，看见溜子上拉出来一根钢梁，几乎像闪电一般朝安锁子的光屁股上戳去。在他还来不及发出那声惊叫的时候，就见从老坑里蹿出一条黑影，把那根长矛似的钢梁拼命往自己那边一扳，紧接着便传来一声悲惨的喊叫！

这分明是师傅的声音！

少平丢下铁锹，几步就奔到了他身边。

所有干活的人都跑过来了。有人立刻用灯光晃动着，让机头那边停下了溜子。带班的副区长雷汉义也从机头那边跑过来。

那根钢梁无情地从王世才的肚子里戳进去，一直从后背上穿出来。

他死了！

少平把师傅抱在怀里，在黑暗中闭住了眼睛。

不息的热血在涓涓地流淌。这是矿工的血。血渗进煤中；血成为黑色——这染血的煤将变为熊熊炉火。难道我们还不能明白，为什么炉火总是那样鲜红……

雷汉义双膝跪下，用自己的嘴对着那张没有气息的嘴，做人工呼吸。虽然毫无指望，但矿工们一个接一个对着王世才的嘴，希望用自己的气息让班长复活。

雷汉义沉默地摆了摆手，人们停止了这徒劳的努力。副区长再一次双膝跪地，在老战友的额头上亲了亲。

黑暗中一片死一般的寂静。

不知什么地方，梁柱在大地的压力下，发出"吧吧"的声响。

少平抹了一把脸上的泪水，把师傅背起来，离开掌子面。所有的人都跟在两边，沉寂地爬出了回风巷。

下绞车坡了。安锁子和其他人分别捉着师傅的胳膊腿，生怕被岩壁碰磕着——他身上的伤已经够多了……

在风门口，雷汉义自己背起了王世才。他叫几个人跟他上井，然后打发少平和其余的人都回掌子面继续干活。

区长的话就是不容违抗的命令。

是的，生产不能停——这就是煤矿！

安锁子不服从区长的决定，非要护送师傅上井不行。

雷汉义对安锁子说："你他妈的吊着胳子怎上去？"

这时，大家和安锁子本人都才发现，他连裤子也没穿，还光着屁股。

当师傅的尸体在井口的报警铃声中升上地面的时候，他刚刚淌过血的掌子面上，煤溜子又隆隆价转动了……

第十一章

对于煤矿来说，死人是常有的事。这不会引起过分的震动，更不会使生产和生活的节奏有半点停顿。

可是，对大牙湾煤矿黑户区这个小院落来说，这似乎就是世界的末日。我们知道，这里曾有过一个多么温暖而幸福的家。现在，妻子失去了丈夫，儿子没有了父亲。他们的太阳永远陨落了……

几天来，不幸的惠英一直在床上躺着。

直到现在，她还不相信丈夫已经死了。她披头散发，两只眼睛像蜂蜇了那般红肿。即使风摇动一下门环，她也要疯狂地跳下床，看是不是丈夫回来了？面对空荡荡的院落，她只能伏在门框上大哭一场。可怜的明明抱着她的腿，跟她一起号哭。

她自己水米难咽，但总得要给孩子吃饭。

饭桌上，她像往日一样把丈夫的筷子和酒杯给他摆好。这是一种无望的期待。但她又相信，丈夫一定会像过去那样罗着腰从门里走进来，坐在这张饭桌前，抚摸着明明的头，笑眯眯地端起酒杯一饮而尽……

但是，他永远不再回来。

她躺在床上，凄苦地搂着可怜的儿子，不管白天还是晚上，眼前尽是一片黑暗。梦境中，她感觉她还躺在他结实的怀抱里。醒着时，耳朵在固执地谛听着外面院子的动静，期盼某种奇迹的出现。

这天，她真的听见了院子里传来一阵脚步声！

她破门而出。

走进这小院的是孙少平。

几天来，孙少平和这不幸的母子俩同样悲伤。晓霞的来信和师傅的去世，使他精神上扛起了双重的十字架。他先顾不得再为自己的感情而痛苦，却被师傅的死压得喘不过气来。眼前这个家庭的全部灾难，也就是他自己的灾难。没有任何考虑，他就自动地、自然地对这不幸的家庭负起了责任。

少平知道，惠英嫂和明明眼下多么需要人来安慰。师傅死得太突然，他们很难在这个打击中恢复过来。如果是在疾病中慢慢被折磨而死，亲属也许不至于长时间陷入痛苦。而在毫无精神准备的情况下，突然失去了最亲近的人，那痛苦就格外深重。

他无法用言语来安慰嫂子和明明。言语起不了什么作用。他来到这个愁云笼罩的家庭，只能干一些具体的活。

他干活，并且尽量弄出声响，使这死气沉沉的院落有一点活人的气息，使这痛苦不已的孤儿寡母重新唤起生活的愿望。他干活，也使他自己冰冷的心恢复一点热力。他知道，人的痛苦只能在生活和劳动中慢慢消磨掉。劳动，在这样的时候不仅仅是生活的要求，而且是自身的需要。没有什么灵丹妙药比得上劳动更能医治人的精神创伤了。少平对此已经有过极为深刻的体会。

现在，他走进这个不幸的家庭，第一件事首先是做饭。

他笨手笨脚，忙里忙出，做好饭让明明吃，并把饭碗双手端到嫂子床前。在他们吃饭的时候，他就到院子里去劈柴、打炭、补垒残破的院墙。随后，他又担起桶，到土坡下的自来水管去挑水。

在这些日子里，他再也没心思去动一下课本。他一上地面，就匆忙地赶到这院落，默默地干起了活。除此之外，他不知道该怎样使惠英嫂从这可怕的灾难中缓过气来。

孙少平把门里门外的活干完，把房子和院落收拾得干干净净，就引着明明到矸石山上去捡煤。他在山里给明明逮蚂蚱，拔野花，千方百计使孩子快乐……

这天，他担着从矸石山上捡的两筐子煤块，引着明明回到师傅家。

明明一进门，就把他给他拔的那一大束野花捧到妈妈床边，说："看，孙叔叔给我拔了这么多花！妈妈，你说好看吗？"

"好……看……"惠英嫂嘴角第一次掠过一丝笑意。

孙少平猛地转过身，眼里旋转起两团热乎乎的泪水。噢，那一丝笑意正是他所期待的！他多么希望惠英嫂从黑暗中走出来，重新鼓起生活的勇气——为了明明，也为了她自己。

孙少平天天如此，来这个院落干活，带着明明到矸石山上去捡煤。每次从山上回来，他都要给明明拔一束野花，让孩子送到母亲面前。他还把这五彩斑斓的花朵插在一个空罐头瓶中，摆在惠英嫂卧室的床头柜上。花朵每天一换，经常保持着鲜艳。鲜花使这暗淡灰气的房屋有了一线活力和生机。

惠英嫂终于从床上爬起来，开始操持家务了。

当然，这不是仅仅因为那束鲜花。她没多少文化，不会像诗人那样由花而联想到什么"生活意义"。不，她在很大程度上是被她死去丈夫的这个徒弟所感动。她想她不能就这样一直躺在床上，让少平门里门外操劳。她承认，正是有了少平的帮助，才使她感到生活中还不是无依无靠。既然命运使她成为现在这个样子，她就得再挣扎着去生活。

按照国家的政策，她不久就顶替死亡的丈夫，被矿上录用为正式工人。随之而来的是她母子俩都吃上了国库粮。令人心酸的是，这一切都是她亲爱的人用生命所换取的。

但这无疑给这个寡妇增加了生活下去的力量。

她像大多数因失去丈夫而被招工的妇女一样，被安排到矿灯房去工作。少平很为惠英嫂高兴，这样，她或许能在工作中慢慢抹掉心中的伤痕。

"你不要再为我们操心了。嫂子有了工作，日子就能过下去。"她对少平说。

"你不要担心，嫂子。家里有什么事，都有我哩！"

她含着泪水对他点点头。

说实话，至少在眼下，她不能没有他的帮助。这不仅是生活中的一些具体事，而更主要的是，她在精神上需要一个依托。要不是在大牙湾有了工作，她就准备带着明明回河南老家去。无依无靠无工作的孤儿寡母，怎么可能在这样的地方生存下去呢？

现在，她有了工作，维持两个人的生活还是可以的。再说，她和丈夫已经在这里营造起一个蛮不错的窝。当然，最重要的还是丈夫生前带了个好徒弟，可以给她帮许多忙。就是回到河南老家，父母兄弟也不一定能这样对待她母子俩。

惠英开始在矿灯房上班了。

矿灯房和井下一样，也是一天三班倒。每班九个人，其中一个人轮休，因此实际上班的是八个人。一个管一个窗口，四个灯架，共四百盏矿灯。上班以后，首先清理卫生，关掉充好电的灯源；然后就开始在窗口收上井工人的矿灯，再把充足电的矿灯发放给下井的工人。

这工作说来也不轻松。每盏灯交回后，要擦干净，并且要充好电；如果某盏灯坏了，也要自己修理。最容易出的毛病是接触不良。惠英没上过几天学，起先工作很吃力。少平就抽空给她讲电的基本常识，并且让惠英把一盏不用的旧矿灯提回家，给她一次又一次做示范修理。

现在，少平每次上下井，总是在惠英嫂的窗口交接他的矿灯。他敢肯定，没有哪个人的矿灯比他的矿灯更干净了。同时，每当他下井前从窗口那只熟悉的手中接过自己的矿灯，里面还总要传出一声关切的叮咛："千万操心些……"

少平走过黑暗的通道，眼睛常常热泪蒙蒙。唯有下井的煤矿工人，才能深深体会这一声叮咛多么令人温暖。

上井以后，他洗完澡走出区队办公大楼，有时会看见亲爱的明明正立在马路边等他。他知道，是惠英嫂打发他来叫他吃饭的。如果她下班早，总会提前做好饭让明明来叫他。

不需要任何推诿，他拉起明明的手，就向东边山坡上那个院落走去，如同回自己的家一样自然。

对孙少平来说，这是一种新的生活。由于他对师傅的感情，使他不能不对惠英嫂和明明担当起爱护的责任。同时，井下沉重的劳动之后，他自己也希望能在这里的家庭气氛中得到某种松弛。他帮助惠英嫂干那些男人的力气活，也坐在她的小饭桌前，让惠英嫂侍候他吃一碗可口饭，甚至喝一杯烧酒，以缓解渗透在身上的阴冷。

但是，他并没意识到，有人已经对他和惠英嫂"另眼相看"了。尽管他们像姐弟一样互相关怀，可在某些人的眼里，这似乎已经超出了常规。每当他走进这个小院，周围那些闲得没事的黑户婆姨，总要互相挤眉弄眼议论大半天。

孙少平和惠英嫂目前还都不知道这些风言风语。在他们看来，一切都是正常的，根本不会想到有人会嚼舌头。他们的来往依旧照常。惠英嫂甚至利用轮休假，亲自跑到他住的单身宿舍，帮他拆洗被褥。

这一天，他在惠英嫂家里吃完饭，明明又一次提出，让他给他买一只狗。

少平这才记起，他早已给孩子答应了这件事，却一直没办。这是孩子的一件大事。明明爱狗；有只狗，他的日子也就不寂寞了。

月初，他领罢工资的当天，就坐公共汽车去了铜城。

在这几天里，铜城街上陡然增加了一倍以上的人口。只要煤矿一开工资，这个城市总要热闹那么几天。矿工们腰里别着大把的人民币，纷纷从东西两面的沟道里坐汽车，搭火车，涌到了这街上。所有的饭馆都挤满了猜拳喝令的矿工。百货商店，副食商店，个体户的各种摊点，营业额都在暴涨。四面八方的生意人，这几天也都云集这个有利可图的城市。连省上一些大百货公司都来这里设了临时售货点。当然，像双水村金富一类的扒窃能手，也会准时赶来捞几把矿工的血汗钱。不用说，这几天也是派出所和公安局最头疼的日子。

孙少平来这里主要是买一只狗。

他在前后大街的人群里串了大半天，最后好不容易在火车站附近碰上一个狗贩子。他马上挑了一只全身皮毛黑亮而两个耳朵雪白的小狗娃。狗贩子一口要价十五元。少平没讨价，付了钱抱起狗娃就走。

他半后晌回到大牙湾，一下火车就直接去了师傅家。

这只狗娃可把明明高兴坏了。他把这小东西抱在怀里，不断地亲吻它。

少平动手在院墙角给小狗垒窝。

"叔叔，它叫什么名字？"明明抱着小狗，在旁边问他。

"它还没名字。你给它起个名字吧！"他一边说，一边在垒好的狗窝里填进一层柔软的麦秸。惠英嫂也高兴地拿了一些旧棉絮，帮他垫在麦秸上。

"就叫它小黑子吧！"明明喊叫说。

"好，就叫小黑子！这名字很好听！"少平对明明说。

这一天，因为家庭增加了一个新成员，三个人的情绪都很好。饭桌上，他们一直在谈论着这个被命名为"小黑子"的家伙。明明顾不得吃自己的饭，蹲在地上为小狗喂食。

就在这天晚上，少平下井后，却遭遇了一件极不愉快的事。

当头一茬炮放完，又支护好了顶棚，大伙刚开始攉煤的时候，他旁边的安锁子突然大声喊叫说："哈呀，王世才死了还没多日子，他老婆就撑不住了！"

"那你去解决一下问题嘛！"有人下流地说。

"轮不上咱！少平比咱年轻足劲，早顶王世才的班了！"

掌子面的黑暗中传来一片哄笑声。

孙少平头"嗡"地响了一声。一种无言的愤怒使他掼下铁锹，走过去几拳就把那个不穿裤子的家伙打倒在了煤堆里。

安锁子哇哇乱叫，少平只管在他的光身子上又踢又踏。所有干活的人都笑着，谁也不制止这种殴打——打架在煤矿就像是玩游戏，谁还把这当一回事！

孙少平正当气圆力壮之时，他把这个壮汉在掌子面上打得乱滚乱爬。最后，他索性抓着安锁子的两条腿，一直把他拉到机头那边的漏煤眼上。

他扯着安锁子的两条腿，颠倒着把他悬在那个黑色深渊的口上。

煤溜子在轰隆隆地转动着，煤流像瀑布似的从安锁子身边跌入了那个不见底的黑窟窿里。安锁子吓得杀猪般号叫起来——要是少平一松手，他顷刻间就会掉入那个可怕的黑色地狱之中！

这时候，带班的副区长雷汉义过来了。他也没制止这危险的"把戏"，反而"嘿嘿"地笑着在旁边说："好！我还正愁没人顶替王世才当班长哩！孙少平这小子能打架，就能当个好班长！好！把那小子撂下去！"

雷汉义立在一边，乐得只管笑。

孙少平把安锁子从漏煤眼上拉出来，像死狗一般把他扔在一边……

少平并没意识到，对安锁子的这次暴力行动，使他无形中在矿工中提高了威信。拳头和力气在井下向来是受尊重的。能打就能干，也就能统率这群粗野的汉子。雷汉义说的是事实，有一些班长和区队干部就是打架打出来的！

但是，孙少平虽然打倒了安锁子，可他自己受伤的却是心灵——安锁子的话严重地伤害了他。不仅如此，这也是对惠英嫂和死去的师傅的侮辱。

在澡堂里换衣服的时候，安锁子讨好似的给他递上一根纸烟——挨了一顿饱打之后，他就立刻服服帖帖承认了少平的"拳威"。

少平接过他的纸烟，眼里含着泪水说："你小子不知道，师傅正是为了救你才送了命。要不，死的是你小子！"

安锁子沉默地低垂下了他那颗肉乎乎的脑袋。

中午，少平也没去惠英嫂那里吃饭。他一个人在火辣辣的阳光下，走到医院后面的小山坡上。

他在山坡上转悠着拔了一大束野花，然后走到那一片坟地里，把花束搁在师傅的坟头。他静悄悄地坐在墓地上，难受地闭住了眼睛。

他似乎听见旁边有脚步声。

他睁开眼，看见是安锁子。他并不感到惊讶。

安锁子手里提一瓶白酒。他揭开瓶塞，把酒全洒在师傅坟前的石头供桌上，嘴里嘟囔着说："你活着时爱喝两口，我来给你祭奠一点……"

安锁子倒光一瓶酒后，把瓶子甩到坡下，也过来坐在他身边。

两个人谁也不说话，沉默地一直坐到太阳西斜……

第十二章

实行生产责任制后，温饱问题迅速地得到了解决，但另一个问题却接踵而来：村里的人没钱花，连买化肥和油盐都成了负担。孙少安想帮助人们解决这个问题，决定扩大砖厂——这样就能让更多人到他的砖厂上工。少安先是从河南买回了新机器，真正扩大了砖厂规模，甚至根据他二叔的建议，安排了一个盛大的"点火"仪式，周文龙县长也亲自来参加。正当人们等着砖厂赚钱，就像大晴天冷不丁下起了冰雹——孙少安的砖烧砸了！所有千辛万苦烧制的成品砖，出窑的时候，无一例外地布满了裂缝，成了一堆毫无用处的废物。

问题全部出在那个用高工资新雇来的河南人身上。这个卖瓦盆的家伙实际上根本不懂烧砖技术，而忙乱的少安却把掌握烧砖火候的关键性环节全托付给他来掌握，结果导致了这场大灾难。

灾难是毁灭性的。粗略地估算一下，损失都在五六千元以上。这几乎等于宣布他破产了！旁的不说，村中几十人在他这里辛苦了近一个月，他却连一分钱的工资也给大家开不出；而他自己因为买新机器，还在银行贷一万元巨款，每月利息近百元……

绝望的人们所做的第一件事，就是把那个吹牛皮的河南人痛打了一顿。河南人除过受了点皮肉之苦，屁也没损失——他带着预支的一个月高薪落荒而逃了。

一天之内，所有帮孙少安干活的本村人，都咒骂着别人也咒骂着自己，灰心丧气地各回了各家。一些人走时还留下话：你孙少安小子无论如何得给我们开工资，要不，马上种麦子，我们拿什么买化肥呢？

现在，红火热闹的砖场顷刻间就像散了的戏场。人走空了，只留下遍地狼藉。我们记得，不久前开张的时候，这里曾有过什么样的风光！

此刻，在这个一夜间败落下来的场所，少安夫妇相对而泣。他们就像遗弃在战场上的败将，为无可挽回的惨局而悲鸣。

孙少安的灾难马上在双水村掀起大喧哗。人们各自怀着不同的心情，纷纷奔走传告这消息。叹喟者有之，同情者有之，幸灾乐祸者有之，敲怪话撇凉腔者有之。听说田福堂激动得病情都加重了，一天吐一碗黑痰。神汉刘玉升传播说，他某个夜晚在西南方向看见空中闪过一道不祥的红光，知道孙少安小子要倒霉呀……

夜幕降落的时候，少安和秀莲仍然没有回家去。他们坐在一堆烧坏的砖头上，脸上糊着泪痕，默默无语地看着东拉河对面那轮初升的明月。

他们一时无法从这灾难性的打击中反应过来；他们做梦也想不到，命运会发生如此戏剧性的转折。在此之前，他们没有任何一点精神准备啊！

少安用哆嗦的双手勉强卷起一支旱烟棒。满脸泪迹斑斑的秀莲凑到他身边，从他手里拿过火柴，为他点着了烟。亲爱的人伏在他膝头，又一次失声地哭起来。

少安沉重地叹了一口气，像乖哄孩子一样亲切地抚摸着妻子满是灰土的头发。

他无法安慰她。

秀莲哭了一会，却反过来安慰他说："事情到了这一步，你……不敢太熬煎。急出个病，咱更没活路了！"

"怎么办……"少安脸痛苦地抽搐着，不知是问秀莲，还是在问自己。

"咱难道不能重起炉灶？"秀莲在月光下瞪着那双大眼睛问丈夫。

少安仰起头，像精神病人那样，对着灿烂的星空怪笑了几声。

"重起炉灶？"他痛不欲生地看着妻子，"钱呢？你算算，连贷款和村里人的工资，咱已经有一万大几的账债。如今两手空空，拿什么买煤？拿什么付运费？拿什么雇人？咱两个能侍候了这台机器？更可怕的是，烧砖窑倒闭了，月月还得扛一百来块的贷款利息。另外，我们拿什么给做过工的村里人开工资？眼下这是最当紧的！村里人实际上是等米下锅哩……"

"能不能再去贷款？"

"天啊！我已经没这个胆量了。"少安叫道，"再说，咱已经贷下这么多，现在又破了产，公家怎么可能向一个毫无偿还能力的人再贷款呢？"

"那咱只能卖机器了？"

"不！"少安对妻子喊叫说，"就是卖了机器，连公家的贷款都还不利索，更不要说给村里人开工资了。咱们将来能不能翻身，还得指靠这台机器哩！要是卖掉，咱这辈子再也没能力买了。公家的贷款咱可以赖着，月月扛利息就是了。现在最主要的是，怎样才能给村里干过活的人开工资……"

没有任何办法。

两个人沉默地陷入到痛苦的深渊之中。他们忘记了饥饿，忘记了睡眠，一筹莫展地坐在这一堆破砖头上，不知该怎么办。

夜很深了。金家湾那边最后几点灯光也已熄灭。月亮静静地照耀着寂静中昏睡的大地。东拉河闪着银白的波光，朗朗喧响着在沟道里流淌。晚风凉意十足，带着秋天将至的讯息，从大川道里遒劲地吹过来，夹带着早熟的庄稼所特有的诱人芳香……

炎热的夏天即将结束。

孙少安砖场的熊熊炉火也随之熄灭了。

对于一个平凡的农民来说，要在大时代的变革浪潮中奋然跃起，那是极其不容易的。而跌落下来又常常就在朝夕之间。像孙少安这样一些后来被光荣地奉为"农民企业家"的人，在他们事业的初创阶段是非常脆弱的。一个偶然的因素，就可能使他们处于垮台的境地；而那种使他们破产的"偶然性"却是惯常的现象。因为中国和他们个人都是在一条铺满荆棘的新路上摸索着前行，碰个鼻青眼肿几乎不可避免。

这就是人们面对的现实。

而问题在于，我们能不能在这条路上跌倒后，爬起来继续走下去？

当然，我们毫不怀疑整个社会将奋然前行！

但是，这个倒在泥泞中的名字叫孙少安的人，此刻却爬不起来了。他个人的力量无法使自己从这场突发的灾难中恢复过来。

此刻，他颓丧地坐在这一堆破砖头上，像一只被风暴打断翅膀的小鸟，在夜风中索索地颤抖着。无论他多么坚强，他终归是双水村一个普通农民。他有什么能力抗击命运如此冷酷的打击呢？

当然，我们记得，这位性格非凡的青年，在过去一次次的灾难中都没有倒下过，而是鼓起勇气重新为创立家业苦斗不已。但那时他一贫如洗，尽管精神痛苦却也没什么大负担。现在，他一下子背了这么多账债，简直压得连气也透不过来了！

孙少安和妻子在他们倒闭了的砖场，痛不欲生地坐到了深夜。

他们突然看见，父亲佝偻着高大的身躯，背抄着手在月亮照得白花花的公路上走出来，转到前面土坡的小路上，一直走到了他们面前。

父亲沉默地立着，"吧吧"地抽着旱烟，火光在烟锅里一明一灭。"回去吧，你妈把饭做好了……"他开口对他们说。

泪水再一次从少安眼里涌出来，在他憔悴不堪的脸颊上淌着。这样的时候，只有最亲近的人才不会抛弃他！他知道，父母亲现在也为他的灾难而急碎了心。想想分家以后，他实际上没有给老人多少关照；而眼下自己又栽倒在地不能爬起来，让老人跟着他担惊受怕……

秀莲也站起来，劝少安回家去。

于是，夫妻俩垂头丧气地跟着父亲，离开了烧砖场。月光皎洁，大地如银似水。夜色是这样美好，人心却如此灰暗！

母亲在他们新居的锅灶上，已经做好了鸡蛋面条，颤巍巍地把冒着热气的饭食端到炕上。少安和秀莲都无心下咽，一人只挑着吃了几根面条。

母亲用围裙揩拭着眼泪，对他们说："不管怎样，要吃饭哩……"

孙玉厚老汉蹲在脚地上，低倾着苍头，一直在抽烟。他握烟锅的手在微微地抖着。一生所遭受的各种打击，早已使他对家庭面临的任何灾难都闻风丧胆，却想不到儿子如今又闯下这么一场大祸。太可怕了！一万大几的账债，别说他和儿子了，就是虎子手里也还不清！

尽管这几年他家的日子越过越红火，但一种宿命的观点一直主宰着孙玉厚老汉的精神世界。记得他父亲活着的时候，就一再对他说过，孙家的祖坟里埋进了穷鬼，因此穷命是不可更改的。看来，还是他父亲说得对。米家镇那个死去的老阴阳，却胡扯说他们宅第的风水是双水村最好的。好个屁！看，这好风水如今给他们带来了什么样的灾祸！

其实，在少安决定要把砖场往大闹腾的时候，他老汉心里就直打小鼓。儿子的刚愎自用使他当时没勇气阻挡他实现那个宏图大业；而他愚笨的老古板脑筋，又怎么可能替他明察其间暗藏的危险呢？

他只是没去参加儿子那个红火翻天的"点火仪式"。对他来说，生活中出现不幸，那倒是惯常而自然的事；一旦过分地红火而幸运，他倒会产生一种莫名的恐惧和担忧。

现在，他的恐惧和担忧终于变成了事实。

重温当年父亲的"教诲"，孙玉厚老汉再一次确信：孙家的不幸是命里注定。我的儿子！有吃有穿就蛮不错了，你为什么要喧天吼地大闹世事呢？看看，人能胜了命吗？你呀！你呀！你想给村里人办好事，众人把你抬哄成他们的救星；可是现在，他们都成了你的债主！你瞧，还是人家田福堂和金俊山谋划大。人家都谋自己的光景，谁管两旁世人的事？你既不在党里，又不是领导，你为什么要给村里众人谋利？如今，人家除过登门讨债，谁再会看见你的死活……

孙玉厚老汉不时把清鼻涕用手掌揩在鞋帮子上。他蹲在脚地忧心如焚地思前想后，被儿子的灾难打击得抬不起头来。

炕头上那盏豆粒似的灯光，静静地映照着两辈人四张愁苦的面孔。满窑里一片死气沉沉。

屋外,月亮已经移到了田家圪崂的山背后,半个村子被深沉的黑暗所笼罩。远处,公鸡们正在激昂地合唱今晚的第三支歌。

孙玉厚和老伴叹息着,默默无语地回了他们的住处;他们担心那边早已睡熟的老母亲和小孙子。

父母亲走后,少安和秀莲都没有脱衣服就倒在了他们的土炕上。这对患难夫妻忍不住紧紧搂抱在一起。他们浑身酸疼,好像走了好长时间的路。唉唉! 在灾难面前,他们更加感到了相互间的恩爱是多么宝贵。

明天,他们将怎么办?

少安抱着妻子,难受地絮叨说:"村里人的工钱,赶种麦前无论如何得给他们开一点。要不,咱还有什么脸活在双水村? 众人是信任我,才投到了咱门下。如果他们去黄原打一个月短工,也把种麦的化肥钱赚回来了……可是,咱拿什么给人家开工钱呀!"

秀莲沉默了一会,突然严肃地对丈夫说:"事到如今,我也想过了,只能让我回一次娘家,看能不能让姐夫先给咱们借一点钱。有林在村里办醋厂,多了拿不出来,一千来块估计还可以……"

少安听妻子这么说,便"腾"地坐起来。他感激地望着仰面而卧的秀莲,似乎在完全的绝望中获得了一点生机。

他说:"有个一千多元,咱先给众人都开上点工资,这样他们就能凑合着把种麦子的化肥买回来……干脆,咱两个一块回你们家!"

"你不能走。咱歪好还有个烂摊场,需要照料。再说,马上要收秋,爸爸一个人也忙不过来。"懂事的秀莲劝丈夫。

少安想不到在这种时候,秀莲的头脑倒比他冷静。

"那你什么时候动身? "他问妻子。

"还能等什么时候哩! 我天一明就准备挡车走。"

少安温柔地俯下身子,再一次紧紧抱住亲爱的人,在她那凌乱得像沙蓬一样的头发上亲了又亲。

两口子一时无法入睡。

他们索性爬起来,为秀莲收拾起了走山西的行囊。

为了不使虎子缠磨着撵秀莲，他们先不准备给父母那边打招呼；等秀莲走了，少安再设法编个谎话哄儿子。秀莲也不会在山西久留，无论能否向姐夫借到钱，她都会很快返回来的——她惦记着这个烂包了的家庭。

　　一大早，夫妻俩就出了门。

　　外面三分曙色，七分黑夜。公路上已经有汽车开过。

　　太阳冒花时分，他们终于挡住了一辆去柳林的汽车。当少安看着妻子一个人坐车走了的时候，难受得抱住头在公路边上蹲了好长时间……

　　几天之后，一些给他干过活的村民，结伴来到他家里，咄咄讷讷地诉说他们的苦情，希望他给他们开工资。在众人想来，少安即使破了产，他们这点钱总还是能开了的。当然，对于他们每个人来说，也的确没有多少钱。可几十个人加在一起，就是一笔相当巨大的款项，孙少安除过卖掉制砖机，否则根本无力付这账债。

　　他现在只能摆出一副可怜相，给众人宽心说，他妻子已经去丈人门上借钱，一旦借回来，一定先给众人解燃眉之急。大家慑于他过去的威望，只能叹息着等待他老婆从山西返回。其中也有几个人，已经对他不那么恭敬，嘴里开始说些讽言嘲语。少安无力逞强，只能忍受。任何时候，处在失败者的位置上，就得忍辱受屈。

　　是的，仅仅一夜之间，许多人就用另一种眼光来看孙少安了。实际证明，这个几年来喧天吼地的人物，看来也不过如此罢了！双水村大部分舆论认为，他小子要从这场灾难中翻过来几乎是不可能的！

　　在目前这种境况中，孙少安本人也承认了舆论对他做出的判断。唯一能安慰他的是，几天后，亲爱的妻子总算从山西娘家门上借回一千多块钱，使他能给村中干过活的人多少开些工资，暂时缓解了一下迫在眉睫的危机……

　　孙少安后来还曾经到县里去找周文龙县长继续贷款，但是周文龙出差在外；回家的路上碰见徐治功，徐治功说可以帮忙，少安以为出现了转机，结果还是空欢喜一场。

第十三章

当地委因为干部年轻化、知识化的新政策将引起大的人事变动的时候，田福军很突然被调到省城任市委书记。

位于本省南部一条大江上的某地区所在城市，在近日来环流形势干预下，天机开始酝酿一场突降的灾变。

本省南部，夏季经常受西伸的太平洋副热带高压影响和康藏高压影响，地面则受黄河西部走廊、南方邻省盆地热低压影响，冷暖空气相遇而暴雨濒临。进入秋季时，锋面活动更加繁密，常常形成连绵的阴雨天气。两条大山脉横亘该地区，阻滞抬升气流运行，秋夏必然形成暴雨区，随时都可能引出灾祸。

几日前，大江上游的县份已出现五十毫米的降水量；紧接着，大江中游另一地区雨量达到了日降八十五毫米。同时，由于中亚高脊东移发展，在西藏高原迅速建立一强大高脊；脊前冷平流加强，造成高原锋生。

同日下午，冷锋劲旅经过该地区东部上空。暴雨倾盆而泻，并以迅猛之势潜入该地区西部；范围之大，足数百公里。沿江最大日降雨量的县份，已高达一百四十毫米。

第二天中午，副冷锋之旅掠过城市上空。大雨如注似倾，袭击了这座人口有十万之众的城市。

紧依城市的那条大江是长江的一条重要支流，洪水流量立刻突破了一万秒立方米。

入夜，该城上游一百多公里处江上最大的水电站，入库量一万六千秒立方米，出库量一万五千七百秒立方米。据水文部门预测，不久，该地区江段洪水流量很快将达到二万秒立方米！而且，这绝非最高位数——接下来只会增加而不会减少！

城市处于一发千钧的危急时刻！

市委和地委机关的领导们在慌乱中立刻行动起来。地市主要领导和军分区的司令员政委组成了抗洪指挥部，紧急召开会议。但是，地区防汛指挥部总指挥、行署专员高凤阁同志却没有在场。

高凤阁在省里参加完一个会后，回中部平原老家为儿子操办婚事去了。本来，近半月之中，防汛工作正进入最关键时刻，而且高凤阁前几天已经知道南部地区的江河都已处于危险状态，但这位地区的行政首脑还是带着秘书，坐着行署的"马自达"回家去参加儿子的婚礼。在当夜该地区领导们像热锅上的蚂蚁焦急不安的时候，高凤阁正喜气洋洋在家乡所在县城的招待所大宴宾朋。在黄原时，高凤阁就梦想当专员。现在，这个梦想终于如愿以偿。他何不借儿子的婚礼衣锦还乡，向父老们炫耀一番呢？

在总指挥不在的情况下，地委书记立刻任命自己为总指挥。由他主持会议，开始起草紧急动员令。起草到第三条，他说："不写了！立刻到广播站直接广播！"他向该市市长口授了内容，让他赶快先去广播站。

广播站马上开始播发市公安局让市民紧急撤退的通知。地委书记随后赶到了播音室，利用这个空隙起草了第一号命令；接着便由他直接在广播上向市民宣读。

此刻，黑云压城，大雨滂沱，加上车辆的噪音，压住了城内几个少得可怜的高音喇叭声。许多单位和家属院根本就没安装有线广播，大都没有听见这命令。有些人听到了，又以为是吓人话，不予理睬。再说，许多人不愿撤退。他们离不开自己的安乐窝，贪恋家里的那点盆盆罐罐。即使开始撤离的人群，行动也极其迟缓。

江水一浪高过一浪，如猛兽般的血盆大口，吞没了城堤之沿。一场不可幸免的厄运注定要临头了!

暴风雨中,城市完全陷入了混乱。地委书记穿过败兵般逃生的人群,摸黑蹚水赶到了邮电大楼,命令报务员向省委省政府和兰州军区发出紧急求援呼救电报。紧接着,他又返身奔往广播站。此刻,老城已经完全沦陷了;大水中到处传来呼喊救命的声音。

"我是地委书记! 大家要丢掉坛坛罐罐,洪水已经进城了! 快逃命吧! 我是地委书记! 大家快逃命哇! "

地委书记沙哑的嗓子带着哭音,在广播上绝望地作最后的呼唤。

逃命的人一边往高处撤退,一边心酸地抹着眼泪——亲爱的城市啊,眼看就要完了……

凌晨四点钟,一串急促的电话铃声把省委书记乔伯年惊醒。这时候的电话一定是有什么十万火急的事。他连衣服也没顾上披,跳下床抓起了话筒。电话是省防汛总指挥、副省长万国邦打来的——他报告了南部那个城市被水淹没的消息。

乔伯年头"轰"地响了一声,一阵眩晕几乎使他摔倒在茶几上。他立刻让万国邦和省长汪昭义直接去飞机场等他。

乔伯年先拨通了省军区司令员的电话,让他马上准备一架直升机,在省民航机场等候起飞。然后,他又用电话把常务副书记吴斌从床上叫起来,让他准备一块紧急飞往南部那个处于危难中的城市。

停机坪上,一架直升机隆隆地响着,红色的信号灯在雨夜里一明一灭。

闻讯而至的田晓霞奔进候机大厅,直接对省上几个主要领导说:"我是省报记者。请允许我和你们一同前往灾区……"

省上的领导都异常惊讶:她怎么知道他们要搭机去南部灾区?

"飞机上没座位了! "省委常务副秘书长张生民不客气地说。

"报道这次特大洪水是我们的职责。如果误了事,你怕负不了这责任! "田晓霞语气强硬地对副秘书长说。在场的领导没有人知道她是田福军的女儿,但她的记者风度使所有的领导都注意到了这个姑娘。

"挤出一个位置,让她去! "乔伯年对张生民说。

生民无话可说了。但他显然很不满意。在秘书长看来，这么大的事，记者去能解决个屁问题！

副省长万国邦一到，田晓霞就跟着省上的领导们钻进了已经发动起来的直升机机舱中。

飞机轰鸣着升上天空，在漆黑的雨夜向南部飞去。

黎明时分，飞机莅临被水淹没的城市上空。从舷窗望下去，满眼黄水茫茫。城市的房屋半淹半露，一片极其悲惨的景象。所有的领导都不由紧捏着双拳；省委书记的眼里闪烁着泪花。

一个高地升起了一堆大火。这是地面上要求飞机降落的地方。

直升机掠过浪涛翻滚的水面，降落在地区师专的大操场上。

成千上万的人包围了飞机。省上的领导在一片恸哭声中走下来。地市领导像一群孤儿找到了爹娘，流着恓惶的泪水和上级领导紧紧握手。

于是，一个强有力的指挥中心在师专迅速建立起来。

本地邮电局的载波室被洪水吞没，城市和外界的联系已经隔绝了几个小时。随机来的无线电报员立刻按动了电键，把乔伯年口授的内容向省上、大军区、党中央、国务院和中央军委报发了出去。

与此同时，三级领导分头奔向各处，紧张地指挥抢险——主要是抢救生命！

谁也不知道，现在已经被洪水卷走了多少人。但有一点是肯定的：还有许多人处于严重的危险之中。仅被洪水围困在楼顶上的人就不计其数；而已经落水的群众到处都在呼喊救命……这个城市除过自救之外，焦急地等待着外援，等待着北京的关怀；它为自己的生存充满焦渴的希冀！

接到中央军委命令的兰州和武汉空军部队的飞机穿云破雾来到城市上空，救生器材、食物、医药品纷纷空投下来。总后的一支部队已经赶到了现场，在银行、商店、仓库周围布岗立哨，并立刻投入营救群众的紧张战斗中。不到二十分钟，该部队就有三十多人为抢救群众的生命献出了自己的生命。另外几支部队正奉命以强行军速度向这里赶来……

田晓霞走下直升机后，豁开大哭小叫的人群，走出师专，单枪匹马向洪水淹没的城内跑去。她把黄挎包大背在身上，衣服很快被瓢泼大雨浇得透湿。茫茫的洪水带着可怕的喧吼在眼前汹涌而过。在黎明的微光中，看见水面上漂浮着各种各样的东西。江面上，死尸和绝望的活人顺水而下。牛、羊、猪、狗、鸡、鸟，有的随主人移到了安全处，有的则在屋脊上和人一块待援；大部分却被水吞没，不免一死。人，昆虫，飞禽，走兽，各从其类，相依为命，有生有灭。树木皆以生存环境及机遇存亡不等。有的老树不幸连根拔起，却在水中作楫作桥，赐恩于难中之人，成为伟大的"诺亚方舟"……

未被水淹的地方，到处都是溃乱不堪的人群。成群的老鼠和吐着芯子的蛇夹随在人群中奔窜逃命。

田晓霞在溃乱的人群中，在洪水的边沿上奔跑而行，胸膛和嗓子眼似乎有大火在燃烧。她不知道她要跑向哪里，该做些什么；但她知道她有许多事可干！

她不知道自己已跑到了东堤上。

现在，她浑身糊满泥浆，一只鞋帮绽开，脚指头露在了外边。

因为水还没到这里，城内的大混乱此处人并不知情。尽管民警和军人竭力催促，三千多居民仍然滞留在堤外，不听从劝告。敬老院的人还在打扑克消遣，其中有倚老卖老者说民国，道清朝，明明水就要到来了，还在举例论证不会发水。

田晓霞一到这里，便很快弄清了情况。她找到气得快要发疯的市公安局副局长，从怀里掏出记者证，像足球裁判亮黄牌一样，在副局长面前一晃，说："我是记者！请你命令民警端起枪，上起刺刀，强迫群众撤离！"

公安局副局长如梦初醒，听从了这个小女孩的指挥，立刻命令民警端起上了刺刀的枪，强迫这些恋家如命而又顽固不化的市民撤退。

三千人在刺刀的逼赶下，号哭着、咒骂着撤退了。半小时后这地方就变为一片汪洋。但除过一个疯子，这里所有的人都幸免于难。

公安局副局长对这位女记者佩服得五体投地，求她跟着他们一块做疏散群众的工作。

田晓霞欣然答应，立刻成了副局长的"高级参谋"，指挥警察四处奔忙着救人。她利用空隙，在屋檐下写成了她的第一条消息，交给副局长，让他过一会打发人送到师专，设法让指挥部发回报社。

田晓霞刚把用塑料袋装好的稿子交到副局长手里，突然发现不远处洪水中有一个小女孩抱着一根被水淹了一半的电线杆，在风雨水啸中发出微弱的哭声，眼看就要被洪水吞没了。她几乎什么也没想就跳进水中，耳边只传来公安局副局长发出的一声惊叫。

晓霞在学校时游泳不错，但那是在游泳池里。她在洪水中很快觉得她失去了控制自己的力量。不过，她在漂浮物中抓住一块木板，勉强推到那个小女孩手边。当她看见那女孩抓住木板的时候，一个浪峰便向她头上盖下来。在最后一瞬间，她眼前只闪过孙少平的面影，并伸出一只手，似乎要抓住她亲爱的人的手，接着就在洪水中消失了……

当省委书记乔伯年和省上的其他领导人知道跟随他们来的女记者牺牲后不久，又弄清了这就是田福军的女儿。所有的人都在指挥部既难受又大惊失色。第二天凌晨，乔伯年指示回省城组织支援的吴斌，很快把这消息告诉福军同志。于是，吴斌坐直升机返回省城后，就在飞机场向田福军打了那个如同五雷轰顶般的电话……

第十四章

雨刷刷地下着。大牙湾煤矿笼罩在一片水雾之中。地面上很少有人活动。就连矿部大楼前那个平时很热闹的小广场周围，也变得冷冷清清；只有几个从乡下来的零星小贩，拿着一点土特产，躲在职工食堂的屋檐下，筒着手，也不吆喝，听天由命地等待着买主。

各种机器所发出的声音，在雨中听起来格外清脆而响亮。到处都是淙淙的流水声。水流都像泥浆一般又稠又黑。

黑水河涨宽了。河上那棵根梢分别倒在两岸的柳树，躯干已全被黑水淹没，只露出一些嫩枝绿叶在水面上摇曳。这座有生命的"桥"已不再起作用；人们要过河对岸，得绕着走上游的石拱桥。

连日的大雨一扫长期积下的煤尘污垢，使得整个矿区变得清爽了许多。主井下面小山一样的大煤堆，被雨水洗得油黑发亮。通过矿区的铁轨蒙上了一层水珠，明晃晃地失去了那种有色金属的质感。铁道两旁青草的鲜绿和远山云缠雾绕的混沌，都叫人不由生出一缕愁情和伤感来。从山坡黑户区低矮的窝棚中，不时发出男人们粗野的哄笑和吆五喝六的猜拳声……

从井下上来的矿工，吃完饭就在雨声均匀的催眠曲中倒头大睡。即使无雨的日子，劳累过度的人们上井后主要的愿望也就是睡觉。

天气的好坏不会影响井下的生产。那里的一切都一如既往地进行着。井下的矿工通常难以想象地面上阴雨日晴的变化。只有当他们升上地面，泡过热水澡，穿着干燥清爽的衣服走出区队办公楼的大门，才使自己切实地置身于地面上的生活中。煤矿工人并不喜欢阴雨天气，因为井下常年四季都潮湿阴凉，到处滴答着水；他们希望上井后看见灿烂的太阳照耀着一个明亮温暖的世界——没有什么人比他们更感到太阳的亲切和可爱了。

是的，倒霉的阴雨天气使得矿区这么冷冷清清！这么死气沉沉！人们除了吃饭就是睡觉。睡！不睡再干啥？

孙少平倒在自己的床铺上，却怎么也睡不着。

几天来，他一直沉浸在一种异常的激动之中。因为再过几天，就到了晓霞和他约定的那个充满浪漫意味的日子。他们将在黄原古塔山后面那棵杜梨树下相会，以不负他们两年前在那地方定下的爱的契约。呀！什么样的人生幸福能比得上如此美妙的时刻？年轻的朋友，只有你们才有这样的激情和想象力……

上个月，亲爱的晓霞又到大牙湾来过一次。她那次来是专门向他解释她和高朗的关系的。因为他流露出的痛苦使她感到不安，便亲自跑来和他谈这件事——他为此好长时间都没给她写信。

她告诉他，她已经和高朗谈过，他们之间除过友谊之外，不可能再有别的什么。她和高朗说明了她和他的感情，说她只爱他。高朗表示自己完全尊重他们的关系。

她解释了这件事后，他们紧紧拥抱着哭了。一个小小的插曲，使他们觉得犹如久别重逢，经历了一次生死般的离别。感情因误解的冰释而更加深切。两颗心完全交融在一起。他们甚至谈到了结婚，谈到了将来是要儿子还是要女儿，谈到了他们未来的许许多多事情。当然，他们都没忘记两年前古塔山上的那个约会——这将是他们一生中最有纪念意义的一天。他们再一次约定，各自在那天回到黄原，然后在那个老地方见面。晓霞并告诉他，两年前他们在杜梨树下拥抱的时候，她当时还瞅了瞅手表，时间是下午一点四十五分。她建议他们就在那个时间准时赶到杜梨树下……

其实，晓霞走后一个多月时间里，孙少平每一天都在激动地、焦躁不安地等待着那个日子的到来。那一天对他来说，犹如生命一般重要。他觉得，如果没有那一天，他一生都会黯然失色。青春啊！你深藏着多少令人赞叹的童话般迷人的故事呢？

一个多月来，孙少平天天不误下井。他要给自己积攒足够的假日；因为他和晓霞约定，古塔山相会之后，两个人还要一同相跟着回一次双水村。她说，这次回村不是以田福堂侄女的名义，而是以孙少平未婚妻的名义！少平能想来，双水村会为此事而怎样惊讶地议论纷纷；他父母亲又会怎样高兴得合不拢嘴巴……

孙少平的心情从来没有像现在这样好。是呀，他有了一个虽然艰苦但很稳定的工作，又有了完满而幸福的爱情生活。他将要不负生活的厚爱，好好度过生命中的每一天。

上井之后，他通常都是先到惠英嫂家里，帮她担水劈柴，或到矸石山上为她捡回一些煤块。

当然，他也得陪明明和那只被明明命名为"小黑子"的小狗玩半天。这个白耳朵的小黑狗已经长大了许多，和明明形影不离，连晚上睡觉都很难分开。明明也快满七岁，再过一个月开学时，就该入学了。

惠英嫂已从失去丈夫的悲痛中渐渐恢复过来，每天在矿灯房照常上班。他帮助她把家庭院落收拾得仍像师傅活着时一样清爽。三个人加上一条活泼的小狗，使得这个院落又充满了纷扰的生活气息。墙角下，天暖时他们种下的向日葵已经冒过了墙头；缠绕向日葵秆的菜豆蔓子，吊着一嘟噜一嘟噜的豆角。土窑上面的崖崖畔畔，野菊花开得霜雪般白粉粉一片。很多时候，少平上井以后都是在嫂子家吃饭。惠英像当年侍候师傅那样侍候他喝几杯白酒，以驱散井下带上来的满身彻骨般的寒冷和潮湿。

有时候，孙少平一旦进了惠英嫂的院落，不知为什么，就会情不自禁对生活产生另外一种感觉。总之，青春的激情和罗曼蒂克的东西会减掉许多。他感到，作为一个煤矿工人，未来的家庭也许正应该是这个样子——一切都安安稳稳，周而复始……

但是，当他回到自己的宿舍，躺进蚊帐中一人独处时，便又完全沉浸在他和晓霞所共同幻想的他们未来生活的憧憬之中。远的不说，仅就很快要来临的古塔山的那次相会，就会使他抛开一切最"现实"的想法。

这一天是越来越临近了。屈指一算，就只剩了三四天时间！

孙少平已经请了假，不再去下井。他要留两天时间，为回家而置办一些东西。

在临近回黄原的前一天，他准备先到铜城为两个老人买点衣料。这是他参加工作后第一次回家，应该给家里所有的人都带礼物，包括罐子村的大姐和两个外甥。

吃过早点，他背了个大挂包，带了那把新买的黑色自动伞，带了足够的钱，走出单身宿舍，踏入了茫茫雨雾中。他准备搭乘东面返回的第一趟火车下铜城，便径直向矿区那头的火车站走去。

当他路过矿部大楼前的阅报栏时，不由驻足而立，想浏览一下报纸上的消息。火车到本矿还得一个钟头，有的是时间；现在去那个破烂不堪的候车室，得呆坐很长一段时光，不妨在这里消磨掉。

孙少平自高中认识田晓霞以来，在她的影响下，一直保持着每天看报纸的习惯。不过，到煤矿后，区队的报纸常常被矿工们拿去包猪头肉，七零八落从未齐全，他一般都在矿部前的这个阅报栏前立着看。至于《参考消息》，过几天他才设法找齐，躺在床铺上作为一种"高级享受"来阅读。

现在，少平撑着雨伞立在这报栏前，按通常的习惯，先前后转着浏览了八版《人民日报》。当然，国际版稍微多费了一点时间。

接下来他才看办得很糟的省报。在少平看来，省报在内容方面连《黄原报》都赶不上。

不过，省报今天倒让他一惊。他突然被头版头条的大黑体字标题所吸引——南部那座著名的城市被洪水淹没了！

更让他大吃一惊的是，电头"记者田晓霞"几个字迅速跳入他的眼帘。啊？她已经在那里了？那么，她还能按时如约赶到黄原吗？

孙少平一边看田晓霞的这条惊人消息，一边在想她能不能赶回黄原的问题。他用这双重思维读完了这条简短的消息——他知道以后的几天才会有大量详细的背景新闻……

但是，对孙少平来说，真正爆炸性的新闻是紧接着这条消息的另外几行字——

　　……又讯：本报记者田晓霞发出这条消息后，在抗洪第一线为抢救群众的生命英勇牺牲……

牺牲？我的晓霞……

孙少平一下把右手的四个指头塞进嘴巴，用牙齿狠狠咬着，脸可怕地抽搐成一种怪模样。洪水扑灭了那几行字，巨浪排山倒海般向眼前涌来……

他收起自动伞，在大雨中奔向二级平台的铁道。

他疯狂地奔过选煤楼，沿着铁路向东面奔跑。他任凭雨水在头上脸上身上漫流，两条腿一直狂奔不已。他奔过了东边的火车站。他奔出了矿区。他一直奔跑到心力衰竭，然后倒在了铁道旁的一个泥水洼里。

东面驶来的一辆运煤车在风雨中喷吐着白雾，车头如小山一般急速奔涌而过——他几乎和汽笛的喧鸣同时发出了一声长号……

孙少平倒伏在泥水中，绝望地呻吟着。大雨在头顶哗哗浇泼。满天黑色的云朵，潮水般向北涌去。铁道那面的黑水河，发出呜咽似的声响。远处，矸石山那里，矸石"噼噼啪啪"在向深沟中滚落。滚落！整个大地都在向深渊滚落……

不知过了多少时候，当孙少平满身泥浆返回宿舍，那神态已经完全像一个疯子或纯粹的白痴。同宿舍的人看他这副样子，都吓住了，谁也没敢问他个长短。

他换了身衣服，便倒在床铺中，两眼呆呆地望着雪白的蚊帐顶。他无法相信一切是真实的。这是报纸的失实报道——这张报纸经常干这种事！

下午，同宿舍的人给他捎回一份电报。

他从床上跳起来，手抖得像筛糠一般，打开了这份电报——他希望这是田晓霞打来的！他相信会有奇迹出现！

可是，电报竟是她父亲的——

铜城大牙湾煤矿采五区孙少平请速来我处田福军

孙少平两眼一阵发黑，把电报纸丢在床铺上。是的，晓霞的死是真实的。可是，谁让她父给他拍电报呢？他根本不知道他和晓霞的事，他怎么知道他在这里？他为什么给他拍电报？速来？

孙少平神神魔魔，赤手空拳走出了宿舍。他很快赶到矿部前的小广场。每隔一小时发往铜城的公共汽车正在往上挤人。

他扑进车门，夹在人缝里，胸腔像压了一块大矸石。呼吸困难而急促。

一个多钟头后，他在铜城下了汽车，上了当天开往省城的最后一趟火车。

火车在茫茫大雨中驶过绿色的中部平原。

孙少平坐在靠窗户的座位上，也不看车窗外流逝的原野。他伏在茶几上，闭住眼睛。巨浪在心头一排排掀起，又猝然间落下。波浪中浮现出她美丽的脸庞。

你不可能死，晓霞！你会活着的——这也许只是一场恶作剧。你会发出那银铃般的笑声，不知会从什么地方突然出现在我面前。你那么鲜活而蓬勃的生命，怎么可能在这个世界上消失了呢？

不，你绝不会死！也许你已经在什么地方上岸了！是你让父亲给我打了这封电报。你或许只受了点伤，正躺在某个医院的病床上。你一定在等着我的到来……

孙少平内心紧张地做各种设想。所有这些设想的前提都是晓霞还活着。是的，她怎么能死呢？她怎么会死呢？活着，是的，活着！亲爱的人，你只不过受了点伤，受了点惊吓，说不定我们还会明天从省城出发，赶到黄原去——因为后天，下午一点四十五分，我们还要在古塔山后面的杜梨树下相会……

孙少平双手蒙面伏在茶几上。泪水糊满了手掌。他浑身酸疼，疲惫不堪，似乎不是火车载着他，而是他拖着火车在向省城飞奔……

当他恍惚地随着人群挤出省城的火车站，已经是夜晚了。

繁密的灯火在雨中大放光华。积水的街道被灯光映照成了一条条流金泻银的长河。电车甩着长辫子，在夜空中碰击出蔚蓝色的火花。透过雨帘，街道两旁五光十色的大橱窗看起来像德加的印象画。他感到一阵又一阵眩晕。这世界现在一切都和他毫不相干！他在这世界上唯一要寻找的，要看见的，是那张甜蜜的笑脸。难道她真的不存在了吗？她仍然还活着吗？对他来说，答案还都不是最后的！他同时又执拗地相信，过一会，他就能看见她——活着的她，并且会紧紧地拥抱她……

尽管他这样的昏乱，有一点还是清醒的——他先在旅馆为自己找了个住宿的地方，然后才搭上了去市中心的公共汽车。

他先并没有去找晓霞的父亲——他从晓霞不久前的信中知道，她父亲已经是这个城市的市委书记了。

他先来到了报社——只有这里才能证实他亲爱的人倒究是死了还是活着！

他的心狂跳着，走进报社大门。

"你找谁？"门房老头在窗户上探出头问他。老头当然不知他是谁。但他已经来过一次，认出这老头还是原来的老头。

"我找田晓霞。"他声音沙哑着说，眼睛盯着老头的脸色。

老头两眼瞪住他看了半天，才说："这娃娃已经……死了。唉，实在是个好娃娃！连个尸首也没找见……你是她的什么人？"老头在自言自语中突然像梦中惊醒一般问他。

孙少平两眼一黑，腿软得如同抽了筋骨。他感到有热辣辣的东西从腿上淌下来——他禁不住小便在了裤子里……

他没有回答老头的话，就转身走出报社大门。

大街上灯火辉煌，人头在伞下攒动，车辆飞溅着水花急驰而过。

然而，他面对的却是一片沙漠——人生的沙漠啊……

孙少平强忍着悲痛来到市委，打听了田福军的住处。

当他走到二楼那个房间的门口时，牙齿咬着嘴唇，停留了片刻。

过了一会，他才抬起软绵绵的胳膊，在门上敲了敲。

第十五章

开门的是个男青年。

少平一惊：这张脸太像晓霞了！

不过，他很快明白，这是晓霞她哥田晓晨。

"你是少平吧？"晓晨在客厅里问他。

他点了点头。

"我父亲在里边等你。"晓晨指了指敞着门的卧室，便垂头不再言语了。

孙少平通过客厅，向里间那个门走去。

他在门口立住了。

首先映入眼帘的是小桌上那个带黑边的相框。晓霞头稍稍歪着，烂漫的笑容像春天的鲜花和夏日里明媚的太阳。那双美丽的眼睛欣喜地直望着他，似乎说：亲爱的人！你终于来了……

相框上挽结着一缕黑纱。旁边的玻璃瓶内插几朵白色的玫瑰。一位老人罗着腰坐在沙发上，似乎像失去知觉一般没有任何反应。这是晓霞的父亲。

孙少平无声地走到小桌前，双膝跪在地板上。他望着那张亲爱的笑脸，泪水汹涌地冲出了眼眶。

他扑倒在地板上，抱住桌腿，失声地痛哭起来。过去，现在，未来，生命中的全部痛苦都凝聚在了这一瞬间。人生最宝贵的一切就这样早早地结束了吗？

只有不尽的泪水祭奠那永不再复归的青春之恋……

当孙少平的哭声变为呜咽时，田福军从沙发上站起来，静静地立了一会，说："我从晓霞的日记中知道了你，因此给你发了那封电报……"

他走过来，在他头发上抚摸了一下，然后搂着他的肩头，引他到旁边的沙发里坐下。他自己则走过去立在窗户前，背对着他，望着窗外飘落的蒙蒙细雨，声音哽咽地说："她是个好孩子……我们都无法相信，她那样充满活力的生命却在这个世界上消失了。她用自己的死换取了另一个更年幼的生命。我们都应该为她骄傲，也应该感到欣慰……"他说着，猛然转过身来，两眼含满泪水，"不过，孩子，我自己更为欣慰的是，在她活着的时候，你曾给过她爱情的满足。我从她的日记里知道了这一点。是的，没有什么比这更能安慰我的痛苦了。孩子，我深深地感激你！"

孙少平站起来，肃立在田福军面前。

田福军用手帕抹去脸上的泪水，然后从桌子抽斗里拿出三个笔记本，交到少平手里，说："她留给我们的主要纪念就是十几本日记。这三本是记述你们之间感情的，就由你去保存。读她的日记，会感到她还和我们生活在一起。"

孙少平接过这三本彩色塑料皮日记本，随手打开了一页，那熟悉的、像男孩子一样刚健的字便跳入了眼帘——

　　……酷暑已至，常去旁边的冶金学院游泳，晒得快成了黑炭头。时时想念我那"掏炭的男人"。这想念像甘甜的美酒一样令人沉醉。爱情对我虽是"初见端倪"，但已使我一洗尘泥，飘飘欲仙了。我放纵我的天性，相信爱情能给予人创造的力量。我为我的"掏炭丈夫"感到骄傲。是的，真正的爱情不应该是利己的，而应该是利他的，是心甘情愿地与爱人一起奋斗并不断地自我更新的过程；是融合在一起——完全融合在一起的共同斗争！你有没有决心为他（她）而付出自己的最大牺牲，这是衡量是不是真正爱情的标准，否则就是被自己的感情所欺骗……

孙少平的视线被泪水模糊了。他合住日记本，似乎那些话不是他看见的，而是她俯在他耳边亲口说给他听的……

当田福军搂着他的肩头来到客厅的时候，晓晨旁边又多了一位穿素淡衣服的姑娘——她不是晓晨的妻子抑或就是他的未婚妻。他们要带他去吃饭。

但少平谢绝了。他说他已经吃过饭，现在就回他住宿的地方去。田福军让晓晨到值班室叫了一辆小车，把他送到了火车站附近的那个旅馆。

孙少平回到旅馆后，立刻又决定他当晚搬到黄原办事处住。他明天要赶回黄原——办事处每天有发往那里的班车。他明天一定要赶回黄原！因为后天，就是晓霞和他约定在古塔山后面相会的日子。她已经离开了人世，但他还要和她如期地在那地方相会！

他想起了《热妮娅·鲁勉采娃》。是的，命运将使他重复这个故事的结局。在这个世界上，在人的生活里，常常会有这样的"巧合"。这不是艺术故事，而是活生生的人的遭遇！

当天晚上，他就到了黄原办事处。

第二天黎明，他搭乘长途公共汽车，向那个告别了两年的城市赶去。

汽车天黑时才驶进黄原城。

又是华灯初上了。一切是那样熟悉。高原凉爽的晚风扑面而来。市声之外，是黄原河与小南河朗朗的流水声。暮霭围罩着远山，天边有几点星光在闪烁。

黄原，我的慈祥而严厉的父亲！我又回到了你的怀抱。我是来这里寻找往日那些失落了的梦？是寻找我的甜蜜和辛酸？寻找我的流逝了的青春和幸福？

他在东关当年去煤矿的那个旅馆住下后，也无心去隔壁找他的朋友金波。他一个人来到街头，漫无目的地穿行于人群之中。一时间思维关于往日的回忆大都已阻断，情感的焦点如焚似的全部会聚在暮色苍茫里的那座大山之中。

他立在黄原河老桥的水泥栏杆边，抬起头久久地凝视着古塔山。山仍然是往日的山。九级古塔没高也没低，依旧巨人一般矗立在那里。可他心中的山脉和高塔却陷落了！留下的只是一抔黄土和一片瓦砾……

但是，爱情将永存。在那抔黄土和瓦砾中，会长出两棵合欢树来。那绿色的枝叶和粉红的绒花将在蓝天下掺和在一起；雪白的仙鹤会在其间成双成对地飞翔……我的亲人，明天，我将如约走到那地方；我也相信你会从另一个世界走来和我相会……

晚风把他脸颊上烫热的泪珠吹落在桥头。他伏在桥栏上，看着不尽的河水悠悠地从桥上淌过。岁月也如流水。几年前，他壮怀激烈，初次涉足于这个城市的时候，还是一个胆怯而羞涩的乡下青年。他在这里度过了许多艰难而酸楚的日子，方才建立起生活的勇气，同时也获得了温暖的爱情。紧接着，他像展翅的鹰一样从这里起飞，飞向了生活更加广阔的天地。在离开这里的一天，他就设想了再一次返回这里的那一天。只不过，他做梦也想不到，他是带着如此伤痛的心情而重返这个城市的——应该是两个人同时返回；现在，却是他孤身一人回来了……

孙少平一直在桥上待到东关的人散尽以后。大街上冷冷清清，一片寂静，像干涸了的河流。干涸了，爱情的河流……不，爱的海洋永不枯竭！听，大海在远方是怎样地澎湃喧吼！她就在大海之中。海会死吗？海不死，她就不死！海的女儿永远的鱼美人光洁如玉的肌肤带着亮闪闪的水珠在遥远的地方忧伤地凝望海洋陆地日月星辰和他的痛苦……哦，我的亲人！

夜已经深了……

不知是哪一根神经引导他回到了住宿的地方。

城市在熟睡。他醒着。眼前不断闪现的永远是那张霞光般灿烂的笑脸。

城市在睡梦中醒了。他进入了睡梦。睡梦中闪现的仍然是那张灿烂的笑脸……笑脸……倏忽间成为一面灿烂的镜面。镜面中映出了他的笑脸，映出了她的笑脸。两张笑脸紧贴在一起，亲吻……

他醒了。阳光从玻璃窗户射进来，映照着他腮边两串晶莹的泪珠。他重新把脸深深地埋进被子，无声地啜泣了许久。

梦醒了，在他面前的仍然是残酷无情的事实。

中午十二点刚过，他就走出旅社，从东关大桥拐到小南河那里，开始向古塔山走去——走向那个神圣的地方。

对孙少平来说，此行是在进行一次人生最为庄严的仪式。

他沿着弯曲的山路向上攀登。从山下到山上的这段路并不长。过去，他和晓霞常常用不了半个钟头，就立在古塔下面肩并肩眺望脚下的黄原城了。但现在这条路又是如此漫长，似乎那个目的地一直深埋在白云深处而不可企及。

实际中的距离当然没有改变。他很快就到了半山腰的一座亭子间。以前没有这亭子，是这两年才修起的吧？他慢慢发现，山的另外几处还有一些亭子。他这才想起山下立着"古塔山公园"的牌子。这里已经是公园了；而那时还是一片荒野，揽工汉夏天可以赤膊裸体睡在这山上——他就睡过好些夜晚。

他看了看手表，离一点四十五分还有一个小时；而他知道，再用不了二十分钟，就能走到那棵伤心树下。

他要按她说的，准时走到那地方。是的，准时。

他于是在亭子间的一块圆石上坐下来。

黄原城一览无余。他的目光依次从东到西，又从北往南眺望着这座城市。这里那里，到处都有他留下的踪迹。

东关大桥头，仍然是人群最稠密的地方。他依稀辨认出了他当年曾驻足而立，等待包工头来买他力气的小土场，以及那个搁过破行李卷的砖墙。他的目光"走"到了北关。那不是阳沟吗？他的揽工生涯首先就是从那里开始的。他想起了曹书记一家人。他们的院落被山脉遮挡着，他看不见。但他们的面容依稀可见；想起当初他们对他的好心，至今还难以忘怀。

现在，他把忧伤的目光投向了麻雀山。那是他和她多次漫游过的地方。就是在那里，他心跳脸热，第一次产生了想拥抱她的强烈愿望。他想起了他们共同背诵那首吉尔吉斯人的古歌。他清楚地记得，那是一个黄昏，他仰面躺在一片枯草上，两只手垫在脑后，眼里涌满了泪水，念了这首古歌的第一个段落；而晓霞两只手抱着膝头坐在他身边，凝望着远方的山峦，接着他念了第二个段落……

麻雀山下，就是那座著名的常委小院。他们真正的感情交流是从那里开始的。他们曾在她父亲的那个套间窑洞里，有过多少次美好而快活的相会；最后，炽热的情感才把他们共同牵引到这山背后那棵杜梨树下……

少平看了看手表，时间又过去了一刻钟。他站起来，出了凉亭，继续向山上走去。

他在九级古塔下伫立了片刻——就在他们当年共同站立的地方。眼前的黄原城仍然是当年的格局。大街上照旧挤满了繁忙的人群。多少美好的东西消失和毁灭了，世界还像什么事也没有发生。是的，生活在继续着。可是，生活中的每一个人却在不断地失去自己最珍贵的东西。生活永远是美好的；人的痛苦却时时在发生……

他从古塔下面转过身，背对着繁华喧嚣的城市向寂静的山林走去。寂静。只有鸟儿在密林深处鸣啭啁啾。太阳垂直地悬在当头，如同火一般炽烈；雨后的大地上蒸腾起一团团热雾。

这是那片杏树林。树上没有花朵，也没有果实；只有稠密的绿色叶片网成了一个静谧的世界。绿荫深处，少男少女们依偎在一起，发出鸟儿般的喁喁之声。

他开始在路边和荒地里采集野花。

他捧着一束花朵，穿过了杏树林的小路。

心脏开始狂跳起来——上了那个小土梁，就能看见那个小山湾了！

在这一瞬间，他甚至忘记了痛苦，无比的激动使他浑身颤栗不已。他似乎觉得，亲爱的晓霞正在那地方等着他。是啊！不是尤里·纳吉宾式的结局，而应该是欧·亨利式的结局！

他满头大汗，浑身大汗，眼里噙着泪水，手里举着那束野花，心衰力竭地爬上了那个小土梁。

他在小土梁上呆住了。

泪水静静地在脸颊上滑落下来。

小山湾绿草如茵。草丛间点缀着碎金似的小黄花。雪白的蝴蝶在花间草丛安详地翩翩飞舞。那棵杜梨树依然绿荫如伞；没有成熟的青果在树叶间闪着翡翠般的光泽。山后，松涛发出一阵阵深沉的吼喊……

他听见远方海在呼啸。在那巨大的呼啸声中，他听见了一串银铃似的笑声。笑声在远去，在消失……

蒙眬的泪眼中，只有金色的阳光照耀着这个永恒的、静悄悄的小山湾。

他来到杜梨树下，把那束野花放在他们当年坐过的地方。此刻，表上的指针正指向两年前的那个时刻：一点四十五分。

指针没有在那一时刻停留。时间继续走向前去，永远也不再返回到它经过的地方了……

孙少平在杜梨树下伫立了片刻，便悄然地走下了古塔山。

他直接来到黄原长途汽车站，买了一张明天去铜城的汽车票。他已不准备再回双水村，他要返回他生活和工作的地方。对他来说，如此深重的精神创伤也许仍然得用牛马般的体力劳动来医治。此刻，他对大牙湾煤矿更加充满了深情和挚爱。没有那里的劳动，他很难想象自己还能在这个世界上继续生存；只有踏进那块土地，他才有可能重新唤起生活的信念。是的，要活下去，就得再一次鼓起勇气……难啊！

当天晚上，他才找到了金波，告诉了他和田晓霞前前后后的一切。两个男人为他们各自的不幸命运痛苦得彻夜未眠。黎明以后，金波把他送上了去铜城的公共汽车……

第十六章

孙少安破产以后，眼看着过了一年的时光，仍然还没有从窘境中走出来。

大自然依次变换了四个季节。现在又进入了金色的秋天。

双水村周围的山野，到处都是成熟了的庄稼；人们忍不住收获的喜悦，唱起了亮格哇哇的信天游。各家院子里、土场上，梿枷声从早到晚震天价响。有些嘴馋的家户，已经像过春节一样，炸油糕，做豆腐，蒸黄米馍馍，吃得满嘴流油喷香。像原一队副队长田福高这样满年缺好吃喝的人，而今蹲在茅坑上都忙得往嘴里塞枣子吃哩。

吃！这是一个大嚼大咽的季节——而且吃的都是新鲜东西啊！

双水村在这季节一片和平景象。吃圆了肚皮的人脾气也变得好起来。人们见了面，都笑嘻嘻地问候对方的收成。某些爱显能的婆姨还端着自己新收的东西，吆喝着送给四邻八舍，夸耀自己的光景日月过得如何红火。整个村庄都沉醉在一种喜气洋洋的繁荣气氛中。

只有少安两口子还是一脸的愁苦相。

论地里的收成，他们也不比村里其他人家差；少安闷头劳动了一年，粮食收得边边沿沿都是。他本来就是村里最出色的庄稼人，一旦他把工夫用到土地上，谁也不怀疑他能比别人收获更多的粮食。

可是，对他来说，收获这些粮食揭不去头上的愁帽。就是连庄稼的秸秆都卖掉，也抵不了他沉重债务的零头。一万块钱的贷款仍然在信用社的账上，而且利息越滚越大；欠村里人的钱依然欠着。庄稼人啊，一旦断了来钱的生计，手里要捉住每一分钱都是不容易的！拿什么变成钱呢？如果土疙瘩能卖钱，那倒有的是！

俗话说：人穷气短。

一年来，孙少安的精神状态一直不好。他的情绪低落到了极点。

是啊，他不是电影和戏剧里的那种英雄人物，越是困难，精神倒越高昂，说话的调门都提高了八度，并配有雄壮的音乐为其仗胆。他也不是我们通常观念中的那种"革命者"，困难时期可以用"革命精神"来激励自己。他是双水村一个普通农民，到眼下还不是共产党员。到目前为止，他能够做到的，除将自己的穷日子有个改观外，就是想给村里更穷的人帮点忙——让他们起码把种庄稼的化肥买回来。说句公道话，就双水村而言，他这"境界"也够高了。我们能看见，别说村里的普通党员了，就是田福堂这样党的支部书记，在眼下又给双水村公众谋了什么利益？现在福堂同志自己向我们更明确地证实：他在农业学大寨运动中口口声声"为众乡亲谋福"纯粹是一句哄人话。当然，福堂同志现在身体不好，在儿女的婚事上又受到了打击，我们出于善意，姑且也就不计较这个人对本村公众利益的冷淡态度了。

孙少安帮助村里没办法的困难户，并不是想要在村里充当领袖。他只是出于一种善意和同情心，并且同时也想借此发展他自己的事业。

可是，现在这两个愿望都落空了。

一年来，他精神状态的低落，除过沉重的债务和无力东山再起外，周围舆论的压力也是一个重要因素。田福堂等人的幸灾乐祸和冷嘲热讽这是必然的。使他更痛苦的是，原来那些信任他的村民，也开始用怀疑的目光来看待他了；他们对他再不像过去那样尊重。至于像他二爸这样的人，甚至都敢对他出言不逊，摆出一副真正的老人架子。

只有一个人对他的看法是一贯的。这就是原二队长金俊武。有时两个人相遇在山里，俊武还一再给他打气。俊武永远是精明强悍的；尽管他自己家里灾事一连串，但他时常保持对村中其他人的嘲笑权和口头攻击权。虽然是农民，也和文化水平高的人一样，有个精神相通的问题。孙少安和金俊武在双水村就是精神较能相通的一对。少安只有和俊武说说话，心情才稍有好转。

但是，俊武的一番顺气话，归根结底也并不能解决他的任何问题。自己头上的虱子要自己捉。一时的畅快过后，又是那无穷无尽的苦恼……

孙少安更痛心的是，他的妻子也跟他受尽了折磨。亲爱的人自跟他结婚到现在，还没有真正享过几天福。即使最红火的前两年，她虽然精神上畅快，但体力上实际是更劳累了。而现在，她体力上照样劳累，精神上却愈加痛苦，还要照顾他的情绪，安慰和开导他。他，孙少安，眼下活成个啥人了！他不能给家庭带来幸福，却把他们拖入了灾难，还要他们给自己说宽心话！

但是，也唯有妻子的怀抱，才使他凄苦的心情得到片刻的温热和宁静。一天的劳累和痛苦之后，他常常像受了委屈的孩子，晚上灯一吹，把脸埋进妻子的怀中，接受她亲切的爱抚和安慰。她的两只结实的乳房常常沾满他的泪水。

感情丰富的男人啊，在这样的时候，他对女性的体验是非常复杂的，其中包含对妻子、母亲、姐姐和妹妹的多重感情。温暖的女人的怀抱，对于男人来说，永远就像港湾对于远航的船、襁褓对于婴儿一般重要。这怀抱像大地一样宽阔而深厚，抚慰着男儿们创伤的心灵，给他温暖、快乐和重新投入风暴的力量！

孙少安在秀莲的怀抱里所感受到的远远不止这些。他无法说清秀莲的体贴对他有多么重要。他不仅是和她在肉体上相融在一起，而是整个生命和灵魂都相融在了一起。这就是共同的劳动和共同的苦难所建立起来的伟大的爱。他们的爱情既不同于孙少平和田晓霞的爱情，更不同于田润叶和李向前现在的爱情，当然也和田润生与郝红梅的爱情有区别。孙少安和贺秀莲的爱情倒也没什么大波大折，他们是用汗水和心血一点一滴会聚成了这深情的海洋……

当我们怀着如此庄严的心情谈论少安和秀莲在痛苦中这美好感情的时候，不得不尴尬地宣布：由于他们频繁的两性生活使秀莲的节育环出了点问题，结果让她怀上了娃娃。

嗨！这个孩子来得实在不是时候——而生活就常常开这种令人哭笑不得的玩笑。

"把孩子打掉吧！"少安痛苦而温柔地对妻子说，"咱光景烂包成了这个样子，一天愁得人连头也抬不起来，怎有心思再抚养一个孩子呢？再说，咱又没有生二胎的指标！孩子出世后，连个户口也报不上，公家不承认，以后怎么办？"

"不！我非要这个孩子不行！我早就想要个女儿了。再愁再苦，我也不怕。娃娃生下后，不要你管，我自己一个人拉扯，你放心……"

"你这狠心的人！你怎能不要咱的亲骨肉呢？打掉？那你先把我杀了！公家不给上户口，咱的娃娃就不要！反正这娃娃是中国人，他们总不能撵到台湾去！"

"台湾也是中国的……"少安苦笑着纠正妻子。

孙少安拗不过秀莲，只好承认了这个现实——这意味着，明年，他这个家就是四口人了！

既然秀莲要这个孩子，少安和她一样，也希望是个女孩子。俗话说，一男一女活神仙！他们甚至在被窝里已经给他们未来的"女儿"起了乳名——燕子。虎子，燕子，兄妹俩的名字都怪美的！

妻子怀孕后，实际上更增加了少安的苦恼。多一个人，就多一张吃饭的嘴。当然，养活儿女们长大，他还是有信心的。可是，作为一个父亲，他的责任远不止于把孩子喂饱；他应该有所作为，使孩子在生活中感到保护他们成长的人是强大的，并为自己的父亲而感到自豪！他绝不能让他们像自己一样，看着父母亲的愁眉苦脸长大。他的虎子和燕子，无论在体格上、精神上和受教育方面，都不能让他们受到委屈和挫伤——这是他自己苦难生活经历所得出的血泪般的认识！

这一切都取决于他——取决于他倒究能在这个充满风险的世界上以什么样的面貌来生活。

唉，就眼下这种灰样子，孩子照样得跟上他倒霉！他已经感到，马上就要上小学的虎子，这一年来看见他和秀莲愁眉不展，也懂得为他们熬煎了。是呀，他自己到这个年龄的时候，已经明白了多少事，当时家庭悲剧性的生活他都看得一清二楚了。

孙少安万分痛苦！万分焦急！他是一个有些文化的人，常常较一般农民更能深远地考虑问题。正因为如此，他的苦恼也当然要比一般农民更为深刻⋯⋯

庄稼大头收过之后，少安有时也去石圪节赶集。他既去散散心，也在那条尘土飞扬的土街上出售一点自产的土豆和南瓜，换两个零用钱以买回日常用的油盐酱醋。债务是债务，每一天的日子还得要过呀。

这一天下午，他提着煤油瓶从石圪节蔫头耷脑往回走。在未到罐子村时，从米家镇方向开过来的一辆大卡车，突然停在了他身边。驾驶楼里即刻跳出来一个人，笑嘻嘻地向他伸出了手。

少安马上认出，这是他在一九八一年原西县那次"夸富"会上认识的胡永合。

他赶紧把油瓶从右手倒在左手，握住了永合的手。永合早已是闻名全县的"农民企业家"。少安和他虽交往不多，但两个人已经算是朋友了。在他开始销售砖的时候，正是永合对他进行了做生意的"启蒙教育"。他不仅感激他，也很佩服柳岔乡这个大能人。

"我路过你们村，发现你的砖场不冒烟了。怎？你又搞什么大生意去了？"胡永合笑着问他。

"唉⋯⋯"孙少安有点羞愧地长叹了一口气，"还搞什么大生意呢！就那个小砖场，也倒塌了！"

"怎？"胡永合一脸的惊奇。

孙少安便一边叹气，一边简要地给他说了说自己的灾难。

胡永合听后，嘴一撇，说："这算个屁事！你这个人到如今还不开窍。我原来还以为你很有两手哩！你说，难处在什么地方？"胡永合口大气粗地问。

"这还要问哩！主要是资金嘛！"少安对他的朋友说。

"要重新上马得多少？"

少安看出，胡永合似乎要对他慷慨解囊了。他在疑惑之中不免精神为之一振，说："大约得四千块⋯⋯"

"我知道哩，你这种情况，在咱们县贷款的确有困难！"

少安听胡永合这么一说，心里马上又凉了半截。

"不过，"胡永合紧接着话茬，"我在原北县认识个朋友，先前我在那个县有点小生意，不愿倒腾本钱，想让他在当地给我贷三千块款，他一口就答应了。他已经在银行里说好了这笔贷款，后来我又决定不做那点生意了，主要是利太小，划不来……这样吧！我给那人写封信，你去把这笔款贷了。你看怎样？"

孙少安一下子激动得不知如何是好。他又一次握住了胡永合的手，说："哈呀，这等于救了我一命！"

"按你说的，还短一千块。这你自己再想点办法。"

"这不怕！我能想办法！"

胡永合对驾驶楼里的司机说："把我的皮夹子拿下来！"

那位显然是永合雇用的司机，像卑恭的仆人一样赶快把一个大黑人造革皮夹拿下来，双手递到胡永合手里。

胡永合就趴在汽车头的铁皮盖上，用核桃大的字写了一封语句不通、勉强能看得懂的信，交给了孙少安，让少安拿着到原北县去找他的那位生意人朋友。

孙少安感激地收起了这封信，硬拉扯着让胡永合掉转车头，到他家去吃一顿饭。但胡永合说他还要忙着赶路，即刻钻进了驾驶楼，像救世主一样微笑着向他招招手，就坐着汽车跑得一溜烟不见了踪影。

孙少安提着油瓶，手里捏着那封信，高兴得像傻瓜一般在公路上独自笑了起来。

他实在没有想到，他会意外地碰见了胡永合，并且意外地得了这位财神爷的帮助。他感到，生活或许又将发生新的重大转机。俗话说，天无绝人之路——黑暗也应该有个尽头了！

孙少安不由放慢了回家的脚步。这件似乎从天而降的事情，使他的脑子又极大地活跃起来。

他一边走，一边思前想后，像运动员进入了竞技场，精神高度紧张而又高度兴奋。由于转机出现得太突然，使他的脑子有点混乱，许多具体要进行的事急忙想不清楚。但这混乱无疑建立在一种乐观的基调上：他甘愿当一会甜蜜的憨汉！

他不知不觉就走过了罐子村。

本来，他原先已想好要上姐姐家去看看他们的情况——秋收大忙季节，二流子姐夫又常年不在家里，姐姐肯定有不少困难在等他和父亲去解决。可是，现在他却忘了上姐姐的门……

他已经走到了双水村的村头上。

这时他才发现，太阳也落山了。暮色中，村庄上空飘浮着一团一团的炊烟。凉飕飕的秋风夹带着五谷的香气，直往人鼻孔里钻。噢，只要人的心情好，就会倍感到秋天的傍晚有多么迷人！多么美妙！

孙少安不由兴致勃勃从公路上转到了他那败落的砖场。

一种突发的激动使他忍不住背抄起手，挺起胸脯，像一位精神焕发的将军巡视战场一样，挨个巡视了他的每一个烧砖窑。然后，他又揭开油毛毡，查看了每一台机器。他耳边似乎又响起了制砖机轰隆隆的声音；眼前浮现出熊熊的火光和蘑菇云一般的浓烟……

好，一切都将重新开始；他要再一次在双水村发出他压抑了一年的吼声！

直到掌灯时分，他才提起那瓶煤油，嘴角浮着一丝笑意走进了家门。

敏感的妻子立刻发现他今天精神状态不同以往。还没等她开口询问缘由，他就激动地向妻子叙说了路遇胡永合的情景。秀莲大喜，把端上炕的饭盘收拾下去，重新到锅灶上给他另做了一顿好吃喝。

第十七章

这几天，孙少安和贺秀莲就像绝症病人突然有了生还的希望，兴奋从心里一直洋溢到了脸上。乌云在溃退，云缝中露出碧蓝的天空，射出了太阳金箭似的光芒……

只不过，双水村的人现在还没有觉察到这对夫妇情绪上的变化。少安和秀莲只把这件事对父母亲说了。眼下还没有什么值得向外人夸耀的资本；他们只能等去外县把款贷回，使砖场重新开张，用事实向双水村说明他们已经从泥淖中走出来。

秀莲在为丈夫做出门准备时，向他提出了一个至关重要的问题：这次重新开办砖场，关键是要请到一个很有技术的师傅。如果这问题解决不好，将必定会雪上加霜，他们永世也别想再翻身！

少安十分感激妻子的这个重大提醒。用他二爸孙玉亭的语言说，秀莲已经在"斗争的大风大浪中成长起来了"。她的确成了他在事业上的"总参谋长"。

妻子说得对，上次正是那个吹牛皮的河南卖瓦罐师傅造成了他的大灾难。再要开办砖场，决不能重蹈覆辙！

他立刻想起了另一个河南人——他最初用的那位烧砖师傅——听说他如今在米家镇周围一个村庄干活。他要设法把这位师傅重新请回来。他们相处多时，关系很融洽；他的技术也是呱呱叫的。少安还想，等砖场重新上马，他不能再只顾跑着搞推销，办外交；他要认真跟这位师傅学各个环节上的技术，而且要搞精通。这样，万一师傅有个三

423

长两短，他自己就直接可以上手——跑外交到时能另想办法哩……

所有这些还都是后话。要等到他把那三千块钱贷回来，另外再筹借一千块钱，才能进行下一步的工作……

几天以后，少安就一身"农民企业家"的装扮，从家里起身到原北县办那三千块贷款。因为这是去外地办事，要显出一点"气派"来，秀莲出主意给他买了一顶鸭舌帽，还把那个带系的黑人造革大皮包，换成了箱式手提包。另外，皱巴巴的西装口袋上，别了一支钢笔，笔帽在胸前银光闪闪。这副模样，看起来完全像个生意十分红火的"企业家"了。

孙少安兴致勃勃走了外县……

少安两口子并不知道，他们的父母亲也在为他们砖场的重新上马而处于无比的焦灼之中。

说实话，当孙玉厚老汉听说儿子的砖场又有了指望，一颗心也在胸膛里激动得乱跳弹哩。

儿子的砖场倒塌到现在，一年时光中，玉厚老汉的头发完全急白了。归根结底，儿子的灾难，也就是他的灾难。虽然他们已经分了家，可他们永远是一家人啊！他当年坚持分家，还不是为了让亲爱的儿子过好光景？

儿子决定扩大砖场，弄了村里的一群人来干活，还搞了那个铺排的"点火仪式"，老汉当时害怕得浑身索索发抖。他心中莫名地产生了一种恐惧。结果，他在冥冥中的恐惧眼看着变成了事实，灾祸劈头盖脑就压下来了……

砖场垮台后，儿子和媳妇就像嫩南瓜断了根蔓。他的精神也完全垮了。他早年间就未能给儿子帮什么大忙，甚至连累了孩子半辈子。现在，孩子有了这么大的灾事，他只有干着急而给他们凑不上一点劲！

在他的一生中，没有哪一年比这一年更难熬了。没有！无论是当年给玉亭娶媳妇，还是那年女婿被"劳教"，比起儿子的这场灾难，那都是些屁事！

一年里，他常常愁得整夜合不住眼。少安他妈也一样，说起这愁肠，就忍不住落泪。老两口只能相对无言，长吁短叹。他不知在心里祈祷过多少次，让万能的老天爷发发慈悲，把他儿子从灾难中解救出来。他甚至怀疑：是不是因为少安虚岁二十四"本命年"没有系避邪的红裤带，才引起了这场灾祸？完全可能哩！唉，儿子说这是迷信，没当一回事，结果……

现在，当儿子告诉他说能在外县贷三千块款后，孙玉厚老汉立刻感到，儿子"本命年"未系红裤带所遭受的命运的报复可能要结束了。是呀，已经一年了，那惩罚也该有个完结。

他首先想到的是，儿子即使贷回那三千块钱来，还缺一千块。不怕！这一千块钱他手头有！

自从二小子当了煤矿工人，几乎月月给他寄钱。除过买化肥和其他零七八碎，他现在还积攒了一千元。当然，少平不止一次在信上叮咛，这钱是让他攒下箍新窑洞的。他也准备按少平说的办，原打算今年冬天就打石头，明年动工在现在住的那孔土窑旁边箍两孔石窑洞，捎带着再给这孔旧窑接个石口；这样，一线三孔窑，就是一院蛮不错的地方了。

可是现在，他决定要把这一千块钱先给大儿子垫上，让他把砖场重新弄起来再说。他知道，少安在其他地方再筹借一千块钱也不容易啊！娃娃屁股后面已经欠一堆账债，谁再敢给他借钱！

但问题是，他还要征得少平的同意——这钱实际上不是他们的，是二小子的。虽说他相信少平肯定会同意把这钱给他哥先垫着用，可总得要娃娃亲口吐一句话。儿子已经大了，做老人的就应该尊重他们。他和老伴这两年对孩子的称呼也变了，再不叫"安安""平平"或"香香"这些昵称，当面时改叫他们为"虎子的老子""虎子他二爸"和"虎子他二姑"这些对大人的尊称……

在少安和秀莲说了能在外县贷款的第二天，他和老伴就说好了给儿子这一千块钱。接着，他马上给少平写信，以便征得他的同意，把钱先转交给他哥使用。

顺便说一说，孙玉厚老汉没像往常那样让他弟孙玉亭写这封信。老汉狡猾地想，少安还欠贺凤英的四十块工钱，要是玉亭知道少安手头有了钱，说不定会戳弄着让贺凤英向少安讨债去哩。哼！这两个没良心的东西！看不见我娃的一点死活！兄弟和儿子相比，他当然更亲自己的儿子！

这样，玉厚老汉经过一番盘算后，便蹚过东拉河，在二队原来的饲养室找到了小学教师金成——原来学校的窑洞因田福堂那年打坝炸山震坏了，因此搬到了这个当年喂驴拴马的地方。他口授内容，让金成给少平写了那封信。老汉当时想，金成父子有的是钱，不会为他有一千块钱就大惊小怪，传播得满村刮风下雨。再说，人家父子都是正相人家，不会干这种事……

现在，孙玉厚老汉正神不守舍地等待少平的回信。同时，他也担心：少安能不能在外县贷回那三千块钱来？

几天之后，少平的回信到了。

和老汉的预料一样，懂事的娃娃满口答应了这件事；还说如果紧急，让他哥直接写信给他，他还可以在周围矿工中再给他哥转借一些钱。

这可再不敢了！怎能再逼得让二小子也欠债呢？

孙玉厚老汉立刻又跑去找到金成，给少平写信说，这里都好了，千万不敢再借人家的钱；这几个月里，也不要给家里寄了。老汉还在信上询问：他不是说夏天要回一趟家吗？为什么又没回来？

巧的是，少平的信刚到的第二天，少安也从原北县回来了。儿子前脚刚进门，玉厚老汉后脚就跟着进来，赶忙问："怎样？"

"贷到了！"儿子高兴地说。

"多少？"他问。

"三千。"少安说。

"还得另转借一千块……"秀莲补充说。

"这一千块钱我给你们拿来了。"

玉厚老汉说着，便从衣服大襟的口袋里颤颤巍巍拿出了一捆子人民币，放在儿子家的炕席片上。他的钱从来不存银行，都在粮食囤里埋着，手伸进去就取出来了。

少安和秀莲看着父亲和炕席片上的那一捆子钱，都呆住了。

少安似乎反应过来这是怎么一回事。他赶紧说："爸爸！这钱是少平给你们箍窑的，我们怎能使用呢？

"本来，我应该领料着给你们营造地方。一来少平执意不让，说他要一个人负责为你们箍窑；二来我忙忙乱乱，紧接着又出了事，因此至今没能为你把新地方建起来，心里一直很难过。现在，少平已经把箍窑的钱攒得差不多了，我们怎能拿这钱办砖场呢？爸爸，你把钱收回去。我欠缺的，由我来想办法。再说，我们不言不传用了这钱，也对不起少平……"

"少平已经回了信，叫你们用去。还说有困难，叫你们给他写信，他还可以在煤矿给你们转借……"玉厚老汉把钱拿起来，揭开对面的小木匣，给他们放了进去。

少安背过脸，久久地站立着没有说话，眼里不由旋转起两团泪水。他深深地感激亲爱的父亲和弟弟。秀莲也在锅台那边用围裙揩眼泪。他们再一次感受到了骨肉深情，同时为有少平这样强有力的弟弟而无比骄傲！是呀，有什么必要灰心丧气呢？孙家有的是力量！他们还有一个让整个东拉河流域都羡慕的妹妹——她正在中国最"高级"的学堂里念书哩！

孙少安立刻感到身体轻盈得像能飞翔一般。他马不停蹄，掉头向北，到米家镇去打问先前给他烧过砖的河南师傅。

他很快知道了这个人的下落——就在镇子北头的那个村子里。

在穿过米家镇红火热闹的集市时，他还没忘了到那个铁匠铺的门口停留了片刻。那年他给队里的牲口治病，晚上没个住处，曾在这铁匠铺过了一夜——也是一个好心的河南师傅让他在这里留宿的。铁匠铺仍然锤声叮当，火花飞溅，但不再是当年那两位师傅了。

孙少安穿过街道，在那个村子里很快就找到了他原来的烧砖师傅。巧的是，这师傅正好要在这里结工。但不巧的是，他准备拾掇着回河南老家去。孙少安几乎央告着求他，让他再为自己帮一段忙，哪怕几个月都行。他为了打动师傅，还详细给他叙说了他近一年来的悲惨遭遇。

这位河南人终于被他说动了心，跟着他返回了双水村。

孙少安接着又跑到石圪节街上，雇用了外村的几个农民来当小工。本村人他不敢再雇，而且眼下也没人再来为他干活——干过活的工钱到现在还都欠着哩！

秋天的一个下午，双水村南头又响起了制砖机轰隆隆的吼叫声——这声音已经整整沉寂了一年。

双水村的人再一次被震惊了！谁能想到，滚到黑水沟里的孙少安怎又爬蜒起来呢？

是的，他又站起来了。尽管他已碰得头破血流，却再一次挣扎着迈开脚步，重新踏上了创业的征程。人，常常是脆弱的；但人又是最顽强的！

十天之后，第一批砖窑开始点火。

滚滚的黑烟凶猛地冲天而起，再一次笼罩了南面的天空。

双水村人不得不又一次把目光移到了这里。

孙少安和他的砖场，重新成了全村人议论的话题！

当然，那些说风凉话的人还在继续说着。不过，他们一边说着，一边不安地瞧着南头那一片翻滚不息的黑烟。至于那些少安还欠着工钱的村民，都眼巴巴地盼望他起码能烧成几窑好砖，把他们的工钱开了——这点钱对他们是那么重要！孙少安和贺秀莲兴奋地忙碌着。

秀莲的肚子已经大起来，但仍然门里门外不停地操持；既做好多人的饭，还要到砖场去忙丈夫忙不过来的事。即使帮不上手，她也要转着为丈夫发现漏洞，以防再出现什么意外的闪失。

但是，第一批砖还没烧成的时候，他们便又面临着一场严重的危机——当然，这倒不是砖又烧坏了。

这一天，原北县为少安贷款的胡永合的朋友，突然赶到了他门上，让少安立刻还那三千块贷款！

原来，少安刚离开原北，当地就有人把永合的朋友告下了，说他贷的三千块钱是给外县人的。这个县农业银行的领导大为恼火！如今钱这么缺，本县人贷款都很困难，怎么能让外县人把钱贷走呢？他命令下面的人立刻把这笔贷款追回来。胡永合的朋友和孙少安并不认识，他不会把这笔钱替他还了，因此便赶到他家，让他马上想办法，声称绝对不能超过五天！

天啊！这不是要他的命吗？这么短的时间，他到哪里去筹借这三千元呢？他正因为借了一年钱借不下，才到外县贷这款呢！

孙少安急得快要发疯了。妻子一边用好吃好喝款待那位讨债的外县人，一边安慰丈夫说："甭急躁，咱想办法。要不，让我再回一次柳林，让我爸和姐夫打掇着为咱借……"

"上次借人家的钱还没还哩！"少安头耷拉在胸前，丧气地蹲在脚地上用手抠鞋帮子。

"要不，你再到县上跑跑，找他周县长去！"秀莲又出主意说。

孙少安觉得，妻子这主意倒有点门道。也许他只能找周县长解决他的困难。上次周县长不在县里，他希望这次起码能见到他。

亲爱的秀莲腆着大肚子，把他送上了去原西的公共汽车。

临上车前，她一再给他宽心说："你放心走你的。砖场的事和那个要债的人，都有我应付哩！不管怎样，咱们的砖场又起来了。你千万不能灰心……"

少安在妻子如此热忱的鼓励下，羞愧自己白算个男子汉了！他立刻打起精神，跑到了县上。

万万没有想到，事情竟出奇地顺利！周县长不仅在县上，而且马上就抓起办公桌上的电话，三言两语就和县农行说妥了这件事。

少安兴奋得走路都有点失去了平衡，像他二爸一样绞着两条腿赶到农行，很快贷出了三千块钱，赶天黑就返回了家中……

坚冰打碎，一河水全开了！

第一批成砖呱呱叫出窑后，三天内就销售一空。欠村中所有人的钱马上还清；山西柳林妻哥那里的借款也立即寄还了。

这个塌垮了的砖场在接受了失败的教训之后，第二次起飞便以惊人的速度发展起来。一九八三年年底，孙少安就还完了银行两次大笔贷款的全部本息。砖场生产逐步进入了满负荷运行。当一九八四年开始的时候，赢利就滚滚地进入了孙少安的腰包……

第十八章

孙少平上井以后，洗完澡换好衣服，便一个人走出喧腾不息的矿区。他看起来比过去消瘦了一些，眼神和脸色却更加严峻，头发总是被汗水鬏曲得零零乱乱。他匆忙而专注地走着，似乎要摆脱什么，抑或在寻找什么，又像是有谁在召唤他。

像通常那样，他从矿部旁那个小坡上走下来，走过黑水河上摇曳着绿枝的树桥，爬上了对面山，不停留地一直走向山野深处。然后，他随意在某个无人处停下来，或坐，或躺，或久久地驻足而立。

多少日子来，他天天都是如此。

现在，已是下午了。他斜躺在一片草地上，出神地看着眼前几朵碎金似的小黄花。偏西的太阳温暖地照耀着山野。春风轻柔得似乎让人感觉不出来。周围没有任何一点声响。过分的寂静中，他耳朵里产生了一种嗡嗡的声音。这声音好像来自宇宙深处，或沉闷，或尖锐，但从不间隔，像某种高速旋转的飞行器在运行，而且似乎就是向他飞来了。

他久久地躺着，又像往日那样，痛不欲生地想着亲爱的晓霞，思维陷入到深远的冥冥之中。眼前的景色渐渐变成了模糊缤纷的一片；无数橘红色的光晕在这缤纷中静无声息地旋转。他看见了一些光点在其间聚集成线；点线又组成色块；这些色块在堆垒，最后渐渐显出了一张脸。他认出了这是晓霞的脸。她头稍稍偏歪着，淘气地对他笑。这张脸是有动感的，甚至眼睫毛的颤动都能感觉到。嘴在说着什么？但没有声音。这好像是她过去某个瞬间的形象……对了，是古塔山杜梨树下那次……他拼命向她喊叫，但发不出声音来。不过，她肯定会看见他的泪水了。无论他怎样无声地喊叫，那张亲爱的笑脸随着色块的消失，最后消失在了那片缤纷之中……

不久以后，孙少平出人意料地被提拔为班长。不过，不是在他原来干活的采煤一班，而是到采煤二班去当班长。这个班老工人很少，大部分是新招来的协议工。

协议工可不是好领导的！他们一般合同期为三年，仍然保持农民身份，只不过在煤矿赚三年工资罢了；因此，很多人对煤矿没什么主人翁意识。反正三年以后就又得回去当农民，能混着赚几个钱就行了；别说为煤矿舍命，最好连一点皮也别擦破！

副区长雷汉义竭力推荐他当这个班长。理由倒不全是他吃苦精神强，而主要是说他能打架，可以帅住这群踢腿骡子。区队其他领导都同意。也是！没有一种剽悍性，就别想当班长——这向来是煤矿选择班长的传统条件之一。

孙少平要调到采煤二班当班长的决定宣布后，一班的人倒都觉得十分正常。这小子是当官的料，大家心服口服。

只是一班的蛮汉安锁子找区长哭了一鼻子，说他要跟少平到二班去当斧子工。锁子被少平一顿老拳饱打之后，倒打成了真正的师兄弟。这个笨熊一样的家伙，现在舍不得离开孙少平。他感到跟上少平既不受气，又很痛快，也不会被人捉弄——尽管他常捉弄人，但又生怕别人捉弄他；要是井下被人捉弄可不是开玩笑的，常常意味着你得多流汗，甚至一个恶作剧就得让你出点血！

少平也对这个愚兄有了些感情。在他的请求下，安锁子如愿以偿跟他到了二班。当然，安兄干活时为他卖力是没有疑问的；同时还可以帮他在掌子面上"镇压"某些调皮捣蛋的协议工。当班长没几个好斧子工相帮，你就别想完成生产任务！

这煤矿上的班长和军队上的班长一样，实际上不是个啥官，只是个"上等列兵"罢了。同样，又像军队上的班长一样，总是在最激烈的前线冲锋陷阵——这意味着要带头吃苦，带头牺牲。

人数上，煤矿的班可比军队上的班大得多。孙少平领导的二班就有六十多人。其中协议工占了百分之八十。他们就像部队刚入伍的新兵，需要锻炼才能适应战斗的要求。这无疑给班长增加了大量的工作负担。

孙少平是个有文化的人，因此他尽量使自己把班长当得文雅一些。但在井下这种紧张激烈、时时充满危险的劳动环境中，他一急，也不由满嘴脏话，骂骂咧咧。不过，他在实际中很能体谅和关照人的态度，渐渐赢得了本班矿工们的尊重。权威是用力量和智慧树立起来的。

这个班的协议工分别来自中部平原北边的三个县份，煤矿工人中老乡观念向来很重——这是危险的生存环境所造成的。因此，协议工很快以县形成了三个"群体"。在井下，尽管三个群体的人都打乱划分到各个茬上干活，但一有个紧急情况，各群体的人总是更关心自己的老乡，而且三个群体间时有口角，甚至动不动就发生拳脚之战。当然，每个群体都有自己的"领袖"。

作为班长，孙少平要统率住所有这些人。他先狡猾地设法把三个群体的领袖人物分别团结住。这三个人物是至关重要的！把他们帅住，就等于帅住了全部协议工。

另外，班里还有十几个正式工。他不怕这些人，因为他也是老工人了；井下掌子面上的任何活，他都能拿得起放得下。在井下统辖人的最大资本，就是你要比别人干得更好，干得更出色！

正因为如此，煤矿上的班长一般都胸有成竹，当得很有气派。生产环节上任何人捣一点小鬼，也不会瞒过班长的眼睛。干技术活的人耍赖不干了？你不干老子干！但你也别想讨便宜，上井后不给你小子报工，让你小子白下这趟井。班长手里握的是实权。矿工对矿上的领导也不怎怵火，但怵火班长。班长有的是教训你的办法——你耍奸溜滑？今天给你把煤茬多划一些，你小子干不完别想上井！

一般情况下，孙少平不会这样对待他的下属。他继承了已故老班长王世才的"遗风"，主要是用智慧和自己的实干精神来领导这群文盲的。他的师兄安锁子也卖命地帮助他。在掌子面上，锁子随时都为他留心各方面的事情，像一条忠实的牧羊犬。安兄无可争议是全班最出色的斧子工。当然，这家伙干活时仍保持不穿裤子的老传统。别看他平时笨手笨脚，绷顶架梁时手脚的灵巧简直令人惊叹——这是在长期危险紧张的劳动中反复磨炼出来的本领。这位光屁股大师在很短的时间内，就在协议工中带出了两个好样的斧子工。

孙少平领导的采煤二班立刻成为采五区乃至全矿出煤率最高的班。通过每日的报表，矿领导也开始注意这个班的情况了。

随着夏季的临近，煤矿又面对一年一度的头疼问题：协议工要跑回家去收割自家责任田的麦子。许多正式工也有这个问题。通常在麦收期间，煤矿就有一半人跑回家了，而且没有多少人请假。有的人麦子收割完了，还迟迟地不返回矿上。用开除矿籍威胁吗？那就开除呗，一半的人开除了，你的矿还办不办？

每到这个时候，也是矿领导最苦恼的时候。岂止是矿领导苦恼，局领导和煤炭部长高扬文也苦恼；每年夏天这一两个月，全国的煤炭产量就必定大幅度下降！

中部平原地区的麦子六月初就进入了大收割期。

随着麦收时间的临近，煤矿的气氛开始变得混乱了。

孙少平的班也不例外，许多人在做偷跑回家的准备。

少平有点着急起来。如果他的协议工都跑回家去收割麦子，几乎就没人下井了；谁都知道，他这个班主要是由协议工组成的。但是，停产对煤矿来说，如同火车到半路停开，是不能允许的大事故，要是某天一个班不出煤，甚至会惊动了局领导。

他开始在寻找解决问题的办法……

一天中班上井之后，他把中部平原三股人马的"领袖"连同他的师兄安锁子，一起拉到了一个本矿区最有名的个体户饭馆里。他掏腰包请这些人喝酒吃饭——其实他是想和这些人一块寻求解决他正熬煎的问题。

几个人喝得面红耳热时，少平就给"哥们"提出了他面临的难题。

这几个人酒正喝到好处，一个个都自认为是班长的生死朋友，便七嘴八舌开始给他出主意。

他们说，其实许多协议工家里有的是劳力，本人根本没必要回去收麦；如果家里没啥劳力，一般也不会来煤矿当协议工。大部分人都是想借此跑回去逍遥两天；因为谁都知道，在这大混乱中不请假跑回家，矿上也不会怎处罚。有的纯粹是想回去抱两天老婆。当然，也有确实存在困难的人，不回去不行……

"弟兄们看有没有什么好办法保勤呢？"少平问这几位"部落头领"。

大家的一致意见是：罚款。因为这些人来煤矿，都是为了几个钱的；如果一罚款，那些没必要回去的人就不回去了。

好办法！孙少平立刻和几位"头领"在饭桌上开始制定"土政策"：除过真正有困难请假的人，私自离矿一至三天，每天罚款五元；四至六天，降一级工半年，不给浮动工资；七至九天，降一级工一年，不给浮动工资……

制定完这项"土政策"，少平就去找区队领导，因为这种惩处最后得要通过区队执行。另外，他还想，如果在这段保勤期间，在惩处之外，同时对出勤者实行额外奖励的办法，效果必定会更好。当然，在惩处方面，要是有更严厉的条例就好了。

区队领导们听了孙少平的想法后，都大为惊讶：想不到这小子不仅能打架，脑子里的环环比他们都多！

不过，这个问题重大，区队决定不了，便随即将他的意见反映到了矿部。

孙少平的建议马上引起了矿长的重视。

矿长亲自带着几个领导，来到孙少平的班里，和他一起研究这个问题，并很快形成了一个文件。此文件除过确定惩罚麦收期间私自回家的矿工外，还采纳了少平补充提出的保勤奖励办法：保勤期间采掘一线人员井下出勤在二十一个（含二十一个）班，每超一天奖三元；井下一线二类人员出勤二十六个班，每超一天奖二元；对请假期满能按期返矿无缺勤者，按正常出勤对待，达到奖励条件的按百分之五十折算奖励。同时，对保勤期间区队及机关干部的出勤也作了奖罚规定。在惩罚条例中还增加了更为严厉的两条：私自离矿十天以上者给除名留矿察看处分，支付生活费半年；情节更严重者给予除名、辞退处理……

矿上的文件一下达，协议工们的骚乱很快平息了；绝大多数人已不再打算回家。这状况是多年来从未有过的。

大牙湾煤矿的"经验"很快在局里办的《矿工报》上做了介绍，其他各矿如梦大醒，纷纷效仿。铜城矿务局局长在各矿矿长电话会议上，雷鸣击鼓表彰了大牙湾煤矿的领导。

当然，没有人再把这"成绩"和一个叫孙少平的采煤班长联系起来。

少平自己连想也没想他做了什么了不起的事。他只高兴的是，麦收期间，他们班的出勤率仍然可以保持在百分之八十五以上！

在这期间他也竭力调整自己前段的那种失落情绪。他尽量把内心的痛苦和伤感埋在繁忙沉重的劳动和工作中——这个"官"现在对他再适时不过了！他可以把自己完全沉浸于眼前这种劳动的繁重、斗争的苦恼和微小成功的喜悦中去。是呀，当他独自率领着一帮子人在火线一般的掌子面上搏斗的时候，他的确忘记了一切。他喊叫，他骂人，他跑前跑后纠正别人的错误，为的全部是完成当天的生产任务，而且要完成得漂亮！

当一天中他的班顺利上井之后，他光身子黑不溜秋安然倒卧在澡堂子的瓷砖棱上，美滋滋地一支接一支抽烟，打哈欠，身心感到了一种无比的舒展和惬意。

工余休息时，他也想办法改变自己的生活方式。他又重新开始复习数、理、化高中课程，以期今后能考取煤炭技术学校。另外，他还买了一台廉价的收录机和几盒磁带，有时候一个人闭住眼躺在蚊帐中静静地听一会。蚊帐一年四季不拆。因为是集体宿舍，蚊帐有一种房中之房的感觉；待在里边，就是自己一个人的独立天地。

过一段日子，他就由不得要去翻一翻晓霞的日记本。每一次看她的日记，都像是要进行一次庄严的仪式。他打开箱子，如同虔诚的基督徒对待《圣经》，双手小心翼翼把那三本精美的日记本捧回到床上，然后端坐着轻轻打开。常常是看着看着，视线就被泪水所模糊。那些亲切甜蜜的话不知看过多少遍了；怕看，又常想看；每看一次，过去的生活就像潮水般扑来将他整个地淹没了……

唉，好在下一个班开始，繁忙便会把他强制性地从那一片洪水中拉回来，一直拉到眼前火爆爆的现实生活里，使他从那无尽的噩梦中惊醒过来，再一次投入严酷的掌子面的搏斗中。

是的，责任感要求他对自己现在负有的职责不能有半点马虎。如果稍有不慎，就可能造成伤亡；而他太害怕看见一个活生生的人意外地离开这个世界了。他不能再让死亡出现在他面前。尽管煤矿不死人是不可能的，但他要创造奇迹；他绝不能让手下这些青年失掉一个；他们许多人比他还年轻啊！

当孙少平感到心情实在不好受的时候，他总要不由自主跑到惠英嫂那里去。和嫂子、明明以及那条可爱的小狗待一会，他的心情就会平复一些。在失去晓霞以后，他潜意识里特别需要一种温柔的女性的关怀；哪怕是在母亲和妹妹的身边待一会，他的坏心绪也许就能有所改善。

晓霞死后不久，惠英嫂很快就知道了这件悲惨的事；她没有想到，相同的不幸命运也降临到少平的头上。她已经失去了自己的亲人，因此完全能体会少平的痛苦。她千方百计用好饭、好酒、好话和一个女人的全部温情来安慰他。命运啊，对人是这样地乖戾！不久前，还是他在安慰她；而现在，却得要她来安慰他了……

唉，也许只有惠英嫂的安慰他才可以平静而自然地接受。因为她了解他，因此她理解他。要是换了另外的人对他这样，他不仅不能接受，反而会更痛苦的。

自从当班长后，他不像过去那样有时间常去惠英嫂那里——他实在是太忙了。惠英嫂也劝他不要操心他们，让他好好在井下熬威信，说不定将来还有大前途哩！她知道，他的前途也就是她和明明的前途——她毫不怀疑，他就是当了"皇上"也不会忘记她和明明的。

但少平无论怎忙，隔几天也总要去帮她劈柴、担水和干其他活。至于到矸石山上捡煤的营生，他安排给手下的人干了。他现在已经有了点权力，而他手下的那些人也乐意给班长干点什么活……

这一天吃过早饭，他心里惦记着嫂子和明明，赶忙去了她家——他整个白天都休班。

进家之后，惠英嫂先什么也不说，就给他把酒杯放在桌子上，接着便收拾着炒菜。他赶忙拦挡说："我刚吃过饭。再说这是早上，怎还喝酒呢！"

惠英嫂不听他的，只顾给他往上端菜，并且提着酒瓶，把杯子都倒溢了。

因为是星期天，捣蛋鬼明明也在家。他正在耍弄一只蝴蝶风筝，小黑子绊手绊脚地缠着他。

明明看他推让着不叫母亲炒菜倒酒，就在旁边说："少平叔叔，就是你不来，我妈妈每顿饭都把酒杯给你搁着哩！"

少平举起的酒杯在嘴边猛地停住了。他呆呆地怔了一会，然后便一饮而尽。这醇美的酒啊！

惠英嫂岔开话题，说："我今天也休班，本来想洗衣服，可明明硬缠着要我和他到外面去放风筝。这娃娃惯坏了……"

"你又说我坏话啦！"明明噘着嘴对母亲嚷道。小黑子也为它的主人帮腔，朝惠英"汪汪"地叫了两声。

少平忍不住笑了，说："我也跟你们去放风筝！"

明明高兴得嗷嗷价叫起来。

孙少平吃喝停当后，就和惠英嫂、明明和小黑子，拿起那只蝴蝶风筝，一块相跟着来到矿区东边的山野里。

他们到了一块平地上，说着，笑着，把那只风筝放上了蔚蓝的天空。少平把着明明的手帮他绽线团；小黑子"汪汪"叫着，跑去追撵越飞越远的大蝴蝶；惠英坐在旁边的草地上，把一些吃喝在塑料布上摆开，然后泪蒙蒙地看着儿子，看着少平，看着欢奔的小狗和蓝天上那只飘飘飞飞的花蝴蝶……

第十九章

近一年里，是孙少安有史以来最为辉煌的时期。他的砖场越办越红火，利润像不断线的水一样流进了他的腰包。村里人的估计保守了，他的纯收入实际上已经有了四万块钱！

那位河南烧砖师傅一改初衷，没有回老家去，一直在他的砖场充任"总工程师"的角色。少安把他的工资提到了比外面高出一倍的数额。同时，另外从本乡招收的两名初中文化程度的青年，也被这位师傅培养成了出色的技术人才。

入夏以来，在那次大失败中为他干过活的本村人，也看清了他的大好形势，又纷纷要求来他的砖场当临时工。

这事首先遭到了秀莲的强烈反对。她忘不了他们落难的时候，其中的某些人怎样嘲弄和逼迫他们开工资的情景。如今看他们闹好了，这些人便又想来沾光，秀莲在感情上转不过弯，坚决不同意再让本村人来干活。她宁愿多掏点钱雇用外乡的村民，也不愿再用本村这些廉价劳力了。

但少安是个软心肠人，他知道这些要来干活的村民，实在是没有办法才又求他的。他不能见死不救。他反复给秀莲做工作，甚至说好话，让这些穷困的乡亲再来他这里干活，好让他们赚几个买化肥的钱。

秀莲说到底也不是个糊涂人，最终还是同意了丈夫的意见。

于是，像田四、田五这样的人，再一次来到他的砖场。这些人拿了钱，得了好处，开始唾沫星子乱溅，一哇声说孙少安的好话，孙少安"好财主"的名声扬遍了双水村和东拉河一带的许多地方。他成了全石圪节乡最有声望的"农民企业家"。

孙少安这阵势几乎把他父亲也弄成了石圪节集市上的"明星"。要是玉厚老汉上集走过这条灰尘飞扬的土街，庄稼人就会互相指画着说："看，这就是孙少安他爸！"他到小摊上买肉，卖肉的人也把最肥的刀口肉割给了他。

每当孙玉厚老汉提着一条子肥肉，在乡民们羡慕的议论声中走过石圪节街头时，他脸上平静如常，但内心却常常不由得感慨万端。

啊，他一辈子已经不知多少次从这条土街上走过，什么时候受过这么多人的抬举呢？旧社会，他冬闲时给这里的掌柜吆牲灵到山西柳林驮瓷，每次都是天不明就从这街上起身，双手筒在破棉袄袖里，清鼻涕都冻在了嘴唇上。以后，他又不知多少次到过这里，出售几个南瓜和一把旱烟叶，以便买点盐和点灯的煤油。那时间，谁能看得起他这个穿破衣裳的穷老百姓？更忘不了的是，那年公社开广播大会批判少安扩大猪饲料地，他和可怜的小女儿立在这土街上，怎样为儿子的命运担心害怕呀……

做梦也想不到，他孙玉厚老汉能有今天这等荣耀！

玉厚老汉骄傲的是，除过大女儿的光景叫人熬煎外，他含辛茹苦抚养的几个孩子，都成了好样的。大儿子现在不用说，一道川都是好名声。当然，少安以后免不了还会有些跌跌绊绊，但最叫人担心的时期也许已经过去了。

二小子当了煤矿工人，虽说那营生又苦又不安全，但他对这孩子放心着哩！少平人虽年轻，但处事老成，不会出什么大差错。眼下，他唯一关心的是这孩子的婚姻问题。听说煤矿女的少，找个对象难。他已提醒少安在本地为少平瞅个女娃娃。可少安说这事家里谁也替少平做不了主……那就等孩子探亲回家时再和他商量这事。

至于小女儿兰香，已经上了"大学堂"。据识字人说，这是中国的什么"重要学堂"；有人还推断说，他的兰香将来会"留洋"哩！

唉，唯一使他晚上熬煎得睡不着觉的仍然是大女儿兰花。该死的女婿一年逛得不归家门，丢下那母子三人受了多少恓惶！可怜两个小外孙，从小到大等于没有父亲。眼下两个娃娃总算被不幸的女儿拉扯大了。娃娃也都是些好娃娃。外孙女猫蛋十三岁，在石圪节上了初中，听说像她姨兰香一样，回回考试都是头名。外孙子狗蛋再有一年也要上初中了。可是，那个挨刀子的王满银却还在门外当逛鬼！少安曾建议让他姐离婚。兰花不同意，他也不同意。人常说好女不嫁二男嘛！女婿再不是个东西，也不能走离婚这条路，离婚女人名声不好听啊！再说，两个娃娃都大了，怎能离婚？这少安，出的啥混账主意！

孙玉厚尽管有大女儿不幸所带来的痛苦，其他方面我们能看来，如今没一点遗憾。就是他本人的光景，也发达多了。钱不用说，有两个小子给哩；至于粮食，村里除过金家湾那面的俊武，也许就数上他了。许多粮食都吃不了，又舍不得卖，只好用泥巴糊着封在石仓子里。麻烦的是，过一段时间又要把这些存粮倒腾到外面晾晒一下。院子里所有粗点的树木上，一年四季都挂着未划粒的玉米棒；灿黄如金，显出了殷实人家的一派大好风光。今年夏天麦子又大丰收，他支架起饸饹床子，叫了村中十个后生用两天时间才打完……

这一段日子，孙玉厚老汉动不动就到石圪节街上来买猪肉。这倒不是他嘴馋或故意给公众能他的光景，而是他最近正在箍新窑。

本来，二小子早给他攒够了钱，让他去年就整修一院新地方。但大小子当时正在难处，他便征得少平的同意，把一千多块准备整修地方的钱，先垫给了少安。

今年，不用他说，大小子主动张罗着为他雇人打窑洞，接石窑口。当然，按少安的铺排，少平的那一千多元根本不够。短缺的钱都是少安出的，并且还不让他给少平说；因为个性强的二小子早就说过，这院新地方要他一个人出钱修建。

按他们老两口的想法，他们这个院落不必这么排场。别说少安他奶了，就是他们老两口，也都是快入土的人，而家里再没有其他拖累，何必修建那么好的地方！

但大小子、二小子都坚持要把这院地方修建成村里最好的。他后来也没坚持反对。他理解孩子们的心情。孙家穷困潦倒几辈子，孩子们现在为他们修建这院地方，多半是给村里人证明：孙家再不是过去的孙家了！

这些日子里，全家人都忙得不可开交。尤其是他的少安，真是八下里忙啊！又要为他箍窑，还要照料砖场的事。最近几天，听说他还要谈什么"判"，准备承包乡上的砖瓦厂。另外，儿媳妇马上就要生娃娃，行动不方便。因此，一些具体事，他和老伴能做的，尽量不麻烦少安和秀莲……

入夏以来，孙少安也的确是太忙了。砖场正走上坡路，他得特别经心，以免再导致一次意外的灾难。同时，他还要招呼着为父亲营造新地方。

为老人建新家，这是孙少安多年的心愿。他决心要把父亲住的地方修建得比他自己现在住的那院地方更好。他要瞒着好强的弟弟，再添进双倍的钱，把这院地方搞漂亮。正如少平说的，某种意义上，这是为孙家立一块"纪念碑"。他不仅要用细錾出窑面石料，还要戴砖帽！另外，除过围墙，再用一色青砖砌个有气派的门楼——他有的是砖！

卫红的女婿金强给他站场任总指挥。金强在村里年轻一代匠人中，石活水平是最高的。另外，又是为妻子的大爹干活，因此特别经心。

尽管有金强在现场总料理，但少安在大的方面还得分出好多精力来管这件事。他里里外外忙得一塌糊涂，一天跑下来腿都疼得瘸了。糟糕的是，他最得力的助手秀莲马上就要临产，不能像过去那样给他强有力的帮扶。尽管如此，妻子腆着大肚子，仍然一阵儿也不闲着。

自父亲那边开始新建地方，老祖母和父母亲都暂时搬到他这边来住了。另外一孔窑洞腾出来给两面的匠人做饭。母亲和妻子一块上手都忙不过来，没办法只好又把妹妹卫红叫过来帮忙。

一年多来命运的升降沉浮，使秀莲和老人的关系一下子变得特别亲密。她甚至又主动提出，让老人再和他们把家合起来。只是因为父母亲坚决不愿再连累他们，才使秀莲放弃了这打算。

不过，实际上他们现在又像一家人了。如今秀莲除不干涉他给老人使用钱，还常提醒他应该给老人们买个什么东西或添置衣物铺盖。在为父母建新家垫钱的问题上，他们的认识高度一致，而且筑院门楼的建议就是秀莲提出来的。

生活如此叫人感慨万端！贫困时，这家人风雨同舟；日子稍有好转，便产生了矛盾，导致了分家的局面。而经过一次又一次生活风暴的冲击，这个家又变得这样亲密无间了。

是的，所有人的心情从来也没有像现在这样和顺和畅快！

正在孙少安忙里忙出的时候，他突然听说石圪节那个快要倒塌的乡办砖瓦厂，要承包给个人去经营了。

这消息不由使他心一动。他知道，石圪节的乡办砖厂比他现在的砖场大几倍，设备和条件都不错，只是管理不行，根本赚不了多少钱。后来虽然内部实行承包制，看来也没有解决大问题，因此乡上才下决心干脆往出总承包呀！

他敢不敢去冒这个险呢？

少安开始周密地考虑这件事的可行性。

他想，如果放开胆量把这个大型砖厂承包了，往后的发展肯定要大得多！

说实话，随着现在这个砖场的赢利，他的野心也逐步大起来——他已很不满足这个小土摊场，而早想谋算干件更大的事。手头赚下的几万块钱，也使他的这种谋算有了一种踏实的心理保障。人就是这样，得一步，就想另一步！如果将来那个大砖厂赢了利，那说不定还能干更大一点的事！他有一种虽然朦胧，但却十分强烈的冲动：他一辈子真正要在石圪节或者说原西县闹腾它一番世事哩！

孙少安进而又想，如果他承包了乡上的砖厂，就把他现在这个砖场也承包出去。对，干脆来个"双承包"！他承包乡上的，让别人承包他的！的确，若是他承包了乡上的砖厂，他实际上就无法具体管理现在这个砖场；他要把主要精力集中到乡上那个砖厂去。再说，妻子要生孩子，一两年内又给他帮不了多少忙，把现在的砖场包给别人，他在双水村一身轻快，也不必连累家属……

孙少安周密考虑了几天，就把他的想法提出来和妻子商量。秀莲又从弊端方面替他进行了反证。最后，两口子一致认为，少安的想法是可行的。冒险就冒险！他们已经经历过大风大浪的考验，并且走过来了，因此心并不怵！

这样决定之后，孙少安立即跑到了乡上——他生怕别人抢了这生意。

他的担心是多余的。就目前而言，石圪节乡还没有另外的人敢承包这个烂摊场。

合同很快就顺利签订了。

接下来，少安马上着手往出承包他的砖场。没料到，这比他承包乡上的砖厂更顺利。

他的砖场被一直替他当技术总指导的河南师傅承包了。河南人写信把自己的老婆孩子也叫到了双水村。少安答应，等父亲的窑建好后，河南师傅的家属可以借用他的一孔窑住宿；而河南师傅答应，他一定在技术上帮助他把乡上的砖厂尽快搞上去……

在石圪节全乡各村农民一片议论声中，孙少安走马上任，当了乡砖瓦厂厂长。因为这是他个人承包，理所当然地成了这个砖瓦厂的主人。

在河南师傅的帮助下，他大刀阔斧改变了这个濒临倒闭的企业，生产很快走上了正轨。即使最保守的估计，这个砖瓦厂不出一个季度就要开始赢利。

这样，孙少安现在实际上就有了两个赢利企业。当然，原先那个小砖场，见利的是他和河南师傅两个人了；而乡上这个砖瓦厂一旦开始盈利，那收入将更会使全石圪节的干部和农民咋舌！

孙少安，这个当年因给社员扩大猪饲料地被公社一场批判弄得出了名的家伙，如今又一次成了各村民众谈论的对象。有人敲怪话说，这小子早就学着"走资本主义道路"了，所以现在才把世事闹了这么红火！

第二十章

孙少平上井以后，如果是白天，他总会迫不及待地走出矿区，走向如火如霞的山野之中。

他面对满山红叶，回首往事，默想未来。或驻足伫立于林间小路，或踽踽漫步于溪流河畔。折一枝红叶在手，听万顷松涛澎湃，欢欣与忧伤共生。在这一片无声的热烈之中，人既想流泪又想唱歌……

这样的时候，他就忘记了他是刚从喧嚣激烈如同战场一般的井下上来的。

噢，他现在看起来不像个煤矿工人，倒像个多愁善感的诗人！

最近，生活中还有些值得高兴的事。他已经被命名为铜城矿务局的"青年突击手"，过几天就去出席表彰大会。他不全是为荣誉高兴，而是感到，他的劳动和汗水得到了承认和尊重。他看重的是劳动者的尊严和自豪感。在这个世界上，只有人的劳动和创造才是最值得骄傲的。

另外，他最近分别接到了父亲和哥哥的来信，说他梦寐以求的新窑洞已经修建好了。哥哥还在信中详细描绘了这院地方的"气派"和双水村人的"反应"。现在，老人们终于住进了新窑洞，这了却了他此生最大一桩心愿。

少平也从家里的来信中知道，哥哥已经承包了石圪节乡的砖瓦厂，事业正到了红火处；而嫂子违反目前的计划生育政策，又生了个小侄女，取名为燕子……

妹妹兰香也来信了，说她和那个叫吴仲平的同班同学已经基本确定了关系；说她还去了男朋友家，他父母都待她很好云云。少平只是没想到吴仲平是省委领导的孩子。不过，他既没感到"荣幸"，也不为兰香担忧——他的妹妹谁的儿子也配！

他当即决定，给妹妹每月寄的钱再加十元。他知道，妹妹有了男朋友，也就有了社会交往，总得多些花费。她现在还没有结婚，除过上饭馆，她不应该花男朋友的钱。不知她懂不懂这一点？她会懂的！他想。

几天以后，他便以"青年突击手"的身份，到铜城去参加了那个表彰大会。会议只开两天，他也没认真参加，而到街上逛着看能给明明买个什么东西。他每出门，无论到铜城，还是到省城，首先想的就是给明明买个什么。明明也习惯了他的"习惯"，每次只要他从外面回来，他首先就问："叔叔，你给我买了什么？"说着便自己动手在他的提包或衣袋里翻起来，惹得惠英嫂常怨他给他惯下了"坏毛病"。这没有办法。他和明明之间建立了一种无法言传的感情。说实话，他对哥哥的虎子也没这样厚爱过。

让少平高兴的是，他在广东来的一个小商贩手里买到了一个香港出的儿童书包。这书包式样新颖不说，面料是十分考究的丝绸，有一种波光闪闪的细腻质感。他同时也买到了明明嚷嚷了多时的彩色铅笔。另外，他还给"小黑子"买了个铜铃铛。这也是明明盼望已久的东西；他说人家孩子的狗脖项里都拴这么个铃铛……

会议开完以后，少平就满意地带着他给明明买的礼物，以及局里奖给他的奖状和其他奖品，回到了矿上。

到大牙湾正是中午刚吃完饭的时光。他知道他的班是晚上十二点下井，现在人都在地面上。

他先找到他的师兄兼下属安锁子，问了他走后这几天的生产情况。安锁子说都好着哩，就是他把一个协议工在掌子面打了一顿。

"谁叫你打人哩？唉，你呀！"少平抱怨他的师兄。

"那小子头茬炮放了，还在回风巷里睡觉，我就……嘿嘿……"

"打得重不重？"少平着急地问。

"不怎重。鼻子口里流了点血……"安锁子龇着牙不在意地笑了笑。

"能不能再下井？"

"怎不能？澡堂子里还给我巴结了一根带嘴纸烟哩！"

孙少平也就没再管这事。井下不好好干活，挨几个耳光子也不是什么大不了的事。

他先回宿舍把自己的东西放下，就匆匆向惠英嫂家里走去。他没有吃午饭，惠英嫂肯定给他准备好了——她知道他今天中午回来。

孙少平带了给明明买的东西，沿着二级平台上的铁路线往东，一直向那个熟悉的院落走去。

上水管旁的小土坡时，他就看见了那一串串爬出院墙的紫红色的牵牛花和结子的沉甸甸的向日葵的圆盘。啊，每次走向这个院落，他都有一种按捺不住的激动。这里，是他心灵获得亲切抚慰的所在，也有他对生活深沉厚重的寄托。这个院落啊！

少平进了惠英嫂的家门，见饭桌上的菜用碗扣着，酒杯搁在了老地方——惠英已经为他准备好了午饭。

只是他进得门来，看见明明正哭着，惠英嫂急得撩起围裙不停地擦手；而"小黑子"蹲在明明旁边，朝惠英"汪汪"地叫着，显然是嫌她惹小主人生了气。

"怎么啦？"少平把装东西的提包搁在柜台上，弯腰抱住了明明。

"他说下午学校开什么运动会，其他孩子的家长都去喊'加油'，硬缠着让我也去。可我下午要上班……"惠英嫂絮叨说。

"你不会请个假？人家大人都去为自己娃娃喊'加油'，就没人给我喊！"明明一边哭，一边嚷着对他妈说。小黑子也在旁边"汪汪"叫着帮腔。

"叔叔下午不上班，给你去喊'加油'！"少平说。

明明一下子不哭了，笑着连眼泪也顾不得揩，就用两条胳膊搂住了他的脖项。小黑子将两只前爪搭在他肩头——这通常也是一种欢欣的表示。

惠英转过身，悄悄揩掉了眼角的两颗泪珠，然后就拿起了酒瓶倒满杯子，脸上是那种想哭的笑容，招呼让少平吃饭。

"先别忙！"少平说着，便从柜台上取下提包，掏出了他为明明买的那个漂亮的书包和两打彩色铅笔。明明高兴地跳了几跳，嗷嗷价欢叫起来。

"你又惯他……"惠英嫂虽然这样说，但脸上露出由衷的喜悦。

接着，少平又拿出了给"小黑子"买的铜铃铛。惠英赶紧从箱子里翻出一条红带子，于是一家人都动手，说笑着把那个铜铃铛拴在了小狗的脖子里。

"走一走！"明明命令小黑子说。

聪敏的小狗真的在脚地上走起来，那铃铛便发出怪中听的声响。

由于少平的到来，使这个刚才还不愉快的家庭很快充满了欢乐。

吃完饭后，惠英嫂赶着去矿灯房上班。少平就和明明以及小黑子，一块相跟着去矿小学。明明穿上了他那套天蓝色带白杠的运动服，显得挺神气。小黑子吐着舌头，在他们前后乱跑。他们沿着铁路，通过选煤楼，来到西边医院下面的小学大门口。

在校门口遇到了一点小小的麻烦：门房老头不让小黑子进去。

明明都快急哭了——他很想让小黑子也进去为他加油。

少平好说歹说，最后给那老头敬上一根纸烟，并且亲手划火柴为他点着，老头才为小黑子开了"后门"，让它进去了。

今天这学校实在是热闹！孩子们穿上了漂亮的运动衣，都有母亲或父亲前来为他们喊"加油"。矿工们对孩子的溺爱十分出格——他们艰苦生活中的许多安慰都是孩子带来的。如果是大城市的小学，此类活动大概不会有家长前去助兴。但对矿工们来说，孩子的这类活动似乎是生活中的一件大事，岂有不来为娃娃喊"加油"的道理！因此，有的人为了满足孩子的愿望，竟连班也不去上，专门误一个下午来参加这个"运动会"。

有人认出了孙少平，奇怪地问："你怎也来了？"

少平只好如实说："我是为王师傅的孩子来的。"

这些人"噢"一声，表示出一副"恍然大悟"的神色。

少平不管这些。他知道，关于他和惠英嫂之间的长长短短，早有人传播开了。煤矿说两性之间的事，就像说市场上的菜价一样，说者听者都不当一回事。

在小学大操场上，用白灰画出了许多道道和圈圈。比赛有各年级的跳绳、跑步以及孩子们的各类运动项目。

二年级的比赛项目是：女孩子跳绳，男孩子赛跑。

明明参加的是五十米赛跑。

开始前，少平一再叮咛他：不要向两边看，只管往前跑！

当孩子们在起点上各就各位后，他们的家长也分别集中到了跑到两边，紧张得如同自己在参赛。少平带着小黑子也挤在人群中，准备为明明喊"加油"。

口令一下，孩子们就争先恐后跑开了。两边的大人们也在跑道外撵着娃娃们跑，并且嘴里喊着自己孩子的乳名或官名，给他们呐喊助阵，声音响彻了云霄。

少平和小黑子相跟着奔跑，嘴里不断喊叫："明明，加油！明明，加油！"这一刻里，他似乎也变成了孩子，专注而狂热地渴望一种胜利！

明明小胸脯一挺，第一个冲过终点。

随即赶来的少平一把抱住他，笑着，喊叫着，滚在了一起；小黑子也扑上来，和他们乐成了一团……

当明明骄傲地站在冠军台上，领取那张奖状和一个塑料铅笔盒时，少平的眼睛都潮湿了——这比他自己领那张"青年突击手"的奖状更激动！小黑子竟然蹿上了领奖台，前爪搭在明明身上，用舌头舔他的手，逗得全场一片大笑。

运动会结束后，他们就像凯旋的士兵一般返回到家中。惠英嫂高兴得不知说什么是好。他们一齐动手，把明明赛跑冠军的奖状贴在了那张"三好学生"的奖状旁。

直到吃过晚饭，天完全黑了的时候，少平才带着一种满足的心情离开了惠英家。

第二十一章

一九八四年的最后一天，铜城地区落了一层鸡爪子荒雪。

中午前后出了太阳，那层薄雪顷刻间就融化了。因为刚开始数九，天气还未大冻，地上甚至有种潮润润的气息。

在大牙湾煤矿各个黑户区的窝棚土窑里，到处都在炒、炸、蒸、煮……空气中弥漫着混杂的香味。矿区虽没有显出像大城市那样的过年气氛，但也不像农村那样轻视这个"洋"年；他们起码要准备一顿丰盛的晚餐来打发这一年。明天就到了明年，那顿传统的饺子当然也不能不吃。

在地面上节日气氛越来越浓的时候，井下成千上万的矿工依然在掌子面上汗水淋漓地劳动着。不管什么节日，井下的工作不会停止。矿工们已经习惯了在节日里照常下井。虽然大家知道这是个什么日子，但都很平静——该做什么照样得做！

孙少平的班是早晨八点下井的。

他们在井下整整干了九个小时，直到下午五点钟才陆续上井。

像往常一样，这些满身污黑、累得半死不活的人，沉默地把矿灯盒从小窗洞里扔进去，就进了浴池。衣服一扒拉，先顾不上洗澡，赶忙把两支烟接在一起，光身子横七竖八仰躺在衣柜或水池边的瓷砖棱上，香得咝咝价一口跟上一口地抽。外面，已经有模糊的热闹声息和零星的鞭炮声传来。

过足了烟瘾，这些人才先后跳入黑泥汤一样的热水池里，舒服地呻吟着，泡上半个钟头。不过，今天人们从黑水池里爬出来，还在水龙头上接点清水，再冲冲身子，因为今天大家都带来了自己最好的换洗衣服。

当这些人换掉那身污黑酸臭的工作衣，穿上里外簇新的过节服装，脸上抹点面霜，足登锃亮的皮鞋走出区队办公大楼，就好像换了另外一个人，潇洒得连自己都有点不好意思了。尽管明天早晨八点他们又得换上那身污黑酸臭的衣服下井，但这是过年，哪怕是几个钟头，他们也要让自己漂漂亮亮度过这一段短暂的时光。

孙少平同样是这种心理。今天他洗完澡，换上了雪白的衬衣和一件深蓝夹克衫，牛仔裤，旅游鞋，还把衬衣的领子翻在外面，显得格外英俊。穿着这身衣服走过区队办公楼的水磨石地板，他感到脚步比平时轻快了许多。他准备直接去惠英家——这顿不比平常的晚餐早就说好了。

"叔叔！"

少平刚走出区队办公楼，就见明明喊叫着和小黑子一块向他跑过来。明明也穿上了不久前他给他买的那身漂亮童装，脖子上结着鲜艳的红领巾。

少平迎上去抱起他，问："你刚到这儿？"

"我和小黑子来好一会了！妈妈叫我们来接你！妈妈做了好多好吃的！"

少平脖项里架着明明，引着那条欢蹦乱跳的小狗，沿着铁路向惠英家走去。薄云中模糊的太阳正在西边的远山中坠落。矿区增添了节日的喧闹，沉浸在沸沸扬扬的气氛里。阴凉潮湿的空气中不时传来炮仗热辣辣的爆炸声……

惠英已经把酒、菜和各种吃食摆满了饭桌，正立在门口，用围裙搓着被水浸泡得红红的手，笑眯眯地迎接他们回家来。

在暖融融的房间里，三个人一块坐下，围着小桌，一边喝酒吃菜，一边看电视。小黑子蹲在明明身旁，也在破脸盆里吃惠英嫂为它准备的"年食"。

一种无比温暖的气息包裹了孙少平疲惫不堪的身心。他感觉僵直的四肢像冰块溶化了似的软弱无力。内心是这样充满温馨和欢愉。感谢你，惠英！感谢你，明明！感谢你，小黑子！感谢你，生活……

他不由含着泪水，抬头望了一眼惠英。她脸红扑扑的，亲切地对他一笑，便用筷子给他小碟里夹菜。

"我……敬你一杯酒。"少平提起小香槟瓶子倒满了一杯，双手举到惠英面前。

她无声地一饮而尽。

接着，她倒起一杯白酒，敬到他面前。

他也一饮而尽。

孙少平第一次放开了酒量。他一杯又一杯地喝个不停。不知为什么，今夜他真想喝醉——他还没有体验过酒醉是一种什么滋味。

……当孙少平睁开眼睛的时候，只看见一片微白的光亮。

后来，他又看见糊着花格纸的天花板。

怎么？蚊帐呢？他惊异地问自己。

他猛地掉过脸，见惠英嫂正在旁边包饺子。

现在是什么时候？晚上？早晨？他为什么躺在惠英嫂的床上？

他一下坐起来，惊慌地问包饺子的惠英："怎？天还没黑？"

惠英嫂低着头没看他，说："你问的是哪一天？"

"不是过年吗？"

"年已经过了。"惠英嫂转过身，牙轻轻咬着嘴唇望了他一眼，"好些了吗？"

"这是早晨？"他惊骇地问。

"天刚明。你从去年睡到了今年……"她有点不好意思地笑了。

"啊呀……这！"

孙少平这才反应过来，他昨晚上喝醉了酒，竟然在惠英的床上过了一夜！

这该死的酒啊……

一种说不出的羞愧使他一只手按住额头，在被窝里呆坐了片刻。

你这是怎搞的！他谴责自己说。

但是，懊悔也来不及了。他已经在这里睡过了，而且睡得十分舒服，十分酣畅，十分温暖！

温暖……真想哭一鼻子。想哭的原因不是因为自己干了一件荒唐事。

当他把手从额头上放下来后，惠英却过来伸手在他额头上按了按，说："头不疼吧？昨晚好像有点发烧，我还怕你病了呢！"

不知为什么，那种羞愧和懊悔的情绪渐渐在他心中消退。他反倒觉得，他在一刹那间，似乎踏过了那条燃烧着熊熊火焰的痛苦的界线，精神与心灵获得了一种最大的自由和坦然。这或许是他生命和生活的重大转折点。

他立刻用成熟了的男子汉的正常心理，接受了这无意间造成的错误事实。

他赶忙穿起了外衣。现在他推断，他昨夜是醉倒在外间饭桌旁沙发上的。

那么，他难以想象，惠英嫂是怎样把他一百多斤死沉沉的躯体搬运到这个床上的，抱过来的？拉过来的？背过来的？

他当然不好意思问惠英。但他能想来，她是费了一番周折的。说不定明明也帮了忙。明明呢？他大概到外面玩去了……

他下了床，沉默地来到外间。

他从地上的残痕判断，他曾呕吐过。真该死！他一定让惠英嫂忙乱了半晚上。唉，她昨夜睡觉了吗？在什么地方睡的？就在他旁边？

或许她一整夜都没有睡……

少平有点颓丧地坐在沙发上，点着了一支烟。他现在重新又难受起来。不是因为醉酒——这已经过去了。他难受的是，这一夜他睡在惠英家，周围那些爱管闲事的邻居肯定会知道；俗话说，没有不透风的墙。说不定明明都会出去说孙叔叔在他们家睡了。又不能给孩子安咐说不能这样说！那他会在给别人说后再补充一句：叔叔不准给你们说！

如果旁人知道了这事，惠英嫂肯定要受到风言风语的攻击。他真不该耍二杆子喝那么多酒！

　　在他这样思量这件事的时候，惠英已经把煮好的饺子给他端上来了，说："你赶快吃！八点钟还要下井。你是班长，不去也不行；要不，过个节，你也歇息上一天……"

　　惠英嫂看起来和平时一样，像任何事都没有发生。他感激她的这种看来平静如常的态度。

　　当她又把酒杯放在他面前的时候，他笑着挪到一边，说："还敢喝？"

　　惠英也抿嘴笑了。她不再勉强他，只招呼让他赶快趁热吃饺子……

　　少平匆匆忙忙吃了一盘羊肉饺子，七点半准时赶到了区队学习室。

　　尽管一夜荒唐使他情绪复杂，但一进入工作状态就不能马虎了——他是班长，今天又是一九八五年的第一天，他要格外操心。这不，他在学习室布置生产的时候，发现有好几个人还醉意十足。按规定，醉成这个样子的人是不能让下井的；如果发现，带班的班长就要受处分。但少平不忍心卡住他们，因为今天是元旦，赚双倍的工资，还有很可观的节日入坑额外奖金。只要他们能挣扎着下去就行了。不过，掌子面上可得要留心关照这几个家伙哩！

　　八点钟下井以后不久，头茬炮就放完了。

　　少平一声喊叫，人们立刻从机尾的回风巷扑进了烂碴碴的掌子面。栽柱，挂梁，绷顶，无比紧张繁忙的时刻来临了。溜子隆隆的响声和地压造成的惊心动魄的"吧吧"声从四面八方传来——这样的时刻，即使是一个历尽艰险的老矿工也会感到心悸。

　　孙少平一边熟练而飞快地挂茬，一边低声吼喊叫骂动作迟缓的助手，同时还用眼睛留心观察另外地方挂梁绷顶的情况。作为一个班长，最重要的就是在这千钧一发的当口，头脑和手脚高度灵敏，视野宽广，综观全局，于分秒之间闪电般处理随时都可能出现的突发性事故。

　　少平刚把自己负责的一茬梁挂完，猛然发现不远处未绷的碎顶上有一块大矸石摇摇欲坠，眼看就要砸在一个协议工的头上——而这家伙却带着醉意独个儿在傻笑！他立刻箭一般蹿过去，连喊一声都来不及，便一掌把那个协议工打在了老坑里。在他自己还没有反应过来的时候，那块矸石就哗啦一声掉了下来！他只感到脸一热，就什么也不知道了……

大家一看班长倒在血泊中，都惊叫着围过来。安锁子一把抱起师弟，还没忘记腾出一只手，把老坑里爬出来的那个协议工扇了一记耳光。

安锁子抱着满脸糊血的少平，牛嚎一般喊叫着让几个人跟他上井，另外的人赶快绷剩下的碎顶，以防大冒顶！

有人提醒要上井的安锁子：他还光着屁股哩。

"我操你个亲妈！不会把裤子给老子围到腰里？"

众人赶快七手八脚把他的裤子、衫子，胡乱束在他腰里，勉强算遮住了羞丑。安锁子背起少平，和四五个人急速地爬出掌子面，跑出巷道，大撒腿奔向井口。他赤膊露体，腰里只缠着几块布，简直像个土著生蕃。

受伤的少平立刻被送进了矿医院。

伤势显然是严重的。大矸石的一角从右额扫过，伤口的某些地方都露出了头骨。最严重的是右眼积满瘀血——至于眼睛内部的损伤情况，这个医院的水平无法搞清楚。

需要立即转院治疗！最好是转入省上的医院！

闻讯赶来的矿领导马上用电话和铜城机场联系。

正好！有一班飞机一个钟头以后要飞往省城。

于是，少平被抬进了救护车。救护车鸣叫着尖锐的警报器开出了矿区。而刚刚得知消息的惠英和明明晚来了一步；他们没有能见上受伤的少平，哭叫着在救护车扬起的灰尘中绝望地撵了好一段路……

一个钟头以后，飞机载着昏迷中的少平从铜城起飞。又一个钟头以后，他就被送进了省医学院第一附属医院……

第二十二章

暖洋洋的太阳照耀着都市的大街。公园里和道路旁已经处处绿意朦胧。风中飘飞着一团团雪白的杨絮。街心花园的第一批鲜花，也在不知不觉中竞相开放了。古城的春天稍显即逝，人们立刻就有一种身临初夏的感觉。

街头的行人稠密起来。人们纷纷走出户外，尽情享受阳光和暖风的抚爱。那些时髦的姑娘已经过早地脱掉了外套，穿起单薄的、色彩鲜艳的毛衣线衣。到处传来春游的孩子们的歌声。城市一改冬日的灰暗，重新显出了它那多彩的风貌。

孙少平的伤已经完全好了。雷汉义区长代表矿上来为他办出院手续。他准备过几天就返回大牙湾。

在这期间，妹妹兰香和她的男朋友仍然一直给他做工作，让他调到省城来。他到现在也还没有完全拒绝他们的好意。尽管他对自己未来的生活心中有数，但他不好当面向他们进一步解释他的想法。他们应该意识到，他和他们的处境不尽相同。不同生活处境的人应该寻找各自的归宿。他想等以后适当的时间用另外一种方式向他们说明自己的观点和态度。

区长雷汉义帮他结完手续后，他就算和医院告别了。他让区长先回去，他自己还想在省城逗留几天；他知道，他还有些"事"需要处理。

雷汉义临走时，才迟疑着从衣袋里摸出两份矿上的文件给了他。

孙少平一看，这两份文件都是有关他自己的。一份是通报表彰他舍己救人的献身精神；另一份是批评他作为班长，元旦那天让喝醉酒的工人下井，违反了规章制度，决定给他记大过一次。

孙少平把两份文件揉成一团，塞进了自己的衣袋里。

雷汉义安慰他说："不管是表彰，还是处分，都是些球！回去只管掏咱的炭！"

但孙少平的心情却是沉重的。这是一种永远不能互相抵消的存在，就像他五官正常的脸和脸上那道丑陋的疤痕。他倒并不特别看重这两份让他哭笑不得的文件，而是由此伤感地想到，这正好说明了他那负重前行的生存处境。

第二天，孙少平提着自己的东西，一个人悄然地离开了省城。

中午时分，他回到了久别的大牙湾煤矿。

他在矿部前下了车，抬头望了望高耸的选煤楼、雄伟的矸石山和黑油油的煤堆，眼里忍不住涌满了泪水。温暖的季风吹过了绿黄相间的山野；蓝天上，是太阳永恒的微笑。

他依稀听见一支用口哨吹出的充满活力的歌在耳边回响。这是赞美青春和生命的歌。

他上了二级平台，沿着铁路线急速地向东走去。他远远地看见，头上包着红纱巾的惠英，胸前飘着红领巾的明明，以及脖项里响着铜铃铛的小狗，正向他飞奔而来……

出版说明

　　《平凡的世界》是一部具有恢弘气势和史诗品格的长篇小说，20世纪70年代后期、80年代早期的众多重大事件，在小说中均有所表现。可以说，小说中几位青年主人公的经历，就是那个年代青年人成长的共同经历。同时它的语言又清新细腻，朴直亲切。所以问世二十多年以来，它一直拥有为数众多的读者，尤其是年轻读者。

　　时间的流驶，总是悄悄改变着人们的生存环境；自然地，人们的思想重心和审美情趣，也必然会发生迁移。随着物质的极大丰富和生活节奏的成倍提速，人们的视野里充斥着纷繁复杂的内容，兴奋点也逐渐扩散，文学似乎也不再是最能激起共鸣的媒质。但是，人们对真善美的追求和向往，是不会改变的。

　　事实是，《平凡的世界》中年轻人成长的磨砺及他们纯真动人的情感体悟，至今都还能深深地感动着世人。这点可以由《平凡的世界》持续的、可观的发行量得到证实。但是时代毕竟已然不同。首先，小说百万字以上的篇幅，对读者来说就是一个挑战；其次，人们关注的重心也有所改变。比如，小说中由作者宏大的叙事抱负而来的、大量作为背景的政治环境和人事变动的描述，就已经不再是当代人阅读的核心。因此，出于多种考虑，我们决定出版一个篇幅适中的《平凡的世界》的精编普及本。

　　我们的初衷和原则是，在尽可能多地保留原著精华的前提下，提供给读者一个方便阅读的版本，保持它的风格和韵味。我们主要做了以下几个方面的工作：

1. 孙少安和田润叶、孙少平和田晓霞、田润生和郝红梅，这三对人物的经历和活动，是普及本的核心内容。在此基础上，以完整和丰满人物形象为目的，保留相关内容。

2. 淡化对社会政治背景和各级政府人事变动的描述。

3. 因为要突出主要人物，比较疏离的枝节和小说人物，都尽量简略。

4. 路遥先生拥有自己独特的艺术和语言风格。普及本的一个重要原则，就是不添加和改动原著语言和情节设置。

5. 在某些因删节而导致必须接续的地方，用尽可能少的文字补充。

普及本的文字精编工作，由十月杂志社的宗永平先生具体完成。

北京十月文艺出版社

2011 年 7 月

图书在版编目（ＣＩＰ）数据

平凡的世界：普及本 ／ 路遥著 . —— 北京 ：北京十月文艺出版社，2021.6
ISBN 978-7-5302-2048-1

Ⅰ.①平… Ⅱ.①路… Ⅲ.①长篇小说－中国－当代 Ⅳ.① I247.5

中国版本图书馆 CIP 数据核字（2021）第 046603 号

平凡的世界：普及本
PINGFAN DE SHIJIE
路遥 著

出　　版　北京出版集团
　　　　　北京十月文艺出版社
地　　址　北京北三环中路 6 号
邮　　编　100120
网　　址　www.bph.com.cn
发　　行　新经典发行有限公司
　　　　　电话 (010)68423599
经　　销　新华书店
印　　刷　河北鹏润印刷有限公司
版　　次　2021 年 6 月第 1 版
印　　次　2023 年 8 月第 23 次印刷
开　　本　890 毫米 ×1270 毫米　1/32
印　　张　14.5
字　　数　400 千字
书　　号　ISBN 978-7-5302-2048-1
定　　价　49.50 元
质量监督电话　010-58572393
如有印装质量问题，由本社负责调换。